金學叢書

第二輯 8

吳敢
胡衍南 霍現俊
主編

周鈞韜《金瓶梅》研究精選集

周鈞韜 著

臺灣學生書局印行

金學叢書第二輯序

2013 年 5 月第九屆（五蓮）國際《金瓶梅》學術討論會期間，胡衍南、霍現俊忙裏偷閒，時而小聚，漢書下酒，就中便有本叢書編輯出版一事。當時即擬與吳敢商談，以期盡快成議。只是吳敢當時會務繁多，此議終未提及。2013 年 7 月 3 日，胡衍南到徐州公幹，當晚至吳敢舍下小酌，此事即進入操作程序。此後電郵往來，徐州、臺北、石家莊三方輾轉，叢書編撰框架日漸明朗。2013 年 11 月 23 日，胡衍南再度到徐州公幹，代表臺灣學生書局與吳敢詳盡商談編輯出版事宜，本叢書遂成定案。

此「金學叢書」之由來也。

中國古代小說研究，重大課題眾多。近代以降，紅學捷足先登。20 世紀 80 年代，金學亦成顯學。明代長篇白話小說《金瓶梅》是中國文學史上一部里程碑式的重要作品，其橫空出世，破天荒打破以帝王將相、英雄豪傑、妖魔神怪為主體的敘事內容，以家庭為社會單元，以百姓為描摹對象，極盡渲染之能事，從平常中見真奇，被譽為明代社會的眾生相、世情圖與百科全書。幾乎在其出現同時，即被馮夢龍連同《三國演義》《水滸傳》《西遊記》一起稱為「四大奇書」。不久，又被張竹坡譽為「第一奇書」。《紅樓夢》庚辰本第十三回脂評：「深得《金瓶》壼奧」。魯迅《中國小說史略》認為「同時說部，無以上之」。

自有《金瓶梅》小說，便有《金瓶梅》研究。明清兩代的筆記叢談，便已帶有研究《金瓶梅》的意味。如明代關於《金瓶梅》抄本的記載，雖然大多是隻言片語的傳聞、實錄或點評，但已經涉及到《金瓶梅》研究課題的思想、藝術、成書、版本、作者、傳播等諸多方向，並頗有真知灼見。在《金瓶梅》古代評點史上，繡像本評點者、張竹坡、文龍，前後紹繼，彼此觀照，相互依連，貫穿有清一朝，形成筆架式三座高峰。繡像本評點拈出世情，規理路數，為《金瓶梅》評點高格立標；文龍評點引申發揚，撥亂反正，為《金瓶梅》評點補訂收結；而尤其是張竹坡評點，踵武金聖歎、毛宗崗，承前啟後，成為中國古代小說評點最具成效的代表，開啟了近代小說理論的先聲。明清時期的《金瓶梅》研究，具有發凡起例、啟導引進之功。

20 世紀是人類歷史上可足稱道的一個百年。對中國人來說，世紀伊始，產生了驚天動地的兩件大事：1911 年封建王朝的終結，1919 年「五四」新文化運動的興起。中國人心裏承接有豐富的傳統，中國人肩上也負荷著厚重的擔當。揚棄傳統文化，呼喚當代文明，這一除舊佈新的文化使命，在中國用了大半個世紀的時間。觀念形態的更新、研究方法的轉變、思維體式的超越、科學格局的營設一旦萌發生成，便產生無量的影響，具有劃時代的意義。《金瓶梅》研究即為其中一例。

以 1924 年魯迅《中國小說史略》出版，標誌著《金瓶梅》研究古典階段的結束和現代階段的開始；以 1933 年北京古佚小說刊行會影印發行《金瓶梅詞話》，預示著《金瓶梅》研究現代階段的全面推進；以 30 年代鄭振鐸、吳晗等系列論文的發表，開拓著《金瓶梅》研究的學術層面；以中國大陸、臺港、日韓、歐美（美蘇法英）四大研究圈的形成，顯現著《金瓶梅》研究的強大陣容；以版本、寫作年代、成書過程、作者、思想內容、藝術特色、人物形象、語言風格、文學地位、理論批評、資料彙編、翻譯出版、藝術製作、文化傳播等課題的形成與展開，揭示著《金瓶梅》的研究方向。一門新的顯學——金學，已經赫然出現在世界文壇。

20 世紀 70 年代以來的當代金學，中國的吳曉鈴、王利器、魏子雲、朱星、徐朔方、梅節、孫述宇、蔡國梁、甯宗一、陳詔、盧興基、傅憎享、杜維沫、葉朗、陳遼、劉輝、黃霖、王汝梅、周中明、王啟忠、張遠芬、周鈞韜、孫遜、吳敢、石昌渝、白維國、陳昌恆、葉桂桐、張鴻魁、鮑延毅、馮子禮、田秉鍔、羅德榮、李申、魯歌、馬征、鄭慶山、鄭培凱、卜鍵、李時人、陳東有、徐志平、陳益源、趙興勤、王平、石鐘揚、孟昭連、何香久、許建平、張進德、霍現俊、陳維昭、孫秋克、曾慶雨、胡衍南、李志宏、潘承玉、洪濤、楊國玉、譚楚子等老中青三代，辨章學術，考鏡源流，營造了一座輝煌的金學寶塔。其考證、新證、考論、新探、探索、揭秘、解讀、探秘、溯源、解析、解說、評析、評注、匯釋、新解、索引、發微、解詁、論要、話說、新論等，蘊含宏富，立論精深，使得金學園林花團錦簇，美不勝收，可謂源淵流長，方興未艾。中國的《金瓶梅》研究，經過 80 年漫長的歷程，終於在 20 世紀的最後 20 年登堂入室，當仁不讓也當之無愧地走在了國際金學的前列。

此「金學叢書」之要義也。

本叢書暫分兩輯，第一輯為臺灣學人的金學著述，由魏子雲領銜，包括胡衍南、李志宏、李梁淑、鄭媛元、林偉淑、傅想容、林玉惠、曾鈺婷、李欣倫、李曉萍、張金蘭、沈心潔、鄭淑梅，可說是以老帶青；第二輯為中國大陸 20 世紀 80 年代以來學人的《金瓶梅》研究精選集，計由徐朔方、甯宗一、傅憎享、周中明、王汝梅、劉輝、張遠芬、周鈞韜、魯歌、馮子禮、黃霖、吳敢、葉桂桐、張鴻魁、陳昌恆、石鐘揚、王平、李時人、趙興勤、孟昭連、陳東有、孫秋克、卜鍵、何香久、許建平、張進德、霍現俊、曾慶雨、楊國玉、潘承玉、洪濤諸位先生的大作組成，凡 31 人 30 冊（其中徐朔方、孫秋克，傳憎享、楊國玉，王平、趙興勤，因字數兩人合裝一冊），每冊25萬字左右。

天津師範學院（今天津師範大學）朱星是中國大陸金學新時期名符其實的一顆啟明星，他在1979年、1980年連續發表多篇論文，並於1980年10月由百花文藝出版社結集出版了中國大陸新時期《金瓶梅》研究的第一部專著《金瓶梅考證》。朱星的研究結論不一定都能經得住學術的檢驗，但朱星繼魯迅、吳晗、鄭振鐸、李長之等人之後，重新點燃並高舉起這一支學術火炬，結束了沉寂15年之久的局面，這一歷史功績，應載入金學史冊。遺憾的是，朱星先生1982年逝世，後人查訪困難，只能闕如。

香港夢梅館主梅節可謂《金瓶梅》校注出版的大家，1988年由香港星海文化出版有限公司出版《全校本金瓶梅詞話》；1993年由梅節校訂，陳詔、黃霖注釋，香港夢梅館出版《重校本金瓶梅詞話》（該本後由臺灣里仁書局2007年11月初版，2009年2月修訂一版，2013年2月修訂一版八刷）；1998年梅節再為校訂，陳少卿抄寫，香港夢梅館出版《夢梅館校定本金瓶梅詞話》。前後三次合共校正詞話原本訛錯衍奪七千多處，成為可讀性較好的一個本子。梅節由校書而研究，關於《金瓶梅》作者、傳播、成書、故事發生地等問題的認識，亦時有新見。可惜的是，梅節先生的論文集《瓶梅閒筆硯——梅節金學文存》2008年2月由北京圖書館出版社出版，版權協商匪易，未能入選。

上海音樂學院蔡國梁20世紀50年代末即開始研習《金瓶梅》，寫下不少筆記，1980年前後即依據筆記整理成文，1981年開始發表金學論文，1984年出版第一部專著[1]，累計出版金學專著3部[2]、編著1部[3]，發表論文多篇，內容涉及《金瓶梅》的思想、源流、人物、作者、評點、文化等諸多研究方向，是早期《金瓶梅》研究的主力成員。無奈聯繫不上，不得已而割愛。

國人研究《金瓶梅》的論著，最早是闞鐸的《紅樓夢抉微》[4]，但其只是一個讀書筆記。天津書局1940年8月出版之姚靈犀《瓶外卮言》，嚴格說也只是一個資料彙編。香港大源書局1961年出版之南宮生著《金瓶梅》簡說，算得上是一個原著導讀。臺北時報文化出版公司1978年2月出版之孫述宇著《金瓶梅的藝術》，可說是第一部文本研究的學術著作。該書全文收入石昌渝、尹恭弘編選的《臺港金瓶梅研究論文選》[5]。2011年3月上海古籍出版社再版，增加了一篇作者自序，更名為《金瓶梅：平凡人的宗教劇》。

---

1 《金瓶梅考證與研究》，西安：陝西人民出版社，1984年。

2 另兩部為：《明清小說探幽——明人、清人、今人評金瓶梅》，杭州：浙江文藝出版社，1985年；《金瓶梅社會風俗》，天津：百花文藝出版社，2002年。

3 《金瓶梅評注》，桂林：灕江出版社，1986年。

4 天津大公報館1925年4月鉛印。

5 南京：江蘇古籍出版社，1986年。

孫逑宇先生本已與上海古籍出版社洽商同意編入金學叢書，並授權主編代理，忽中途撤稿，原因還是版權問題。

還有其他一些因故未能入選的師友：或已作仙遊[6]，或礙於本輯叢書的體例[7]，或因為版權期限，或失去聯繫等。凡此種種，均為缺憾。

儘管如此，第二輯連同第一輯 14 人 16 冊總計所入選的此 45 人 46 冊，已經是中國當代金學隊伍的主力陣容，反映著當代金學的全面風貌，涵蓋了金學的所有課題方向，代表了當代金學的最高水準。

此「金學叢書」之大略也。

臺灣學生書局高瞻遠矚，運籌帷幄，以戰略家的大眼光，以謀略家的大手筆，決計編撰出版「金學叢書」，實金學之幸，學術之福。主編同仁視本叢書為金學史長編，精心策劃，傾心編審。各位入選師友打造精品，共襄盛舉。《金瓶梅》研究關聯到中國小說批評史、中國小說史、中國文學史、中國文學評點史、中國文學批評史等諸多學科，是一個應該也已經做出大學問的領域。為彌補本叢書因為容量所限有很多師友未能入選的不足，特附設一冊《金學索引》[8]，廣輯金學專著、編著、單篇論文與博碩士論文，臚列學會、學刊與所舉辦之金學會議，立此存照，用供備覽。本叢書的編選，既是對過往的總結，也是對未來的期盼。本叢書諸體皆備，雅俗共賞，可以預測，將為金學做出新的貢獻。

此「金學叢書」之宗旨也。

金學已經不是一座象牙塔，而是一處公眾遊樂的園林。三百多部論著，四千多篇學術論文，二百多篇博碩士論文，既有挺拔的大樹，也有似錦的繁花，吸引著越來越多的研究者與愛好者探幽尋奇。不容置疑，傳統的金學，加上以文化與傳播為標誌的、以經典現代解讀為旗幟的新金學，必然展示著甯宗一先生的經典命題：說不盡的《金瓶梅》。

此「金學叢書」之感言也。

吳敢、胡衍南、霍現俊（吳敢執筆）

2014 年元旦

---

6 如王啟忠、鮑延毅、孔繁華、許志強諸先生等，駕鶴西去的徐朔方先生的精選集由其高足孫秋克代為編選，劉輝先生的精選集由其摯友吳敢代為編選。

7 本輯叢書乃論文精選集，字典、詞典與小塊文章結集便未能入選，《金瓶梅》語言研究的幾位專家如白維國、李申、張惠英、許仰民等因此失選。

8 吳敢編著，分上下兩編。

周鈞韜《金瓶梅》研究精選集

目　次

附　錄

論《金瓶梅》作者「王世貞及其門人聯合創作說」

《金瓶梅》作者「王世貞及其門人聯合創作說」，是筆者上世紀八十年代提出的。[1]20多年過去了，有必要作一番重新論證。

吳晗對「王世貞說」的否定不能成立

《金瓶梅》作者是王世貞（包括其門人），這本來是比較明朗的。在明清兩代信奉者甚多，已成公論。但是到了現代，王世貞說突然大倒其霉，否定論者有魯迅、鄭振鐸等大家。魯迅與鄭振鐸對王世貞說的否定，其言詞十分肯定，但證據僅為「山東土白」「方言」一例（且不能成立）。吳晗先生的否定是建築在嚴密的考證基礎上的。吳晗引據的史料有《寒花庵隨筆》《銷夏閑記》等。《寒花庵隨筆》云：

> 「世傳《金瓶梅》一書為王弇州先生手筆，用以譏嚴世蕃者。……」「或謂此書為一孝子所作，用以復其父仇者。蓋孝子所識一巨公實殺孝子父，圖報累累皆不濟。後忽偵知巨公觀書時必以指染沫，翻其書葉。孝子乃以三年之力，經營此書。書成黏毒藥於紙角。覘巨公出時，使人持書叫賣於市，曰『天下第一奇書』。巨公於車中聞之，即索觀，車行及其第，書已觀訖，嘖嘖歎賞，呼賣者問其值。賣者竟不見。巨公頓悟為所算，急自營救不及，毒發遂死。」今按二說皆是。孝子即鳳州也。巨公為唐荊川。鳳州之父忬，死於嚴氏，實荊川譖之也。姚平仲《綱鑒挈要》載殺巡撫王忬事，注謂：「忬有古畫，嚴嵩索之。忬不與，易以摹本。有識畫者為辨其贋。嵩怒，誣以失誤軍機殺之。」但未記識畫人姓名。有知其事者謂，識畫人即荊川。古畫者，《清明上河圖》也。

1　周鈞韜〈《金瓶梅》是王世貞及其門人的聯合創作〉，《金瓶梅新探》，天津：百花文藝出版社1987年。

針對這一史料，吳晗的考證大體是三個方面：

第一、王世貞父親王忬的被殺與《清明上河圖》無關。吳晗查了《明史・王忬傳》，證明王世貞父王忬之論死，與唐荊川確有關係。但主因是灤河失事，而直接彈劾者非唐荊川。而嚴嵩「雅不悅忬」。王忬、王世貞父子積怨於嚴嵩、嚴世蕃父子甚久。乘王忬「灤河失事」之機，嚴嵩乃「構忬論死」。吳晗又查了王世貞的《弇州山人四部稿》、丁元薦《西山日記》等，都證明王忬之被殺與《清明上河圖》無關。

第二、《清明上河圖》的沿革亦與王家無關。吳晗查閱多種文集、筆記，說明宋張擇端之作《清明上河圖》，為李東陽家藏，後流傳吳中，歸「蘇州（陳湖）陸氏」，後又歸崑山顧夢圭、顧懋宏父子。其時嚴嵩當國，因顧氏「才高氣豪，以口過被禍下獄，事白而家壁立」，《清明上河圖》「卒為袁州（嚴氏）所鉤致」。吳晗還查到王世貞在《弇州山人四部續稿》卷一六八〈清明上河圖別本跋〉中說，《清明上河圖》確有真贗本。贗本之一藏其胞弟王世懋之所，但非嚴嵩「出死構」之本。由此，吳晗指出：「一切關於王家和《清明上河圖》的記載，都是任意捏造，牽強附會。」

第三、唐荊川之死。吳晗查明，唐荊川死在嘉靖三十九年春，比王忬被殺還早半年。因此《寒花庵隨筆》所說的，王忬被殺後，王世貞派人去行刺唐荊川，王世貞著《金瓶梅》粘毒於紙而毒殺唐荊川云云，純屬無稽之談，荒唐之至。

應該說，吳晗的上述考證是系統的周密的，也是很有說服力的，在《金瓶梅》作者研究史上，建立了一大功績。但要從根本上否定王世貞說，必須完成三個方面的考證。1.徹底否定王世貞作《金瓶梅》的種種虛假的傳說故事，吳晗先生是全力以赴而為之的，他的貢獻亦在這裏。但由此而得出「《金瓶梅》非王世貞所作」的結論，這是不能成立的。因為這裏存在兩種可能性：(1)王世貞作《金瓶梅》的傳說故事是假的，王世貞作《金瓶梅》本身也是假的。(2)王世貞作《金瓶梅》的傳說故事是假的，但王世貞作《金瓶梅》本身確是真的，就是不像人們傳得那麼離奇而已。顯然這第二種可能性是存在的。吳晗只知其一而不知其二，這是由於思想方法的片面性而導致其結論的錯誤。2.徹底否定王世貞有作《金瓶梅》的種種可能性。對此，吳晗專門寫了一段文字，小標題即為「《金瓶梅》非王世貞所作」。但他在這段文字中，除再次重複了唐荊川非被王世貞所作《金瓶梅》毒死之外，說《金瓶梅》用的是山東的方言，王世貞是江蘇太倉人，「有什麼根據使他變成《金瓶梅》的作者」。顯然，這些似是而非的考證，是毫無力量的。3.考出《金瓶梅》的真正作者。在〈《清明上河圖》與《金瓶梅》的故事及其衍變〉文中，他說：「本來是想再寫一點關於《金瓶梅》的真正作者的考證，和這已經寫成的合為上下篇的。但是時間實在不允許我，這個志願只好留待他日了。」可惜的是，吳晗終其一生亦未能遂願。綜上所述，吳晗的第一方面的考證，有很大的貢獻；第二方面的考證收效甚微；

第三方面的考證僅有設想而已。而就整體而言，要否定王世貞說，後兩個方面的考證是決定性的，遠比第一方面的考證重要得多。吳晗先生只完成了第一方面的考證，就得出了《金瓶梅》非王世貞所作的結論。這樣的結論當然難以成立。應該說，在吳晗著文企圖推倒王世貞說的當初，其客觀的歷史條件是不具備的。因為一些重要的史料還沒有被發掘出來，如清無名氏《玉嬌梨·緣起》、清宋起鳳《稗說·王弇洲著作》。在這種情況下，吳晗硬要憑藉《寒花庵隨筆》等本身就已摻入了許多荒唐的衍說的所謂史料，來對王世貞說作出絕對否定的結論，其結果只能是可悲的。我們當然不能責怪吳晗先生，這是歷史給他開了個不大不小的玩笑。

王世貞說具有強大的生命力

經過吳晗的「致命的一擊」，王世貞說的信奉者已少得可憐。然而，經過半個世紀的沉思，人們終於從對吳晗的考證結論的迷信中覺醒過來。從上世紀七十年代開始，王世貞說的研究重新崛起，且碩果累累。1979 年，朱星先生發表〈《金瓶梅》的作者究竟是誰〉，列舉十條理由重倡王世貞說。1987 年至 1990 年，周鈞韜連發〈《金瓶梅》作者王世貞說的再思考〉等三文，專為王世貞說翻案，並在重申王世貞說的同時進一步提出了「王世貞及其門人聯合創作說」。1999 年，許建平在《金學考論》中用四個外證七個內證申述王世貞說。2002 年，霍現俊在《《金瓶梅》發微》中，從外證、內證兩方面，全面予以論證。此外，對王世貞說作進一步論證的還有黃吉昌、李寶柱、李保雄等學者。真可謂「野火燒不盡，春風吹又生」。王世貞說具有強大的生命力。

一、前人已確指《金瓶梅》為王世貞的「中年筆」。

1982 年，一則重要的史料被發現了。清康熙十二年（1673），宋起鳳在《稗說·王弇洲著作》中確指《金瓶梅》為王世貞的「中年筆」：

> 世知四部稿為弇洲先生平生著作，而不知《金瓶梅》一書，亦先生中年筆也。……弇洲痛父為嚴相嵩父子所排陷、中間錦衣衛陸炳陰謀孽之，置於法。弇洲憤懣懟廢，乃成此書。陸居雲間郡之西門，所謂西門慶者，指陸也。以蔡京父子比相嵩父子，諸狎昵比相嵩羽翼。陸當日蓄群妾，多不檢，故書中借諸婦一一刺之。所事與人皆寄託山左，其聲容舉止、飲食服用，以至雜俳戲媟之細，無一非京師人語。書雖極意通俗，而其才開合排蕩，變化神奇，於平常日用機巧百出，晚代第一種文字也。……若夫《金瓶梅》全出一手，始終無懈氣浪筆與牽強補湊之跡，行所當行，止所當止，奇巧幻變，媸妍、善惡、邪正，炎涼情態，至矣！盡矣！

殆四部稿中最化最神文字，前乎此與後乎此誰耶？謂之一代才子，洵然。世但目為穢書，豈穢書比乎？亦楚《檮杌》類歟。聞弇洲尚有《玉麗》一書，與《金瓶梅》埒，係抄本，書之多寡亦同。[2]

這段史料的重大價值在於：1.它明確告訴我們《金瓶梅》為王世貞所作。這是確指，它和明末清初一些學者所記載的傳聞與衍說相比，具有質的區別。2.它明確告訴我們，早在康熙十二年前，《金瓶梅》為王世貞所作已有人「知之」。可見這一信息早在明代末年或清代初年就已經出現，這個時間比其他的《金瓶梅》作者說（如薛應旗說、趙南星說、李贄說等等）的出現時間要早得多。3.從這條史料我們大體可以推知，早在萬曆三十四年（1606），袁中郎與沈德符都已知道《金瓶梅》的作者是王世貞，沈德符的「嘉靖間大名士」說即指王世貞。宋起鳳指出：「聞弇洲尚有玉（嬌）麗一書，與《金梅瓶》埒」。查沈德符《野獲編》云：「中郎又云：『尚有名玉嬌李者，亦出此名士之手』。」《玉嬌麗》一書明季尚存。沈德符所記載的袁中郎之說在萬曆三十四年，比宋起鳳的記載早六十七年。兩者記載時間相距甚久，但內容基本一致，足見兩者均以事實為依據。宋氏明確指出《金瓶梅》與《玉嬌麗》同出王世貞之手，而袁氏也說兩書同出一名士手。可見袁氏所謂的「名士」實指王世貞，沈德符的「嘉靖間大名士」說本來之於袁氏，故其指王世貞則無疑矣。4.宋起鳳，字來儀，號弇山，直隸廣平人。宋氏所處的時代，與《金瓶梅》的成書年代較近。他所僑寓的山東、京師與《金瓶梅》著作的地點有直接關係。他對王世貞的生活經歷、事蹟，及其文學事業、文學風格的演變等有較深的瞭解和研究。王世貞號為弇州山人，宋氏之號為弇山，似可見宋氏是王世貞的崇信者。由此以觀，宋氏的王世貞「中年筆」說，似非出於虛構。

二、從《金瓶梅》「指斥時事」看，王世貞所作的可能性亦較大。

沈德符《野獲編》指出：「（《金瓶梅》）指斥時事，如蔡京父子則指分宜，林靈素則指陶仲文，朱勔則指陸炳，其他各有所屬云。」屠本畯《山林經濟籍》說：「相傳嘉靖時，有人為陸都督炳誣奏，朝廷籍其家，其人沉冤，托之《金瓶梅》。」這些記載都說明，《金瓶梅》是指斥時事之作，「人物每有所指，蓋借文字以報夙仇」（魯迅語）。那麼是誰與嚴嵩父子及陸炳諸人有深仇，而需作《金瓶梅》以譏刺之？明人已有暗指王世貞之意。宋起鳳說：「弇州痛父為嚴相嵩父子所排陷，中間錦衣衛陸炳陰謀孽之，置於法，弇州憤懣懟廢，乃成此書。陸居雲間郡之西門，所謂西門慶者，指陸也，以蔡京父子比相嵩父子，諸狎昵比相嵩羽翼。陸當日蓄群妾，多不檢。故書中借諸婦一一刺之。」

2　《明史資料叢刊》第2期，第103頁，南京：江蘇人民出版社1982年。

宋起鳳的這段記載，到底可靠否？我們可以用正史及名人的記載加以驗證。

本來王世貞之父王忬與嚴嵩乃為同僚，往來不疏。當時嚴嵩為宰相，王忬為薊遼總督，一文一武權勢相當。王世貞還經常到嚴世蕃所飲酒。後來才漸漸生隙。據《明史·王世貞傳》載：「奸人閻姓者犯法，匿錦衣都督陸炳家，世貞搜得之。炳介嚴嵩以請，不許。」嚴嵩親自出面為陸炳說情，卻遭到王世貞的拒絕，這可能是結怨的開始。嘉靖三十二年，兵部員外郎楊繼盛上疏論嚴嵩十大罪、五奸。帝怒，「獄具，杖百，送刑部」。王世貞鳴不平，「楊繼盛下獄，時進湯藥。其妻訟夫冤，（世貞）代為草。既死，復棺殮之。嵩大恨」。這如何能不使嚴嵩恨之入骨。後來王世貞之父王忬慘遭殺害，又與嚴嵩有關。

《明史·王忬傳》指出，嚴嵩「雅不悅忬，而忬子世貞復用口語積失歡於嵩子世蕃。嚴氏客又以世貞家瑣事構於嵩父子，楊繼盛之死，世貞又經紀其喪，嵩父子大恨，灤河變聞，遂得行其計」。嘉靖三十八年，王忬因灤河失事，帝大怒。「嵩構之，論死繫獄」，灤河失事乃是嵩構忬論死的一個機會。第二年王忬即被殺害。如此殺父之深仇，王世貞如何能與嚴氏父子善罷甘休，作《金瓶梅》以譏刺嚴氏，就成了他報仇的重要手段。

根據上述史料，我認為宋起鳳所說的，王世貞為報殺父之仇，「乃成此書」，「以蔡京父子比相嵩父子」，是基本可信的。另外，在宋氏的記載中，沒有出現如《寒花盦隨筆》中出現的：《清明上河圖》及王世貞作《金瓶梅》以毒殺唐荊川（或嚴世蕃）等編造出來的荒唐故事，這更能證明宋氏所記乃為實據而非傳聞。

三、從《金瓶梅》的早期流傳來看，抄本之源蓋出於王世貞。

袁中郎於萬曆二十三年見到的《金瓶梅》半部抄本，來源於董思白。董氏之書則可能來源於徐階家藏。這是《金瓶梅》抄本早期流傳的一條線索。另一條線索則是：徐階——劉承禧——袁小修——沈德符。萬曆三十四年，沈德符遇中郎於京邸。中郎告訴沈德符：「今惟麻城劉延伯承禧家有全本，蓋從其妻家徐文貞錄得者。」沈德符又說：「又三年，小修上公車，已攜有其書，因與借抄挈歸。」這個「又三年」，是萬曆三十八年（1610），此年袁小修曾赴京會試。而在前一年（萬曆三十七年），袁小修與劉承禧在當陽見過面。[3]由此可見，袁小修在萬曆三十八年攜有的《金瓶梅》全抄本似來源於麻城劉承禧。劉承禧的書又來源於徐階。劉是徐階的曾孫婿。這就是說《金瓶梅》早期流傳的兩條線索均與徐階有關。那麼徐階的全抄本又來源於何處呢？我認為來源於王世貞。萬曆三十五年前後，屠本畯在《山林經濟籍·金瓶梅跋》中說：「（《金瓶梅》）王大司寇鳳州先生家藏全書，今已失散。」萬曆四十五年前後，謝肇淛在《小草齋文集·金瓶梅跋》

3 袁小修《遊居柿錄》云：「舟中晤劉延伯」。

中又說：「唯弇州家藏者最為完好。」可見王世貞確藏有《金瓶梅》全抄本。徐階與王世貞之父王忬是同僚，而且同受嚴嵩的排斥。王忬被殺後，嚴嵩又加害徐階。嘉靖四十四年嚴嵩事敗。徐階反嚴氏父子亦毫不手軟。最後置嚴世蕃於死地的正是徐階。同時，正是在徐階的幫助下，王忬才恢復官職，王世貞也被重新起用為大名兵備副使。王家有恩於徐家，徐家亦有恩於王家，兩家不僅是一般的通家之好，而且是在反對嚴嵩專政的鬥爭中互相支持、互相保護，親密無間、休戚與共。王世貞動意寫作《金瓶梅》，對嚴嵩父子加以揭露和批判，這完全符合徐階的願望，必然會得到徐階的支持和幫助。反之，對王世貞來說，徐階是他父親的摯友，是自己的恩人、保護人和長輩，因此他動意寫作《金瓶梅》亦必然會告訴徐階，並爭取他的支持。王世貞寫完《金瓶梅》，並產生了第一、第二個抄本後，他第一個要贈送的必然是徐階，這就是徐階所藏的《金瓶梅》全抄本的來源。根據《金瓶梅》早期流傳的多種史料分析，《金瓶梅》抄本的源頭似乎只能追到王世貞，加之當時社會上又盛傳《金瓶梅》為王世貞或其門人所作，此中兩者的內在聯繫，不就很能說明問題嗎？

四、從《金瓶梅》的語言來看，作者必為南方人而非山東人，這又為王世貞說提供了一個重要旁證。

《金瓶梅》的主體語言是北京官話、山東土白，但全書的字裏行間，卻夾雜著大量的南方吳語。就連潘金蓮等婦人的對話、口角的山東土白中亦夾雜著大量的吳語辭彙。吳語在全書中隨處可見。例如，稱抓一付藥為「贖一貼藥」（第五回），稱東西為「物事」（第八回），稱拿過一張桌凳為「掇過一張桌凳」（第十三回），稱面前為「根前」（第十五回），稱陰溝為「洋溝」（第十九回），稱青蛙為「田雞」（第二十一回），稱白煮豬肉為「白煠（音閘）豬肉」（第三十四回），稱很不相模樣為「忒不相模樣」（第六十七回），稱青年人為「小後生」（第七十七回），稱糧行為「米鋪」（第九十回）。還有什麼「不三不四」，「陰山背後」，「捏出水來的小後生」等等，均屬吳語。這樣的例證在全書中可以舉出上千條。褚半農先生在〈《金瓶梅詞話》中的吳音字〉文中指出：書中有好多組字，因為在吳語中是同音，作者常常將它們混用而致錯。混用的吳音字有「黃、王」，「多、都」，「石、著」，「水、四」，「買、賣」，「人、層」，「何、胡、河、湖」等等。這些都是吳地語音現象，在明朝其他著作中已有記載。如王世貞《菽園雜記》云：「如吳語黃王不分，北人每笑之」。從書中那麼多的吳語同音字混用的事實，推測作者，「他應該是個吳地人」[4]。

---

4 褚半農〈《金瓶梅詞話》中的吳音字〉，《第九屆（五蓮）國際金瓶梅學術研討會論文集》2013年。

此外，《金瓶梅》在抄錄《水滸傳》部分所作的改動之處，直率地暴露了作者的用語特徵。例如，《水滸傳》第二十三回寫武松打虎：「原來慌了，正打在枯樹上，把那條梢棒折做兩截」。此句《金瓶梅》改成：「正打在樹枝上，磕磕把那條棒折做兩截」。「磕磕」為吳語「恰恰」「正好」之意。同回又將武松「偷出右手來」改為「騰出右手」。如果《金瓶梅》作者是山東人，在這些地方是絕不可能改成吳語的。這只能說明作者是南方人，他在有意識地使用山東土白描述北人北事時，無意識地將自己習慣使用的南方語言夾雜於其間。此外，《金瓶梅》中還出現了與山東人的生活習尚相左的南方人的生活習尚。魏子雲先生在《金瓶梅的問世與演變》中指出，寫在《金瓶梅》中的飲食，十九都是江南人所慣用。如白米飯粳米粥，則餐餐不少，饅頭烙餅則極少食用。菜蔬如鮝魚、豆豉、酸筍、魚酢，各種糟魚、醃蟹，以及鮮的、糟的、紅糟醉過的鰣魚，都是西門家常備之味。《金瓶梅》的作者必為南方人，因此他在無意間將南方人的生活習尚搬到了山東，搬入了西門慶的家中。

從書中的語言現象來推測作者，他必須具備三個條件：1.他是吳語地區人，他的習慣用語是吳語，所以在不必要出現吳語的《金瓶梅》中會出現大量的吳語；2.他在北京生活過，熟悉北京官話，所以能熟練地將這種語言，作為《金瓶梅》的敘述用語；3.他在山東地區生活過，熟悉多種方言土白，所以他能將當地人的語言寫得準確、生動、傳神。而王世貞正具備上述三個條件。王世貞是江蘇太倉人，太倉屬吳郡，正是吳語流行地區；他的祖籍是山東琅琊，本人曾做過山東青州兵備副使三年；他從小又隨父寓居北京。看來在當時的大名士中，符合這三個條件者，非王世貞莫屬。

五、王世貞的學識，也足以寫出《金瓶梅》這樣的文學巨著。

王世貞是個大文學家，與李攀龍同為「後七子」首領，其著甚富，且能寫小說、傳奇劇本。他知識淵博，在前後七子中，學問淵博者，以其為最。他在其著《宛委餘編》中記述了大量的社會生活知識。例如，在《宛委餘編二》中多有古今冠服演變，婦女畫眉式樣、梳髻式樣等知識的記述和考證；《宛委餘編五》中有醫藥知識，推命星相知識；《宛委餘編十三》中有文字音韻知識；《宛委餘編十五》中有書畫知識；《宛委餘編十六》中有弈棋和飲食知識；《宛委餘編十七》則專論道釋。可以說《宛委餘編》是王世貞創作《金瓶梅》的知識庫。關於王世貞著作《金瓶梅》的生活基礎、知識結構問題，朱星先生在其著《金瓶梅考證》中已詳加分析，所論是能夠服人的。

大名士與非大名士共同參與《金瓶梅》創作的內證

將古人的、近人的、今人的作者之論，統統收集起來，竟然有六七十種。儘管這六七十種作者之說，五花百門，但筆者發現基本上可以概括為兩大類：「大名士說」與「非大名士（中下層文人）說」。而我認為大名士與非大名士（中下層文人）共同參與了《金瓶梅》創作。

一、《金瓶梅》中確有大名士參與創作的痕跡。

1.《金瓶梅》創作的政治目的是批判嚴嵩，「借文字以報夙仇」。到底是什麼人能與嚴嵩這樣一個為當朝首輔的顯貴，直接構成夙仇呢？顯然其作者亦必為顯貴，普通的中下層文人沒有能與嚴嵩直接結仇的可能。這是《金瓶梅》創作中，必有與嚴嵩直接結仇的大名士參與的重要依據。

2.《金瓶梅》寫了不少最高統治者的活動場面。例如，皇帝駕出、百官朝賀、奏疏活動，以及蔡京生辰的慶賀場面，朱勔受群僚庭參的場面，西門慶等地方官員迎接六黃太尉、宋巡按、蔡狀元等場面，都描寫得細緻入微，生動逼真；小說對最高統治集團中的大量的官場腐敗現象，揭露得淋漓盡致。而更為難能可貴的是，作者還能以極其犀利的筆鋒，揭示出這些高官顯貴們心靈深處的種種陰私，以及暴戾、狡詐、虛偽、空虛等等心理特徵。例如蔡京的貪酷偽善，朱勔的妄自尊大，宋巡按的裝腔虛偽，蔡御史的輕薄卑鄙，薛內相的失意空虛等等，都寫得逼真傳神。凡此種種，均能看出《金瓶梅》的作者不僅是大名士，而且是大官僚。

3.《金瓶梅》反映了相當廣闊的社會生活面，其作者有豐富的政治知識、經濟知識和多方面的文化修養。小說寫到的城鎮有北京、南京、揚州、蘇州、杭州、湖州、嚴州等等，僅此一例就能證明，其作者社會經歷之豐富。縱觀全書，其創作的宗旨和指導思想，全書所表露的思想傾向，都基本上是統一的；全書的謀篇結構、佈局、情節發展都有相當周密的設計，可見這個創作群體完全服從於一個人的意志。而這個為首人物只能是大名士。

二、《金瓶梅》中也有非大名士參與創作的痕跡。

《金瓶梅》無論是在指導思想、思想傾向、藝術風格、人物評價、藝術水準上，都有不相一致的地方，情節發展中常常出現一些無頭腦的事情，行文中還有許多錯誤和粗疏之處，文字的水準部分與部分之間，有明顯的雅俗、高低之別。因此，持非大名士說的研究者認為，《金瓶梅》的作者必為中下層文人（包括藝人）。《金瓶梅》中確有非大名士參與創作的痕跡。

1.《金瓶梅》完全保留了話本的形式特徵。例如：保留了話本小說的章回體制；話本小說的引詩入話；說話人用語：「看官聽說」「話分兩頭」「評話捷說」等等；書中夾雜著大量的詩詞、韻文；以曲代言、用快板代言的現象屢見不鮮。這些都是評話的特徵。從形式上看，《金瓶梅》就像話本。難怪有些研究者把它看作是藝人集體創作的話本。

2.《金瓶梅》中有一些與故事情節發展關係不大的「夫子自道」式的感歎詩，可以說是作者的自我寫照、自我嘲解。如：「百年光景似飄蓬」，「轉眼翻為白髮翁」（第十五回）；「癡聾瘖啞家豪富，伶俐聰明卻受貧」（第十九回）；「人事與時俱不管，且將詩酒作生涯」（第二十九回）；「蝸名蠅利何時盡，幾向青童笑白頭」（第七十二回）；「早知成敗皆由命，信步而行黑暗中」（第九十三回）；「心安茅屋穩，性定菜根香」（第九十八回）。這些詩句，有的表明作者在功名上有所追求，然而天道不明，人生不遇，他的官途並不暢通，於是只能徘徊在黑暗之中；有的表明作者家境貧窮，生活困頓，處世艱難，飽經人生風霜苦寒，是個寄人籬下、踱入暮年的中下層文人。顯然，這些詩句的作者（或是抄引者），絕不可能是官運亨通、錦衣玉食的大名士。

3. 從移植它書的情況來考察。《金瓶梅》改武松為「陽穀縣人氏」，但在抄改《水滸傳》中的一首贊詩時，仍云：「清河壯士酒未醒」。這是明顯的疏忽。《水滸傳》第二十三回有一首贊武松打虎的詩，《金瓶梅》抄引原詩而稍加更動。武松打虎在傍晚，打死老虎時，「天色已黑了」。《水滸傳》稱，「焰焰滿川楓葉赤」，《金瓶梅》則改成：「焰焰滿川紅日赤」。一者日光已為陰雲所「埋」，何來之「紅日赤」。再者一句七言中「焰焰」「紅」「赤」等字皆為一意，致使詩句味同嚼蠟。《水滸傳》稱「晚霞掛林藪」，而《金瓶梅》改成「曉霞」，謬之甚。《水滸傳》第二十六回：「原本這女色坑陷得人，有成時必須有敗。有首〈鷓鴣天〉，單道這女色：……。」第六回將這首〈鷓鴣天〉大加改易，成了一首七言律詩，詩前卻仍寫道：「有〈鷓鴣天〉為證」。可見，移植這部分文字的撰稿者，似不是以嚴肅的態度，在精心進行文學創作的大文學家。第二回，對潘金蓮外貌描寫的文字，是從《水滸傳》對潘巧雲的外貌描寫抄襲來的。第十回寫李瓶兒家世的文字，是從《水滸傳》寫盧俊義的妻子賈氏的文字抄改而成。難道一個大名士在塑造人物的外貌形象時，還需要如此笨拙地照抄它書的文字嗎？

4. 從作者的文化素養來考察。《金瓶梅》中出現了不少常識性、史料性錯誤，徐朔方先生舉出了許多處。例如：政和二年潘金蓮為二十五歲，政和三年卻還是二十五歲。官哥出生於宣和四年（第三十回），而政和七年官哥不到周歲（第四十八回）。宣和四年是 1122 年，政和七年是 1117 年。這就是說，官哥在出生前的五年就已不到周歲。第二十九回稱：「浙江仙遊」，仙遊屬福建而非浙江。第三十六回稱「滁州匡廬」，滁州在南京之北，匡廬即廬山，如何能連在一起。[5]

5. 從《金瓶梅》的某些成就來考察。《金瓶梅》所寫人物大多屬於市井間下層小民，

---

5 徐朔方〈《金瓶梅》成書新探〉，《中華文史論叢》，1984 年第 3 輯。

他們的生活，他們的思想、行為，他們的語言，都寫得入情入理，人物形象生動逼真。特別是對小民聲口、民眾語言的把握，可說到了出神入化的地步。說明《金瓶梅》某些部分的作者，絕非是高高在上、脫離民眾的大名士，而是直接生活在民眾之中，對社會底層生活十分熟悉的中下層文人。

用全面性原則來考察「大名士說」與「非大名士說」的辯證關係

《金瓶梅》中既有大名士參與創作的痕跡，又有非大名士參與創作的痕跡，兩者均客觀地共存於《金瓶梅》這個統一體中，構成一個明顯的矛盾。

1. 無論是大名士說還是非大名士說，都具有正確的一面，也都具有錯誤的一面。大名土說之所以正確，因為《金瓶梅》中確實存在大名士參與創作的痕跡，而所以之錯誤，因為沒有看到非大名士同樣參與了創作；而非大名士說之所以正確，因為《金瓶梅》中確實存在非大名士參與創作的痕跡，而所以之錯誤，因為沒有看到大名士同樣參與了創作。可見這兩說中的無論哪一說，都正確中包含有錯誤，錯誤中又包含有正確。

2. 三百年來，特別是近年來，學術界的勢不兩立的爭論，足以說明兩說完全處於對立的地位，似乎它們之間的矛盾是絕對的，不可調和的。由於思想方法的片面性，決定了他們只能在非此即彼、非彼即此中加以選擇，而不可能在彼與此的聯繫中，得出亦此亦彼的結論。筆者認為兩說的矛盾對立之中恰恰存在著同一性。哲學中的矛盾學說告訴我們，任何矛盾的對立、鬥爭都不是絕對的，而是相對的。對立著的雙方存在著互相轉化的趨勢。大名士說和非大名士說之間，表面上呈現對立的形勢，但實際上存在著互相滲透、互相融合、互相轉化的趨勢。大名士說的正確的一面，是非大名士說所不具備的，反之亦然。但是，大名士說的錯誤的一面，恰恰是非大名士說的正確的一面；而非大名士說的錯誤的一面，又是大名士說的正確的一面。由此筆者得到一個極為重要的啟示：我們可以在堅持大名士說的正確部分的同時，用非大名土說的正確部分來修正其錯誤部分；反之我們也可以在堅持非大名士說的正確部分的同時，用大名士說的正確部分來修正其錯誤部分。我們可以同時保留兩說中的合理內核，同時又拋棄兩說中的錯誤部分。正是基於這一認識，筆者提出一個新見：《金瓶梅》既是大名士的作品，又不完全是大名士的作品；《金瓶梅》既是非大名士的作品，又不完全是非大名士的作品——《金瓶梅》乃是大名士與非大名士的聯合創作。

「王世貞說」與「王世貞門人說」的辯證統一

提出《金瓶梅》是大名士與非大名士的聯合創作，問題還沒有解決。這個大名士是誰？非大名士又是誰？從上面的考證已知，這個大名士極有可能是王世貞，那麼與王世貞合作的非大名士，就必然是王世貞的門人。在明末清初就有「王世貞說」與「王世貞門人說」，兩說同時並存。「門人」「門客」這個概念是比較寬泛的，只要被王世貞所賞識並追隨於門下的學生、中下層文人，或者是直接依附於門下的中下層文人，似都可稱之為門人。反之，如果某些中下層文人本來與王世貞並無關係，但因創作《金瓶梅》的需要，王世貞約請他們參與其工作，那麼這樣的中下層文人亦就可以稱之為王世貞的門人。作為大名士的王世貞，其門人是很多的。《明史·王世貞傳》載：

> 世貞始與李攀龍狎主文盟，攀龍歿獨操柄二十年。才最高，地望最顯，聲華意氣籠蓋海內。一時士大夫及山人、詞客、衲子、羽流，莫不奔走門下。

可見王世貞手下有一個規模可觀的門人集團。王世貞在動意創作《金瓶梅》時，這些門人參與其間工作，或收集某些資料、素材，或翻檢某些書籍，或撰寫某些章節，都是可能的，也是必要的。也許在《金瓶梅》創作的全過程中，王世貞只是提出了一個指導思想，全書情節發展的一個框架，撰寫了少數不能不由他親自撰寫的章節，而全書的大部分篇章則是由門人們根據王世貞的指導思想而執筆撰寫的。在王世貞的門人集團中，有士大夫、山門、詞客、衲子，羽流等各色人物。對於這樣一個群體結構可說是天文地理、三王五帝、政治經濟、經史典籍、佛道宗教、卜筮星相、琴棋書畫、輿服飲食、三教九流、民間習俗，無一不通、無一不曉。由這樣一些人來撰寫《金瓶梅》中的大部分篇章，何愁此書不可能如此多姿多彩。

從「王世貞說」過渡到「王世貞及其門人聯合創作說」，中間並沒有不可逾越的鴻溝。當王世貞創作《金瓶梅》時，有門人參與其工作，有什麼奇怪呢。而用今天的觀點看，這就是「聯合創作」。當《金瓶梅》在社會上流傳時，人們只道其王世貞所著而不道及其門人，這也是不奇怪的。因為門人完全是從屬於大名士的，何況在當時並不像現在，存在一個所謂著作權問題。

那麼參與《金瓶梅》創作的王世貞的門人到底是何許人也，這又是一個難解的謎。以筆者之見，有四個人特別值得注意：盧楠、屠隆、王穉登、蔡榮名。

一、盧楠，字少楩，河南浚縣人。盧楠既有文才，又很落魄，騷賦最為王世貞所稱。盧楠被列在「廣五子」之中，可謂王世貞門人。《金瓶梅》滿文譯本卷首有〈序〉云：「此書（《金瓶梅》）乃明朝閒散儒生盧楠斥嚴嵩嚴世蕃父子所著之說，不知確否？」此說雖係傳聞，但有一定的研究價值。盧楠為什麼要著《金瓶梅》斥嚴嵩父子呢？顯然這是王世貞的創作宗旨。盧楠極有可能參與了王世貞的《金瓶梅》創作。

二、屠隆（1542-1605），字長卿，號赤水等，浙江鄞縣人。《明史》稱他：「生有異才」「落筆數千言立就」。屠隆的文才為王世貞所賞識，被稱為「末五子」之一，可見他也是王世貞的門人。作者之說中也有「屠隆說」，為黃霖先生提出。黃霖從屠隆的籍貫和習尚，處境和心情，屠隆的情欲觀，創作《金瓶梅》的生活基礎、文學基礎等方面，作了不少有見地的考證。屠隆很有可能作為王世貞的門人，參與了王世貞的《金瓶梅》創作。但王世貞與屠隆的交往主要在萬曆年間。屠隆似不可能參與《金瓶梅》初稿的創作，但有可能參與部分改寫和傳抄的工作。

三、王穉登（1535-1612），字百穀等。先世江陰人，後移居吳門（今蘇州）。少有文名，善書法。曾與屠隆、汪道昆、王世貞等組織「南屏社」，廣交朋友。嘉、隆、萬曆年間，布衣、山人以詩名者有十數人，然聲華顯赫，穉登為最。魯歌、馬征在《金瓶梅及其作者探秘》中提出《金瓶梅》作者「王穉登說」，據證凡十三條。如：他是古稱「蘭陵」的武進人；小說中的詩詞曲與他所輯《吳騷集》語句、意境相同或相似；他《全德記》中的某些內容、用語與《金瓶梅》中的寫法相同或相似；他是王世貞門客，故以小說「指斥時事」，為王世貞之父報仇等等。以筆者之見，王穉登也極有可能參與了以王世貞為首的《金瓶梅》創作。

四、蔡榮名（1559-？），字去疾，黃岩人。習研古詩文，著有《太極注》《芙蓉亭詩鈔》。陳明達先生在論文〈《金瓶梅》作者蔡榮名考〉中認為：書中大量獨特的黃岩方言只有黃岩人才能寫得出來；《芙蓉亭詩鈔》提供了直接證據；24 歲北上拜謁王世貞，深受賞識，延為上賓，留住在府；《金瓶梅》初稿是蔡榮名寫的，也是他在弇山園兩年最後定稿的；歷來許多學者不解的疑惑在蔡榮名身上都能找到答案，如「三七」「鳳城」「芙蓉亭」等的出處。筆者認為，蔡榮名當時才 20 多歲，以他的閱歷、經歷無法寫成這樣一部文學巨著。但他曾寓居王世貞府，為王世貞創作《金瓶梅》做些助手的工作，當在情理之中。

聯合創作說的三大支柱

概而言之，筆者提出的《金瓶梅》作者「王世貞及其門人聯合創作說」，具有三大支柱：

一、清無名氏《玉嬌梨・緣起》指出：

《玉嬌梨》與《金瓶梅》，相傳並出弇州門客筆，而弇州集大成者也。……客有述其祖曾從弇州遊，實得其詳。

這條史料的價值非同小可，它確切地告訴我們，《金瓶梅》由王世貞的門人執筆，由王世貞集其大成。這不等於我的「王世貞及其門人的聯合創作」嗎？可見，我提出的「聯合創作說」，具有史料這一強有力的支柱。

二、《金瓶梅》中既有大名士參與創作的內證，又有非大名士參與創作的內證，兩者客觀地共存於《金瓶梅》這個統一體中。可見，我提出的「聯合創作說」，具有《金瓶梅》文本這一強有力的支柱。

三、清焦循《劇說》云：

相傳《鳴鳳》傳奇，弇州門人作，惟「法場」一折是弇州自填。

王世貞創作的傳奇《鳴鳳記》洋洋四十一齣，他只寫了「法場」一折（齣），餘者均為門人所作。這可能是王世貞撰寫文稿所習慣使用的基本模式。寫《金瓶梅》當如法炮製。這為我的「聯合創作說」提供了重要旁證，亦可謂一個強有力的支柱。

縱觀林林總總、多如牛毛的《金瓶梅》作者之說，能有此三大支柱者，鳳毛麟角耳。

2013.12.20.

論《金瓶梅》時代背景「嘉靖說」

《金瓶梅》的時代背景問題，也是個素有爭議的問題。明末清初人似乎都是「嘉靖說」，即《金瓶梅》寫的是明代嘉靖朝的社會狀況。三十年代，鄭振鐸、吳晗兩先生提出新說。吳晗在〈《金瓶梅》的著作時代及其社會背景〉一文中認為：「《金瓶梅》是萬曆中期的作品」，「它所寫的是萬曆中年的社會情形」（以下凡引吳晗先生的論述均見此文，不另注）。這就是「萬曆中期說」，或簡稱「萬曆說」。由於吳晗先生作了多方面的考證，因此，此說一出，以後幾成定論。近年來，持「萬曆說」者日多，「嘉靖說」大有被否定的趨勢。我倒認為「嘉靖說」是有道理的。本人想在前人研究的基礎上，吸取其有益的營養，進一步加以論證，達到以張其說的目的。

「嘉靖說」的由來

從萬曆到明末清初，論及《金瓶梅》時代背景的有沈德符、屠本畯、謝肇淛、廿公、宋起鳳、謝頤等人。沈德符《野獲編》云：

> 聞此為嘉靖間大名士手筆，指斥時事，如蔡京父子則指分宜，林靈素則指陶仲文，朱勔則指陸炳，其他各有所屬云。

「分宜」指明嘉靖朝奸相嚴嵩，陶仲文是嘉靖皇帝寵信的道士，陸炳是嚴嵩的死黨。《金瓶梅》明托宋事，而實寫明事，沈氏指之甚明，而且《金瓶梅》明托宋徽宗朝事，而實寫明嘉靖朝事，沈氏也說得很清楚。如果再進一步深究，發現沈氏還告訴我們，《金瓶梅》不是一般地寫嘉靖朝的民情風俗、市井生活，而是「指斥時事」，以蔡京比嚴嵩。這就是說，《金瓶梅》有其政治背景，是嘉靖朝的嚴嵩專政這樣一段重大的政治歷史的反映。沈氏的這些指點，對《金瓶梅》的時代背景的研究來說，無疑是極為重要的。這恐怕是「嘉靖說」的源頭吧。

與沈氏差不多同時的屠本畯，在《山村經濟籍》中也說：「相傳嘉靖時，有人為陸都督炳誣奏，朝庭籍其家。其人沉冤，托之《金瓶梅》。」屠氏亦認為，《金瓶梅》為嘉靖時人所作，譏刺的對象陸炳亦嘉靖時人。屠說與沈說略有差異，但其核心觀點，即其書寫嘉靖朝事，這是一致的。這也是「嘉靖說」。晚明時期，持「嘉靖說」的還有謝肇淛、廿公等人。謝氏在《小草齋文集》中指出：「相傳永陵中有金吾戚里，憑怙奢汰，淫縱無度，而其門客病之，采摭日逐行事，匯以成編，而托之西門慶也。」永陵係嘉靖皇帝的陵墓，與廿公說的「世廟一巨公」的「世廟」一樣均指嘉靖。

如果說，上述諸人的說法，係出自傳聞的話，那麼清人宋起鳳的說法可謂確指。宋起鳳在《稗說》卷三中的記載比沈德符在《野獲編》中的記載尤為重要，它十分明確而又肯定地指出：《金瓶梅》以書中所寫的蔡京父子，來比生活中的嚴嵩父子，這就是說，《金瓶梅》寫的是嘉靖朝嚴嵩專政時期的社會情景。可以說，這段史料是「嘉靖說」的一塊重要基石。但是，無論是沈德符還是宋起鳳，他們只是提出了「嘉靖說」，而沒有對其說作出嚴密的論證。因此在五十多年前，當吳晗先生提出經過「嚴密」論證的「萬曆說」時，「嘉靖說」似乎處於一種不堪一擊的境地，其原因就在於「嘉靖說」還缺乏周密的考證。由此可見，對「嘉靖說」作論證，是持「嘉靖說」的研究者的一項重要任務。

蔡京專政與嚴嵩專政

為報父仇，用以譏刺嚴氏，這是王世貞及其門人創作《金瓶梅》的重大原因。但是《金瓶梅》中並沒有出現嚴嵩。用什麼方法來達到譏刺嚴氏的目的呢？王世貞將《金瓶梅》故事展開的背景特意放在宋代的徽宗朝，並非常突出而醒目地寫了徽宗朝的蔡京專政這樣一個重大的政治事件。因為徽宗朝的蔡京專政與嘉靖朝的嚴嵩專政太相似了，太突出了，從而使後人不難發現作者的這一用心。事實亦正是如此，明末人早就發現了這個秘密。如沈德符所說的「指斥時事」，廿公所說的作者的「寓言」，「蓋有所刺也」，弄珠客所說的「作者亦自有意」，欣欣子所說的「寄意於時俗，蓋有謂也」。一言以蔽之，他們都已對作者的假貶蔡京專政之名而實斥嚴嵩專政之意的良苦用心了然於胸。吳晗先生也說過，作者有意要淆亂書中的事實，極力避免含有時代性的敘述，這是不容易的。因為，他是那時候的現代人，他無法離開他的時代，他的現實生活。這是很有道理的。遺憾的是吳晗先生在考察《金瓶梅》的時代特徵時，只注意到了書中的一些較為細小的問題，如人物的一句對話，一個簡單的情節等等。當然這也是必要的，但卻忽略了對書中具有鮮明的時代特徵的重大事件的考察。他對書中所寫的蔡京專政就未置一辭。無疑，這不是一個疏忽。因為他是否定「嘉靖說」而主「萬曆中期說」的，而萬曆朝並沒有類似於蔡京專政這一類重大政治事件。

但是，要弄清楚《金瓶梅》的時代背景，就不能不對書中關於蔡京專政這一具有鮮明時代特徵的事件，加以認真的研究。因為它對考明《金瓶梅》的時代特徵，具有決定性的意義。只要我們確切地搞清楚，《金瓶梅》中所寫的蔡京專政，實指嘉靖朝的嚴嵩專政，那麼該書的時代背景問題也就迎刃而解；「嘉靖說」也就有了無以推倒的堅實的基礎。

《金瓶梅》第一回，開宗明義，有一段重要敘述：

> 話說宋徽宗皇帝政和年間，朝中寵信高、楊、童、蔡，四個奸臣。以致天下大亂，黎民失業，百姓倒懸，……

第三十回又說：

> 看官聽說：那時徽宗，天下失政，奸臣當道，讒佞盈朝。高、楊、童、蔡四個奸黨，在朝中賣官鬻獄，賄賂公行，懸稱升官，指方補價。夤緣鑽刺者，驟升美任；賢能廉直者，經歲不除。以致風俗頹敗，贓官汙吏，遍滿天下，役煩賦重，民窮盜起，天下騷然。不因奸佞居臺輔，合是中原血染人。

第九十八回，借韓道國之口云：

> 朝中蔡太師、童太尉、李右相、朱太尉、高太尉、李太監六人，都被太學國子生陳東上本參劾，後被科道交章彈奏倒了，聖旨下來，拿送三法司問罪，發煙瘴地面永遠充軍。太師兒子禮部尚書蔡攸處斬，家產抄沒入官。

這三段敘述，幾乎寫到了徽宗朝蔡京專政，從起家到敗亡的全過程。《金瓶梅》是一部人情小說，主要寫身居山東清河一隅的惡霸、富商、官僚三為一體的西門慶的發跡和衰敗的過程。照例說，它是可以和其他人情小說那樣，不涉及朝廷大政的，或者稍加涉及亦未嘗不可。但是，《金瓶梅》的作者卻偏偏要在一個朝廷的衰敗這樣一種重大的政治形勢下，來展開他的一個平凡的西門慶的故事。這正是作者的高明之處，深刻之處。縱覽《金瓶梅》全書，它使我們看到，上有徽宗荒淫失政、權奸當道，下有西門慶之流橫行鄉里；而且上下勾結，互相依賴，互相利用，織成一張統治人民，魚肉百姓的天羅地網。這是一幅多麼真實的封建王朝從上到下整個地爛下去的清晰圖畫。而這一幅圖畫不正是嘉靖朝嚴嵩專政，讒佞盈朝，豺狼遍野，百姓倒懸，民不聊生的真實寫照嗎？下面我們作些具體分析。

歷史上的徽宗朝蔡京專政，長達二十年之久。雖因他遭彈劾而三次短暫罷相，但在長時期裏，與童貫等掌握著全部軍政大權，朝政極度腐敗；而歷史上的嘉靖朝嚴嵩專政，同樣長達二十年之久，他也屢遭彈劾但沒有罷相，長期與其子嚴世蕃執掌大權，朝政同樣極度腐敗。歷史的這種巧合，為《金瓶梅》的作者提供了利用蔡京專政來影射嚴嵩專政的機會。這種一般的類比，當然是不能令人信服的。但是，在作者有意淆亂某些史實的地方，卻使我們發現了其中的秘密。

《金瓶梅》第一回，所寫徽宗帝「朝中寵信高、楊、童、蔡，四個奸臣」。第三十回亦說徽宗時「奸臣當道，讒佞盈朝。高、楊、童、蔡四個奸黨……」。但是一查宋史，不對了。徽宗朝並無「四個奸臣」「四個奸黨」之稱。卻有以蔡京為首的「六賊」之稱。《宋史·欽宗本紀》載：

> 太學士陳東等上書，數蔡京、童貫、王黼、梁師成、李彥、朱勔罪，謂之六賊，請誅之。（事在徽宗宣和七年十二月）

《宋史·陳東傳》又載：

> 欽宗即位，率其徒伏闕上書，論：「今日之事，蔡京壞亂於前，梁師成陰謀於後，李彥結怨於西北，朱勔結怨於東南，王黼、童貫又結怨於遼、金，創開邊隙，宜誅六賊，傳首四方，以謝天下。」

這裏的「六賊」之稱，是個特定的概念。這個概念用之於蔡京專政則可，用之於嚴嵩專政則不可。《金瓶梅》中卻也有「六賊」之稱。第七十回寫群僚庭參朱太尉，斥權奸誤國，有回末詩一首云：

> 權奸誤國禍機深，開國承家戒小人。
> 六賊深誅何足道，奈何二聖遠蒙塵。

上引第九十八回也明說：「朝中蔡太師、童太尉、李右相、朱太尉、高太尉、李太監六人，都被太學國子生陳東上本參劾……倒了。」由此可見，《金瓶梅》的作者是深知蔡京專政時的「六賊」之稱的，為什麼在第一回、第三十回要改成高、楊、童、蔡「四個奸臣」「四個奸黨」之稱呢？作者的這一有意改動，十分醒目地透露出，他明寫蔡京專政而實寫嚴嵩專政的用心。原來嘉靖朝嚴嵩專政時，實有四個奸黨，人稱「四凶」。《明史紀事本末》卷五十四〈嚴嵩用事〉篇載：

> 巡按四川御史謝瑜上言：「堯舜相繼百四十年，誅四凶。而陛下數月之間，轉移之頃，四凶已誅其二，如郭勳、胡守中。而其二則張瓚、嚴嵩是也。請陛下奮乾斷，亟譴之，以快人心。」（事在嘉靖二十一年冬十月。）

查明代列朝，四個奸臣同時橫行朝中之事，唯嘉靖一朝而已。作者的這一有意改動，就是要使讀者明白他明斥蔡京專政而實指嚴嵩專政的良苦用心。這是「嘉靖說」的一個鐵證，很難再作其他的解釋。

《金瓶梅》運用各種藝術手法，揭露了蔡京集團在朝中「賣官鬻獄，賄賂公行，懸稱升官，指方補價」，以致夤緣鑽刺者驟升美任，賢能廉直者，經歲不除，朝政腐敗，贓官汙吏橫行天下的嚴重罪行。這不僅是對歷史上的蔡京集團的深刻批判，也是對嚴嵩集團的深刻批判。

蔡京上臺以後，千方百計地排斥、打擊異己，欲置死地而後快，同時賣官鬻爵，網羅親信黨羽以鞏固其罪惡統治。他定司馬光等一百二十人為元祐奸黨，死者削官，生者貶竄；將向太后執政時的五百餘臣僚降責；稱變法派章惇等十餘人為「黨人」予以貶逐；把政見不合者張商英等人落職出朝。嚴嵩完全步了蔡京的後塵。沈煉曾上疏歷指嚴氏十大罪狀遭貶謫，後嚴氏又誣指沈氏謀叛而慘遭其害；兵部員外郎楊繼盛再劾嚴氏十大罪狀，嚴氏又陰謀加害；嚴氏還借邊防大事作為陷害手段，陷內閣首輔夏言、總督三邊兵部侍郎曾銑遭斬；王世貞父王忬的被殺，也為嚴氏陷害所致。蔡京與嚴嵩都善於網羅親信黨羽，以致黨徒鷹犬佈滿天下。蔡京為「六賊」之首，六賊中的童貫、朱勔、王黼等均為其親信黨羽。蔡京的姻親胡師文，因助蔡搜括民財有功，而被起用入朝為戶部侍郎。蔡京的兒子蔡攸、蔡鯈、蔡絛都官至大學士。嚴嵩收羅的鷹犬則更盛於蔡京。對此，《金瓶梅》都作了深刻的揭露。特別值得注意的是，《金瓶梅》寫蔡京網羅親信的重要手段是廣納「乾兒門生」。第三十六回，寫西門慶結交蔡狀元：

> 看官聽說：當初安忱取中頭甲，被言官論他是先朝宰相安惇之弟，係黨人子孫，不可以魁多士。徽宗不得已，把蔡蘊擢為第一，做了狀元。投在蔡京門下，做了假子。升秘書省正字，給假省親。

為蔡狀元省親道經清河事，蔡太師府管家翟謙致書西門慶，「望留之一飯」，並專門說明蔡蘊「乃老爺之假子」。可見太師「假子」這個地位何等重要，為謀得假子的地位，西門慶亦百般鑽營，首先是以重禮賄賂翟管家，以後又趁蔡京壽誕之機，進京拜壽，以二十杠金銀段匹的巨額賄賂，投蔡京所好。假子的地位便遂手而得。從此，西門慶成為蔡京心腹黨羽，不僅能夠橫行鄉里，連巡按之類的大官亦不在話下，起碼可以和他們平起平坐。對此，《金瓶梅》第二十七回、三十回、五十五回都作了詳細的描寫和揭露。而書中特意點明「蔡太師門生」者，有東平府府尹陳文昭（第十回）、東京開封府府尹楊時（第十四回）等人。可見蔡京之「乾兒門生」確是不少。但是，查宋代史料，似乎蔡京以廣納「乾兒門生」以成鷹犬之事並不突出。那麼《金瓶梅》為什麼要如此大張撻伐呢？原來這恰恰是嚴嵩網羅親信的一個極重要又極突出的手段。明田藝蘅《留青日札》說嚴嵩「乾兒門生，佈滿天下」。《明史紀事本末》卷五十四〈嚴嵩用事〉篇載：

> 初，（趙）文華為主事，有貪名，出為州判。以賂嵩，得復入為郎。未幾，改通政，與嵩子世蕃比周，嵩目為義子。不二年，擢工部侍郎。

《明史・奸臣傳》寫到嚴嵩的另一個假子鄢懋卿，「見嚴嵩柄政，深附之，為嵩父子所昵，……至是懋卿盡握天下利柄，倚嚴氏父子，所至市權納賄，監司郡邑吏膝行蒲狀」，「歲時饋遺嚴氏及諸權貴，不可勝紀」。這可以說《金瓶梅》明寫蔡京實刺嚴嵩的又一證據。

《金瓶梅》中的蔡京倚仗權勢，招財納賄，豪奪民財，生活侈奢腐朽，與歷史上的嚴嵩也極為相像。嚴嵩專政時，朝中官員的升遷貶謫，無不以賄賂解決問題。據《明史紀事本末》所載，嘉靖十五年，嚴嵩為禮部尚書兼翰林院學士，「時禮部選譯字諸生，嵩至，即要貨賄己。而苞苴過多，更高其價」。十九年，巡按雲南御史謝瑜上言：「選譯字諸生，通賄無算；宗藩有所陳乞，每事征索，故王府胥吏交代，動以千計；至於齎詔官役，去索重賄，旋索土物。」二十年秋七月，「交城王絕，輔國將軍表謀襲之，遣校尉任得貴至京，以黃白金三千兩賂嚴嵩，……受焉，嵩乃題覆從之。……永壽共和王庶子惟熄，與嫡孫懷爭立，以白金三千賂嵩，亦受之，為覆允。」犯官仇鸞，罷職閒居，「以重賂嚴世蕃」，得宣府、大同總兵之要職。兵部員外郎楊繼盛上疏論嚴嵩十大罪，曰：「府、部之權，皆撓於嵩。而吏、兵二部，尤大利所在。將官既納賄於嵩，不得不剝削乎軍士；有司既納賄於嵩，不得不濫取於百姓」。《金瓶梅》中多次寫到蔡京收受賄賂的事。例如第二十五回，寫到揚州鹽商王四峰，「被安撫使送監在獄中，許銀二千兩，央西門慶對蔡太師討人情釋放」。《金瓶梅》還兩次寫到蔡京壽誕，朝中官員及全國各地官府都要送上巨額壽禮，名曰「生辰杠」。單西門慶一次送生辰杠就是二十杠金銀。據田藝蘅《留青日札》載：「嵩賊生辰，總督諸公皆以紫金鐫為文字，綴以錦綺，以珍珠為纓絡，以珊瑚為闌干，雜以寶石，襲以香藥，網羅圍繞，彩繡燦爛，眩目駭人，以供一時之玩，以悅奸臣之心。」《金瓶梅》巧妙地利用了蔡京與嚴嵩收受生辰杠（歷史上蔡京收受的稱「生辰綱」，《金瓶梅》中稱「生辰杠」）這一巧取豪奪的同一手法，加以盡情揭露，可謂一箭而雙雕矣。

由於大肆搜刮納賄，嚴嵩家財富比皇家。嚴世蕃曾自誇：「朝廷不如我富」。據《明史》列傳一九六所載，嚴氏「其治第京師，連三四坊，堰水為塘數十畝，羅珍禽奇樹其中，日擁賓客縱倡樂」。《金瓶梅》第五十五回寫蔡太師府，乃是：「堂開綠野，仿佛雲霄；閣起凌煙，依稀星斗」，「金銀堆裏，日映出琪樹花香」，儼然是一座「寶殿仙宮」，巍峨壯麗不減朝堂。因為西門慶只在大堂上拜見太師，故未寫及太師府的花園。但書中卻著意描寫了西門慶花了半年多時間，精心建造的一座大花園。第十九回寫花園落成，「裏面花木庭臺一望無際」，「四時賞玩，各有去處」，樓臺亭閣，奇花異樹，應有盡有，還特別提到「曲水方池」，「遊魚藻內驚人」，可見園中還有一片池塘。這與嚴府的花園何等相像。查宋代正史，蔡京府第中似無人工池塘的記載。而明史中卻有嚴府「堰水為塘數十畝」的記載。《金瓶梅》中描寫的西門氏花園當是嚴氏花園的藝術再現。

《金瓶梅》第九十八回寫到蔡京事敗，「家產抄沒入官」。歷史上的蔡京於靖康元年，以「燒香」為名逃出東京，在亳州被貶官流放，並在流放途中死於潭州，正史上並沒有籍沒家產的記載。但嚴嵩事敗卻是抄了家的。明史記載，嘉靖四十四年三月，「嚴嵩削籍，沒其家」，「籍其家，黃金可三萬餘兩，白金二百萬餘兩，他珍寶服玩所直又數百萬」[1]。據陳詔先生考證，《天水冰山錄》中記有嚴嵩的抄家物資清單，其中有：「水晶嵌寶廂銀美人一座，重二百五十六兩」，「金福字壺一把」，「玉桃杯七個」，「獅子闊白玉帶一條」，「鍍金廂檁香帶三條」，「鍍金廂速香帶五條」等。而《金瓶梅》第二十七回寫西門慶送給蔡京的壽禮中有「四陽捧壽的銀人，每一座高尺有餘」，「兩把金壽字壺」，「兩副玉桃杯」。第五十五回所寫的壽禮中又有「獅蠻玉帶一圍」，「金鑲奇南香帶一圍」等。可見書中所寫的賀太師壽禮，與嚴嵩抄家物資的名目，諸多相類。另外，《金瓶梅》中還寫到，李瓶兒有一張「螺甸廠廳床」，潘金蓮叫西門慶使了六十兩銀子也買了張「螺甸有欄杆的床，兩邊槅扉都是螺甸攢造」（第二十九回）。而嚴嵩的抄家物資中也有「螺甸大理石床一張」，「堆漆螺甸描金床一張」的記載。這些不也是《金瓶梅》明譏蔡京實刺嚴嵩的重要證據？

根據以上的初步考證，我認為沈德符所說的《金瓶梅》「指斥時事，如蔡京父子則指分宜」，宋起鳳所說的「以蔡京父子比相嵩父子」，這是有根據的。當然，我也並不認為，《金瓶梅》中的蔡京就是歷史上的嚴嵩，因為《金瓶梅》是小說，而不是史書。我們當然不應該如歷史上的索隱派那樣，去考證書中的什麼「微言大義」。但是為了弄清楚這部小說的時代背景，我們就必須從書中找出其時代的痕跡。《金瓶梅》藝術地再現了嘉靖朝嚴嵩專政時期的社會歷史狀況，這就是《金瓶梅》的時代背景。這是「嘉靖說」所以能成立的一個極其重要的根據。當然持「萬曆中期說」的研究者是不同意這個觀點的。但是客觀事實是不能迴避的。《金瓶梅》所展開的西門慶的故事的政治背景，是朝廷中的一個奸相的專政，而萬曆中期恰恰就沒有出現這樣一種政治背景，我認為這是持「萬曆說」者所無法解決的難題，也是其說之所以不能成立的根本原因。當然，單憑這一條（儘管它是最根本的一條），來證明「嘉靖說」的正確，還是不夠的。

---

1 《明史》列傳第一九六。

關於太監的失勢與得勢

吳晗先生在〈金瓶梅的著作時代及其社會背景〉一文中指出，太監的得勢用事，和明代相始終。其中只有一朝是例外，這一朝代便是嘉靖朝。嘉靖朝是太監最倒霉失意的時期，而萬曆朝是太監最得勢的時代。這基本上是符合歷史實際的，也是大家所公認的。但是一接觸到《金瓶梅》這個實際，分歧就出現了。吳晗認為，《金瓶梅》所反映的「正是宦官得勢時代的情景，也正是萬曆時代的情景」。這是不符合事實的。與吳晗的判斷恰恰相反，我認為《金瓶梅》所反映的是宦官失勢時代的情景，這正是嘉靖時代的情景。

吳晗用以證明自己觀點的，是《金瓶梅》第三十一回中西門慶宴客的一段文字，大意是：受朝廷派遣在清河管磚廠和皇莊的薛、劉二內相（太監），在西門慶家赴宴，受到西門慶、周守備等地方官員的隆重接待，並在宴席上坐了首座。僅此一點而證明太監的得勢，我認為是不能說明問題的。看太監是否得勢，主要要看他們在朝廷中的地位和權力。薛、劉二內相，不過在地方上管管磚廠、皇莊而已，這本身就說明他們並沒有掌握什麼軍政大權；西門慶等地方官吏，將他們敬為上賓，也只因為他們是內使而已，這在常理之中，亦不說明他們有多大權力。事實上，在《金瓶梅》中，西門慶等地方官員企求加官晉爵而賄賂上官，走的都是蔡太師、朱太尉等人的後門，而沒有走薛、劉二內相等太監的後門，這就是明證。其實，從《金瓶梅》的許多對太監的描寫來說，他們恰恰並不十分得意，證據有以下三條：

第一、《金瓶梅》中反映的朝廷，是蔡京專政，而不是宦官專政。蔡京非宦官。這是宦官並不得勢的主要標誌。

《金瓶梅》中的蔡京位列首輔，獨掌朝政，權勢顯赫，文武百官均仰其鼻息、百般趨奉，「憑地九州四海，大小官員，多來慶賀（壽誕）；就是六部尚書，三邊總督，無不低頭。正是：除卻萬年天子貴，只有當朝宰相尊」（《金瓶梅》第五十五回）。蔡京的幫凶、黨徒朱勔亦不是太監，也能依仗太師的寵信，凌駕於百官之上。《金瓶梅》第七十回，寫群僚庭參朱太尉。朱勔新加光祿大夫、太保，「各家饋送賀禮，伺候參見，官吏人等黑壓壓在門首，等的鐵桶相似」。慶賀者中有尚書張邦昌、侍郎蔡攸（蔡京之子）、吏部尚書王祖道、左侍郎韓侶、皇親喜國公等顯貴。書中寫道：朱太尉「官居一品，位列三臺」，「假旨令八位大臣拱手，巧辭使九重天子點頭」，「輦下權豪第一，人間富貴無雙」。朱勔不過是蔡京一走卒而已，權勢且如此顯赫，《金瓶梅》中寫到的太監，誰能比之一二。

《金瓶梅》中出現的，在朝中用事的太監有童貫、楊戩、六黃太尉、何太監等。童貫也是蔡京的死黨，《金瓶梅》說他是「四個奸黨」之一。在書中出現的太監中，似乎地位最高。但作者並沒有給他如蔡京、朱勔一般的權勢和地位，而歷史上的童貫長期執掌兵權，與蔡京並列相位。顯然小說中的童貫並不符合歷史的原貌，而是作者按照嘉靖朝太監失勢的現實狀況所創造的一個藝術形象。第六十四回還出現了一段對太監失勢的諷刺描寫：吳大舅在奉承薛內相時說：「見今童老爺加封王爵，子孫皆服蟒腰玉」，而薛內相卻說：「科道官上本極言：童掌事大了，宦官不可封王。如今馬上差官，拿金牌去取童掌事回京」。宦官連王都不可封，何談在朝中專政？吳晗先生所說的宦官得勢的情景難以使人信服。

再說六黃太尉。六十五回寫到，朝廷營建艮嶽，敕旨令太尉朱勔往江南湖湘採取花石綱，又欽差殿前六黃太尉來迎取卿雲萬態奇峰，船隻從山東河道而來。宋御史等率三司官員接六黃太尉。小說將其排場寫得十分隆重。請六黃太尉一飯，兩司八府官員拿出一百零六兩銀子辦酒，還不計西門慶家的補貼在內。陪宴者達上千人。而當時買一女奴的價格不過五六兩銀子。但這仍然只能表明地方官員對朝廷欽差的奉承而已。書中並沒有寫他在朝中有多大權力。

《金瓶梅》中還出現一個「內府匠作」太監何沂，「見在延寧第四宮端妃馬娘娘位下近侍」。《金瓶梅》第七十回寫何太監「轉央朝廷所寵安妃劉娘娘的分上，便也傳旨出來，親對太爺和朱太尉說了，要安他侄兒何永壽在山東理刑」。而蔡京雖然「好不作難」，卻仍將假子西門慶安排作理刑千戶，何永壽只得了個副職。可見，即使內廷太監走了皇帝、娘娘的後門，蔡京、朱耐等人也照樣可以不完全照辦。太監之地位又見一斑。

第二、《金瓶梅》對薛、劉二內相的著筆很多，從字裏行間可見他們非但不得志，而且非常失意。

如上所引，吳晗在舉第三十一回薛、劉二內相被地方官敬為上賓後說道：「一個管造磚和一個看皇莊的內使，聲勢便煊赫到如此。」其實這僅是表面文章而已。就在同一回，吳晗所引文字的下面，有一段極具深意的描寫：酒席宴上，劉內相要小優兒唱「歎浮生有如一夢裏」。周守備道：「老太監，此是這歸隱歎世之詞，今日西門大人喜事，又是華誕，唱不的。」劉太監又道：「你會唱『雖不是八位中紫綬臣，管領的六宮中金釵女』？」周守備道：「此是《陳琳抱妝盒》雜記，今日慶賀，唱不的。」薛太監道：「你叫他二人上來，等我分付他。你記的〈普天樂〉『想人生最苦是離別』？」夏提刑大笑道：「老太監，此是離別之詞，越發使不的。」後來夏提刑倚仗他是刑名官，分付：「你唱套〈三十腔〉。今日是你西門老爹加官進祿，又是好的日子，又是弄璋之喜，宜該唱這套。」《金瓶梅》的這段白描文字，可謂入木三分。西門慶加官進祿，盛開華宴。前來慶賀的太監卻要唱歸隱歎世和離別之詞，足見他們心情之灰黯，處世之不遇。而夏提刑等地方官表面上竭盡趨奉之意，實際上可以當眾違背他們的意志。這是太監得勢的描寫嗎？第六十四回，在另一次酒席上，《金瓶梅》又有一段描寫：薛內相對劉內相說：「昨日大金遣使臣進表，要割內地三鎮。依著蔡京老賊，就要許他」，又說，科道官上本劾童掌事，「宦官不可封王」。劉內相道：「你我如今出來在外做土官，那朝裏事也不干咱每。俗語道：咱過了一日是一日。便塌了天，還有四個大漢。到明日，大宋江山管情被這些酸子弄壞了」。這又是一段「刻露而盡相」（魯迅語）的文字。他們當眾咒罵蔡京為「老賊」，朝中掌權者為「酸子」，說明他們對皇帝寵信蔡京之流的極度不滿；另一方面亦表明他們對朝廷不重用太監，和他們深感自己地位之低微而充滿著牢騷。同一回，薛內相見說李瓶兒的棺木，價為三百七十兩銀子，歎道：「俺內官家到明日死了，還沒有這等發送哩。」這種畫龍點睛之筆，實在耐人尋味。一個老內相所能得到的待遇還不如西門慶的一個小妾。太監之可悲已到了這等地步。

第三、再看地方官員對太監的態度。《金瓶梅》大量使用曲筆，將他們的關係表現得淋漓盡致。概而言之，大體上是三種場合，三種態度：

其一、在請客吃酒的場合，西門慶等人對薛、劉二內相假意奉承，要迎接、要動樂、要請他們坐首座，還要說些獻媚的話。吳大舅就對薛內相獻過媚：「老公公好說，與朝廷有分的人享大爵祿。俺每外官焉能趕的上。老公公日近清光，代萬歲傳宣金口，見今童老爺加封王爵，子孫皆服蟒腰玉，何所不至哉。」（第六十四回）有時即使在酒宴上，也可以頂撞他們幾句。同一回，寫薛內相不喜歡聽海鹽子弟唱南戲，說道：「那蠻聲哈刺，誰曉的他唱的是甚麼」，並對儒生的作為說了些譏諷的話。溫秀才就很不滿，說道：「老公公說話太不近情了。居之齊則齊聲，居之楚則楚聲」，「老公公砍一枝，損百林。兔死狐悲，物傷其類。」而薛內相聽了這些不敬之言，只說：「你每外官，原來只護著外官」，而別無他言。可見在那個時代，對太監如此作為，並不犯什麼大罪。在溫秀才眼裏，這內相的地位還不及他的主子西門慶。

其二、在一些利害有所衝突的場合，則是針鋒相對，並不見得客氣。第六十七回，寫李智、黃四欠著徐內相和西門慶的銀子。「徐內相發恨，要親往東平府自家抬銀子去」。應伯爵怕徐內相此舉有損西門慶的利益。西門慶則說：「我不怕他。我不管甚麼徐內相、李內相，好不好我把他小廝提留在監裏坐著，不怕他不與我銀子。」第三十四回，西門慶對應伯爵說：劉太監的兄弟劉百戶，拿皇木蓋房，「近日被我衙門裏辦事官緝聽著，首了。依著夏龍溪，饒受他一百兩銀子，還要動本參送，申行省院。劉太監慌了，親自拿著一百兩銀子到我這裏，再三央及，只要事了」。西門慶考慮到「劉太監平日與我相交，時常受他的禮」，又礙於情面，故未受他的禮，但還是叫他將房屋連夜拆去。到衙門裏，還「打了他家人劉三二十」。事畢，「劉太監感不過我這些情」，又送了一份厚禮「親自來謝」。於此可見，太監們還受地方官的管束，還要向地方官送禮。太監之體面和地位安在哉。如果《金瓶梅》的時代是太監得勢的時代，太監們那能如此作為。

其三、在背地裏，地方官對太監卻是老大的不敬。薛內相斥南戲海鹽腔為「蠻聲哈剌」，應伯爵背地裏對西門慶罵道：「內臣斜局的營生，他只喜《藍關記》，搗喇小子胡歌野調，那裏曉的大關目」（第六十四回）。應伯爵還罵徐內相為「老牛箝嘴」（第六十七回）。

根據以上眾多事實，我認為《金瓶梅》的時代是太監失勢的時代，朝政大權完全在內閣首輔一邊，太監們沒有多大權力；而且去京在外「做土官」的太監還得受地方官的約束，其權力與財勢亦不可與地方官同日而語。《金瓶梅》對太監的描寫，正是嘉靖朝太監失勢時期的真實寫照，並與萬曆朝太監得勢時期的情況完全相違。這是《金瓶梅》的時代背景「嘉靖說」的又一個重要證據，也是對「萬曆說」的又一次否定。

關於內憂與外患問題

《金瓶梅》所反映的時代，是一個內憂與外患相結合的時代，這是這一時代的重要特徵。所謂內憂者：皇帝昏庸、奸相當權，朝廷已腐敗到極點；所謂外患者，異族不斷入侵，邊事頻繁，腐敗的朝廷無以為抗。照例說，一部寫西門慶故事的人情小說，完全不必涉及外患問題。然而《金瓶梅》涉及到了不少外患問題。它要告訴讀者的，正是內憂如何導致了外患，以致封建王朝整個地無可挽救地走向滅亡這一必然規律。而內憂與外患緊密結合嚴重威脅國家安全，正是嘉靖朝嚴嵩專政時期的時代特徵。

且看《金瓶梅》是如何反映這一時代特徵的。

《金瓶梅》第十七回首次寫及外患問題：

茲因北虜犯邊，搶過雄州地界，兵部王尚書不發人馬，失誤軍機，……

王黼、楊戩，本兵不職，縱虜深入，荼毒生民，損兵折將，失陷內地，……

為直罪蔡京，《金瓶梅》寫兵科給事中宇文虛中等，在皇帝面前參了蔡京一本：

今招夷虜之患者，莫如崇殿大學士蔡京者：本以邪奸險之資，濟以寡廉鮮恥之行，讒諂面諛；上不能輔君當道，贊元理化，下不能宣德布政，保愛元元，徒以利祿自資，希寵固位，樹黨懷奸，蒙蔽欺君，中傷善類，忠士為之解體，四海為之寒心；聯翩朱紫，萃聚一門。邇者河湟失議，主議伐遼，內割三郡，……此皆誤國之大者，皆由京之不職也。……數年以來，招災致異，喪本傷元，役重賦煩，生民離散，盜賊猖獗，夷虜順犯，天下之膏腴已盡，國家之紀綱廢弛，雖擢發不足以數京等之罪也。……伏乞宸斷，將京等……或置極典，以彰顯戮。……國法已正，虜患自消。

奏本中詳訴蔡京罪狀，這分明是一篇討蔡檄文，將內憂與外患的關係講得十分深刻。《金瓶梅》第六十四回借薛內相口云：「昨日大金遣使臣進表，要割內地三鎮。依著蔡京老賊，就要許他。」此處，《金瓶梅》作者又以外患問題，直罪蔡京。這一層意思是很清楚的。但一查宋史，又不對了。其一、第十七回所言，「北虜犯邊，搶過雄州地界」，此事發生在宣和四年（1122）。《宋史紀事本末》卷五十三〈復燕雲〉篇載：宣和四年「六月己丑，種師道退保雄州，遼人追擊至城下」。又據同書卷四十九〈蔡京擅國〉篇載：宣和二年「六月戊寅，詔蔡京致仕。京專政日久，公論益不與，帝亦厭薄之」。蔡京以太師魯國公退相位，由王黼為太宰（左相）。這就是說「北虜犯邊，搶過雄州地界」事，發生在蔡京退位以後的兩年，可見此事與蔡京無涉。《金瓶梅》所寫與史實不符。其二、第六十四回稱：「大金遣使臣進表，要割內地三鎮。」此事發生在靖康元年（1126）。《宋史紀事本末》卷五十六〈金人入寇〉篇載：靖康元年正月甲戌，……（帝）命棁使金軍。……斡離不謂之曰「……割中山、太原、河間三鎮之地……」。同書載：「李邦彥等力勸帝從金議」，「李邦彥等言：『都城破在朝夕，尚何有三鎮？』」於是，帝一依其言，遣沈晦以誓書先往，「並持三鎮地圖示之」。可見決定割地者是欽宗帝，勸帝割地者為李邦彥，此事與蔡京又無涉。且蔡京雖於宣和六年（1124）十二月重新起用「復領三省事」，第四次當國，但於宣和七年（1125）夏四月又免官。割三鎮事發生在靖康元年，蔡京免官以後，這如何能算作他的罪行。其三、第十七回稱「兵部給事中宇文虛中等」上本劾蔡京誤國縱虜，亦與史實不符。據《宋史紀事本末》卷五十三〈復燕雲〉篇載，宣和四年，中書舍人宇文虛中曾上書，但所言為不宜出兵伐遼事，主張「罷將帥還朝，無滋邊隙」。可見與《金瓶梅》所寫完全相違。作為文學作品，《金瓶梅》對這段史實作如此大的加工改造是完全可以的。問題是作者為什麼這樣做？我認為，從表面上看作者意在獨罪蔡京，而實質上是獨罪嚴嵩。在這裏，作者將嚴嵩擅國時期內憂外患的嚴重局面揭露得十分深刻。

嘉靖朝世宗昏憒，嚴嵩誤國。嚴嵩大量侵吞軍費，「朝出度支之門，暮入奸臣之府，輸邊者四，饋嵩者六」。守邊將官為賄賂嚴嵩以求升遷，亦大量克扣軍餉，士卒多次嘩變，邊防力量衰竭，縱使北部蒙古韃靼部大肆入侵。嘉靖二十五年，韃靼騎兵進犯延安府，深入三原、涇陽等地殺掠；二十六年，韃靼可汗俺答合眾入河套，謀犯延安、寧夏；二十七年，俺答進擾宣府；二十九年，進犯大同，又東去攻打古北口。明軍失守，俺答直犯京師，在北京城下燒殺搶掠，大火沖天。明軍不敢出戰，京郊損失慘重。在如此邊患嚴重的時刻，嚴嵩仍不為國計而借計陷害異己。嘉靖二十五年，總督三邊兵部侍郎曾銑力主收復河套，得到內閣首輔夏言的支持，並出擊取勝。而嚴嵩為謀奪夏言首輔位，進讒言。《明史紀事本末》卷五十八〈議復河套〉篇載：二十七年，「嚴嵩積憾言，且欲躐其首輔，於是因災異疏陳缺失，謂：『曾銑開邊啟釁，誤國大計所致。夏言表裏雷同，淆亂國事，當罪。』遂罷言，逮銑詣京。」後曾銑處斬。冬十月，「值居庸報警，嵩復以開釁力持，竟坐與銑交通律，棄西市，言既死，大權悉歸嵩矣」。夏言、曾銑遭斬後，俺答又南侵直犯北京。嚴嵩卻授計於兵部尚書丁汝夔說：「地近喪師難掩，當令諸將勿輕戰，寇飽自去。」（〈嚴嵩用事篇〉）由此可見，《金瓶梅》第十七回對蔡京誤國，縱虜深入的敘述，不正是嚴嵩誤國，縱虜深入的真實反映嗎？

在《金瓶梅》第十七回中，作者借兵科給事中宇文虛中上本歷數蔡京罪狀，闡明內憂導致外患的深意，達到獨罪蔡京的目的。我認為這段文字指蔡京則不可（前已考明與史實不符），指嚴嵩則十分貼切。查明史，嘉靖二十九年，刑部郎中徐學詩上言：

> 外攘之備，在急修內治；內治之要，貴先正本原。今大學士嵩，位極人臣，貪濆無厭；內而勳貴之結納，外而群小之趨承，輔政十年，日甚一日。釀成敵患，其來有漸。而嵩泄泄自得，謬引「佳兵不詳」之說，以謾清議。……今士大夫語嵩父子，無不歎憤，而莫有一人敢抵牾者，誠以內外盤結，上下比周，積久而勢成也。……臣請亟罷嵩父子，以清本源。[2]

嘉靖三十二年，兵部員外郎楊繼盛上疏論嚴嵩十大罪，略曰：

> 「夫大臣專政，孰有過於嵩者」，「人臣背君，又孰有過於嵩者」，「挾一人之權，侵百官之事」，「邊事廢壞，皆原於功罪賞罰之不明。……朋奸比黨，……冒朝廷之軍功」，「俺答犯內深入，……誤國家之軍機」，「亂黜陟之大柄」，「臣恐天下之患，不在塞外而在域中」，「陛下聽臣之言，察嵩之奸。……重則置之憲典，以正國法；輕則諭令致仕，以全國體。內賊去，而後外賊可除也」。[3]

將這兩份疏本與《金瓶梅》中宇文虛中的疏本作些比較，不難發現，相同之處甚多：一、歷數嚴嵩（蔡京）罪狀大同小異；二、闡明內憂導致外患的觀點完全一致；三、獨罪嚴嵩（蔡京）的目的完全一致；四、要求皇帝嚴加治罪的願望亦相同。可見《金瓶梅》中虛構的宇文虛中彈劾蔡京事，正是嘉靖時期，諸大臣彈劾嚴嵩事的藝術再現。

---

2 《明史紀事本末·嚴嵩用事》。

3 《明史紀事本末·嚴嵩用事》。

那麼，持「萬曆中期說」的研究者，是否也能從萬曆中期找出一人專政釀成內憂外患的局面的事實呢？我看是不可能的。如前所述，萬曆中期並沒有出現奸相專政誤國事件，也沒有北部邊患問題。萬曆初年，張居正當國，採取一系列措施一面加強邊防，一面對俺答採取安撫睦鄰政策，致使漢蒙兩族通好互市，相安無犯。據《明史紀事本末》卷六十〈俺答封貢〉篇載：

隆慶四年，「遂定盟，通貢馬市，而諸部亦貪中國財物，咸從臾無間言」。

隆慶五年，「封俺答為順義王，及其子弟部落為都督等官」。

萬曆元年，「頒順義王俺答番經，並給鍍金銀印」。

萬曆二年，「順義王俺答子賓兔求河西互市」。

萬曆四年，「俺答請開市茶馬」。

萬曆九年，「順義王俺答上表貢馬」，「順義王俺答死，賜祭七壇，采幣十二雙，布百匹。其妻三娘子率其子黃臺吉上謝表，貢馬」。

萬曆十一年，「黃臺吉襲封順義王」。

萬曆十五年，「封扯力克為順義王，三娘子為忠順夫人」。

萬曆四十一年，「逾年，告款塞上，乃始受封（卜失兔襲封順義王，把漢比妓封忠義夫人），其部落多散失，遂不競」。

由此可見，萬曆一朝北部邊境，完全化干戈為玉帛。萬曆朝的外患是沿海倭亂。《金瓶梅》中未出現倭亂問題，故當別論。

據上所考，《金瓶梅》中所寫內憂外患問題，亦是明托徽宗朝事而實寫嘉靖朝事。這既是對《金瓶梅》的時代背景「嘉靖說」的重要佐證，也是對「萬曆說」又一否定。

關於佛道兩教的盛衰

沈德符《野獲編》卷二十七〈釋教盛衰〉條云：

> 武宗極喜佛教，自立西番僧，唄唱無異。至托名大慶法王，鑄印賜誥命。世宗留心齋醮，置竺乾氏不談。初年用工部侍郎趙璜言，刮正德所鑄佛鍍金一千三百兩。晚年用真人陶仲文等議，至焚佛骨萬二千斤。逮至今上，與兩宮聖母首建慈壽萬壽諸寺，俱在京師，穹麗冠海內。至度僧為替身出家，大開經廠，頒賜天下名剎殆遍。去焚佛骨時未二十年也。

沈氏的這段話很重要，它十分清晰地揭示了明代數朝佛道兩教盛衰的嬗變過程：武宗朝是佛教得勢的時代；嘉靖朝是道教得勢的時代，世宗崇道貶佛；萬曆朝佛教又重新得勢。

《金瓶梅》中有大量的宗教活動的描寫。它到底是重道還是重佛，就成了我們得以判定它是寫嘉靖朝事，還是萬曆朝事的重要依據。吳晗先生正是這樣做的。他指出：「《金瓶梅》書中雖然也有關於道教的記載，……但以全書論，仍是以佛教因果輪回天堂地獄的思想做骨幹。假如這書著成於嘉靖時代，絕不會偏重佛教到這個地步。」因此他認為，《金瓶梅》「它所寫的是萬曆中年的社會情形」。這個結論值得商榷。《金瓶梅》中確有許多佛教因果報應的說教，作者確實是以此為勸善戒世的思想武器的，但這與當時皇帝的倡導何教，似不是一碼事。

《金瓶梅》中有大量的道教活動描寫。例如：第二十九回寫到吳神仙貴賤相人；第三十五回寫到西門慶所結十兄弟，一年一度到玉皇廟吳道官處打醮，報答天地；第三十九回西門慶為李瓶兒生子，許下一百二十份醮願，到玉皇廟還醮願，官哥寄法名；第六十二回李瓶兒病，五嶽觀潘道士解禳祭燈法；第六十四回李瓶兒死，吳道官迎殯頒真容；第六十六回吳道官道眾鋪設壇場念經，黃真人煉度薦亡；第八十四回吳月娘到泰山岱嶽廟進香，大鬧碧霞宮；第九十三回陳經濟到晏公廟作任道士之徒，等等。《金瓶梅》寫及佛教活動的回目亦不少。如第八回、第六十二回，寫喪事延僧作醮追薦；第三十九回、五十一回、七十四回、一百回，寫到日常的許願、聽經、宣卷等，第五十七回、八十八回，寫到佈施修寺；第四十九回寫到胡僧遊方等。縱觀全書，我認為不像吳晗先生所說的「偏重佛教到這個地步」，而恰恰偏重道教到這個地步。《金瓶梅》中的佛教活動雖較為頻繁，但就其在社會生活中的地位、活動的規模和影響論，是遠遜於道教的。試作具體分析如次：

第一、書中寫及道教廟宇皆氣象非凡，一片鼎盛景象，而寫及佛教廟宇卻氣象蕭疏，一片衰敗景象。

第三十九回，西門慶到玉皇廟打醮。但見「果然好座廟宇，天宮般蓋造」：

> 碧瓦雕簷，繡幕高懸寶檻。七間大殿，中懸敕額金書；兩廡長廊，彩畫天神帥將。祥雲影裏，流星門高接青霄；瑞霞光中，鬱羅臺直侵碧漢。黃金殿上，列天帝三十二尊；……寶殿前仙妃玉女，霞帔曾獻御香花；玉陛下四相九卿，朱履肅朝丹鳳闕。九龍床上，坐著個不壞金身萬天教主玉皇張大帝……，只此便為真紫府，更於何處覓蓬萊！

西門慶上香畢，至松鶴軒待茶。此軒亦為「三間敞廳」，「多是朱紅亮槅」，「擺設湖山瀟灑，堂中椅桌光鮮」。這僅是清河縣東郊的一座道教廟宇，卻是如此「天宮般蓋造」。道教之盛可見一斑。

第八十四回吳月娘到泰山岱嶽廟進香。書中寫道，此廟「乃累朝祀典、歷代封禪為第一廟貌也」，「雕樑畫棟，碧瓦朱簷。鳳扉亮槅映黃紗，龜背繡簾垂錦帶」，「闔殿威儀，護駕三千金甲將；兩廊勇猛，勤王十萬鐵衣兵」。書中特別寫到碧霞宮娘娘金像，乃是「頭綰九龍飛鳳髻，身穿金鏤絳綃衣。藍田玉帶曳長裙，白玉圭璋擎彩袖」，何等輝煌飛揚。此廟香火之盛，乃是「御香不斷，天神飛馬報丹書；祭祀依時，老幼望風祈護福」，「萬民朝拜碧霞宮，四海皈依神聖帝」。此情此景，就是道教全盛時期的寫照。九十三回還寫到臨清碼頭上有座晏公廟，廟主任道士手下只兩三個徒弟，可見規模不大，但也「山門高聳，殿閣崚層」，「五間大殿，塑龍王一十二尊」。此廟地處新開運河要道，「不拘官民，船到閘上，都來廟裏，或求福神，或來祭願，或討卦與簽，或做好事；也有佈施錢米的，也有饋送香油紙燭的」，可謂一片欣欣向榮。

而《金瓶梅》中出現的佛教廟宇，卻是破敗不堪，與道教廟宇形成鮮明對照。第四十九回、五十七回寫到一個永福禪寺，「長住裏沒錢糧修理，丟得壞了」，「殿上椽兒賣了，沒人要的燒了，磚兒、瓦兒換酒吃了。弄得那雨淋風刮，佛像兒倒了，荒荒涼涼，燒香的也不來了，主顧門徒，做道場的，薦亡的，多是關大王賣豆腐，鬼兒也沒的上門了」，正是「風吹羅漢金消盡，雨打彌陀化作塵」，「金碧焜炫，一旦為灌莽榛荊」。而原來的永福寺，卻是個「古佛道場，焚修福地」。此寺為梁武帝敕建，「規制恢弘，仿佛那給孤園黃金鋪；雕鏤精製，依希似祇洹舍白玉為階。高閣摩空，旃檀氣直接九霄雲表；層基亙地，大雄殿可容千眾禪僧。兩翼嵬峨，盡是琳宮紺宇」。可見舊時之永福寺，乃是一座何等輝煌鼎盛的「寰中佛國」。是什麼原因使它頹廢到如此地步。《金瓶梅》作者明寫是：一莽和尚「縱酒撒潑，首壞清規」，而實質上是「不想那歲月如梭，時移事改」，「那知歲久年深，一瞬地時移事異」，「一片鐘鼓道場，忽變做荒煙衰草，驀地裏三四十年，那一個扶衰起廢」。這幾句話大有深意，包含著作者的難言之隱。顯然，永福寺衰敗的根本原因是「時移事改」「時移事異」，而且由盛轉衰乃出在「一瞬」間。由此使我想到了明正德朝與嘉靖朝的更迭。沈德符說，正德朝「武宗極喜佛教」，武宗朝是佛教得勢的時代，而且在正德前的天順、成化朝，都是佛教的地位在道教之上，這就是永福寺長期興盛的原因。正德十六年（1521）武宗死，世宗即位，改下一年為嘉靖元年。在宗教問題上，世宗與武宗完全背道而馳，不僅專信道教，而且大肆貶佛。沒廟產、熔佛像、逐僧侶、毀佛骨，應有盡有。《明史紀事本末》卷五十二〈世宗崇道教〉篇載：

> 嘉靖元年春三月，簿錄大能仁寺妖僧齊瑞竹財資及玄明宮佛像，毀括金屑一千餘。悉給商以償宿逋。齊瑞竹，正德間賜玉璽書金印，賞賚無算。至是，從工部侍郎趙璜言也。禮部郎中屠埍發檄，遍查京師諸淫祠，悉拆毀之。

沈德符也說：「（嘉靖）初年用工部侍郎趙璜言，刮正德所鑄佛鍍金一千三百兩。」可見，毀佛括金，拆毀京師佛教廟宇等事，在世宗剛上臺的嘉靖元年就發生了。這不就是《金瓶梅》作者所說的：「一瞬地時移事異」，「一片鐘鼓道場，忽變做荒煙衰草」的真諦嗎！「驀地裹三四十年，那一個扶衰起廢」，這不也就是嘉靖上臺後，三四十年間一直揚道貶佛的真實反映嗎！我認為，這是《金瓶梅》寫嘉靖朝事的又一個無以辯駁的鐵證。持「萬曆說」者能在佛教鼎盛的萬曆朝，也能找出這樣一個佛寺敗廢的證據嗎？

《金瓶梅》第七十一回，還寫到黃河邊水關八角鎮的一座黃龍寺：

石砌碑橫蔓草遮，回廊古殿半欹斜。
夜深宿客無燈火，月落安禪更可嗟。

「房舍都毀壞，半用籬遮」。其破敗相不亞於永福寺。第八十八回還寫到五臺山下來的行腳僧，「雲遊到此，要化錢糧，蓋造佛殿」。五臺山乃是佛教勝地。《水滸傳》中的五臺山文殊院何等氣派，僧人就有五七百。而此時此地卻要靠化錢糧蓋造佛殿。而前所論及的岱嶽廟，「上下二宮錢糧，有一半徵收入庫」，後經青州徐知府題奏過，「也不徵收，都全放常住用度」，可見朝廷對道教在經濟上的支持，何用化錢糧云云。晏公廟還有「多餘錢糧，都令家下徒弟在馬頭上開設錢米鋪，賣將銀子來，積攢私囊」。如此一窮一富，一敗一榮，佛教與道教安能相比，這和吳晗先生所說的「偏重佛教到這個地步」的境況是不相符的。

第二、《金瓶梅》在寫及朝廷的宗教活動時，惟道教為重，似無佛教的地位。

第六十五回寫到一個黃真人。應伯爵對西門慶說：「如今趁著東京黃真人在廟裹住，朝廷差他來泰安州進金鈴吊掛御香，建七晝夜羅天大醮。趁他未起身，倒好教吳道官請他那日來做高功，領行法事，咱圖他這個名聲也好看。」八十四回寫到泰山岱嶽廟，乃是「御香不斷」。本來岱嶽廟上下二宮錢糧，有一半徵收入庫。後經青州徐知府題奏，朝廷批准一概不徵，全用作廟中用度。三十七回寫到玉皇廟七間大殿中，懸掛著「敕額金書」。小小的晏公廟也「高懸敕額金書」（第九十三回）。而《金瓶梅》中所寫到的佛寺，均沒有提到皇帝派僧人去建醮、進御香、「敕額金書」等等，可見小說中的皇帝崇信的是道教，而非佛教。第七十一回寫到，天子駕出宮，開崇政大殿，受百官朝賀。蔡京進上表章云：「恭惟皇上御極二十祀以來，海宇清寧，天下豐稔，上天降鑒，禎祥疊……三邊永息於兵戈，萬國來朝於天闕。銀嶽排空，玉京挺秀。寶箓膺頒於昊闕，絳霄深聳於乾宮。」蔡京所說的「玉京」，即道教所稱天帝居住之處。葛洪《枕中書》引《真記》云：「玄都玉京，七寶山周圍九萬里，在大羅天之上。」李白〈廬山謠〉云：「遙見仙人彩雲裹，手把芙蓉朝玉京。」即為明證。「寶箓」，則是道教的秘文秘錄。《隋書·

經籍志四》云：「其受道之法？初受《五千文箓》，次受《三洞箓》，次受《洞玄箓》，次受《上清箓》，箓皆素，記諸天曹官屬佐吏之名有多少。」這也是《金瓶梅》中的皇帝信奉道教的佐證。第七十回又寫到：「今日聖上奉艮嶽，新蓋上清寶箓宮，奉安牌扁，該老爺主祭，直到午後才散。」「上清」乃是道教所稱三清之一的「禹餘天上清境」，居於「禹餘天上清境」的是靈寶天尊（亦稱太上道君），故稱上清仙境。此又是皇帝信奉道教之一證。

另外，《金瓶梅》還寫到，朝廷中的道士地位極高。七十回寫到「工部一本」，「奉聖旨」：

> 國師林靈素，佐國宣化，遠致神運，北伐虜謀，實與天通，加封忠孝伯，食祿一千石，賜坐龍衣一襲，肩輿入內，賜號玉真教主，加淵澄玄妙廣德真人；金門羽客，真達靈玄妙先生。

林靈素不過是一個道士，皇帝所給予的封賞如此之高之多，實屬罕見。此可證，《金瓶梅》中的皇帝對道人寵幸到何等程度。六十七回，寫西門慶道：「昨日任後溪常說：老先生雖身體魁偉，而虛之太極。送了我一罐兒百補延齡丹，說是林真人合與聖上吃的，教我用人乳常清辰服。」可見，皇帝信奉仙道，正吃著林道士合的仙丹，以求長生。林真人得寵於皇上，自然也就能在朝中發威。七十回、七十二回，書中兩次寫到，夏提刑「央了林真人帖子來，立逼著朱太尉。太尉來對老爺（蔡京）說，要將他盡願不官鹵簿，仍以指揮銜在任所掌刑三年」，此事把蔡京「難的要不的」。林真人能立逼權勢顯赫的朱太尉，將獨攬朝政大權的蔡太師「難的要不的」，可見道士在朝中的地位非同一般。而《金瓶梅》中沒有寫到一個能出入於朝廷的僧人，就更談不上僧人受皇帝的寵幸了。於此可見，《金瓶梅》所寫的皇帝，持揚道抑佛的態度，難道還不清楚嗎？此情此景，不正是《金瓶梅》對嘉靖皇帝揚道抑佛的真實反映嗎？

歷史上的嘉靖皇帝揚道抑佛，這是人所共知的，而且一以貫之，毫無變更。《明史紀事本末》卷五十二〈世宗崇道教〉篇記之甚明：

嘉靖元年，毀括佛鍍「金屑一千餘」。「遍查京師諸淫祠，悉拆毀之」。

嘉靖二年，「邇者禱祀繁興，制用漸廣。乾清、坤寧諸宮，各建齋醮，或連日夜，或間日一舉，或一日再舉」。

嘉靖五年，以道士邵元節為「真人」。

嘉靖十五年，加致一真人邵元節道號，賜玉帶冠服。嘉靖初，征入京，召對便殿，首以「立教主靜」之說進，帝嘉納之。五月，除禁中佛殿。時帝欲除去釋殿，召武定侯郭勳、大學士李時、禮部尚書夏言入視大服千善殿，有金鑄象神鬼淫褻之狀，又金函玉匣，藏貯佛首佛牙之類及支離傀儡，凡萬三千餘斤。言退上疏，力請「瘞之中野，不得瀆留宮禁」。帝曰：「朕思此類，智者以為邪穢而不欲觀，愚民無知，必以奇異奉之，雖瘞中野，必有竊發以惑民者。其毀之通衢，永除之。」於是禁中邪穢迸斥殆盡。十一月。大修金箓醮於玄極殿七日夜，以謝儲祥。十二月，以皇嗣生，錄致一真人邵元節禱祀功，加授禮部尚書，給一品服俸，賜白金、文綺、寶冠、法服、貂裘。

嘉靖十八年，以方士陶仲文為神霄保國宣教高士。

嘉靖十九年，上疾不朝，拜天玄極殿。二月，建宮祈禳三日。八月，萬壽聖節，建三晝夜醮，告天玄極殿。十一月，進陶仲文為忠孝秉一真人，領道教事。尋加少保、禮部尚書，又加少傅，食一品俸。

嘉靖二十二年，宮婢楊金英等謀弒伏誅，帝曰：「朕非賴天地鴻恩，遏除宮變，焉有今茲，朕晨起至醮朝天宮七日。」

嘉靖二十三年，加秉一真人禮部尚書，陶仲文為少師，餘如故。前此大臣無兼總三孤如仲文者。

嘉靖二十四年，建祈年醮朝天宮。

嘉靖二十五年，對封陶仲文伯爵，仲文特進、光祿大夫、柱國，兼支大學士俸，任一子尚寶司丞。

嘉靖二十九年，加封陶仲文恭誠伯。

嘉靖三十一年，太上道君誕壽，建醮永壽宮九日。詔修太和山玄帝宮。

嘉靖三十五年，上睿皇帝、獻皇后、孝烈皇后道號。帝自號靈霄上清統雷元陽妙一飛玄真君。後又一再加號。

嘉靖三十七年至四十三年之間，進獻靈芝、白鹿、白龜、五色龜、白鵲等者絡繹不絕，帝都封賞之。

嘉靖四十四年，帝不豫，帝注意玄修。各處進方術、方藥者見帝，帝頗信之，「瞬息顯榮」。戶部主事海瑞上言，斥帝「一意玄修，土木興作。二十餘年不視朝政，法紀弛矣。……內外臣工，修齋建醮，相率進香；天桃天藥，相率表賀。陛下誤為之，群臣誤順之。臣愚謂陛下之誤多矣，大端在玄修」。疏上，帝大怒。

上引諸條，足以證明，嘉靖一朝世宗為帝四十多年間，「乃於佛則絀，於道則崇」。世宗對道人邵元節、陶仲文的寵信到了無以復加的地步。沈德符在《野獲編》中說：《金瓶梅》中的「林靈素則指陶仲文」，不無道理。所以說，《金瓶梅》中所寫的徽宗崇道，即是歷史上嘉靖世宗崇道的藝術再現。

第三、《金瓶梅》中寫到的民間宗教活動，亦以道教活動為主，佛教活動為輔。

西門慶加官生子，給玉皇廟吳道官許下了一百二十分醮願。第三十九回寫西門慶還醮願，為官哥寄法名，在玉皇廟進行了一場盛大的建醮活動。西門慶請了十六眾道眾，經錢化了十六兩，給道眾的襯施有白米一石，阡張一擔，官燭十斤，沉檀馬牙香五斤，生眼布十二匹，官哥寄名禮銀十兩。吳道官「受其大禮，如何不敬」。親自出馬做齋功，主行法事，三朝九轉玉樞法事，多是整做。齋壇鋪設十分壯嚴隆重。《金瓶梅》用了半回的篇幅進行詳細的描述。李瓶兒病亡之後，《金瓶梅》用了五六回的篇幅，寫「解禳」「迎殯」「薦亡」等活動，延請的也是道人。其規模宏大，儀式隆重，氣氛莊嚴，除了皇家之外，在民間的道教活動中，恐怕是少見的。這充分說明在《金瓶梅》的時代，道教之流行和昌盛。《金瓶梅》中出現的佛教活動也有多次，但其規模和場面，根本不能與道教活動相比擬。小說中喪事用僧人的也有兩次。一次是武大郎死，請了報恩寺六個僧人，鋪陳道場、誦經、除靈，只化了數兩碎銀，二斗白米；另一次是西門慶死，亦請報恩寺僧人念經做法事，作者只是草草幾筆了之。作者如此處理，當然另有深意，但客觀上也使我們看到當時佛教的不景氣。在李瓶兒的喪事活動中，是道佛兩教兼用，錯雜進行的，但十分明顯，道教活動處於主導地位，佛教活動則處於從屬的地位。《金瓶梅》中多次寫到吳月娘許願、聽經、聽女尼宣卷以及僧尼獻春藥、坐胎符藥等等，與其說是宣揚佛教，還不如說是對佛教的貶斥。作者的這種主觀傾向，在書中表現得十分明顯。

第四、《金瓶梅》描寫的道人與僧尼形象，亦包含有揚道抑佛的傾向。

小說中對佛門子弟，無論是一寺長老還是小僧、尼姑，幾乎都使用了貶詞。第八十九回，把永福寺長老道堅寫成一個「色鬼」：「那和尚光溜溜一雙賊眼，單睃趁施主嬌娘；這禿廝美甘甘滿口甜言，專說誘喪家少婦。淫情動處，草庵中去覓尼姑」。至於小僧、尼姑，幾乎一個個都是雞鳴狗盜之徒。第八回寫為武大追薦的六個僧人，個個都是「色中餓鬼獸中狨，壞教貪淫玷祖風」的東西。第八十八回寫五臺山下來的行腳僧，也是「賊眉豎眼」「變驢的和尚」。書中多次出現的薛姑子，原是少婦，「乘那丈夫出去了，茶前飯後，早與那和尚刮上了四五六個」，丈夫死後「他因佛門情熟，這等做了個姑子」，專一在士夫人家往來，包攬經懺，並充當馬伯六，給人弄坐胎符藥。《金瓶梅》中，或借西門慶之口，或作者自道，直言不諱地毀僧謗佛之處比比皆是。

小說中雖然對小道人也有貶詞。如第九十三回，稱晏公廟任道士之大徒弟金宗明為「酒色之徒」，但任道士則被寫成一個憐貧正直、寬大的人物。第八十四回，寫岱嶽廟廟祝道士石伯才「極是個貪財好色之輩，趁時攬事之徒」。但小說中寫到的大道士，如黃真人、吳道官、吳神仙，則都是氣宇軒昂的人物。如稱黃真人「儀表非常」「儼然就是個活神仙」，作者為贊他的儀表氣派，就寫了一大段贊詞。稱吳道官「襟懷灑落，廣結交，好施捨」，稱吳神仙「神清如長江浩月，貌古似太華喬松，威儀淳淳，道貌堂堂」。《金瓶梅》揚道抑佛的傾向，可謂明朗矣。

根據以上證據，我認為《金瓶梅》的時代，是道教得勢的對代，而不是吳晗先生所說的佛教得勢的時代。這是「嘉靖說」的又一個重要佐證，而對「萬曆說」來說，不是再一次的否定嗎？

關於「殘紅水上飄」與〈掛真兒〉

前人曾指出，《紅樓夢》以詩勝，《金瓶梅》以曲勝，可謂的論。《金瓶梅》的時代，是唱曲活動風行的時代，在書中所寫的西門慶的迎賓飲宴和家庭生活中，出現了百多次的唱曲活動。考定這些曲辭風行的年代，也就為判定《金瓶梅》的時代背景提供了一個方面的重要證據。

據趙景深先生在〈《金瓶梅詞話》與曲子〉一文中統計，在《金瓶梅》中出現的小曲，如〈山坡羊〉〈鎖南枝〉〈傍妝臺〉〈耍孩兒〉〈駐雲飛〉〈寄生草〉〈羅江怨〉等共二十七支。小令有〈綿塔絮〉〈朝天子〉〈折桂令〉〈桂枝香〉〈一江風〉〈水仙子〉〈六娘子〉〈兩頭南〉〈玉芙蓉〉〈青杏兒〉〈小梁州〉〈清江引〉〈普天樂〉〈江兒水〉〈紅繡鞋〉〈雁兒塔〉〈漁家傲〉等五十九支。套數〈梁州序〉（向晚來雨過南軒）、〈朝元歌〉（花邊柳邊）、〈新水令〉（鳳城佳節賞元宵）、〈新水令〉（小園昨夜放江梅）、〈端正好〉（享富貴受皇恩）、〈玉交枝〉（彤雲密佈）、〈宜春令〉（第一來為壓驚）等二十套（雜劇也算在套數裏面）。此外僅引唱了一套云云，沒有錄全曲的，凡三十種三十三見。《金瓶梅》中所記的時尚小令、小曲很多，馮沅君先生在四十年代，就對《金瓶梅》中的曲辭，舉出八九十條加以考證，發現見於《雍熙樂府》者凡六十條，見於《詞林摘豔》者凡四十六條。而《詞林摘豔》在嘉靖四年已有刊本，《雍熙樂府》有嘉靖四十五年中秋日安肅春山序。可見這兩個散曲劇曲選本均出現在嘉靖年間，所收散曲當然是在嘉靖年間社會上流行的作品。而《金瓶梅》中出現的小曲、小令等又絕大多數已被這兩本曲選本收錄。由此，馮沅君先生在《古劇說匯》中認為：「這種現象很可以證明《金瓶梅詞話》與這兩部曲選縱非同時的產品，其年代當相去不遠。因為三書的作者或編者所採用的，當然都是那時候最流行的曲子。〈金瓶梅詞話跋〉稱此書是『世廟一巨公寓言』，此說大約是可信的。」我認為馮先生的結論是正確的，這確實是《金瓶梅》寫的是嘉靖朝社會情況的重要證據。

但是，持「萬曆說」的研究者並不同意這個結論。他們提出了兩個證據予以反駁：一是：「殘紅水上飄」，二是〈掛真兒〉。我卻認為，這兩條證據非但不能證明「萬曆說」的正確，而恰恰相反，證明了「嘉靖說」的正確。

第一、關於「殘紅水上飄」。《金瓶梅》第三十五回，書童唱的「殘紅水上飄」四段曲子，是李日華的作品。李日華生於嘉靖四十四年（1565），卒於崇禎八年（1635）。可見他主要活動在萬曆中晚年間。《金瓶梅》中抄有他的作品，其書就必然出現在萬曆中期以後。這可以說是持「萬曆說」者的重要證據。例如，臺灣學者魏子雲先生在《金瓶梅審探》中說：「（《金瓶梅》）第三十五回，書童裝旦時唱的『殘紅水上飄』等四段曲子，乃李日華的作品。……李日華生於嘉靖四十四年乙丑（1565），卒於崇禎八年乙亥（1635）。」可見他主要活動在萬曆中晚年間。《金瓶梅》中抄有他的作品，成書就必然在萬曆中期以後。這就成了持「萬曆說」者的重要證據。其實，魏先生搞錯了。明代文壇上有兩個李日華，一個是文學家，一個是戲曲家。文學家李日華，字君實，浙江嘉興人，萬曆進士，有《味水軒日記》《紫桃軒雜綴》等著作。但他沒有作「殘紅水上飄」。而作「殘紅水上飄」的是戲曲家李日華。此李日華是江蘇吳縣人，主要活動在嘉靖年間，或更早，著有《南西廂記》（改編），嘉靖年間已行於世。我們可以從他改編《西廂記》的情況，考知他大體的活動年代。《西廂記》雜劇是元王實甫的作品。明浙江海鹽人崔時佩據王氏《西廂記》改成傳奇劇本。李日華又於崔作復加增訂，取名為《南調西廂記》。吳戲曲作家陸采又不滿於李作，乃重寫《南西廂》。陸采自序云：「李日華取實甫語翻為南曲，而措辭命意之妙，幾失之矣。予自退休日時綴此編，固不敢媲美前哲，然較之生吞活剝者，自謂差見一斑。」陸采與李日華同為吳縣人，他生於明弘治十年（1497），卒於嘉靖十六年（1537）。這就是說，陸采不滿李作而重寫《南西廂記》的時間，最晚不能過嘉靖十六年。由此可推見，李日華的《南調西廂記》當流行於嘉靖初年（也許更早）。這也就是李日華的活動時間，也是其所作「殘紅水上飄」曲子的流行時間。退一步講，此曲的開始流行時間不會過嘉靖，那可能到萬曆？因此被嘉靖時代的《金瓶梅》的作者所引用，這是順理成章的事情。

第二、關於〈掛真兒〉。沈德符《野獲編》卷二十五〈時尚小令〉云：「比年以來又有〈打棗竿〉〈掛枝兒〉二曲。其腔調約略相似，則不問南北，不問男女，不問老幼良賤，人人習之，亦人人喜聽之，以至刊布成帙，舉世傳誦，沁人心腑。」沈德符的《野獲編》初編成書在萬曆三十四年。這就是說，〈打棗竿〉〈掛枝兒〉「舉世傳誦」則在萬曆三十年前後，即萬曆中期。如果在《金瓶梅》中有此二曲，則可謂是「萬曆說」的鐵證。「萬曆說」者為此而花了心血。趙景深先生在1941年寫的〈金瓶梅詞話與曲子〉文中指出：「至於說『〈掛枝兒〉不見於詞話』（指吳晗先生），也不曾細檢。按，第七十四回末申二姐說：『我唱個〈十二月兒掛真兒〉與大妗子和娘兒們聽罷！』於是她唱道：『正月十五鬧元宵，滿把焚香天地也燒一套。』」可見趙先生認為《金瓶梅》七十四回申二姐唱的〈掛真兒〉即是沈德符所言，流行於萬曆中期的〈掛枝兒〉。但是根據呢？蔡國梁先生在〈明人評金瓶梅〉一文中指出：「我曾向趙景深教授詢及〈掛真兒〉

是否即〈掛枝兒〉，先生答復說他雖無考察過，但〈掛真兒〉似為〈掛枝兒〉的別名，這是可信的，同調而曲名用音近的字不乏其例。」但是奇怪的是，1957年趙先生在〈讀《金瓶梅詞話》〉，一文中恰恰又否定了這一點。他說：「這書（《金瓶梅》）顯然不是嘉靖時代產生的，……敘唱小曲，以萬曆年間流行的〈山坡羊〉為多，卻沒有萬曆末年流行的〈打棗竿〉〈掛枝兒〉。由於這兩個原因，我們斷言《金瓶梅》是萬曆年間的作品。」趙先生說〈山坡羊〉在萬曆年間才流行，這是明顯的錯誤。〈山坡羊〉在正德年間就流行於世，嘉靖時所編《詞林摘豔》及更早的《盛世新聲》等曲選中已較多地收錄了〈山坡羊〉，這是事實。趙先生是我國著名的戲曲理論家，但在〈掛真兒〉是否即是〈掛枝兒〉問題上時而肯定時而否定，令人不解。我認為，趙先生的〈掛真兒〉是〈掛枝兒〉的別名的說法是欠妥的。〈掛真兒〉與〈掛枝兒〉完全是兩碼事：

一、〈掛枝兒〉不是〈掛真兒〉的別名，而是〈打棗竿〉的別名。明著名戲曲理論家王驥德正生活在〈打棗竿〉〈掛枝兒〉開始流行的萬曆年間。他在其著《曲律》卷三，第十六條中指出：

> 北人尚餘工巧，今所流傳〈打棗竿〉諸小曲，有妙入神品者。南人苦學之，絕不能入。蓋北之〈打棗竿〉與吳人之《山歌》，不必文士，皆北里之俠，或閨閫之秀，以無意得之。猶《詩》「鄭」「衛」諸〈風〉，修〈大雅〉者反不能作也。

王氏告訴我們，〈打棗竿〉屬北方小曲，而且是文士「反不能作」的民間俗曲，猶如南方吳人的《山歌》。王氏在《曲律》卷四，第一二條又云：

> 小曲〈掛枝兒〉，即〈打棗竿〉，是北人長技，南人每不能及。昨毛允遂貽我吳中新刻一帙，中如〈噴嚏〉〈枕頭〉等曲，皆吳人所擬，即韻稍出入，然措意俊妙，雖北人無以加之。故知人情原不相遠也。

王驥德明確指出，〈掛枝兒〉就是〈打棗竿〉。北方小曲〈打棗竿〉流傳到南方後，南人擬作，遂易名為〈掛枝兒〉。〈掛枝兒〉流行在萬曆中晚期，天啟、崇禎年間，作品甚多，單馮夢龍所輯時調集《掛枝兒》（又名《童癡一弄》），就收〈掛枝兒〉小曲四百餘首。而《金瓶梅》抄錄的百餘首曲子中竟沒有一首〈掛枝兒〉，這不正好說明《金瓶梅》寫成在萬曆中期以前嗎？

二、〈掛枝兒〉是民間小曲名目，而〈掛真兒〉是散曲曲牌名目，屬南曲。〈掛枝兒〉在萬曆中晚期才開始流行，而〈掛真兒〉早在元末明初就已出現。南戲《琵琶記》就是明證。《琵琶記》第二十六齣：

南呂

引子〔掛真兒〕（旦唱）回到清山靜悄悄，思量起暗裏魂消。黃土傷心，丹楓染淚，謾把孤墳自造。

《詞林摘豔》（嘉靖四年刊本）中亦收有此曲牌。見該書卷二，南九宮：

南呂掛真兒閨情無名氏散套

鸞凰同聘，尋思那時忒志誠。誰信今番心不定，頓將人來薄幸。可憐無限情，也似紙樣輕，把往事空思省。

此為散套，以下還有〈懶畫眉〉〈掛梧桐〉〈餘音〉等等。這說明〈掛真兒〉在嘉靖年間還依然流行，這正是《金瓶梅》所描寫的時代。因此〈掛真兒〉在《金瓶梅》中出現，也就是理所當然的了。筆者的這個考證只證明一個極其簡單的問題：〈掛真兒〉就是〈掛真兒〉，而非〈掛枝兒〉的別名，但意義卻非同一般，它不僅確實地證明了趙景深先生推論的錯誤，從而否定了認為《金瓶梅》寫萬曆朝事，即「萬曆說」的又一個重要「依據」；而且反過來又為「嘉靖說」增加了一個重要依據。

以上筆者對關於《金瓶梅》時代背景的「萬曆說」提出的商榷和駁論，已大體包括了「萬曆說」者所提出的主要論據。至於吳晗先生提出的「太僕寺馬價銀」問題，「皇莊」「皇木」問題，鄭振鐸先生提出的《韓湘子升仙記》的流傳年代問題，欣欣子《金瓶梅》序的問題，章培恒先生提出的《金瓶梅》中演唱南曲問題，黃霖先生提出的《金瓶梅》抄引萬曆十七年天都外臣序的《忠義水滸傳》問題，〈別頭巾文〉問題，等等，由於這些問題不僅關係到《金瓶梅》的時代背景，而且更多地關係到《金瓶梅》的成書年代問題，故筆者放在〈論《金瓶梅》成書年代「隆慶說」〉文中探討。

論《金瓶梅》成書年代「隆慶說」

《金瓶梅》成書於什麼年代，歷來就有兩說。一說是「嘉靖說」，認為此書寫成於明代嘉靖年間；一說是「萬曆說」，認為此書寫成於明代萬曆年間。而筆者認為，《金瓶梅》成書於明代隆慶朝前後，其上限不過嘉靖四十年，下限不過萬曆十一年。筆者此說亦可以概稱為「隆慶說」。在筆者論證「隆慶說」前，必須對「嘉靖說」與「萬曆說」提出駁論。由於「嘉靖說」信奉者甚少，此說的影響亦不大，而「萬曆說」信奉者甚多，影響亦可謂大矣，故筆者主要對「萬曆說」提出商榷。

黃霖先生在〈金瓶梅成書問題三考〉一文中提出：「只要《金瓶梅詞話》中存在著萬曆時期的痕跡，就可以斷定它不是嘉靖年間的作品。因為萬曆時期的作家可以描寫先前嘉靖年間的情況，而嘉靖時代的作家絕對不能反映出以後萬曆年間的面貌來。」[1]這個看法很有道理。這也就給筆者提出了一個極高的要求，即要否定「萬曆說」，就必須把此說的全部論據統統駁倒，將持此說者在《金瓶梅》中找出的所謂「萬曆時期的痕跡」統統加以否定。這兩個「統統」談何容易，就是做到「大體」亦非易事。「萬曆說」是上世紀三十年代鄭振鐸先生和吳晗先生提出來的，幾十年來信奉者甚多。趙景深先生、臺灣學者魏子雲先生等力主此說。近年來不少人還不斷提出新的論據，發展此說。歸納起來，他們主要提出了十二個證據，下面筆者一一提出商榷。

對「萬曆說」的十二條駁論

一、關於《韓湘子升仙記》的流傳時間問題。

鄭振鐸先生在〈談《金瓶梅詞話》〉中指出：「《金瓶梅詞話》裏引到《韓湘子升仙記》（有富春堂刊本），引到許多南北散曲，在其間更可窺出不是嘉靖作的消息來。」對此，黃霖在〈金瓶梅成書問題三考〉中作了進一步肯定。他說：「鄭振鐸提出的某些證據一時還難以否定，如《金瓶梅詞話》中引用《韓湘子升仙記》，目前所見最早的是萬曆富春堂刊本，於此的確可以『窺出不是嘉靖作的消息來』。只要《金瓶梅詞話》中

1 黃霖〈金瓶梅成書問題三考〉，《復旦學報》，1985 年第 4 期。

存在著萬曆時期的痕跡，就可以斷定它不是嘉靖年間的作品。」[2]他們的邏輯推理是這樣的：因為《韓湘子升仙記》目前所見最早的是萬曆富春堂刊本，所以這是此劇的初刻本，此劇也必流行於萬曆年間。《金瓶梅》引用了此劇，因此「存在著萬曆時期的痕跡」，從而得出結論：《金瓶梅》不是嘉靖，而是萬曆年間的作品。這樣的邏輯推理能成立嗎？不錯，我們現在所能見到的《韓湘子升仙記》的刊本，以萬曆富春堂本為最早，但這並不等於說，萬曆富春堂本就是《韓》劇的最早的刻本，更不等於說，《韓》劇必流行在萬曆年間，而不可能流行在嘉靖年間或更早。查萬曆富春堂刊《韓湘子升仙記》，在上下卷卷首均標明：「新刻出像音注韓湘子九度文公升仙記」。所謂「新刻」當然是「再刻」、「重刻」之意，說明它非「初刻」。「出像」，就是比之原刻增加了圖像，「音注」，就是比之原刻增加了注音。例如第一折有「〔沁園春〕（末上）百歲人生，露泡電形」，「傀儡排場」，「汩汩名利忙」，「梨園風月」等文字，在「泡」字右旁加「音炮」兩字，「傀儡」兩字旁加注「音愧壘」，在「汩」字旁加注「音密」，在「梨園」兩字旁加注「即戲場」三字。這樣的注音釋義在許多折中均有。這些都證明萬曆富春堂本，並非是《韓》劇的初刻本。退一步講，就算富春堂本為初刻本的話，也不能證明《韓》劇在萬曆年間才開始流傳。從事三十多年歷代戲曲書目著錄工作，成就卓著的莊一拂先生，在其著《古典戲曲存目匯考》卷十《升仙傳》條云：「按明初闕名有《韓湘子升仙記》一劇」。可見，《韓》劇在明代初年就已經出現，生活在嘉靖年間的《金瓶梅》作者就能將此劇引入作品之中。這又足以證明鄭振鐸先生推論之誤。

二、關於欣欣子的〈金瓶梅詞話序〉的年代問題。

鄭振鐸先生在〈談《金瓶梅詞話》〉文中指出：（欣欣子）「序中所引《如意傳》，當即《如意君傳》；《于湖記》當即《張于湖誤宿女貞觀記》，蓋都是在萬曆間而始盛傳於世的」。「周禮詩的《三國演義》，萬曆間方才流行，嘉靖本裏尚未收入」。由此鄭先生認為，欣欣子、笑笑生為萬曆時人，《金瓶梅》作於萬曆三十年左右（即萬曆中期）。我認為鄭先生的結論正誤參半。從上述證據證明欣欣子是萬曆時人，這是對的。但由此而推出《金瓶梅》是萬曆中期的作品，這就錯了。因為欣欣子與《金瓶梅》作者生活在兩個不同的時期，欣欣子的序文與《金瓶梅》小說寫在兩個不同的時期。理由之一，早期見到《金瓶梅》抄本的袁中郎、袁小修、謝肇淛、屠本畯、沈德符等人均未提到欣欣子的序，說明《金瓶梅》抄本上並沒有欣欣子的序。理由之二，欣欣子序指出，《金瓶梅》作者是蘭陵笑笑生。而見到《金瓶梅》早期抄本的上述諸人對作者提出了「嘉靖間大名士」「紹興老儒」「金吾戚里門客」等等，但沒有誰提到過蘭陵笑笑生，這又足以

2　同註1。

證明，他們根本就沒有見到過欣欣子的序。沈德符《野獲編》的《金瓶梅》條，當寫在萬曆四十七年前，而文中未及蘭陵笑笑生一辭，這說明時至萬曆末年，欣欣子的序還沒有出現。可見《金瓶梅》的成書要比欣欣子序早三四十年。理由之三，薛岡在《天爵堂筆餘》中談到《金瓶梅》初刻本云：「簡端序語有云：讀《金瓶梅》而生憐憫心者菩薩也，生畏懼心者君心也，生歡喜心者小人也，生效法心者禽獸耳。」此序乃是寫於萬曆四十五年的東吳弄珠客的〈金瓶梅序〉。但現存的《金瓶梅詞話》「簡端」卻是欣欣子的序，東吳弄珠客序則列於欣欣子序和廿公跋之後。而現存的《金瓶梅詞話》，又標明為「新刻金瓶梅詞話」。顯然這是再刻本，而非初刻本。這就是說，時至萬曆末年，《金瓶梅》初刻時，欣欣子序還未出現。欣欣子序完全是《金瓶梅》再刻時書賈所加，時間當又晚至天啟、崇禎年間。因此，鄭振鐸先生將欣欣子序與小說《金瓶梅》完全看作是同一時間的作品，又從欣欣子為萬曆時人而推出《金瓶梅》亦作於萬曆中期，這是不能成立的。

三、關於太僕寺馬價銀問題。

《金瓶梅》第七回，孟玉樓說：「常言道：世上錢財倘來物，那是長貧久富家？緊著起來，朝廷爺一時沒錢使，還問太僕寺借馬價銀子支來使。」吳晗先生在〈《金瓶梅》的著作時代及其社會背景〉文中引證《明史》加以考證認為：「嘉隆時代的借支處只是光祿和太倉，因為那時太僕寺尚未存有大宗馬價銀，所以無借支的可能。到隆慶中葉雖曾借支數次，卻不如萬曆十年以後的頻繁。……由此可知《詞話》中所指『朝廷爺還問太僕寺借馬價銀子來使』必為萬曆十年以後的事。《金瓶梅詞話》的本文包含有萬曆十年以後的史實，則其著作的最早時期必在萬曆十年以後。」其實朝廷借支太僕寺馬價銀，在嘉靖朝已屢見不鮮，何待於萬曆十年以後。徐朔方先生在《明實錄》中就找到了若干證據，例如，《明實錄·明世宗實錄》卷二載：

> 嘉靖十六年五月，……湖廣道監察御史徐九皋亦應詔陳言三事，……二酌工役各工經費不下二千萬兩，即令工部所貯不過百萬，借太倉則邊儲乏，貸（太）僕寺則馬弛，入貲粟則衣冠濫，加賦稅則生民冤。

同書卷二一九載：

> 嘉靖十七年十二月，……命太僕寺少卿蔣應奎往儀真等處催督木植，工部尚書蔣瑤以奉迁顯陵條陳五事；……一動支馬價鐵官柴薪銀三十萬兩，先送工所雇役支用。

同書卷二三六載：

> 嘉靖十九年四月，……宣府巡撫都御史楚書等言：宣府諸路墩臺宜修置者一百二座，邊牆宜修者二萬五千丈，通賊險峻崖應鏟者四萬五千丈，因求工料兵科都給事中馮亮亦為請，上詔出太僕（寺）馬價三萬兩給之。

同書卷二三六載：

> 嘉靖十九年六月，……戶部又稱太僕寺銀一百九十餘萬兩堪以借支。……皇穹宇、慈慶宮、沙河行宮即今將完，撥工並力，若尚不足，兵部自行動支太僕寺馬價。

以上這些史料，都是嘉靖朝借支太僕寺馬價銀的鐵證。吳晗先生將朝廷借支太僕寺馬價銀說成是「萬曆十年以後的史實」，是不妥當的。

四、關於皇莊問題。

吳晗先生在同一篇文章中指出：「嘉靖時代無皇莊之名，只稱官地」，「《詞話》中的管皇莊太監，必然指的是萬曆時代的事情。因為假如把《詞話》的時代放在嘉靖時的話，那就不應稱管皇莊，應該稱為管官地的才對。」《明史》卷七十七〈食貨志〉一載：

> 世宗初，命給事中夏言等清核皇莊田，言極言皇莊為厲於民。……帝命核先年頃畝數以聞，改稱官地，不復名皇莊。

這就是吳晗先生的根據。但事實上，嘉靖時代皇莊之名仍然存在。《明實錄·明世宗實錄》卷二三八載：

> 嘉靖十九年六月，……今帑銀告匱而來者不繼，事例久懸而納者漸稀，各處興工無可支給，先年題借戶部扣省通惠河腳價，兩宮皇莊子粒及兵部團營子粒銀共七十餘萬俱未送到。

同書同卷又載：

> 今宜於戶部每年扣省通惠河腳價三萬六千一百四十餘兩，崇文門商稅二萬七千餘兩，皇莊並草各場子粒八萬九千餘兩，……

由此可見，時至嘉靖十九年，皇莊之稱並未廢棄，並未為官地之稱所替代。那麼為什麼嘉靖初年，帝命「改稱官地，不復名皇莊」，而皇莊之稱仍然存在呢？也許皇莊之稱由來已久（明英宗天順五年（1461）殺太監曹吉祥，以所沒收田產作為宮中莊田，皇莊之稱從此始，到嘉靖初年就已有八十年的歷史），人們習慣於稱官地為皇莊；也許改稱官地後，又復名為皇莊。但不管怎麼講，皇莊之稱在嘉靖十九年仍然存在，以嘉靖朝為背景的《金瓶梅》中出現皇莊之稱，不是完全合情理嗎？這又證明吳晗先生因為《金瓶梅》中出現皇莊之稱而將其判為寫萬曆時代的作品，是難以使人置信的。

五、關於皇木。

《金瓶梅》第三十四回云：「西門慶告訴：『劉太監的兄弟劉百戶，因在河下管蘆葦場，撰了幾兩銀子，新買了一所莊子，在五里店，拿皇木蓋房……。』」四十九回寫到安主事「往荊州催攢皇木去了」。五十一回又寫到：「安主事道：『欽差督運皇木，前往荊州』」。明代內廷興大工，派官往各處采大木，稱謂「皇木」，吳晗先生指出：「萬曆十一年慈寧宮災，二十四年乾清坤寧二宮災，《詞話》中所記皇木，當即指此而言。」這是難以成立的。事實上朝廷采運皇木，從明成祖朝就開始了。《明史》卷八十二〈食貨志〉六載：

> 采木之役，自成祖繕治北京宮殿始。永樂四年遣尚書宋禮如四川，侍郎古樸如江西，師逵、金純如湖廣，副都御史劉觀如浙江，僉都御史史仲成如山西。……十年復命禮采木四川。……正德時，采木湖廣、川、貴，命侍郎劉丙督運。……嘉靖元年革神木千戶所及衛卒。二十年，宗廟災，遣工部侍郎潘鑒、副都御史戴金於湖廣、四川採辦大木。三十六年復遣工部侍郎劉伯躍采於川、湖、貴州。湖廣一省費至三百三十九萬餘兩。……萬曆中，三殿工興，采楠杉諸木於湖廣、四川、貴州，費銀九百三十餘萬兩，征諸民間，較嘉靖年費更倍。

雖然《食貨志》指出，萬曆朝采木費用「較嘉靖年費更倍」，但嘉靖朝采木亦並不少。顯然，吳晗先生認為《金瓶梅》中的採辦皇木事，必指萬曆朝事，而不可能指嘉靖朝事，是說不通的。如果說吳晗認為因萬曆十一年慈寧宮災，二十四年乾清坤寧二宮災，而《金瓶梅》所記皇木，當即指此而言，那麼嘉靖朝的宮災亦是很多的。據《明書·營建志》載：嘉靖二十年有「宗廟災」，三十六年有「奉天等殿復災，命重建之」，四十五年九月「新宮成復毀」等等。這些宮殿遭災而復建，均需採辦皇木。此外嘉靖朝新建宮殿亦極多，據同書所載，嘉靖十年「作西苑無逸殿」，十五年「建慈慶宮、慈寧宮」，二十一年「命作佑康雷殿，及泰亨、大高玄等殿」，四十年「營萬壽宮，明年成」，四十三年「營玄熙、惠熙等殿」……。要興建這些大型宮殿，就必須採辦大量的大木。此足見嘉靖朝采木規模之大，之頻繁，為什麼《金瓶梅》所記皇木事，就不可能指嘉靖朝呢？其實，吳晗先生自己就說過：「這事（指皇木）在嘉靖萬曆兩朝特別多，為民害極酷」，但在得出結論時卻只承認萬曆而否定嘉靖，這實在是令人費解的。原因恐怕只有一個：因為吳晗先生心中先已有了一個「萬曆說」，故一切考證均以此為轉移。

六、關於屠隆的〈別頭巾文〉。

《金瓶梅》第五十六回，應伯爵向西門慶舉薦水秀才時，念出了一詩（〈哀頭巾詩〉）一文（〈祭頭巾文〉）。黃霖先生考證，這一詩一文即是屠隆所作的〈別頭巾文〉。〈別頭巾文〉見於《開卷一笑》。《開卷一笑》是萬曆年間最初編成的，屠隆又主要活動在萬曆年間。由此，黃霖先生在〈金瓶梅成書問題三考〉中認為：「這有力地證明了《金瓶梅》的作者即使不是屠隆，也至少是屠隆同時代或稍後的人物，絕不可能是嘉靖間的名士」，「《開卷一笑》中的〈別頭巾文〉即是屠隆所作，《金瓶梅詞話》引用了這篇作品，則可證小說當作於萬曆年間」。[3]我認為黃霖所說的，《金瓶梅》中的一詩一文即使是屠隆所作的〈別頭巾文〉，屠隆主要活動在萬曆年間，但由此而推論《金瓶梅》必成書於萬曆年間，這就有問題了。因為現存的《金瓶梅詞話》中的第五十三回至五十七回，係別人所補，非《金瓶梅》原作。沈德符在《野獲編》中指出：「然原本實少五十三回至五十七回，遍覓不得。有陋儒補以入刻。無論膚淺鄙俚，時作吳語，即前後血脈亦絕不貫串，一見知其贋作矣。」這一詩一文恰恰出現在這幾回非原作之中（第五十六回）。這個問題張遠芬先生曾經指出過，黃霖在〈《金瓶梅》作者屠隆考續〉中作了答辯，指出沈德符的這段話中有許多矛盾後說：「僅據這兩點來說五回是『贋作』，不能令人置信。這或許是沈德符得之於傳聞，或許他另有用意。我們現在只能從《金瓶梅詞話》的實際出發，確認五十三回至五十七回的文筆、語氣、格調與其他各回相互協調，並非是什麼『陋儒』的『補刻』，而完全是當時『全本』之一部分。」[4]我認為這個結論是欠妥的。朱德熙先生在〈漢語方言裏的兩種反復問句〉[5]一文中，從語言學的角度對《金瓶梅》的語言問題作了研究，文中指出了《金瓶梅》第五十三回至五十七回的語言與全書其他部分的語言的區別，分析精當，材料翔實，足資借鑒。現引述如次。

朱德熙先生指出，《金瓶梅》中的反復問句都是「VP不VP」型的，他舉了許多例證。但這種型的反復問句在五十三至五十七回中只出現三例。相反，《金瓶梅》中的「可VP」型反復問句為數極少，一共見到十九例。而這十九例中有十二例集中在五十三至五十六回之中。由此，朱先生指出：「這樣看來，《金瓶梅》第五十三至五十六回跟全書其他部分不同，大概是用『可 VP』型方言寫的。……沈德符認為第五十三至五十七回不出於原作者之手，是旁人補的。這個說法正好跟我們考察句法得到的結論一致。只有第五十七回由於裏頭沒有反復問句，無從驗證。不過沈氏把五十七回也包括在補作裏的

3　同註1。

4　黃霖〈《金瓶梅》作者屠隆考續〉，《復旦學報》，1984年第5期。

5　朱德熙〈漢語方言裏的兩種反復問句〉，《中國語文》，1985年第1期。

說法可以從另外一個語法現象上得到證明。據北京大學中文系研究生劉一之同學的觀察，《金瓶梅》裏人稱代詞『咱』用作第一人稱包括式的共二百三十例。『咱』在五十三至五十七回裏一共出現了二十四次，除了一次用作包括式以外，其餘二十三次都用作第一人稱單數，而這二十三例裏有十六例見於五十七回。此外，『我們』『我每』在《金瓶梅》裏一般用作排除式。『我們』用作包括式的只有八例，其中有六例見於五十三回和五十四回；『我每』用作包括式的一例，也見於五十三回。總之，從人稱代詞的用法看，五十三至五十七回也跟全書其他部分不同。這個現象正好可以跟『可 VP』型反復問句在全書中分布上的特點互相印證。」

應該說，朱先生的考證非常有力地證明了沈德符所說的，《金瓶梅》第五十三至五十七回是別人補作的正確性。這樣問題就明朗化了。《金瓶梅》第五十六回中的一文一詩，即使是屠隆所作的〈別頭巾文〉，但此文非《金瓶梅》原作所固有，而是由別人補寫而抄入的。補寫的時間，據沈德符所說，當在萬曆四十五年前後，其時屠隆已經謝世（屠隆卒於萬曆三十三年）。因此，現存的《金瓶梅詞話》中即使抄有屠隆的〈別頭巾文〉，載有〈別頭巾文〉的《開卷一笑》編成於萬曆年間，屠隆亦主要活動於萬曆年間，但這些均不能成為《金瓶梅》成書於萬曆年間的佐證。

七、關於《金瓶梅》抄引《水滸傳》的版本問題。

袁小修在萬曆四十二年就指出：「（《金瓶梅》）乃從《水滸傳》潘金蓮演出一支。」這是事實。《金瓶梅》以《水滸傳》中的武松殺嫂的故事為基本情節，加以擴大和再創作，演衍成為一部不同於《水滸傳》的百回大書。由於這個原因，《金瓶梅》大量地抄引了《水滸傳》中的文字。例如，《水滸傳》的第二十三回至二十七回，分別被抄入《金瓶梅》的第一回至第六回，第九回至第十回，第八十七回之中。此外《水滸傳》中的部分情節、描寫和韻文，亦被移花接木、改頭換面地抄錄在《金瓶梅》的許多回目之中。那麼《金瓶梅》抄引的《水滸傳》是什麼時候刻印的哪一個版本，這就成了考證《金瓶梅》成書年代的又一個重要問題。對此黃霖先生作了考證，在其著〈《忠義水滸傳》與《金瓶梅詞話》〉一文中提出：「我推定《金瓶梅詞話》所抄的就是萬曆十七年前後刊印的《忠義水滸傳》。由此而知道《金瓶梅詞話》的成書時間當在萬曆十七年至二十四年之間，換句話說，就在萬曆二十年左右。」[6]

黃霖認為，在《金瓶梅》成書前後，《水滸傳》的刊本很多，現在我們所見到的有四部：萬曆十七年新安天都外臣序本《忠義水滸傳》、萬曆二十二年建陽余氏雙峰堂《京本增補校正全像忠義水滸傳評林》、萬曆三十至三十八年間杭州容與堂刊《李卓吾先生

6 黃霖〈《忠義水滸傳》與《金瓶梅詞話》〉，《水滸爭鳴》第 1 輯，武漢：長江文藝出版社 1982 年。

批評忠義水滸傳》、萬曆三十九年左右蘇州袁無涯刊《李卓吾評忠義水滸傳》。黃霖通過仔細考證，發現《金瓶梅》抄錄《水滸》的部分與萬曆二十二年刊的《京本增補校正全像忠義水滸傳》比較，「文字出入太大，根本對不上號」；與萬曆三十九年刊的袁本比較，袁本「增刪、修改之處」，在《金瓶梅》中都「不見蹤影，毫無反應」，可見《金瓶梅》抄的也不是袁本。而《金瓶梅》在萬曆二十四年（筆者考定是二十三年）就已有抄本在社會上流傳，容與堂本《水滸傳》則刊在此年以後，故《金瓶梅》亦不可能抄的是容本。黃霖的這些考證是有道理的。但他最後得出的結論是，《金瓶梅》抄的是萬曆十七年刊的天都外臣序本《忠義水滸傳》，這就不一定正確。固然天都外臣序本《忠義水滸傳》與《金瓶梅》的重疊部分的許多情節確實「改易不多」，有的地方是「一字不易，完全相同」，因此《金瓶梅》確有可能抄的是天都外臣序本。但是，天都外臣序本並不是《忠義水滸傳》的初刻本，在它以前還有早在嘉靖年間就流行的郭勳本。沈德符在《野獲編·武定侯進公》中指出：

> 武定侯郭勳，在世宗朝號好文多藝能計數。今新安所刻《水滸傳》善本，即其家所傳。前有汪太涵序，托名「天都外臣」者。

此可見天都外臣序本的祖本乃是郭勳本。郭勳刻本《忠義水滸傳》，二十卷一百回。但現存的只是個殘本第十一卷，即第五十一回到五十五回。因此，我們今天已無法將兩個刻本加以全面的比勘，但這五回卻是可以對照的。鄭振鐸先生就做了這個工作，他在〈水滸全傳序〉中指出：「天都外臣序刻本，經我們拿它來和郭勳本殘卷對照，證明它是郭勳本的一個很忠實的復刻本。」[7]由此可以推斷，《金瓶梅》在寫作過程中極可能所抄的是嘉靖年間刊的郭勳刻本。但是黃霖又認為：「郭勳本及其他繁本在天都外臣序本刊印前已為罕見了」，「在這樣的情況下，不要說一般的『紹興老儒』『門客』之類的下層文士，是無法依據這種當時罕見的本子來寫定《金瓶梅詞話》的，就是所謂『大名士』，可能性也是極小的。而相反，只有當這種《水滸》經刊行而重新流行時，才有被人參考而寫定《金瓶梅詞話》的較大的可能性。」[8]我認為，這個推論是難以成立的。

第一、作為黃霖推論的依據之一的，是周亮工《因樹屋書影》中的一句話：「六十年前，白下、吳門、虎林三地書未盛行，世所傳者，獨建陽本耳」。郭勳本就刊刻在嘉靖年間，嘉靖朝不過才四十多年。雖然在嘉靖晚期萬曆初期，建陽本廣為流傳，但不能說郭勳本就已完全絕跡。周亮工此說，指民間還猶可，指上層知識界，官僚界則不可。

7　鄭振鐸〈水滸全傳序〉，《水滸全傳》，北京：人民文學出版社 1954 年。

8　同註 6。

我認為《金瓶梅》的作者極有可能是王世貞及其門人。王世貞就生活在嘉靖年間，而且是個文學大家、文壇領袖，如果說王世貞就沒有見到過郭勳本，也不可能藏有郭勳本，恐怕於情於理都是說不通的。

第二、作為黃霖推論的依據之二的，是天都外臣的〈水滸傳序〉。此序中雖然也說了些簡本流行的情況，但黃兄忽略了，就在閣下所抄引的那段序文中，有一句話於閣下的推論是大大的不利的，而於筆者則幫了大忙。此序文在對當時流行的簡本表示不滿後說：「近有好事者，憾致語不能復收，乃求本傳善本校之，一從其舊，而以付梓」。這是個鐵證，它雄辯地說明，即使是到了萬曆十七年前後，《水滸傳》的「善本」並未失傳，否則天都外臣序本的刻印者，如何能求其善本而「一從其舊，而以付梓」呢？雖然序文並沒有說明此「善本」即郭勳本，但它必然不是簡本而是繁本。根據前面所引的沈德符的那段話推測，這個善本極有可能就是郭勳刻本。那麼，既然天都外臣序本的刻印者和作序者汪道昆，在萬曆十七年前後還能看到此善本，與汪道昆為同年進士（嘉靖二十六年）的，比汪名氣更大的大名士王世貞當會看過這種善本。

第三、李開先在其著《詞謔》中指出：「崔後渠、熊南沙、唐荊川、王遵岩、陳後岡謂《水滸傳》委曲詳盡，血脈貫通，《史記》而下便是此書。且古來更無有一事而二十冊者。」《詞謔》是李開先的晚年著作，大約成書在嘉靖三十五年之後，而文中所述「一事而二十冊者」，即《水滸傳》的郭勳刻本。李開先及其崔後渠（崔銑）、唐荊川（唐順之）、王遵岩（王慎中）、陳後岡（陳束）、熊南沙（熊過）均為「嘉靖八才子」中人，可見在嘉靖中晚期，郭勳本仍然在大名士中間流傳著。王世貞比唐荊川小二十一歲，還基本上可算是同時代人。唐荊川能見到郭勳本，為什麼王世貞就不可能見到郭勳本呢？

上述情況說明，生活在嘉靖年間的《金瓶梅》作者王世貞及其門人，是能夠看到郭勳本的，並且是依據郭勳刻本《忠義水滸傳》而寫定《金瓶梅》的有關部分的。因此，黃霖所推定的《金瓶梅》所抄的必然是萬曆十七年前後刊印的《忠義水滸傳》的說法，就缺乏根據了，由此而他論定的《金瓶梅》成書在萬曆二十年左右的說法亦就難以成立。

八、關於南曲流行的年代。

章培恒先生提出：「明代顧起元《客座贅語》記載，飲宴時唱南曲為萬曆以後之事，其前皆用北曲。而《金瓶梅詞話》所寫的大筵席，如西門慶宴請蔡狀元（第三十六回），西門慶宴請宋巡按（第四十九回），分別用『蘇州戲子』『海鹽子弟』演戲，顯為萬曆時的習俗。所以，此書當寫於萬曆時期。」[9]黃霖回應說，這是「一段扼要而中肯的論述」，「總之，從《金瓶梅詞話》中的戲曲描寫看來，這部小說作於萬曆二十年前後……，是最

9 章培恒〈論《金瓶梅詞話》〉，《復旦學報》，1983年第4期。

恰當不過的」[10]這又是持「萬曆說」者的一個重要依據。我們有必要對這一論據作全面分析。明顧起元《客座贅語》說：

> 萬曆以前，公侯與縉紳及富家，凡有宴會、小集，多用散樂，或三四人，或多人，唱大套北曲。若大席，則用教坊打院本，乃北曲四大套者，中間錯以撮墊圈、觀音舞，或百丈旗，或跳墜子。後乃變而盡用南唱，歌者止用一小拍板，或以扇子代之，間有用鼓板者，……大會則用南戲，其始止二腔，一為弋陽，一為海鹽。弋陽則錯用鄉語，四方土客喜閱之。海鹽多官語，兩京人用之。

顧起元所說的萬曆以前，富家宴會多用散樂，大席則戲曲和雜耍同時演出的情況，在《金瓶梅》中反映得十分普遍。例如，第二十回寫到：「西門慶家中吃會親酒，插花筵席，四個唱的，一起雜耍步戲」，「樂人撮弄雜耍回數，就是『笑樂院本』，下去。李銘、吳惠兩個小優上來彈唱，間著清吹，下去。」第三十二回，西門慶請本縣四宅官員喝酒：「教坊呈上揭帖，薛內相揀了四折《韓湘子升仙記》，又陣舞數回，十分整齊」。第七十六回，侯巡撫拜見西門慶，「先是教坊間吊上隊舞回數，……撮弄百戲十分齊整。然後才是海鹽子弟上來磕頭，呈上關目揭帖，侯公分付搬演《裴晉公還帶記》。」由此可見，《金瓶梅》中所寫到的演劇場面中，是演劇、歌舞彈唱、雜耍、百戲相間而同時進行的，這恰恰就是顧起元所說的「萬曆以前」的狀況。

但是，《金瓶梅》中也確實在很多處寫到，海鹽子弟、蘇州戲子搬演南戲的情況，這就成了《金瓶梅》成書於萬曆以後的根據。我認為對這個問題要作具體分析。《金瓶梅》成書的時代，是北劇衰落南戲開始興盛的過渡時期。這個過渡時期是由戲曲本身發展的客觀情況所決定的，它不可能以朝代的更迭而立即更迭，因此用「萬曆以前」和萬曆以後來劃出一條明晰的界線，這並不科學。海鹽腔在南方在元代就已經萌發。徐渭《南詞敘錄》說：「稱海鹽腔者，嘉、湖、溫、臺用之」，這是嘉靖三十八年前的事，但它僅在南方流傳而已。即使按顧起元的記載，海鹽腔在萬曆年間已流傳到「兩京」——北京和南京，也僅在豪門宴會大席上所用，可見流傳並不廣泛。據湯顯祖〈宜黃縣戲神清源師廟記〉云：「至嘉靖而弋陽之調絕，變為樂平，為徽青陽。我宜黃譚大司馬綸聞而惡之。自喜得治兵於浙，以浙人歸教其鄉子弟，能為海鹽聲。」這就是說，海鹽腔之所以在嘉靖年間能在江西宜黃縣傳唱，只因為譚綸「治兵於浙」，而「歸教其鄉子弟」的結果。而宜黃仍屬南方而非北方。那麼海鹽腔到底是不是在萬曆年間就傳到了山東地區，我認為很難說，也許此聲腔根本就沒有在北方（除北京外，因為北京是京城）流傳。因為此

---

10 同註 1。

聲腔屬南方聲腔，「吳浙音也」（湯顯祖語），為北人所不喜。雖然偶然有些戲班可能曾流轉到黃河南北去演唱，但亦不可能在這裏（山東地區等）廣為傳唱。此點，《金瓶梅》本身就可以作證，第六十四回：「西門慶道：『老公公，學生這裏還預備著一起戲子，唱與老公公聽。』薛內相問：『是那裏戲子？』西門慶道：『是一班海鹽戲子。』薛內相道：『那蠻聲哈剌，誰曉的他唱的是甚麼！』」這段對話說明，在山東地區，即使是內相這樣的貴人，尚不喜歡南曲，第一是聽不懂，不知所云，第二是此聲腔「清柔而婉折」，亦為北人所不喜。可見南曲在這裏並沒有廣為傳唱，亦不可能流傳。第三十六回，西門慶結交蔡狀元、安進士，又用蘇州戲子唱《香囊記》《玉環記》，安進士卻聽得非常高興，說：「此子（指書童）絕好而無以加美。」《金瓶梅》寫道：「原來安進士杭州人，喜尚南風。」由此看來，在《金瓶梅》的時代，海鹽腔尚屬「南風」，只為南人所喜（此「南風」者，可謂雙關語，亦暗指安進士好男色）。

但是，《金瓶梅》中確實出現了不少海鹽子弟、蘇州弟子搬演或清唱南曲的描寫，如三十一回、四十九回、五十九回、六十三回、六十四回、七十二回、七十四回、七十五回等等，它似乎告訴我們當時的山東地區，甚至是在一個小小的清河縣城，南戲是非常流行的，寓居在此的海鹽子弟、蘇州戲子是很多的，這顯然與上述情況相矛盾。我認為這個矛盾可以從《金瓶梅》的作者的籍貫來得以解決。

前已論及，《金瓶梅》寫的是發生在北方的北人的故事，但在敘述語言甚至在北人的人物語言中，夾雜著大量的南方吳語，這證明作者必是南方人。另外在《金瓶梅》中還出現了與北人的生活習尚相左的南方人的生活習尚。例如魏子雲先生在《金瓶梅的問世與演變》中所指出的，寫在《金瓶梅》中的飲食，十九都是江南人所慣用。如白米飯粳米粥，則餐餐不少，饅頭烙餅則極少食用。菜蔬如鮝魚、豆豉、酸筍、魚酢，各種糟魚、醃蟹，以及鮮的、糟的、紅糟醉過的鰣魚，都是西門家常備之味。所飲之酒，更十九是黃酒。在生活用具方面，西門家用「榪子」（榪桶）便溺，而不是上茅廁之類，這是典型的南方習尚。這些南方的生活習尚，顯然是按不到北方山東的，亦按不到西門慶的家中。這也是個矛盾。正是在這個矛盾中，我們才斷定，《金瓶梅》的作者必為南方人，因此他在無意間將南方人的生活習尚搬到了山東，搬入了西門氏的家中。既然由於這個原因，《金瓶梅》中才出現了南方人的生活習尚，那麼為什麼不可能由於同樣的原因，《金瓶梅》中才出現了南方人所喜歡的南曲演出的場面呢？簡言之，我認為在《金瓶梅》的時代，在山東特別是小小的、文化落後的清河縣城，根本就沒有出現一個南曲廣為傳唱的局面。而小說中大量出現的南曲演唱活動，則是作者家鄉的狀況，或者說是作者個人的愛好。《金瓶梅》的作者極有可能是王世貞及其門人。王世貞是江蘇太倉人。而嘉靖年間王世貞的家鄉，海鹽腔已廣為傳唱。明余懷〈寄暢園聞歌記〉說：

> 南曲蓋始於崑山魏良輔，良輔初習北音，絀於北人王友山，退而縷心南曲，足跡不下樓者十年。當是時，南曲率平直無意致。良輔轉喉押調，度的新聲，疾徐高下，清濁之數，一依本宮。

該記載說明了魏良輔進行戲曲改革，創興崑山腔的動因及過程。魏良輔，字尚泉。原籍江西南昌，但長期寄居太倉。魏氏不滿於當時在太倉傳唱的「南曲率平直無意致」，故立志改革。那麼在當時太倉流行的南曲是什麼聲腔呢？清朱彝尊《靜志居詩話》說：「伯龍（梁辰魚，字伯龍）雅擅詞曲，所撰《江東白苧》，妙絕時人。時邑人魏良輔能喉囀音聲，始變弋陽、海鹽故調為崑腔。」可見，魏氏所不滿的正是海鹽、弋陽等聲腔。而魏氏進行戲曲改革則在嘉靖、隆慶年間。此反過來證明，嘉靖年間，太倉等地，海鹽腔已流傳甚久，乃致到了令魏氏不滿的地步。這到底說明什麼問題呢？說明王世貞等人在創作《金瓶梅》時，將其在嘉靖年間家鄉地區海鹽腔盛行的局面，搬到了山東清河，搬入了西門慶的家中，以致造成了《金瓶梅》中的山東清河盛行海鹽腔的假象。

以上的分析說明，用顧起元《客座贅語》中的話來證明《金瓶梅》中多用蘇州戲子、海鹽子弟演戲，「顯為萬曆時的習俗。所以，此書當寫成於萬曆時期」的說法，是不盡妥當的。

以上筆者只對「萬曆說」的十二條論據中的八條提出了駁論，另外四條即：太監的失勢與得勢，佛道兩教的盛衰，「殘紅水上飄」，南曲〈掛真兒〉等問題，筆者在〈論《金瓶梅》時代背景「嘉靖說」〉文中已提出了駁論，此處不再復述。

對《金瓶梅》成書於隆慶前後的推測

在《金瓶梅》成書年代問題上的另一說就是「嘉靖說」。我認為「嘉靖說」也是有毛病的。《金瓶梅》到底成書於什麼時候？由於缺乏史料，更由於目前筆者還沒有找到鐵證，故不敢妄斷，只能提出一些推測性的淺見。筆者認為，《金瓶梅》大體成書於隆慶年間，或者說是從嘉靖末年歷隆慶到萬曆初年的二十多年間。下面將筆者推測的依據，簡述一二如次：

第一、關於王世貞的「中年筆」說。

清康熙十二年，宋起鳳在《稗說·王弇州著作》中指出：

> 世知四部稿為弇州先生平生著作，而不知《金瓶梅》一書，亦先生中年筆也。（《稗說》卷三〈王弇州著作〉條，載《明史資料叢刊》第2輯，江蘇人民出版社1982年版。以下凡宋起鳳語，均見此書。）

王世貞生於嘉靖五年（1526），卒於萬曆十八年（1590），終年 65 歲。隆慶元年（1567）至隆慶六年（1572），王世貞四十一歲至四十六歲，正值中年。如果從三十五歲到五十歲稱之為中年，那麼王世貞的中年是嘉靖四十年（1561）到萬曆四年（1576）之間，我認為這十五年恐怕是王世貞創作《金瓶梅》的最合理的時間。宋起鳳的「中年筆」說的根據是什麼呢？他說：

> 按弇州四部稿有三變，當西曹至青州，機鋒括利，立意遷□，尚近刻畫。迨秉鄖節，則巉刻之跡盡去，惟氣格體法尚矣。晚年家居，濫受羔雁諛墓祝觴之言，二氏雜進，雖耽白蘇，實白蘇弩末之技耳。是一手猶有初中晚之殊，中多倩筆。……

這是宋起鳳對王世貞一生中，文字風格有初中晚三變的具體分析：早年是機鋒括利、有巉刻之跡；中年是氣格體法尚在而巉刻之跡盡去，宋氏稱之謂：中多倩筆；晚年則又有所變化。查《明史》卷二八七〈王世貞傳〉曰：「其持論，文必西漢，詩必盛唐，大曆以後書勿讀，而藻飾太甚。晚年，攻者漸起，世貞顧漸造平淡。」可見宋氏的分析與《明史》所論基本相合。其實王世貞自己也有這樣的認識。其著《藝苑卮言》云：「西京之文實，東京之文弱，猶未離實也。六朝之文遊，離實也。唐之文庸，猶未離浮也。宋之文陋，離浮矣，愈下矣。元無文。」《藝苑卮言》是王世貞四十歲前的著作，這些看法正是他早年喜尚刻畫、藻飾的文風和理論表現。後來他自己也感到《藝苑卮言》評論失當，他說：「余作《藝苑卮言》時，年未四十，方與於鱗輩是古非今，此長彼短，未為定論。行世已久，不能復秘，惟有隨事改正，勿誤後人。」（王世貞〈歸太僕贊〉）在他晚年時好蘇軾之文，文風漸趨平淡，「病亟時，劉鳳往視，見其手蘇子瞻集，諷玩不置也」（《明史·王世貞傳》）。《明史》與王世貞自己的言論均證明，宋起鳳對王世貞一生文風三變的分析，是基本正確的。而宋起鳳分析王世貞一生文風三變的目的，在於說明《金瓶梅》是王世貞的中年筆。那麼王世貞中年的文風是否與《金瓶梅》的文風相一致呢？他是這樣說的：

> 書（《金瓶梅》）雖極意通俗，而其才開合排蕩，變化神奇，於平常日用機巧百出，晚代第一種文字也。……若夫《金瓶梅》全出一手，始終無懈氣浪筆與牽強補湊之跡，行所當行，止所當止，奇巧幻變媸妍，善惡邪正，炎涼情態至矣，盡矣，殆四部稿中最化最神文字，前乎此與後乎此誰耶。謂之一代才子，洵然。

在宋起鳳看來，《金瓶梅》的風格，既不像王世貞早年的文字風格那樣「機鋒括利」，巉刻之跡盡露，亦不像其晚年的文字風格那樣平淡無奇。《金瓶梅》的文字風格則是，雖寫平常日用極意通俗，又變化神奇機巧百出；既開合排蕩灑灑洋洋，又無牽強補湊之跡。這就是宋氏所說的王世貞的「中年筆」，即所謂「中多倩筆」。顏師古注云：「倩，士之總稱。」在宋氏看來，《金瓶梅》具有古代美好男子的氣質風度。清人劉廷璣《在園雜誌》也認為：「若深切人情世務，無如《金瓶梅》，真稱奇書……，其中家常日用，應酬世務，奸詐貪狡，諸惡皆作，果報昭然，而文心細如牛毛繭絲。凡寫一人始終口吻酷肖到底，掩卷讀之，但道數語，便能默會為何人。結構鋪張，針線縝密，一字不漏，又豈尋常筆墨可到者。」劉氏與宋氏的看法何其相似，可見他們均把握了《金瓶梅》藝術風格的奧妙所在，持論精到。

宋氏的關於《金瓶梅》為王世貞「中年筆」說，雖然也未拿出鐵證，但他對王世貞的中年文風與《金瓶梅》藝術風格的比較研究，對我們很有啟示意義，其論亦大體能夠服人。按照宋氏此說，我們大體可以推定王世貞及其門人寫作《金瓶梅》當在隆慶前後。

第二、從《金瓶梅》譏刺嚴嵩父子來考察其成書年代問題。

《金瓶梅》創作的主要目的是為了譏刺嚴嵩父子，對此確認者不乏其人。沈德符最早提出了這個問題，他說：「《金瓶梅》指斥時事，如蔡京父子則指分宜（嚴嵩），林靈素則指陶仲文，朱勔則指陸炳，其他各有所屬云。」[11]至於作《金瓶梅》譏刺嚴氏者為誰，沈氏未有確指，只以「嘉靖間大名士」云云了之。宋起鳳則十分明確地將《金瓶梅》譏刺嚴氏與王世貞直接聯繫了起來，他說：「弇州（王世貞）痛父為嚴相嵩父子所排陷，中間錦衣衛陸炳陰謀孽之，置於法。弇州憤懣懟廢，乃成此書（《金瓶梅》）。陸居雲間郡之西門，所謂西門慶者，指陸也。以蔡京父子比相嵩父子，諸狎昵比相嵩羽翼。陸當日蓄群妾，多不檢，故書中借諸婦一一刺之。」[12]後來，《寒花盦筆記》《缺名筆記》的作者據以傳聞，把王世貞作《金瓶梅》以譏刺嚴氏的故事，添枝加葉編得非常離奇。吳晗先生據以考證，將其推倒，以正視聽，功勞很大。但即使如此，這些筆記中認為王世貞與嚴氏有殺父之仇，其說仍乃不謬，亦當是事實。下面我們可以從王世貞父子與嚴嵩父子結仇的情況，來考察《金瓶梅》成書的年代問題。

前已談及，王世貞父子與嚴嵩結仇，由來已久。嘉靖三十八年，蒙古把都兒辛愛數部，由潘家口入渡灤河，京師大震。嚴嵩即趁王忬灤河失事之機，構之論罪，嘉靖三十九年冬被殺。《明史·王世貞傳》云：在王忬遭害時，「世貞解官奔赴，與弟世懋日蒲伏嵩門，涕泣求貸。嵩陰持忬獄，而時為謾話以寬之。兩個又日囚服跽道旁，遮諸貴人輿，搏顙乞救。諸貴人畏嵩不敢言，忬竟死西市。兄弟哀號欲絕，持喪歸，蔬食三年，不入內寢。既除服，猶卻冠帶，苴履葛巾，不赴宴會」。如此之殺父之仇，世貞焉能不

11　沈德符《萬曆野獲編》卷二十五。

12　宋起鳳《稗說》卷三〈王弇洲著作〉。

報。寫作傳奇劇本《鳴鳳記》與小說《金瓶梅》乃是他報仇雪恨的重要手段。

嘉靖三十九年冬，王忬被殺後，世貞兄弟即扶柩回家守制三年。嘉靖四十一年，御史鄒應龍上疏揭發嚴嵩父子罪行，嚴嵩乃罷官，嚴世蕃謫戍雷州衛。嘉靖四十四年，嚴嵩削籍，抄沒家產，嚴世蕃被正法。兩年以後，即隆慶元年，嚴嵩病死於江西老家。那麼《鳴鳳記》與《金瓶梅》到底寫於何時呢？《鳴鳳記》寫了嚴嵩殺害力主收復河套的夏言、曾銑。楊繼盛上書痛陳嚴嵩五奸十大罪，亦遭刑戮。最後寫到鄒應龍、林潤等人再劾嚴嵩，終於鬥敗嚴嵩。《鳴鳳記》已寫到嚴嵩籍沒抄家，嚴世蕃伏誅，可見其完稿當在嘉靖四十四年。清焦循《劇說》載：

> 相傳《鳴鳳》傳奇，弇州門人作，惟「法場」一折是弇州自填。詞初成時，命優人演之，邀縣令同觀。令變色起謝，欲亟去。弇州徐出邸抄示之曰：「嵩父子已敗矣。」乃終宴。

焦循活動在清代乾嘉年間，離《鳴鳳記》的寫作時間有二百來年。上述記載是否正確，很難判定。但《劇說》一書是輯錄散見於各書中的論曲、論劇之語而成的，卷前就列了一百六十多種「引用書目」。可見此說亦似有所依據而非杜撰。從焦說判斷，《鳴鳳記》就很可能寫成於嘉靖四十四年，嚴嵩父子剛剛事敗的時候。這說明王世貞（及其門人）力求用文藝形式來達到撻伐嚴氏的心情是非常迫切的。那麼作《鳴鳳記》是如此，作《金瓶梅》為什麼也不可能如此呢？當然，如沈德符《野獲編》、廿公〈金瓶梅跋〉所說，因《金瓶梅》的作者是嘉靖年間人，故成書似亦在嘉靖年間，這是不可能的。因為《金瓶梅》的寫作必起於王忬被殺或嚴嵩事敗以後，這已是嘉靖末年了，一部百萬言的巨著，從構思到寫作到完稿，豈能在二三年間成就。馮沅君先生在《古劇說匯》中認為，《金瓶梅》中大量引錄了《詞林摘豔》《雍熙樂府》中所採錄的散曲和時尚小曲，「這種現象很可以證明《金瓶梅詞話》與這兩部曲選縱非同時的產品，其年代當相去不遠」。《雍熙樂府》首有嘉靖丙寅歲中秋日安肅春山序。嘉靖丙寅是嘉靖四十五年，這是嚴嵩削籍、抄家，嚴世蕃伏誅的第二年。如果馮先生認為，這大體是《金瓶梅》開始寫作的時間，這是有道理的，因為《金瓶梅》第九十八回已寫到蔡京等人事敗，「（蔡）太師兒子禮部尚書蔡攸處斬，家產抄沒入官」，這顯然是暗指嚴嵩事敗，嚴世蕃處斬，嚴氏家產抄沒入官的事，故《金瓶梅》開始寫作必在此事發生之後。這實際上已到了隆慶年間。退一步講，《金瓶梅》開始構思、寫作，不能早於嘉靖四十年，因為王世貞的父親王忬被嚴嵩殺害是在嘉靖三十九年的冬天。因此，筆者認為《金瓶梅》成書年代（準確地講是寫作年代）的上限，是嘉靖四十年（1561）。

吳晗先生在〈金瓶梅的著作時代及其社會背景〉文中指出，《金瓶梅》成書年代的下限，是萬曆三十年，或三十四年，他說：「袁宏道的《觴政》在萬曆三十四年以前已寫成，由此可以斷定《金瓶梅》最晚的著作時代當在萬曆三十年以前。退一步說，也絕不能後於萬曆三十四年。」袁宏道《觴政》中談到《金瓶梅》，故吳晗將《觴政》的成書年代作為《金瓶梅》成書年代的下限。其實，袁宏道早在萬曆二十三年就見到了《金瓶梅》抄本。袁宏道《錦帆集》中有致董思白書為證。可見吳晗先生將《金瓶梅》成書年代的下限定得太晚了。

黃霖先生提出，《金瓶梅》成書於「萬曆十七年至二十四年之間，換句話說，就在萬曆二十年左右」[13]，根據是《金瓶梅》寫作時大量抄引的《水滸傳》是萬曆十七年天都外臣序的《忠義水滸傳》。前文我已談到，《金瓶梅》所抄的是嘉靖年間流行的郭勳刻的《忠義水滸傳》，而不可能是天都外臣序的《忠義水滸傳》，因此將萬曆十七年作為《金瓶梅》寫作的開始時間就不大妥當了。黃霖所說的萬曆二十四年，就是袁宏道致董思白書云見到《金瓶梅》抄本的時間。黃霖所沿用的是美國學者韓南先生考證的結論，而我通過考證，認為袁宏道致董思白書寫於萬曆二十三年，而不是二十四年。這裏暫且不管這個一年的差異之爭，就按黃霖之說，《金瓶梅》從寫作到流傳，只在萬曆十七年到二十四年這七八年之內，這就令人懷疑。《忠義水滸傳》的天都外臣序寫在萬曆十七年，從此書的付刻到到達《金瓶梅》作者之手，恐怕已到了萬曆二十年。然後作者才開始寫《金瓶梅》，然後才出現抄本，抄本再輾轉傳抄，於萬曆二十四年到達袁宏道之手。從這個時間表可以推知，《金瓶梅》不過寫了三四年時間。如此一部大書，短短三四年時間就告完竣，這無論如何是不可能的。黃霖之所以將《金瓶梅》的成書年代推到萬曆二十年前後，是因為他相信吳晗先生的「萬曆說」的緣故。

那麼如黃霖那樣，將萬曆二十四年（實為二十三年）定為《金瓶梅》成書年代的下限，這當然也是可以的。袁宏道見到《金瓶梅》抄本，是他給董思白書中透露出來的，時間是在萬曆二十三年，這是目前我們所見到的《金瓶梅》流傳的史料中，可確切考知年代的最早的一條，所以我將其稱為《金瓶梅》傳世的第一個信息。這個萬曆二十三年也就可以看作是《金瓶梅》成書年代的下限。但這個「下限」具有很大的相對性。因為袁宏道在致董思白書中明明寫著，他的半部抄本是董思白給他的。那麼董思白又是在什麼時間得到抄本的呢？或者從根本上講，《金瓶梅》的第一個抄本是哪一年問世的呢？由於史料不足，目前我們還無從考知。但是毫無疑問，從目前的史料推測，《金瓶梅》第一個抄本問世的時間，比袁宏道見到抄本的萬曆二十三年要早得多，或許這裏有十多年的時間差異。因此我認為，將萬曆二十三年定為《金瓶梅》成書年代的下限，雖然是有道

---

13 同註6。

理的，而且是萬無一失的，但其相對性太大了，保險係數亦太大了。由此推動筆者進行了一番再思考，得出了一個新的看法：《金瓶梅》最晚在萬曆十一年就已經成書，而且已經出現了一兩個抄本，即王世貞與徐階的家藏本。

徐階（1503-1583），松江華亭人，字子升。歷官禮部尚書、建極殿大學士等職。嚴嵩事敗後，代嵩為首輔。他與《金瓶梅》有著密切的聯繫。沈德符《野獲編》說：

> 丙午（1606）遇中郎京邸，問（《金瓶梅》）曾有全帙否？曰：「第睹數卷，甚奇快。今惟麻城劉延伯承禧家有全本，蓋從其妻家徐文貞錄得者。」

「文貞」是徐階的諡號，麻城劉承禧是徐階的曾孫婿。因此劉承禧的《金瓶梅》全抄本抄自徐階家的藏本，這完全是可能的。此可證徐階家有《金瓶梅》的全抄本。另外藏有全抄本的就是王世貞。屠本畯在《山林經濟籍》指出：「王大司冠鳳州先生家藏全本。」謝肇淛在〈金瓶梅跋〉中也說：「唯弇州家藏者最為完好。」王世貞是《金瓶梅》的作者，他和他的門人寫完《金瓶梅》後，當然要抄一個最為完好的本子長期保存。這應該是《金瓶梅》的第一個抄本。徐階的家藏本來源於何處？我認為只可能來源於王世貞，而且徐階的藏本極可能是《金瓶梅》的第二個抄本，這是由於他們之間的密切關係所決定的。

徐階與王世貞之父王忬是同僚，而且同受嚴嵩的排斥。王世貞說：「嚴氏與今元老相公（徐階）方水火，時先人偶辱見收葭莩之末。渠復大疑有所棄就，奸人從中構牢不可解。」[14]沈德符說：「……會王（世貞）弟敬美繼登第，分宜呼諸孫切責以『不克負荷』訶誚之，世蕃益恨望，日譖於父前，分宜遂欲以長史處之，賴徐華亭（徐階）力救得免，弇州德之入骨。」[15]王忬被殺後，嚴嵩又加害徐階。嘉靖四十四年嚴嵩事敗，世蕃悔之曰：「先取徐階首，當無今日。吾父養惡，故至此。」[16]可見徐階是嚴嵩的主要政敵，心腹大患。徐階反嚴氏父子亦毫不手軟。最後置嚴世蕃於死地的正是徐階。《明史紀事本末·嚴嵩用事》載：

> 命下，階袖之出長安門，法司官俱集。階略問數語，速至私第，具疏以聞。……疏中極言：「事已勘實，（嚴世蕃）其交通倭寇，潛謀叛逆，具有顯證，請亟正典刑，以泄神人之憤」。上從之，命斬世蕃、龍文於市。

---

14 王世貞《弇州山人四部稿·上太傅李公書》。

15 沈德符《萬曆野獲編·嚴相處王弇州》。

16 《明史紀事本末·嚴嵩用事》。

原來嘉靖帝並不決意要斬嚴世蕃，正是徐階這最後一本才送了他的命。徐階之恨嚴氏亦已到了極點。最後，徐階還幫助王世貞申冤翻案。《明史·王世貞傳》載：

> 隆慶元年八月，兄弟伏闕訟父冤，言為嵩所害，大學士徐階左右之，復忬官。

正是在徐階的幫助下，王忬恢復官職，王世貞也被重新起用為大名兵備副使。

上述史料均說明，王家有恩於徐家，徐家亦有恩於王家，兩家不僅是一般的通家之好，而是在政治上，在反對嚴嵩專政的鬥爭中互相支持、互相保護，親密無間、休戚與共。研究王世貞與徐階的特殊關係，我認為可以提出如下兩點推測：其一、王世貞動意寫作《金瓶梅》，對嚴嵩父子的罪惡加以揭露和批判，這完全是符合徐階的願望和要求的，因此必然會得到徐階的支持和幫助。反之，對王世貞來說，徐階是他父親的摯友，是自己的恩人、保護人和長輩，因此王世貞動意寫作《金瓶梅》亦必然會告訴徐階，並爭取他的支持。其二、王世貞寫完《金瓶梅》，並產生了第一、第二個抄本後，他第一個要贈送的必然是徐階，這就是徐階所藏的《金瓶梅》全抄本的來源。那麼徐階的抄本是在什麼時間得到的呢？這與考證《金瓶梅》成書年代的下限，具有直接的聯繫。我認為王世貞將抄本贈送給徐階的時候，當然不可能在徐階死後，而只可能在徐階生前。道理很簡單，如果徐階謝世後，《金瓶梅》才得以脫稿，那麼王世貞也就沒有必要將抄本送給徐階的家人或後人。由此，我提出一個大膽的推測，《金瓶梅》的完稿，必然是在徐階的生前而不可能是死後。因此，我們可以把徐階的卒年作為《金瓶梅》成書年代的下限。這一年就是萬曆十一年（1583）。

綜上所述，我認為《金瓶梅》成書於隆慶前後，其上限不能過嘉靖四十年（1561），下限則不能過萬曆十一年。這前後二十二年正是王世貞從三十五歲到五十七歲的中年時代。由此可見，我的推測與宋起鳳的《金瓶梅》是王世貞的「中年筆」說，正乃不謀而合。

在《金瓶梅》的成書年代問題上還有一說，那就是臺灣學者魏子雲先生的「二次成書」說（或者可以叫三次成書說）。他在《金瓶梅的問世與演變》中認為，袁中郎在萬曆二十四年（應為二十三年）見到《金瓶梅》抄本，在此前成書的《金瓶梅》，是該書的第一次成書。「『憂危竑議』（萬曆二十六年）以後的《金瓶梅》，可能中郎兄弟與沈德符等人有過改寫的構想，終於在四十一二年間改寫了。……明神宗於萬曆四十八年七月二十二日賓天後，他們這夥人便增入了泰昌天啟的史實，重加改寫，匆匆付梓」，這就是《金瓶梅詞話》。這樣《金瓶梅》就有了三次成書過程，時間一直拖到明天啟、崇禎年間。魏先生的根據是什麼呢？他說，現存的《金瓶梅詞話》的引詞入話，說的是劉邦項羽寵幸事件，特別是劉邦寵幸戚夫人而欲廢嫡立庶的故事。《金瓶梅》成書的年代，正是萬曆皇帝寵幸鄭貴妃，欲廢長立幼，引起朝野激烈鬥爭的時代。因此袁中郎時代的《金瓶梅》「極可能就是一部諷諫神宗皇帝寵幸鄭貴妃，廢長立幼」，「後來迫於政治形勢，遂有人把它改寫過了」，「早期的《金瓶梅》不是西門慶的故事，以西門慶作為《金瓶梅》故事的主線，可能是《金瓶梅詞話》開始的」。此說我認為是不能成立的。袁小修在萬曆四十二年八月的日記中就講到：《金瓶梅》「大約模寫兒女情態俱備」，是一紹興老儒逐日記西門千戶一家淫蕩風月之事，「以西門慶影其主人，以餘影其諸姬」，而且袁小修見到的《金瓶梅》中已出現了西門慶、潘金蓮、李瓶兒、春梅等人物。（《遊居柿錄》卷三，第 979 條）而袁小修見到的《金瓶梅》正是袁中郎於萬曆二十三年見到的《金瓶梅》半部抄本。此足以證明，袁中郎時代的《金瓶梅》就是寫的西門慶與潘金蓮的故事，而不是什麼神宗皇帝寵幸鄭貴妃，欲廢長立幼的故事。魏先生推論的前提就錯了，那麼基於這個前提，魏先生進而推論的袁中郎、沈德符等人兩次改寫《金瓶梅》，但又迫於政治形勢而長期不敢付梓的看法，也就根本無法成立了。

那麼，《金瓶梅》在萬曆十一年前成書以後，在相當長的抄本流傳的過程中，有沒有可能被傳抄者增刪改動呢？我認為這完全是可能的。沈德符早就指出，在《金瓶梅》初刻時，「原本實少五十三回至五十七回，遍覓不得，有陋儒補以入刻」（《野獲編》卷二十五）。這對原作來說就是一次大的更動。現存的《金瓶梅詞話》中有多處故事情節不相銜接和錯漏之處，亦可能為後人增刪改動所致。另外，該書中那麼多的肆無忌憚的性行為描寫，恐怕也不是原作中都早已存在了的。但是即使有這些更動，都無傷原作的大局。現存的再刻本《金瓶梅詞話》的主題、人物、基本情節、結構、風格都還是原作所固有的。因此我認為，後人在傳抄過程中對原作的部分增刪改動，只能稱作是對原作的竄改，而不能稱作為第二次、第三次成書。《金瓶梅》的成書只有一次，時間是在嘉靖四十年到萬曆十一年之間，這就是筆者所提出的《金瓶梅》成書年代「隆慶說」。當然此說也仍然只能算作推測，而遠非定論。

論《金瓶梅》成書方式「過渡說」

在長期的爭論中，《金瓶梅》的成書方式問題，已形成各執一端的兩說，一為「藝人集體創作說」，一為「文人獨立創作說」。筆者在20年前就提出了第三種觀點：《金瓶梅》既是一部劃時代的文人創作的開山之作，同時又不是一部完全獨立的無所依傍的文人創作，它依然帶有從藝人集體創作中脫胎出來的大量痕跡。因此，它是一部從藝人集體創作向文人獨立創作發展的過渡形態的作品。[1]經過多年的檢驗，此觀點得到了部分研究者的贊同和支持。但作為一個「新說」，還缺乏一個高度凝練的表述形態。對此，筆者又經過了多年的審視、提煉，從而將上述觀點概括為「過渡說」，在拙著三卷本《周鈞韜金瓶梅研究文集》[2]中正式提出：《金瓶梅》成書方式「過渡說」。但此說遠未成熟。在作進一步研究的基礎上，筆者對「過渡說」又有了重要的新發展。

「藝人集體創作說」不能成立

「藝人集體創作說」是潘開沛先生在1954年提出的，至今信奉者不乏其人。他們的主要論據如次：

> 《金瓶梅》……像《水滸傳》那樣先有傳說故事，短篇文章，然後才成長篇小說的。它……是在同一時間或不同時間裏的許多藝人集體創作出來的，是一部集體的創作，只不過最後經過了文人的潤色和加工而已。[3]

> 它和《水滸傳》一樣，都是民間說話藝人在世代流傳過程中形成的世代累積型的集體創作。[4]

---

1 周鈞韜〈《金瓶梅》成書方式探謎〉，《金瓶梅探謎與藝術賞析》，長春：吉林文史出版社 1990年。

2 《周鈞韜金瓶梅研究文集》，長春：吉林人民出版社 2010 年。

3 潘開沛〈《金瓶梅》的產生和作者〉，《光明日報》，1954 年 8 月 29 日。

4 徐朔方〈《金瓶梅》成書新探〉，《中華文史論叢》，1984 年第 3 輯。

> 作者在再創作前，《金瓶梅》的流傳在民間的故事和說唱中，已成雛形或輪廓及片段，然後由……文人進行創造性的加工整理。[5]

他們的觀點，似可作如下概括：一、《金瓶梅》在成書前，社會上已有「金瓶梅」的故事在民間的故事、說唱中流傳，這就是《金瓶梅》賴以成書的「雛形或輪廓及片段」，亦可謂之「金瓶梅」故事的「集群」；二、《金瓶梅》與《水滸傳》一樣，是將那些「金瓶梅」的故事「集群」，加以聯綴、整理加工而成書的，因此它屬於世代累積型的藝人的集體創作。而他們立論的主要根據，就是《金瓶梅》中抄有大量的話本、戲曲中的文字。

《金瓶梅》中確實抄了許多話本、戲曲中的文字，但這種現象恰恰不能證明他們立論的正確。

《水滸傳》的成書過程確是這樣的。早在宋代的說話中，已有關於「水滸」的故事。據羅燁《醉翁談錄》載，當時說話中「公案類」有〈石頭孫立〉，「朴刀類」有〈青面獸〉，「杆棒類」有〈花和尚〉〈武行者〉。這些顯然是《水滸》故事中有關孫立、楊志、魯智深、武松的故事。元末明初無名氏的《大宋宣和遺事》，可說是《水滸傳》的「雛形或輪廓」。其中寫到宋江等三十六人的故事。楊志賣刀，晁蓋等八人劫取生辰綱後上太行山、梁山落草；宋江殺閻婆惜後受張叔夜「招誘」，「後遣收方臘」等故事，《遺事》中均已出現。三十六人的名字和綽號亦大多同於《水滸傳》。元代還出現了不少《水滸》戲。如高文秀的《黑旋風鬥雞會》《黑旋風喬教字》《雙獻頭武松大報仇》；康進之的《李逵負荊》；李文蔚的《燕青博魚》《黑旋風雙獻功》《燕青射雁》；紅字李二的《折擔兒武松打虎》《病楊雄》；無名氏的《小李廣大鬧元宵夜》《宋公明劫法場》《張順水裏報冤》《梁山泊七虎鬧銅臺》《王矮虎大鬧東平府》《宋公明排九宮八掛陣》等等共三十多部。而且，在《李逵負荊》《燕青博魚》等劇本中，梁山英雄已有三十六大夥，七十二小夥，地點是梁山泊；《黑旋風雙獻功》中已出現「寨名水滸，泊號梁山」等文字。這些由藝人集體創作的世代累積的《水滸》故事，在說話中、在戲曲中廣泛地流傳著，後來才由施耐庵等文人將它們收集、聯綴、整理加工，再創作而寫成長篇小說《水滸傳》。說《水滸傳》是世代累積型的藝人集體創作，事實俱在，毋庸置疑。既然潘氏等認為，《金瓶梅》也是這樣成書的，那麼我們就有必要找出在《金瓶梅》成書前，在社會上流傳的藝人創作的「金瓶梅」故事，或稱之為「雛形」「輪廓」「片段」「集群」，即有關「金瓶梅」故事的話本和戲曲。但十分遺憾的是，我們至今一部也沒有找

---

5 蔡國梁《金瓶梅考證與研究》，西安：陝西人民出版社 1984 年。

到。須知，與《水滸傳》成書過程相類的《三國演義》《西遊記》，在它們成書前均有不少有關「三國」「西遊」故事的話本、戲曲，且能流傳至今。而惟獨比上述三部成書均晚的《金瓶梅》的話本、戲曲，不僅查無實據，而且在當時的筆記、目錄等一類書，如《醉翁談錄》《寶文堂書目》《也是園書目》《錄鬼簿》中，均見不到它們的蹤跡。上述這些情況奇怪嗎？不奇怪。它已能證明，在《金瓶梅》成書前，社會上根本沒有金瓶梅的故事在說話和戲曲中流傳，「雛形」「輪廓」「集群」云云，就更難說了。

此外，我們還可以從《金瓶梅》早期流傳情況來驗證。《金瓶梅》大約成書於明代隆慶朝前後。據現有史料分析，在社會上較早見到《金瓶梅》（半部抄本）的是董其昌，時間在萬曆二十三年或稍前。嗣後見到的有袁中郎、袁小修、薛岡、沈德符、馮夢龍、馬仲良等人。

董其昌對袁小修說：「近有一小說，名《金瓶梅》，極佳。」[6]袁中郎〈與董思白〉書云：「《金瓶梅》從何處得來？伏枕略觀，雲霞滿紙，勝於枚生〈七發〉多矣。」袁小修《遊居柿錄》云：「後從中郎真州，見此書之半，大約模寫兒女情態俱備，乃從《水滸傳》潘金蓮演出一支。」馮夢龍則「見之驚喜，慫恿書坊以重價購刻」。[7]

從他們見到《金瓶梅》的異常心情中可以看出，《金瓶梅》是突然出現在人世間的，他們毫無思想準備。如果說社會上早已有《金瓶梅》故事流傳，話本中、戲曲中早已有講說傳唱，小說不過是加工整理這些現成的故事而成書的，那麼他們當不會如此「驚喜」，如此迫不及待地追尋來龍去脈，迫切要求閱讀全稿。此外，這些人還對《金瓶梅》到底影射何人何事，作了許多猜測。如袁小修《遊居柿錄》云：「舊時京師有一西門千戶，延一紹興老儒於家。老儒無事，逐日記其家淫蕩風月之事，以西門慶影其主人，以餘影其諸姬。」謝在杭〈金瓶梅跋〉云：「相傳永陵中有金吾戚里，憑怙奢汰，淫縱無度，而其門客病亡，采摭日逐行事，匯以成編，而托之西門慶也。」屠本畯《山林經濟籍》云：「相傳為嘉靖時，有人為陸都督炳誣奏，朝廷籍其家。其人沉冤，托之《金瓶梅》。」儘管這些猜測差異極大，且缺乏根據。但「猜測」的本身就很能說明問題。這說明袁小修等人在見書以前，對《金瓶梅》的故事毫無所聞，毫無所見，因此一接觸此書就引起了極大的好奇心，以致對猜測此書影射何人何事問題十分有興趣。如果說《金瓶梅》故事早已在民間傳唱，他們亦早有所聞，他們還能有這種好奇心嗎？其實，從以上這些引文中就能看出，《金瓶梅》確實是文人寫出來的，而非說話人說出來的，藝人演戲演出來的。這難道不是事實嗎？

---

6 袁小修《遊居柿錄》。

7 沈德符《野獲編》第二十五卷。

《金瓶梅》如何移植、借用話本、戲曲中的文字

「藝人集體創作說」立論的主要根據，是《金瓶梅》中移植了話本、戲曲中的大量文字。對此，我們有必要作具體分析。

一、關於故事情節的移植、借用。《金瓶梅》借抄、移植了前人話本、戲曲中的不少故事情節，大體有三種情況：1.搬入式的移植。即將整篇話本的故事情節（或主要情節）大段大段地移植到《金瓶梅》之中。例如對話本〈戒指兒記〉〈志誠張主管〉〈新橋市韓五賣春情〉等情節的移植即如此。〈戒指兒記〉敘陳玉蘭與阮華私合，其中有尼姑受賄牽線，以阮華貪淫身亡而終。《金瓶梅》將整個情節概述式地抄錄在第三十四回和五十一回中。〈志誠張主管〉敘小夫人主動勾引主管張勝，而張不為所動。《金瓶梅》將整個情節作了某些細節性的改動，抄入第一回和第一百回中。〈新橋市韓五賣春情〉敘暗娼韓金奴勾引吳山事，《金瓶梅》更是成篇地抄入第九十八、九十九回之中。2.個別或部分情節的抄借。這是一種只顧一點而不及全篇式的抄錄。例如，《金瓶梅》第一回類似入話的部分，借抄了〈刎頸鴛鴦會〉話本的入話部分，而話本的主體情節則棄之不用。傳奇《寶劍記》第十齣林沖算命，第二十八齣趙太醫診病，第四十五齣錦兒自盡等等情節，被《金瓶梅》分別抄入第七十九回、六十一回、九十二回之中。顯然這些情節在《寶劍記》中屬個別的次要情節而非主體情節。3.既是移植同時又作了較大的改動。其中作為主體情節移植而又有較大改動者，如〈戒指兒記〉；作為個別情節抄借而又有較大改動者，如《寶劍記》中第五十一齣關於諷刺僧尼醜行的一段文字（抄改在《金瓶梅》第六十八回中）。《水滸傳》與《金瓶梅》都抄錄了話本、戲曲中的情節，從表面上看兩者的成書有其一致性，但從本質上看卻有極大的差異性。其一、《水滸傳》所抄的均為敘水滸故事的話本和戲曲，而《金瓶梅》所抄的話本、戲曲卻沒有一本是敘金瓶梅故事的。這些話本、戲曲中的故事情節本來與《金瓶梅》毫不相干，只是《金瓶梅》作者在創作時，一方面為小說情節發展的需要，另一方面又受到這些話本，戲曲的情節的啟示，因此擇其有用者改頭換面地抄借、移植到《金瓶梅》之中。用現代的觀念來看，這完全是一種抄襲。《金瓶梅》顯然不是由這些話本、戲曲中的故事情節聯綴、加工整理而成書的，這難道還能有什麼疑義嗎？這當是《水滸傳》與《金瓶梅》在成書問題上的本質區別。其二，兩者同為抄錄話本，戲曲，但《水滸傳》編撰者所作的工作是將敘水滸故事的話本、戲曲進行聯綴、加工整理，而《金瓶梅》作者所作的工作是將本來與《金瓶梅》故事毫不相干的話本、戲曲故事，進行改頭換面、移花接木式的加工改造，使其為我所用，成為《金瓶梅》故事中的有機組成部分。因此，經過《金瓶梅》作者改造加工而抄入小說中的情節，與原話本、戲曲中的情節，從表面上看差異不大，但實質上已有

了質的區別。試以〈戒指兒記〉話本為例。原作為一則男女私通而致禍的故事，抄入小說時則成了一則人命官司；原作的宗旨是告誡人們，男女成人後要及時婚嫁，否則必然致禍，而《金瓶梅》作者抄錄時改變了這一宗旨，強烈地表達了譴責僧尼醜行的思想。

二、關於人物形象的移植、借用。《水滸傳》中的人物形象，基本上來源於話本、戲曲。《大宋宣和遺事》中已有三十六個人物，元曲中發展到七十二人、一百零八人。其主要人物在話本、戲曲中大體已經成型，各自有其性格特徵和事蹟（當然主要人物和次要人物在成型問題上差異極大）。作為聯綴、加工整理，《水滸傳》在成書時並不需要改變這些人物形象和人物的姓名。《大宋宣和遺事》中三十六人的姓名和綽號，除個別有改易外，在《水滸傳》中都能找到。《金瓶梅》則不同。《金瓶梅》中雖然移植了話本、戲曲中的人物形象，但其姓名都作了改易。話本〈新橋市韓五賣春情〉中的主要人物吳山、韓金奴、胖婦人，在移植到《金瓶梅》第九十八回時改成了陳經濟、韓愛姐、王六兒。話本〈志誠張主管〉中的主要人物小夫人、主管張勝，移植到《金瓶梅》中成了春梅、虞候李安。〈戒指兒記〉中的阮華阮三郎、陳玉蘭，移植時改成阮三、陳小姐、尼姑王守長成了薛姑子。戲曲《寶劍記》中的自盡者錦兒（林沖妻的代嫁者），《金瓶梅》中易為西門大姐。《金瓶梅》在借抄話本、戲曲時一定要改變人物的姓名，其根本原因在於話本、戲曲中的人物與《金瓶梅》中的人物本無聯繫。《金瓶梅》自有它自己創造的人物系統。《金瓶梅》中西門慶、潘金蓮、王婆等人名，因為《金瓶梅》是以《水滸傳》中西門慶和潘金蓮的故事為引線，加以擴大和再創作而成書的，因此人物姓名雷同，這是自然之理，不足為怪。另有些人物，則是它自己的創造。吳月娘、李瓶兒、孟玉樓、陳經濟、春梅等都是《金瓶梅》自己創造的重要人物。《金瓶梅》作者在創造這些人物時，一方面從社會生活中去加以提煉、概括，另一方面從話本、戲曲中去借鑒前人創造的藝術典型。陳經濟是個淫欲無度、浪蕩公子的典型，與話本〈新橋市韓五賣春情〉中的藝術典型吳山相類。因此在塑造陳經濟這個典型時，《金瓶梅》作者從吳山這個形象上得到啟示，並將其性格、事蹟移植到、融化到陳經濟這個典型形象之中。這就是吳山這個形象已被《金瓶梅》所借用，但吳山這個名字卻不能出現在書中的原因。同樣的道理，〈志誠張主管〉中小夫人形象，被《金瓶梅》作者在塑造春梅的形象時所借用、所吸收，「小夫人」這個名稱亦當然不可能在《金瓶梅》中出現。

以上我們分析了《金瓶梅》移植、借抄話本、戲曲的種種情況，可以得下如下結論：

1.《水滸傳》是敘水滸故事的話本、戲曲聯綴、拼集、加工而成書的；《金瓶梅》是對與金瓶梅故事毫不相干的話本、戲曲作改頭換面，為我所用的移植、借用。

2.《水滸傳》的主體故事和人物形象即是對敘水滸故事的話本、戲曲的聯綴、拼集；《金瓶梅》的主體故事和人物形象，是直面當時代社會生活的文人創作。

從哲學高度認識「過渡形態」，是金瓶梅成書的本質特徵

潘開沛在1954年提出「藝人集體創作說」後，徐夢湘於次年4月17日在《光明日報》上發表〈關於《金瓶梅》的作者〉一文，予以反駁，認為《金瓶梅》完全是「有計畫的個人創作」。1981年，杜維沫先生在〈談談《金瓶梅詞話》成書及其他〉一文中明確提出：「《金瓶梅詞話》是取材於現實生活的作家個人的獨立創作。」[8]如今，主張「文人獨立創作說」的也大有人在。凡是通過考證發表文章，提出《金瓶梅》作者是某某人的研究者，大多是「文人獨立創作說」的信奉者，「藝人集體創作說」的反對者。

對「文人獨立創作說」我也不敢苟同。《金瓶梅》是文人創作，但它並不「獨立」，不像《紅樓夢》那樣是無所依傍的完全獨立的文人創作。我們可以用唯物辯證法的「揚棄」的觀點來加以研究。

揚棄是黑格爾解釋事物發展過程的基本概念，他賦予這一概念以肯定和否定的雙重哲學涵義，並用來建構自己的全部哲學體系。唯物辯證法繼承了黑格爾辯證法的思想成果，並以這一概念來表述唯物辯證法的否定觀的實質。揚棄是通過事物的內在矛盾運動而進行的自我否定，是事物發展的環節和聯繫的環節。聯繫的環節體現了新事物對舊事物的發揚、保留和繼承，這是「揚」的過程，是事物發展的連續性。發展的環節體現了新事物對舊事物的拋棄、克服，這是「棄」的過程，是事物發展中的非連續性。「揚棄」也就是既拋棄又發揚，既克服又保留，既批判又繼承，既肯定又否定，在肯定中否定，在否定中肯定。只看到事物發展中的非連續性，而看不到事物發展中的連續性；只看到「棄」而看不到「揚」，簡單地肯定一切或否定一切，這是形而上學的發展觀。

用「揚棄」理論來分析研究中國古代長篇小說成書方式的發展歷程，可以分為三個階段。第一階段為「藝人集體創作」階段（以《水滸傳》為例），第二階段為「過渡形態」階段（以《金瓶梅》為例），第三階段為「文人獨立創作」階段（以《紅樓夢》為例）。為了行文的方便，我就用三部書作為三個階段來進行分析。

從《水滸傳》到《金瓶梅》是個揚棄的過程，是中國古代長篇小說成書方式的內在矛盾運動而進行的自我否定。這個否定不是後者對前者的絕對否定，而是既克服又繼承、既拋棄又保留的辯證發展過程。

《金瓶梅》對《水滸傳》等前人作品的「揚」，即對成書方式的發揚、保留和繼承，否定中的肯定，具體表現如下：

1. 完全保留了話本的形式特徵。例如：保留了話本小說的章回體制；保留了話本小

8　杜維沫〈談談《金瓶梅詞話》成書及其他〉，《文獻》第7期，1981年3月。

說的引詩入話；保留了很多話本小說的說話人用語：「看官聽說」「話分兩頭」「評話捷說」等等；書中夾雜著大量的詩詞、韻文；以曲代言、用快板代言的現象屢見不鮮。這些當然是評話的特徵。從形式上看，《金瓶梅》就像話本。難怪不少研究者把它看作是「藝人集體創作」的話本。

2. 保留了從前人創作的話本、戲曲、小說中移植創作素材的傳統。在拙著《金瓶梅素材來源》[9]中，筆者用 30 萬的篇幅，考證了 250 多個《金瓶梅》素材來源問題，大體是：移植話本的文字 20 多處；移植戲曲的文字 20 多處；移植散曲、時調小曲 60 多處；移植小說（包括《水滸傳》《如意君傳》《百家公案全傳》等）的文字 60 多處；移植前人詩詞 10 多處；其他性質的文字移植 80 多處。這些都是藝人創作話本的傳統手法，《金瓶梅》作者應用得十分嫻熟。

《金瓶梅》對《水滸傳》等前人作品的「棄」，即對成書方式的拋棄、否定，肯定中的否定，具體表現如下：

1. 從藝人集體創作向文人創作過渡。《金瓶梅》否定了藝人創作，開啟了文人創作的風氣之先。在中國古代長篇小說成書方式方面，具有劃時代的意義。

2. 從前人創作的話本、戲曲的聯綴、拼集向面向社會擷取創作素材過渡。《金瓶梅》雖然移植了前人作品中的大量文字，但相對於一部百萬字的大書而言，僅占百分之幾而已。而其主體故事情節，眾多人物形象塑造，都是作者的創作。《金瓶梅》作者直接面對現實社會，從現實社會中提取創作素材，廣闊而又深刻地再現紛繁複雜的社會生活面，在中國古代長篇小說成書方式方面，又具有劃時代的意義。

3. 從藝術特徵來講，《金瓶梅》對前人作品的「棄」也是很明顯的：

前人作品以寫超乎凡俗的奇人奇事為能事，與現實社會存在一定距離。《金瓶梅》專寫凡人俗事，真實地再現了明代後期中國社會的種種人情世態，開啟了人情小說創作的先河，實現了從傳奇向寫實、以奇為美向以俗為美的過渡。

前人作品以故事情節取勝，人物塑造則處於從屬地位，人物服從故事。《金瓶梅》則以塑造人物為主，故事情節則降之從屬地位，故事服從人物，實現了從寫事為主向寫人為主的過渡。

前人作品的人物性格具有單一化的傾向。《金瓶梅》中的人物，具有複雜的個性化的性格特徵，從橫向來看由多種性格因素組成，呈現多元的多側面的狀態；從縱向來看呈現多種層次結構。

9　周鈞韜《金瓶梅素材來源》，鄭州：中州古籍出版社 1991 年，又載《周鈞韜金瓶梅研究文集·第二卷》，長春：吉林人民出版社 2010 年。

前人作品主要用人物的言行來展示其心理活動，《金瓶梅》開始直接向人物的內心世界挺進，直接通過描寫揭示人物複雜的心理奧秘和不同人物的特殊的心路歷程。

前人作品人物性格具有善惡、美醜絕對化的傾向。《金瓶梅》的人物形象具有善惡相兼、美醜相容的特徵。

概言之：金瓶梅實現了從「藝人集體創作」向「文人創作」的過渡。但它依然像藝人創作話本那樣從前人作品中移植、借抄大量的文字。因此它是「有所依傍的非獨立的文人創作」。

從《金瓶梅》到《紅樓夢》，即中國古代長篇小說創作從第二階段向第三階段的發展，同樣是個揚棄的過程。紅樓夢徹底否定了「藝人集體創作」的話本的形式、體制、規範；徹底否定了用前人作品加以聯綴、拼集或移植、借用的創作手法，實現了完全面向社會，反映社會、表現社會的創作宗旨、創作規範。在小說藝術美學方面，《紅樓夢》繼承了《金瓶梅》的優良傳統，並大大向前發展了一步，從而成為中國古代小說藝術創作的頂峰。由此可見，《紅樓夢》是一部「無所依傍的文人獨立創作」的作品，這是中國古代長篇小說成書方式的一大飛躍。但《紅樓夢》還依然保留有話本創作的殘餘形態，如保留了章回體，有些回中還有回首詩、回末詩，還殘留「話說」，「下回分解」等說話用語；《紅樓夢》還從《金瓶梅》中移植、借用一些文字等等。這些都表明，《紅樓夢》對《金瓶梅》也是既有揚又有棄，棄中有揚，揚中有棄。

綜上所述，《金瓶梅》實現了從「藝人集體創作」向「有所依傍的非獨立的文人創作」的過渡；《紅樓夢》則完成了從「有所依傍的非獨立的文人創作」，向「無所依傍的文人獨立創作」的過渡。此表明，「有所依傍的非獨立的文人創作」的《金瓶梅》，即是從「藝人集體創作」，向「文人獨立創作」發展的過渡形態的作品。

另外，從作品的性質來分析，胡士瑩先生在《話本小說概論》一書中指出：「宋代民間說話人的話本，被輾轉傳抄及刊印出來以後，社會上廣泛流傳，非但為勞動人民所喜愛，而且影響及於統治階級，甚至被采入宮廷，這就引起了封建文人們的注意，於是有模擬話本的小說出現。」《金瓶梅》模擬了話本的形式特徵，模擬了話本從前人作品中移植創作素材的手法，它就是文人「模擬話本」創作出來的擬話本長篇小說。因此，金瓶梅作為擬話本，又是從話本（包括話本整理加工的長篇小說）向現代型小說發展的過渡形態的作品。

「過渡說」的基本要點和最新表述

下面我還是從《水滸傳》《金瓶梅》《紅樓夢》三書的成書方式的比較中，來闡明「過渡說」的基本要點：

1. 就創作主體而言，《水滸傳》是藝人集體創作；《金瓶梅》是文人創作；《紅樓夢》是文人創作。

2. 就作品的形式特徵而言，《水滸傳》充分體現了話本的形式特徵；《金瓶梅》完全保留了話本的形式特徵；《紅樓夢》徹底拋棄了話本的形式特徵（還有些殘餘痕跡）。

3. 就創作素材來源而言，《水滸傳》是前人作品的聯綴拼集；《金瓶梅》是較大規模地保留對前人作品的移植、借抄，並開始直面社會大量擷取創作素材；《紅樓夢》是徹底拋棄對前人作品的移植、借抄，完全直面社會擷取創作素材。

4. 就成書特點而言，《水滸傳》是藝人集體創作；《金瓶梅》是有所依傍的非獨立的文人創作（從前者到後者的過渡形態）；《紅樓夢》是無所依傍的獨立的文人創作。

5. 就作品屬性而言，《水滸傳》是話本（話本的聯綴拼集加工）；《金瓶梅》是擬話本（文人「模擬話本」的產物，從前者到後者的過渡形態）；《紅樓夢》基本上是現代型小說。

根據以上分析，可以得出本文的研究結論：

《金瓶梅》既不是「藝人集體創作」，也不是「文人獨立創作」。它是文人創作，但它依然保留著話本的種種形式特徵；它開始直面社會，從現實生活中大量擷取創作素材，但依然沿用藝人從前人作品中移植、借用大量文字作為創作素材的傳統手法；它既是一部劃時代的文人創作的開山之作，同時還不是一部完全獨立的無所依傍的文人創作，它依然帶有從藝人集體創作中脫胎出來的大量痕跡。它對以前小說的成書方式既拋棄又發揚，既否定又肯定，在肯定中否定，在否定中肯定。隨著小說創作觀念和創作方法的進一步發展，才有可能出現像《紅樓夢》《儒林外史》那樣的，完全獨立的無所依傍的文人創作。因此，從這個意義上講，《金瓶梅》是「有所依傍的非獨立的文人創作」，它帶有過渡性，是從「藝人集體創作」，向「文人獨立創作」發展的過渡形態的作品；是文人沿用藝人創作話本的傳統手法，「模擬話本」，創作出來的擬話本長篇小說。這就是我對《金瓶梅》成書方式「過渡說」的最新的表述。

值得一提的是，苗懷明先生在 2002 年發表的〈20 世紀以詞話本為中心的金瓶梅研究綜述〉[10]一文指出：「在《金瓶梅》成書方式的爭論中，還有一種折中意見值得一提，那就是周鈞韜所提出的『過渡說』。」可見，苗懷明先生以其敏銳的洞察力和獨到的眼光，比我早 8 年，就把我的觀點加以提煉而概括為「過渡說」了。

藝人集體創作說、文人獨立創作說、過渡說，乃為《金瓶梅》成書方式之三說。誰是誰非，將經受歷史的檢驗。

2012.2.12.

---

10 苗懷明〈20 世紀以詞話本為中心的金瓶梅研究綜述〉，《中華文化論壇》2002 年第 1 期。

論《金瓶梅》初刻本問世年代「萬曆末年說」

關於《金瓶梅》初刻本問世年代的考證，學術界主要有兩說，一為魯迅先生提出的「萬曆庚戌（1610），吳中始有刻本」說；一為魏子雲先生提出的「天啟一年或二、三年」說。我在否定前兩說的同時，提出了「萬曆末年說」（萬曆四十五冬到萬曆四十七年之間）。

魯迅的《金瓶梅》「萬曆庚戌初刻本說」

魯迅在 1924 年出版的《中國小說史略》（下冊）中指出：

> 諸「世情書」中，《金瓶梅》最有名。初惟鈔本流傳，袁宏道見數卷……萬曆庚戌（1610），吳中始有刻本，計一百回，其五十三至五十七回原闕，刻時所補也（見《野獲編》二十五）。[1]

在這裏，魯迅沒有用「可能」「大約」等推測之詞，而是下了斷語。在他看來，《金瓶梅》初刻在萬曆庚戌年（三十八年），地點是「吳中」。此說一出，遂成定論。沿用此說者不乏其人。鄭振鐸在 1927 年 4 月出版的《文學大綱》中說：「萬曆庚戌（1610）始有刻本，計一百回。其中五十三回至五十七回原闕，刻時所補。」[2]沈雁冰在同年 6 月發表的〈中國文學內的性欲描寫〉一文中也說：「明代萬曆庚戌始有刻本」。[3]但他們都沒有加以考證。到了 1932 年，鄭振鐸在出版《插圖本中國文學史》時，似乎對庚戌本說產生了懷疑。他說：「《金瓶梅》有好幾種不同的版本。最早的一本，可能便是北方所刻的《金瓶梅詞話》，沈德符所謂『吳中懸之國門』的一本。當冠有萬曆丁巳（四十五年）東

---

1 魯迅《中國小說史略》，周鈞韜《金瓶梅資料續編（1919-1949）》，北京：北京大學出版社 1991 年。

2 鄭振鐸《文學大綱》第 3 冊第 23 章，周鈞韜《金瓶梅資料續編（1919-1949）》，北京：北京大學出版社 1991 年。

3 沈雁冰〈中國文學內的性欲描寫〉，《中國文學研究》（下卷），北京：商務印書館 1927 年。

吳弄珠客的序和袁石公（題作廿公）之跋的。」[4]

吳晗在 1934 年發表了〈金瓶梅的著作時代及其社會背景〉一文，在「初刻本」問題上也失之於武斷。他說：

> 萬曆丁巳本並不是《金瓶梅》第一次的刻本，在這刻本以前，已經有過幾個蘇州或杭州的刻本行世……萬曆三十七年袁中道從北京得到一個抄本，沈德符又向他借抄一本，不久蘇州就有刻本，這刻本才是《金瓶梅》的第一個本子。[5]

吳晗雖然沒有沿用魯迅的庚戌初刻本說，但他卻提出在萬曆丁巳本前就已有幾個刻本行世，其存在的問題與魯迅的庚戌本說是一樣的。

長期以來，在《金瓶梅》的研究界，魯迅的「萬曆庚戌初刻本說」，仍有相當的影響。1978 年出版的《中國小說史》仍持此說。1980 年出版的朱星先生的《金瓶梅考證》，更對此說加以專門論述和發揮。他說：

> 魯迅先生在《中國小說史略》中提出《金瓶梅》是萬曆庚戌年被刻於吳中。庚戌年是 1610 年，比現存最早的《金瓶梅詞話》丁巳年（1617）刻本還早七年。而這部庚戌年本，日本也沒有，大概早已亡佚了。我曾為此事去訪問過孫楷第先生，據他說：「國內見到此書版本之多無過於我（這是事實），我只知最早的版本是萬曆丁巳年本，未聽說過有庚戌年本。魯迅先生可能記錯了。」我想魯迅先生治學態度很謹嚴，絕不會草率從事，一定有根據的。我於是遍查有關群書，但杳無蹤跡。不得已又把沈德符《野獲編》第二十五卷中《金瓶梅》一段，反復細讀。這是研究《金瓶梅》最早而又最可靠的寶貴材料。最後，我悟出魯迅先生原來是根據這一材料，雖未明說，但可推斷而知。[6]

其實，魯迅在《中國小說史略》的那段文字後，就加了一個括弧注：「見《野獲編》二十五」。其根據清清楚楚，根本不需要朱星先生「遍查群書」，最後以「推斷而知」。不過，朱星認為，「魯迅先生治學態度很謹嚴，絕不會草率從事，一定有根據的」，這倒說出了幾十年來，不少學者盲目信從魯迅的庚戌初刻本說，而不加仔細考證的重要原因。

---

4 鄭振鐸《插圖本中國文學史》第四冊第 60 章，周鈞韜《金瓶梅資料續編（1919-1949）》，北京：北京大學出版社 1991 年。

5 吳晗〈金瓶梅的著作時代及其社會背景〉，《文學季刊》，創刊號，1934 年。

6 朱星《金瓶梅考證》，天津：百花文藝出版社 1980 年。

那麼，魯迅的《金瓶梅》「庚戌初刻本」說是怎樣提出來的呢？現將其根據：沈德符《野獲編》卷二十五〈金瓶梅〉條抄錄如下：

> 袁中郎《觴政》，以《金瓶梅》配《水滸傳》為外典（按：袁氏原文：「傳奇則《水滸傳》《金瓶梅》等為逸典」），予恨未得見。丙午遇中郎京邸，問曾有全帙否？曰：第睹數卷，甚奇快。今惟麻城劉延伯承禧家有全本，蓋從其妻家徐文貞錄得者。又三年，小修上公車，已攜有其書。因與借抄挈歸。吳友馮猶龍見之驚喜，慫恿書坊以重價購刻。馬仲良時榷吳關，亦勸余應梓人之求，可以療饑。余曰：此等書必遂有人板行，但一刻則家傳戶到，壞人心術。他日閻羅究詰始禍，何辭置對？吾豈以刀錐博泥犁哉！仲良大以為然，遂固篋之。未幾時而吳中懸之國門矣。

丙午，是萬曆三十四年（1606）；又三年，是萬曆三十七年（1609），或三十八年（1610）。袁小修這次赴京會試，是萬曆三十八年。未幾時而「吳中懸之國門」，這個「未幾時」當然可以推測為一年或更短。這樣，《金瓶梅》的初刻本在「吳中懸之國門」則在萬曆三十八年庚戌（1610）。魯迅依據這段話作出《金瓶梅》初刻本問世於萬曆庚戌年的結論，似乎亦差不離。正如趙景深先生所說：「從丙午年算起，過了三年，應該是庚戌年，也就是萬曆三十八年。所以我認為，朱星同志推測魯迅所說的庚戌版本是合情合理的。」[7]但是，魯迅在沈德符這段話中，忽略了「馬仲良時榷吳關」這一句關鍵性的話。馬仲良時榷吳關的「時」是什麼時候？對此魯迅沒有加以考證，致使他的「庚戌初刻本」說判斷有誤。

馬仲良「時榷吳關」年代考

馬仲良即馬之駿，字仲良。朱彝尊的《明詩綜》中對他有一段記載：「之駿，字仲良，新野人。萬曆庚戌進士，除戶部主事，歷員外郎中，降廣德同知，升應天府通判，調順天，尋復官戶部主事、終員外。」但馬仲良主榷吳關事並沒有記載。我國臺灣學者魏子雲先生已考出，馬仲良主榷吳縣滸墅鈔關，是萬曆四十一年（1613）的事。魏先生的考證的根據是民國《吳縣誌》。[8]既然「馬仲良時榷吳關」的「時」是萬曆四十一年，那麼沈德符所說的「馬仲良時榷吳關」以後的「未幾時」，《金瓶梅》才在「吳中懸之國門」。由此可以論定，《金瓶梅》吳中初刻本必然付刻在萬曆四十一年以後，而不可能

7　趙景深〈評朱星同志金瓶梅三考〉，《上海師範大學學報》，1980年第4期。

8　魏子雲《金瓶梅探原》，臺北：臺灣巨流圖書公司1979年。

在萬曆庚戌年（三十八年）。這樣，魯迅的庚戌初刻本說就有誤了。

但是，魏子雲的考證亦遭到了質疑。有三個問題要解決：

1. 魏考出的《吳縣誌》只是個孤證，「孤證不為定說」這是學術界的一個法則。

2. 民國（1933 年）《吳縣誌》與萬曆四十一年（1613）相隔 320 年。法國學者雷威爾先生在〈最近論《金瓶梅》的中文著述〉一文中指出：「我懷疑 1933 年修的《吳縣誌》也可能有疏忽和錯誤，還需要重加核對。」[9]魏先生將雷威爾這句對自己不利的話收在自己的書中，一者說明魏先生是個真正的學者；二者說明魏先生自己也意識到有進一步考證的必要。

3. 還有個重要問題，「馬仲良時榷吳關」，如果是從萬曆三十八年就開始了，一直連任到萬曆四十一年，那麼「馬仲良時榷吳關」後的「未幾時」，《金瓶梅》初刻本問世，就可能是萬曆三十八年，魯迅之說就可能是正確的。魏先生的考證就有徹底被否定的危險。

筆者正是看到了魏先生考證中存在的問題，下決心做進一步考證。我查了明崇禎十五年（1642）、清乾隆十年（1745）的《吳縣誌》，均無「馬仲良時榷吳關」的記錄。民國《吳縣誌》的記載就更可疑。很長時間考證毫無收穫。我做了不達目的誓不甘休的決定。終於別開新路，找到了清康熙十二年（1673）的《滸墅關志》。《滸墅關志》卷八「榷部」，「萬曆四十一年癸丑」條全文如下：

> 萬曆四十一年癸丑　馬之駿，字仲良，河南新野縣人，庚戌進士。英才綺歲，盼睞生姿。遊客如雲，履綦盈座。徵歌跋燭，擊缽鬮題，殆無虛夕（原刻為「歹」，似誤——筆者改），世方升平，蓋一時東南之美也。所著有妙遠堂、桐雨齋等集。

明景泰三年，戶部奏設鈔關監收船料鈔。十一月，立分司於滸墅鎮，設主事一員，一年更代。這就是說，馬仲良主榷滸墅關主事只此一年（萬曆四十一年），前後均不可能延伸。事實上，《滸墅關志》亦明確記載著，萬曆四十年任是張銓；萬曆四十二年任是李佺臺。

我的考證使魏先生的考證從孤證變成了雙證，解決了「孤證不為定說」的問題；我考出的清康熙十二年（1673）的《滸墅關志》，離「馬仲良時榷吳關」的萬曆四十一年，僅相距 60 年，而魏先生考出的民國（1933 年）《吳縣誌》與萬曆四十一年（1613）相距 320 年。這就從根本上解決了法國學者雷威爾的疑問。從史料的價值來講，清康熙十二年的《滸墅關志》比民國（1933 年）《吳縣誌》的史料價值，要高得多；我的考證表明，滸墅關主事一年更代。主事任期只有一年，前後均不能延伸。萬曆四十一年任是馬仲良。

9　魏子雲《金瓶梅的問世與演變·附錄》，臺北：臺灣時報文化出版事業有限公司 1981 年。

之前，萬曆四十年任是張銓；之後，萬曆四十二年任是李佺臺。馬仲良絕對不可能在萬曆三十八年就已任過主事（他在萬曆三十八年才中進士）。現在可以說，魯迅的《金瓶梅》「萬曆庚戌初刻本說」是錯誤的。我的考證是在魏先生考證的基礎上進行的，為魏先生的考證作了些補充。

《金瓶梅》初刻本問世年代「萬曆末年說」

《金瓶梅》初刻本問世的時間不可能是萬曆庚戌年（三十八年），最早不能過馬仲良榷吳關的萬曆四十一年。但它到底問世於哪一年？魏先生考定在天啟元年，又說是天啟二、三年。魏先生認為，早期的《金瓶梅》「極可能就是一部諷諫神宗皇帝寵幸鄭貴妃，廢長立幼」，「後來迫於政治形勢，遂有人把它改寫過了」。魏先生提出一個「三次成書說」。袁中郎見過的《金瓶梅》抄本，是第一次成書；第二次成書（改寫）在萬曆四十一、四十二年間；萬曆皇帝死後，這夥人（袁中郎等）便增入了泰昌、天啟的史料「重加改寫，匆匆付梓」。付梓的時間在天啟元年或天啟二、三年。這是魏先生《金瓶梅》研究的重要理論觀點。筆者完全不同意魏先生的觀點，並多次提出駁論。我認為，沈德符所說的「吳中懸之國門」的《金瓶梅》初刻本，當付刻於萬曆四十五年冬到萬曆四十七年之間。推論的根據有四條：袁小修的《遊居柿錄》，李日華的《味水軒日記》，薛岡的《天爵堂筆餘》，沈德符的《野獲編》。

從上面的考證，我們已經知道萬曆四十一年，《金瓶梅》還沒有付刻。從袁小修的《遊居柿錄》，我們又進一步知道萬曆四十二年，《金瓶梅》仍然沒有付刻。袁小修《遊居柿錄》：

> 往晤董太史思白，共說諸小說之佳者。思白曰：「近有一小說，名《金瓶梅》，極佳。」予私識之。後從中郎真州，見此書之半，大約模寫兒女情態俱備，乃從《水滸傳》潘金蓮演出一支。……追憶思白言及此書曰：「決當焚之。」以今思之，不必焚，不必崇，聽之而已。焚之亦自有存者，非人力所能消除。

袁小修的這則日記，記在萬曆四十二年八月。這基本上是一段回憶性文字。他記得以前與董其昌共說諸小說佳者，記得後來從中郎真州，看到《金瓶梅》半部，內容大體上是模寫兒女情態。從這則日記中，小修回憶萬曆二十五年見到半部《金瓶梅》的情況和語氣推知，他在寫這則日記的萬曆四十二年八月，仍然沒有見到《金瓶梅》的全抄本，更不用說刻本了。這就是說，到萬曆四十二年八月，《金瓶梅》初刻本還未問世。

再看李日華的《味水軒日記》：

> （萬曆四十三年）十一月五日。沈伯遠攜其伯景倩所藏《金瓶梅》小說來，大抵市諢之極穢者耳，而鋒焰遠遜《水滸傳》。袁中郎極口贊之，亦好奇之過。

李日華這則日記的時間就是萬曆四十三年十一月五日。這一天，沈德符的侄子沈伯遠將沈德符所藏的《金瓶梅》，也就是沈德符「固篋之」的《金瓶梅》拿來給李日華看。從語氣可推知，李日華還是第一次看到《金瓶梅》，從「所藏」二字又可看出，當時《金瓶梅》還藏之而未刻。如果該書當時已「吳中懸之國門」，李氏是不可能不知道的，也不必從沈氏「所藏」而見之。由此推斷，在萬曆四十三年十一月，《金瓶梅》還依然沒有刻本。

下面再看薛岡的《天爵堂筆餘》卷二：

> 往在都門，友人關西文吉士以抄本不全《金瓶梅》見示。余略覽數回，謂吉士曰：此雖有為之作，天地間豈容有此一種穢書！當急投秦火。後二十年，友人包岩叟以刻本全書寄敝齋，予得盡覽。初頗鄙嫉，及見荒淫之人皆不得其死，而獨吳月娘以善終，頗得勸懲之法。但西門慶當受顯戮，不應使之病死。簡端序語有云：讀《金瓶梅》而生憐憫心者菩薩也，生畏懼心者君子也，生歡喜心者小人也，生效法心者禽獸耳。序隱姓名，不知何人所作，蓋確論也。

這一段記載，對解決《金瓶梅》初刻的時間問題，關係重大。

薛岡，字千仞，浙江鄞縣人。他從包岩叟處得到的《金瓶梅》，有序語：「讀《金瓶梅》而生憐憫心者菩薩也……生效法心者禽獸耳。」這序正是現存的《金瓶梅詞話》上東吳弄珠客的「漫書於金閶道上」的序。此序寫於萬曆丁巳年（四十五年）季冬。由此可知，薛岡見到此刻本《金瓶梅》必然在萬曆四十五年冬以後。薛岡指出，他是在見到關西文吉士的抄本不全《金瓶梅》以後的二十年，才得到刻本《金瓶梅》的。這樣從萬曆四十五年（以後）上推二十年（約數）即萬曆二十五年前後，薛岡就見到了《金瓶梅》抄本部分。這就是說，薛岡在萬曆二十五年前後看到不全的抄本，過了二十年，才看到刻本，「予得盡覽」。可見，在這二十年中，薛岡沒有再看到其他抄本，更沒有看到刻本。而他第一次看到的刻本恰恰就是有東吳弄珠客序的《金瓶梅》。由此可以推論：《金瓶梅》初刻本刻在萬曆四十五年冬以後。此也可確定，吳晗先生所認為的，在萬曆丁巳年東吳弄珠客序的《金瓶梅》以前，還有幾個蘇州或杭州的刻本之說，也就沒有根據了。

萬曆四十五年冬，這是《金瓶梅》初刻本問世年代的上限，那麼下限呢？我認為是萬曆四十七年，根據是沈德符的《野獲編》。

沈德符的《野獲編》初編成書於萬曆三十四年，續編成書於萬曆四十七年。原書早已散佚，目前我們所見的《萬曆野獲編》已非原貌。它在清康熙三十九年由桐鄉錢枋根據搜輯的「十之六七」，重新加以「割裂排纘，都為三十卷，分四十八門」而成書的，到道光七年才有刻本問世。因此《野獲編》中的《金瓶梅》條，寫於何時，現在我們已無法確知。但是，它不可能寫在萬曆三十四年，因為該條中已寫到了萬曆四十一年馬仲良榷吳關的事；但它也不可能晚於萬曆四十七年，因為萬曆四十七年是續編成書的年代。既然《野獲編》中已寫到《金瓶梅》初刻本在「吳中懸之國門」這件事，這就可以推斷，沈德符所看到的《金瓶梅》在「吳中懸之國門」之事，最晚不能過萬曆四十七年，這不就是《金瓶梅》初刻本問世年代的下限嗎。

綜上所述，本文在對《金瓶梅》初刻本的考證上，提出了三條不成熟的看法：

一、《金瓶梅》「萬曆庚戌初刻本」是不存在的。魯迅的《金瓶梅》「萬曆庚戌始有刻本說」，是沒有根據的。

二、《金瓶梅》初刻本載有東吳弄珠客寫在萬曆丁巳季冬的序。因此，在萬曆丁巳年（四十五年）前，不可能有蘇州或杭州的其他刻本。

三、《金瓶梅》初刻本問世的時間，在萬曆四十五年冬到萬曆四十七年之間。這就是筆者提出的《金瓶梅》初刻本問世年代「萬曆末年說」。

早在二十多年前，我就提出了《金瓶梅》初刻本問世在萬曆四十五年冬到萬曆四十七年之間的觀點[10]。2010年，拙著《周鈞韜金瓶梅研究文集》出版時，即更名為〈金瓶梅初刻本問世年代「萬曆末年說」〉。這次，又作了部分修改和補充。

10 周鈞韜〈金瓶梅初刻本問世年代考辨〉，《金瓶梅新探》，天津：百花文藝出版社1987年。

論《金瓶梅》是一部性小說
——兼論《金瓶梅》對晚明社會性縱欲風氣的全方位揭示

前人、今人對金瓶梅的定性

《金瓶梅》是一部寫性縱欲的「性」小說，還是寫社會黑暗、官場腐敗的反封建反腐敗的政治小說，或是寫新興商人悲劇的經濟小說？這是《金瓶梅》研究中帶根本性的問題。三百年來人們爭論不休，大體可以分為三個認識階段：

一、古人大體認為《金瓶梅》是一部「淫書」。

在《金瓶梅》剛剛問世，以抄本流傳期間，文化界的這場爭論就開始了。袁中郎「極口贊之」，當然不以「淫書」論之。沈德符說此書「壞人心術」，李日華斥之為「市諢之極穢者」。東吳弄珠客〈序〉的首句即是「金瓶梅穢書也」。董其昌一面認為該書「極佳」，一面又說「決當焚之」。到了清代，「淫書說」甚囂塵上。或稱此書「喪心敗德」者有之，或稱「禍天下而害世教，莫甚於此」者有之。竭力爭辯者當然亦有，但少得可憐。張竹坡著有專論〈第一奇書非淫書論〉，以孔子詩三百「思無邪」的觀點竭力辯之。劉廷璣在《在園雜誌》中提出「欲要止淫，以淫說法」的觀點。這實際上為「淫書說」作了個小小的辯解。

二、近人提出《金瓶梅》是一部真正的社會小說的觀點，但沒有為其摘掉淫書的帽子。

清末狄平子等人，用近代小說觀念來看待《金瓶梅》，認為它是一部真正的社會小說，「不得以淫書目之」。魯迅站在小說發展史的高度，認為它開創了「以描摹世態人情」為特徵的小說創作的新潮流。鄭振鐸則認為：《金瓶梅》「是一部很偉大的寫實小說」，「表現真實的中國社會的形形色色者，捨《金瓶梅》恐怕找不到更重要的一部小說了」[1]。其他學者如阿丁、李辰冬等，都有類似的看法。

現代學者的貢獻是看到《金瓶梅》的真正價值，而不停留在是不是淫書的簡單爭論上。但對小說寫淫似乎並不否認（並對其寫淫的原因作了深入研究）。鄭振鐸說：「誠然的，在這部偉大的名著裏，不乾淨的描寫是那末的多」，「一個健全、清新的社會，實在容不了這種『穢書』」。沈雁冰稱《金瓶梅》為「性欲小說」。他說：「此書描寫世情，極為深刻，尤多赤裸裸的性欲描寫。《飛燕外傳》與《迷樓記》等皆為文言作品，《金瓶梅》乃用白話作，故描寫性欲之處，更加露骨聳聽。全書一百回，描寫性交者居十之六七，——既多且極變化，實可稱為集性交描寫之大成。」[2]阿英在〈金瓶辨〉中說：「至於《金瓶梅》，吾固不能謂為非淫書，然其奧妙，絕非在寫淫之筆。」[3]可以說，雖然近現代學者竭盡全力，肯定《金瓶梅》的寫實成就，但依然沒有為其摘掉淫書、穢書的帽子。另外，還有人提出勸善說（馮漢鏞等），宣揚儒教說（阿丁等），反抗封建統治說（阿丁）等等。

三、當代學者對《金瓶梅》的定性，可謂名目繁多，莫衷一是。

自上世紀七十年代開始，據有關統計，金學界提出了二十多種說法。大體是：暴露封建黑暗說（最初由北大中文系 55 級學生編寫的《中國小說史》提出），封建說（包遵信、宋謀暘、周中明等），反腐敗說（鄧全施等），暴露說（黃霖等），政治諷喻說（魏子雲），影射政治說（魏子雲、黃霖等），性惡說（芮效衛等），新興商人悲劇說（吳晗、盧興基、躍進等），商人社會寫照說（於承武等），人生欲望說（張兵、王啟忠、李永昶、劉連庚等），精神危機說（田秉鍔等），新思想信息與舊意識體系雜陳說（吳紅、胡幫煒等），黑色小說說（甯宗一等），憤世嫉俗說（劉輝等），人性復歸說（朱邦國等），人格自由說（池本義男等），性自由悲劇說（王志武等），探討人生說（許建平等），文化悲涼說（王彪等），罵嘉靖說（霍現俊）等。

這二十多種說法中，值得注意的有四說：1.「反封建反腐敗說」（由反抗封建統治說、暴露封建黑暗說、反腐敗說合併而成）。此說最早提出者是近人阿丁。他說，「金瓶梅之意識，實為反抗的」，其宗旨「在於諷世，在於暴露資產階級的醜態，他描寫上至朝廷下

1 鄭振鐸〈談《金瓶梅詞話》〉，周鈞韜《金瓶梅資料續編（1919-1949）》，北京：北京大學出版社 1991 年。

2 沈雁冰〈中國文學內的性欲描寫〉，周鈞韜《金瓶梅資料續編（1919-1949）》，北京：北京大學出版社 1991 年。

3 阿英〈金瓶辨〉，周鈞韜《金瓶梅資料續編（1919-1949）》，北京：北京大學出版社 1991 年。

至奴婢的腐敗」，反抗的矛頭「上至徽欽二帝、蔡太師朱太尉」。[4]「暴露封建黑暗說」的提出者認為，《金瓶梅》「深入地暴露了明代中葉以來封建社會的黑暗和腐敗」。鄧全施更以〈金瓶梅：反腐第一書〉為題，連發三文。2.「新興商人悲劇說」。認為，《金瓶梅》主旨就是表現新興商人的悲劇。3.「人生欲望說」。認為《金瓶梅》是一部集中表現人生欲望的書。4.提出「封建說」者認為，《金瓶梅》是「色情的溫床」，「封建文學」的代表。

在這二十多種說法中，唯獨沒有「淫書說」。可見古人言之鑿鑿的「淫書說」，已被當代金學家們掃進了歷史的垃圾堆。我也不贊同將《金瓶梅》說成是淫書、穢書、黃色書。因為這些字（詞），含有強烈的貶義，帶有濃重的情感色彩。而「性」是個中性字，沒有貶褒，不帶情感色彩，因此，稱《金瓶梅》是性書、性小說，比較科學。我認為，《金瓶梅》作者的創作命意是寫性，主體內容和題材都是寫性。《金瓶梅》是一部性小說，是全方位揭示晚明社會性縱欲風氣的性小說。這是我的新認識。

作者明明白白告訴我們，《金瓶梅》寫的就是「情色二字」

眾裏尋他千百度，驀然回首，那人卻在，燈火闌珊處。[5]三百年來，學術界對作者創作命意的探索，確是「眾裏尋他千百度」。如今「驀然回首，那人卻在，燈火闌珊處」。這個「燈火闌珊處」，就是《金瓶梅詞話》開頭，亦即在主體故事展開之前，一闋引詞和一則入話故事。在此作者明明白白告訴我們，一部《金瓶梅》寫的就是「情色二字」。請看：

> 丈夫只手把吳鈎，欲斬萬人頭。如何鐵石，打成心性，卻為花柔？請看項籍並劉季，一似使人愁。只因撞著，虞姬戚氏，豪傑都休。

詞意甚明：項劉這等英雄，只因寵幸婦人，落得個可悲的下場。引詞以後的入話，首先是對引詞的解釋。作者認為，「此一只詞兒，單說著情色二字，乃一體一用。……言丈夫心腸如鐵石，氣概貫虹蜺，不免屈志於女人」。這是情色二字的第一次出現。

最能說明問題的，莫過於作者寫在入話尾末正文開始前的一段過渡性文字。其要點是：

4　阿丁〈金瓶梅之意識及技巧〉，周鈞韜《金瓶梅資料續編（1919-1949）》，北京：北京大學出版社 1991 年。

5　辛棄疾〈青玉案・元夕〉。

1.「說話的，如今只愛說這情色二字做甚？」作者再次將《金瓶梅》故事的主宗概括為「情色」；

2.「如今這一本書，乃虎中美女，後引出一個風情故事」。作者點明正文所寫為「風情故事」；

3.「一個好色的婦女，因與了破落戶相通，日日追歡，朝朝迷戀」。作者指出小說寫的是「好色的婦女」與「破落戶」日日追歡，朝朝迷戀的故事。

4. 好色的婦女，「後不免屍橫刀下」；「貪他的斷送了堂堂六尺之軀，愛他的丟了潑天哄產業」。西門慶因淫縱無度而亡身敗家，潘金蓮也因姦淫而被武松所殺。這是全書所寫的「情色」故事的結局。

這一段引詞入話，是作者對全書內容的點睛之筆：金瓶梅寫的就是一個「情色」故事。「情色」「色情」「淫穢」「性」，其意皆同，「情色小說」「色情小說」「淫穢小說」，也即是現代概念的「性小說」。

值得注意的是，作者在引詞入話中，根本沒有說到與朝廷黑暗、官吏腐敗有關的話題，也沒有說到商人發跡變態的話題。這說明在作者的頭腦中，根本就沒有寫反封建反腐敗，寫商人發跡變態等觀念。

《金瓶梅》對晚明社會性縱欲風氣的全方位揭示

作為性小說，《金瓶梅》的可貴之處，在於對晚明社會性縱欲風氣，作了全方位的揭示。

1. 作為百萬言的大書，《金瓶梅》集中大量篇幅寫了性。1985 年人民文學出版社出版的《金瓶梅詞話（刪節本）》，共刪性描寫文字 19161 字。朱星先生統計，全書性描寫「共有一百零五處。其中大描大繪者三十六處，小描者三十六處，根本未描者三十三處」。[6]於是人們就認為，《金瓶梅》中的性描寫文字，僅占全書的百分之二、三而已，只要刪除這些文字，《金瓶梅》就成了乾乾淨淨的文學巨著。

人們以為，所謂性就是性交媾，刪除了性交媾文字，《金瓶梅》中就沒有性，沒有性描寫了。這個想法很天真，也很無知。作為性學研究對象的性這個概念，外沿很廣，內涵很深，如性生理、性心理、性觀念、性行為、戀愛、婚姻、家庭、生殖、性教育、性治療等等都包括於其間（還很不全）。而性行為只是其中之一。據性學專家所示，性行為又包括邊緣性性行為、過程性性行為、目的性性行為等三類。邊緣性行為是指兩性之

6　朱星《金瓶梅考證》，天津：百花文藝出版社 1980 年。

間有性吸引而產生的一系列親昵性行為，如眉目傳情、握手、談話、擁抱，耳鬢廝磨等。過程性性行為，是指性交媾前的準備行為，中國性學中稱之為前嬉，如愛撫、接吻、觸摸等。目的性性行為，即指性交媾。性交媾是性行為的最高體現。

由此可見，性交媾只是性行為中的一個方面，而性行為又只是性的一個方面。《金瓶梅》寫性的大量文字並不是寫性交媾，而直接寫性交媾（就是眾所周知的兩萬字），只是《金瓶梅》寫性的一個小小的側面。《金瓶梅》寫性的深廣度，遠遠超出我們的想像。可以說，小說寫的性問題，彌漫在全書的絕大部分章節，文字總量約占全書的百分之六十左右，如此大的篇幅與分量，能刪得掉嗎？（沈雁冰在〈中國文學內的性欲描寫〉中說，《金瓶梅》全書一百回，描寫性交者居十之六七。這個說法不夠準確。應將『描寫性交者』，改為『描寫性者』才對。）

2.《金瓶梅》準確地把握了晚明性文化的時代特徵。作者的筆觸所及乃是全社會各階級、各階層、各行各業、各色人物：上至帝王相將，各級官吏，名流雅士，下至士農工商、普通百姓，包括小商販、農民、奴婢小廝、優人樂工，還有和尚道士尼姑、市井遊民、流浪者，如此等等，無一不捲入了性縱欲的風潮。性縱欲觀念已侵透人們的靈魂。全社會以縱欲為人生目標、人生最大享受，幾乎以縱欲為生活的全部內容。

性縱欲的內容和形式，可說是花樣翻新，層出不窮。各色人物的性理想、性意識、性觀念、性能力崇拜、性器官崇拜、性取向、性行為、性癖好、性掠奪、性賄賂，愛與性觀念的變異、婚姻與家庭觀念的變異等等，在小說中都有整段整段不厭其煩的具體形象的描述。小說對晚明社會性縱欲風氣的揭示，真乃「赤裸裸的毫無忌憚的表現著中國社會的病態，表現著『世紀末』的最荒唐的一個墮落的社會的景象」（鄭振鐸語）。

3. 全社會性觀念的嬗變，從禁錮走向縱欲。皇帝好色縱欲、高官好色好男風；男子千方百計勾引婦女，以多妻、多性伴為榮，不以通姦、嫖娼為恥。西門慶、陳經濟、花子虛、王三官等均如此。男性性能力超常，是男性價值實現的標誌，受社會崇敬；女子追求性自主，擇偶、改嫁，二嫁、三嫁都自己作主。潘金蓮自主意識十分強烈。她自比鸞凰、金磚，有改變婚姻錯配的強烈願望。追求性自由、性享受，不以守寡、守節、性禁錮為榮，觀念更新已遍及中老年婦女，如林太太、楊姑娘等。

4. 全書主人翁都是為性而生、為性而死的性欲狂人形象，性在人生欲望中無限膨脹。西門慶是「逢著的就上」，說「咱只消盡這家私廣為善事，就使強姦了嫦娥，和奸了織女，拐了許飛瓊，盜了西王母的女兒，也不減我潑天的富貴」，這是他性縱欲的宣言書。潘金蓮、春梅、陳經濟皆性欲狂人，如何縱欲、爛交、惡交寫盡矣。性欲狂人，在性學上稱性癮君子，或色情狂，指毫無節制地追求性伴侶的數量與性行為的高頻率。全書用大量篇幅，寫西門慶、潘金蓮、春梅、陳經濟、王六兒等人，日日追歡、夜夜狂交、花樣百出、次次翻新的性交媾、性行為場面，以及他們的性意識、性觀念、性滿意度的具體描述。

5. 財色觀的變異。男子以財求色。西門慶、花子虛等人一擲千金，以求一夜歡娛。女子以色謀財。除吳月娘等少數女人外，小說寫及的幾十個女人，都以出賣色相、出賣身體謀財。王六兒、賁四嫂、宋惠蓮、如意兒等為其代表。還有以出賣老婆而求財者，如韓道國之輩。

6. 婚姻家庭觀念的變異。一夫一妻制家庭土崩瓦解。一夫多妻制家庭已為常態。連乞丐都攜妻帶妾，毫不奇怪。小說以大量篇幅寫了妻與妾、妾與妾之間你死我活的爭寵戰爭。爭寵戰爭中最強大的武器，就是玩弄五花八門的性技巧，如「倒澆紅蠟燭」「粉蝶偷香」「蜻蜓點水」「夢中品簫」「丫頭觀戰」「金龍探瓜」「倒入翎花」「金彈打銀鵝」等等，以討主子歡心。西門家的這場爭寵戰爭其聲勢之浩大，場面之壯闊，情節之曲折，令人歎為觀止。家庭中的通姦：男主人與女僕、妻妾與男僕、男僕與女僕之間的通姦，已成極平常之事。妻妾們以平常心態對待男主人的嫖娼，娼妓們也以平常心態與妻妾們和睦相處。家庭妓院化，妓院家庭化，已成為那個時代的一道風景。

7. 對性行為的狂熱崇拜。小說寫及的性行為，將邊緣性性行為、過程性性行為、目的性性行為等均囊括於其間。如具有性吸引傾向的眉目傳情、談話、擁抱，親嘴；自慰、手淫、性虐；前嬉中的愛撫、接吻、觸摸（乳房與生殖器刺激）；性交媾（包括男上位、女上位、前入式、後入式、口交、肛交等等，還有性頻度、性滿意度的描述）。以男子為淫欲對象的男寵（孌童）、雞姦現象，在小說中時有發生（宋御史、安進士好南風，西門慶與書童、溫必古與畫童、陳經濟落難時，在冷鋪、道士廟裏被迫充當孌童，被侯林兒、大師兄雞姦）。這種描寫肆無忌憚，面廣量大，充斥於全書的很多章節。單性交媾場面的描寫就有上百處，大描大寫者達三十多處。作者的這些描寫已達到瘋狂的程度。這些描寫既是對前代經驗的繼承，又深深地打上了晚明時代的印記。

8. 小說有好幾處中斷情節的發展，以頌揚、讚美的態度，對男女性器官作獨立的大段的描述。其描述的細緻入微，令人觸目驚心。這是晚明時代人們對男女性器官狂熱崇拜的真實記錄。

9. 為了追求性交媾的最高滿意度，小說寫及的春藥有閨豔聲嬌、白鬼、封臍膏、粉紅膏子藥、胡僧的春藥等。性用具有景東人事、硫黃圈、銀托子、相思套、藥煮的白綾帶子、懸玉環、同心結兒、緬鈴、淫器包兒（收藏各種淫器用）等。還有春宮畫，小說都有具體的描述。

10.性侵犯性掠奪案件時有發生。西門慶為占有潘金蓮而毒殺武大郎，為占有李瓶兒而毒打蔣竹山，為占有宋惠蓮而迫害來旺等等。

11.小說以大量篇幅寫了大量的通姦事件、嫖娼事件。人們不以為恥反以為榮。娼妓業十分繁榮。

12.以「金蓮崇拜」為代表的性癖好。如西門慶、溫秀才的虐童癖。還有戀物癖（金蓮〔鞋〕崇拜），戀足癖（金蓮〔足〕崇拜），異裝癖、窺陰癖、撫摸狂（強烈渴望撫摸性對象身體的某部位）等等，小說中多有揭示。

此外，性虐的實施，將性滿足建立在對方的痛苦上，西門慶是行家裏手。施虐方式有燒香、投壺、鞭打等。受虐對象有潘金蓮、王六兒、林太太等。

13.媒婆在小說中大出風頭、大展身手。小說寫到的媒婆有王婆、文嫂、薛嫂、馮媽媽、孔嫂兒、陶媽媽、張媽、張媽子、張媒人、王婆婆等10多個。她們是婚姻、納妾與婚外通姦的撮合者，販賣婦女、兒童的中介。其職能和手段與她們的前輩相比，已有長足的發展。

14.性賄賂、性受賄成為官場的流行病。下官用性賄賂上司，得到的是上司的青睞、官職的升遷和滾滾的財富。上司接受下級的性賄賂，報答的是讓下級升官發財。性成了金銀珠寶的等價物，成了結黨營私的重要手段。小說中寫到多起性賄賂事件。如西門慶賄賂翟管家、蔡御史、宋御史等等。

15.性文藝、性笑話、閒談中的性語言，小說中寫得非常豐富。小說寫的幾十次唱曲活動，其曲大多以性為內容。西門慶、應伯爵等十兄弟飲酒、玩鬧時的閒聊和講的笑話亦充斥性味。這是一種嘴巴上的性享受、性發洩。

16.性病、性暴亡，為性而死。西門慶脫陽而死，「金蓮以姦死，瓶兒以孽死，春梅以淫死」（弄珠客語），陳經濟因姦淫而被殺死。這是性縱欲的可悲結局。

作為性小說，《金瓶梅》的四大價值

在常人眼裏，性小說是腐朽沒落的思想觀念的產物，毫無價值可言。但作為性小說之一的《金瓶梅》，則有非同凡響的四大價值。

一、在中國性文化史上，它具有很高的認識價值和研究價值。

《金主亮荒淫》《如意君傳》《浪史》《繡榻野史》《閑情別傳》等性小說，完全脫離當時的社會現實而專寫性交媾，認識價值、歷史價值都談不上，在中國性文化史上也沒有什麼地位。《金瓶梅》則是在當時的社會歷史背景下寫性，寫出了全社會各階層人物的心態、情態、生存狀態，全面系統深刻地揭示了晚明社會的性縱欲風氣（而不是專寫性交媾）。它在中國性文化史上有三個貢獻：其一、由於它寫性的全面性，多層次、多角度性，且涉及到全社會的各色人物、各個層面，它幾乎涉及到性學、性文化研究的各個方面。因此，它是中國性文化史上的一部百科全書。其二、晚明社會的性文化現象，在中國性文化史上具有鮮明的個性和獨特性。《金瓶梅》全面揭示了這一時代的性文化現象，因此它是一部「斷代性文化史」，在中國性文化史上是不可或缺的，具有很高的地位。其三、由於它是小說，它對性現象的描述是細膩的、直觀的、形象的。這是任何一部性學理論著作都無法做到的。因此，它為中國性文化研究提供了一部唯一的、形象直觀的研究資料。

二、在中國古代小說史上，它是一部劃時代的作品。

《金瓶梅》開創了與它那個時代相適應的，「以描摹世態人情」為特徵的小說創作的新潮流。《金瓶梅》以前的長篇小說，如《三國志演義》以描摹歷史故事為題材，《水滸傳》以描摹英雄傳奇為題材，《西遊記》以描摹神魔故事為題材。他們與現實社會存在很大的距離。《金瓶梅》的突出貢獻，就在於它取材於當時的社會現實，以反映、表現這個世俗社會為宗旨，「描寫世情，盡其情偽」，揭示這個社會中的形形色色的世態人情。性、性風氣是世態人情中重要的組成部分。「食、色性也」。《金瓶梅》的主要內容是寫性，寫各色人物的自然情欲，勇敢地向人們生活中最隱秘的深處挺進，這無疑是對小說主題、題材的重大開拓。

三、在小說藝術發展史上，它具有開創意義。

以前的長篇小說，以寫超乎凡俗的奇人奇事為能事。《金瓶梅》專寫凡人俗事，實現了從傳奇向寫實、以奇為美向以俗為美的過渡。

以前的長篇小說，以故事情節取勝，人物塑造則處於從屬地位，人物服從故事。《金瓶梅》以塑造人物為主，故事情節則降之從屬地位，故事服從人物。實現了從寫事向寫人的過渡。

以前的小說人物性格具有類型化、單一化的傾向。《金瓶梅》中的人物，具有複雜的個性化的性格特徵，呈現多側面多層次結構，實現了人物性格塑造從類型化、單一化向多元化、個性化的過渡。

以前的小說人物性格具有善惡、美醜絕對化的傾向。《金瓶梅》善於將人物的善惡、美醜一起揭示出來，其人物形象具有善惡相兼、美醜相容的特徵。

以前的小說主要用人物的言行來展示其心理活動，《金瓶梅》開始直接向人物的內心世界挺進，揭示人物複雜的心理奧秘和不同人物的心路歷程。

四、在中國社會發展史上，它具有很高的認識價值和歷史價值。

《金瓶梅》以相當的篇幅，從寫官僚的性縱欲出發，寫及整個封建統治階級在政治上的腐敗、罪惡和黑暗統治，表現了封建統治階級已無可挽救地走向死亡的末路。小說已涉足於那個社會的政治領域。

《金瓶梅》的主人翁西門慶，既是縱欲者的典型，又是封建官僚腐敗的典型，又是晚明特定時期新興商人的典型。小說以一定篇幅，寫他從一個小商人起家，通過官商結合，巧取豪奪，發跡變態，幾年間即成巨富的經歷。並以西門慶為紐帶寫了那個社會轉型時期的工商業者、小手工業者的生存狀態。小說已涉足於那個社會的經濟領域。

《金瓶梅》從寫西門慶一家與社會的聯繫中，揭示了整個社會，特別是市井社會各色人物的心態、情態和生活狀態，民間的風俗習俗。使其成為一幅晚明社會多姿多彩的風情畫卷。

《金瓶梅》確實是一部涉及那個社會的政治、經濟、文化等各個領域的百科全書式的作品，在中國社會發展史上具有很高的認識價值和歷史價值。

五、《金瓶梅》寫性也有嚴重的缺陷。

1.《金瓶梅》作者在揭露晚明社會縱欲風氣時，所持的基本上是自然主義的純客觀描寫，其態度是崇揚多於批判。其批判也只是表象的情感性的，而未進入到深層的理性的批判。他沒有從意識形態和社會歷史變遷的高度來構架自己的批判精神。當然這對他來說，是苛求了。

2. 對於具有超強性能力的男性，則是崇揚之至。作者大寫特寫西門慶的超強性能力。寫他一天能進行很多次交媾，數天間達上百次；每次交媾達數小時，抽送達數百次……。這種無所不用其極的誇張手法，將西門慶寫成了一個性戰神。這種反現實主義手法所塑造的形象，完全失去了現實的真實性和典型意義。這些描寫表現了作者的庸俗的審美情趣。

3. 作者離開情節的發展，多次對男女性器官作獨立的顯微式的掃描。這表明作者就是一個性器官的狂熱崇拜者。

在晚明性縱欲風暴中，許多文人雅士都捲入其間：王世貞作詩贊「鞋杯」，李開先宿妓染疥，臧晉叔畜狎孌童被褫職，王穉登古稀之年與金陵名妓「講衾裯之好」。屠隆迷戀南都豔妓，其沉酣之狀竟被時人譜為戲曲，名之《白練裙》，搬之上場。馮夢龍之沉湎秦樓楚館，為品評金陵妓女的《金陵百媚》一書撰寫書評，其《情史》頗多對妓女濃情的歌頌。[7]《金瓶梅》作者豈能獨善其身。我覺得，《金瓶梅》作者既是性縱欲風氣的揭露者、傳播者、崇拜者，更可能是性縱欲的實踐者（鄭振鐸先生也說，「他自己也當是一位變態的性欲的患者」）。此人姓甚名誰，現在還不得而知，思想、言行更不甚了了。但從他的書中，已能窺見一二。謂余不信，若干年後，當見分曉。

---

7 馬理〈世紀末的困惑——論《金瓶梅》與晚明文人的價值失落〉，網絡來源：CSSCI 學術論文網。

不識廬山真面目，只緣身在此山中

從上世紀七十年代開始，我們的《金瓶梅》研究，已跨過了四十個年頭。當然成就卓著。金學界「圈內人」已將「淫書說」掃進了歷史的垃圾堆。但事情很怪。「圈內人」丟棄的東西，「圈外人」卻將它揀了起來：性學家劉達臨先生說：「《金瓶梅》是中國古代性文化、特別是性文學的典型與代表作。」[8]吳存存指出：「明中期之後，色情文學大量湧現，形成了中國文學史上罕見的色情文學繁榮局面，……產生了像《金瓶梅》這樣高質量的色情文學傑作。」[9]杜貴晨先生說：「把《金瓶梅》定性為一部『單說著情色二字』的色情小說，合乎文學的一般原理」，「以《金瓶梅》為色情小說，既非巧立名目，又非強加於人，而是實事求是，理所當然」。[10]再往前看，荷蘭學者高羅佩在 1951 年私人出版的《秘戲圖考》中，將《金瓶梅》說成是「偉大的色情小說」，「具有真正的文學價值的色情小說」[11]。

好了。這些「圈外人」的言論足以說明，《金瓶梅》確實是一部性小說。但是，金學界「圈內人」對此諱莫如深。難道他們沒有看到小說中大量的性描寫嗎？他們愛這部小說，以研究它為業，不說對它爛熟於胸，也必讀過十遍八遍，能看不到那樣放肆的性描寫嗎？問題就在於他們深愛這部小說，所以「不識廬山真面目，只緣身在此山中」。也因為深愛這部小說，所以為「愛者」諱。以研究性小說為業，猶如當年張競生以研究性為業，被人們指責那樣，這是多麼不名譽的事。此外，由於受政治第一、階級鬥爭為綱的思想觀念的影響，人們總是首先從政治上來評價文藝作品。於是有人抓住《金瓶梅》中揭示封建統治黑暗腐敗的內容，加以誇大拔高，上綱上線，將其說成是反封建反腐敗的作品。這樣既為它摘掉了淫書的帽子，又為它戴上一頂華麗的桂冠。

誠然，《金瓶梅》在寫封建統治者縱欲的同時，也寫及了他們的腐敗與罪惡統治。這是作者遵照寫實主義的創作手法，對那個黑暗的社會作了如實描寫的結果，並不表明作者有反封建反腐敗的政治覺悟。這就是所謂的「形象大於思想」。「形象大於思想」，在文學藝術作品中是常有的事。俄羅斯著名作家果戈理的長篇小說《死魂靈》，塑造了一批貪酷無比、腐朽墮落的地主形象，其創作旨宗是「哀其不幸、怒其不爭」。而讀者讀出來的卻是，作者要推翻那個罪惡的農奴制度。如果《金瓶梅》作者活到今天，看到

---

8 劉達臨《中國古代性文化》，銀川：寧夏人民出版社 1993 年。

9 吳存存《明清社會性愛風氣》，北京：人民文學出版社 2000 年。

10 杜貴晨〈關於「偉大的色情小說《金瓶梅》」——從高羅佩如是說談起〉，《明清小說研究》，2009 年第 1 期。

11 高羅佩《秘戲圖考》（楊權譯），廣州：廣東人民出版社 1997 年。

評論家說他是反封建反腐敗的鬥士，恐怕會大吃一驚的。

20多年前，我也否認《金瓶梅》是性小說，肯定其反封建反腐敗性。20年後的今天，我作了認真反思，覺得要以歷史唯物主義態度，還《金瓶梅》以歷史的本來面目。如果一唯地掩蓋它寫性而鼓吹其反封建反腐敗性，這無疑是把性小說說成是革命小說，把縱欲者說成是反封建鬥士。這不僅掩蓋了《金瓶梅》的本質特徵，而且是對廣大民眾的欺騙和誤導。作為《金瓶梅》的研究者，應該嚴肅認真地對待這個問題。

2012.3.8.

《金瓶梅》中的歷史事件

《金瓶梅》是一部人情小說，寫的是地處山東清河一隅的西門慶一家的興衰及其妻妾之間的爭鬥。照例說，如一般人情小說那樣，《金瓶梅》是可以不寫及朝廷大政的，但它偏偏涉及到，而且涉及得非常深入。作者偏偏要在一個朝廷的衰敗這樣特定的時代背景下展開他的西門慶的故事。這不能不說是作者的高明之處、深刻之處。為了搞清楚《金瓶梅》寫作的時代背景及作者的政治態度、思想傾向等問題，我們有必要對小說中寫及的歷史事件，擇其要者加以考證、研究。

宇文虛中劾倒楊提督

這是《金瓶梅》中寫及的第一個重大的歷史事件，事在第十七回。西門慶女婿陳經濟倉卒前來投親避難，原因是「北虜犯邊，搶過雄州地界，兵部王尚書不發人馬，失誤軍機，連累朝中楊老爺（楊戩）俱被科道官參劾太重。聖旨惱怒，拿下南牢監禁，會同三法司審問。其門下親族用事人等，俱照例發邊充軍」。陳經濟之父陳洪和西門慶均被列入親黨查辦。小說中抄錄了一張「行下來的文書邸報」，交待了此事的始末：

> 兵科給事中宇文虛中等一本，懇乞宸斷，亟誅誤國權奸，以振本兵，以消虜患事。……今招夷虜之患者，莫如崇政殿大學士蔡京者：本以邪奸險之資，濟以寡廉鮮恥之行，讒諂面諛；上不能輔君當首，贊元理化，下不能宣德布政，保愛元元，徒以利祿自資，希寵固位，樹黨懷奸，蒙蔽欺君，中傷善類，忠士為之解體，四海為之寒心，聯翩朱紫，萃聚一門。邇者河湟失議，主議伐遼，內割三郡，郭藥師之叛失陷，卒致金虜背盟，憑陵中夏：此皆誤國之大者，皆由京之不職也。王黼貪庸無賴，行比俳優，蒙京汲引，薦居政府，未幾謬掌本兵，惟事慕位苟安，終無一籌可展。迺者張達殘於太原，為之張惶失散；今虜之犯內地，則又挈妻子南下，為自全之計；其誤國之罪，可勝誅戮。楊戩本以紈褲膏粱，叨承祖蔭，憑籍寵靈，典司兵柄，濫膺閫外，大奸似忠，怯懦無比。此三臣者，皆朋黨固結，內外萌蔽，為陛下腹心之蠱者也。數年以來，招災致異，喪本傷元，役重賦煩，

> 生民離散，盜賊猖獗，夷虜犯順，天下之膏腴已盡，國家之紀綱廢弛，雖擢發不足以數京等之罪也。……伏乞宸斷，將京等一干黨惡人犯，或下廷尉，以示薄罰；或置極典，以彰顯戳；或照例枷號；或投之荒裔，以禦魑魅。庶天意可回，人心暢快，國法已正，虜患自消。天下幸甚，臣民幸甚。奉聖旨：蔡京姑留輔政。王黼、楊戩便拿送三法司，會問明白來說。欽此欽遵。續該三法司問過，並黨惡人犯王黼、楊戩，本兵不職，縱虜深入，荼毒生民，損兵折將，失陷內地，律應處斬；手下壞事家人、書辦、官掾、親黨：董升……陳洪、黃玉、賈廉……等，查出有名人犯，俱問擬枷號一個月，滿日發邊衛充軍。

《金瓶梅》中的這一大段文字，有一定的史料根據，但又不完全符合史實。具體考證如下：

一、「邇者河湟失議，主議伐遼」。

這是小說中宇文虛中彈劾蔡京的一大罪責。宋徽宗執政時期，北部邊患有遼、西夏、金。政和五年（1115），女真奴隸主首領阿骨打建立金國，隨即伐遼，遼屢敗。徽宗、蔡京、童貫等密謀，欲聯金滅遼，乘機收取燕雲。《宋史紀事本末》卷五十三〈復燕雲〉篇載：

> （宣和二年）八月，金人來議攻遼及歲幣，遣馬政報之。初，趙良嗣謂金主曰：「燕本漢地，欲夾攻遼，使金取中京大定府，宋取燕京析津府。」金主許之，遂議歲幣。金主因以手札付良嗣，約金兵自平地松林趨古北口，宋兵自白溝夾攻；不然，不能從。因遣勃堇偕良嗣還以致其言。帝使馬政報聘，書曰：「大宋皇帝致書於大金皇帝，遠承信介，特示函書。致討契丹，當如來約，已差童貫勒兵相應。彼此兵不得過關，歲幣之數同於遼。」仍約毋聽契丹講和。

後遼朝被金所滅，徽宗將原本貢獻給遼朝的歲幣，全部獻給金朝。宋、金的第一個協議，宋朝就確認了貢納歲幣的屈辱條件。

二、「北虜犯邊、搶過雄州地界」。

陳洪給西門慶的信中說：「茲因北虜犯邊，搶過雄州地界，兵部王尚書不發人馬，失誤軍機。」此事發生在宣和四年（1122）。其年三月，金人來約夾攻遼。金兵攻陷遼中京、西京。遼朝的天祚帝逃入夾山。燕京留守耶律淳被遼臣擁立稱帝。徽宗、王黼任童貫為統帥，蔡攸為副帥，領兵伐遼。《宋史紀事本末》卷五十三〈復燕雲〉篇載：

> （宋軍）分兵為兩道，（種）師道總東路兵趨白溝，辛興宗總西路兵趨範村。（五月）癸未，耶津淳聞之，遣耶律大石、蕭干禦之。師道次白溝，遼人而前，擊敗師道

> 前軍統制楊可世於蘭溝甸，士卒多傷。……丁亥，辛興宗亦敗於範村。
>
> 六月己丑，種師道退保雄州。遼人追擊至城下。帝聞兵敗，懼甚，詔班師。
>
> 秋七月，王黼聞耶律淳死，復命童貫、蔡攸治兵，以河陽三城節度使劉延慶為都統制。
>
> （十月）癸巳，童貫遣劉延慶、郭藥師將兵十萬出雄州，以郭藥師為鄉導，渡白溝。……（劉延慶）至良鄉，遼蕭乾率眾來拒，延慶與戰而敗，遂閉壘不出。……（郭藥師襲入燕京），（蕭）干舉精甲三千還燕，巷戰。光世渝約不至，藥師失援而敗。……自熙（熙寧）、豐（元豐）以來所儲軍實殆盡，（宋軍）退保雄州。

以上為史書所載，「北虜犯邊，搶過雄州地界」之史實。

三、「內割三郡」。

宣和七年（1125），金滅遼後，便將侵掠的目標轉向宋朝，分兵兩路，大舉南侵。一路由粘沒喝率領，進攻太原；一路由斡離不率領進取燕京。兩路軍勢如破竹，宋軍無以為抗。不久金軍直向宋國都東京進發。徽宗無奈退位，欽宗即位。靖康元年（1126），欽宗被迫下詔親征，命李綱為兵部侍郎、親征行營使，後又命其為尚書右丞、東京留守，領兵守城。其時，金軍已兵臨東京城下，欽宗派李梲去金營議和。據《宋史紀事本末》卷五十六〈金人入寇〉篇載：

> 斡離不謂之曰：「……今若欲議和，當輸金五百萬兩，銀五十萬兩，牛馬萬頭，表段百萬匹，尊金帝為伯父，歸燕、雲之人在漢者，割中山、太原、河間三鎮之地，而以宰相、親王為質，送大軍過河，乃退耳。」
>
> （欽宗完全答應金人的條件）金幣、割地、遣質、更盟，一依其言。遣沈晦以誓書先往，並持三鎮地圖示之。

這就是《金瓶梅》所寫的「內割三鎮」。從以上所引史料可見，小說所寫真假相雜，其不符合史實處甚多，現列舉如次：

1. 時間問題。如上文所考，徽宗、蔡京、童貫等「主議伐遼」，即聯金滅遼，乘機收取燕京，動議在政和元年（1111），實際實施在宣和二年（1120）；遼兵「搶過雄州地界」在宣和四年（1122）；「內割三郡」在靖康元年（1126）。而根據《金瓶梅》故事的編年，第十七回所寫的情節，當發生在政和五年（1115）。由此可見，小說將「北虜犯邊，搶過雄州地界」之事提前了七年，將「內割三郡」之事提前了十一年。

2. 蔡京的罪責問題。小說所寫宇文虛中的遞本中，詳訴蔡京的罪狀，分明是一篇討蔡檄文，稱其：「邇者河湟失議，主議伐遼，內割三郡，郭藥師之叛失陷，卒致金虜背盟，憑陵中夏：此誤國之大者，皆由京之不職也。」但一查宋史，不對了。據《宋史紀事本末》卷四十七〈蔡京擅國〉篇載：宣和二年（1120）「六月戊寅，詔蔡京致仕。京專政日久，公論益不與，帝亦厭薄之」。蔡京以太師魯國公退相位，由王黼為太宰（左相）。而「金人來議攻遼及歲幣」，徽宗主議聯金伐遼，接受將原本貢獻給遼的歲幣全部獻給金朝的屈辱條件的事，發生在宣和二年八月間，即蔡京退位以後的兩個月。「北虜犯邊，搶過雄州地界」事，發生在蔡京退位以後的兩年（宣和四年）。可見這些事件與蔡京並無牽涉。蔡京雖於宣和六年（1124）十二月重新起用「復領三省事」，第四次當國，但於宣和七年（1125）夏四月又免官。而「內割三郡」事發生在靖康元年（1126）。且據《宋史紀事本末》卷五十六〈金人入寇〉篇載：「李邦彥等力勸帝從金議」，「李邦彥等言：『都城破在朝夕，尚何有三鎮？』於是帝一依其言，遣沈晦以誓書先往，並持三鎮地圖示之」。可見，決定割地者為欽宗帝，勸帝割地者為李邦彥，此事與蔡京又無涉。這如何能算是蔡京的罪責。小說將這些罪責都算在蔡京頭上，顯然與史實不符。

3. 王黼罪責問題。小說所寫邸報中稱：「王黼、楊戩本兵不職，縱虜深入，荼毒生民，損兵折將，失陷內地，則律應處斬。」宇文虛中劾王黼云：「謬掌本兵，惟事慕位苟安，終無一籌可展。……今虜之犯內地，則又挈妻子南下，為自全計，其誤國之罪，可勝誅戮。」據《宋史》卷四百七十〈王黼傳〉載：王黼，字將明，崇寧進士。多智善佞。宣和二年（1120），蔡京致仕，王黼為太宰（左相）。徽宗欲聯金伐遼，大臣多不為可。王黼則竭力支持，遂由此興兵伐遼，終成縱虜深入，損兵折將，失陷內地，荼毒生民。可見《金瓶梅》對王黼的譴責，基本上以史實為據。但王黼之死，則非為縱虜深入而處斬。〈王黼傳〉云：

> 欽宗在東宮，惡其所為。鄆王楷有寵，黼為陰畫奪宗之策。……蓋欲以是撼搖東宮。
>
> 欽宗受禪，黼惶駭入賀，閤門以上旨不納。金兵入汴，不俟命，載其孥以東。詔貶為崇信軍節度使，籍其家。吳敏、李綱請誅黼，事下開封尹聶山，山方挾宿怨，遣武士躡及於雍丘南輔固村，戕之。民家取其首以獻。帝以初即位，難於黼誅大臣，托言為盜所殺。

這就是王黼被殺的原因與過程，小說所寫不合史實。

4. 楊戩罪責問題。小說寫楊戩的罪責與王黼同：本兵不職，縱虜深入，損兵折將，失陷內地，律應處斬。但一查宋史，可謂差之遠甚。《宋史》卷四百六十八〈楊戩傳〉載，宦官楊戩，少主掌後苑。徽宗即位，漸受寵信。官至太傅，勢與梁師成相匹。浸淫於京東西、淮西北一帶根括民田。苛捐雜稅，橫徵暴斂，民眾深受其害。但楊戩並未治兵伐遼，「宣和三年，戩死，贈太師、吳國公」。而徽宗的聯金伐遼戰爭開始於宣和四年，縱虜深入，失陷幾地、內割三郡等等一系列事件，均在楊戩死後。小說將這些統統算作楊戩的罪責，實在是冤枉了他。

其實，根據這一段史實來考察，參與決策並實施「聯金伐遼」戰爭的，除徽宗帝、蔡京（早期決策）、王黼外，還有一個重要人物並不是楊戩而是童貫。宦官童貫，字道夫，開封人。因善迎合徽宗意圖而獲寵，與蔡京相勾結，領樞密院事，權比宰相，握兵權二十年，勢傾一時。據《宋史紀事本末》卷五十三〈復燕雲〉篇載：政和元年（1111）九月，「童貫使遼。童貫既得志於西羌，遂謂遼亦可圖。因請使遼以覘之」。同年十月載燕人馬植歸，與謀聯金滅遼，「帝嘉納之」，「圖燕之議自此始」。童貫是主議聯金伐遼的最初動議者。宣和二年，「時童貫密受旨圖燕」。宣和四年，「金人來約夾遼，命童貫為河北、河東路宣撫使，屯兵於邊以應之」。五月庚辰，「童貫至高陽關」，「分兵為兩道，師道總東路兵趨白溝，辛興宗總西路兵趨範村」。兩路兵均被遼兵所敗，種師道退保雄州。十二月辛卯，「金克遼燕京。時童貫再舉兵伐燕，不克成功，懼得罪。乃密遣王瓌如金，以求如約夾攻。金主分三道進兵，遂克燕」。由此不難發現，童貫不僅是聯金伐遼的決策者，而且是實施者（主帥），更是縱虜深入、失陷內地的罪魁。律應處斬者當不是楊戩而是童貫。《金瓶梅》可謂張冠李戴，將童貫誤為楊戩，這不能不說是作者的失誤。這說明《金瓶梅》作者對這一段歷史並不十分熟悉，創作時也沒有對此作認真的考查。

5. 宇文虛中的上書問題。小說是通過宇文虛中的上書來寫這段歷史的。歷史上的宇文虛中確有這樣一個類似的奏疏。宇文虛中，字叔通，成都華陽人，累遷中書舍人。據《宋史》卷三百七十一〈宇文虛中傳〉載：

> 宣和間，承平日久，兵將驕惰。蔡攸、童貫貪功開邊，將興燕雲之役，引女真夾攻契丹，以虛中為參議官。虛中以廟謨失策，主帥非人，將有納侮自焚之禍，上書言：「……今邊圉無應敵之具，府庫無數月之儲，安危存亡，係茲一舉，豈可輕議？且中國與契丹講和，今逾百年，自遭女真侵削以來，響慕本朝，一切恭順。今捨恭順之契丹，不羈縻封殖，為我蕃籬，而遠逾海外，引強悍女真以為鄰域。女真藉百姓之勢，虛喝驕矜，不可以禮義服，不可以言說誘，持卞莊兩斗之計，引兵逾境，以百年怠惰之兵，當新銳難抗之敵，以寡謀安逸之將，角逐於血肉之林，臣恐中國之禍未有寧息之期也。」

《宋史紀事本末》卷五十三〈復燕雲〉篇，載此疏更詳，其文末還有言曰：

> 儻臣言可采，乞降詔旨，罷將帥還朝，無滋邊隙，俾中國衣冠禮義之俗，永睹升平，天下幸甚。

兩相對照，雖然在反對聯金伐遼問題上有相似之處，但落腳點大相徑庭：小說中寫的是參劾蔡京等誤國之罪，而史實是要求「乞降詔旨，罷將相還朝，無滋邊隙」。此外，上書的結果亦南轅北轍：小說所寫為徽宗帝從其言，王黼、楊戩「律應處斬」；而歷史事實是：「書下三省，黼讀之大怒，捃摭他事，除集英殿修撰，督戰益急，而此事始不可收拾矣」。[1]於此可見，《金瓶梅》所寫又與史實不符。

綜上所考，《金瓶梅》所寫宋徽宗朝聯金伐遼，縱虜深入、內割三郡及宇文虛中參劾蔡京、楊戩事件，有一定的歷史依據，但又作了很大的加工改造。《金瓶梅》是一部小說而不是史書，作者在創作時根據自己的創作宗旨和情節發展的需要，對史實進行加工改造，這完全是可以的。問題是作者為什麼要這樣做？認真研究一下小說中的這一段文字，我們不難發現，作者在運用典型化的藝術手段，努力概括一個時代的重要特徵，即內憂導致了外患，兩者互相結合，嚴重威脅國家的安全。內憂者，皇帝昏庸，奸相專政，朝廷已腐敗到極點；外患者，異族不斷入侵，邊事頻繁，腐敗的朝廷不僅無以為抗，而且縱虜深入，以致整個封建王朝無可挽救地走向滅亡。眾所周知，《金瓶梅》明托宋事而實寫明事，作者抨擊的矛頭所向不是宋代而是明代。那麼明代的哪一個時期，與小說所寫的內憂與外患交加的時代特徵相類似呢？我認為是嘉靖朝。

吳晗先生在〈《金瓶梅》的著作時代及其社會背景〉一文中認為：《金瓶梅》「寫的是萬曆中年的社會情形」，此論似不確。明代萬曆朝恰恰沒有出現一個奸相專政的誤國事件，也沒有北部邊患問題。萬曆初年，張居正當國，採取一系列措施，一面加強邊防，一面對俺答採取安撫睦鄰政策，致使漢蒙兩族通好互市，相安無犯。[2]而嘉靖朝則世宗昏憒，奸相嚴嵩專政誤國。嚴嵩大量侵吞軍費，邊將為賄賂嚴嵩亦大量克扣軍餉，士卒多次嘩變，邊防力量衰竭，縱使北部蒙古韃靼部大肆入侵。嘉靖二十五年，韃靼騎兵進犯延安府，深入三原、涇陽等地殺掠；二十六年，謀犯延安、寧夏；二十七年進擾宣府；二十九年，進犯大同，又東去攻打古北口，直犯京師，在北京城下燒殺搶掠。明軍不敢出戰，京郊損失慘重。在如此邊患嚴重的時刻，嚴嵩仍不為國計，而借計陷害異己。嘉靖二十五年，總督三邊兵部侍郎曾銑力主收復河套，得到內閣首輔夏言的支持，並出擊取勝。而嚴嵩為謀奪夏言首輔位，進讒言。《明史紀事本末》卷五十八〈議復河套〉

1　《宋史紀事本末·復燕雲》。

2　《明史紀事本末》卷六十〈俺答封貢〉篇。

篇載：二十七年，「嚴嵩積憾言，且欲躐其首輔，於是因災異疏陳缺失，謂：『曾銑開邊啟釁，誤國大計所致。夏言表裏雷同，淆亂國事，當罪』。遂罷言，逮銑詣京。」後曾銑、夏言均被處斬，「大權悉歸嵩矣。」嗣後，俺答汗又直犯北京，嚴嵩授計於兵部尚書丁汝夔，「令諸將勿輕戰」。據此以觀，《金瓶梅》對蔡京誤國、縱虜深入的敘述，不正是對嚴嵩誤國、縱虜深入的真實反映嗎？

小說中宇文虛中的疏本，歷數蔡京的種種誤國罪責，指蔡京則不可（與史實不符），影射嚴嵩則很貼切。查明史，嘉靖二十九年，刑部郎中徐學詩上言：

> 外攘之備，在急修內治；內治之要，貴先正本原。今大學士嵩，位極人臣，貪瀆無厭，內而勳貴之結納，外而群小之趨承，輔政十年，日甚一日。釀成敵患，其來有漸，……臣請亟罷嵩父子，以清本源。（《明史紀事本末·嚴嵩用事》）

嘉靖三十二年，兵部員外郎楊繼盛上疏論嚴嵩十大罪，略曰：

> 夫大臣專政，孰有過於嵩者，……挾一人之權，侵百官之事。……俺答犯內深入，……誤國家之軍機。……臣恐天下之患，不在塞外而在域中。……陛下聽臣之言，察嵩之奸。……重則置之憲典，以正國法；輕則諭令致仕，以全國體。內賊去，而後外賊可除也。（同上書）

將徐學詩、楊繼盛的兩個疏本與小說中的宇文虛中的疏本作些比較，相同之處甚多：一、歷數嚴嵩（蔡京）罪狀大同小異；二、闡明內憂導致外患的觀點完全一致；三、罪責嚴嵩（蔡京）的目的完全一致；四、要求皇帝對嚴嵩（蔡京）嚴加治罪的願望亦相同。由此可見，《金瓶梅》所寫宇文虛中彈劾蔡京、楊戩事，正是明代嘉靖時期，諸大臣彈劾嚴嵩事的藝術再現。早在明代萬曆末年，沈德符在《野獲編》中就指出：《金瓶梅》「指斥時事，如蔡京父子則指分宜（嚴嵩父子）。」清代康熙時人宋起鳳在《稗說》中也說：《金瓶梅》「以蔡京父子比相嵩父子」。他們的說辭如此一致，恐非無知妄說吧。

蔡太師奏行七件事

《金瓶梅》第四十八回寫道：

> 一日，蔡太師條陳本，聖旨准下來了。來保央府中門吏抄了個邸報，帶回家與西門慶瞧。端的上面奏行那七件事？
>
> 「崇政殿大學士吏部尚書魯國公蔡京一本：陳愚見，竭愚衷，收人才，臻實效，足

財用，便民情，以隆聖治事。

第一曰：罷科舉取士，悉由學校升貢。……國家始制考貢之法，各執偏陋，以致此輩無真才，而民之司牧何以賴焉？……今後取士，悉遵古由學校升貢。其州縣發解禮闈，一切羅（罷）之。……

二曰：罷講議財利司。切惟國初定制，都堂置講議財利司。蓋謂人君節浮費，惜民財也。今陛下即位以來，不寶遠物，不勞逸民，躬行節儉以自奉。蓋天下亦無不可返之俗，亦無不可節之財。惟當事者以俗化為心，以禁令為信，不忽其初，不馳其後，治隆俗美，豐亨豫大，又何講議之為哉？悉罷。

三曰：更鹽鈔法。……今合無遵復祖宗之制鹽法者。詔雲中、陝西、山西三邊，上納糧草，關領舊鹽鈔，易東南淮浙新鹽鈔，每鈔折派三分，舊鈔搭派七分。今（令）商人照所派產鹽之地，下場支鹽。亦如茶法，赴關秤驗，納息，請批引，限日行鹽之處販賣。如遇過限，並行拘收，別買新引。增販者具屬私過。如此，則國課日增，而邊儲不乏矣。

四曰：制錢法。……國初瑣屑不堪，甚至雜以鉛鐵夾錫。邊人販於虜，因而鑄兵器，為害不小。合無一切通行禁之也。以陛下新鑄大錢——崇寧、大觀通寶，一以當十。庶小民通行，物價不致於踴貴矣。

五曰：行結糶俵糴之法。……近有戶部侍郎韓侶題覆欽依：將境內所屬州縣，各立社會，行結糶俵糴之法。保之於黨、黨之於里，里之於鄉，倡之結也。每鄉編為三戶，按上上、中中、下下。上戶者納糧，中戶者減半，下戶者遞派。糧數關支，謂之俵糴。如此，則斂散便民之法得以施行。而皇上可廣不費之仁矣。惟責守令，核切舉行，其關係蓋匪細矣。

六曰：詔天下州郡納免夫錢。……今承平日久，民各安業，合頒詔行天下州郡，每歲上納免夫錢，每名折錢三十貫，解赴京師，以資邊餉之用。……

七曰：置提舉御前人舡所。切惟陛下自即位以來，無聲色犬馬之奉。所尚花石，皆山林間物，乃人之所棄者。但有司奉行之過，因而致擾，有傷聖治。陛下節其浮濫，仍請作御前提舉人舡所，凡有用，悉出內帑，差官取之，庶無擾於州郡。伏乞聖裁。奉聖旨：卿言深切時艱，朕心加（嘉）悅，足見忠猷，都依擬行，該部知道。」

《金瓶梅》所寫蔡京奏行七件事，均史有所據，但並非是發生在同一年間的事。「罷科舉取士悉由學校升貢」，事見宋徽宗崇寧三年（1104）九月。當時宋雖立有太學，以侍士之升貢，然州縣仍以科舉貢士。蔡京建議罷科舉，悉由學校升貢，遂詔令天下，其州郡發解，凡試禮部法並罷。「講議財利司」之置，在宣和六年（1124）十一月。自蔡京創「豐亨豫大」之說，勸帝窮極侈靡，久而帑藏空竭，言利之臣，殆析秋毫。宣和以來，王黼專主應奉，掊剋橫賦，以羨為功。所入雖多，國用日匱。至是，宇文粹中上言，謂祖宗之時，國計所布，皆有實數，量入為出，沛然有餘。近年諸局，務應奉司，妄耗百出，若非痛行裁減，慮智者無以善後。於是詔蔡攸就尚書省置「講議財利司」。除法已定制，餘並講究。條上，蔡攸請內侍職掌事于宮禁，應裁省者，委童貫請旨，由是不急之務，無名之費，悉議裁省。帝亦自罷諸路應奉，官吏減六尚歲貢物。[3]本回所寫「罷講議財利司」，自是基於蔡京的立場說的。實際上，這時的蔡京已失寵，權勢已歸其子蔡攸。小說所寫「全是一種今所謂的反諷寫法」（魏子雲語）。「更鹽鈔法」。鹽鈔是鹽商繳款後領鹽運銷的憑證。宋慶曆八年（1048），范祥為制置解鹽使，始行鹽鈔法。據《宋史食貨志》載：「陝西鹽鈔出多虛鈔，而鹽益輕。」《事物紀原》載：「兵部員外郎始為鈔法，令商人就邊郡入錢至解池（今山西運城南），請任私賣，得錢以實塞下。行之既久，鹽價時有低昂，又於京師置都鹽院也。」其後，東南鹽也行鹽鈔法，商人在京師榷貨務買榷鈔，至東南領來鹽販賣。崇寧以後，鹽鈔法普遍推行，絕大部分地區都行鹽鈔制度。據《宋史・蔡京傳》載，蔡京「盡更鹽鈔法，凡舊鈔皆弗用，富商巨賈嘗齎持數十萬緡，一旦化為流丐，甚者至赴水及縊死。提點淮東刑獄章見而哀之，奏改法誤民，京怒奪其官」。可見，蔡京之「更鹽鈔法」，乃是侵奪民財之舉。「制錢法」。據《宋史紀事本末・蔡京擅國》篇載，（崇寧）三年（1104）春正月，鑄當十大錢。自太祖以來，諸路置監鑄錢，有折二、折三、當五，隨時立制，未嘗鑄當十錢。至是，蔡京將以利惑上，始請鑄於諸路，與小平錢通行於時。雖議者多言非便，徽宗亦知其不可行，而卒從之，遂募私鑄人為官匠，並其家設營以居之。「行結糴之法」。宋神宗時，募商人結保賒給錢銀或鹽鈔茶引等物，使攬糴糧米，於規定期限內附利息送納，謂之結糴。徽宗時，結糴成為抑配徵購的一種方式。俵糴，謂先度民田入多寡，預給錢物，至秋成令人米麥粟。始行於熙寧八年（1075）。紹聖三年（1096）改為召民結保，預借官錢一半，依稅限催納。崇寧初復改為按等第強迫分給，使以時價入粟。據《宋史・曾孝序傳》載：「時京（蔡京）行結糴俵糴之法，盡括民財充數。」可見，此法亦為搜括民財之法。「詔天下州郡免夫錢」，事在宣和六年（1125）夏六月。自得燕地，悉出河北河東山東之力往饋官軍，率十數石致一石，才一年，三路皆困。王黼乃請詔京西、淮南、兩浙、江南、福建、荊湖、廣南，措置調夫各數十萬，竝納納夫錢。每夫三十貫，委漕臣限督之。又詔宗室戚里宰執之家，及宮觀寺院，一例均敷。於是偏率天下，凡得一千七百餘萬緡，而結怨四海矣（《歷代通

3　《宋史・食貨志》。

鑒輯覽》）。「置提舉御前人舡所」。據《宋史紀事本末·花石綱之役》篇載：「（政和）七年（1117）秋七月，置提舉御前人船所。時東南監司、郡官、二廣市舶率有應奉，又有不待旨但送物至都，計會宦者以獻。大率靈壁、太湖、慈谿、武康諸石，二浙奇竹、異花、海錯，福建荔枝、橄欖、龍眼、南海椰實、登、萊文石，湖、湘文竹，四川佳果木，皆越海渡江，毀橋梁，鑿城郭而至，植之皆生。而異味珍苞，則以健步捷走，雖甚遠，數日即達，色香未變也。至是，蔡京又言：『陛下無聲色犬馬之奉，所尚者山林間物，乃人之所棄。但有司奉行之過，因以致擾。』乃請作提舉淮、浙人船所，命內侍鄧文誥領之。詔自後有所需，即從御前降下，乃如數貢。餘不許妄進。名為便名，而實擾害如故。」[4]

歷史上的蔡京，早年追隨變法派，但他是個典型的投機家。紹聖時，章惇變新法。蔡京曾依附於章惇。後蔡京入相，「陰托紹述之柄，惇制天子。用熙寧條例司故事，即都省置講議司，自為提舉，講議熙、豐已行法度及神宗欲為而未暇者，以其黨吳居厚、王漢之等十餘人為僚屬，取政事之大者講議之。凡所設施皆由是出，而法度屢變無常矣」。[5]蔡京打著「紹述」（紹述神宗）的旗號，把新法篡改為對廣大民眾的肆意侵奪。如「更鹽鈔法」「制錢法」「行結糴俵糴之法」等等，至此新法完全變了質，成為徽宗一夥窮奢極欲，刻剝、壓榨民眾的手段。《金瓶梅》所寫「蔡太師奏行七件事」，運用藝術手段，將發生在多年間的事，集中在一起加以「如實描寫」，寓對蔡京一夥最高封建統治者的斥責、鞭撻於不言之中。

除此之外，小說寫「蔡太師條陳七件事」還別具深意，它為西門慶之流在經濟上的暴發，提供了內在的根據。請看同一回寫來保從東京回來對西門慶講的一段話：

> 來保道：「太師老爺新近條陳了七件事，旨意已是准行。如今老爺親家戶部侍郎韓爺題准事例：在陝西等三邊，開引種鹽；各府郡州縣，設立義倉，官糴糧米，令民間上上之戶，赴倉上米，討倉鈔，派給鹽引之鹽。舊倉鈔七分，新倉鈔三分。咱舊時和喬親家爹，高陽關上納的那三萬糧倉鈔，派三萬鹽引，戶部坐派。倒好趁著蔡老爹巡鹽下場，支種了罷，倒有好些利息。」西門慶聽言：「真個有此事？」來保道：「爹不信，小的抄了個邸報在此。」……西門慶聽了（念邸報），……心中不勝歡喜。

在以後的回目中，《金瓶梅》還寫到西門慶如何通過兩淮巡鹽蔡蘊，獲得比別的商人提前一月取鹽的特權，從而使他牟取高額暴利的事。《金瓶梅》的這些描寫看似平常，寓

4 以上部分考證資料轉引自魏子雲《金瓶梅詞話注釋》，鄭州：中州古籍出版社 1987 年。

5 《宋史紀事本末·蔡京擅國》。

意卻十分深刻。它雄辯地告訴我們一個真理：西門慶之流的暴發致富，並不是單靠個別權奸的支持，而主要是靠的封建王朝在方針、政策上的扶植。《金瓶梅》這一思想的深刻性，恐怕是它同時代的其他社會小說、人情小說所並不具備的。於此亦可見出，《金瓶梅》思想價值之非凡。

雷擊凝神殿鴟尾

小說第六十四回，寫薛、劉二內相前來祭奠李瓶兒，酒席間大發牢騷：

> 薛內相便與劉內相兩個，席上說說話兒，道：「劉哥，你不知道，昨日這八月初十日，下大雨如注，雷電把內裏凝神殿上鴟尾裘碎了，唬死了許多宮人。朝廷大懼，命各官修省，逐日在上清宮宣精靈疏建醮，禁屠十日，法司停刑，百官不許奏事。昨日大金遣使臣進表，要割內地三鎮。依著蔡京老賊，就要許他，掣童掌事的兵馬，交都御史譚積、黃安十大使節制三邊兵馬。又不肯，還交多官計議。昨日立冬，萬歲出來祭太廟。太常寺一員博士，名喚方軫，早辰直著打掃，看見太廟磚縫出血，殿東北上地陷了一角，寫表奏知萬歲。科道官上本極言：童掌事大了，宦官不可封王。如今馬上差官，拿金牌去取童掌事回京。」劉內相道：「你我如今出來在外做士官。那朝裏事也不干咱每。俗語道：咱過了一日是一日。便塌了天，還有四個大漢。到明日，大宋江山管情被這些酸子弄壞了。王十九，咱每只吃酒！」

這一長段話中，有幾個問題需要考證：

一、「昨日這八月初十日，下大雨如注，雷電把內裏凝神殿上鴟尾裘碎了，唬死了許多宮人」。《明史・五行志》一載：「嘉靖……十六年五月戊戌，雷震謹身殿鴟吻。二十八年六月丁酉朔，雷震奉先殿左吻及東室門槅」，「隆慶……四年六月辛酉，雷擊圜丘廣利門鴟吻」。「萬曆三年六月己卯，雷擊建極殿鴟吻。壬辰，雷擊端門鴟尾」。以上雷擊事件均發生在《金瓶梅》成書的嘉靖四十年至萬曆十一年之前或期間。

二、「昨日大金遣使臣進表，要割內地三鎮。依著蔡京老賊，就要許他」。前已考明，此事在宋欽宗靖康元年（1126），與蔡京無涉。

三、「（蔡京要）掣童掌事的兵馬，交都御史譚積、黃安十大使節制三邊兵馬」。《宋史・童貫傳》：「（方）臘雖平，而北伐之役遂起。既而以復燕山功，詔解節鉞為真三公，加封徐、豫兩國。越兩月，命致仕，而代以譚積。明年復起，領樞密院，宣撫河北、燕山。」《金瓶梅》所指是否係「命致仕，而代以譚積」事，不明。

四、「昨日立冬，萬歲出來祭太廟，太常寺一員博士，名喚方軫，早晨直著打掃，看見太廟磚縫出血，殿東北上地陷了一角，寫表奏知萬歲」。按《金瓶梅》編年，薛劉二內相來祭奠的第二天，周守備、荊都監來祭奠，其祝文寫為「九月庚申朔越二十五日甲申」。由此推斷，薛內相說的「昨日立冬」，當為九月二十三日。據臺灣學者魏子雲先生查檢，嘉靖四十年的立冬是九月二十日，萬曆四十六年是九月二十一日。這兩年的立冬均較早，與《金瓶梅》所寫相近。又，第五十三回寫到，吳月娘吃坐胎符藥的王子日是四月二十三日。據魏先生查檢，嘉靖四十年，萬曆二十年，萬曆四十六年的四月二十三日均是王子日。筆者認為嘉靖四十年是《金瓶梅》開始寫作的年代。小說所寫的立冬日和王子日均與嘉靖四十年有關，這可能不是巧合吧。關於「太廟磚縫出血」事，當然是無稽之談。此可能源出於《宣和遺事》。該書云：「宣和元年，神宗皇帝廟室便殿，有磚出血，隨掃又出，數日方止。是時蔡京等方事諛佞，有此異事皆不聞奏於上，而徽宗驕奢之行愈肆矣。」[6]

花石綱之役

小說第六十五回寫到管磚廠工部黃主事前來弔孝：

> 黃主事道：「昨日宋松原多致意先生，他也聞知令夫人作過（故），也要來吊問，爭奈有許多事情羈絆。他如今在濟州住劄。先生還不知，朝廷如今營建艮嶽，敕旨令太尉朱勔，往江南湖湘採取花石綱，運船陸續打河道中來，頭一運將次到淮上。又欽差殿前六黃太尉來迎取卿雲萬態奇峰，長二丈，闊數尺，都用黃氈蓋覆，張打黃旗，費數號船隻，由山東河道而來。況河中沒水，起八郡民夫牽挽。官吏倒懸，民不聊生。」

花石綱之役乃宋徽宗朝一大惡政，人民深受其害。據《宋史紀事本末》卷五十〈花石綱之役〉篇載：

> （徽宗）崇寧四年（1105）十一月，以朱勔領蘇、杭應奉局及花石綱於蘇州。初，……帝時垂意花石，京諷沖（朱勔之父）取浙中珍異以進。初致黃楊三本，帝嘉之。後歲歲召貢五六品，至是漸盛，舳艫相銜於淮、汴，號「花石綱」，置應奉局於蘇州，命朱勔總其事。……凡士庶之家，一石一木稍堪玩者，即領健卒入其家，用

6　魏子雲《金瓶梅詞話注釋》，鄭州：中州古籍出版社 1987 年。

黃封表識，指為御前之物，使護視之。微不謹即被以大不恭罪。及發行，必撤屋扶牆而出。……民預是役者，中家破產，或鬻賣子女以供其須。

宣和四年（1122），十二月，萬歲山成，更名曰艮嶽。……既成，帝自為艮嶽記，以為山在國之艮位故也。初，朱勔於太湖取石，高廣數丈，載以大舟，挽以千夫，鑿城斷橋，毀堰拆牐，數月乃至。

方臘起義時，曾罷花石綱，後又復置。宣和七年（1125），金軍南下，徽宗才下罪己詔，再罷。《金瓶梅》寫到朱勔往江南湖湘採取花石綱，六黃太尉迎取卿雲萬態奇峰，起八郡民夫牽挽，官吏倒懸，民不聊生，可謂是對這一史實的真實反映。六黃太尉，則史無其人。但這一稱號見於《宣和遺事》前集。

太子立東宮

小說第八十七回，寫武松回歸清河：

單表武松，自從西門慶墊發孟州牢城充軍之後，多虧小管營施恩看顧。次後施恩與蔣門神爭奪快活林酒店，被蔣門神打傷，央武松出力，反打了蔣門神一頓。不想蔣門神妹子玉蘭，嫁與張都監為妾，賺武松去，假捏賊情，將武松拷打，轉又發安平寨充軍。這武松走到飛雲浦，又殺了兩個公人，復回身，殺了張都監、蔣門神全家老小，逃躲在施恩家。施恩寫了一封書，皮箱內封了一百兩銀子，教武松到安平寨，與知寨劉高，教看顧他。不想路上聽見太子立東宮，放郊天大赦，武松就遇赦回家，到清河縣下了文書，依舊在縣當差，還做都頭。

小說寫武松的這段經歷，大體抄自《水滸傳》第十回，情節上有某些改動。太子立東宮，放郊天大赦，武松遇赦歸清河，這是《金瓶梅》情節發展需要所增出的情節。

關於《金瓶梅》中所寫的「太子立東宮」問題，臺灣學者魏子雲先生做了許多文章。他在〈詞曰、四貪詞、眼兒媚——《金瓶梅》原貌探索之一〉文中指出：「關於萬曆時代的東宮冊立事，牽涉到萬曆老爺子寵鄭貴妃有廢長立幼的意圖。從萬曆十四年（1586）一月鄭氏的皇三子誕生始，臣民即要求冊立東宮（長子常洛生於萬曆十年八月二十一日），到了萬曆十七年冬雒于仁上〈四箴疏〉，疑皇帝有廢長改立鄭氏子，因而連番上本奏請速定國本的章疏，如聯珠之箭，惱得萬曆爺斥為瀆擾，受到謫戍廷杖的臣子，接二連三，抵萬曆二十年前後，此一冊立東宮的事件，可以說已達到高潮。所以我據以推想到萬曆二十四年（1596）間出現的《金瓶梅》，極可能是一部有關明神宗朱翊鈞寵愛鄭貴妃有廢長立幼的政治諷喻。要不然，袁中郎讀了這後怎會以枚乘〈七發〉喻之？何況，還有項羽與劉邦的入話，又不能符契於西門慶其人的故事，更足以證明《金瓶梅詞話》是改寫本，它之前的《金瓶梅》應是一部有關政治諷喻的小說。」這是魏子雲先生的一個基本觀點，他認為，明萬曆年間，出現過一個震驚朝野的冊立東宮事件。神宗皇帝寵愛鄭貴妃，有廢長立幼（即立鄭貴妃之子為皇太子）之意。雒于仁曾上〈四箴疏〉，其他大臣亦圍繞這一問題紛紛諫諍，一直鬧了十年之久。《金瓶梅》中寫到「太子立東宮」，第一回類似於話本的入話部分寫了項羽、劉邦寵幸故事，特別是劉邦寵幸戚夫人欲廢嫡立庶的事。因此魏子雲先生斷言，早期的袁中郎時代的《金瓶梅》，極可能是一部諷諫神宗皇帝寵幸鄭貴妃，有廢長立幼的故事，後來迫於政治形勢，才有人把它改寫為西門慶、潘金蓮的故事。[7]這個結論是不能令人信服的。筆者在其他文章中已作了討論，此不贅述。這裏需要討論的是「太子立東宮」問題。

中國的封建皇帝是世襲的，因此不管那一代那一朝的皇帝都有一個確定繼承人，即冊立皇太子的問題。《金瓶梅》明寫的是宋代徽宗朝。徽宗就冊立過皇太子。《宋史・徽宗本紀》載：「（政和五年）二月乙巳，立定王桓為皇太子。甲寅，冊皇太子，赦天下。」黃霖先生說：「宋代徽宗冊立王太子在政和五年，而《金瓶梅詞話》中的這兩段故事（指本回和第八十八回）是編在徽宗重和元年，可見《金瓶梅詞話》中的冊立東宮一事不是由宋代故事搬演而來」[8]。其實這是很難說的。政和五年是 1115 年，重和元年是 1118 年，相差只三年，《金瓶梅》是小說而非史書，當然不必拘泥於史實。其次，從表面上看《金瓶梅》故事的編年「齊齊整整」，「看其三四年間，卻是一日一時推著數去」，其實並非如此，作者「特特錯亂其年譜」。如按照小說的編年，西門慶死之年該是「庚子」，而小說卻云「戊戌」，李瓶兒死應為政和五年，小說卻云七年。張竹坡在〈金瓶梅讀法〉第三十七條中說：「此皆作者故為參差之處」，否則小說就成了「西門計賬簿」。因此，如果用《金瓶梅》中的編年與史料相對照，就可能完全對不上號，這方面的例子可說是比比皆是。此外，我們再從與《金瓶梅》所反映的時代有關的明代嘉靖、隆慶、萬曆三朝來看，亦均有冊立皇太子的事。《明史・世宗本紀》載：「（嘉靖）十八年春二月庚子朔，立皇子載壡為皇太子，……辛丑，詔赦天下。」《明史・穆宗本紀》載：「（隆慶二年）三月辛酉，立皇子翊鈞為皇太子，詔赦天下。」《明史・神宗本紀》載：「（萬曆二十九年）冬十月己卯，立皇長子常洛為皇太子，……詔赦天下。」筆者認為，《金瓶梅》寫的是嘉靖朝的社會生活，那麼是不是小說所寫的「太子立東宮」，即指嘉靖十八年「立

7 魏子雲《金瓶梅的問世與演變》，臺北：臺灣時報文化出版事業有限公司 1981 年。

8 黃霖〈論金瓶梅詞話的政治性〉，《學術月刊》，1985 年第 1 期。

皇子載壑為皇太子」事呢？筆者並不這樣認為。因為從《金瓶梅》故事情節的發展來考察，此時西門慶已死，潘金蓮亦被吳月娘趕出家門。作為《金瓶梅》主體情節的西門慶與潘金蓮的故事，已從高潮而進入尾聲。作者仍需要借武松之手來了結潘金蓮的一生。而此時的武松卻仍在充配途中。如何才能使武松合理合法地回到清河縣以殺潘金蓮？小說寫道：「不想路上聽見太子立東宮，放郊天下赦，武松就遇赦回家。」我覺得這是作者為解決上述難題而想出的最簡便且合理的辦法。因此，筆者認為，小說之所以要寫到「太子立東宮」，只是為了使武松能「遇赦回家」，而別無其他深意，更談不上是對某朝皇帝立東宮事件的諷喻。基於這一認識，筆者認為，小說中所寫的「太子立東宮」，不能成為魏子雲先生所主張的《金瓶梅》時代背景「萬曆說」的佐證，當然亦不能成為筆者所主張的「嘉靖說」的佐證。因此，筆者在論證「嘉靖說」時並沒有使用這一「論據」，其原因就在於此。

征剿梁山泊宋江

小說第九十八回寫道：

> 話說一日周守備、濟南府知府張叔夜領人馬征剿梁山泊賊王宋江，三十六人，萬餘草寇，都受了招安，地方平復。表奏，朝廷大喜，加升張叔夜為都御史、山東安撫大使，升守備周秀為濟南兵馬制置，管理分巡河道，提察盜賊。

這一段情節有其史料依據。《宋史・徽宗本紀》云：

> 淮南盜宋江等犯淮陽軍，遣將討捕，又犯京東、江北，入楚海州界，命知州張叔夜招降之。

《宋史・張叔夜傳》載：

> 宋江起河朔，轉略十郡，軍軍莫敢嬰其鋒。聲言將至，叔夜使間者覘所向。賊徑趨海瀕，劫鉅舟十餘，載擄獲。於是募死士，得千人，設伏近城，而出輕兵距海，誘之戰。先匿壯卒海旁，伺兵合，舉火焚其舟。賊聞之，皆無鬥志。伏兵乘之，擒其副賊，江乃降。

但《金瓶梅》所寫又不盡符合史料。例如，在征討宋江前，小說寫張叔夜為「濟南府知府」；平宋江後加升為「都御史、山東安撫大使」，則與史實不符。據《宋史・張叔夜傳》載，在討宋前為禮部侍郎，「以徽猷閣待制再知海州」；討宋後「加直學士，徙濟南府」。又《金瓶梅》稱宋江為「梁山泊賊王」。據史料所記，宋江起義乃「起河朔，轉略十郡」，「淮南盜宋江等犯淮陽軍，……又犯東京、江北，入楚海州」。這些記載均與梁山泊無關。《金瓶梅》稱「梁山泊……宋江」，顯然是受了《水滸傳》的影響。《金瓶梅》這一段情節乃是虛實參半。

陳東參劾蔡京

小說第九十八回，寫陳經濟在臨清遇到西門慶舊時夥計韓道國：

> 不一時，韓道國走來作揖，已是摻白鬚鬢，因說起：「朝中蔡太師、童太尉、李右相、朱太尉、高太尉、李太監六人，都被太學國子生陳東上本參劾，後被科道交章彈奏倒了，聖旨下來，拿送三法司問罪，參煙瘴地面永遠充軍。太師兒子禮部尚書蔡攸處斬，家產抄沒入官。」

此段文字有其史料依據。《宋史記事本末》卷五十五〈群奸之竄〉篇載：

> 徽宗宣和七年（1125）十二月，上以金兵迫，禪位於太子桓。時天下皆知蔡京等誤國，而用事者多受其薦引，莫肯為帝明言之，於是太學生陳東率諸生上書曰：「今日之事，蔡京壞亂於前，梁師成陰賊於內，李彥結怨於西北，朱勔聚怨於東南，王黼、童貫又從而構釁於二虜，創開邊隙，使天下之勢危如絲髮。此六賊者，異名同罪，願陛下肆諸市朝，傳首四方以謝天下。」

《金瓶梅》所寫之六賊與史實相同有四人：蔡京、童貫、朱勔、李彥（《金瓶梅》稱李太監者）。與史實不同者有兩人：《金瓶梅》稱李右相（當是李邦彥）、高太尉（似是高俅），而史實乃為梁師成、王黼。《金瓶梅》為什麼有此之誤？不明。

據史書記載，王黼被貶後「於雍丘南，藏之己家，取其首以獻」，李彥「賜死，並籍其家」；朱勔「放歸田里」後「籍其家」，「伏誅」；梁師成被貶，「行及八角鎮，賜死」。蔡京被貶，「竄遠地」，「死於譚州」；童貫被誅；蔡攸伏誅。而被《金瓶梅》誤為六賊之一的李邦彥（李右相），靖康年間被罷相，但未被問罪、充軍；高俅（高太尉）更無有問罪之事，他是在靖康初病死的。這史實上的錯誤，至少說明《金瓶梅》作者在撰寫這一段文字時，並未認真地去查檢史料。

陳東（1086-1127）字少陽，宋潤州丹陽人。徽宗時入太學。欽宗即位後，率太學生伏闕上書，請誅六賊，以謝天下。後又上書請罷李邦彥。宋高宗時被殺。《金瓶梅》將李邦彥誤為六賊之一，可能是將陳東的兩次上書誤為一談所致。

欽宗帝登基改元

《金瓶梅》第九十九回，寫到欽宗帝登基改元：

不料東京朝中徽宗天子，見大金人馬犯邊，搶至腹內地方，聲息十分緊急。天子慌了，與大臣計議，宗官北國講和，情意每年輸納歲幣金銀彩帛數百萬。一面傳位與太子登基，改宣和七年為靖康元年，宣寡（帝）號為欽宗。皇帝在位，徽宗自稱太上道君皇帝，退居龍德宮。朝中升了李綱為兵部尚書，分部諸路人馬；種師道為大將，總督內外宣（軍）務。

據《宋史紀事本末》卷五十六〈金人入寇〉篇載：

徽宗宣和七年（1125）冬十月，金將粘沒喝、斡離不分道入寇。

十二月乙巳，童貫自太原逃歸。金粘沒喝陷朔、代州，遂圍太原。……己酉，金斡離不入檀、薊州。……丙辰，金兵犯中山府。……己未，詔天下勤王。

辛酉，宰臣奏事，帝留李邦彥，語敏、綱所言，書「付位東宮」四字以付蔡攸。因下詔禪位於太子桓，自稱曰道君皇帝，……退居龍德宮。……遣給事中李鄴使金，告內禪，且請修好。……甲子，金將斡離不陷信德府。粘沒喝圍太原。詔京東、淮西、兩浙募兵入衛。

欽宗靖康元年（1126）春正月……，戊辰，金斡離不陷相、濬二州。

己巳，何灌奔還。帝聞金將斡離不渡河，即下親征詔。……以李綱為親征行營使，吳敏副之，聶山參謀軍事。

李綱（1083-1140），字伯紀，宋邵武人。政和進士，宣和七年為太常少卿。欽宗即位，除兵部侍郎。欽宗親征，李綱以尚書右丞為親征行營使。《宋史》卷三百五十八、三百五十九有傳。

種師道（1051-1126），字彝叔，宋洛陽人。宣和年間，因力諫聯金伐遼而致仕。金兵南侵，起為京畿、河北制置使，馳援汴京。後拜檢校少傅、同知樞密院、京畿兩河宣撫使，「諸道兵悉隸焉」。《宋史》卷三百三十五有傳。

《金瓶梅》所寫與史實基本相符。

抗金之役

《金瓶梅》第一百回寫道：

一日，不想北國大金皇帝滅了遼國，又見東京欽宗皇帝登基，集大勢番兵，分兩路寇亂中原：大元帥粘沒喝領十萬人馬，出山西太原府並陞道，來搶東京；副元帥斡離不由檀州來搶高陽關。邊兵抵擋不住，慌了兵部尚書李綱，大將種師道，星夜火牌羽書，分調山東、山西、河南、河北、關東、陝西，分六路統制人馬，各依要地，防守截殺。那時陝西劉延慶，領延綏之兵；關東王稟領汾絳之兵；河北王煥領魏博之兵；河南辛興宗領彰衙之兵；山西楊惟忠領澤潞之兵；山東周義（秀）領青兗之兵。

據《宋史》所截，金滅遼，事在宣和七年（1125）八月。金兵大舉南侵事在同年冬十月。欽宗登基在此年十二月。據《宋史紀事本末》卷五十六〈金人入寇〉篇載：

（金）既獲遼主，即決意南侵。以諳班勃極烈斜也領都元帥，居京師；粘沒喝為左副元帥。……自雲中趨太原；……斡離不……自平州入燕山。

靖康元年（1126）八月，「金粘沒喝、斡離不復分道入寇。……以粘沒喝為左副元帥，斡離不為右副元帥」。九月丙寅，金人陷太原。冬十月丁酉，種師道與金斡離不戰於井陘，敗績。斡離不遂入天威軍，犯真定。十一月，粘沒喝自太原趨汴，所至破降。金軍先頭部隊到達東京。閏十一月初，金軍攻城，不日城破，宋朝危在旦夕。

《金瓶梅》所提到的宋軍將領亦大多史有其人。劉延慶，保安軍人，鎮海軍節度使，「靖康之難，延慶分部守京城，城陷，引秦兵萬人奪開遠門以出，至龜兒寺，為追騎所殺」，事見《宋史》卷三百五十七〈劉延慶傳〉。王稟，步軍都虞侯，見《續資治通鑒》卷九十四。王渙，統制，見《皇宋十朝綱要》卷十八。辛興宗，忠州防御使，宣和三年四月「庚寅，忠州防御使辛興宗擒方臘於青溪」（《宋史》卷二十二〈徽宗本紀〉）。此外，楊惟忠與周秀在《宣和遺事》中有其名字。[9]

北宋之亡

《金瓶梅》第一百回寫道：

一日，不想大金人馬搶了東京汴梁，太上皇帝與靖康皇帝都被虜上北地去了。果然大金國立了張邦昌在東京稱帝，置文武百官，徽宗、欽宗兩君北去；康王泥馬渡江，在建康即位，是為高宗皇帝。

9　陳詔〈金瓶梅人物考〉，《學術月刊》，1987 年 3 期。

據《宋史紀事本末》卷五十六〈金人入寇〉篇載：

> （靖康元年）潤（十一）月癸丑，粘沒喝軍至城下（東京）。乙未，金人入青城，攻朝陽門；壬子，金人攻通津、宣化門；丙辰，金兵登城，兵皆披靡，四壁兵皆潰，……京城遂陷。

徽宗、欽宗二帝北狩事在靖康二年（1127）四月。據《宋史紀事本末》卷五十七〈二帝北狩〉篇載：

> 夏四月庚申朔，金人以二帝及太妃、太子、宗戚三千人北去。……百官遙辭二帝於南熏門，眾痛哭，有僕絕者。……金人以太上皇及帝以素服見阿骨打廟，遂見金主於乾元殿。……未幾，徙之韓州。

金人立張邦昌在東京稱帝，事在靖康二年（1127）三月。據《宋史紀事本末》卷五十八〈張邦昌僭逆〉篇載：

> （三月）丁酉，金人奉冊寶至，遂立邦昌為帝，國號大楚。邦昌北向拜舞，受冊即位。

張邦昌（1081-1127），字子能，宋永靜軍東光人。欽宗時為少宰、太宰兼門下仕郎。

高宗即位事在靖康二年五月。據《宋史紀事本末》卷五十九〈高宗嗣統〉篇載：

> （康）王至應天，命築壇於府門之左，期以五月庚寅朔即位。改靖康二年為建炎元年。
>
> 高宗建炎元年（1127）五月庚寅朔，帝登壇受命畢，慟哭，遙謝二帝，遂即位於應天府治。

宋高宗趙構（1107-1187），徽宗第九子。宣和三年（1121）封康王。金兵南下取東京時，欽宗任命趙構為河北兵馬大元帥，宗澤為副帥，起兵勤王。後徽、欽二帝被虜北去，宗澤計畫搶渡黃河，斷金人歸路截回二帝，未遂，便上書趙構，勸其即位稱帝。時張邦昌稱帝後不得人心，張接受呂好問等勸亦就擁立趙構。趙構即位後，封張為太保、奉國軍節度使、同安郡王。後以其僭立時穢亂宮廷，賜死。

《金瓶梅》所寫，基本上符合史實。

《金瓶梅》抄引《水滸傳》考探

《金瓶梅》與《水滸傳》有著內在的因承關係。《金瓶梅》在多大範圍內、多大程度上，又是採用何種方式抄引《水滸傳》的文字，這是研究《金瓶梅》成書問題的一個重要方面。本文首先將《金瓶梅》抄引《水滸傳》的文字大體拈出，以備考稽。即使從資料的角度來講，為《金瓶梅》的研究者提供一份較為完備的資料，也是一件十分有意義的工作。

《金瓶梅》與《水滸傳》重疊部分的比較研究

明代嘉靖年間，《水滸傳》已有多種刻本傳世。《金瓶梅》成書在隆慶朝前後，它用以抄引的《水滸傳》當是嘉靖年間流行的郭勳刻本。可惜的是現存的郭勳本僅殘存一卷（第十一卷，即第五十一回至五十五回），因此無法與《金瓶梅》比較。現存最早的《水滸傳》全本，是萬曆十七年天都外臣序刻的《忠義水滸傳》（一百回）。此刻本出現在《金瓶梅》成書之後，故拿它與《金瓶梅》比勘，似不合適。但沈德符在《野獲編》中指出：「武定侯郭勳，在世宗朝號好文多藝能計數。今新安所刻《水滸傳》善本，即其家所傳。前有汪太涵序，托名『天都外臣者』。」可見天都外臣序刻本《忠義水滸傳》的祖本就是郭勳刻本。天都外臣在序文中又說：「近有好事者，憾致語不能復收，乃求本傳（《水滸傳》）善本校之，一從其舊，而以付梓。」可見天都外臣序刻本不僅以郭勳本為祖本，而且「一從其舊」，並沒有任意改動。這個問題已為鄭振鐸先生的考證所證實。鄭先生在〈水滸全傳序〉中指出：「經我們拿它（指天都外臣本）來與郭勳本殘卷對照，證明它是郭勳本的一個很忠實的復刻本。」可見筆者還是可以拿它來與《金瓶梅》作比較研究的。

《忠義水滸傳》第二十三回至二十七回的大部分文字，被《金瓶梅》作者分別抄錄在該書第一回至第六回，第九回至第十回，第八十七回之中，這就形成了《金瓶梅》與《水滸傳》的重疊部分。而所重疊者即為武松打虎、武松殺嫂的故事。這個故事對《水滸傳》來說，只是眾多故事中的一個故事，在全書情節發展中的地位，可以說並不十分重要，而對《金瓶梅》來說，則是一條情節發展的主線。《金瓶梅》正是借用《水滸傳》中的這個故事，演衍而成為獨立的一部巨著。將《金瓶梅》與《水滸傳》的重疊部分加以比較研究，無疑對我們進一步瞭解《金瓶梅》的成書過程、作者，及作者的思想傾向、藝術才能等問題，是很有意義的。下面我們就幾個主要問題試作比較。

一、關於武松打虎的故事。

《水滸傳》第二十三回，幾乎以整回的篇幅，詳盡、細膩、生動地描寫了武松打虎的故事，而在《金瓶梅》中則作了大段的刪節，以極少的篇幅作了概括性的描述。

1.《水滸傳》寫武松投奔滄州橫海郡柴大官人處躲災避難，得遇宋江結拜兄弟。後因武松思念在清河的兄長武大而拜別柴進、宋江。《水滸傳》不僅對武松投奔柴進的情況，結識宋江的情況，而且對宋江如何與武松灑淚作別等等均作了較為詳細的描寫。而《金瓶梅》則以數言輕輕敘過，並刪去了結識宋江的情節。

2.《水滸傳》對武松上景陽崗打虎前作了大段的鋪墊和渲染。例如，武松如何藐視「三碗不過崗」的警告，偏飲十五大碗好酒，如何不聽酒家「結夥成隊」而上崗的勸說，都作了具體生動的描寫，這對塑造武松的性格特徵及對打虎情節的鋪墊是很重要的。而《金瓶梅》更以一筆了之。

3.《金瓶梅》變更了武松的籍貫和打虎的地點。《水滸傳》稱武松是「清河縣人氏」。他從滄州出發南下到清河縣尋找其兄，而途經陽穀縣，在景陽崗上發生了打虎的故事。陽穀縣在清河縣以南近百公里處。武松從滄州南下可徑達清河，如何可能會有先達陽穀之理，這是《水滸傳》的一個明顯的欠妥之處。《金瓶梅》作者糾正了這一失當之處，將武松打虎地點改在清河縣。而且將《金瓶梅》中西門慶和潘金蓮的故事整個搬到了清河縣，而非《水滸傳》所寫的陽穀縣。這一改動，不僅使故事發展明朗輕捷，去掉了不必要的頭緒，而且另有深意。《水滸傳》所寫的西門慶，不過是「破落戶財主」，一唯勾引女色的「奸詐小人」。而在《金瓶梅》中則是個貫穿全書的主要人物。為了達到貶斥朝政，揭露中上層封建統治者的罪惡的目的，《金瓶梅》就必須將原為奸詐小人的西門慶，發跡變態成為能夠結交當朝宰相的千戶、提刑這樣的官員。而且與他日常交往的還有守備、提刑、團練等官員。因此將西門慶的故事安排在陽穀這樣一個小縣城中，顯然是不適合了。因為陽穀不可能有守備、提刑。而清河在宋代已有清河郡的建置。郡的地位相當於州府，這就為西門慶創造了一個合理的，有利於廣泛開展結交權貴的活動場景。

4.武松打虎一段情節，《金瓶梅》照抄了《水滸傳》的文字，只是在個別字句上略有改易。而武松打死老虎後，如何使眾獵戶大為驚奇，又如何受知縣封賞，做了都頭等情節描寫，《金瓶梅》又作了大段的刪節。

以上所述就是關於武松打虎的故事，在兩書處理中的異同的大體情況。眾所周知，水滸故事在民間有個廣泛的流傳時期，是民間藝人講述、演唱的重要內容。在《水滸傳》成書以前就有以此為題材的話本、戲劇存世。《水滸傳》正是在廣泛流傳的民間故事、話本、戲劇演出的基礎上，由文人進行綜合性的再創作而成書的。因此在《水滸傳》中有大段拼接聯綴的痕跡。「武十回」所寫的武松的故事，就具有相對的獨立性。而在「武十回」中，武松打虎，是武松亮相以後的第一個壯舉，於武松形象的塑造具有重大的意義。因此藝人們在講唱之中，對此進行大事渲染，其來龍去脈詳加交待，故事的核心部分講得十分細密，都是可以理解的，這正反映了講唱文學的重要特點。而《金瓶梅》則是文人創作的第一部長篇小說。它在利用這個故事時，當然不可能完全擺脫講唱文學的痕跡。但從其刪削改動之中，已可見出文人創作的特徵。《金瓶梅》借用了武松殺嫂的故事，但其創作的宗旨又不在描寫這個故事的本身，而是借這個故事，展示西門慶一家的盛衰和當時社會的種種人情世態。因此武松這個人物，在《金瓶梅》中的出現是必要的，但又不是十分重要的。他在《金瓶梅》中只起到使整個故事得以展開的引線的作用。所以《金瓶梅》的作者只保留了武松這個人物及其打虎這個核心情節，而將《水滸傳》中著意鋪排、渲染性的文字，儘管對武松這個形象的塑造來說，是十分重要的傳奇性的情節，也一概刪卻，從而使《金瓶梅》本身的故事，得以迅速地展開。這不能不說是該書作者全局在胸，謀篇結構中別具匠心之所在。於此亦可證明，《金瓶梅》絕不如有些研究者所說的，仍然如《水滸傳》那樣是藝人集體創作的產物。

二、關於潘金蓮的形象。

在兩書的重疊部分，《金瓶梅》作者對潘金蓮的形象作了不少再創造的工作。

1. 改變了潘金蓮的身世。《水滸傳》中的潘金蓮，是個大戶人家的使女，「頗有些顏色。因為那個大戶要纏他，這使女只是去告主人婆，意下不肯依從。那個大戶以此記恨在心，卻倒賠些房奩，不要武大一文錢，白白地嫁與他。」《金瓶梅》增寫了不少文字，說她出身貧寒，「因度日不過，從九歲賣在王招宣府裏，習學彈唱」。王招宣死後被轉賣與張大戶家。這張大戶有萬貫家財，年約六旬以上，身邊寸男尺女皆無，便托媒買得潘金蓮。張大戶每要收用她，因主家婆利害，不得手。後暗中收用，張大戶「不覺身上添了四五件病症」，「第一腰便添疼，第二眼便添淚，第三耳便添聾，第四鼻便添涕，第五尿便添滴」。嗣後被主家婆發覺，「攘罵了數日」，大戶便賭氣倒賠房奩，將其嫁與武大。《金瓶梅》的這些文字是從話本小說〈志誠張主管〉中抄來的，只是將原作中的員外張士廉改成張大戶，「王招宣府裏出來的小夫人」改成潘金蓮。

2. 提高了潘金蓮的文化素養。《水滸傳》中的潘金蓮只是個做得一手好針線的使女，王婆在西門慶面前說她「諸子百家皆通」，不過是媒婆的虛誇之詞，實際上是連「曆日」亦看不懂的人物。《金瓶梅》則增寫了不少文字，使其成為一個有一定文化素養的女子。

她在王招宣府裏「習學彈唱」，「本性機變伶俐，不過十五，就會描鸞刺繡，品竹彈絲，又會一手琵琶」。潘金蓮嫁與武大後，哀歎自己的命苦，就彈了個〈山坡羊〉，自比鸞鳳、靈芝、「奴是塊金磚怎比泥土基」。第三回，王婆向西門慶介紹潘氏道：「這個雌兒來歷，雖然微末出身，卻倒百伶百俐，會一手好彈唱，針指女工，百家奇曲，雙陸象棋，無般不知。」在王婆借曆日時又道：「娘子休推老身不知，你詩詞百家曲兒內字樣，你不知會了多少，如何交人看曆日？」婦人微笑道：「奴家自幼失學」，但還是接過曆日，看了一回。

3. 豐富了人物形象的內涵。《水滸傳》中的潘金蓮只是個淫婦的形象，除此之外似沒有其他的性格特徵。而《金瓶梅》賦予了潘金蓮形象以更深層的東西。第一回增寫了她在王招宣府裏，「就會描眉畫眼，傅粉施朱，梳一個纏髻兒，著一件扣身衫子，做張做勢，喬模喬樣」，及長於刺繡、絲竹等等，這就為潘金蓮日後的墮落及其性格的發展提供了內在的根據。《金瓶梅》增寫了一段潘金蓮彈唱〈山坡羊〉的情節，哀歎「想當初，姻緣錯配奴，把他當男兒漢看覷。不是奴自己誇獎……」，自比為鸞鳳、靈芝、金磚，「隨他怎樣到底奴心不美」。這一面表現潘金蓮對自身價值的肯定，另一面又表現了她對「姻緣錯配」的不滿，朦朧地透露出她追求婚姻「相配」的要求。她一面不滿於「姻緣錯配」而沾風惹草，勾引浮浪子弟，一面又要求武大「湊幾兩銀子，看相應的典上他兩間住，卻也氣概些，免受人欺負」，表現了她性格中的矛盾性。

顯然在兩書的重疊部分，《金瓶梅》中的潘金蓮形象比之《水滸傳》中的潘金蓮形象尤見豐滿，性格亦較為複雜。如果再進一步考察，我們可以發現，潘金蓮在小說中的地位亦發生了變化。《水滸傳》中的潘金蓮完全是個陪襯性的人物，她從屬於武松，是為了描寫武松的正直、剛烈而設置的對立面，因此她的性格到底要展開到什麼程度，完全受武松形象的塑造所制約和規定。從水滸故事的發展進程來看，這裏確實只需要出現一個淫婦的角色，因此《水滸傳》的作者只僅僅賦予潘金蓮以淫婦的性格特徵，是無可非議的。但在《金瓶梅》中則情況大為不同。潘金蓮已從陪襯性人物轉化為主要人物，武松卻從主要人物轉化為陪襯性的人物。可以說，在該書中武松是從屬於潘金蓮的，是為描寫潘金蓮的放蕩、卑劣而設置的對立面。這就是《金瓶梅》的作者要增寫許多文字來刻畫潘金蓮，同時又刪去了《水滸傳》中不少描寫武松的文字的重要原因。此外，我們還必須從《金瓶梅》對潘金蓮的整體形象塑造來考察兩書重疊部分的改動問題。如果《金瓶梅》作者只是照搬《水滸傳》中的潘金蓮形象，顯然無論在其形象的廣度還是深度上，都是不能令人滿意的，他必須作再創造。在《金瓶梅》中，潘金蓮不僅是個貫穿全書的中心人物，而且她要長期生活在作為惡霸、官僚、富商三位一體的西門慶家中，在各種各樣的矛盾鬥爭中扮演多種角色，表現出業已腐朽了的封建社會中的各種各樣的社會矛盾。顯然如果作者仍像《水滸傳》那樣，只賦予她單純的一個淫婦的性格特徵，是不能奏效的。事實也正是如此。《金瓶梅》作者賦予潘金蓮的性格特徵是複雜的、多側面的，就像得以產生她的那個社會一樣的複雜。她是個少女，與許多少女一樣，具有美貌、聰明、能幹、潑辣的性格特徵。她又是個被黑暗的社會所糟蹋、所損害的少女。她不滿於任人欺凌的奴隸的地位而努力抗爭。然而她的命運是無法改變的，她的抗爭必然以失敗告終。社會的種種黑暗和腐朽，又塑造了她的性格的另一個方面：自私、嫉妒、瘋狂的占有欲；刻薄、狠毒、不擇手段的復仇心理；放蕩、淫縱，無可挽救的墮落。……這就是《金瓶梅》中的潘金蓮、腐朽的社會所造成的「這一個」。「這一個」潘金蓮顯然是從《水滸傳》中的潘金蓮發展起來的，同時又有重大的區別。為了使這一個潘金蓮的性格特徵有一個合理的、令人信服的發展過程，因此在《金瓶梅》故事的開頭部分，亦即兩書的重疊部分，就必須對原來的潘金蓮形象作必要的改造，例如改變她的身世，提高她的文化素養，使她的種種性格特徵在這開頭部分就顯露其端倪，等等。這就是《金瓶梅》作者的良苦用心。

《金瓶梅》還增寫了描寫潘金蓮外貌的幾段文字。第二回用西門慶的眼光寫潘金蓮，寫了她的鬢兒、眉兒、眼兒、口兒，一直寫到臍肚兒、胸兒、腿兒等等。這一大段文字完全是陳詞濫調，於人物形象毫無增益，且是從《水滸傳》第四十四回寫石秀所見的潘巧雲的外貌描寫文字移植來的。緊接在這段文字下面，《金瓶梅》作者還增寫了一大段對潘金蓮的穿著打扮的描寫文字。第三、第四回還不斷寫到潘金蓮的外貌，仍然是些毫無意趣的文字。筆者認為，從整體上講《金瓶梅》具有極高的藝術水準，而某些部分則水準極低。《金瓶梅》就是這樣一個矛盾的統一體，筆者推測《金瓶梅》有一個整體的藝術設計和構想，而具體執筆者並非一人，於此即可窺見其消息。

《金瓶梅》還改動了潘金蓮的年齡。《水滸傳》第二十四回：

> 婦人又問道：「叔叔青春多少？」武松道：「虛度二十五歲。」那婦人道：「長奴三歲。」

可見潘金蓮是 22 歲。而《金瓶梅》第一回照抄這段文字時，將武松改為 28 歲。潘金蓮則成了 25 歲。第三回，潘金蓮對西門慶說：「奴家虛度 25 歲，屬龍的，正月初九日丑時生。」而在這段文字處，《水滸傳》則寫潘氏為 23 歲。《金瓶梅》的這一細小改動，其意何在？尚待研究。在兩書的重疊部分，《金瓶梅》還增寫了一個人物迎兒，說是武大與前妻所生之女。她生活在潘金蓮身邊，作者經常寫到她。第五回寫到武大對鄆哥說：「兄弟，我實不瞞你說，我這婆娘（指潘），每日去王婆家裏做衣服，做鞋腳，歸來便臉紅。我先妻丟下個女孩兒，要便朝打暮罵，不與飯吃。……」同回寫武大病重，「小女迎兒，又吃婦人禁住，不得向前，嚇道：『小賤人！你不對我說，與了他水吃，都在你身上。』那迎兒見婦人這等說，又怎敢與武大一點湯水吃。」於此可見，《金瓶梅》增寫迎兒，意在表現潘金蓮的狠毒。其實這是畫蛇添足，文字上反添累贅。潘金蓮之狠毒於藥鴆武大等描寫中已表現得淋漓盡致，何必還要旁添一迎兒反襯之。

三、關於西門慶的形象。

《金瓶梅》作者於西門慶形象亦多有改易。首先增寫了他的身世。《水滸傳》第二十四回交待了西門慶的身世：

> 再說那人姓甚名誰？那裏居住？原來只是陽穀縣一個破落戶財主，就縣前開著個生藥鋪。從小也是一個奸詐的人，使得些好拳棒。近來暴發跡，專在縣裏管些公事，與人放刁把濫，說事過錢，排陷官吏。因此滿縣人都饒讓他些個。……

《金瓶梅》第二回，在照抄這段文字時，作了些改動。例如，將「陽穀縣」改為「清河縣」，將「奸詐的人」改為「好浮浪子弟」，將「排陷官吏」改為「交通官吏」，將「滿縣人都饒讓他」改為「滿縣人都懼怕他」。在「使得些好拳棒」句下，又增出「又會賭博，雙陸象棋，抹牌道字，無不通曉」等文字。原來《水滸傳》中的西門慶與潘金蓮一樣是個陪襯性的人物，作者只突出了他作為地痞、流氓一類人物的性格特徵。而在《金瓶梅》中，西門慶是個中心人物，作者已將其塑造成為一個惡霸、富商、官僚三位一體的典型形象。這一形象的典型性與社會意義，較《水滸傳》有了較大的發展。正是基於這個原因，所以《金瓶梅》的作者必須在照抄《水滸傳》原文時，作如上的改動。

將「排陷官吏」改為「交通官吏」，這是《金瓶梅》對西門慶形象塑造上的一個重大發展。《水滸傳》中的西門慶有沒有「交通官吏」的問題呢？也有。第二十六回寫武松為武大被西門慶所害而告官，「原來縣吏都是與西門慶有首尾的」，「當日西門慶得知，卻使心腹人來縣裏，許官吏銀兩」，「誰想這官人貪圖賄賂」，因此武松告狀不准。《水滸傳》的這些敘述極為簡單。雖然我們於此也能看到西門慶有「交通官吏」的問題，但畢竟沒有能構成西門慶性格特徵的一個重要方面。應該說，這並不是《水滸傳》的缺陷，因為《水滸傳》的創作宗旨和故事情節發展規定了西門慶這一人物，只需要具有地痞、流氓這種性格特徵。而《金瓶梅》則不同。揭露當時封建集團內部的種種腐敗現象，如互相勾結，狼狽為奸，賣官鬻爵，賣官鬻獄，賄賂公行等等，是《金瓶梅》創作宗旨中的一個極其重要的方面。正是由這一創作宗旨所規定，《金瓶梅》的作者必須賦予其主人翁西門慶以善於「交通官吏」這一重要的性格特徵。這就形成了《水滸傳》中的西門慶形象與《金瓶梅》中的西門慶形象的重大差異。為了使兩個西門慶統一起來。使他的性格發展符合內在的邏輯性，所以《金瓶梅》作者又必須在兩書的重疊部分，對西門慶形象加以必要的改造。如前所述，《水滸傳》第二十六回寫武松告官不准的原因是：「原來縣吏都是與西門慶有首尾的。」《金瓶梅》第九回將這句話改成：「原來知縣、縣丞、主簿、吏典，上下多（都）是與西門慶有首尾的。」不僅如此，《金瓶梅》還增出如下文字：「西門慶慌了，卻使心腹家人來保、來旺，身邊袖著銀兩，打點官吏。都買囑了。」為了達到重判武松的目的，西門慶又「饋送了知縣一副金銀酒器，五十兩雪花銀；上下吏典也使了許多錢。」從以上增出的文字不難看出，在兩書的重疊部分，《金瓶梅》的作者已開始著意塑造一個善於「交通官吏」的西門慶形象。在第三回西門慶與王婆的對話中，《金瓶梅》又特意添加了一些文字：

> （王婆）因問：「大官人，怎的連日不過貧家吃茶？」西門慶道：「便是連日家中小女有人家定了，不得閑來。」婆子道：「大姐有誰家定了？怎的不請老身去說媒？」西門慶道：「被東京八十萬禁軍楊提督親家陳宅，合成帖兒。」

這些增出的文字，看似閑筆，並無深意。但聯繫後文，我們才明白，這是為後來西門慶結交楊提督、蔡京等高官所設下的伏筆。

《金瓶梅》不僅發展了西門慶的性格特徵，同時還增敘了西門慶的家世。第二回指出：

> 他父母雙亡，兄弟俱無，先頭渾家是早逝，身邊止有一女。新近又娶了清河左衛吳千戶之女，填房為繼室。房中也有四五個丫鬟婦女。又常與勾欄裏的李嬌兒打熱，今也娶在家裏。南街子又占著窠子卓二姐，名卓丟兒，包了些時，也娶來家居住。專一飄風戲月，調占良人婦女，娶到家中，稍不中意，就令媒人賣了，一個月倒在媒人家去二十餘遍。人多不敢惹他。

第三回，通過王婆與西門慶的對話，又陸續增寫了西門家世情況。例如，西門慶說：「小人先妻陳氏，雖是微末出身，卻倒百伶百俐，是件都替的小人。如今不幸他沒了，已過三年來也。繼娶這個賤累，又常有疾病，不管事（指吳月娘）。家裏的勾當都七顛八倒。為何小人只是走了出來？在家裏時，便要嘔氣。」又說：「卓丟兒我也娶在家，做了第三房。近來得了個細疾，百不得好。」

《金瓶梅》的故事，是以西門慶一家的生活為著眼點而展開的。後文大量寫到西門慶一妻五妾之間為爭寵而展開的種種醜劇；寫到作為家庭主婦的吳月娘的性格、為人及其與西門慶的矛盾，在妻妾爭鬥中的地位；寫到西門慶一生的放蕩行為。顯然，作者在兩書重疊部分所增寫的文字，為後面這些情節的展開作了必要的鋪墊，使人物性格的發展不顯得突兀。

此外，如寫潘金蓮一樣，《金瓶梅》也為西門慶增加了一段外貌描寫。第二回，西門慶出場時，通過潘金蓮的觀察寫道：

> （潘金蓮）把眼看那人，也有二十五六年紀，生的十分博浪。頭上戴著纓子帽兒，金玲瓏簪兒，……

以下是形容「圍兒」「羅褶兒」「鞋兒」，「襪兒」「護膝兒」「灑金川扇兒」，還總寫一句為「張生般龐兒，潘安的貌兒」。這些文字與寫潘金蓮的文字如同一轍，屬古代小說中常見的俗套，並無多少藝術價值可言。

四、關於部分情節的改動。

在兩書的重疊部分，《金瓶梅》改動的情節主要有兩處：西門慶誤殺李外傳；何九藏骨殖。

《水滸傳》第二十六回，寫武松從東京出差回來，見其兄武大已為西門慶、潘金蓮所害，立誓報仇，在家殺了潘金蓮後，又在獅子橋下酒樓鬥殺了西門慶。《金瓶梅》則於此情節作了重大改動。第九回寫武松立誓報仇，但其時潘金蓮已被西門慶娶回家中，武松就去獅子街大酒樓殺西門慶。西門慶倉猝逃脫，武松就打死了為西門慶報信的李外傳，後被充配孟州道。《金瓶梅》作者的用意是很明顯的。《水滸傳》寫武松殺嫂、鬥殺西門慶，是武松故事的第一個高潮，是完全為塑造武松的形象服務的。從此潘金蓮、西門慶的故事亦就了結。但《金瓶梅》主要是寫潘金蓮與西門慶的故事，武松的故事只是這個故事的引線。《金瓶梅》正是在情節發展上作了這樣巧妙的處理後，才使自己的獨立的故事，得以發展和展開，才得以形成一部完全區別於《水滸傳》的巨著。

關於何九情節的處理。《水滸傳》第二十五回至二十六回，寫潘金蓮藥鴆武大後，西門慶賄賂何九，在武大入殮時為其遮掩。何九一面懼怕西門慶，一面又懼怕武松，故遵其妻囑，在武大火化後藏其骨殖，以後成了武松告官的重大證據。《金瓶梅》保留了西門慶賄賂何九而刪去了何九偷藏骨殖的情節。以後武松告官，只說「何九朦朧入殮，燒毀屍傷」，「何九知情在逃，不知去向」。何九的情節在《水滸傳》中寫得入情入理，很有故事性。《金瓶梅》基本上刪去了這些情節，似乎減少了故事的生動性。但《金瓶梅》作者全局在胸，他不必要在這段作為全書引線的故事中保留許多枝葉，從而使故事發展十分簡捷，以便很快了結此事，而進入自己獨立的故事。

在武松殺嫂情節處理上，《金瓶梅》亦有異於《水滸傳》。《金瓶梅》第八十七回將武松殺嫂安排在遇赦以後。其時西門慶已死，潘金蓮被吳月娘逐出，在王婆家待嫁。《金瓶梅》寫武松佯裝要娶潘金蓮，以一百兩銀子買得歸家，從而在祭奠武大亡靈時殺之報仇，與《水滸傳》第二十六回的情節角度重疊。從《金瓶梅》的故事情節來看，這樣的處理方法是基本合理的，但於武松與潘金蓮的性格發展來看，又不盡妥。

先看武松。《金瓶梅》寫武松為騙娶金蓮而到王婆家。武松對王婆道：「一向多累媽媽看家，改日相謝。」王婆說他：「在外邊又學得這般知禮。」武松說明要娶金蓮的原因是：「如今迎兒大了，娶得嫂子家去，看管迎兒，早晚招個女婿，一家一計過日子，庶不教人笑話。」武松是個烈漢，首先他不可能如此作為。其次這些言辭與武松的性格亦不相符合。應該說《金瓶梅》的這種處理方法是有違於武松性格發展的邏輯的。

再看潘金蓮。《金瓶梅》寫道：

> 那婦人便簾內聽見武松言語，要娶他看管迎兒；又見武松在外，出落得長大，身材胖了，比昔時又會說話兒，舊心不改，心下暗道：「這段姻緣，還落在他家手裏。」就等不得王婆叫，他自己出來，向武松道了萬福，說道：「既是叔叔還要奴家去看管迎兒，招女婿成家，可知好哩。」

須知，這段情節出現在《金瓶梅》全書的尾末，此時的潘金蓮已經過了許多爭鬥的風浪，其聰慧、世故、疑忌、陰險的性格特徵，已有了長足的發展。她如何能不想到武松的復仇，而顯得如此幼稚和天真。書中寫到：

> 月娘聽了，暗中跌腳，常言仇人見仇人，分外眼睛明，與孟玉樓說：「往後死在他小叔子手裏罷了。那漢子殺人不斬眼，豈肯干休！」

比潘金蓮愚厚得多的吳月娘，且能看到這件事的利害關係，而潘金蓮反無絲毫覺察。老謀深算，鑽刁異常的王婆又豈能為武松的拙計所騙。應該說，《金瓶梅》這個情節處理違背了多個人物的性格發展，於情於理都是有損無益的。此外，《水滸傳》所塑造的武松，是個英雄形象，性格十分豐滿、鮮明。《金瓶梅》大段刪節描寫武松的情節，是從故事發展的全局來考慮的。但另一方面則使武松的形象受到了不必要的損害。例如《金瓶梅》第八十七回對武松殺嫂的情節處理，它使我們看到的武松只是一個凶殘的復仇者，而《水滸傳》中原有的武松的種種可愛、可敬的性格特徵已消失不少。這可以使我們看出，兩書作者對作為梁山英雄的武松，在認識和感情上的差異。

五、關於《金瓶梅》作者的思想傾向。

在兩書的重疊部分，《金瓶梅》在文字上的增減，已透露出其作者的若干思想傾向。

1. 利用一切機會，對封建統治階級內部「交通官吏」「賣官鬻爵」「賄賂公行」等腐敗現象，給予批判和揭露。這樣的批判和揭露，在《金瓶梅》中隨處可見。而這種思想傾向已被作者有意識地滲透到兩書的重疊部分之中。《水滸傳》第二十四回，寫到本縣知縣，「撰得好些金銀，欲待要使人送上東京去，與親眷處收貯，恐到京師轉除他處時要使用。」知縣對武松交待：「我有一個親戚，在東京城裏住，欲要送一擔禮物去」，於是差遣武松進京。《金瓶梅》改寫了這段文字，點出知縣的用意是「三年任滿朝覲，打點上司」，而這個親戚在東京城內「做官，姓朱名勔，見做殿前太尉之職」。這些細微的改動，十分醒目地告訴讀者，作者完全有意識地要揭露封建統治階級內部的賄賂醜行。作者在此有意點出朱勔，亦為後文揭露朱勔設下了伏筆。

在審理武大命案中，《水滸傳》雖然也寫到知縣等人貪贓枉法，但只是幾筆了之輕輕帶過。《金瓶梅》則抓住這個問題大做文章。《水滸傳》第二十七回，寫武松鬥殺西門慶後自動投官。知縣「念武松是個義氣烈漢，……一心要賙全他」，因此改輕了武松的案情發往東平府。《水滸傳》還稱此縣官為「仗義的人」。《金瓶梅》第十回則反其道而行之，不僅刪去了這些頌揚性的文字，而且寫道：「知縣受了西門慶賄賂，……一夜把臉翻了」，「把武松拖翻，雨點般篦板子打將下來」。而「內中縣丞佐貳官也有和武二好的，念他是個義烈漢子，有心要周旋他，爭奈多受了西門慶賄賂，粘住了口，做不的主張」。這些文字可謂入木三分，將官場的腐敗揭露得何等深刻。

武松被解送東平府後，《水滸傳》寫到府尹陳文昭「哀憐武松是個有義的烈漢，如常差人看覷他」，重罪輕判。《金瓶梅》第十回對此作了極有深意的改動。書中稱陳文昭「極是個清廉的官」，「正直清廉民父母，賢良方正號青天」。他不但輕判武松，而且嚴斥清河知縣：「你那知縣，也不待做官，何故這等任情賣法？」一面行文書著落清河縣，「添捉豪惡西門慶，並嫂潘氏」等人，「一同從公根勘明白，奏請施行」。接著《金瓶梅》又增寫了如下一段極為重要的文字：

> 西門慶知道了，慌了手腳。陳文昭是個清廉官，不敢來打點他。只得走去央求親家陳宅心腹，並使家人來旺，星夜往東京，下書與楊提督。提督轉央內閣蔡太師；太師又恐怕傷了李知縣名節，連忙齎了一封緊要密書帖兒，特來東平府，下書與陳文昭，免提西門慶、潘氏。這陳文昭原係大理寺寺正，升東平府府尹，又係蔡太師門生，又見楊提督乃是朝廷面前說得話的官，以此人情兩盡了，只把武松免死，……其餘一干人犯，釋放寧家。

這一段文字，將批判的矛頭直指當朝宰相蔡京，為後文進一步揭露蔡京的罪惡設下了伏筆。它說明上至宰相一類的高官，都是一些貪贓枉法的昏官，他們已結成統治人民、魚肉百姓的羅網。西門慶正是依靠了他們，交通官吏、結黨營私，從一介鄉民發跡變泰，從而成為稱霸一方的官僚、豪紳。《金瓶梅》特意將陳文昭寫成一個號稱「青天」為民「父母」的清官。而這個清官卻是奸相的門生，到頭來仍然是「任情賣法」的昏官，可見當時的天下已黑暗到極點，那有什麼清官可言。《金瓶梅》使用的這種諷刺筆法，可說是將當時吏治的腐敗揭露得淋漓盡致，這實在是《金瓶梅》的高明之處。

2. 在《金瓶梅》增添的文字中，還表現了作者謗佛的思想傾向。在武大被害，武松未歸之際，《金瓶梅》第八回增寫了一段潘金蓮燒夫靈的情節。《金瓶梅》把為武大超度做水陸道場的報恩寺的六個僧人，均寫成色鬼：

> 那眾和尚見了武大這個老婆，一個個都昏迷了佛性禪心，一個個多關不住心猿意馬，都七顛八倒，酥成一塊。

和尚們竊壁聽潘金蓮與西門慶調情，一個個「不覺都手之舞之，足之蹈之」。作者還對僧人作了一長段評論：

> 看官聽說，世上有德行的高僧，坐懷不亂的少。古人有云：一個字便是「僧」，二個字便是「和尚」，三個字是個「鬼樂官」，四個字是「色中餓鬼」。蘇東坡又云：不禿不毒，不毒不禿；轉毒轉禿，轉禿轉毒。此一篇議論，專說這為僧戒行。住著這高堂大廈，佛殿僧房，吃著那十方檀越錢糧，又不耕種，一日三餐，又無甚事縈心，只專在這色欲上留心。……有詩為證：
>
> 色中餓鬼獸中狨，壞教貪淫玷祖風。
>
> 此物只宜林下看，不堪引入畫堂中。

以上《金瓶梅》所加的這些文字，大體上是《水滸傳》第四十五回，和尚裴如海與潘巧雲調情的文字的移植。但不管怎麼說，它使《金瓶梅》作者謗佛的思想傾向，表現得何等鮮明。五十年前，吳晗先生在〈《金瓶梅》的著作時代及其社會背景〉一文中認為：「《金瓶梅》中關於佛教流行的敘述極多，全書充滿因果報應的氣味。」從而論定《金瓶梅》是佛教得勢的萬曆時代的作品。其實《金瓶梅》中關於道教流行的敘述更多，而對佛教基本上採取詆毀的態度，如上所引可見一斑。縱觀《金瓶梅》全書，反佛的敘述極多。正是基於這一思想傾向，所以《金瓶梅》的作者在兩書的重疊部分，就增出了這一段謗佛的描寫。

3. 在《金瓶梅》增出的文字中，還宣揚了「女人禍國」的思想。《金瓶梅》第一回在武松的故事前面，作者特意加了一段入話式的文字：

> 詞曰：丈夫只手看吳鈎，欲斬萬人頭。如何鐵面，打成心性，卻為花柔！請看項籍並劉季，一似使人愁。只因撞著虞姬戚氏，豪傑都休。

《金瓶梅》以劉邦寵幸戚夫人，項羽寵幸虞姬為話題，指出「固當世之英雄，不免為二婦人，以屈其志氣」，然後引入正題：

如今這一本書，乃虎中美女，後引出一個風情故事來。一個好色的婦女，因與了破落戶相通，日日追歡，朝朝迷戀，後不免屍橫刀下，命染黃泉，永不得著綺穿羅，再不能施朱傅粉。……貪他的斷送了堂堂六尺之軀，愛他的丟了潑天哄產業，……

第四回回首，《金瓶梅》又增加了一首詩：

酒色多能誤國邦，由來美色喪忠良。
紂因妲己宗祀失，吳為西施社稷亡。
自愛青青行處樂，豈知紅粉笑中殃。
西門貪戀金蓮色，內失家麋外趕獐。

《金瓶梅》增出的這些文字，集中闡發了女人禍國、女色敗家的思想。而且這一思想自始至終貫穿於《金瓶梅》全書之中。這無疑是一種思想糟粕，它在一定程度上降低了《金瓶梅》的思想價值。

六、關於對時代背景的交待。

在兩書的重疊部分，《金瓶梅》作者還增寫了有關時代背景的文字。第一回開宗明義，作者就指出：

話說宋徽宗皇帝政和年間，朝中寵信高、楊、童、蔡四個奸臣。以致天下大亂，黎民失業，百姓倒懸，四方盜賊蜂起，罡星下生人間，攪亂大宋花花世界，四方反了四大寇。

《金瓶梅》明托宋徽宗朝而實寫明代嘉靖朝；明斥高楊童蔡四個奸臣，而實斥嚴嵩專政。這個時代是天下大亂，百姓倒懸的時代。關於武大的遷居問題，《水滸傳》第二十四回寫的是，因武大娶了潘金蓮，「不怯氣都來相欺負，沒人做主」，「在那裏安不得身」。而《金瓶梅》改為：「因時遭荒饉，將祖房兒賣了」。在同一回又一處重複道：「因時遭荒饉，搬移在清河縣紫石街，賃房居住」。不難看出，即使在這些細枝末節之處，作者亦刻意要突出其時代的特徵。另外，如前所述，第二回寫到武松受知縣差遣到東京為其寄放金銀。《水滸傳》只點明在東京居住的是知縣的「親戚」，而《金瓶梅》又特意點出，這親戚「姓朱名勔，見做殿前太尉之職」。《金瓶梅》第三回又增出一段文字，說西門慶之女西門大姐定親，親家是「東京八十萬禁軍楊提督親家陳宅」。第十回寫西門慶因殺害武大而賄賂公行。西門慶所求助者就是東京八十萬禁軍楊提督。提督又轉央內閣蔡太師。蔡太師即下書其門人；東平府尹陳文昭，遂使殺人犯西門慶、潘金蓮逍遙法外。《金瓶梅》增出的這些文字貌似平常，實為驚人之筆。上有蔡京、朱勔等奸人當道，下有西門慶等惡霸橫行鄉里，災荒連綿，民不聊生，人民揭竿而起，這就是《金瓶梅》故事發生的特定的時代背景。古人早已指出，《金瓶梅》是「指斥時事」之作，確是如此，我們在兩書的重疊部分，《金瓶梅》增出的文字中，就已能見其端倪。

七、關於《金瓶梅》增改部分的嚴重缺陷。

在兩書的重疊部分，《金瓶梅》所作的許多增改，其成就是肯定的，但也有不少缺陷。例如，與《水滸傳》相比，武松的形象有所損害；關於潘金蓮與西門慶的外貌描寫，純屬陳詞濫調，毫無藝術價值可言；武松佯娶潘金蓮的情節不盡合理；宣揚女人禍國、女人敗家的思想等等，都不足取。這些問題在上文已經談及。另外，抄錄《水滸傳》原文時有二三十處文字上的錯漏，致使某些地方令人莫名其妙、啼笑皆非。如將鄆哥的話加在武大頭上，把西門慶踢倒武大後打鬧裏走了，說成是武大打鬧裏走了，等等。有些情節改動後，變得文理不通。有些回目的擬文反比《水滸傳》遜色。這些問題筆者在〈論《金瓶梅》是王世貞及其門人的聯合創作〉一文中已加詳述，此不贅述。《金瓶梅》還增加了好幾段描寫性行為的文字。這些文字實在令人不堪入目。這一嚴重缺陷，無疑大大降低了《金瓶梅》的價值與成就。

《金瓶梅》抄引《水滸傳》中的其他文字

除了《金瓶梅》與《水滸傳》兩書的重疊部分，《金瓶梅》大量抄錄了《水滸傳》的文字外，《金瓶梅》還大量抄引了《水滸傳》中與《金瓶梅》的故事發展毫不相干的文字。這種改頭換面、移花接木式的抄襲現象，美國學者韓南先生在〈《金瓶梅》素材來源〉一文中已作過考證。筆者在吸收韓南先生考證成果的基礎上，作了進一步研究。現將這些抄引文字一一拈出，順序編排，雖不免有煩瑣之弊，但為進一步研究創造了條件。這無疑是很有價值的。筆者所用以比勘對照的是，載有欣欣子與東吳弄珠客序的《新刻金瓶梅詞話》與載有明萬曆十七年天都外臣序的《忠義水滸傳》。

在兩書的重疊部分，《金瓶梅》抄改的文字達四五萬字之多，筆者不可能詳錄。下面加以比勘的是兩書的非重疊部分。

一、《金瓶梅》第二回寫潘金蓮的外貌文字，抄自《水滸傳》第四十四回：

> 黑鬒鬒鬢兒，細灣灣眉兒，光溜溜眼兒，香噴噴口兒，直隆隆鼻兒，紅乳乳腮兒，粉瑩瑩臉兒，輕嫋嫋身兒，玉纖纖手兒，一撚撚腰兒，軟膿膿肚兒，窾尖尖腳兒，花簇簇鞋兒，肉奶奶胸兒，白生生腿兒。……

在《水滸傳》中，這是一段寫石秀所見的潘巧雲的外貌描寫，《金瓶梅》抄來稍加改動，成了從西門慶眼中所見的潘金蓮的外貌特徵描寫。其文如次：

> 黑鬒鬒賽鴉翎的鬢兒，翠灣灣的新月的眉兒，清冷冷杏子眼兒，香噴噴櫻桃口兒，直隆隆瓊瑤鼻兒，粉濃濃紅豔腮兒，嬌滴滴銀盆臉兒，輕嫋嫋花朵身兒，玉纖纖蔥枝手兒，一撚撚楊柳腰兒，軟濃濃白麵臍肚兒，窄多多尖腳兒，肉奶奶胸兒，白生生腿兒。……

顯然《金瓶梅》只加了些形容詞而已。在「腳兒」下面還抄漏了「花簇簇鞋兒」一句。在「白生生腿兒」下面，還有二十四字的淫穢描寫，《金瓶梅》也照錄不誤。《金瓶梅》的作者對潘金蓮這一主要人物的外貌刻畫也無意創新，說明執筆者的文字水準並不高。當然，在當時小說創作還處在並不成熟的發展階段，這樣改頭換面的抄襲是司空見慣的，算不得什麼問題，《金瓶梅》也僅僅是邯鄲學步而已。

二、《金瓶梅》第八回抄了《水滸傳》第四十五回的三段文字。

1.《水滸傳》有一段「看官聽說」的文字，貶斥佛門僧眾：

> 看官聽說，……潘、驢、鄧、小、閑，唯有和尚家第一閑。一日三餐，吃了檀越施主的好齋好供。住了那高堂大殿僧房，又無俗事所煩。房裏好床好鋪睡著，無得尋思，只是想著此一件事。假如譬喻說，一個財主家，雖然十相俱足，一日有多少閒事惱心，夜間又被錢物掛念。到三更二更才睡，總有嬌妻美妾同床共枕，那得情趣。又有那一等小百姓們，一日假辛辛苦苦掙扎，早辰巴不到晚。起的是五更，睡的是半夜。到晚來，未上床，先去摸一摸米甕，看到底沒顆米，明日又無錢。總然妻子有些顏色，也無些甚麼意興。因此上輪與這和尚們一心閑靜，專一理會這等勾當。那時古人評論到此去處，說這和尚們真個利害。因此蘇東坡學士道：「不禿不毒，不毒不禿。轉禿轉毒，轉毒轉禿。」和尚們還有四句言語，道是：一個字便是僧，兩個字是和尚，三個字鬼樂官，四字色中餓鬼。

《金瓶梅》稍加簡化、調整，抄錄了這段文字。

2.《水滸傳》中還有一段貶斥和尚的韻文：

> 班首輕狂，念佛號不知顛倒。闍黎沒亂，誦真言豈顧高低。燒香行者，推倒花瓶。秉燭頭陀，錯拿香盒。宣名表白，大宋國稱做大唐。懺罪沙彌，王押司念為押禁。動鐃的望空便撇，打鈸的落地不知。敲鉦子的軟做一團，擊響磬的酥做一塊。滿堂喧哄，繞席縱橫。藏主心忙，擊鼓錯敲了徒弟手。維那眼亂，磬錘打破了老僧

頭，十年苦行一時休，萬個金剛降不住。

《金瓶梅》抄錄這段文字時刪去了「動鐃……縱橫」句，並有多處稍作改動。如改「闍黎沒亂」為「維摩昏亂」，改「真」為「經」，「名」為「盟」，「沙彌」為「闍黎」，「王押司」為「武大郎」，「押禁」為「大父」，「藏主」為「長老」，「擊」為「打」，「敲了徒弟手」為「錯拿徒弟手」，「維那眼亂」為「沙彌心蕩」，「了」字刪去，改「十年」為「從前」等等。而較為重要的改動只有兩處，即將「闍黎」改為「維摩」，將「王押司」改為「武大郎」。《水滸傳》原意是，潘巧雲之父親潘公請報恩寺和尚海闍黎，為潘巧雲前夫王押司做功德。《金瓶梅》借抄這段文字，用在潘金蓮為亡夫武大郎做水陸道場處，故必須改「王押司」為「武大郎」。

3.《水滸傳》中還有一首諷譏僧眾的詩：

色中餓鬼獸中狨，弄假成真玷祖風。
此物只宜林下看，豈堪引入畫堂中。

《金瓶梅》抄錄其詩，只將「弄假成真」改為「壞教貪淫」，「豈」改成「不」字。

《水滸傳》第二十五回中的這三段文字，《金瓶梅》作了移花接木式的抄襲，構成了第八回中潘金蓮燒夫靈，和尚聽淫聲的主要情節，於此亦可見出，《金瓶梅》的反佛思想乃是繼承了《水滸傳》的傳說。

三、《金瓶梅》第九回，抄了《水滸傳》第二十三回中的一首詩：

前車倒了千千輛，後車過了亦如然。
分明指與平川路，卻把忠言當惡言。

武松不聽酒家勸告，執意要上景陽崗。《水滸傳》作此詩為「卻把忠言當惡言」者戒。《金瓶梅》抄錄此詩時，改「過」字為「倒」，改「卻」字為「錯」。潘金蓮初到西門慶家，善用「小意兒貼戀」吳月娘，把吳「喜歡的沒入腳處」。於是吳錯敬金蓮而遭李嬌兒等人不滿。《金瓶梅》借此詩對吳作譏諷。這一首詩還出現在第十八回、二十回中。如此一首普通的詩，在《金瓶梅》中竟出現三次，很不尋常。前人已經指出，《金瓶梅》寓「戒世」之意。東吳弄珠客〈金瓶梅序〉云：「奉勸世人，勿為西門之後車可也。」此詩直率地表現了「戒世」的思想，故倍受作者青睞。因此作者在寫《金瓶梅》時，一遇機會。便借此詩用以說教。這恐怕是此詩在書中一再出現的原因。《金瓶梅》完稿後恐怕沒有作精心的審改，行文重複、粗疏處極多，於此亦可見一斑。

四、《金瓶梅》第十回，抄錄了《水滸傳》第四十五回中的一篇偈子：

朝看釋伽經，暮念華嚴咒。種瓜還得瓜，種豆還得豆。經咒本慈悲，冤結如何救？照見本來心，方便多竟究。心地若無私，何用求天佑？地獄與天堂，作者還包受。

《金瓶梅》以此抄改為成一首回首詩：

朝看瑜伽經，暮誦消災咒：
種瓜須得瓜，種豆須得豆。
經咒本無心，冤結如何究？
地獄與天堂，作者還自受。

此外，這一回中所寫的李瓶兒的家世文字，則抄自《水滸傳》第六十六回。此回寫梁山泊英雄攻打大名府，「杜遷、宋萬去殺梁中書老小一門良賤」，李固「便和賈氏（盧俊義妻）商量，收拾了一包金珠細軟背了，便出門奔走」。《金瓶梅》借用這些情節並加以改造，成了李瓶兒的家世：

看官聽說，原來花子虛渾家，娘家姓李，……小字喚做瓶姐。先與大名府梁中書家為妾。……只因政和三年正月上元之夜，梁中書同夫人在翠雲樓上，李逵殺了全家老小，梁中書與夫人各自逃生。這李氏帶了一百顆西洋大珠，二兩重一對鴉青寶石，與養娘媽媽走上東京投親。

顯然，李瓶兒的形象塑造與盧俊義之妻賈氏有著一定的關係。《金瓶梅》作者將《水滸傳》中杜遷、宋萬殺梁中書一門良賤，誤寫為李逵殺了全家老小。這似乎說明，他在撰寫這段文字時只憑著記憶，而未翻檢原書。而李氏從梁中書家帶出一百顆西洋大珠的情節，似乎又得之於平話小說〈志誠張主管〉中，小夫人從王招宣府帶出「一串一百單八顆西珠」這一情節的啟示。將多種旁借的素材熔為一體，從而創造新的形象和故事情節，這恐怕是《金瓶梅》作者很突出的才能，這就是一個例證。

五、《金瓶梅》第十一回，抄《水滸傳》第五十一回一段韻文：

羅衣疊雪，寶髻堆雲。櫻桃口杏臉桃腮，楊柳腰蘭心蕙性。歌喉宛轉，聲如枝上鶯啼。舞態蹁躚，影似花間鳳轉。腔依古調，音出天然。舞回明月墜秦樓，歌遏行雲遮楚館。高低緊慢按宮商，吐雪噴珠；輕重疾徐依格範，鏗金戛玉。笛吹紫竹篇篇錦，板拍紅牙字字新。

《金瓶梅》抄錄時將「鶯啼」改為「流鶯」，「雪」改為「玉」，「笛吹紫竹篇篇錦」改為「箏排雁柱聲聲慢」。在《水滸傳》中，這是雷橫看白秀英演唱話本，「果然是色藝雙絕」的一段描寫文字。《金瓶梅》則寫西門慶所結十兄弟，每月輪流會茶擺酒。這次輪到花子虛。席間一個粉頭，兩個妓女，琵琶箏秦，在席前彈唱。「端的說不盡梨園嬌豔，色藝雙全」，於是借抄這段韻文加以形容。這種借抄可謂得心應手，全無生硬拼湊之弊。於此亦可見《金瓶梅》作者對《水滸傳》內容熟悉的程度與借用的巧妙。

六、《金瓶梅》第十四回，抄《水滸傳》第十三回一段文字：

> 為官清正，作事廉明。每懷惻隱之心，常有仁慈之念。爭田奪地，辨曲直而後施行；鬥毆相爭，分輕重方才決斷。閒暇撫琴會客，也應分理民情。雖然縣治宰臣官，果是一方民父母。

《金瓶梅》抄錄時，改「分」為「審」，「才」為「使」，「暇」為「則」，「縣治」為「京兆」，「方」為「邦」。在《水滸傳》中，這是對鄆城縣新任知縣時文彬的一段贊詞。《金瓶梅》借抄而成為對開封府尹楊時的贊詞。這樣現成的照搬套用，在《金瓶梅》中極多，待下文再加分析。

七、《金瓶梅》第十五回，抄了《水滸傳》三十三回關於元宵燈市的一段韻文：

> 山石穿雙龍戲水，雲霞映獨鶴朝天。金蓮燈，玉梅燈，晃一片琉璃。荷花燈，芙蓉燈，散千團錦繡。銀蛾鬥彩，雙雙隨繡帶香球。雪柳爭輝，縷縷拂華旛翠幕。村歌社鼓，花燈影裏競喧闐。織婦蠶奴，畫燭光中同賞玩。雖無佳麗風流曲，盡賀豐登大有年。

《水滸傳》中的這段文字，描寫的是宋江在元宵之夜所見清風鎮燈市的盛況。《金瓶梅》作者借抄這些文字，用於對元宵之夜清河縣城，潘金蓮等賞燈的描寫，並在這段韻文基礎上，作了較大的補充和發展。單就燈的種類，作者列舉了繡球燈、秀才燈、媳婦燈、和尚燈、通判燈、師婆燈、劉海燈、駱駝燈、青獅燈、猿猴燈、白象燈等等名目繁多，不一而足。對各種燈，作者還作了極為簡練的描述。例如，「秀才燈，揖讓進止，存孔孟之遺風」，「和尚燈，月明與柳翠相連」，「通判燈，鍾馗共小妹並坐」，「七手八腳螃蟹燈，倒戲清波」。這說明《金瓶梅》作者所生活的明代嘉靖年間的燈市盛況，比《水滸傳》所寫的宋代，又有較大的發展。其時不僅有一般造型的荷花燈、芙蓉燈，還有形象生動的螃蟹燈、鯰魚燈，還有表現人物故事的和尚燈、通判燈。可見，《金瓶梅》的這段韻文，雖然借鑒了《水滸傳》的描寫，但無疑是當時社會民間風俗的藝術再現。從文字的藝術水準來看，亦比《水滸傳》進了一步。

八、《金瓶梅》第十八回，抄改了《水滸傳》第五十三回一首回首詩：

堪歎人心毒似蛇，誰知天眼轉如車。

去年妄取東鄰物，今日還歸北舍家。

無義錢財湯潑雪，倘來田地水推沙。

若將奸狡為生計，恰似朝雲與暮霞。

《金瓶梅》抄錄此詩時，只改了兩個字，即將「心」改為「生」，「生」改為「活」，餘者一仍其舊。《水滸傳》寫柴進失陷高唐州，梁山英雄攻打高唐州，因高廉使用妖法而未遂。於是吳用出計去請公孫勝。此詩用在此回回首。《金瓶梅》則寫宇給事劾楊提督而累及西門慶。於是西門慶派人上京賄賂蔡京。此詩亦抄用在回首。這是《金瓶梅》的回首詩抄襲的例子。《金瓶梅》作者抄引此詩寓諷刺西門慶巧取豪奪之意。

九、《金瓶梅》第十九回，抄《水滸傳》第三十三回一首回首詩：

花開不擇貧家地，月照山河到處明。

世間只有人心惡，萬事還須天養人。

盲聾暗啞家豪富，智慧聰明卻受貧。

年月日時該載定，算來由命不由人。

《金瓶梅》抄錄時改「到」為「處」，「惡」為「歹」，「萬」為「百」，「須」為「教」，「智慧」為「伶俐」。這些均屬文字上的改動。這是《金瓶梅》的回首詩抄襲《水滸傳》的回首詩的又一例。這首詩還被《金瓶梅》再次用作為第九十四回的回首詩。第十九回抄錄時改「到」為「處」，改「萬」為「百」，而第九十回抄錄時，這兩處卻又按《水滸傳》原詩而未改動。這說明《金瓶梅》作者在抄錄時的改動完全是隨心所欲，並未有多少深思熟慮。而且一詩而重複使用亦恐怕是無意識的。這表明《金瓶梅》作者行文的粗疏。另外，這一首詩與回內的情節亦無多少直接的聯繫，它似乎只單純地表明作者的思想感情和所作的說教而已。

十、《金瓶梅》第二十六回抄改《水滸傳》第三十回中的一個情節。

《水滸傳》寫張都監設計陷害武松：是夜，只聽得後堂裏一片聲叫起有賊來。武松獻勤，徑搶入後堂裏來，聽玉蘭指道：「一個賊奔入後花園裏去了。」武松大踏步趕入花園裏去時，不提防黑影裏撇出一條板凳，把武松一交絆翻。走出七八個軍漢，叫一聲捉賊，就地下把武松一條麻索綁了。張都監大怒，斥責武松忘恩負義，並從武松房裏搜出銀酒器皿等「贓物」。《金瓶梅》將張都監改為西門慶，武松改為來旺兒，玉蘭改為玉簫，將故事改頭換面，便成了西門慶設計陷害來旺兒的情節。這是《金瓶梅》抄襲《水滸傳》的又一種情況；與抄錄詩詞、韻文有所不同。

十一、《金瓶梅》第二十七回，有三處抄《水滸傳》第十六回：

1.《水滸傳》寫楊志押送金銀擔，時值酷暑，古人有八句詩道：

祝融南來鞭火龍，火旗焰焰燒天紅。日輪當午凝不去，萬國如在紅爐中。五嶽翠乾雲彩滅，陽侯海底愁波竭。何當一夕金風起，為我掃除天下熱。

《金瓶梅》改「旗」為「雲」，改「起」為「發」，抄錄全文亦形容暑熱天氣。

2.《水滸傳》寫白日鼠白勝挑著酒桶上黃泥崗，唱道：

赤日炎炎似火燒，野田禾稻半枯焦。

農夫心內如湯煮，樓上王孫把扇搖。

《金瓶梅》改「稻」為「黍」，錄其詩為三等人怕熱，三等人不怕熱的大段議論作證詩。

3.《水滸傳》中另有一首詩：「玉屏四下朱闌繞」與一段議論：「那公子王孫，在涼亭上水閣中浸著浮瓜沉李，調冰雪藕避暑，尚兀自嫌熱。怎知客人，為些微名薄利，又無枷鎖拘縛，三伏內只得在那途路中行」。《金瓶梅》將這些議論加以發揮，就成了書中三等人怕熱，三等人不怕熱的大段議論。以上這些均屬氣候描寫文字上的抄襲借用。

十二、《金瓶梅》第三十回抄《水滸傳》第十三回一段韻文：

盆栽綠艾，瓶插紅榴。水晶簾卷蝦鬚，錦繡屏開孔雀。菖蒲切玉，佳人笑捧紫霞杯。角黍堆金，美女高擎青玉案。食烹異品，果獻時新。弦管笙簧，奏一派聲清韻美。綺羅珠翠，擺兩行舞女歌兒。當筵象板撒紅牙，遍體舞裙拖錦繡。逍遣壺中閑日月，遨遊身外醉乾坤。

這是《水滸傳》寫梁中書家宴，慶賀端陽的一段描寫。《金瓶梅》改「艾」為「草」，「榴」為「花」，「錦繡」為「雲母」，「菖蒲切玉」為「盤堆麟脯」，「杯」為「觴」，「角黍堆金」為「盆浸冰桃」，「青玉案」為「碧玉斝」，「笙簧」為「謳歌」，「拖」為「鋪」。用來形容西門慶及妻妾「賞玩荷花、避暑飲酒」的場面。

十三、《金瓶梅》第五十九回抄《水滸傳》第二十一回一段韻文：

銀河耿耿，玉漏迢迢，穿窗斜月映寒光，透戶涼風吹夜氣。雁聲嘹亮，孤眠才子夢魂驚。蛩韻淒涼，獨宿佳人情緒苦。譙樓禁鼓，一更未盡一更催。別院寒砧，千搗將殘千搗起。畫簷間叮噹鐵馬，敲碎旅客孤懷；銀臺上閃爍清燈，偏照離人長歎。貪淫妓女心如鐵，仗義英雄氣似虹。

閻婆惜戀著張三，把宋江看似眼中釘。當夜「兩個在燈下坐著，對面都不做聲，各自肚裏躊躇」，「只見窗上月光」。《水滸傳》便寫下這段韻文刻畫他們的心情。《金瓶梅》照搬這段文字，寫李瓶兒「覷著滿窗月色」，「守著（病兒）官哥兒睡在床上」，「愁腸萬結，離思千端」。《金瓶梅》照抄時改「斜」為「皓」，「映」為「耿」，「催」為「敲」，「旅客孤懷」為「仕女情懷」，並將最後一句改為「一心只想孩子好，誰料愁來在夢多」。如此一改才使原文符合李瓶兒的情狀。但這仍然是一種生吞活剝式的搬用。

十四、《金瓶梅》第六十一回，抄《水滸傳》第五十二回一段韻文：

> 面如金紙，體似枯柴。悠悠無七魄三魂，細細只一絲兩氣。牙關緊急，連朝水米不沾唇。心膈膨脹，盡日藥丸難下腹。隱隱耳虛聞磬響，昏昏眼暗覺螢飛。六脈微沉，東嶽判官催使去。一靈縹緲，西方佛子喚同行。喪門吊客已臨身，扁鵲盧醫難下手。

《水滸傳》以此寫柴皇城的病態。《金瓶梅》抄錄而成為寫李瓶兒病態的文字。《金瓶梅》抄錄時作了不少改動：改「枯柴」為「銀條」，「悠悠……緊急」為「看看減褪豐標，漸漸消磨精彩。胸中氣急」；「不」為「怕」，「心膈」為「五臟」，「微」為「細」，「使」為「命」。這是關於病態描寫的抄襲。

十五、《金瓶梅》第六十六回，抄《水滸傳》第五十三回一段韻文：

> 星冠攢玉葉，鶴氅縷金霞。神清似長江皓月，貌古似泰華喬松。踏魁罡朱履步丹霄，歌步虛琅函浮瑞氣。長髯廣頰，修行到無漏之天。碧眼方瞳，服食造長生之境。三島十洲騎鳳往，洞天福地抱琴遊。高餐沆瀣，靜品鸞笙。正是：三更步月鸞聲遠，萬里乘雲鶴背高。都仙太史臨凡世，廣惠真人住世間。

《金瓶梅》改「似」為「如」，「魁罡」為「罡朱」，「歌」字刪去，「碧眼……之境」改為「皓齒明眸，佩籙掌五雷之令」，改「騎鳳往」為「存性到」，「抱琴遊」為「出神遊」，「靜品鸞笙」為「靜裏朝元」，「住世間」為「降下方」。另外，刪去「正是」兩字，在「都仙太史」前增「就是」兩字。在《水滸傳》中，這是對羅真人的儀表刻畫。《金瓶梅》抄此來形容黃真人的儀表。

十六、《金瓶梅》第六十八回，抄《水滸傳》第八十一回一首詩：

> 芳容麗質更妖嬈，秋水精神瑞雪標。
> 鳳眼半彎藏琥珀，朱唇一顆點櫻桃。
> 露來玉指纖纖軟，行處金蓮步步嬌。
> 白玉生香花能語，千金良夜實難消。

《金瓶梅》抄錄時改「容」為「姿」，「眼」為「目」，「指」為「筍」，「軟」為「細」，「處」為「步」。這是《水滸傳》描寫李師師容貌的詩，《金瓶梅》借來寫妓女愛月兒。

十七、《金瓶梅》第七十九回，抄《水滸傳》第四十四回一首詩：

二八佳人體似酥，腰間仗劍斬愚夫。

雖然不見人頭落，暗裏教君骨髓枯。

此詩在《水滸傳》中寫潘巧雲，斥女色殺人。《金瓶梅》借此寫西門慶貪淫樂色，髓竭人亡，重彈女人禍國，女色敗家的老調。

十八、《金瓶梅》第八十一回，抄《水滸傳》第三十一回一段韻文：

十字街熒煌燈火，九曜寺香靄鐘聲。一輪明月掛青天，幾點疏星明碧漢。六軍營內，嗚嗚畫角頻吹。五鼓樓頭，點點銅壺正滴。四邊宿霧，昏昏罩舞榭歌臺。三市寒煙，隱隱蔽綠窗朱戶。兩兩佳人歸繡幕，雙雙仕子掩書幃。

《金瓶梅》抄錄時改「寺香」為「廟香」，「漢」為「落」，「正」為「雙」，「寒」為「沉」，「蔽」為「閉」。《水滸傳》寫武松徑回孟州城，欲殺張都監。這是一段對孟州城中黃昏時的情景描寫。《金瓶梅》用此寫韓道國回清河縣時，所見城中黃昏的景象。

十九、《金瓶梅》第八十四回，有六處抄《水滸傳》文字。

1.《水滸傳》第七十四回，寫燕青來到岱嶽廟，所見此廟氣象：

廟居岱嶽，山鎮乾坤。為山嶽之至尊，乃萬神之領袖。山頭伏檻，直望見弱水蓬萊。絕頂攀松，盡都是密雲薄霧。樓臺森聳，疑是金烏展翅飛來。殿閣棱層，定覺玉兔騰身走到。雕樑畫棟，碧瓦朱簷。鳳飛亮映黃紗，龜背繡簾垂錦帶。遙觀聖象，九旒冕舜目堯眉。近睹神顏，袞龍袍湯肩禹背。九天司命，芙蓉冠掩映絳綃衣。炳靈聖公，赭黃袍偏稱藍田帶。左侍下玉簪珠履，右侍下紫綬金章。闔殿威嚴，護駕三千金甲將。兩廊猛勇，勤王十萬鐵衣兵。五嶽樓相接東宮，仁安殿緊連北闕。蒿里山下，判官分七十二司。白騾廟中，土神按二十四氣。管火池鐵面太尉，月月通靈。掌生死五道將軍，年年顯聖。御香不斷，天神飛馬報丹書。祭祀依時，老幼望風皆獲福。嘉寧殿祥雲杳靄，正陽門瑞氣盤旋。萬民朝拜碧霞君，四遠歸依仁聖帝。

《金瓶梅》寫吳月娘到泰山岱嶽廟進香，所見此廟氣象，完全照搬《水滸傳》文字，稍作文字改動如下：改「神」為「福」，「伏」為「倚」，「見」字刪，「盡」字刪，「密」為「濃」，「疑是」刪，「閣」為「宇」，「定覺」刪，「飛」為「扉」，「九旒冕」

為「九獵舞」，「睹」為「觀」，「稱」為「襯」，「珠」為「朱」，「嚴」為「儀」，「勤」為「擎」，「五嶽……北闕」刪，「騍」為「驛」，「火」為「太」，「月月」為「日日」，「皆獲」為「祈護」，「杳」為「香」，「君」為「宮」，「遠歸」為「海皈」，「仁」為「神」。

2.《水滸傳》第四十二回，寫宋江被官府追捕，來到還道村，躲在古廟神廚中，夢見九天玄女娘娘。娘娘仙容所見：

> 頭綰九龍飛鳳髻，身穿金縷絳綃衣。藍田玉帶曳長裙，白玉圭璋擎彩袖。臉如蓮萼，天然眉目映雲環。唇似櫻桃，自在規模端雪體。猶如王母宴蟠桃，卻似嫦娥居月殿正大仙容描不就，威嚴形象畫難成。

《金瓶梅》抄錄這段文字，便成了吳月娘所見的碧霞宮娘娘金身的仙容。改動處如下：改「環」為「鬟」，「櫻桃」為「金朱」，「蟠桃」為「瑤池」，「居」為「離」。

3.《水滸傳》第五十三回，寫高唐州知府高廉妻弟殷天錫，依仗權勢橫行害人，要霸占柴皇城住宅花園。《金瓶梅》借用殷天錫這一人物，而改變了情節，遂構成吳月娘在碧霞宮方丈間被殷天錫調戲的情節。

4.《水滸傳》第七回，寫高俅之子高衙內在五嶽廟調戲前來進香的林沖之妻。林妻叫道：「清平世界，是何道理，把良人調戲。」這句話被《金瓶梅》改寫成：「清平世界，朗朗乾坤，沒事把良人妻室，強霸在此做甚」，這就成了吳月娘斥責殷天錫的語言。可見《金瓶梅》中殷天錫調戲吳月娘的情節，是從《水滸傳》第五十三回、第七回兩處情節改寫而成的。

5.《水滸傳》第三十二回，寫清風寨知寨劉高之妻被王英所搶，後經宋江勸說而放歸。《金瓶梅》抄此情節，改劉高之妻為吳月娘，遂構成吳月娘從泰山回清河途中，被王英所搶，又被宋江勸說而放歸的情節。

6.《水滸傳》第三十二回，寫清風山形勢：

> 八面嵯峨，四圍險峻。古怪喬松盤翠蓋，杈丫老樹掛藤蘿。瀑布飛流，寒氣逼人毛髮冷，巔崖直下，清光射目夢魂驚。澗水時聽，樵人斧響；峰巒倒卓，山鳥聲哀。麋鹿成群，狐狸結黨。穿荊棘往來跳躍；尋野食前後呼號。佇立草坡，一望並無旅店；行來山坳，周圍盡是死屍坑。若非佛祖修行處，定是強人打劫場。

《金瓶梅》改「流」為「來」，「聽」為「聞」，「樵人斧響」為「推一人齊響」（此疑為《金瓶梅》抄誤或刻誤），「坳」為「徑」。《金瓶梅》照搬此文字，遂成吳月娘道經清風山所見之形勢。

由此可見，《金瓶梅》第八十四回，抄了《水滸傳》不同回目中的六處文字。可以說，此回的情節基本上是由《水滸傳》抄改並合而成的。這是《金瓶梅》抄襲《水滸傳》的一個非常突出的例子。

二十、《金瓶梅》第八十六回，抄《水滸傳》第八回一段韻文：

> 荊山玉損，可惜數十年結髮成親。寶鑒花殘，枉費九十日東君匹配。花容倒臥，有如西苑芍藥倚朱欄；檀口無言，一似南海觀音來入定。小園昨夜春風惡，吹折江梅就地橫。

林沖被高俅陷害，刺配滄州，為不誤其妻而寫下休書。林沖娘子見休書哭倒在地。《水滸傳》以此文寫林沖娘子的哭態。《金瓶梅》抄錄此文，便成了吳月娘的哭態。

二十一、《金瓶梅》第八十八回，抄《水滸傳》第三十六回回首箴曰：

> 上臨之以天鑒，下察之以地祇。明有王法相繼，暗有鬼神相隨。忠直可存於心，喜怒戒之在氣。為不節而忘家，因不廉而失位。勸君自警平生，可歎可驚可畏。

《金瓶梅》刪「箴曰」二字，改「繼」為「制」。抄錄在第八十八回回首。此箴寓勸誡之意，正合《金瓶梅》作者用意。

二十二、《金瓶梅》第八十九回，抄《水滸傳》三段韻文：

1.《水滸傳》第三回，有一首寫酒樓的詩：

> 風拂煙籠錦旆揚，太平時節日初長。
> 能添壯士英雄膽，善解佳人愁悶腸。
> 三尺曉垂楊柳外，一竿斜插杏花傍。
> 男兒未遂平生志，且樂高歌入醉鄉。

《水滸傳》寫魯達、史進遇打虎將李忠，便去潘家酒樓飲酒。這完全是一首描寫「好一座酒肆」的詩。《金瓶梅》抄此詩，改「能」為「多」，「曉」為「繞」，「外」為「岸」，便成了第八十九回的回首詩。此回寫「清明節寡婦上新墳，吳月娘誤入永福寺」，與酒樓毫不相涉。這種抄引顯得文不對題、莫名其妙。

2.《水滸傳》第六回，寫魯達來東京大相國寺，「入得山門看時，端的好一座大剎」，但見：

> 山門高聳，梵宇清幽。當頭敕額字分明，兩下金剛形勢猛。五間大殿，龍鱗瓦砌碧成行；四壁僧房，龜背磨磚花嵌縫。鐘樓森立，經閣巍峨。旛竿高峻接青雲，

> 寶塔依稀侵碧漢。木魚橫掛，雲板高懸。佛前燈燭熒煌，爐內香煙繚繞。幢旛不斷，觀音殿接祖師堂。寶蓋相連，水陸會通羅漢院。時時護法諸天降，歲歲降魔尊者來。

《金瓶梅》在「龜背磨磚花嵌縫」下增：「前殿塑風調雨順，後殿供過去未來。」改「鐘樓」為「鐘鼓樓」，「經閣」為「藏經閣」，「水陸會」為「鬼母位」。這就成了描寫永福禪林的文字。

3.《水滸傳》第四十五回，寫和尚裴如海的形象：

> 一個青旋旋光頭新剃，把麝香松子勻擦。一領黃烘烘直裰初縫，使沉速旃檀香染。山根鞋履，是福州染到深青。九縷絲絛，係西地買來真紫。那和尚光溜溜一雙賊眼，只睃趁施主嬌娘。這禿驢美甘甘滿口甜言，專說誘喪家少婦。淫情發處，草庵中去覓尼姑。色膽動時，方丈內來尋行者。仰視神女思同寢，每見嫦娥要講歡。

《金瓶梅》改「擦」為「搽」，「黃烘烘」前加「一領」二字，「旃檀香染」為「箋檀濃染」，「只」為「單」，「驢」為「廝」，「發」為「動」，「動」為「發」，這就成了描寫永福寺長老模樣的文字。

二十三、《金瓶梅》第九十三回，抄《水滸傳》第三十九回一段韻文：

> 雕簷映日，畫棟飛雲。碧闌干低接軒窗，翠簾幕高懸戶牖。吹笙品笛，盡都是公子王孫。執盞擎壺，擺列著歌姬舞女。消磨醉眼，倚青天萬疊雲山，勾惹吟魂，翻瑞雪一江煙水。白蘋渡口，時聞漁父鳴榔。紅蓼灘頭，每見釣翁擊楫。樓畔綠槐啼野鳥，門前翠柳繫花驄。

《水滸傳》第三十九回，潯陽樓宋江吟反詩。這是寫潯陽樓氣象的一段韻文。《金瓶梅》改「碧」為「綠」，「姬」為「嫗」，「槐」為「楊」，借抄以詠臨清謝家大酒樓。

二十四、《金瓶梅》第九十四回回首詩，抄《水滸傳》第三十三回回首詩：「花開不擇貧家地」，為《金瓶梅》第十九回回首詩所重出，參見前文第九條。《水滸傳》原詩第二句為「月照山河到處明」。《金瓶梅》第十九回改「到」為「處」，此回又復用原文「到」。

二十五、《金瓶梅》第一百回，抄《水滸傳》第三十一回「十字街熒煌燈火」一段韻文。此韻文已抄於《金瓶梅》第八十一回，參見前文第十八條。此回又重出。《水滸傳》原文「點點銅壺正滴」句，《金瓶梅》第八十一回改「正」為「雙」，此回又復用原文「正」。原文「兩兩佳人歸繡幕」句，《金瓶梅》第八十一回未改，而此回則改「幕」

為「閣」。《水滸傳》中的同一段韻文在《金瓶梅》中兩次出現，其文字的更動情況很不一樣。這種情況與上列第九條相同。這又一次證明，《金瓶梅》作者在抄改時有很大的隨意性。他並沒有進行認真的推敲而完全根據當時寫作時的思路信筆抄改成稿，事後也並沒有進行細緻的審讀。

以上筆者將《金瓶梅》中抄《水滸傳》的文字一一拈出（當然是不完全的），並寫了些隨感式的文字。如果對以上所列作些總體性的分析，我們可以看到《金瓶梅》抄襲《水滸傳》的規模是很大的，是其他長篇小說所無法比擬的。據筆者統計，《金瓶梅》一百回中，含有抄襲《水滸傳》文字的共三十二回，占全書總回數的三分之一。反之，《水滸傳》一百回中，被《金瓶梅》所抄襲的有三十回中的三十五段文字，亦占全書回數的三分之一。這兩個三分之一已經足以說明，《金瓶梅》對《水滸傳》有多麼大的依賴性。從抄襲的手法來看，大體有以下幾種情況：一、將《水滸傳》一回中的若干情節加以分割，分別抄入《金瓶梅》的不同回目之中。如《水滸傳》第十三回有兩段文字分別被抄入《金瓶梅》第十四回、三十回中（見上列第六條、十二條）；《水滸傳》第三十三回兩段文字分別被抄入《金瓶梅》第十五回、十九回、九十四回中（見第九條、二十四條）；《水滸傳》第四十五回有五段文字分別被抄入《金瓶梅》第八回、十回、八十九回中（見第二條、四條、二十二條）。二、《水滸傳》不同回目中的幾段文字被《金瓶梅》抄入一回之中。如《金瓶梅》第八十四回抄了《水滸傳》第七回、三十二回、四十二回、五十三回、七十四回等五回中的六段文字（見第十九條），可以說《金瓶梅》的這一回文字，基本上是由《水滸傳》不同回中的若干不相干的情節並合改寫而成的。《金瓶梅》第八十九回亦抄了《水滸傳》第三回、六回、四十五回中的三段文字（見第二十二條）。三、《水滸傳》同一回中的幾段文字同時被《金瓶梅》移植在同一回之中。如《水滸傳》第十六回有三段文字同時被《金瓶梅》移植在第二十七回中（見第十一條）。四、重複抄襲。如《水滸傳》第二十三回中一首詩：「前車倒了千千輛」，被《金瓶梅》重複抄襲了三次（第九回、十八回、二十回）；《水滸傳》第三十一回「十字街熒煌燈火」一段韻文，被《金瓶梅》兩次抄襲（第八十一回、一百回）；《水滸傳》第三十三回回首詩：「花開不擇貧家地」，被《金瓶梅》兩次抄襲亦用作回首詩（第十九回、九十四回）。

從抄襲的內容來看，大體可以分為三種類型。第一種類型是改頭換面地抄襲故事情節。如《水滸傳》第八回高衙內調戲林沖娘子的情節，第三十二回清風山王英搶劉高之妻，後被宋江勸說放歸的情節，均被改換人物而抄入《金瓶梅》第八十四回中；《水滸傳》第六十六回盧俊義之妻賈氏帶了金珠細軟出走的情節，被《金瓶梅》抄入第十回中，成了李瓶兒家世的交代；《水滸傳》第三十回張都監陷害武松的情節，被《金瓶梅》抄入第二十六回中，成了西門慶陷害來旺兒的情節。當然，大段大段的情節的借用，則在兩書的重疊部分表現最為突出。

第二種類型是抄襲描寫性的韻文，其中包括人物描寫和場景描寫兩個方面。其一、關於人物描寫的抄襲。(1)人物的容貌。《水滸傳》第四十四回描寫潘巧雲外貌的韻文，被《金瓶梅》抄入第二回，成了描寫潘金蓮外貌的文字；《水滸傳》第八十一回描寫李師師的一首詩，被《金瓶梅》抄入第六十八回，成了描寫妓女愛月兒的文字。(2)人物的儀表描寫。《水滸傳》第五十三回對羅真人的儀表的刻畫文字，被《金瓶梅》抄入第六十六回，成了描寫黃真人儀表的文字；《水滸傳》第四十五回形容和尚裴如海的文字，被《金瓶梅》抄入第八十九回，成了描寫永福寺長老的文字。(3)人物的心情描寫。《水滸傳》第二十一回描寫閻婆惜心情的文字，被《金瓶梅》抄入第五十九回，成了描寫李瓶兒心情的文字。(4)人物的哭態描寫。《水滸傳》第八回寫林沖娘子被休時的一段哭態文字，被《金瓶梅》抄入八十六回中，成了描寫李瓶兒哭態的文字。(5)人物的病態描寫。《水滸傳》第五十二回描寫柴皇城病態的韻文，被《金瓶梅》抄入第六十一回，成了描寫李瓶兒病態的文字。其二、關於場景描寫的抄襲。(1)山勢氣象的描寫。《水滸傳》第三十二回寫清風山形勢的韻文，被《金瓶梅》照搬在第八十四回中，連清風山這一山名亦未加更動。(2)廟宇氣象的描寫。《水滸傳》第七十四回寫燕青所見岱嶽廟氣象的文字，被《金瓶梅》抄入第八十四回中，成了吳月娘所見岱嶽廟氣象的文字；《水滸傳》第六回寫東京大相國寺氣象的文字，被《金瓶梅》抄入第八十九回中，成了描寫永福禪寺氣象的文字。(3)酒樓的描寫。《水滸傳》第三十九回寫潯陽樓的韻文，被《金瓶梅》抄入第九十三回，成了描寫臨清謝家大酒樓的文字。(4)黃昏景色的描寫。《水滸傳》第三十一回寫孟州城黃昏景色的韻文，被《金瓶梅》兩次抄引，成了描寫清河縣城（第八十一回）、永福寺（第一百回）黃昏景色的文字。(5)氣候的描寫。《水滸傳》第十六回寫天氣炎熱的文字，被《金瓶梅》抄改在第二十七回中。(6)慶宴和演唱活動的描寫。《水滸傳》第五十一回寫白秀英演唱話本「色藝雙絕」的文字，被《金瓶梅》抄入第十一回，成了描寫妓女彈唱「色藝雙全」的文字；《水滸傳》第十三回寫梁中書慶端陽家宴的文字，被《金瓶梅》抄入第三十回，成了描寫西門慶家宴的文字。

內容抄襲的第三種類型是關於表達作者思想傾向的議論文字的抄襲。例如，《水滸傳》第四十五回有一段貶斥佛門僧眾的議論，被《金瓶梅》抄改在第八回中；《水滸傳》第四十四回有一首闡述女人禍國敗家思想的詩，被《金瓶梅》抄入第七十九回中；《水滸傳》第三十六回回首一段寓勸誡之意的韻文，被《金瓶梅》抄在第八十八回回首。於此可見，《金瓶梅》中關於貶佛、女人禍國、勸世戒世等思想傾向，都是對《水滸傳》的這些思想傾向的繼承和發展。

以上筆者對抄襲的規模、手法、內容等問題作了多方面的剖析，使我們對《金瓶梅》

如何抄襲《水滸傳》已有了個總體的瞭解。那麼，這種現象到底說明什麼問題呢？我認為至少有三個問題值得注意：

第一，從這些抄襲文字可以看出，在中國小說發展史上，《金瓶梅》是一部從藝人集體創作的講唱文學向文人獨立創作發展的過渡形態的作品。在《金瓶梅》前的《三國演義》《水滸傳》等長篇章回小說，與宋元講唱文學有著直接的血緣關係。它們是由長期流傳在民間的、活躍在民間藝人口頭上的許多三國故事、水滸故事，經羅貫中、施耐庵等人整理、聯綴、加工、改造而成書的。因此，它們帶有明顯的藝人集體創作的講唱文學的特點，而非文人的獨立創作。《金瓶梅》也有與其相似的一面。它在創作中從《水滸傳》及其他講唱文學作品中獲取了大量的素材，它定名為《金瓶梅詞話》，行文中有詞有話，每回的開頭結尾處均有韻文出現，還常有說話藝人的口吻插入其間，顯然它存在講唱文學的痕跡。因此，某些研究者據此認為，它與《三國演義》《水滸傳》一樣是民間藝人的集體創作。但是，只要仔細研究一下它抄襲其他文字的具體情況，我們就能得出相反的結論。在《金瓶梅》成書以前，民間並沒有大量的《金瓶梅》故事在流傳，因此它並不是對民間講唱文學的整理、聯綴而成書的，這就與《三國演義》等書的成書情況具有本質的區別。《金瓶梅》雖然抄襲了《水滸傳》及其他講唱文學作品中的大量素材，但這些素材並沒有構成《金瓶梅》的主體故事情節，這些抄襲的文字在全書中畢竟只占了極小的一部分。而且這些抄襲的文字大多經過了作者的為我所用的加工改造，這屬於改頭換面的借用而非整理、聯綴。因此，筆者認為《金瓶梅》並非是藝人的集體創作，而是文人的創作。但它與完全是文人獨立創作的《紅樓夢》等書又有所區別，因為它在創作過程中並非完全獨立、無所依傍，而是抄襲了他書的許多東西，所以它依然帶有講唱文學的某些痕跡。它明顯地帶有從講唱文學向文人獨立創作過渡的特徵。這就是《金瓶梅》在中國小說發展史上具有里程碑意義的一個重要原因。

第二、從上列的抄襲現象還可以看出，《金瓶梅》帶有倉卒成書的跡象。縱觀《金瓶梅》全書，無論是立意構思、結構謀篇、描人狀物，均極具匠心，說明作者的藝術水準極高。照例說，他完全有能力無所依傍地完成這一部巨著。但他並沒有這樣做，連人物外貌、病態、哭態，慶宴活動場面的描寫，都無意獨創而從他書中移花接木式地借抄了不少陳詞濫調。這是個明顯的矛盾。這一方面說明，作者所處的時代，小說創作還未達到成熟的階段，借用、抄襲現成的材料在當時就是一種司空見慣的刨作方法。作者的創作意識還沒有達到自覺要求擺脫這種方法的程度。另一方面也說明，作者的創作目的似乎並不在於要求精心構築一部文學巨著，以傳之永久，而在於為達到某一個政治目的而力求盡速成書。這個政治目的在筆者看來就是批判嚴嵩。筆者認為，《金瓶梅》的作者是王世貞及其門人。王世貞深受嚴嵩之害。明代嘉靖四十四年嚴嵩事敗，王世貞急於要像迅速拿出一部戲曲劇本《鳴鳳記》那樣，迅速完成《金瓶梅》的寫作，來達到批判嚴嵩的目的。《金瓶梅》在隆慶朝前後的幾年間就已經成書，而不是如某些研究者所說的，到萬曆中期才得以成書。從本文中所列某些抄襲文字的重複現象和明顯的錯誤、粗疏之處，似又說明它成稿以後，作者並沒有進行一次認真的審改。這種倉卒成書的跡象，正為筆者所主張的「隆慶說」，進一步提供了佐證。

第三、上列抄襲文字似還能透露出一些關於作者的信息。《金瓶梅》抄襲《水滸傳》的三十五段文字（不包括兩書的重疊部分），在全書中的分佈極不平衡。大體情況如下：第一回至第三十回約抄了十五段，第三十一回至第七十八回抄了四段，第七十九回至第一百回抄了十六段。由此可見，《金瓶梅》前三十回和後二十回抄《水滸傳》的文字極多，而中間部分的四十八回抄《水滸傳》的文字極少。這說明前三十回和後二十回的撰寫者，對《水滸傳》非常熟悉，可說是爛熟於胸，一有機會便信手拈來，插入行文之中；而中間半部《金瓶梅》的撰寫者對《水滸傳》很不熟悉，或很不善於做抄襲的工作。這種差異似可說明《金瓶梅》並非出自同一個人的手筆，換言之，其作者並非一人。此外，《水滸傳》中有幾首詩，被《金瓶梅》重複抄入達二三次之多，文字的改動亦不一致，這恐怕也非出於同一人之手吧？

《金瓶梅》中還有中下層文人參與創作的痕跡。筆者在〈論《金瓶梅》作者「王世貞及其門人聯合創作說」〉一文中，將兩書的重疊部分進行了對比研究，發現《金瓶梅》作者在抄襲中的不少錯誤和粗疏之處，因此認為《金瓶梅》的執筆者中不僅有所謂大名士，也有作為非大名士的中下層文人，從而提出了《金瓶梅》是王世貞及其門人聯合創作的新說。在本文上列的抄襲文字中，筆者又再次發現了這個問題。例如，上列第九條表明，作者對抄襲文字所作的改動完全是隨心所欲的，並未經過多少深思熟慮的推敲；第二十二條表明，作者所作的抄襲，與《金瓶梅》的內容並無聯繫，大有文不對題之弊；第十九條第六段抄襲文字，作者將原文「樵人斧響」改為「推一人齊響」，致使文理不通令人莫名其妙，這是明顯的錯誤（也有可能是刻誤）。這些錯誤和粗疏之處，似乎不大可能出自大文學家的手筆。這些問題又進一步為筆者所主張的聯合創作說（王世貞的門人亦參與了創作）提供了佐證。

《金瓶梅》抄引話本、戲曲考探

《金瓶梅》不僅抄引了《水滸傳》中的大量文字，而且還抄引了話本小說、戲曲中的大量文字。如果說《水滸傳》是《金瓶梅》創作素材的重要來源的話，話本、戲曲則是《金瓶梅》創作素材來源的又一個重要方面。對此，美國學者韓南教授在〈《金瓶梅》的素材來源〉一文中已作過認真的考證和研究。鑒於韓南先生的考證較為簡略，筆者有意在吸收其成果的基礎上作進一步探索，並以此就《金瓶梅》的成書問題發表些淺見。

一、〈刎頸鴛鴦會〉

《金瓶梅》抄引了話本〈刎頸鴛鴦會〉中的某些文字。現存的此話本收錄在《清平山堂話本》卷三之中。《清平山堂話本》為明洪楩編，書中多宋元舊作，至晚亦作於明嘉靖之前，故可能為《金瓶梅》作者所抄用。〈刎頸鴛鴦會〉入話部分，敘臨淮武公業愛妾步非煙與比鄰之子勾引成姦，事敗而自殺身亡。正話敘淫婦蔣淑真前後與三個男子私通。前二人因淫縱而身亡。後一男子與其成姦時雙雙被其夫所殺。話本宣揚了「娥眉本是嬋娟刃，殺盡風流世上人」的思想。於此，《金瓶梅》作了極為重要的借用，其文字如次：

〈刎頸鴛鴦會〉入話部分：

> 丈夫只手把吳鉤，欲斬萬人頭；如何鐵石打成心性，卻為花柔？君看項籍並劉季，一以使人愁；只因撞著虞姬戚氏，豪傑都休。
>
> 右詩、詞各一首，單說著「情」「色」二字。此二字乃一體一用也。故色絢於目，情感於心；情色相生，心目相視。雖亙古迄今，仁人君子，弗能忘之。晉人有云：「情之所鍾，正在我輩。」慧遠曰：「順覺如磁石遇針，不覺合為一處。無情之物尚爾，何況我終日在情裏做活計耶？」如今則管說這「情」「色」二字則甚？

《金瓶梅》開卷第一回抄引了這段文字，只是在行文上作了些細微的更動。這段文字在《金瓶梅》全書中的地位，亦相當於話本的入話。《金瓶梅》抄引這段文字後寫道：「言丈夫心腸如鐵石，氣概貫虹蜺，不免屈志於女人」，與話本所宣揚的女人禍國敗家的思想相一致。區別在於它比之話本又增寫了一長段項羽如何寵幸虞姬，劉邦如何寵幸戚夫人而誤國的說教。然後又如話本那樣，以「說話的，如今只愛說這情色二字做甚」一句話，而轉入了一部大書的正文——武松、潘金蓮、西門慶的故事。

「丈夫只手把吳鈎」一詞，是宋代詩人卓田的作品。〈刎頸鴛鴦會〉抄錄其詞，《金瓶梅》又再加轉錄，並就此詞寫了不少解釋、闡發性的文字，十分突出地渲染了女人禍國敗家的思想。這一方面說明《金瓶梅》宣揚這種思想非為其獨創，另一方面又說明這是《金瓶梅》作者創作《金瓶梅》的一個思想傾向。《金瓶梅》寫道：

> 如今這一本書，乃虎中美女，後引出一個風情故事來。一個好色的婦女，因與了破落戶相通，日日追歡，朝朝迷戀，後不免屍橫刀下，命染黃泉，……貪他的斷送了堂堂六尺之軀，愛他的丟了潑天哄產業，……

這可以說是《金瓶梅》全書的一段綱領性文字。其後的故事發展亦正是如此：「日日追歡，朝朝迷戀」的潘金蓮，「不免屍橫刀下，命染黃泉」，「貪他的」西門慶等人，「斷送了六尺之軀」，「丟了潑天哄產業」。於此可見《金瓶梅》的指導思想、情節內容，確實與〈刎頸鴛鴦會〉有共通之處。這是《金瓶梅》之所以能借用〈刎頸鴛鴦會〉文字的重要原因。

二、〈戒指兒記〉

話本〈戒指兒記〉收錄在《清平山堂話本》「雨窗集」中。現存者僅為殘篇。話本敘丞相陳太常之女陳玉蘭與對衙才郎阮華阮三郎私會，贈以戒指兒。後因無由再見，追憶不已，阮三成疾。友人張遠出計請小庵尼姑王守長設法讓小姐與阮三在庵中會面。尼姑見財起意，收了兩錠銀子的賄禮，遂設計請丞相夫人和小姐到庵中拈香，並事先將阮三藏於庵中。小姐已知此事，拈香畢便佯裝瞑目作睡，遂入尼姑房中與阮三苟合。阮三乃久病之人，久思色欲，一時相逢，情興酷濃，脫陽而死在女子身上。阮三之父阮員外要與陳太常理涉，與兒索命。話本〈戒指兒記〉殘篇，情節到此中斷。下文是否寫到告官，故事如何收結，現已不得而知。《金瓶梅》作者兩次重複將這故事抄入書中。第一次抄在第三十四回中，是作為西門慶在理刑時遇到的一個案件，講給李瓶兒聽的。第二次則抄在第五十一回之中。薛姑子等女尼常常出入西門家中，並受到吳月娘的禮遇。西門慶極為不滿，以此事揭薛姑子的醜行。《金瓶梅》在借用〈戒指兒記〉時將原作中的尼姑改成為薛姑子。原作的思想傾向在於：勸了後來人：男大須婚，女大須嫁，不婚不嫁，弄出醜事來。《金瓶梅》借抄時突出了：「那薛姑子不合假以作佛事，窩藏男女通姦，因而致死人命，況又受贓」。可見，《金瓶梅》在借抄時已改變了原作的宗旨，使其成為貶斥僧尼，宣傳作者的「毀神謗佛」思想傾向的一個故事。《金瓶梅》還在原作基礎上添加了以下情節：阮三死後，其父母「怎肯干罷，一狀告到衙門裏，把薛姑子、陳家母子都拿了」。在審理案件時，提刑夏龍溪，「知陳家有錢，就要問在那女子身上」，西門慶則認為罪在薛姑子，故「褪衣打二十板，責令還俗」。顯然，《金瓶梅》已將原作的「男女私通」故事，改成了一樁「人命官司」（由於目前所見的話本係殘篇，故《金瓶梅》抄引時所添加的情節是否係原話本所有，待考）。可見，《金瓶梅》借抄〈戒指兒記〉時，其人物、創作思想、故事情節都已作了為我所用的加工改造。

三、〈五戒禪師私紅蓮記〉

話本〈五戒禪師私紅蓮記〉收錄在《清平山堂話本》卷三之中。《金瓶梅》第七十三回寫到吳月娘「聽薛姑子講說佛法」，講了五戒禪師私紅蓮的故事，即將話本〈五戒禪師私紅蓮記〉加以壓縮改寫，抄入《金瓶梅》之中。其抄改情況如次：

話本有「入話」云：

> 禪宗法教豈非凡，佛祖流傳在世間。
> 鐵樹開花千載易，墜落阿鼻要出難。

《金瓶梅》寫薛姑子講說佛法時「先念偈曰」，即抄其韻文，改「宗」為「家」，「流」為「家」，後兩句易為「落葉風飄著地易，等閒復上故枝難」。字句變化甚大，但文意一致，且較為通俗。接著話本敘五戒禪師和明悟禪師形貌，《金瓶梅》亦加以抄錄（文字略有變動）。話本還寫道：

> 何謂之五戒？第一戒者，不殺生命；第二戒者，不偷盜財物；第三戒者，不聽淫聲美色；第四戒者，不飲酒茹葷；第五戒者，不妄言趙語。

《金瓶梅》抄改為：

> 如何謂之五戒？第一不殺生命，第二不偷財物，第三不染淫聲美色，第四不飲酒茹葷，第五不妄言綺語。

此又可謂文意同而辭簡。對話本五戒禪師私紅蓮故事的主要部分，《金瓶梅》作了削繁就簡的工作。五戒犯了色戒，明悟以「蓮花為題」作詩一首以勸誡。五戒亦奉和一詩。其後，五戒寫下〈辭世頌〉八句坐化而去。話本中的唱和詩及〈辭世頌〉，《金瓶梅》

只改動個別文字而全部抄入。可見，《金瓶梅》第七十三回中薛姑子的「講說佛法」，來源於話本〈五戒禪師私紅蓮記〉，當無疑。但《金瓶梅》又明言這次活動屬於「宣卷」。那麼我國古代有沒有關於五戒故事的寶卷呢？似乎沒有。顯然《金瓶梅》作者為小說情節發展的需要，將話本〈五戒禪師私紅蓮記〉改頭換面而作為寶卷抄入書中的。這是《金瓶梅》借抄話本小說的一個特例。

四、〈志誠張主管〉

話本〈志誠張主管〉收錄在《京本通俗小說》卷第十三之中。話本敘東京汴州開絨線鋪的張員外，憑媒說合娶到從王招宣府中出來的小夫人。小夫人有意於絨線鋪主管張勝，給張勝贈以錢物。張勝告以其母，並從母言避禍而不辭而別。後小夫人尋得張勝，贈以一串一百單八顆西珠，願結為夫妻。原來這是小夫人的鬼魂。小夫人因出嫁時偷取王招宣府中一串西珠，後事發而自縊身亡。《金瓶梅》兩次借抄了話本中的情節。

其一、話本云張員外「年過六旬，媽媽死後，孑然一身，並無兒女。家有十萬資財……。張員外忽一日拍胸長歎，對二人說：『我許大年紀，無兒無女，要十萬家財何用？』」遂托媒娶小夫人。這小夫人「是王招宣府裏出來的小夫人。王招宣初聚時，十分寵幸，後來只為一句話破綻些，失了主人之心，情願白白裏把與人」。《金瓶梅》第一回借抄這些文字，遂成了潘金蓮的身世來源。其改動處在於：《金瓶梅》改張員外為張大戶。稱潘金蓮「從九歲賣在王招宣府裏」，後王招宣死，潘被轉賣給張大戶。後因主家婆不容，張大戶「賭氣倒陪房奩」，將潘氏給了武大郎。話本又敘張員外娶得小夫人後，不覺身上添了四五件病症：「腰便添疼，眼便添淚，耳便添聾，鼻便添涕」。《金瓶梅》第一回抄錄時成為：「第一腰便添疼，第二眼便添淚，第三耳便添聾，第四鼻便添涕，第五尿便添滴。」顯然，《金瓶梅》對話本的抄襲痕跡十分清楚。

其二、話本中小夫人派人給張主管贈以錢物的情節，也被《金瓶梅》大段地抄借。話本原文如次：

> 原來，兩個主管各輪一個在店中當值。其日卻好正輪著張主管值宿。門外是一間小房，點著一盞燈，張主管閑坐半晌，安排歇宿。忽聽得有人來敲門。張主管聽得，問道：「是誰？」應道：「你快開門，卻說與你。」
>
> 張主管開房門，那人蹌將入來，閃身已在燈光背後。張主管看時，是個婦人。張主管見了一驚，慌忙道：「小娘子，你這早晚來有甚事？」那婦人應道：「我不是私來，早間與你物事的教我來。」張主管道：「小夫人與我十文金錢，想是教

你來討還？」那婦女道：「你不理會得，李主管得的是銀錢。如今小夫人又教把一件物來與你。」只見那婦人背上取下一包衣服，打開來看道：「這幾件把與你穿的。還有幾件婦女的衣服，把與你娘。」只見婦女留下衣服，作別出門，復回身道：「還有一件要緊的到忘了。」又向衣袖裏取出一錠五十兩大銀，撇了自去。當夜，張勝無故得了許多東西，不明不白，一夜不曾睡著。

明日早起來，張主管開了店門，依舊做買賣。等得李主管到了，將鋪面交割與他。張勝自歸到家中，拿出衣服銀子與娘看。娘問：「這物事那裏來的？」張主管把夜來的話，一一說與娘知。婆婆聽得，說道：「孩兒，小夫人他把金錢與你，又把衣服銀子與你，卻是甚麼意思？娘如今六十以上年紀，自從沒了你爺，便滿眼只看你，若是你做出事來，老身靠誰？明日便不要去。」這張主管是個本分之人，況又是個孝順的，聽見娘說，便不往鋪裏去。張員外見他不出，使人來叫，問道：「如何主管不來？」婆婆應道：「孩兒感些風寒，這幾日身子不快，來不得。傳語員外得知，一好便來。」

又過了幾日，李主管見他不來，自來叫道：「張主管如何不來？鋪中沒人相幫」。老娘只是推身子不快，這兩日反重。李主管自去。張員外三五遍使人來叫，做娘的只是說未得好。張員外見三回五次叫他不來，猜道必是別有去處。

《金瓶梅》第一百回有如下一段相應的文字：

誰知自從陳經濟死後，守備又出征去了。這春梅每日珍羞百味，綾錦衣衫。頭上黃的金，白的銀，圓的珠，光照的無般不有，只是晚夕難禁，獨眠孤枕，欲火燒心。因見李安一條好漢，只因打殺張勝，巡風早晚十分小心。一日冬月天氣，李安正在監獄內上宿，忽聽有人敲後門，忙問道是誰。只聞叫道：「你開門則個。」李安忙開了房門，卻見一個人搶入來，閃身在燈光背後。李安看時，卻認的是養娘金匱。李安道：「養娘，你這晚來有甚事？」金匱道：「不是我私來，裏邊奶奶（春梅）差出我們來。」李安道：「奶奶教你來怎麼？」金匱笑道：「你好不理會得。看你睡了不曾，教我把一件物事來與你。」向背上取下一包衣服：「把與你。包內又有幾件婦女衣服與你娘。……」說畢，留下衣服出門。走了兩步，又回身道：「還有一件要緊的。」又取出一錠五十兩大元寶來，撇與李安，自去了。當夜過了一宿，次早起來，徑拿衣服到家與他母親。做娘的問道：「這東西是那裏的？」李安把夜來事說了一遍。做母的聽言叫苦：「當初張勝幹壞了事，一百棍打死。他今日把東西與你，卻是什麼意思？我今六十已上年紀，自從沒了你爹爹，滿眼只看著你。若是做出事來，老身靠誰？明早便不要去了。」李安道：「我

> 不去，他使人來叫，如何答應？」婆婆說：「我只說你感冒風寒，病了。」李安道：「終不成不去，惹老爺不見怪麼？」做娘的便說：「你且投到你叔叔山東夜叉李貴那裏住上幾個月再來，看事故何如。」這李安終是個孝順的男子，就依著娘的話，收拾行李，往青州府投他叔叔李貴去了。

雖然話本中的張主管張勝被《金瓶梅》改成虞候李安，小夫人被改成奶奶春梅，話本中送錢物者只稱婦女（即小夫人的使女），《金瓶梅》中改稱金匱（即春梅的使女），但兩段情節完全相同：婦人如何進得男人房間，交待衣服送與男人與其母親；婦人走了又回頭贈五十兩大銀；男人如何聽從其母之言裝病不出；如此等等。《金瓶梅》改頭換面地抄襲話本的情況，可謂昭然若揭。

五、〈新橋市韓五賣春情〉

話本〈新橋市韓五賣春情〉被馮夢龍收錄在《古今小說》第三卷中。《金瓶梅》抄錄了話本中的許多文字。但《古今小說》成書在《金瓶梅》以後，因此《金瓶梅》作者在借抄時依據《古今小說》中的話本這是不可能的。此話本當有宋元舊作。其一、凌濛初在〈拍案驚奇序〉中說：「龍子猶所輯《喻世》（即《古今小說》）等諸言，頗存雅道，時著良規，一破今時陋習。如宋元舊種，亦被搜括殆盡」。今見《京本通俗小說》《清平山堂話本》中的話本，多有被收入《三言》之中者，即為明證。其二、《寶文堂書目》著錄宋元話本中有〈三夢僧記〉一篇，敘吳山狎妓韓金奴事，今存〈新橋市韓五賣春情〉亦敘此事。且有吳山三次夢見僧人拘命的情節。可見〈新橋市韓五賣春情〉原名為〈三夢僧記〉。但〈三夢僧記〉今已不存，因此我們只能拿〈新橋市韓五賣春情〉與《金瓶梅》加以比勘。

話本〈新橋市韓五賣春情〉敘富家子弟吳山被暗娼韓金奴所勾引，因淫欲過度而得病，病間三次夢見僧人拘命。後為亡僧設醮追拔而免一死。話本寓勸誡之意。《金瓶梅》借抄話本中的大量文字，分別寫入第一回、第九十八回、第九十九回之中。為便於比勘研討，現將兩書相應文字並列抄摘如次（由於比勘文字太長，此處從略。詳細文字參見拙著《金瓶梅新探》）。

《金瓶梅》確實抄錄了話本〈新橋市韓五賣春情〉中的大量文字。值得注意的是，《金瓶梅》對話本〈新橋市韓五賣春情〉的借抄，在眾多的借抄文字中具有很大的典型意義：其一、話本中的有關文字幾乎全部照搬到《金瓶梅》之中，所改動者僅僅是主要人物的姓名而已；其二、不僅是話本的主要情節，就連大量的細節描寫，《金瓶梅》亦統統照搬照套而無多改易，就是那兩封書信亦一仍其舊；其三、就主要人物而言，雖然姓名變了，但人物的情態和性格特徵卻沒有變。可以說，《金瓶梅》第九十八回、九十九回中的陳經濟、韓愛姐、王六兒的形象，就是話本中的吳山、韓金奴、胖婦人的形象的移植。《金瓶梅》第九十八回的創作素材，主要來源於話本〈新橋市韓五賣春情〉（除去此回的開頭部分之外）。這些情況足以表明，就小說創作的素材來源而言，借用、抄錄、移植前人的話本小說，對《金瓶梅》的創作成書，具有何等重要的意義。

以上筆者對五篇話本小說與《金瓶梅》創作的承襲關係作了較為詳細的考探。其實，《金瓶梅》所借抄的話本豈止五篇。據美國學者韓南先生的考證，《金瓶梅》在成書過程中還借抄了話本〈楊溫攔路虎傳〉〈西山一窟鬼〉、長篇小說《新刊京本通俗演義全像百家公案全傳》、文言小說《如意君傳》等等。但這裏的情況比較複雜，還有待於作進一步考證。

下面，我們再考證一下《金瓶梅》借抄戲曲的問題。這是《金瓶梅》創作素材來源的又一個極為重要的方面。

六、《琵琶記》

南戲《琵琶記》，元末高則誠作。劇敘蔡伯喈赴京應試，妻趙五娘在家奉侍翁姑。蔡中狀元，招贅於牛相府。家中二老餓死，五娘尋夫進京，得牛女之助而團聚。第二十一齣敘伯喈彈琴訴怨，牛女、伯喈唱〈梁州序〉一套：

> 向晚來雨過南軒，見池面紅妝零亂。漸輕雷隱隱，雨收雲散。只見荷香十里，新月一鉤，此景佳無限。蘭湯初浴罷，晚妝殘，深院黃昏懶去眠。（合前）（生唱）柳陰中忽聽新蟬，更流螢飛來庭院。聽菱歌何處？畫舡歸晚。只見玉繩低度，朱戶無聲，此景尤堪戀。起來攜素手，鬢兒亂，月照紗窗人未眠。（合前）
> 〔節節高〕漣漪戲彩鴛，把荷翻，清香瀉下瓊珠濺。香風扇，芳沼邊，閑亭畔，坐來不覺人清健。蓬萊閬苑何足羨！（合）只恐西風又驚秋，不覺暗中流年換。
> 清宵思爽然，好涼天，瑤臺月下清虛殿。神仙眷，開玳筵，重歡宴。從教玉漏催銀箭，水晶宮裏把笙歌按。（合前）（合唱）（餘文）光陰迅速如飛電，好良宵可惜漸闌，拚取歡娛歌笑喧。

此套曲寫夏天的傍晚，雨過天晴一片清涼的景色。歡娛中略帶悲涼。《金瓶梅》第二十七回寫李瓶兒私語翡翠軒，潘金蓮醉鬧葡萄架。「正飲酒中間，忽見雲生東南，霧障西北，雷聲隱穩，一陣大雨來，軒前花草皆濕」，「少頃雨止，天外殘虹，西邊透出日色來。」於是西門慶拍手，孟玉樓彈月琴，眾人齊唱〈梁州序〉。這就是《琵琶記》第二十一齣中的〈梁州序〉套曲。由於《金瓶梅》此處所寫的情景與《琵琶記》略同，故能借抄而入。但這種借抄與情節性的借抄不同。《金瓶梅》抄錄時作了文字上的改動：改「零亂」為「凌亂」，「漸輕」為「聽春」，「只見」為「但聞得」，「合前」為「合」。由於《琵琶記》中〈梁州序〉中的第一曲「新篁池閣」，《金瓶梅》並未抄錄，故此處增前曲中的「合唱」文字：「金縷唱，碧筒勸。向冰山雪檻開華宴，清世界有幾人見」，並改「開華宴」為「排佳宴」，「有幾人見」前增「能」字。以下文字的改動處有：改「聽」為「噪」，「更」為「見」，「舡」為「船」，「尤」為「猶」，「戀」為「羨」，「鬢兒亂」為「整雲偏」，「窗」為「廚」，「把」為「綠」，「不覺暗中」為「暗中不覺」，「把」字刪，「闌」為「間」（似抄誤）。此處筆者所列出的「改動」文字，情況似較複雜。有些實係改動，有些則屬於誤抄、漏抄、刻誤。由於目前我們所見的曲本與《金瓶梅》作者當時抄用者極可能不同，故此處的比勘文字，有很大的不確定性（本文中的其他比勘文字，當然亦有此種情況，特此說明）。此處《金瓶梅》對《琵琶記》原曲辭的改動，在文字上更增色彩。《金瓶梅》中寫唱曲的場面極多。而這些所唱的套曲或小令，大多借前人的創作而抄入，作者自己的創作很少。這是《金瓶梅》素材來源中的一個極為重要的方面。

七、《香囊記》

南戲《香囊記》，明邵燦作。邵氏約明成化年間在世，生平不詳。《香囊記》敘張九成事。稱九成得罪秦檜，使金被羈十年。佩一紫香囊失於戰場，敗軍拾得，誤報九成死。其妻邵貞娘避賊流離，紫香囊復失。為趙運使子所得。遣媒欲強娶。貞娘控告觀察使。而觀察使即張九成。此劇宣揚忠貞節義。《金瓶梅》第三十六回，敘西門慶結交蔡狀元，「共三個旦、兩個生，在席上先唱《香囊記》」，「唱了一折下來」。小說未敘所唱何折。後蔡狀元令苟子孝唱〈朝元歌〉「花邊柳邊」，此係《香囊記》第六齣中的曲辭。原曲辭如次：

〔朝元歌〕花邊柳邊，燕外晴絲卷。山前水前，馬上東風軟。自歎行蹤有如蓬轉，盼望鄉山留戀。雁素魚箋，離愁滿懷誰與傳。日短北堂萱，空勞魂夢牽。（合）洛陽遙遠，幾時上九重金殿。幾時上九重金殿。

〔前腔〕十載青燈黃卷，螢窗苦勉旃，雪案費精研。指望榮親，姓揚名顯，試向文場鏖戰。禮樂三千，英雄五百爭後先。快著祖生鞭，行瞻尺五天。（合前）

《金瓶梅》抄錄此二曲，改「鄉山」為「家鄉」，「雁素魚箋」為「雁杳魚沉」，原「幾時上九重金殿」疊句則刪去一句。

《金瓶梅》同一回，蔡狀元又叫書童唱〈錦堂月〉「紅入仙桃」。書童唱完此曲後，安進士聽了「喜之不勝」。書童又接唱「難報母氏劬勞」。此二曲實出《香囊記》第二齣〈慶壽〉之中。原曲辭如次：

〔錦堂月〕紅入仙桃，青歸御柳，鶯啼上林春早。簾卷東風，羅襟曉寒猶峭。喜仙姑書附青鸞，念慈母恩同烏鳥。（合）風光好，但願人景長春。醉遊蓬島。

〔前腔〕難報，母氏劬勞，親恩罔極，只願壽比松喬。定省晨昏，連枝尚有兄嫂。喜春風棠棣聯芳，娛晚景松筠同操。（合前）

《金瓶梅》抄錄此二曲時，改「猶」為「尤」，「附」為「付」，「長春」為「長景」（似誤抄），「尚」為「上」，「筠」為「柏」。與抄錄《琵琶記》相類，《金瓶梅》將《香囊記》中的曲辭抄錄入書，與小說的情節發展並無多大關係。但這些抄錄無疑在很大程度上，豐富了小說的內容，生動地反映了當時的社會現實生活。它十分形象地告訴我們，在明代嘉靖年間，將劇曲用於清唱的風氣，十分盛行。這種情況，在當時的文獻記載中似不多見。

八、《南西廂記》

元人王實甫有北劇《西廂記》。明人崔時佩、李景雲改北為南。現存有《六十種曲》本。《南西廂記》亦敘張生、崔鶯鶯的故事。第十七齣東閣邀賓，有紅娘所唱數曲：

〔宜春令〕第一來為壓驚，第二來因謝誠。殺羊茶飯，來時早已安排定。斷閒人，不會親鄰，請先生和俺鶯鶯配聘。我只見他歡天喜地，謹依來命。

〔五供玉枝花〕來回顧影，文魔秀才欠酸丁。下工夫將頭顱來掙，遲和疾擦倒蒼蠅。光油油耀花人眼睛，酸溜溜螫得牙根冷。天生這個後生，天生那個俊英。

〔玉嬌鶯兒〕今宵歡慶，我鶯鶯何曾慣經，你須索要款款輕輕。燈兒下共交鴛頸，端詳可憎，誰無志誠，你兩人今夜親折證。（生）謝芳卿，謝紅娘姐錯愛，成就了這姻親。

〔解三酲〕玳筵前香焚寶鼎，繡簾外風掃閑庭。落紅滿地胭脂冷，白玉欄杆花弄影。準備著鴛鴦夜月銷金帳，孔雀春風軟玉屏。合歡令，有鳳簫象板，錦瑟鸞笙。

〔前腔〕（生）可憐我書劍飄零無厚聘，感不盡姻親事有成。新婚燕爾安排定，除

> 非是折桂手報答前程。我如今博得個跨鳳乘鸞客，到晚來臥看牽牛織女星。非僥倖，受用的珠圍翠繞，結果了黃卷青燈。
>
> ……
>
> 〔尾聲〕老夫人專意等。（生）常言道恭敬不如從命。
>
> （貼）休使紅娘再來請。

《金瓶梅》第七十四回，敘西門慶迎接宋御史、安郎中到廳上敘禮。飲酒間，「安郎中喚戲子：『你每唱個〈宜春令〉奉酒』」，於是貼旦唱了《南西廂記》中的幾個曲子。《金瓶梅》在抄錄時改動如下：改「誠」為「承」，「閑」為「行」，「鸞配」為「娘匹」，「謹」字前增「道」字，「玉枝花」為「養」，「掙」為「整」，「耀」為「輝」，「那」為「這」，「玉嬌鶯兒」為「玉降鶯」（似錯抄），「鶯鶯」為「鶯娘」，「你」為「恁」，「謝」為「感」，「姐」字刪，「前」為「開」，「白」為「碧」，「著」字刪，「有」為「更有那」，「前腔」二字刪。《金瓶梅》抄引《南西廂》的情況，與上列抄引《琵琶記》的情況基本相同。

九、《玉環記》

《玉環記》是明代的傳奇劇本。《金瓶梅》抄引《玉環記》的情況有兩種。一是借抄曲文，一是搬演《玉環記》時略敘情節。

借抄曲文，如《金瓶梅》第十一回抄《玉環記》第六齣中的曲子〈駐雲飛〉。《玉環記》第六齣敘韋皋嫖院，生扮韋皋唱〈駐雲飛〉：

> 舉止從容，壓盡勾欄，壓盡勾欄占上風。行動香風送，頻使人欽重。嗏，玉玷污泥中，豈比凡容。一曲清商，滿座皆驚動。何似今生有幸逢，肯似襄王一夢中。

在《玉環記》中，這是韋皋嫖院，讚賞妓女風度和善唱的一支曲子。《金瓶梅》抄來寫入西門慶梳籠李桂姐一回中（第十一回）。此曲由妓女李桂姐唱出，便成了妓女自我讚賞的一支曲子。似乎李桂姐就是這樣一個既有姿容又善唱的妓女。這也可以看作《金瓶梅》作者對李桂姐的定評。《金瓶梅》抄錄這段曲子時有部分改動：刪「壓盡勾欄」句，改「玷」為「杵」，「豈比凡容」為「豈凡庸」，「何似今生有幸逢，肯似襄王一夢中」為「何似襄王一夢中」。

《金瓶梅》第三十六回，敘西門慶結交蔡狀元。席間安進士令苟子孝唱「恩德浩無邊」；苟唱後書童又接唱「弱質始笄年」。此二曲抄自《玉環記》第十二齣〈延賞贅皐〉。《玉環記》原文如次：

> 〔畫眉序〕恩德浩無邊。父母重逢感非淺。幸終身托倚，又與姻緣。風雲際異日飛騰。鸞鳳配今諧繾綣。（合）料應夫婦非今世，前生玉種藍田。
>
> 〔前腔〕弱質始笄年，父母深恩浩如天。報無由愧赧，此心縈牽。鴛鴦配深沐親恩，箕帚婦願夫榮顯。（合前）

《金瓶梅》抄錄時，改「倚」為「與」，「際」下增「會」字。此處以唱曲的曲辭抄錄入書，與《金瓶梅》故事情節發展基本無關。

《金瓶梅》抄引《玉環記》的另一種情況，是在搬演此劇時，略敘戲曲中的情節，抄引部分人物對話。在《金瓶梅》中，敘及搬演戲曲者有十多處。搬演的南戲、雜劇、傳奇標出名目者有近十部，如《韓湘子升仙記》（第三十二回），《西廂記》（第四十二回），《王月英元夜留鞋記》（第四十三回），《四節記》（第七十六回），《小天香半夜朝元》（第七十八回）等等。但既標名目又略述情節的，似只《玉環記》一部而已。《金瓶梅》第六十三回敘李瓶兒亡，親朋祭奠開筵宴，「叫了一起海鹽子弟搬演戲文」，搬演的是《韋皋玉簫女兩世姻緣玉環記》：

> 下邊鼓樂響動，關目上來。生扮韋皋，淨扮包知水，同到勾欄裏玉簫家來。那媽兒出來迎接。包知水道：「你去叫那姐兒出來。」媽云：「包官人，你好不著人，俺女兒等閒不便出來。說不的一個請字兒，你如何說叫他出來。」

這是《玉環記》第六齣，韋皋嫖院中的情節。戲曲原文如下：

> （淨）也罷，叫他出來見我。（丑）包官人，你好輕人。我女兒麗春園逼邪氣鶯鶯花賽壓眾芳。美嬌嬌活豔豔的觀世音菩薩，等閒不便出來。你說不得一個請字，你到說叫他出來。

由此可見，《金瓶梅》在抄錄原文時，作了較大的刪節。

同一回，《金瓶梅》又云：

> 貼旦扮玉簫唱了一回。西門慶看唱到「今生難會，固（因——抄錯）此上，寄丹青」一句，忽想起李瓶兒病時模樣，不覺心中感觸起來，……

「今生難會」句，抄自《玉環記》第十一齣「玉簫寄真」。妓女思念韋皋，唱〈黃鶯兒〉：

> 傳與我多情，（你說姐夫別後）那一日不淚零。為相思害得伶仃病。（這病呵）何曾

> 慣經，多死少生。（上復韋姐夫）教他休忘海誓山盟證。淚珠傾，料今生難會，因此上寄丹青。

《金瓶梅》的這兩處抄錄，無疑為該書中演劇場面的描寫增色不少：一為真實感，一為現實性。它給人以親臨其境之感，如見其人，如聞其聲。它展現給我們的，似乎就是一幅明代市井間演劇活動的活生生的畫面。此外，《金瓶梅》的這兩處抄錄已巧妙地納入了該書情節的發展之中，成為其有機整體的組成部分。例如，《玉環記》第六齣中，包知水和媽兒的對話並未抄完，《金瓶梅》就接寫如下文字：

> 那李桂姐向席上笑道：「這個姓包的，就和應花子一般，就是個不知趣的蹇味兒。」伯爵道：「小淫婦，我不知趣，你家媽兒喜歡我。」

這就把劇中人物包知水和小說人物應伯爵聯繫了起來。再如，西門慶聽到「今生難會，因此上寄丹青」一句後，《金瓶梅》接寫道：

> （西門慶）忽想起李瓶兒病時模樣，不覺心中感觸起來，止不住眼中淚落，袖中不住取汗巾兒搽拭。又早被潘金蓮在簾內冷眼看見，指與月娘瞧，說道：「大娘，你看他，好個沒來頭的行貨子，如何吃著酒，看見扮戲的哭起來？」孟玉樓道：「你聰明一場，這些兒就不知道了。人有悲歡離合，想必看見那一段兒觸著他心，他覷物思人，見鞍思馬，才落淚來。」

在這裏，《玉環記》中的文字《金瓶梅》只抄了一句，並未作大段引述。而這一句所引起的反響，《金瓶梅》則作了較多的描寫，將西門慶、潘金蓮、孟玉樓等各人的情態都反映了出來。由此可見，《金瓶梅》抄引戲曲文字，不單是使作品增強真實性和現實感，同時也是為塑造小說人物服務的。這是小說創作中的一個極為重大的進步。

十、《寶劍記》

傳奇《寶劍記》是李開先（1502-1568）的作品。它寫成於嘉靖二十六年。《寶劍記》取材於《水滸傳》林沖的故事，並作了較大的再創作。其寫林沖因上本彈劾童貫而被謫官，又參奏太尉高俅而遭陷害。後林沖投奔梁山聚義。梁山英雄起兵攻打汴京，朝廷招安林沖、宋江等人，加封官職，並將高俅父子問成死罪，任林沖發落。林沖報仇後與妻團圓。《金瓶梅》抄引移植《寶劍記》的文字很多，現詳錄如次：

1. 《寶劍記》第三齣「末白」云高太尉的富貴：

官居一品，位列三臺。赫赫公車，晝長鈴鎖靜；潭潭相府，漏定戟枝齊。林花剪綵賽長春，簾幕垂珠光不夜。芬芬馥馥，獺髓新調百和香；隱隱層層，龍紋古篆千金鼎。衾擁半床翡翠，枕欹八寶珊瑚。振佩玉丁東，傳燈金錯落。虎符玉節，門庭甲仗寒；象板銀箏，傀儡排場熱。終朝謁見，無非公子王孫；逐歲追遊，盡是侯門戚里。雪兒歌發，驚聞麗曲三千；雲母屏開，忽見金釵十二。平鋪荷芰，遊魚沼內不驚人；高掛樊籠，嬌鳥簷前能對語。那裏解調和燮理，銜一味趨諂逢迎。談笑有戈矛，吹噓驚海嶽。假旨令八座大臣拱手聽，巧辭使九重天子笑顏開。當朝無不寒心，烈士為之屏息。真個是：輦下權豪第一，人間富貴無雙。

《金瓶梅》第七十回，寫朱太尉朱勔新加光祿大夫、太保，又蔭一子為千戶，群僚都備大禮前來慶賀。作者移植《寶劍記》中寫高太尉的韻白來形容朱太尉的權勢和富貴。移植時只略加刪改如下：改「車」為「堂」，「鎖」為「索」，「剪」為「散」，「幕」為「形」，「珠」為「虹」，「古」為「大」，「衾」為「貪」（此疑為抄誤），「欹」為「歌」（亦為抄誤），改「振佩玉丁東，傳燈金錯落」句為「時聞浪佩玉叮咚，特看傳燈金錯落」，「寒」為「生寒」，「熱」為「熱鬧」，「追」為「逭」，刪「平」「樊」二字，改「簷」為「簾」，刪「銜」字，改「談笑有戈矛」句為「端的笑談起干戈」，刪「聽」字，改「點頭」為「笑顏開」，此下增「督擇花石，江南淮北盡災殃；進獻黃楊，國庫民財皆匱竭」句，改「寒心」為「心寒」，「烈」為「列」，刪「個」字。這樣的改動在文意上並無多大出入，增「督擇花石」「進獻黃楊」句，才體現了朱勔的形象特徵。

2.《寶劍記》第十齣，寫林沖做了個不祥之夢，請算命先生算命：

（淨作恰算科）……有四句斷語不好：命犯刑星必主低，身輕煞重有災厄。時日若逢真太歲，就是神仙也皺眉。（生白）命既如此，再把我夢中詳細斷一斷。（淨白）請老爹說來。（生白）我夢見鷹投羅網；虎陷深坑；損折了雀畫弓，跌破了菱花鏡。（淨白）鷹投羅網，恐有牢獄之災；虎陷深坑，難免奸讒之害；雀畫弓折，勳業一朝虛廢；菱花鏡破，夫妻指日分離。此夢總然不好。（生白）有解處麼？（淨白）白虎當頭攔路，喪門鬼怪生災，神仙也無解，太歲也難捱。造物已定，神鬼莫移。

《寶劍記》中的這段文字，預示了林沖以後的命運。《金瓶梅》第七十九回，寫西門慶貪欲得病，生命垂危。吳月娘請吳神仙為其算命，並為自己圓夢，移植了《寶劍記》中這段文字。《寶劍記》中算命先生的「四句斷語」和其後的一段「淨白」（白虎當頭攔路），《金瓶梅》全文照搬，只改「刑」為「災」，「鬼怪」為「魁在」等字。而中間一段圓夢的對白改動較大。《金瓶梅》其文如下：

月娘道，「禽上不好，請先生替我圓圓夢罷。」神仙道：「請娘子說來，貧道圓。」月娘道：「我夢見大廈將頹，紅衣罩體，折碧玉簪，跌破了菱花鏡。」神仙道：「娘子莫怪我說：大廈將頹，夫君有厄；紅衣罩體，孝服臨身；折了碧玉簪，姊妹一時失散；跌破了菱花鏡，夫妻指日分離。此夢猶然不好，不好。」月娘道：「問先生有解麼？」神仙道：「白虎當頭攔路，……」

《金瓶梅》在抄錄時作如上改動，不難理解。《寶劍記》所寫圓夢者為男性，任征西統制之職的武將林沖，其後的命運是「牢獄之災」「奸讒之害」「夫妻分離」；而《金瓶梅》所寫圓夢者為女性，西門氏一家主母。其後的命運是「夫君有厄」「孝服臨身」「姊妹失散」「夫妻分離」。因此，這樣的改動是完全必要的。

緊接在《金瓶梅》移植的這段文字下面，又抄了《寶劍記》同一齣的下場詩：

卦裏陰陽仔細尋，無端閒事莫關心。
平生積善天加慶，心不欺天禍不侵。

《金瓶梅》抄錄時，改「關」為「閑」（似係誤抄），「積」為「作」，「天」為「貧」字。

3.《寶劍記》第二十八齣：

（白）念我太醫姓趙，門前常有人叫。只會賣杖搖鈴，那有真材實料。行醫不按良方，看脈全憑嘴調。要說治病無能，下手取積不妙。頭痛須要鑿開，害眼全憑艾醮，心疼定用刀剜，耳聾宜將針套。得錢一味胡醫，圖利不圖見效。尋我的少吉多凶，到人家有哭無笑。半積陰功半養身，古來醫道通仙道。

此出寫高俅兒子高朋欲圖霸占林沖之妻而相思成疾，請趙太醫診病。此段文字寫趙太醫的庸劣。《金瓶梅》第六十一回改「念我」為「我叫」，「要說」為「撮藥」，「不」為「兒」，「要鑿開」為「用繩箍」，「用」為「敢」，並在「半積陰功半養身」句前加「正是」二字，餘者全部照抄。用此諷刺為李瓶兒看病的趙太醫的庸劣。在這段文字後面，《寶劍記》中趙太醫為高朋診病時的滑稽可笑的胡猜亂道，《金瓶梅》也照用。雖然文字改動很大，但筆法意趣全同。這是很典型的抄襲移植。例如：《寶劍記》中趙太醫唱〈憶多嬌〉胡猜高朋的病是「胎前產後病」，「奶飽傷食、夜臥驚啼」，「中結、中結漏蹄」，乃是婦人的病、小兒疾、畜生的病。這種荒唐可笑的診斷，具有很強的喜劇效果。《金瓶梅》抄用時承襲了這種筆法。但《寶劍記》中的看病者是男子，故趙太醫診出女病來，才顯得滑稽可笑。而《金瓶梅》中的看病者為女子（李瓶兒），如照抄原文，喜劇效果必然消失。《金瓶梅》作者便改動文字，使趙太醫在李瓶兒身上診出男病來（所謂：「便毒魚口」），從而保持了原有的喜劇效果。

《寶劍記》中還寫到趙太醫給高朋開的藥方：

〔朱奴兒〕甘草甘遂硇砂，藜蘆與巴豆芫花。人言調著生半夏，用烏頭杏仁大麻齊加。藥丸兒一搗，用燒酒清晨送下。（末白）這藥不藥殺人了？

《金瓶梅》抄用這段文字時，改「硇砂」為「與砂」，「與巴豆」為「巴豆與」，「大麻齊加」，為「天麻這幾味兒齊加」，「藥丸兒一搗，用燒酒清晨送下」為「蔥蜜和丸只一搗，清辰用燒酒送下」。以下「末白」句改為「何老人聽了便道：『這等藥吃了，不藥殺人了？』」。綜上所述，可以說《金瓶梅》中趙太醫這個人物及事蹟均是從《寶劍記》中移植來的。

4.《寶劍記》第三十三齣，寫林沖流配滄州，看守草廠，必情淒苦；又時值大雪，肚中餓餒，便去前村沽酒驅寒。行間唱〈駐馬聽〉二曲：

寒夜無茶，走向前村覓酒家。這雪輕飄僧舍，密灑歌樓，遙阻歸槎。江邊乘興探梅花，堂中歡賞燒銀蠟。一望無涯，有似灞橋柳絮，漫天飛下。

四海無家，回首鄉園道路遐。這雪輕如柳絮，細似鵝毛，白勝梨花。山前曲徑更添滑，村中魯酒偏增價。累墜天花，壕平溝滿，令人驚訝。

《金瓶梅》第六十七回，寫西門慶在書房與溫秀才，應伯爵行令賞雪，命春鴻唱了這兩支描寫雪景的南曲。第一曲，《金瓶梅》改「酒」為「店」，「堂」為「庭」，「一望無涯」疊出一句。第二曲，改「四海無家，回首鄉園道路遐」為「四野彤霞，回首江山自占涯」。改「梨花」為「梅花」，「累」為「疊」。「疊墜天花」疊出一句。此雖為寫景文字的抄用，但係唱曲，與故事情節性的移植完全不同。

5.《寶劍記》第四十一齣寫林沖妻張貞娘之母亡，貞娘叫王媽媽去請僧人追薦。王婆上唱：

〔一封書〕生和死兩廂，歎浮生終日忙。兒和女滿堂，到無常祇自當。人如春夢終須短，命若風燈不久常。自思量，可悲傷，題起教人欲斷腸。

後僧人請來，開始「宣卷」：

蓋聞法初不滅，故歸滅以歸空；道本無生，每因生而不用。由法身以垂八相，由八相以顯法身。朗朗慧燈，長留世界；明明佛鏡，照破昏衢。百年光景賴剎那，四大幻身如泡影。每日塵勞汩汩，終朝孽識忙忙。豈知一性圓明，徒逞六根貪欲。功名蓋世，無非大夢一場；富貴驚人，難免無常二字。風火散時無老少，溪山磨盡幾英雄。我如今十方傳句偈，八部會壇場，救火宅之焚燒，發空門之扃鑰。富貴貧窮各有由，只緣分定不須求。未曾下約春時種，空守荒田望有秋。……（唱）〔誦子〕人命無常呼吸間，眼觀紅日墜西山。寶山歷盡空回首，一失人身萬劫難。百歲光陰瞬息回，此身必定化飛灰。誰人肯向生前悟，悟卻無生歸去來。

《金瓶梅》第七十四回，寫吳月娘聽宣黃氏卷。宣卷者為薛姑子，其內容明確指出是《黃氏女卷》。開頭一段駢文導引，包括上引的中間一段文字（蓋聞法初不滅……空守荒田望有秋），後接：「又，百歲光陰瞬息回，……又，人命無常呼吸間，……」各四句。然後「（唱）〔一封書〕生和死兩下」等八句。可見上引的《寶劍記》中的三段文字均被抄引在《金瓶梅》所寫的薛姑子宣卷的文字之中了。但有若干異文如：「生和死兩廂，歎浮生終日忙」，《金瓶梅》作「生和死兩下，相歎浮生終日忙」。其下改「兒」作「男」，「祗」作「只」，「故歸滅以歸空」作「故歸空」，「朗朗慧燈，長留世界」作「朗朗惠燈，通開世戶」，「百年光景賴剎那」作「百年景賴剎那間」，「汩汩」作「碌碌」，「孽識」作「業試」，「如今」作「好」，「救火宅之焚燒，發空門之扃鑰」作「救大宅之蒸熬，發空門之龠綸」，「富貴」前有「偈曰」兩字。

徐朔方先生在〈《金瓶梅》成書新探〉[1]一文中，將《金瓶梅》中的這段文字，作為「引用《寶劍記》的具體段落」看待的。這就是說，前者抄於後者。筆者認為未必盡然。《寶劍記》中的文字本身就抄自《黃氏女寶卷》（即明刊《對金剛寶卷》，又名《三世修行黃氏寶卷》）。《金瓶梅》則明說是《黃氏女卷》。它完全可能直接抄自《黃氏女寶卷》而不必從《寶劍記》轉抄。且《寶劍記》中並未說明所宣卷者為《黃氏女卷》，如果《金瓶梅》抄自《寶劍記》者，則《黃氏女卷》之名如何能明文標出。雖然筆者不大同意徐朔方先生的看法，但為便於進一步考證計，仍將這些可比較的文字錄而存之。

6.《寶劍記》第四十五齣寫丫鬟錦兒佯作林沖之妻逼嫁高朋後自盡。該出有一段寫高朋家人發現新娘自盡的文字：

（淨、丑跪白）奴奉命來看，新娘還睡裏。（小外白）你喚他起來歡會。（淨喚）（白）新娘起來了，在床前打秋千耍裏。（小外白）胡說！再叫一個看。（丑看介）新娘學提偶人耍裏。（小外白）叫院子再看。（末看）呀，吊死了。

1　徐朔方〈《金瓶梅》成書新探〉，《中華文史論叢》，1984 年第 3 輯。

《金瓶梅》第九十二回，寫西門大姐受陳經濟欺凌而上吊自縊：

> 重喜兒打窗眼內望裏張看，說道：「他起來了，且在房裏打秋千耍子兒哩。」又說：「他提偶戲耍子兒。」只見元宵瞧了半日，叫道：「爹，不好了，俺娘吊在床頂上吊死了。」

《金瓶梅》的這段文字，顯然抄襲了《寶劍記》。這屬於移花接木式的情節借用。

7.《寶劍記》第五十齣，寫林沖報仇雪恨，殺高俅父子，唱正宮〈端正好〉控訴高俅罪狀：

> 〔正宮端正好〕享富貴，受皇恩。起寒賤，居高位。秉權衡威振京畿，怙恩恃寵把君王媚，全不想存仁義。
>
> 〔滾繡球〕起官夫造水池，與兒孫買地基，苦求謀都只為一身之計。縱奸貪那裏管越瘦秦肥？趨附的身即榮，觸忤的命必危。妒賢才，喜親小輩，只想著復私仇公道全虧。你將那九重天子渾瞞昧，致令的四海生民總亂離，更不道天網恢恢。
>
> 〔倘秀才〕巧言詞取君王一時笑喜，那裏肯效忠良使萬國雍熙？你只待顛倒豪傑把世迷。隔靴空揉癢，反症卻行醫。滅絕了天理。
>
> ……
>
> 〔滾繡球〕你有秦趙高指鹿心，屠岸賈縱犬機。待學漢王莽不臣之意，欺君董卓燃臍。但行處弦管隨，出門時兵甲圍。入朝中百官悚畏，仗一人假虎張威。望塵有客趨奸黨，借劍無人斬佞賊，一任你狂為。
>
> 〔煞尾〕金甌底下無名姓，青史編中有是非。你那知燮理陰陽調元氣，你止知盜賣江山結外夷。枉辱了玉帶金掛蟒衣，受祿無功愧寢食。權力在手人皆懼，禍到臨頭悔後退。南山竹罄難書罪，東海波乾臭不遺。萬古留傳，教人唾罵你。

《金瓶梅》將此套曲全部抄入第七十回中，其文字改動如次：改「怙恩」為「惟君」，「地基」為「田基」，「苦求」為「圖求」，「秦肥」為「吳肥」，「命」為「令」，「妒賢才」為「妒量才」，「那」字刪，「渾」為「深」，「令的」二字刪，「揉癢」為「庠揉」，「反症」為「久症」，「滅絕」為「減絕」，「趙高」為「趙事」，「欺君」後加「的」字，「行處」為「行動」，「兵甲」為「兵仗」，「佞賊」為「腰賊」，「你狂為」為「的忒狂為」，「元氣」為「兒氣」（似屬錯抄），「你止知」為「那知」，「金掛」為「金魚掛」，「權力」為「權方」，「臭不遺」為「臭未遺」，「留傳」為「流傳」。

《金瓶梅》第七十回，寫群僚庭參朱太尉。朱勔加光祿大夫、太保，又蔭一子為千戶。

前來慶賀者不乏皇親顯貴。正可謂：「輦下權豪第一，人間富貴無雙」。正在這獻媚，喜慶的場面，《金瓶梅》作者卻借抄此控訴高俅罪惡的套曲，在席間演唱，其強烈的諷刺效果可說無以復加。這是《金瓶梅》借用現成的文字為我所用的突出的一例。

8.《寶劍記》第五十一齣有一段諷刺僧尼的文字：

> （淨扮尼姑上白）臉是尼姑臉，心還女子心。空門誰得識，就裏有知音。……〔清江引〕口兒裏念佛，心兒裏想張和尚、李和尚、王和尚。著他墮業根，與我消災障。西方路兒上都是謊！（末打白）好出家人，專想和尚。（淨白）休打，休打，打墜了胎。佛說：「法輪常轉圖生育，佛會僧尼是一家。」（末白）出家人，也說這風月的話。（淨白）風月風月，墮心墮孽。後牆上送生，前門裏接客。（末白）好尼姑，你也接客。（淨白）短壽命的，我接的都是香客。（末白）香客不往東嶽廟、城隍廟去，他來這裏做甚麼？（淨白）世上有這等好事的人：小門閨怨女，大戶動情妻，姻緣成好事，到此會佳期。……

《金瓶梅》第六十八回，寫薛姑子和王姑子，為李瓶兒斷七念經而相互瞞騙，勾心鬥角爭要經錢。《金瓶梅》作者為此特加「看官聽說」一段文字，以諷刺僧尼惡行：

> 看官聽說：似這樣緇流之輩，最不該招惹他。臉雖是尼姑臉，心同淫婦心。只是他六根未淨，本性欠明；戒行全無，廉恥已喪；假以慈悲為主，一味利欲是貪；不管墮業輪回，一味眼下快樂；哄了些小門閨怨女，念了些大戶動情妻；前門接施主檀那，後門丟胎卵濕化；姻緣成好事，到此會佳期。有詩為證：
>
> 佛會僧尼是一家，法輪常轉度龍華。
>
> 此物只好圖生育，枉使金刀剪落花。

雖然上述兩段文字相同的部分不多，但後者抄了前者，這並不難看出。這是《金瓶梅》借用其他作品中的文字，並作了較大改動的一個例子。

綜上所列可見，《金瓶梅》借抄《寶劍記》的文字竟達八段之多。

通過以上考證，我們對《金瓶梅》借抄話本小說、戲曲劇本的情況有了一個大體的瞭解。這到底能說明什麼問題呢？作為對一部偉大小說的研究，搞清楚它創作素材的來源問題，這是我們必須首先做的基礎性工作。如果我們對此茫然無知，那麼建築在這一基礎上的其他重要問題的研究，也就無從著手。在筆者看來，研究這個問題對進一步研究《金瓶梅》的成書問題，具有直接的意義。下面試作粗淺的分析（此處從略，具體文字見拙文〈論《金瓶梅》成書方式「過渡說」〉）。

《金瓶梅》清唱曲辭考探

古人早有評論，《紅樓夢》以詩勝，《金瓶梅》以曲勝。《金瓶梅》中寫到幾十次唱曲的場面，寫入的曲辭不下兩百首。唱曲者有藝人、妓女、丫鬟、尼姑，還有西門慶的妻妾。可謂人人會唱小曲，個個愛聽小曲。所唱的曲子有套數、小令、劇曲、時調小曲。曲牌名目繁多。《紅樓夢》之詩，大多為作者所創作。而《金瓶梅》之曲，則多為前人或當時民間盛唱的作品。《金瓶梅》大量地抄錄曲辭入文，雖不免有煩瑣之弊，卻十分鮮明、突出地反映了明代中晚期民間清唱風習盛行的時代特徵，其價值有三：一、它為我們保存了大量的明代中晚期民間藝術活動的具體、形象的資料，其價值大大超過一般史書對此類活動的抽象空泛的記載；二、增強了小說的真實性與反映社會生活的深、廣度；三、強化了小說的藝術氛圍和審美感染效果，使我們今天的讀者讀之還會產生身臨其境之感。

對《金瓶梅》抄錄之曲辭的來源問題，著名學者馮沅君先生和美國學者韓南教授都作過不少考證。筆者在繼承其研究成果的基礎上，進一步考證，收穫不少。本文擬對小說中出現的清唱曲辭，考其來源，查明抄改情況，探究抄改原委，並就此題對小說的作者，成書年代，時代背景及作者的思想傾向、藝術趣味等問題作些分析研究。

冠兒不戴懶梳妝

《金瓶梅》第六回寫道：西門慶飲酒中間，看見潘金蓮壁上掛著一面琵琶，便道：「久聞你善彈，今日好歹彈個曲兒我下酒。」婦人笑道：「奴自幼初學一兩句，不十分好。官人休要笑恥。」西門慶一面取下琵琶來，摟婦人在懷，看她放在膝兒上，輕舒玉筍，款弄冰弦，慢慢彈著，唱了一個〈兩頭南〉調兒：

> 冠兒不戴懶梳妝，鬢挽青絲雲鬢光。金釵斜插在烏雲上。喚梅香，開籠箱，穿一套素縞衣裳，打扮的是西施模樣。出繡房，梅香：你與我卷起簾兒，燒一柱兒夜香。

此曲抄引自《詞林摘豔》卷二。原注「閨情」，無名氏小令。小說抄錄時文字上更動如次：改原文「綰青絲」為「挽青絲」，「短金釵」句「短」字刪，「我這裏喚梅香」句「我這裏」三字刪，「揀一套縞素衣裳」改為「穿一套素縞衣裳」，「似西施」改為「是西施」，原文「西施模樣」迭出一句被刪，「我燒一柱」句「我」字刪。

潘金蓮嫌夫賣風月，設謀害死武大後，與西門慶整日淫蕩作樂，好不自在。作者巧妙地抄借現成的曲子，讓潘金蓮自彈自唱，十分貼切地表達了潘金蓮此時如願以償的閒適心態。

當初奴愛你風流

小說第八回，寫潘金蓮永夜盼西門慶：

> 原來婦人在房中，香薰鴛被，款剔銀燈，睡不著，短歎長吁，翻來覆去。正是：得多少琵琶夜久殷勤弄，寂寞空房不忍彈。於是獨自彈著琵琶，唱一個〈綿搭絮〉為證：
>
> 當初奴愛你風流，共你剪髮燃香，雨態雲蹤兩意投。背親夫，和你偷情。怕什麼傍人講論，覆水難收。你若負了奴真情，正是緣木求魚空自守。
>
> 又
>
> 誰想你另有了裙釵，氣的奴似醉如癡，斜傍定帷屏故意兒猜。不明白，怎生丟開？傳書寄柬，你又不來。你若負了奴的恩情，人不為仇天降災。
>
> 又
>
> 奴家又不曾愛你錢財，只愛你可意的冤家，知重知輕性兒乖。奴本是朵好花兒，園內初開；蝴蝶飡破，再也不來。我和你那樣的恩情，前世裏前緣今世裏該。
>
> 又
>
> 心中猶豫展轉成憂，常言婦女癡心，惟有情人意不周。是我迎頭，和你把情偷。鮮花付與，怎肯干休？你如今另有知心，海神廟裏和你把狀投。

此曲抄自《雍熙樂府》卷十五〈綿搭絮〉，原注「思情」。小說抄錄時有一些文字改動。如改原曲辭「兩意綢」為「兩意投」，「背親娘」為「背親夫」，「你若是」為「你若」，「空自羞」為「空自守」。第二首曲中，改原文「女裙釵」為「裙釵」，「怎肯丟開」為「怎生丟開」，「你若還」為「你若」。第三首曲中，改原文「只愛你個」為「只愛你」，「情性兒乖」為「性兒乖」，「蝴蝶兒」為「蝴蝶」，「我和你黑海般恩情」為「我和你那樣的恩情」，「前世裏姻緣」為「前世裏前緣」。第四首曲中，改原文「常言女子癡心」為「常言婦女癡心」，「和你情偷」為「和你把情偷」，「另有了知心」為「另有知心」，「海神廟威靈把狀投」為「海神廟裏和你把狀投」。

此曲為潘金蓮的自彈自唱，所唱的內容與刻畫當時潘金蓮的心態、情感具有密切的聯繫。因此此曲成了小說情節發展的有機組成部分。但即使是這樣的曲子，小說作者也無意獨創，而仍以抄借移植前人的現成曲子為之，只是在情節的不相吻合處，作了必要的改動。如原曲辭中有「背親娘，和你偷情」句，小說改為「背親夫，和你偷情」。如此一改，就基本上符合了潘金蓮這一小說人物的情況。小說作者還在移植時對原來的曲子進行了選擇和重新排列，使其更符合當時潘金蓮的心理發展、變化的規律。於此可見，小說作者在移植、抄借時也是頗費斟酌、運籌的。

喜遇吉日

小說第十六回，寫西門慶的十個朋友，在慶賀應伯爵壽誕時，知西門慶將娶李瓶兒，皆奉承之：

> 謝希大道：「哥到明日娶嫂子過門，俺每賀哥去。哥好歹叫上四個唱的，請俺每吃喜酒。」西門慶道：「這個不瞞說，一定奉請列位兄弟。」祝日念道：「比時明日與哥慶喜，不如咱如今替哥把一杯酒兒，先慶了喜罷。」於是叫伯爵把酒，謝希大執壺，祝日念捧菜，其餘都陪跪。把兩個小優兒也叫來跪著，彈唱一套〈十三腔〉「喜遇吉日」，一連把西門慶灌了三四鍾酒。

兩個小優兒彈唱的一套〈三十腔〉「喜遇吉日」（《金瓶梅》寫作〈十三腔〉，係誤抄或誤刻），出自《盛世新聲》「南曲」。《詞林摘豔》卷二，《雍熙樂府》卷十六「南曲」亦收有此套曲。《詞林摘豔》此曲原注「慶壽」；《雍熙樂府》原注「祝壽兼生子」。開頭數句為：「喜遇吉人，長庚現，彩雲飄渺。看庭前玉樹，又生瑤草。」確為「祝壽兼生子」之曲，故周守備說：「今日是你西門老爹加官進祿，又是他的好日子，又是弄璋之喜，宜該唱這套。」但首句「喜遇吉人」應為「喜遇吉日」，《詞林摘豔》是如此，《雍熙樂府》係誤刊。

喜得功名完遂

小說第二十回，寫應伯爵等在西門慶家吃會親酒，要新嫂子李瓶兒出來拜見眾人：

> 四個唱的，琵琶箏弦，簇擁婦人，花枝招展，繡帶飄飄，望上朝拜。慌的眾人都

下席來還禮不迭。

孟玉樓、潘金蓮、李嬌兒，簇擁著月娘，都在大廳軟壁後聽覷，聽見唱「喜得功名完遂」，唱到「天之配合一對兒，如鸞似鳳夫共妻」，直到「笑吟吟慶喜，高擎著鳳凰杯。象板銀箏間玉笛，列杯盤，水陸排佳會」，直至「永團圓世世夫妻」跟前，金蓮向月娘說道：「大姐姐，你聽唱的，小老婆今日不該唱這一套。他做了一對魚水團圓，世世夫妻，把姐姐放在那裏？」那月娘雖故好性兒，聽了這兩句，未免有幾分動意，惱在心中。

「喜得功名遂」乃是《雍熙樂府》卷十六南曲〈合笙〉的首句，原注「闔家歡樂」。此套曲亦載《盛世新聲》。《南九宮十三調譜》引此套曲中的二曲（〈道和〉〈梅花酒〉）均注《彩樓記》。現據《雍熙樂府》所載抄錄如次：

喜得功名遂，重休提攜。荷天天配合一對兒，如鸞似鳳夫共妻。腰金衣紫身榮貴，今日謝得親幃兩情深感激。喜重相會，喜重相會，畫堂羅列珠翠。歡聲宴樂春風細，今日再成姻契，學效高飛，如魚似水。

〔調笑令〕笑吟吟慶喜，高擎著鳳凰杯。呀，象板銀箏間玉笛，列杯盤，水陸排筵會。狀元郎虎榜名題，我則見蘭堂畫閣列鼎食，永團圓世世夫妻。

……

此曲小說並未全錄，只是孟玉樓、潘金蓮等聽唱中敘出數句。這在小說中是一個特例，唱曲與小說情節的發展完全融合在一起，非常生動地表現了西門慶對李瓶兒的寵愛，潘金蓮的嫉妒和吳月娘的醋意。

寒風布野

小說第二十一回，寫西門慶妻妾賞雪烹茶，說唱藝人李銘前來伺候：

西門慶就將手內吃的那一盞木樨金燈茶，遞與他（李銘）吃，說道：「你吃了休去，且唱一套我聽。」李銘道：「小的知道。」一面下邊吃了茶，上來把箏弦調定，頓開喉音，並足朝上，唱了一套〈冬景·絳都春〉「寒風布野」云云。

李銘所唱之曲，小說未錄。但從首句可考，此曲出自《雍熙樂府》卷十六南曲〈絳都春〉，原注「冬景」。《詞林摘豔》亦載此曲。

赤帝當權耀太虛

小說第二十七回，寫西門慶與妻妾們在花園內涼亭上擺酒納涼：

> 須臾酒過三巡，西門慶教春梅取月琴來教玉樓，取琵琶教金蓮彈，「你兩個唱一套『赤帝當權耀太虛』我聽。」……他兩個方才輕舒玉指，款跨鮫綃，合著聲唱〈雁過沙〉。

〈雁過沙〉乃為〈雁過聲〉之誤。玉樓、金蓮所唱的〈雁過聲〉「赤帝當權耀太虛」，載《雍熙樂府》卷三〈正宮〉，原注「納涼」。此曲亦載《盛世新聲》《詞林摘豔》等曲選集。

歎浮生有如一夢裏

小說第三十一回，寫西門慶生子加官，開宴吃喜酒。所請的客人，有劉、薛二內相，周守備，夏提刑等人：

> 說話中間，忽報劉公公、薛公公來了。慌的西門慶穿上衣，儀門迎接。二位內相坐四人轎，穿過肩蟒，纓槍隊，喝道而至。……西門慶先把盞讓座次，劉薛二內相再三讓遜：「還有列位大人。」周守備道：「二位老太監齒德俱尊。常言：三歲內官，居於王公之上。這個自然首座，何消泛講。」……須臾，李銘、吳惠兩個小優兒上來彈唱了。一個箏，一個琵琶。周守備先舉手讓兩位內相，說：「老太監，分付賞他二人唱哪套詞兒？」劉太監道：「列位請先。」周守備道：「老太監自然之理，不必計較。」劉太監道：「兩個子弟唱個『歎浮生有如一夢裏』。」周守備道：「老太監，此是這歸隱歎世之詞，今日西門大人喜事，又是華誕，唱不的。」劉太監又道：「你會唱『雖不是八位中紫綬臣，管領的六宮中金釵女？』」周守備道：「此是《陳琳抱妝盒》雜記（劇），今日慶賀，唱不的。」薛太監道：「你叫他二人上來，等我分付他。你記的〈普天樂〉『想人生最苦是離別』？」夏提刑大笑道：「老太監，此是離別之詞，越發使不的。」……分付：「你唱套〈三十腔〉。今日是你西門老爹加官進祿，又是好日子，又是弄璋之喜，宜該唱這套。」

劉太監點唱的「歎浮生有如一夢裏」，出自《雍熙樂府》卷十四〈商調·集賢賓〉，原注「歎世」。故周守備稱此為「歸隱歎世之詞」。此曲又載《盛世新聲》《詞林摘豔》。後者注「呂止庵『歎世』」。劉太監又點唱：「雖不是八位中紫綬臣，管領的六宮金釵女」，出自《雍熙樂府》卷九〈南呂・一枝花〉，原注「抱妝盒」。《盛世新聲》《詞林摘豔》亦載此曲。《詞林摘豔》注：「無名氏《抱妝盒》傳奇」。《抱妝盒》全名為《金水橋陳琳抱妝盒》，雜劇。此曲原出於此劇第二折。但在雜劇中此曲前兩句為：「雖不比三臺中玉佩臣，現掌些六院裏金釵客」，與《金瓶梅》所抄引者出入很大。可見《金瓶梅》在寫作時所抄引者為《雍熙樂府》或《詞林摘豔》，而非原作雜劇《抱妝盒》。薛太監點唱的「想人生最苦是離別」，出自《詞林摘豔》卷一〈普天樂〉，原注「元張鳴善小令・詠世」。

最後夏提刑分付唱〈三十腔〉。《雍熙樂府》卷十六南曲中有〈三十腔〉。其首曲為「喜遇吉人」，原注「慶壽」。這是套慶壽之曲，正符合《金瓶梅》中周守備所說「今日西門大人喜事，又是華誕」，夏提刑所說「又是弄璋之喜，宜該唱這套。」

以上抄引小說中這一段文字的前半部分，曾被吳晗先生用來證明其「萬曆說」的正確，筆者認為不確。吳晗先生在〈《金瓶梅》的著作時代及其社會背景〉中指出：「一個管造磚和一個看皇莊的內使，聲勢便顯赫到如此，在宴會時座次在地方軍政長官之上，這正是宦官極得勢時代的情景，也正是萬曆時代的情景。」其實，周守備等地方官，將內使太監敬為上賓，僅出於禮貌而已。誠如周守備所說：「老太監齒德俱尊」，「自然首坐，何消泛講」。在座次問題上，老太監還和地方長官謙讓一番，正說明他們權勢並不顯赫。此外，從上引文字之下半段來看，西門慶生子加官，又是華誕，乃是大喜之事，在酒席宴上老太監卻要唱歸隱歎世之曲，悲傷離別之詞，這本身即是對太監的諷刺，足見他們心情之灰黯、處世之不遇。這正是嘉靖時代太監失勢而非萬曆時代太監得勢的真實寫照。《金瓶梅》此處並未大段抄錄曲辭，只是以白描手法寫了為慶賀西門慶加官生子而該唱何曲的爭論，將老太監的失意心情和周守備、夏提刑對西門慶阿諛奉承的情態，表現得相當深刻。

花遮翠擁

小說第三十二回，寫到桂姐拜月娘為乾娘，叫妓女們唱曲：

> 桂姐又道，「銀姐，你三個拿樂器來，唱個曲兒與娘聽」。「我先唱過了。」月娘和李嬌兒對面坐著。吳銀兒見他這般說，只得取過樂器來。當下鄭愛香兒彈唱，吳銀兒琵琶，韓玉釧兒在旁隨唱，唱了一套〈八聲甘州〉「花遮翠擁」。

小說中這一套〈八聲甘州〉「花遮翠擁」，抄自賈仲明《鐵拐李度金童玉女》雜劇第一折。《雍熙樂府》卷四亦載此曲，故亦可能抄自《雍熙樂府》。原曲辭為：「〔仙呂八聲甘州〕花遮翠擁，香靄飄霞。燭影搖紅，月梁雲棟，上金鉤十二簾櫳。金雀屏開玳瑁筵，綠蟻光浮白玉鍾。爽氣透襟懷，滿面春風。」劇敘西王母蟠桃會，金童玉女思凡謫下人間配為夫婦。後又復命鐵拐李度脫歸真。《金瓶梅》唱此曲，只為酒席間賞玩，並無他意。

馬蹄金鑄就虎頭牌

同一回，小說寫到西門慶請喬大戶等飲酒，在酒席間：

> 初是鄭愛香兒彈箏，吳銀兒琵琶，韓玉釧兒拔板。啟朱唇，露皓齒，先唱〈水仙子〉「馬蹄金鑄就虎頭牌」一套。

〈水仙子〉「馬蹄金鑄就虎頭牌」一套，出自《雍熙樂府》卷十八雜曲。《金瓶梅》出此亦為佐酒，而無他意。

殘紅水上飄

小說第三十五回寫到，西門慶、應伯爵等飲酒，要書童妝扮成女子唱南曲：

> （書童）要了些脂粉，在書房裏搽抹起來，儼然就是個女子，打扮的甚是嬌娜。走在席邊，雙手先遞上一杯與應伯爵，頓開喉音，在旁唱〈玉芙蓉〉道：
> 殘紅水上飄，梅子枝頭小。這些時，淡了眉兒誰描。因春帶得愁來到，春去緣何愁未消？人別後，山遙水遙。我為你，數盡歸期，畫損了掠兒稍。

書童所唱的〈玉芙蓉〉「殘紅水上飄」，抄自《南九宮詞》正宮。《南九宮詞》題李日華作。原文如下：

> 殘紅水上飄，春杏枝頭小。這些時，眉兒淡了誰描。因春帶得愁來到，春去緣何愁未消？人別後，山遙水遙。我為他，盼歸期，月轉海棠梢。

《南宮詞紀》亦載此曲。與《南九宮詞》本末句為異文。《南宮詞紀》本作：「數歸期，劃損掠兒稍。」此與《金瓶梅》的文字較近似。

黃霖先生發現在《南詞韻選》所載此曲作者李日華下注有「直隸吳縣人」，確切地證明了此曲是吳縣人戲曲家李日華的作品。但此曲卻不見於嘉靖年間編成的，《金瓶梅》作者最樂意引用的《詞林摘豔》《雍熙樂府》之中，而見於萬曆時期編成的《群音類選》

《南詞韻選》《南宮詞紀》中，因此有的研究者就認為此曲當流行在萬曆年間。《金瓶梅》中，抄引此曲，故小說亦當成書在萬曆年間。這個結論值得商榷。

戲曲家李日華的活動時間較早，我們可以從他改編《西廂記》的情況，考知他大體的活動年代。《西廂記》雜劇是元王實甫的作品。明浙江海鹽人崔時佩據王氏《西廂記》改成傳奇劇本。李日華又於崔作復加增訂，取名為《南調西廂記》。吳縣戲曲家陸采又不滿李作，重寫《南西廂記》。陸采自序云：「李日華取實甫語翻為南曲，而措辭命意之妙，幾失之矣。予自退休日時綴此編，固不敢媲美前哲，然較之生吞活剝者，自謂差見一斑。」陸采與李日華同為吳縣人。陸生於明弘治十年（1497），卒於嘉靖十六年（1537）。這就是說，陸采不滿李作而重寫《南西廂記》的時間，最晚不能過嘉靖十六年。由此可見，李日華的《南調西廂記》當流行於嘉靖初年或更早。這也就是李日華的活動時間，其所作「殘紅水上飄」曲子的流行時間。退一步講，此曲的開始流行時間不會晚於嘉靖，那可能到萬曆？因此生活在嘉靖年間的《金瓶梅》作者即可將此曲采入書中。

可心人二八嬌娃

小說第三十五回，寫西門慶等在飲酒間擲骰兒行令：

> 伯爵道：「眾人聽著，我起令了！說差了，也罰一杯。」說道：「張生醉倒在西廂。吃了多少酒：一大壺，兩小壺。」果然是個麼。西門慶教書童兒上來斟酒，該下家謝希大唱。希大拍著手兒：「我唱了個〈折桂令〉兒你聽罷。」唱道：
> 可心人二八嬌娃，百件風流，所事慷達。眉蹙青山、眼橫秋水，鬢綰著烏鴉。千相思，撇不下一時半霎，咫尺間如隔著海角天涯。瘦也因他，病也因他。誰與做個成就了姻緣，便是那救苦難菩薩。

〈折桂令〉「可心人二八嬌娃」，抄引自《雍熙樂府》卷十七，原注「題情」。此曲源出朱有燉《誠齋樂府》卷一，原曲辭如次：

> 可心人年少嬌娃，萬種風流，所事撐撻。眉蹙青山，眼橫秋水，鬢挽雙鴉。撇不下一時半霎，咫尺間海角天涯。瘦也因他，病也因他，誰與俺成就姻緣，便是那救苦菩薩。

小說抄借此曲，對西門慶一夥的淫蕩生活寓諷譏之意。

翡翠窗紗

小說第四十一回，寫喬大戶娘子與月娘、李瓶兒割衫襟、結親：

月娘一面分付玳安、琴童快往家中對西門慶說，旋抬了兩罈酒、三匹緞子、紅綠板兒絨金絲花、四個螺甸大果盒。兩家席前掛紅吃酒。一面堂中畫燭高擎，花燈燦爛，麝香靉靉，喜笑匆匆。席前兩個妓女，啟朱唇，露皓齒，輕撥玉阮，斜把琵琶，唱一套〈鬥鵪鶉〉：

翡翠窗紗，鴛鴦碧瓦；孔雀銀屏，芙蓉繡榻；幕卷輕綃，香焚睡鴨，燈上□□下下，這的是南省尚書，東床駙馬。

〔紫花兒序〕帳前軍朱衣畫戟，門下士綿帶吳鉤，坐上客繡帽宮花，按教坊歌舞，依內苑奢華。扳拔紅牙，一派簫韶準備下。立兩人美人如畫，粉面銀箏，玉手琵琶。

〔金焦葉〕我倒見銀燭明燒絳蠟，纖手高擎著玉斝。我見他舉止處堂堂俊雅，我去那燈影兒下孜孜的覷著。

〔調笑令〕這生那裏每曾見他，莫不我眼睛花？呀，我這裏手抵著牙兒事記咱。不由我眼兒裏見了他，心牽掛。莫不是五百年前歡喜冤家，是何處綠楊曾繫馬？莫不是夢兒中雲雨巫峽？

〔小桃紅〕玉簫吹徹碧桃花，一刻千金價。燈影兒裏斜將眼梢兒抹，唬的我臉紅霞，酒杯中嫌殺春風凹。玉簫年當二人，未曾抬嫁，俺相公培養出牡丹芽。

〔三鬼臺〕他說幾句淒涼話。我淚不住行兒般下，鎖不住心猿意馬。我是個嬌滴滴洛陽花，險些露出風流的話靶。這言詞道耍不是耍，這公事道假不是假。他那裏拔樹尋根，我這裏指鹿道馬。

〔禿廝兒〕我勸他似水底納瓜，他覷我似鏡裏觀花。更做道書生自來情性耍，調戲咱好人家嬌娃。

〔聖藥王〕你看我怎救他難按納，公孫弘東閣鬧喧嘩。散了玳瑁筵，漾了這鸚鵡斝，踢翻了銀燭絳籠紗，扯三尺劍離匣。

〔尾聲〕從來這秀才每色膽天來大，把俺這小膽文君唬殺。忒火性卓王孫，強風情漢司馬。

此套曲原出於元劇作家喬夢符的雜劇《玉簫女兩世姻緣》第三折。《詞林摘豔》收錄的此套曲在文字上與原曲詞有較大出入。《金瓶梅》所抄此曲的文字，與《詞林摘豔》相近，而與原曲詞差異甚大。此可見，《金瓶梅》作者抄錄的是《詞林摘豔》而非原劇曲。

與《詞林摘豔》所收此曲相比較，《金瓶梅》改動如下：改「東窗」為「東床」，「板櫬」為「板撥」，「兩行」為「兩人」，「我」則為「我倒」，「高擎著這」刪「這」字，「覷咱」為「覷著」，「眼睛兒」刪「兒」字，「二八」為「二人」（抄誤），「招嫁」為「抬嫁」（抄誤），「鬼三臺」為「三鬼臺」（抄誤），「話罷」為「話靶」，「調戲俺」為「調戲咱」。此外，原「燈上上簾下下」句，中間空缺二字。

這裏還有個值得研究的問題。徐朔方先生在論證《金瓶梅》的寫定者為李開先時指出：

> 李開先《詞謔》評論各家套曲，全折引錄，不加貶語的元人雜劇只有十餘套，其中就有小說（《金瓶梅》）第四十一、七十一回分別全文引錄的《兩世姻緣》和《龍虎風雲會》的第三折，而這兩套通常並不認為是元曲的最佳作品。

徐先生的邏輯是這樣的：李開先在其著《詞謔》中全文抄錄了此套曲。此曲非為元曲中的最佳作品，而《金瓶梅》又抄錄了此套曲，因此，這是《金瓶梅》的寫定者為李開先的一個佐證。筆者以為此論不能成立。誠然，李開先的《詞謔》中確實抄錄了此曲，如果說李開先非常熟悉此曲，或者說李開先非常喜歡此曲，這似乎能夠說得通，但這與《金瓶梅》有什麼關係呢？如果說李開先《詞謔》中抄錄的此曲文字，與《金瓶梅》中抄錄的此曲文字大體相同，那麼徐先生的立論似可成立。但客觀事實卻並非如此。據筆者查證，《金瓶梅》中的此曲文字與《詞林摘豔》基本相同，而與《詞謔》差異甚大。這恰恰雄辯地證明，《金瓶梅》與李開先的《詞謔》沒有關係，而且，這反過來成為《金瓶梅》的寫定者不可能是李開先的一個佐證。

鳳城佳節賞元宵

小說第四十二回，寫西門慶同應伯爵等在獅子街房子裏吃酒：

> 一面重篩美酒，再設珍羞，教李銘、吳惠席前彈唱了一套燈詞〈雙調・新水令〉：
> 鳳城佳節賞元宵，繞鼇山瑞雲籠罩。見銀河星皎潔，看天塹月輪高。動一派簫韶，開玳宴盡歡樂。
> 〔川撥棹〕花燈兒兩邊挑，更那堪一天星月皎。我到見綠帶風飄，寶蓋微搖，鼇山上燈光照耀，剪春蛾頭上挑。
> 〔第七兄〕一壁廂舞著，唱著共彈著，驚人的這百戲其實妙。動人的高戲怎生學，笑人的院本其實笑。

〔梅花酒〕呀，一壁廂舞鮑老。仕女每打扮的清標，有萬種妖嬈，更百媚千嬌。一壁廂舞迓鼓，一壁廂高橇，端的有笑樂。細氤氳蘭麝飄，笑吟吟飲香醪。

〔喜江南〕呀，今日喜孜孜開宴賞元宵，玉纖慢撥紫檀槽，燈光明月兩相耀。照樓臺殿開，今日個開懷沉醉樂淘淘。

此曲，《詞林摘豔》收錄，題為「元宵」，無名氏作。《金瓶梅》抄錄時改「我則」為「我倒」，「七弟兄」為「第七兄」（抄誤），「跚高橇」為「高橇」，「麝蘭」為「蘭麝」，「笑吟吟的」刪「的」字，「今日個」刪「個」字，「殿閣」為「殿開」，「樂醄醄」為「樂淘淘」。

在唱曲風習十分盛行的明代，每逢喜慶佳節，民間常常進行唱曲活動，以助喜慶和娛樂。社會活動的需要，又反過來促進了散曲、時調小曲創作的空前繁榮，出現了大量的專題性的曲作。如專門有慶元宵的，慶端陽的，慶重陽的，慶壽誕的曲子。可謂應有盡有，名目繁多。《金瓶梅》抄錄的此曲是專門用於慶元宵的，並在西門慶等人慶元宵的酒宴上演唱，因此與書中所描寫的場景完全吻合。這些曲子在小說中出現，不僅豐富了小說的內容，增強了小說的文化因素，也為我們瞭解當時的民情風俗，提供了最生動，最形象的資料。《金瓶梅》在這一方面的價值，當不可低估。

繁花滿目開

小說第四十三回寫妓女們為吳月娘唱曲：

當下韓玉釧兒琵琶、董嬌兒彈箏，吳銀兒也在旁邊陪唱。於是唱了一套「繁華滿月開」〈金索掛梧桐〉。唱出一句來，端的有落塵繞梁之聲，裂石流雲之響……。

於是四個唱的齊合著聲兒唱這一套詞道：

繁花滿目開，錦被空閒在。劣性冤家悞得我忒毒害，我前生少欠他今世裏相思債。廢寢忘餐，倚定門兒待，房櫳靜悄悄如何捱？

〔罵玉郎〕冷清清房櫳靜悄如何捱？獨自把幃屏倚，知他是甚情懷。想當初同行同坐歡愛，到如今孤另另怎別劃。愁戚戚酒倦釃，羞慘慘花慵戴。

〔東甌令〕花慵戴，酒倦釃。如今曾約前期不見來，都應是他在那裏那裏貪歡愛。物在人何在？空勞魂夢到陽臺。只落得淚盈腮。

〔感皇恩〕呀，只落得兩淚盈腮，都應是命裏合該。莫不是你緣薄，咱分淺，都應是一般運拙時乖。怎禁那攪閒人是非，施巧計裁排。撕揼碎合歡帶，破分開鸞鳳釵，水淹浸楚陽臺。

〔針線箱〕把一床弦索塵埋，兩眉峰不展開。香肌瘦損愁無奈，懶刺繡，傍妝臺。舊恨新愁教我如何捱？我則怕蝶使蜂媒不再來。臨鸞鏡也問道朱顏未改，他又早先改。

〔採茶歌〕改朱顏瘦了形骸，冷清清怎生捱？我則怕梁山伯不戀祝英臺。他若是背義忘恩尋罪責，我將那盟山誓海說的明白。

〔解三酲〕頓忘了盟山誓海，頓忘了音書不寄來，頓忘了枕邊許多恩和愛，頓忘了素體相挨，頓忘了神前兩下千千拜，頓忘了表記香羅紅繡鞋。說將起，旁人見了珠淚盈腮。

〔烏夜啼〕俺如今相離三月，如隔數載，要相逢甚日何年再？則我這瘦伶仃形體如柴，甚時節還徹了相思債？又不見青鳥書來，黃犬音乖，每日家病懨懨懶去傍妝臺。得團圓便把神羊賽。意廝搜，心相愛，早成了鸞交鳳友，省的著蝶笑蜂猜。

〔尾聲〕把局兒牢鋪擺，情人終久再來，美滿夫妻百歲諧。

此曲，《詞林摘豔》卷八收錄。《金瓶梅》抄錄時改動如次：改「誤得人」為「誤得我」，「前生」前增「我」字，「失寐」為「廢寢」，「倚定著這」刪「著這」二字，「怎劃」為「怎別劃」，「酒慵醲」為「酒倦醲」，「燕約鶯期」為「曾約前期」，「多應」為「都應是」，「則落得」為「只落得」，「應是」二字增，「栽排」為「截排」，「硬分開」為「破分開」，「水淹塌」為「水淹浸」，「他早先改」為「他又早先改」，「不戀我祝英臺」刪「我」字，「我將這」為「我將那」，「設下」為「兩下」，「相離了」刪「了」字，「意廝投」為「意廝搜」。

《金瓶梅》中出現的唱曲形式，大多為一人獨唱，餘者還有二人合唱，三人合唱乃至四人合唱。此曲為四人合唱之實例。它為我們瞭解明代清唱形式的多樣性提供了形象的資料。

壽比南山

同一回，小說寫因為結親，月娘會見並宴請皇親喬五太太：

須臾，吳月娘與李瓶兒遞酒。階下戲子鼓樂響罷，喬太太與眾親戚又親與李瓶兒把盞祝壽。李桂姐、吳銀兒、韓玉釧兒、董嬌兒四個唱的，在席前錦瑟銀箏，玉面琵琶，紅牙象板，彈唱起來，唱了一套「壽比南山」。下邊鼓樂響動，戲子呈上戲文手本。喬五太太分付不來，教做《王日（月）英元夜留鞋記》。……階下動樂，琵琶箏，笙簫笛管，吹打了一套燈詞〈畫眉序〉「花月滿春城」。唱畢，喬太太和喬大戶娘子叫上戲子，賞了兩包一兩銀子；四個唱的，每人二錢。

四個唱的，唱的一套「壽比南山」出自《雍熙樂府》卷十六南曲〈春雲怨〉，原注「慶壽」。此曲《盛世新聲》《詞林摘豔》均收錄。《詞林摘豔》題作「金臺景」。《金瓶梅》此處寫喬五太太與李瓶兒把盞祝壽，故唱此曲。喬五太太點演的《王月英元夜留鞋記》，為雜劇，元無名氏作。小說還寫到桂姐等四個唱了一套燈詞〈畫眉序〉「花月滿春城」，此曲出自《詞林摘豔》卷二。

〈十段錦兒〉

小說第四十四回，寫西門慶留住李桂姐、吳銀兒，叫她們唱個〈十段錦兒〉：

西門慶道：「我也不吃酒了，你們拿樂器來唱〈十段錦兒〉我聽。打發他兩個先去罷。」當下四個唱的：李桂姐彈琵琶，吳銀兒彈箏，韓玉釧兒撥阮，董嬌兒打著緊急鼓子，一遞一個唱〈十段錦·二十八半截兒〉。吳月娘、李嬌兒、孟玉樓、潘金蓮、李瓶兒都在屋裏坐的聽唱。先是桂姐唱〈山坡羊〉：

「俏冤家，生的出類拔萃。翠衾寒，孤殘獨自。自別後朝思暮想。想冤家何時得遇？遇見冤家如同往，如同往。」該吳銀兒唱：

「〔金字經〕惜花人何處，落和春又殘，倚遍危樓十二欄，十二欄。」韓玉釧唱：

「〔駐雲飛〕悶倚欄杆，燕子鶯兒怕待看。色戒誰曾犯？思病誰經慣？」董嬌兒唱：

「呀，減盡了花容月貌，重門常是掩。正東風料峭，細雨濾瀸，落紅千萬點。」桂姐唱：

「〔畫眉序〕自會俏冤家，銀箏塵鎖怕湯抹。雖然是人離咫尺，如隔天涯。記得百種恩情，那裏計半星兒狂詐。」吳銀兒唱：

「〔紅繡鞋〕水面上鴛鴦一對，順河岸步步相隨，怎見個打漁船驚折在兩下裏飛。」韓玉釧唱：

「〔耍孩兒〕自從他去添憔瘦，不似今番病久。才郎一去正逢春，急回頭雁過了中秋。」董嬌兒唱：

「〔傍妝臺〕到如今，瑤琴弦斷少知音，花好時誰共賞？」桂姐唱：

「〔鎖南枝〕紗窗外，月兒斜，久想我人兒常常不捨。你為我力盡心竭，我為你珠淚偷揩。」吳銀兒唱：

「〔桂枝香〕楊花心性，隨風不定。他原來假意兒虛名，倒使我真心陪奉。」韓玉釧唱：

「〔山坡羊〕惜玉憐香，我和他在芙蓉帳底抵面，共你把衷腸來細講。講離情，如何把奴拋棄，氣的我似醉如癡來呵。何必你別心另敘上知己。幾時，得重整佳期？佳期，實相逢如同夢裏。」董嬌兒唱：

「〔金字經〕彈淚痕，羅帕班，江南岸，夕陽山外山。」李桂姐唱：

「〔駐雲飛〕嗏，書寄兩三番，得見艱難。再猜霜毫，寫下喬公案。滿紙春心墨未乾。」吳銀兒唱：

「〔江兒水〕香串懶重添，針兒怕待拈。瘦體嵓嵓，鬼病懨懨。俺將這舊恩情重檢點，愁壓挨兩眉翠尖。空惹的張郎憎厭。這些時鶯花不卷簾。」韓玉釧兒唱：

「〔畫眉序〕想在枕上溫存的話，不由人肉顫身麻。」董嬌兒唱：

「〔紅繡鞋〕一個兒投東去，一個兒向西飛。撇的俺一個兒南來，一個兒北去。」李桂姐唱：

「〔耍孩兒〕你那裏偎紅倚翠銷金帳，我這裏獨守香閨淚暗流。從記得說來咒，負心的隨燈兒滅，海神廟放著根由。」吳銀兒唱：

「〔傍妝臺〕美酒兒誰共斟？意散了如瓶兒，難見面似參辰。從別後幾月深，畫劃兒畫損了掠兒金。」韓玉釧唱：

「〔鎖南枝〕兩下裏心腸牽掛，誰知道風掃雲開，今宵復顯出團圓月。重令情郎把香羅再解，訴說情誰負誰心，須共你說個明白。」董嬌兒唱：

「〔桂枝香〕怎忘了舊時山盟為證，坑人性命。有情人，從此分離了去，何時直得成？」李桂姐唱：

「〔尾聲〕半叉繡羅鞋，眼兒見了心心愛。可喜才，捨著搶白，忙把這俏身挨。」

照《金瓶梅》所寫來看，此曲為〈十段錦·二十八半截兒〉，共十首南曲小令（或雜曲）加一個尾聲組成。其演唱形式是四個妓女遞唱，先唱十首曲子的前半首，然後再唱十首曲子的後半首，以「尾聲」作結。伴奏樂器有琵琶、箏、阮、鼓。在《金瓶梅》中出現的唱曲形式有多種，而此回中四人遞唱形式則較為特別。《金瓶梅》為我們保留下了明代中期民間清唱形式的形象資料，彌足珍貴。

此〈十段錦兒〉似非前人創作的現成的套曲。據筆者初步查證，此十首曲中的〈金字經〉為雜曲，收錄於《雍熙樂府》卷十九，注為「張小山作」。原曲詞為：

惜花人何處，落紅春又殘。倚遍危樓十二闌。彈淚痕，羅帕斑。江南岸，夕陽山外山。

此曲在小說中，妓女吳銀兒唱了前半段。以後董嬌兒又唱了後半段。〈駐雲飛〉收錄於《雍熙樂府》卷十五，屬南曲小令，題為「題情」，未注作者姓名。原曲詞為：

悶倚闌干，燕子鶯兒怕待看。色戒誰曾犯？鬼病誰經慣？嗏，書寄兩三番，得見艱難。再倩霜毫，寫紙喬公案。滿紙春心墨未乾。

此曲《詞林摘豔》亦收錄，題「閨麗」明陳大聲作。此可見前曲〈金字經〉與此曲非一人所作。小說中此曲前半段由韓玉釧唱，後半段由李桂姐唱。小說抄錄時文字上有所改變。〈桂枝香〉亦出自《雍熙樂府》卷十五。原曲詞為：

楊花心性，隨風不定。他元來何意虛名，即使我真心陪奉。怎忘了舊時山盟為證，坑人性命。有情人，從此分離去，何時再得成。

小說中此曲前半段為吳銀兒所唱，後半段為董嬌兒所唱。小說抄錄時文字亦有所改變。

以上查證似可證明，此〈十段錦〉非為一個作者創作的套曲，而是不同作者的十首曲子的拼集。這種組曲形式是《金瓶梅》作者的創造還是前人所已有？待考。

雪月風花共裁剪

《金瓶梅》第四十六回，寫西門慶與應伯爵等在一起飲酒。小優兒李銘、玉柱伺候：

那李銘、玉柱須臾吃了飯。應伯爵叫過來分付：「你兩個會唱『雪月風花共裁剪』不會？」李銘道：「此是黃鐘，小的每記的。」於是拿過箏來。玉柱彈琵琶，李銘箏，頓開喉音，（唱）〈黃鐘·醉花隱（陰）〉：

雪月風花共裁剪，雲雨夢香嬌玉軟。花正好，月初圓，雪壓風嵌，人比天涯遠。這些時欲寄斷鵬篇，爭奈我無岸的相思好著我難運轉。

〔喜鶯遷〕指滄溟為硯，簡城毫逮筆如椽。松煙，將泰山作墨硯，萬里青天為錦箋，都做了草聖傳。一會家書，書不盡人事，一會家訴，訴不盡熬煎。

〔出隊子〕憶當時初見，見俺風流小業冤。兩心中便結下死生緣，一載間渾如膠漆堅。誰承望半路番騰，倒做了離恨天。

二三朝不見，渾如隔了十數年。無一頓茶飯不掛牽，無一刻光陰不唱念。無一個更兒，將他來不夢見。

〔四門子〕無一個來人行，將他來不問遍。害可人有似風顛。相識每見了重還勸。不由我記掛在心間，思量的眼前活現，作念的口中粘涎。襟領前，袖兒邊，淚痕流遍。想從前我和他語在前。那時節嬌小當年、論聰明貫世何曾見。他敢真誠處有萬千。

〔刮地風〕憶咱家為他情無倦，淚江河成春戀。俺也曾坐並著膝，語並著肩。俺也曾芰荷香效他交頸鴛。俺也曾把手兒行，共枕眠。天也，是我緣薄分淺。

〔水仙子〕非干是我自專，只不見的鸞膠續斷弦。憶枕上盟言，念神前發願，心堅石也穿。暗暗的禱告青天：若咱家負他前世緣，俏冤家不趁今生願，俺那世裏再團圓！

〔尾聲〕囑付你衷腸莫更變，要相逢則除是動載經年。則你那身去遠，莫教心去遠！

此套曲抄錄自《詞林摘豔》卷九，原題無名氏「思情」。《金瓶梅》抄錄時改動如下：改「風顛」為「風嵌」（抄誤），「斷腸篇」為「斷鵬篇」（抄誤），「無邊岸」奪「邊」字，「喜遷鶯」為「喜鶯遷」（抄誤）、「管城毫健」為「簡城毫逮」，「墨研」為「墨硯」，「萬里」前奪「把」字，「俺風流」原為「俺郎，風流的」。改「渾如」為「澤如」（抄誤），「半路里」刪「里」字，「二三朝不見」前奪「〔出隊子〕」曲牌名。改「不應牽」為「不掛牽」，「害的人」為「害可人」（抄誤），「活見」為「活現」，「粘戀」為「粘涎」，「袖口邊」為「袖兒邊」，「湮遍」為「流遍」，「在先」為「在前」，「眷戀」為「春戀」，「〔水仙子〕」前奪「古」字。改「覓」為「不見」，「動歲經年」為「動載經年」（抄誤）。

此套曲亦載於《雍熙樂府》卷一，原注「思憶」。《詞林摘豔》刊於嘉靖初年，《雍熙樂府》刊刻與《金瓶梅》開始寫作均在嘉靖末年。照常例說，《金瓶梅》作者在寫作時，抄錄曲子當主要依據《雍熙樂府》而非《詞林摘豔》。但從《金瓶梅》抄錄的此套曲來看，其文字同於《詞林摘豔》者多。可見它抄錄時所依據的是《詞林摘豔》而非《雍熙樂府》。這種現象是偶然的還是普遍的？還有待於進一步查證。

從上列《金瓶梅》抄改的《詞林摘豔》的文字來看，錯漏不當之處甚多。將「雪壓風顛」誤為「雪壓風嵌」，「欲寄斷腸篇」誤為「欲寄斷鵬篇」，「無邊岸的相思」誤為「無岸的相思」。將「泰山作墨研」誤為「將泰山作墨硯」，「誰承望半路里番騰」誤為「誰承望半路番騰」。如此等等，一段六百字的文字，竟錯了六七處。可見抄錄這段曲子的小說撰稿者，似是馬虎草率的中下層文人。有些研究者正是根據這些錯漏情況，推斷《金瓶梅》作者是中下層文人或藝人，而絕不是大名士。我認為《金瓶梅》是王世貞及其門人的聯合創作。我之所以認為王世貞的門人也參與了小說的創作，其原因之一即在於此。

東野翠煙消

同一回，寫及西門慶與應伯爵等宴賞元宵：

> 西門慶因叫過樂工來分付：「你們吹了一套『東風料峭』〈好事近〉與我聽。」正值後邊拿上玫瑰元宵來，銀金匙。眾人拿起來同吃，端的香甜美味，入口而化，甚應佳節。李銘、玉柱席前又拿樂器，接著彈唱此詞，端的聲慢悠揚，挨徐合節，道：
>
> 東野翠煙，喜遇芳天晴曉。惜花心惟，春來又起得偏早。教人探取，間東君肯與我春多少？見丫鬟笑語回言道昨夜海棠開了。
>
> 〔千秋歲〕杏花稍見著黎花雪，一點梅豆青小。流水橋邊，流水橋邊，只聽的賣花人聲聲頻叫。秋千外，行人道。我只聽的粉牆內佳人歡笑。笑道春光好。我把這花籃兒旋簇，食壘高挑。
>
> 〔越恁好〕鬧花深處，湧溜溜的酒旗招。牡丹亭佐倒，尋女伴鬪百草。翠巍巍的柳條，忒楞楞的曉鶯飛過樹稍，撲簌簌亂橫舞翩翩粉蝶兒飛過畫橋。一年景，四季中，惟有春光好。向花前暢飲，月下歡笑。
>
> 〔紅繡鞋〕聽一派鳳管鸞簫，見一簇翠圍珠繞。捧玉樽、醉頻倒。歌金縷，舞甚麼。恁明月上花稍，月上花稍。
>
> 〔尾聲〕醉教酩酊眠芳草，高把銀燈花下燒。韶光易老，休把春光虛度了！

此曲收錄於《詞林摘豔》卷二。《金瓶梅》抄錄時，改動如下：原「東野翠煙消」句奪「消」字。「惜花心性」誤為「惜花心惟」。「間東君肯與春多少」誤為「間東君肯與我春多少」。「杏花稍間著梨花雪」誤為「杏花稍見著黎花雪」。改「一點點」為「一點」，「流水橋邊」增出一句。改「只聽得賣花」為「只聽的賣花人」。「行人到」為「行人道」，「我把花藍」為「我把這花籃」，「滴溜溜」為「湧溜溜」，「佐側」為「佐倒」，「曉鶯兒」為「曉鶯」，「樹梢」為「樹稍」，「粉蝶」為「粉蝶兒」，「舞六麼」為「舞甚麼」，「任明月」為「恁明月」，「月上花稍」增出一句，「從教」為「醉教」。其中有幾處為明顯的抄誤或刊誤，而非有意改動。

如前所述，《金瓶梅》抄錄的不少曲辭中，有些直接為刻畫人物性格服務，有些已成為故事情節發展的有機組成部分。但也有大量的曲辭則游離於主題和情節發展之外。這種連篇累牘的抄引，致使作品煩瑣、拖遝、乏味。究其原因有二：一、作者似在賣弄才學；二、創作思想中的自然主義傾向。有些研究者認為，《金瓶梅》是一部偉大的現實主義作品；有些研究者則認為，它是部自然主義的作品。以筆者之見，《金瓶梅》既是一部現實主義的作品，同時又不是一部完全的現實主義的作品，它依然帶有較為濃重的自然主義的痕跡。這種自然主義的痕跡在小說中不乏其證。將大量與人物性格塑造、故事情節發展基本上無關的曲辭抄入書中，便是一證。

思量你好辜恩

小說第五十二回，寫西門慶、應伯爵、李桂姐一起飲酒、調笑。笑了一回，桂姐慢慢才拿起琵琶，橫擔膝上，啟朱唇、露皓齒，唱了個〈伊（伊）州三臺令〉：

> 思量你好辜恩，便忘了誓盟。遇花朝月夕良辰，好交我虛度了青春。悶懨懨把欄杆憑倚，疑望他怎生全無個音信。幾回自將，多應是我薄緣輕。
>
> 〔黃鶯兒〕誰想有這一種，減香肌，憔瘦損。鏡鸞塵鎖無心整，脂粉輕勻，花枝又懶簪。空教黛眉蹙破春山恨。最難禁，樵樓上畫角，吹徹了斷腸聲。
>
> 〔集賢賓〕幽窗靜悄月又明，恨獨倚幃屏，驀聽的孤鴻只在樓外鳴，把萬愁又還題醒。更長漏永，早不覺燈昏香盡眠未成。他那裏睡得安穩？
>
> 〔雙聲疊韻〕思量起，思量起，怎不上心。無人處，無人處，淚珠兒暗傾。我怨他，我怨他，說他不盡。誰知道這裏先走滾，自恨我當初不合地認真。
>
> 〔簇御林〕人都道他志誠，卻原來廝勾引。眼睜睜心口不相應。山誓海盟，說假道真，險些兒不為他錯害了相思病。負人心，看伊家做作，如何交我有前程？
>
> 〔琥珀貓兒〕日疏日遠，再相逢枉了奴癡心寧耐等。想巫山雲雨夢難成，薄情，猛拼今生和你鳳折鸞。
>
> 〔尾聲〕冤家下得忒薄幸，割捨的將人孤另。那世裏恩情番成做話餅。

此曲抄自《詞林摘豔》卷二〈伊州三臺令〉，原題「怨別」。《金瓶梅》抄錄時改動如下：「怎生」二字增，「幾回自忖」為「幾回自將」，「我分薄緣輕」為「我薄緣輕」，「這一程」為「這一種」，「懶簪」為「又懶簪」，「空交我」為「空教」，「譙樓」為「樵樓」，「吹徹」為「吹徹了」，「只在」二字增，「離愁」為「萬愁」，「淚珠」為「淚珠兒」，「不合」為「不合地」，「人都道」原疊出一句刪，「廝引」為「廝勾引」，「為他錯害」為「不為他錯害了」，「交我」二字增，「和你再相逢枉了把癡心兒」為「再相逢枉了奴癡心」，「鳳折鸞分」奪「分」字，「畫餅」為「話餅」。

新綠池邊

同一回，小說寫到酒宴間，「李銘吃了點心，上來拿箏過來，才彈唱了。伯爵道：『你唱個〈花藥欄〉俺每聽罷。』李銘調定箏弦，拿腔唱道：

> 新綠池邊，猛拍欄杆，心事向誰論？花也無言，蝶也無言，離恨滿懷縈牽。恨東君不解留去客，歎舞紅飄絮蝶粉輕沾。景依然，事依然，悄然不見郎面。
>
> 俺想別時正逢春，海棠花初綻蕊，微分開現。不覺的榴花噴，紅蓮放，沉水果，避暑搖紈扇。霎時間菊花黃金風動，敗葉梧桐變。逡巡見臘梅開，水花墜，暖閣內把香醪旋。四季景偏多，思想心中怨。不知俺那俏冤家，冷清清獨自個悶懨懨何處耽寂怨。
>
> 〔金殿喜重重〕嗟怨。自古風流悞少年，那嗟暮春天。生怕到黃昏，愁怕到黃昏，獨自個悶不成歡。換寶香薰被誰共宿，歎夜長枕冷衾寒。你孤眠，我孤眠，只是夢裏相見。
>
> 〔貨郎兒〕有一日稱了俺平生心願，成全了夫妻謝天。今生一對兒好姻緣，冷清清耽寂寞，愁沉沉受熬煎。
>
> 〔醉太平煞尾〕只為俺多情的業冤，今日恨惹情牽。想當初說山盟言誓在星前，耽閣了風流少年。有一日朝雲暮雨成姻眷，畫堂歌舞排歡宴，羅幃錦帳永團圓，花燭洞房成連理，休忘了受過熬煎有萬千。」

此曲抄錄自《詞林摘豔》卷六〈金殿喜重重〉，原題「殘春」，無名氏作。《金瓶梅》抄錄時改動如下：改「心事仗誰論」為「心事向誰論」，「粉飛綿」為「絮蝶粉輕沾」，「俺相別時節正逢著春」為「俺想別時正逢春」，「俺相別」前奪「〔賽鴻秋〕」牌名。改「蕊也」為「蕊」，「則是微分間現，霎時間榴花噴」為「微分開現，不覺的榴花噴」，「冰果」為「水果」，「逡間」為「霎時間」，「風起」為「風動」，「敗葉飄」為「敗葉」，「不覺的」為「逡巡見」，「冰花」為「水花」，「心中戀」為「心中怨」，「何處擔著」為「何處耽」，「那堪值」為「那嗟」，「但只是魂夢裏」為「只是夢裏」，「冷清清擔著」為「冷清清耽」，「受著」為「受」，「煞尾」二字增，「都則為多情的這業冤」為「只為俺多情的業冤」，「今日個恨惹起情牽」為「今日恨惹情牽」，「想當日設山盟言海誓」為「想當初說山盟言誓」，「風流的」為「風流」，「有一日羅幃錦帳裏」為「羅幃錦帳」，「受過的這淒涼」為「受過熬煎」。

紅馥馥的臉襯霞

《金瓶梅》第五十三回，寫西門慶到劉太監莊上，與黃主事，安主事一起飲酒：「西門慶假意推辭，畢竟坐了首席。歌童上來唱一只曲兒，名喚〈錦橙梅〉：

> 紅馥馥的臉襯霞，黑髭髭的鬢堆鴉。料應他，必是個中人，打扮的堪描畫。顫巍巍的插著翠花，寬綽綽的穿著輕紗，兀的不風韻煞人也嗏！是誰家？把我不住了偷睛兒抹。」

此曲收錄於明朱權著《太和正音譜》卷下〈仙呂〉，題為張小山小令。《金瓶梅》抄錄時，只在尾句前增一「把」字，餘者全同。此為酒宴間的娛樂性唱曲，曲辭內容和小說情節無涉。

鱗鴻無便

上一曲唱畢：「西門慶贊好，安主事、黃主事就送酒與西門慶。西門慶答送過了，優兒又展開擅板，唱了一只曲，名喚〈降黃龍袞〉：

> 鱗鴻無便，錦箋慵寫。腕松金，肌削玉，羅衣寬徹。淚痕淹破，胭脂雙頰。寶鑒愁臨，翠鈿羞貼。等閒孤負，好天良夜。玉爐中，銀臺上，香消燭滅。鳳幃冷落，鴛衾虛設。玉筍頻搓，繡鞋重攧。」

此曲收錄於明朱權著《太和正音譜》卷上〈樂府·黃鐘〉。《金瓶梅》抄錄時改「腕惚金」為「腕松金」，「等閒辜負」為「等閒孤負」，餘者同。此曲亦與小說情節發展無關。

據著掩老母情

小說第五十四回寫到，西門慶等在郊外劉太監花園裏：

> 西門慶攜了韓金釧、吳銀兒手，走往各處，飽玩一番。到一木香棚下，蔭涼的緊。……西門慶首席坐下，兩個妓女就坐在西門慶身邊。李銘、吳惠立在太湖石邊，輕撥琵琶，漫擎檀板，唱一只曲，名曰〈水仙子〉：
>
> 據著俺老母情，他則待襖廟火刮刮匝匝烈焰生，將水面上的鴛鴦，忒楞楞騰生分

> 開交頸，疏剌剌沙鞲雕鞍撒了鎖鞓，廝琅琅湯偷香處喝號提鈴，支愣愣箏弦斷了不繼碧玉箏，咭叮叮珰精磚上摔碎菱花鏡，撲通通冬井底墜銀瓶。

此曲原出自元鄭德輝雜劇《倩女離魂》第四折。明朱權《太和正音譜》卷上〈樂府〉收錄此曲，但作了改動。《金瓶梅》此曲首句為「據著俺老母情，他則待……」與《太和正音譜》相同，而《倩女離魂》為「全不想這姻緣是舊盟，則待教……」，異之甚。餘者三書基本相同。可見《金瓶梅》抄錄的是《太和正音譜》，而非原作《倩女離魂》。《金瓶梅》在抄錄《太和正音譜》時作如下改動：改「支楞楞爭」為「支楞楞箏」（似錯抄），「吉丁丁」為「咭叮叮」。餘者全同。

記得初相守

緊接上文，《金瓶梅》又寫道：

> 唱畢，又移酒到水池邊，鋪下氈單，都坐地了，傳杯弄盞，猜拳賽色，吃得恁地熱鬧。……那時金釧就唱一曲，名喚〈荼香〉：
> 記得初相守，偶爾間因循成就，美滿效綢繆，花朝月夜同宴賞。佳節須酬，到今日一旦休。常言道好事天慳，美姻緣他娘間阻，生折散鸞交鳳友。坐想行思，傷懷感舊，辜負了星前月下深深咒。願不損，愁不煞，神天保佑。他有日不測相逢，話別離，情取一場消瘦。

唱畢，吳銀兒接唱一曲，名〈青杏兒〉：

> 風雨替花愁，風雨過花也應休，勸君莫惜花前醉。今朝花謝，白了人頭。
> 乘興再三甌，揀溪山好處追遊。但教有酒身無事，有花也，無花也好，選甚春秋。

前曲〈荼香〉，抄錄自《太和正音譜》卷上〈樂府·黃鐘〉，題為「關漢卿散套」。《金瓶梅》抄錄時一字未改。後曲〈青杏兒〉，抄錄自《太和正音譜》卷上〈樂府·小石調〉。小說抄錄時在「今朝花謝」後脫「明朝花謝」四字，「有花也」後脫一「好」字，「乘興兩三甌」易為「乘興再三甌」（係誤抄）。

門外紅塵滾滾飛

緊接前文，小說又寫道：

唱畢，李銘，吳惠排立。謝希大道：「還有這些伎藝不曾做哩。」只見彈的彈，吹的吹，琵琶簫管，又唱一只〈小梁州〉：

門外紅塵滚滚飛，飛不到魚鳥清溪。綠陰高柳聽黃鸝。幽棲意，料俗客幾人知。山林本是終焉計，用之行舍之藏兮。悼後世追前輩，五月五日，歌楚些吊湘累。

此曲亦抄錄自《太和正音譜》卷上〈樂府·正宮〉，在「五月五日」前脫一「對」字。

這裏有一個很值得注意的問題，即現存的明萬曆刊本《金瓶梅詞話》第五十三回至五十七回，是否係他人補作的問題。明沈德符在《野獲編》中指出：

然原本（《金瓶梅》）實少五十三回至五十七回，遍覓不得，有陋儒補以入刻，無論膚淺鄙俚，時作吳語，即前後血脈，亦絕不貫串，一見知其贋作矣。

對沈氏的這一記載，學術界有歧見。一種意見以沈說為是。朱德熙先生在〈漢語方言裏的兩種反復問句〉一文中，詳盡地分析了《金瓶梅》第五十三回至五十七回使用吳方言的情況，與全書其他回目差異極大。[1]鄭慶山先生在〈《金瓶梅》補作述評〉一文中，分析了這五回與全書情節發展的矛盾和不協調處甚多[2]，從而斷定此五回非原作所固有，純係他人之補作。另一種意見以沈說為非。臺灣學者魏子雲先生和大陸有些學者認為，此五回為原作所固有。筆者主張前說。除朱德熙、鄭慶山所舉例證以外，考察一下此五回中抄錄前人的曲子有九首。其中六首，筆者已考明抄錄自明人朱權著《太和正音譜》。第五十三回中的〈錦橙棉〉「紅馥馥的臉襯霞」，抄自該書卷下〈仙呂〉；〈降黃龍衮〉「鱗鴻無便」，抄自該書卷上〈樂府〉；第五十四回中的〈水仙子〉「據著俺老母情」，〈茶香〉「記得初相守」，〈青杏兒〉「風雨替花愁」，〈小梁州〉「門外紅塵滚滚飛」，均抄自該書卷上〈樂府〉。另外三首曲子抄自何處，筆者還未考明。但這三首曲子均不載於《太和正音譜》，亦不載於《雍熙樂府》。而小說其他回目中的許多曲子大多抄自《雍熙樂府》，《詞林摘豔》。抄自《太和正音譜》者幾乎沒有。這就說明了一個問題：此五回（即第五十三回至五十七回）的作者對《太和正音譜》十分熟悉，樂意抄引，而對《雍熙樂府》《詞林摘豔》中的曲子不予顧及。反之，其他回目的作者則對《雍熙樂府》《詞林摘豔》十分熟悉，樂意抄引，而對《太和正音譜》無意抄引。這種現象正表明，此五回與其他回目並非出自同一作者的手筆。這無疑是沈德符所說的，小說第五十三回至五十七回為他人補作而非原作的一個旁證。

---

1 朱德熙〈漢語方言裏的兩種反復問句〉，《中國語文》，1985年第1期。

2 鄭慶山〈《金瓶梅》補作述評〉，《克山師專學報》，1986年第4期。

暑才消大火即漸西

小說第五十八回寫西門慶生日那天，吳月娘等女眷吃螃蟹，賭酒玩耍：

金蓮教吳銀兒、桂姐：「你唱『慶七夕』俺每聽。」當下彈著琵琶，唱〈商調·集賢賓〉：

暑才消大火即漸西，斗柄往次宮移。一葉梧桐飄墜，萬方秋意皆知。暮雲軒聒聒蟬鳴，晚風輕點點螢飛。天階夜涼清似水，鵲橋高掛偏宜。全盤內種五生，瓊樓上設筵席。

此曲抄自《雍熙樂府》卷十四〈商調·集賢賓〉，原題為「慶七夕」。《詞林摘豔》亦收此曲，題為「七夕」。《金瓶梅》抄錄時改「往坎宮移」為「往次宮移」，「鵲橋圖高掛」奪「圖」字。小說中寫西門慶叫唱的是「慶七夕」，曲中有一句為「金盤內種五生」，此兩點與《雍熙樂府》同，而與《詞林摘豔》異（《詞林摘豔》為「七夕」，「金盆內種五生」）。可見此曲小說作者抄錄自《雍熙樂府》而非《詞林摘豔》。

混元初生太極

小說第六十回，寫西門慶的綢緞鋪開張，親友們前來祝賀：

在座者有喬大戶、吳大舅、吳二舅、花大舅，……還有李智、黄四、傅自新等眾夥計主管，並街坊鄰舍，都坐滿了席面。三個小優兒，在席前唱了一套〈南呂·紅袖襖〉「混元初生太極」云云。

〈南呂·青袖襖〉「混元初生太極」（小說誤作〈紅袖襖〉），載《雍熙樂府》卷九。原注「祝太平」。《詞林摘豔》亦載此曲，注：「明曹孟修『祝贊』」。

一個姐兒十六七

同一回，小說寫西門慶，應伯爵等聽曲飲酒：

謝希大叫道：「鄭春，你過來，依著你二爹唱。」西門慶道：「和花子講過，有個曲兒，吃一鍾酒」。於是玳安旋取了兩個大銀鍾放在應二面前。那鄭春款按銀箏，低低唱〈清江引〉道：

一個姐兒十六七，見一對蝴蝶戲。香肩靠粉牆，春筝彈珠淚。喚梅香：趕他去別處飛。

鄭春唱了個請酒。伯爵剛才飲訖，那玳安在旁連忙又斟上一杯酒。鄭春又唱道：

轉過雕闌正見他，斜倚定荼架。佯羞整鳳釵，不說昨宵話。笑吟吟，掐將花片兒打。

據馮沅君先生在〈金瓶梅詞話中的文學史料〉一文中考證，以上《金瓶梅》抄引的兩首〈清江引〉，收錄在《盪氣迴腸曲》卷中。此書筆者未見，故無法抄錄加以比較。

紫陌紅徑

小說第六十一回，寫重陽佳節，李瓶兒病體沉重。吳月娘接申二姐來唱曲：西門慶和月娘見他面帶憂容，眉頭不展，說道：「李大姐，你把心放開，教申二姐唱個曲兒你聽。」……那李瓶兒只顧不說……於是催逼的李瓶兒急了，半日才說出來：「你唱個『紫陌紅徑』俺每聽罷。」那申二姐道：「這個不打緊，我有。」於是取過筝來，排開雁柱，調定冰弦，頓開喉音，唱〈折腰一枝花〉：

紫陌紅徑，丹青妙手難畫成，觸目繁華如鋪錦。料應是春負我，非是辜負了春。為著我心上人，對景越添愁悶。

〔東甌令〕花零亂，柳成陰，蝶困蜂迷鶯倦吟。方才眼睁，心兒裏忘了想。啾啾唧唧呢喃燕，重將舊恨舊恨又題醒。撲簌簌，淚珠兒暗傾。

〔滿園春〕悄悄庭院深，默默的情掛心。涼亭水閣，果是堪宜宴飲。不見我情人，和誰兩個問樽。把絲弦再理，將琵琶自拔，是奴欲歇悶情，怎如倦聽！

〔東甌令〕榴如火，簇紅錦，有焰無煙燒碎我心。懷著向前，欲待要摘一朵。觸觸拈拈不堪□，怕奴家花貌不似舊時人。伶伶仃仃，怎宜樣簪。

〔梧桐樹〕梧葉兒飄金風動，漸漸害相思，落入深深井。一旦，夜長難捱孤枕。懶上危樓望我情人，未必薄情與奴心相應。他在那裏那裏貪歡戀飲。

〔東甌令〕菊花綻，桂花零，如今露冷風寒秋意漸深。驀聽的窗兒外幾聲，幾聲孤雁。悲悲切切如人訴，最嫌花下砌畔小螿吟。咭咭咶咶，惱碎奴心。

〔浣溪沙〕風漸急，寒威凜。害想思最恐怕黃昏。沒情沒緒對著一盞孤燈，窗兒眼數教還再輪。畫角悠悠聲透耳，一聲聲哽咽難聽。愁來別酒強重斟，酒入悶懷珠淚傾。

〔東甌令〕長吁氣，兩三聲，斜倚定幃屏兒思量那個人。一心指望夢兒裏，略略重相見。撲撲簌簌雪兒下，風吹簷馬把奴夢魂驚。叮叮噹當，攪碎了奴心。

〔尾聲〕為多情，牽掛心，朝思暮想淚珠傾。恨殺多才不見影。

此套曲為南曲〈香遍滿〉，原注「失約」，《雍熙樂府》卷十六收錄此曲。《盛世新聲》《詞林摘豔》亦載。《金瓶梅》抄錄時作如下改動：「我非是辜負了春」句刪「我」字，改「撲撲簌簌」為「撲簌簌」，「和誰兩個開樽」為「和誰兩個問樽」，「簇紅巾」為「簇紅錦」，「懷羞向前」為「懷著向前」，「觸觸拈拈不敢戴」為「觸觸拈拈不堪口」，「怕奴家花貌不如舊時容」之「容」字改為「人」字，「一日一日夜長，夜長難捱孤枕」為「一旦長夜難捱孤枕」，「知他在那裏那裏貪歡戀歡」句刪「知」字，「幾聲飛雁」句刪「飛」字「害相思最恐怕黃昏」句之「相思」改為「想思」，「愁來把酒強重斟」句之「把」字改為「別」字。以上所指出的改動之處，有的則屬於抄誤。小說所抄此曲內容似與情節發展無關。

懨懨病轉濃

同一回，西門慶又叫申二姐為男客們唱曲：

西門慶道：「申二姐，你拿琵琶唱小詞兒罷，省的勞動了你。說你會唱『四夢八空』。你唱與大舅聽。」分付王經、書童兒席間斟上酒。那申二姐款跨鮫綃，微開檀口，唱〈羅江怨〉道：

「懨懨病轉濃，甚日消融？春思夏想秋又冬。滿懷愁悶訴與天公也，天有知呵，怎不把恩情送。恩多也是個空，情多也是個空，都做了南柯夢。

伊西我在東，何日再逢？花箋慢寫封又封。叮嚀囑付與鱗鴻。也，他也不忠，不把我這音書送。思量他也是個空，埋怨他也是個空，都做了巫山夢。

恩情逐曉風，心意懶慵。伊家做作無始終。山盟海誓一似耳邊風。也，不記當時，多少恩情重。虧心也是空，癡心也是空，都做了蝴蝶夢。

悝悝似懞懂，落伊套中。無言暗把珠淚湧。口心誰想不相同。也，一片真心，將我廝調弄。得便宜也是空，失便宜也是空，都做了陽臺夢。」

此曲〈羅江怨〉，《詞林摘豔》卷一收錄，注：「無名氏小令，閨情：四夢八空。」《雍熙樂府》卷十五〈南曲小令〉中亦收此曲，注：「相思」。《金瓶梅》抄《詞林摘豔》時改動如次：改「懨懨病漸濃，誰來和共」為「懨懨病轉濃，甚日消融」，「知呵」為「何私」，「怎不把」刪「怎」字，兩處「是空」均改為「是個空」。改「不中」為「不忠」，「誓海」為「海誓」，「淚珠傾」為「淚珠湧」。

《金瓶梅》抄錄此曲的文字，與《詞林摘豔》同者多，與《雍熙樂府》則相異者不少。此外，西門慶點唱此曲時，稱之為「四夢八空」。《詞林摘豔》確注為「四夢八空」，而《雍熙樂府》無此注。此足證《金瓶梅》在抄錄此曲入書時，依據的是《詞林摘豔》而非《雍熙樂府》。此又為一證，值得注意。

官居八輔臣

小說第六十五回寫兩司八府官員宴請六黃太尉：

> 然後西門慶與夏提刑上來拜見獻茶，侯巡撫，宋巡按向前把盞，下邊動鼓樂，來與太尉簪金花，捧玉斝，彼此酬飲。遞酒已畢，太尉正席坐下，撫按下邊主席，其餘官員並西門慶等各依次第坐了。教坊伶官遞上手本，奏樂，一應呈應，彈唱隊舞四數，各有節次，極盡聲容之盛。當筵搬演的《裴晉公還帶記》。一折下去，廚役割獻燒鹿花豬，百寶攢湯，大飯燒賣。又有四員伶官，箏、、琵琶、箜篌，上來清彈小唱。唱了一套〈南呂・一枝花〉：
>
> 「官居八輔臣，祿享千鍾近。功存遺百世，名播萬年春。拯溺亨迍，惟治國安邦論。調和鼎鼐持義節率忠貞，都則待報主施恩。乘賢烈秉正直，也則是清懲化民。」

小說敘當筵搬演的《裴晉公還帶記》，似為明初戲文《裴度香山還帶記》。徐謂《南詞敘錄》、呂天成《曲品》著錄。現存有明刊本。同敘裴度故事者，前有元關漢卿《晉國公裴度還帶》，賈仲明《山神廟裴度還帶》等雜劇。

〈南呂・一枝花〉「官居八輔臣」，《雍熙樂府》卷八收錄，原注「榮貴」。《盛世新聲》《詞林摘豔》卷八亦收錄。《詞林摘豔》注「明誠齋（朱有燉）『上文臣』」。《金瓶梅》抄錄《詞林摘豔》時改「極禮亨純」為「拯溺亨迍」，「用調和鼎鼐新持義節率中貞」為「調和鼎鼐持義節率忠貞」，「都見」為「都則」，「憑直正」為「秉正直」。

這是首宣揚「榮貴」的曲子，《金瓶梅》抄此用於兩司八府官員宴請六黃太尉的情節之中，與其場面、氣氛似較吻合。

洛陽花，梁園月

拜別六黃太尉後，西門慶與應伯爵等一起飲酒：

> 西門慶因一回想起李瓶兒來：「今日擺酒，就不見他。」分付小優兒：「你每拿樂器過來，會唱『洛陽花，梁園月』不會？唱一個我聽。」韓畢跪下，「小的與周采記的。」一面箏撥阮，板排紅牙，唱道〈普天樂〉：
> 洛陽花，梁園月。好花須買，皓月須賒。花倚欄杆看爛熳開，月曾把酒問團夜。月有盈虧，花有開謝。想人生最苦離別。花謝了三春近也，月缺了中秋到也，人去了何日來也。

此曲，《詞林摘豔》卷一收錄，注元張鳴善小令：「詠世」。《金瓶梅》抄錄時僅改「團夜」為「團圓夜」，餘者全同。

水晶宮，鮫綃帳

小說第七十二回，寫何太監宴請西門慶，十二名小廝吹打完畢：

> 三個小廝連師範，在筵前銀箏象板，三弦琵琶，唱了一套〈正宮·端正好〉：
> 水晶宮，鮫綃帳。光射水晶宮，冷透鮫綃帳。夜沉沉睡不穩龍床，離金門私出天街上，正風雪空中降。
> ……

此一套〈正宮·端正好〉，包括十六首曲子，全文長達兩千字。為節約篇幅不必全抄。此套曲收錄於《詞林摘豔》卷六，原注「趙太祖雪夜幸趙普」。《金瓶梅》抄錄時文字上略有改易與錯亂。此套曲源出於羅貫中《宋太祖龍虎風雲會》雜劇第三折，演趙匡胤雪夜訪趙普故事。曲中寫到趙大郎（趙匡胤）謹奉五經，「學禹湯文武，宗堯舜」，用半部《論語》治天下；行仁政而反對霸道，愛百姓而不使其遭殃，為國為民而不耽於淫樂；謀求統一中國大業而善用將相。此曲塑造了一個一心為國為民的好皇帝形象。《金瓶梅》此回寫提刑官引奏朝儀，百官朝賀天子。小說抄錄演唱此曲，表現了《金瓶梅》作者希望出現一個好皇帝的願望。值得注意的是，本回還有一段直接寫皇帝的文字：

> 這皇帝裏生得堯眉舜目，禹背湯肩。若說這個官家，才俊過人：口工詩韻，目類群羊；善寫墨君竹，能揮薛稷書；道三教之書，曉九流之曲。朝歡暮樂，依稀似劍閣孟商王；愛色貪杯，仿佛如金陵陳後主。

「堯眉舜目，禹背湯肩」，純屬虛贊之詞，名為褒揚實寓貶斥。寓貶於褒，乃屬《金瓶梅》的特殊筆法。書中寫蔡京、朱勔、楊時均用此種筆法。如第十回寫到受理武大命案的東平府尹陳文昭，先說他「極是個清廉的官」，還寫了大段的贊詞，然後筆鋒一轉寫他如何任情賣法。寓貶於褒，譏諷之筆尤見老辣。這裏作者對皇帝虛贊一句後，不頌其治國德政，卻說他通三教九流，朝歡暮樂，愛色貪杯，猶似劍閣孟商王，金陵陳後主。孟商王即孟昶，五代時後蜀君主。後蜀君臣奢侈成風，生活腐化。孟昶為亡國之君。陳後主即陳叔寶，南朝陳朝國君。陳後主荒淫無度，貪酷無比，弄得天怒人怨，眾叛親離，以亡國而告終。《金瓶梅》在其他篇章中常常斥責天下失政，權奸當道，黎民失業，百姓倒懸等等。於此可見，《金瓶梅》作者對皇帝持否定的態度。這無疑是進步的思想傾向。當然，他還不是一個徹底的反皇權主義者。作者所否定的是荒淫無道的皇帝，而不是整個封建制度；他還企求有一個為國為民的好皇帝出現。

此外，筆者在前文中已經提到，徐朔方先生認為，李開先其著《詞謔》中全文抄錄了《玉簫女兩世姻緣》雜劇第三折中的套曲〈鬥鵪鶉〉和《趙太祖龍虎風雲會》雜劇第三折中的套曲〈端正好〉，而這兩個套曲又出現在《金瓶梅》中（第四十一回，第七十一回），這是《金瓶梅》的寫定者為李開先的一個佐證。據筆者查證，李開先《詞謔》中所錄〈端正好〉的文字，與《風雲會》雜劇基本相同。而《金瓶梅》中的文字與《詞謔》相異者多，卻與《詞林摘豔》中的文字基本相同。而《金瓶梅》與《詞林摘豔》相異的文字，與《詞謔》和《風雲會》亦相異，這乃屬《金瓶梅》作者的改動。由此可見，《金瓶梅》中出現的〈端正好〉抄錄自《詞林摘豔》，而與《詞謔》及原作《風雲會》均不相涉。這再次證明，《金瓶梅》的寫定者不可能是李開先。

翠簾深小

小說第七十二回寫到王招宣府設宴請西門慶：

> 不一時安席坐下，小優彈唱起來，廚役上來割道，玳安拿賞賜伺候。當時席前唱了一套〈新水令〉：
>
> 翠簾深小，房櫳滴玉鈎。抵控馳茸斗蜆，龜背錦風。春意溶溶，梅稍上暗香動。……

此套曲包括十多個曲牌，文字很長不必全抄。此套曲原出自明劉東生《月下老定世間配偶》雜劇第四折。劉東生即劉兌，字東生，約明初洪武年間在世。《月下老定世間配偶》雜劇，《今樂考證》著錄。此套曲《盛世新聲》《詞林摘豔》《雍熙樂府》均收錄。《金瓶梅》所抄文字與《詞林摘豔》等出入甚大。

《詞林摘豔》卷五收錄此套曲，注「明劉東生《月下老世間配偶》雜劇第四折」。為什麼《金瓶梅》抄錄文字與《詞林摘豔》等出入很大？由於原雜劇無以得見，故原委不明，有待來日再考之。

憶吹簫玉人何處也

小說第七十三回，寫西門慶一家為孟玉樓慶壽宴飲：

> 不一時，……月娘吩咐：「你會唱『比翼成連理』不會？」韓佐道：「小的有。」才待拿起樂器來彈唱，被西門慶叫近前來吩咐：「你唱一套『憶吹簫』我聽罷。」兩個小優連忙改調唱〈集賢賓〉：
> 憶吹簫玉人何處也，今夜病較添些。白露冷秋蓮香，粉牆低皓月偏斜。止不過暫時間鐃破釵分，倒勝似數十弟信音絕。對西風倚樓空自嗟，望不斷岩樹重疊，悄的是流光去馬雁陳擺蛇。
> ……

此套曲文字長達千字，恕不全錄。此套曲《詞林摘豔》卷七收錄，注：「明陳大聲散套，『秋懷』代人作」。《雍熙樂府》，《北宮詞紀》等亦收錄。《金瓶梅》所抄文字與《詞林摘豔》出入較大。

更深靜悄，把被兒熏了

小說第七十四回，寫吳月娘等眾女眷聽薛姑子宣卷，後李桂姐又唱曲：

> 當下桂姐送眾人酒，取過琵琶來，輕舒玉筍，款跨鮫綃，啟朱唇，露皓齒，唱道：
> 更深靜悄，把被兒熏了。看看等到月上花稍，全靜悄悄全無消耗。敲殘了更鼓你便才來到，見我這臉兒不瞧，來跪在奴身邊告。我做意兒瞧，他偷眼兒瞧。甫能咬定牙，其實忍不住笑。又：
> 勤兒推磨，好似飛蛾撲火。他將我做啞謎兒包籠，我手裏登時猜破。近新來把不住船兒舵，特故里搬弄心腸軟，一似酥蜜果。者麼是誰，休道是我。便做鐵打人，其實難不過。又：
> 疏狂忒，薄情無奈。兩三夜不見你回來，問著他便撒頑不睬。不由人轉尋思權寧耐。他笑吟吟將被兒錦開，半掩著過香羅待。我推繡鞋，不去睬。你若是惱的人慌，只教氣得我害。又：花街柳市，你戀著蜂蝶采使。我這裏玉潔冰清，你那裏

瓜甜蜜柿。恰回來無酒半裝醉，只顧裏打草驚蛇，到尋我些風流罪。我欲待摑了你面皮，又恐傷了就裏。待要隨順了他，其實受不的你氣。

此曲牌名為〈月中花〉，《詞林摘豔》卷一收錄，題為「麗情」，「明張善夫小令」。《雍熙樂府》卷十五亦載，題為「風情」。而四首曲子的排列順序為：1.「花街柳市」；2.「勤兒推磨」；3.「更深靜悄」；4.「疏狂忒煞」。此排列與《金瓶梅》相異。可見《金瓶梅》抄自《詞林摘豔》而非《雍熙樂府》。《金瓶梅》抄錄時，文字有改動：在「靜悄悄」前增「金」字，「意兒焦」為「意兒瞧」，「投火」為「援火」，「強不過」為「難不過」，「忒煞」為「或」，「錦被兒伸開」為「被兒錦開」，「氣得你」為「氣得我」，「蜂媒蝶使」為「蜂蝶采使」。看來這些異文不少屬於錯抄，錯刻，而非有意改動。此又可證作者（或刻者）之粗疏。

想多嬌情性兒標

小說第七十七回寫西門慶踏雪訪愛月。愛月、愛香姐妹兩為其彈唱了一套〈青衲襖〉：

想多嬌情性兒標，想多嬌恩意兒好。想起攜手同行共歡笑，吟風詠月將詩句兒嘲。女溫柔男俊俏，正青春年紀小。誰人望將比目魚分開、瓶墜簪折，今日早魚沉雁杳。

〔罵玉郎〕多嬌，一去無消耗。想著俺情似漆意如膠，常記得共枕同歡樂。想著他花樣嬌柳樣柔，傾國傾城貌。

〔人迓鼓〕千般丰韻嬌。風流俊俏，體態妖嬈。所為諸般妙；箏撥阮，歌舞吹簫。總有丹青難畫描。

〔感皇恩〕呀，好教我無緒無聊，意攘心勞。懶將這杜詩溫，韓文敘，柳文學。我這裏愁懷越焦，這些時容貌添憔。不能勾同歡樂成配偶，倒有分受煎熬。

〔東甌令〕潘郎貌，沈郎腰，可惜相逢無下稍。心腸懊惱傷懷抱。烈火燒襖廟，滔滔綠水淹藍橋。相思病怎生逃！

〔採茶歌〕相思病怎生逃，離愁陣擺的堅牢。鐵石人見了也魂消。愁似南山堆積積悶如東海水滔滔。

〔賺〕誰想今朝。自古書生多命薄，傷懷抱。癡心惹的傍人笑，對誰陳告？

〔烏夜啼〕想當初偎紅倚翠，踏青鬥草，相逢對景同歡樂。到春來語呢喃燕子尋巢，到夏來荷蓮香開滿池沼，到秋來菊滿荒郊，到冬來瑞雪飄飄。想當初畫堂歌舞列著佳餚，今日個孤枕旅館無著落，鬼病侵，難醫療。好教我情牽意惹，心癢難撓。

〔節節高〕悶懨懨睡不著想多嬌：知音解呂明宮調，諸般好。閉月羞花貌，言語嬌媚，心聰俏。恰似仙子行來到，金蓮款步鳳頭翹，朱唇皓齒微微笑。

〔鵪鶉兒〕你看他體態輕盈，更那堪衣穿素縞，脂粉勻施，蛾眉淡埽。看了他萬種妖嬈，難畫描。酒泛羊羔，寶鴨香飄，銀燭高燒。成就了美滿夫妻，穩取同心到老。

〔尾聲〕青霄有路終須到，生前無分也難消，把佳期叮嚀休忘了。

此套曲收錄於《詞林摘豔》卷八，題「無名氏散套『思情』」。《雍熙樂府》卷九亦收錄，題「別思重會」。與兩書相比較，《金瓶梅》抄錄時改動並不太大。但有些異文異於《詞林摘豔》卻同於《詞林摘豔》。故《金瓶梅》在寫作時，到底依據哪個本子抄錄的，現很難辨析，校勘也就難以進行。

入門來將奴摟抱在懷

小說第八十二回，寫潘金蓮與陳經濟偷姦：

婦人唱〈六娘子〉：

入門來將奴摟抱在懷，奴把錦被兒伸開。俏冤家頑的十分慢。嗏，將奴腳兒抬，腳兒抬。操亂了烏雲鬏髻兒歪。

此曲收錄於《雍熙樂府》卷二十〈河西六娘子〉。抄錄時，改「就把錦被鋪開」為「奴把錦被兒伸開」，「腳兒抬」前刪「將奴」兩字。「操亂了烏雲鬏髻兒歪」，原文為「揉亂烏雲鬏髻歪」，並疊用一句。

淚雙垂

小說第九十三回，寫陳經濟在謝家酒樓見到久別的妓女馮金寶：

因問：「你如今在那裏安下？」金寶便說：「奴就在這橋西灑家店劉二那裏。有百十間房子，四外衍窠子，妓女都在那裏安下，白日裏便來這各酒樓趕趁。」說著兩個挨著做一處飲酒。陳三兒蕩酒上樓，拿過琵琶來。金寶彈唱了個曲兒與經濟下酒，名〈普天樂〉：

淚雙垂，淚雙垂。三杯別酒，別酒三杯。鸞鳳對拆開，拆開鸞鳳對。嶺外斜暉看看墜，看看墜嶺外暉。天昏地暗，徘徊不捨，不捨徘徊。

此曲抄自《雍熙樂府》卷十八〈普天樂〉，原注「思情」。抄錄時改「對折開，折開」為「對拆開，拆開」，「嶺外斜暉」刪「斜」字，「地黑」為「地暗」。

前生想著

小說第九十四回，寫雪娥賣在酒家店為娼，偶遇守備府張勝：

> 這張勝平昔見他生得好，才是懷心。這雪娥席前殷勤勸酒，兩個說得入港。雪娥和金兒不免拿過琵琶來，唱了個詞兒，與張勝下酒。名〈四塊金〉：
> 前生想著，少欠下他相思債。中途洋卻，綰不住同心帶。說著教我淚滿腮，悶來愁似海。萬誓千盟，到今何在？不良才，怎生消磨了我許多時恩愛。

此曲抄自《詞林摘豔》卷一〈四塊金〉，原題「無名氏小令，『憶別』」。《金瓶梅》抄錄時，改「想咱」為「想著」，「少欠」為「少欠下」，「漾卻」為「洋卻」，「今日」為「今」，「消磨」為「消磨了」，「許多」為「許多時」。

《金瓶梅》清唱曲辭考探，可謂不勝其探。小說中這類曲辭實在是太多了。雖然幾十年來，經過馮沅君、韓南等著名學者和筆者的努力探索，但到底達到了怎樣的深度和廣度，這實在是很難估計的。本文的探索只能是拋磚引玉而已，惟望諸賢有以教之。

金瓶梅素材來源（節選）

拙著《金瓶梅素材來源》，成書於 1988 年 2 月，中州古籍出版社 1991 年 2 月出版。《金瓶梅》的創作素材來源，是個很複雜的問題。《金瓶梅》博大精深，素材來源異常廣泛。好在前輩學者和當代的研究專家在這方面已作過許多探索。但即使如此，我們對這個問題依然知之甚少。該書用 35 萬字的篇幅，加以專門考證與研究。筆者在本書中按《金瓶梅》的回目順序排列，將《金瓶梅》抄錄、抄改他書的文字一一拈出，並與原始素材加以比勘，以求弄清楚作者抄錄、抄改這些原始素材的目的動機及其他情況。該書考證了 250 多個問題。其中，考證小說寫及的宋明兩代史事問題 40 多個，民俗問題 10 多個，抄改話本小說問題近 20 個，抄改戲曲劇本問題近 20 個，抄引散曲、時調小曲問題 60 多個，抄改《水滸傳》問題 60 多個，抄用前人詩詞問題近 10 個，其他問題 20 個。在這 250 個問題的考證中，有一半或屬繼承前輩和當代學者的研究成果而加以確證，或糾正前人、今人考證中的失誤和偏頗，而另一半問題則是我研究的新成果。本書對每一個考證，幾乎都寫了一段「考評」性文字。「考評」本著就實論虛的精神，即對《金瓶梅》提供的這些內證，加以研究分析，就《金瓶梅》作者的思想傾向、審美趣味、藝術才能，《金瓶梅》的成書過程、年代，時代背景等等問題，發表自己的見解。因此，這是一部「考」與「評」並重，且相得益彰的著作。該書已得到學界的諸多肯定，認為「該書或糾正前人的偏頗之見，或闡發新的學術觀點，所論大多切中肯綮，發見深義，又不失公允之度」，「已成為《金瓶梅》創作素材研究的集大成之作」，「此書問世，嘉惠學林非一代也。諸多金學研究者在涉及《金瓶梅》素材來源時，無不汲取營養於其書」。

《金瓶梅素材來源》已收入《周鈞韜金瓶梅研究文集》第二卷。現選取三回書的考與評，供研究、批評：

第二回　西門慶簾下遇金蓮　王婆子貪賄說風情

內容提要

武松因知縣差遣，去東京給殿前太尉送禮。武松告別武大，並告誡潘金蓮。一日，潘金蓮放簾子，叉竿打著西門慶。兩相眉目傳情。西門慶乃破落戶財主，在清河縣門前開個生藥鋪，是個浮浪子弟。西門慶意欲勾引潘金蓮，只是無從下手，寢食不安。猛然想起賣茶王婆，可以撮合，便一日數次踅入王婆茶坊坐地。王婆乃是一善施奸計、巧弄手段的馬泊六，決意要撰西門慶幾貫風流錢使。於是兩相勾結，為西門慶勾搭潘金蓮設謀獻策。

素材來源

本回故事主要抄自《水滸傳》第二十四回。在抄錄時作者有不少改動和增寫的文字。

一、買官用意

關於武松進京，《金瓶梅》寫道：

> 卻說本縣知縣，自從到任以來，卻得二年有餘，轉得許多金銀，要使一心腹人，送上東京親眷處收寄，三年任滿朝覲，打點上司。……當日就喚武松到衙內商議道：「我有個親戚在東京城內做官，姓朱名勔，見做殿前太尉之職。要送一擔禮物，捎封書去問安。只恐途中不好行，須得你去方可。你休推辭辛苦，回來我自重賞你。」

《水滸傳》原文如次：

> 卻說本縣知縣自到任以來，卻得二年半多了。撰得好些金銀，欲待要使人送上東京去，與親眷處收貯，恐到京師轉除他處時要使用。……當日便喚武松到衙內商議道：「我有一個親戚，在東京城裏住，欲要送一擔禮物去，就捎封書問安則個。只恐途中不好行，須是得你這等英雄好漢方去得。你可休辭辛苦，與我去走一遭，回來我自重重賞你。」

兩相對照，《金瓶梅》的改動處，可謂身手不凡：

1. 《水滸傳》只說知縣將金銀收藏在親戚處，目的是任滿後「到京師轉除他處時要使用」。「使用」二字，當然亦包含有「打點上司」之意，但作者並未點明。《金瓶梅》作者則改為「三年任滿朝覲，打點上司」。這一改將知縣的買官用意和盤托出。《金瓶梅》中大量、深刻地揭露了封建統治者賣官鬻爵、賄賂公行，懸秤升官的罪惡，作者對當時吏治的腐敗深惡痛絕，於此亦可見一斑。

2. 《水滸傳》只說這一個親戚在東京城裏住，並未說明他是否係官身，所送金銀亦只代為收寄而非賄禮。《金瓶梅》則改稱親戚為朱勔，官居殿前太尉。朱勔乃是蔡京的死黨親信，是《金瓶梅》重點揭露的權奸之一。作者這一有意改動，看似平常，實為後文揭露朱勔的許多罪惡設下了伏筆。

二、潘金蓮的外貌描寫

黑鬒鬒賽鴉翎的鬢兒，翠灣灣的新月的眉兒，清冷冷杏子眼兒，香噴噴櫻桃口兒，直隆隆瓊瑤鼻兒，粉濃濃紅豔腮兒，嬌滴滴銀盆臉兒，輕嫋嫋花朵身兒，玉纖纖蔥枝手兒，一撚撚楊柳腰兒，軟濃濃白麵臍肚兒，窄多多尖腳兒，肉奶奶胸，白生生腿兒。

這一段潘金蓮外貌描寫文字，抄自《水滸傳》第四十四回。該回寫石秀在楊雄家拜見楊雄之妻潘巧雲：布簾起處，搖搖擺擺，走出那個婦人來。生得如何？石秀看時，但見：

黑鬒鬒鬢兒，細彎彎眉兒，光溜溜眼兒，香噴噴口兒，直隆隆鼻兒，紅乳乳腮兒，粉瑩瑩臉兒，輕嫋嫋身兒，玉纖纖手兒，一撚撚腰兒，軟濃濃肚兒，竅尖尖腳兒，花簇簇鞋兒，肉奶奶胸兒，白生生腿兒。

顯然，《金瓶梅》描寫潘金蓮外貌的文字，是從《水滸傳》中描寫潘巧雲的文字移植來的，只是在眉兒、口兒、眼兒前疊用些形容詞而已。且將「黑鬒鬒」，誤抄為「黑鬢鬢」，可見其粗疏。這一方面說明，撰寫者對《水滸傳》十分熟悉，移植借抄毫不費力，另一方面又說明他缺乏藝術創新的能力。筆者認為，從整體上講，《金瓶梅》具有極高的藝術水準，而某些部分則水準極低。《金瓶梅》就是這樣一個矛盾統一體。筆者推測，《金瓶梅》有一個整體的藝術設計和構想，而具體執筆者並非一人。在這段文字下面，《金瓶梅》作者還寫了一大段描寫潘金蓮眼兒、口兒、鼻兒的韻文（亦似有所本，待考），不僅重複，且更無意趣。

三、西門慶的形象

《金瓶梅》中西門慶的形象原本於《水滸傳》，但又有較多的改易。

1. 強化了西門慶善於「交通官吏」的性格特徵。《金瓶梅》云：

（西門慶）原是清河縣一個破落戶財主，就縣門前開著個生藥鋪。從小兒也是個好浮浪子弟，使得些好拳棒，又會賭博，雙陸象棋，抹牌道字，無不通曉。近來發跡有錢，專在縣裏管些公事，與人把攬說事過錢，交通官吏。因此滿縣人都懼怕他。

《水滸傳》原文：

（西門慶）原來只是陽穀縣一個破落戶財主，就縣前開著個生藥鋪。從小也是一個

> 奸詐的人。使得些好拳棒。近來暴發跡，專在縣裏管些公事，與人放刁把濫，說事過錢，排陷官吏。因此，滿縣人都饒讓他些個。

《金瓶梅》改原文「陽穀縣」為「清河縣」，使故事的發生地集中在清河縣，從而較《水滸傳》減少了頭緒。改「奸詐的人」為「好浮浪子弟」，又增「又會賭博，雙陸象棋，抹牌道字，無不通曉」等，這就為後文描寫西門慶的種種流氓性格特徵設下了伏筆。改「排陷官吏」為「交通官吏」，這是《金瓶梅》對西門慶形象塑造上的一個重大發展。《水滸傳》也寫到西門慶勾結官吏。例如為平息武大命案，西門慶賄賂過縣吏。但畢竟沒有構成西門慶性格特徵的重要方面。應該說，這並不是《水滸傳》的缺陷。如同潘金蓮一樣，在《水滸傳》中，西門慶是個陪襯性的人物，從水滸故事的發展進程來看，這裏只需要出現一個流氓、地痞式的人物。而在《金瓶梅》中，西門慶是個中心人物，作者已把他塑造成一個惡霸、官僚、富商三位一體的典型形象。他生活在封建主義生產關係日益崩潰，資本主義生產關係開始萌芽的特定時代。作為惡霸，他需要有比《水滸傳》中單一的流氓、地痞性格更為複雜而多側面的性格特徵。他作為「破落戶財主」而發展成為稱雄一地的富商，由一介平民而發展成為統治一地的官僚，這就決定了《金瓶梅》作者必須賦予西門慶這一典型形象具有善於交通官吏的性格特徵，這是時代使然（反映時代的本質特徵），而非作者的主觀構想。這就形成了《水滸傳》中的西門慶形象與《金瓶梅》中的西門慶形象的重大差異。為了使兩個西門慶統一起來，使他的性格發展符合內在的邏輯性，所以《金瓶梅》作者必須在這裏——西門慶剛剛亮相的時候，就對其形象加以必要的改造。

2. 交待了西門慶的家世。《金瓶梅》寫道：

> 他父母雙亡，兄弟俱無，先頭渾家是早逝，身邊止有一女。新近又娶了清河左衛吳千戶之女，填房為繼室。房中也有四五個丫鬟婦女。又常與构欄裏的李嬌兒打熱，今也娶在家裏。南街子又占著窠子卓二姐，名卓丟兒，包了些時，也娶來家居住。專一飄風戲月，調占良人婦女，娶到家中，稍不中意，就令媒人賣了，一個月倒在媒人家去二十餘遍。人多不敢惹他。

《水滸傳》對西門慶家世的交待十分簡單。《金瓶梅》中的這段文字，基本上為其所增出。《金瓶梅》的故事，是以西門慶一家的日常生活為著眼點而展開的。後文大量寫到西門慶一妻五妾之間為爭寵而展開的種種醜劇，寫到作為家庭主婦的吳月娘的性格、為人及其與西門慶的矛盾，在妻妾爭鬥中的地位等。《金瓶梅》增寫的西門慶家世，顯為後文的展開作了必要的鋪墊，使情節的發展不顯得突兀。另所增寫的「專一飄風戲月，調占良人婦女」等文字，亦為後文所寫到的娶孟玉樓、潘金蓮、李瓶兒為妾作了準備。

四、王婆的形象

作為媒婆，王婆的形象在《水滸傳》中，塑造得比較成功。《金瓶梅》照搬了這一形象並為豐富其性格特徵作了努力。

1. 突出貪賄性格。《水滸傳》已點出王婆貪賄說風情，《金瓶梅》則更強化之，點出王婆為西門慶賺取潘金蓮，其意全在於「撰他幾貫風流錢使」。後文則一再寫到王婆向西門慶索錢之事。

2. 突出其性格的多側面性。《水滸傳》寫道：

> 原來這個開茶坊的王婆，也是不依本分的。
>
> 王婆笑道：「老身為頭是做媒，又會做牙婆，也會抱腰，也會收小的，也會說風情，也會做馬泊六。」

《金瓶梅》則寫道：

> 原來這個開茶坊的王婆子，也不是守本分的。便是積年通殷勤，做媒婆，做賣婆，做牙婆，又會收小的，也會抱腰，又善放刁。還有一件不可說：髻上著綠，陽臘灌腦袋。
>
> 王婆笑道：「老身自從三十六歲沒了老公，丟下這個小廝，無得過日子。迎頭兒跟著人說媒，次後攬人家些衣服賣，又與人家抱腰，收小的，閑常也會做牽頭，做馬泊六，也會針灸看病，也會做貝戎兒。」

顯然《金瓶梅》中的王婆形象較《水滸傳》尤見豐滿。

錯漏列舉

本回抄錄《水滸傳》文字亦有錯漏若干：

1. 《水滸傳》：武松笑道：「……我武松都記得嫂嫂說的話了，請飲過此杯。」《金瓶梅》抄漏「飲」字。

2. 《水滸傳》：王婆道：「……來日再請過訪。」《金瓶梅》將「訪」字錯為「論」字。

3. 《水滸傳》：王婆道：「……且交他來老娘手裹納些敗鐵。」《金瓶梅》將「敗鐵」誤為「販鈔」。

4. 《水滸傳》：王婆哈哈笑道：「我又不是你影射的。」《金瓶梅》錯「影」字為「紛」字。

其他還有些似錯非錯者不列。此又可證，《金瓶梅》成書之草率倉卒。

有關考證的商榷

有關《金瓶梅》成書及素材來源等問題，前輩學者和當代專家均有許多考證，不乏其貢獻，但亦有其不當之處，涉及本回的有兩處可商榷。

一、本回中有：「開言欺陸賈，出口勝隨何」「乾娘端的智賽隨何，機強陸賈」等文字。《西廂記》第十齣〈妝臺窺簡〉有張生「風流隨何，浪子陸賈」的說白；第十一齣〈乘夜逾牆〉有紅娘「禁住隨何，迸住陸賈」的唱詞。由此，蔣星煜先生在〈《西廂記》對《金瓶梅》的影響〉一文中指出：「《金瓶梅》那些人物的身分和文化遠遜於張生，鶯鶯，更不可能同時提到這兩個歷史人物，很明顯是從《西廂記》中照搬照抄的。」蔣先生的結論是不當的。《金瓶梅》照搬照抄的是《水滸傳》而不是《西廂記》。《金瓶梅》原文：

> 端的看不出這婆子（指王婆）的本事來，但見：開言欺陸賈，出口勝隨何。只憑說六國唇鎗，全仗話三齊舌劍。只鸞孤鳳，霎時間交仗成雙；寡婦鰥男，一席話搬唆擺對。解使三里門內女，遮麼九皈殿中仙……

《水滸傳》第二十四回：

> 端的這婆子：開言欺陸賈，出口勝隨何，只憑說六國唇槍，全仗話三齊舌劍。只鸞孤鳳，霎時間交仗成雙；寡婦鰥男，一席話搬唆捉對。解使三重門內女，遮麼九級殿中仙。……

這段韻文長達兩百字，兩書只有十幾個字不同。可見，《金瓶梅》的這些描寫來源於《水滸傳》，而與《西廂記》無涉。

二、本回增出王婆其子名王潮。《金瓶梅》云：

> 西門慶又道：「你兒子王潮跟誰出去了？」王婆道：「說不的，跟了一個淮上客人，至今不歸，又不知死活。」

《水滸傳》未寫出其姓名，且前後文均未提及王婆之子。《金瓶梅》特意增出「王潮」之名，從本回內容看毫無意義。作者之意何在？原來在第三回、第七十六回、第八十六回、第八十七回、第八十八回均寫到此人。除了寫其在外做生意外，第八十七回寫西門慶死後，潘金蓮被吳月娘逐出，在王婆家待嫁。潘金蓮淫心不改又與王潮成姦。顯然，《金瓶梅》第二回王婆出場時就增寫王潮，完全是為後文寫潘金蓮設下伏筆。筆者認為，《金瓶梅》全書思想傾向及藝術風格大體一致，結構嚴密，情節發展錯落有致，前後照應相當細密。這證明了《金瓶梅》全書的寫作有一個總體的構思，具有較強的計劃性。

但是潘開沛在〈《金瓶梅》的產生和作者〉載《光明日報》1954 年 8 月 29 日。一文中指出：《金瓶梅》是「許多說書人在不同的時間和相同的時間內個人編撰和互相傳抄，不斷地修改、補充、擴大、演繹的結果」，「他們是在隨編隨講的情況下創作的，又是在聽眾的『擁護』下繼續創作的，後來的人又是在前人的創作基礎上繼續創作的。」照潘氏的說法，說書人隨編隨講，到第八十七回才可能出現王潮這一人物，那麼何以設想在第二回就增出王潮這一人名呢？須知在第二回中，王潮只有其名，而毫無情節內容，隨編隨講的說書人，難道在說第二回的時候，就為遠至八十七回的故事設下伏筆嗎？這顯然是不可能的。這一小小的例證（這樣的例證在書中還有多處）即可證明，《金瓶梅》絕不可能是說書人隨編隨講的產物，而是文人有計畫的創作。

第十二回　潘金蓮私僕受辱　劉理星魘勝貪財

內容提要

西門慶在院中戀著李桂姐，半月不歸。潘金蓮欲火難禁，便與孟玉樓帶來的小廝琴童偷情。七月二十八日為西門慶生日，吳月娘使玳安去院中接西門慶。潘金蓮暗修一柬帖，交玳安遞與西門慶。不想柬帖落入李桂姐手。桂姐惱了。西門慶將帖子扯的稀爛，把桂姐窩盤住了。潘金蓮聞此情況，大罵院中淫婦，被李嬌兒聽到，從此二人結仇。潘金蓮等不到西門慶來家，便與琴童日日交歡。西門慶回來，孫雪娥與李嬌兒狀告潘金蓮養小廝。西門慶打了琴童三十大棍，攆出家門，又取馬鞭令潘金蓮跪著抽打。潘金蓮一味抵賴，春梅又為其隱瞞，騙過西門慶。

西門慶生日，接李桂姐來家唱曲。李桂姐遭潘金蓮冷遇，羞訕滿面而歸，又結冤仇。李桂姐定要西門慶剪下潘金蓮一料子頭髮，以報此羞。西門慶依其言。李桂姐將潘金蓮之頭髮放在鞋底下每日踩踏。潘金蓮氣惱得病，請劉理星算命與回背，只願得小人離退，夫主愛敬於她。劉理星便替她用鎮物安鎮，鎮書符水與西門慶吃了，果然西門慶與她歡會如常。

素材來源

一、黃昏想，白日思

西門慶在院中貪戀李桂姐姿色，吳月娘使小廝玳安去接他回家。玳安將潘金蓮的柬帖給西門慶：

> 西門慶才待用手去接，早被李桂姐看見，只道是西門慶前邊那表子寄來的情書，一手搶過來。拆開觀看，卻是一幅回文邊錦箋，上寫著幾行墨蹟。桂姐遞與祝日念，教念與他聽。這祝日念見上面寫詞一首，名〈落梅風〉，對眾朗誦了一遍：
>
> 黃昏想，白日思，盼殺人多情不至。
>
> 因他為他憔悴死，可憐也繡衾獨自。
>
> 燈將殘，人睡也，空留得半窗的月。
>
> 孤眠心硬渾似鐵，這淒涼怎捱今夜？

此曲抄自《雍熙樂府》卷二十，由兩首〈落梅風〉並合而成。前一首「黃昏想」，原注「相思」。後一首，原注「夜憶」。小說抄錄時文字改動不大。或有可能是作者錯抄或刊誤。

抄借前人的曲子以作為書信，刻畫人物的內心世界。這在小說第七回已出現過一次，小說中這樣的例證還有幾處。看來這也是作者慣用的手法。此曲用作於描寫潘金蓮此時的心理狀態，十分貼切，全無牽強斧鑿之跡。

二、這細茶的嫩芽

李桂姐看了潘金蓮給西門慶的柬帖，著實惱了。西門慶把送信的玳安踢了幾腳，將信扯的稀爛。應伯爵等四五個嫖客說說笑笑，猜枚行令，頑耍飲酒，把桂姐窩盤住了：

> 西門慶把桂姐摟在懷中陪笑，一遞一口兒飲酒。只見少頃鮮紅漆丹盤拿了七鍾茶來，雪綻般茶盞，杏葉茶匙兒，鹽筍、木樨泡茶，馨香可掬。每人面前一盞。應伯爵道：「我有個〈朝天子〉兒，單道這茶好處：
>
> 這細茶的嫩芽，生長在春風下。不揪不采葉兒楂，但煮著顏色大。絕品清奇，難描難畫。口兒裏常時呷，醉了時想他，醒來時愛他。原來一摟兒千金價。」
>
> 謝希大笑道：「大官人使錢費物，不圖這『一摟兒』，卻圖些甚的？」

此曲抄自《雍熙樂府》卷十八〈朝天子〉，原注「嘲妓名茶」：

> 細茶嫩芽，長在春風下。不揪不采葉兒查，但采板高價。絕品清奇，難描難畫。無錢呵甘相罷，醉了時想他，醒了時愛他。一簍兒千金價。

此曲專詠名茶，從「嘲妓名茶」看，有諷刺妓女之意，但不明顯。《金瓶梅》作者抄借時改「一簍兒千金價」為「一摟兒千金價」。

三、潘金蓮私僕

西門慶在院中不歸，潘金蓮便幹起了養小廝的勾當：

> 當時玉樓帶來一個小廝，名喚琴童，年約十六歲，才留起頭髮，生的眉目清秀，乖滑伶俐……這小廝專一道小殷勤，常觀見西門慶來，就先來告報。以此婦人喜他，常叫他入房，賞酒與他吃。兩個朝朝暮暮，眉來眼去，都有意了。……金蓮這婦人歸到房中，捱一刻似三秋，盼一時如半夏。知道西門慶不來家，把兩個丫頭打發睡了，推往花園中游玩，將琴童叫進房與他酒吃。把小廝灌醉了，掩閉了房門，褪衣解帶，兩個就幹做一處。……自此為始，每夜婦人便叫這小廝進房如此。

三行在《金瓶梅》一文中認為，此一情節脫胎於話本〈金虜海陵王荒淫〉。他說：「我們若把『潘金蓮私僕受辱』一節來和定哥私僕以致被殺一比較，更可見到《金瓶梅》作者是有所本底的。潘氏到了西門慶家，西門慶在妓院中半月不回來，他就過不下去，幹出私僕底事來，恰好是定哥因海陵有好一程不來，沒法計較，……便輕移蓮步，獨自一個走到廳前，只做叫閻乞兒分付說話，就與他結上了私情，同一格調。」（《睿湖期刊》第2期）三行之說確否？現難以判明。此引用其文乃為存此一說，以備再作查考之需。

四、春梅撒嬌撒癡

潘金蓮與琴童通姦事發，西門慶令婦人脫了衣裳跪著，用馬鞭抽打。後見婦人花朵兒般身子，嬌啼嫩語，心已回動了八九分：

> （西門慶）因叫過春梅，摟在懷中問他：「淫婦果然與小廝有首尾沒有？你說饒了淫婦，我就饒了罷。」那春梅撒嬌撒癡，坐在西門慶懷裏說道：「這個爹，你好沒的說！和娘成日唇不離腮，娘肯與那奴才！這個都是人氣不憤俺娘兒們，作做出這樣事來。爹，你也要個主張。好把醜名兒頂在頭上，傳出外邊去好聽？」幾句把西門慶說的一聲兒不言語，丟了馬鞭子，一面教金蓮起來穿上衣服，分付秋菊看菜兒，放桌兒吃酒。

與上文一樣，三行認為這一段情節亦出自〈金虜海陵王荒淫〉。他在同一篇文章中說：「《金瓶梅》之春梅，是金蓮底寵婢。金蓮有這個丫頭，與〈海陵王荒淫〉中定哥之有貴哥，又是極相類似的。春梅是金蓮最喜愛最倚重的丫頭。她是一個伶俐能言，與金蓮狼狽為姦底。例如金蓮私僕，在西門慶前掩飾，她是為金蓮圓謊底。……在〈海陵王荒淫〉裏，貴哥就是那麼一個使女。她底聰明，她底能言善道底本領，寫得實在太好了。……不過〈海陵荒淫〉是明寫一個聰明使女，而《金瓶梅》則零星的敘述罷了，在作者底心目中，春梅實在是與貴哥一流人物，不過寫的更為刁潑驕肆而已。」

三行在此提出了一個重要問題，即《金瓶梅》所塑造的龐春梅形象，有可能借鑒於〈金虜海陵王荒淫〉中貴哥的形象。在《金瓶梅》中，作者花了大量筆墨，將龐春梅這個人物塑造得生動、自然、逼真，是個深深地扎根於現實生活之中的，具有較高的典型意義的形象。如果說作者在創造這個形象時，只是從他書中進行移植，而不是從現實生活中加以提煉、概括，那是不可能達到如此高的典型性的。另一方面，在龐春梅這一形象的塑造中，也確實移植、借鑒了他書中的人物形象，三行所指出的貴哥即是一，這兩個人物形象確有不少相似之處。此外，如話本〈志誠張主管〉中的小夫人的形象，也為龐春梅的形象塑造提供了借鑒。對此，筆者將在探討第一百回的素材來源時加以考證。

第七十五回　春梅毀罵申二姐　玉簫愬言潘金蓮

內容提要

宣卷畢，潘金蓮將西門慶拉到房裏。西門慶卻說要到過世的李瓶兒房裏歇一夜。西門慶在李瓶兒房裏與奶子如意兒吃了半日酒，便上床幹那勾當。荊都監荊忠來拜。荊忠請西門慶在宋巡按面前美言一二，以求升遷，並送上白銀二百兩。西門慶前去回拜蔡京九子、九江蔡知府。月娘的丫頭玉簫來對潘金蓮說，昨晚吳月娘如何說她。潘金蓮毀罵吳月娘。

西門府女眷穿戴整齊，前往應伯爵家吃滿月酒。家裏如意兒與春梅在一處，要聽申二姐唱〈掛真兒〉。申二姐正陪著大妗子不得閑。春梅怒氣衝天，潑口大罵，把申二姐攆出家門。月娘得知此事，甚是氣惱，責備潘金蓮不管一管，慣著她明日把六鄰親戚都罵遍了。

這日是壬子日，潘金蓮等著吃薛姑子的符藥，與西門慶同房以圖生養。吳月娘惱著潘金蓮，偏不讓西門慶去。因孟玉樓身上不自在，吳月娘打發西門慶在她房中歇了一夜。孟玉樓也罵西門慶偏心，要將管帳的事交給潘金蓮。由於誤了壬子日，潘金蓮深恨吳月娘，與其大吵一場。吳月娘痛罵潘金蓮把攔漢子，沒廉恥趁漢精。罵得潘金蓮就地打滾撒潑，放聲大哭，鬧得西門府家反宅亂。

喬大戶請西門慶飲酒，央西門慶趁著新例，對胡府尹說說，納個儀官。西門慶照例答應。次日，宋巡按在西門府擺酒。西門慶請任醫官為吳月娘看病。

素材來源

文王胎教

《金瓶梅》就吳月娘身懷有孕，而聽僧尼宣卷，發了一段議論：

> 人生貧富壽夭賢愚，雖蒙父母受氣成胎中來，還要懷妊之時有所應召。古人妊娘懷孕，不倒坐，不偃臥，不聽淫聲，不視邪色，常玩弄詩書金玉異物，常令瞽者誦古詞，後日生子女，必端正俊美，長大聰慧：此文王胎教之法也。今吳月娘懷孕，不宜令僧尼宣卷，聽其生死輪回之說，後來感得一尊古佛出世，投胎奪舍，日後被其顯化而去，不得承受家緣，蓋可惜哉。

古人認為，婦女懷孕期間，胎兒在母腹中是有感覺的。胎兒的發育、成長會受到孕婦的言行的感化和影響。所以孕婦必須謹守禮儀，對胎兒進行引導、教育，此謂「胎教」之說。《金瓶梅》所說「文王胎教之法」，乃有所依據。漢賈誼《新書・胎教》云：「周妃後妊成王於身，立而不跛，坐而不差，笑而不諠，獨處不倨，雖怒不罵，胎教之謂也。」《大戴禮・保傅》云：「胎教之道。書之玉板，藏之金匱，置之宗廟，以為後世戒。」

《金瓶梅》中這一段議論，似抄改自《列女傳》。《列女傳》（一名《古列女傳》），西漢劉向撰，記古代婦女事蹟一百零四則，旨在宣揚封建禮教。《列女傳・母儀》載：

> 太任者，文王之母，摯任氏中女也。王季娶為妃。太任之性，端一誠莊，惟情之行。及其有娠，目不視惡色，耳不聽淫聲，口不出敖言，能以胎教，溲於豕牢，而生文王。文王生而明聖，太任教之以一而識百。君子謂太任能胎教。古者婦人妊子寢不側，坐不邊，立不蹕，不食邪味。割不正不食，席不正不坐，目不視於邪色，耳不聽於淫聲，夜者令瞽誦詩道正事。如此則生子形容端正，才德必過人矣。故妊子之時，必慎所感。感於善則善，感於惡則惡。人生而肖父母者，皆其母感於物，故形音肖之，文王母可謂知化矣。

兩相對照，《金瓶梅》與《列女傳》中的文字、旨義均極相似。《金瓶梅》作者抄改這一段文字，其意在於指斥吳月娘身懷孝哥時，「不宜令僧尼宣卷，聽其生死輪回之說」。由於吳月娘一味崇佛，故「感得一尊古佛出世（即生孝哥），投胎奪舍」，後來被普靜師「顯化而去，不得承受家緣」，作者認為這是很可惜的事。於此可見《金瓶梅》作者是尊奉儒家禮儀之說的文人，而於佛教之說則持否定態度。這一重要的思想傾向，於《金瓶梅》作者的研究，具有重要價值。

金瓶梅鑒賞（節選）

拙著《金瓶梅鑒賞》，成書於 1990 年 2 月，南京出版社 1990 年 9 月出版。該書從《金瓶梅》中選取 42 個藝術成就較高的篇章，作就實論虛的研究分析，集中探討《金瓶梅》在藝術美學上的創新問題，提出了如下一些理論觀點：

在中國小說發展史上，《金瓶梅》具有里程碑的地位。它開啟了人情小說創作的先河，標誌著中國小說藝術漸趨成熟和一個新的階段的開始。作為一部偉大的現實主義小說，它比前代小說《水滸傳》《三國演義》在藝術上有了多方面的開拓和創新。

以前的長篇小說，以寫超乎凡俗的奇人奇事為能事，與現實社會存在一定距離。《金瓶梅》直接面對現實社會，直面人生，真實地再現了明代中國社會的種種人情世態。真實而又形象地，廣闊而又深刻地再現紛繁複雜的社會生活，這是小說藝術的獨特功能。可以說，只有到了《金瓶梅》，小說藝術的這一獨特功能才得以充分發揮並日臻完善。

以前的長篇小說，受平話藝術的束縛，以故事情節取勝，人物塑造則處於從屬地位，人物服從故事。《金瓶梅》則以塑造人物為主，故事情節則降之從屬地位，情節服從人物。鮮明地刻畫人物性格，多方面地塑造各色人物形象，這一小說藝術的獨特功能，也只有到了《金瓶梅》才得以充分發揮並日臻完善。

在《金瓶梅》中，刻畫人物性格的藝術，得到了重大發展。以前的小說人物性格具有單一化的傾向。《金瓶梅》中的人物，具有複雜的個性化的性格特徵，從橫向來看由多種性格因素組成，呈現多元的多側面的狀態；從縱向來看呈現多種層次結構。作者還善於寫出人物性格的深層和表層、次表層之間的錯位和矛盾。

以前的小說人物性格具有善惡、美醜絕對化的傾向。《金瓶梅》作者善於將人物的善惡、美醜一起揭示出來，其人物形象具有善惡相兼、美醜相容的特徵。這是作者將生活中的善與惡、美與醜互相依存、互相滲透、互相轉化的原理，應用於小說人物創造的一個重大貢獻。

以前的小說主要用人物的言行來展示其心理活動，《金瓶梅》開始直接向人物的內心世界挺進，通過描寫揭示人物複雜的心理奧秘。它寫出了人物心態的複雜性，寫出了心態的動態變化；它善於創造特定的生態環境來烘托、映照人物的心境，將抒情與動態情態描寫結合起來，並通過對比、反襯來強化不同人物的特殊的心路歷程。

除此之外，《金瓶梅》在情節美學、結構美學、語言美學、藝術風格等多方面，都有許多開拓和創新。

著名的文藝理論家吳調公教授在《金瓶梅鑒賞・序》中，運用劉勰《文心雕龍・知音》篇中「識照」的見解為拙著定評。吳先生指出：「『識照』，在我看來，『識』意味著批評鑒賞者的價值判斷能力之高，『照』意味著對作品形象整體的審美體驗之深與感發之切，而這兩方面恰恰都是《鑒賞》一書中最顯著的優勢」；「他的哲學、美學的素養和多維的思想方法導致他的鑒賞得高屋建瓴和鞭辟入裏之勢，這就是他的深刻的理性判斷的『識』了」，「這樣的一位導讀者，恰恰可以說是劉勰所說的一位有『識照』的人了。他不但能以識見的光輝照亮《金瓶梅》探秘的足跡，設身處地地作為讀者的知心人，用電筒為讀者照明，讓他們有可能真正認識《金瓶梅》的精華何在、糟粕何在、局限何在，以及對這個藝苑的景物究竟應該是如何觀賞、如何領略。」

《金瓶梅鑒賞》已收入《周鈞韜金瓶梅研究文集》第三卷中。下面從《金瓶梅鑒賞》中選取兩篇，供鑒賞與批評：

宋惠蓮含羞自縊

第二十六回，來旺發現西門慶與其妻宋惠蓮有姦情，大罵西門慶、潘金蓮，揚言要白刀子進紅刀子出。西門慶在潘金蓮挑唆下設計陷害來旺兒。來旺被遞解徐州。宋惠蓮明白了事實真相後，與西門慶決裂，自縊身亡：

> （宋惠蓮）忽見鉞安兒跟了西門慶馬來家，叫住問他：「你旺哥在監中好麼？幾時出來？」鉞安道：「嫂子，我告你知了罷，俺哥這早晚到流沙河了。」惠蓮問其故。這鉞安千不合萬不合，如此這般，「打了四十板，遞解原籍徐州家去了。只放你心裏，休題我告你說。」這婦人不聽萬事皆休，聽了此言是實，關閉了房門，放聲大哭道：「我的人！你在他家幹壞了甚麼事來？被人紙棺材暗算計了你。你做奴才一場，好衣服沒曾掙下一件在屋裏。今日只當把你遠離他鄉算的去了，坑得奴好苦也！你在路上死活未知，存亡未保，我如今合在缸底下一般，怎的曉得？」哭了一回，取一條長手巾，拴在臥房門楹上，懸樑自縊。不想來昭妻一丈青，住房正與他相連，從後來，聽見他屋裏哭了一回，不見動靜，半日只聽喘息之聲。扣房門，叫他不應，慌了手腳，教小廝。平安兒撬開窗戶竄進去，見婦人穿著隨身衣服，在門楹上正吊得好。一面解救下來，開了房門，取薑湯撅灌。須臾攘的後邊知道，吳月娘率領李嬌兒、孟玉樓、西門大姐、李瓶兒、玉簫，小玉都來看

視，見賁四娘子兒也來瞧，一丈青搊扶他坐在地下，只顧哽咽，白哭不出聲來。

只見西門慶掀簾子進來，也看見他坐在冷地下哭泣，令玉簫：「你搊他炕上去罷。」玉簫道：「剛才娘教他上去，他不肯去。」西門慶道：「好強孩子，冷地下冰著你。你有話對我說，如何這等拙智。」惠蓮把頭搖著，說道：「爹，你好人兒！你瞞著我幹的好勾當兒！還說甚麼孩子不孩子，你原來就是個弄人的劊子手，把人活埋慣了。害死人，還看出殯的！你成日間只哄著我，今日也說放出來，明日也說放出來，只當端的好出來。你如遞解他，也和我說聲兒。暗暗不透風，就解發遠遠的去了。你也要合憑個天理！你就信著人，幹下這等絕戶計！把圈套兒做的成成的，你還瞞著我。你就打發，兩個人都打發了，如何留下我做甚麼？」西門慶笑道：「孩兒，不關你事。那廝壞了事，難以打發你。你安心，我自有個處。」因令玉簫：「你和賁四娘子相伴他一夜兒，我使小廝送酒來你每吃。」說畢，往外去了。賁四娘良久扶他上炕坐的，和玉簫將話兒勸解他，做一處坐的。……

這潘金蓮幾次見西門慶留意在宋惠蓮身上，於是心生一計，行在後邊唆調孫雪娥，說：來旺兒媳婦子怎的說你要了他漢子，備了他一篇是非，「他爹惱了，才把他漢子打發了。前日打了你那一頓，拘了你頭面衣服，都是他過嘴告說的。」這孫雪娥耳滿心滿。掉了雪娥口氣兒，走到前邊，向惠蓮又是一樣話說，說：孫雪娥怎的後邊罵你「是蔡家使喝了的奴才，積年轉主子養漢。不是你背養主子，你家漢子怎的離了他家門。說你眼淚留著些腳後跟。」說的兩下都懷仇忌恨。

一日，也是合當有事。四月十八日，李嬌兒生日，院中李媽媽並李桂姐，都來與他做生日。吳月娘留他同眾堂客在後廳飲酒。西門慶往人家赴席不在家。這宋惠蓮吃了飯兒，從早辰在後邊打了個晃兒，一頭拾到屋裏，直睡到日沉西。由著後邊一替兩替使了丫鬟來叫，只是不出來。雪娥尋不著這個由頭兒，走來他房裏叫他，說道：「嫂子做了王美人了，怎的這般難請？」那惠蓮也不理他，只顧面朝裏睡。這雪娥又道：「嫂子，你思想你家旺官兒哩。早思想好來，不得你，他也不得死，還在西門慶家裏。」這惠蓮聽了他這一句話，打動潘金蓮說的那情由，翻身跳起來，望雪娥說道：「你沒的走來浪聲顙氣！他便因我弄出去了，你為甚麼來？打你一頓，攆的不容上前！得人不說出來，大家將就些便罷了，何必撐著頭兒來尋趁人？」這雪娥心中大怒，罵道：「好賊奴才，養漢淫婦！如何大膽罵我？」惠蓮道：「我是奴才淫婦，你是奴才小婦！我養漢養主子，強如你養奴才！你倒背地偷我的漢子，你還來倒自家掀騰。」這幾句話分明戳在雪娥身上，那雪娥怎不急了。那宋惠蓮不防他，被他走向前，一個巴掌打在臉上，打的臉上

> 通紅的。說道：「你如何打我？」於是一頭撞將去。兩個就揪扭打在一處。……當下雪娥便往後邊去了。月娘見惠蓮頭髮揪亂，便道：「還不快梳了頭，往後邊來哩。」惠蓮一聲兒不答話，打發月娘後邊去了，走到房內，倒插了門，哭泣不止。哭到掌燈時分，眾人亂著後邊堂客吃酒，可憐這婦人忍氣不過，尋了兩條腳帶，拴在門楹上，自縊身死。

凡是讀過《金瓶梅》的人，都會對宋惠蓮留下難以磨滅的印象，同時亦留下一串令人難解的謎。她性格變化的跨度那麼大，前後判若兩人。難怪有的研究者將宋惠蓮斥之為不成功的典型。從表面上看，這似乎有一定道理。其實並不盡然。《金瓶梅》寫人的傑出之處就在於不簡單化。《金瓶梅》作者能按照社會生活的紛繁複雜的本來面貌來塑造紛繁複雜的人物形象。宋惠蓮形象的塑造便是成功的一例。其紛繁複雜的性格狀態可以以縱橫兩個方面來考察。從橫向來看，宋惠蓮的性格由多種性格因素組成，呈現出多元的多側面的狀態；從縱向來看，宋惠蓮的性格又呈現出由淺到深的多種層次結構。這種多側面多層次的性格因素的有機組合，便形成了宋惠蓮的複雜的個性化的性格特徵。

前面我們已經談到，宋惠蓮是個墮落的女人。自從她與西門慶勾搭上以後，表現得更為放蕩、輕妄，是個十足的令人厭惡的蕩婦。但是讀完了宋惠蓮之死這一段文字，我們又不得不對這個蕩婦肅然起敬，對她的死充滿著惋惜和同情。至此，我們才突然發現，潛藏在這個蕩婦心靈深處的卻是善良、堅強和純真。

宋惠蓮出身貧寒，從小就過著被壓迫、被奴役的生活。被壓迫者的善良、堅強、純真等性格特徵，構成了她性格中最原始的基因。後來由於生活的逼迫和統治階級的腐朽思想和道德的浸染、毒化，她變得那樣的放蕩和輕賤。但是她性格中的最原始的基因卻並未泯滅，只是被毒化了的塵土所深深地覆蓋，埋藏在心靈的最底層。魯迅在〈陀思妥夫斯基的事〉一文中說：「他把小說中的男男女女放在萬難忍受的境遇裏，來試煉它們，不但剝去了表面的潔白，拷問出藏在底下的罪惡，而且還要拷問出藏在那罪惡之下的真正的潔白來。」可以毫不誇大地說，早在幾百年前，《金瓶梅》作者就已做到了這一點。他在塑造宋惠蓮形象時，不僅剝去了她表面的潔白（善良、單純、聰明、能幹、天真），拷問出她藏在潔白底下的罪惡（輕狂、放蕩、下賤、卑污），而且還難能可貴地拷問出藏在那罪惡之下的真正潔白來（本質上的善良、純真和堅強）。

《金瓶梅》作者之所以能做到對宋惠蓮的性格作深層次的開掘，其必備的條件是為宋惠蓮創造了一種「萬難忍受的境遇」。前幾回作者寫宋惠蓮是何等地得意。她攀上了西門慶這一高枝，不僅自己得到了好處，連丈夫來旺亦沾了光。她一方面不願背棄自己的丈夫，另一方面又要與西門慶私通。這就構成了宋惠蓮性格中特有的善良和特有的邪惡的統一。而作者有意要破壞這個統一，將宋惠蓮推入一個「萬難忍受的境遇」，這就是西門慶設計陷害來旺兒，並欲置之死地而後快，從而達到長久公開霸占宋惠蓮的目的。這對宋惠蓮來說，面臨著一個十分重大的抉擇：要麼衛護自己的身為家奴的丈夫而得罪西門慶，其後果不堪設想；要麼拋棄自己丈夫而徹底投入西門慶的懷抱，其結果正符合她原來攀高枝的欲望（她可以當上西門慶的第七房小妾）。按照一般的蕩婦的性格發展邏輯，她當然選擇後者而唯恐求之不得。潘金蓮即如此。而宋惠蓮完全反其道而行之。她並不需要作什麼抉擇，靈魂深處的善良的基因以絕對的優勢壓倒了邪惡。她死命地衛護自己的丈夫，與西門慶相抗爭。此時她的攀高枝的欲望和討西門慶歡心的念頭已蕩然無存。她的性格第一次放射出美的光芒。當西門慶進一步加害於來旺兒時，宋惠蓮真正看清了西門慶的猙獰面目。她衛護丈夫的願望和努力終於付之東流。宋惠蓮憤怒了，潛藏在她心靈深處的剛強和義烈，第一次像火山爆發那樣不可遏止地噴湧而出。她毫不留情，毫無顧忌地當著眾人的面痛罵西門慶，並以死向吃人的封建奴婢制度作最後的抗爭。至此，宋惠蓮所蘊藏了的性格中最寶貴的因素，才得到了最充分的表現。《金瓶梅》作者不僅善於全面地把握人物的表層次的多側面的性格特徵，而且善於在人物的深層次的性格結構中探索和開掘，特別是能夠寫出人物性格的深層與表層、次表層之間的錯位和矛盾，這是難能可貴的。自《金瓶梅》始，中國小說中人物塑造的藝術進入了一個新的發展階段。

上面我們主要分析了宋惠蓮形象塑造的藝術成就。其實上引這一片段其內涵是十分豐富的，具有多方面的功能。例如，對潘金蓮的描寫就十分精彩。潘金蓮是逼迫宋惠蓮走上絕路的關鍵人物。按照作者的意圖，這一段情節與其說主要是寫宋惠蓮，還不如說主要是寫潘金蓮。由於小說中寫潘金蓮的精彩篇章極多，此處就不多加分析了。

妝丫鬟金蓮市愛

第四十回，吳月娘向王姑子求坐胎符藥，為圖生養。李瓶兒抱著穿了道服的官哥兒去見西門慶，西門慶好不喜歡。晚夕，潘金蓮妝扮成新買的丫頭，與眾人玩鬧：

> 卻說金蓮晚夕走到鏡臺前，把髻摘了，打了個盤頭揸髻；把臉搽的雪白，抹的嘴唇兒鮮紅，戴著兩個金燈籠墜子，貼著三個面花兒，帶著紫銷金箍兒；尋了一套紅織金襖兒，下著翠藍緞子裙：要裝丫頭，哄月娘眾人耍子。叫將李瓶兒來，與他瞧。把李瓶兒笑的前仰後合，說道：「姐姐，你裝扮起來，活像個丫頭。我那屋裏有紅布手巾，替你蓋著頭。對他們只說他爹又尋了個丫頭，唬他們唬，管定就信了。」春梅打著燈籠，在頭裏走。走到儀門首，撞見陳經濟，笑道：「我

道是誰來，這個就是五娘幹的營生！」李瓶兒叫道：「姐夫，你過來，等我和你說了著：你先進去見他們，只如此如此，這般這般。」經濟道：「我有法兒哄他。」於是先走到上房裏。

眾人都在炕上坐著吃茶，經濟道：「娘，你看爹平白裏叫薛嫂兒，使了十六兩銀子，買了人家一個二十五歲，會彈唱的姐兒，剛才拿轎子送將來了。」月娘道：「真個？薛嫂兒怎不先來對我說？」經濟道：「他怕你老人家罵他，送轎子到大門首，他就去了。丫頭便叫他每領進來了。」大妗子還不言語，楊姑娘道：「官人有這幾房姐姐勾了，又要他來做什麼？」月娘道：「好奶奶，你禁的有錢，就買一百個，有什麼多？俺每多是老婆當軍，在這屋裏充數兒罷了！」玉簫道：「等我瞧瞧去。」只見月亮地裏，原是春梅打燈籠，落後叫了來安兒小廝打著，和李瓶兒後邊跟著，搭著蓋頭，穿著紅衣服進來。慌的孟玉樓、李嬌兒都出來看。良久，進入房裏。玉簫挨在月娘邊，說道：「這個是主子，還不磕頭哩！」一面揭了蓋頭。那潘金蓮插燭也似磕下頭去，忍不住撲矻的笑了。玉樓道：「好丫頭，不與你主子磕頭，且笑！」月娘笑了，說道：「這六姐成精死了罷！把俺每哄的信了。」……

不一時，西門慶來到，楊姑娘、大妗子出去了，進入房內椅子上坐下。月娘在旁不言語。玉樓道：「今日薛嫂兒轎子送人家一個二十歲丫頭來，說是你教他送來，要他的。你恁許大年紀，前程也在身上，還幹這勾當？」西門慶笑道：「我那裏叫他買丫頭來？信那老淫婦哄你哩！」玉樓道：「你問大姐姐不是，丫頭也領在這裏，我不哄你。你不信，我叫出來你瞧。」於是叫玉簫：「你拉進那新丫頭來，見你爹。」那玉簫掩著嘴兒笑，又不敢去拉，前邊走了走兒，又回來了，說道：「他不肯來。」玉樓道：「等我去拉，恁大膽的奴才，頭兒沒動，就扭主子，也是個不聽指教的！」一面走到明間內。只聽說道：「怪行貨子，我不好罵的！人不進去，只顧拉人，拉的手腳兒不著。」玉樓笑道：「好奴才，誰家使的你恁沒規矩，不進來見你主子磕頭。」一面拉進來。西門慶燈影下睜眼觀看，卻是潘金蓮打著擄髻裝丫頭，笑的眼沒縫兒。那金蓮就坐在旁邊椅子上。玉樓道：「好大膽丫頭！新來乍到，就恁少條失教的，大剌剌對著主子坐著！」月娘笑道，「你趁著你主子來家，與他磕個頭兒罷。」那金蓮也不動，走到月娘裏間屋裏，一頓把簪子拔了，戴上髻出來。月娘道：「好淫婦，討了誰上頭話，就戴上髻了！」眾人又笑了一回。……

潘金蓮遞酒，眾姊妹相陪，吃了一回。西門慶因見金蓮裝扮丫頭，燈下豔妝濃抹，不覺淫心蕩漾，不住把眼色遞與他。這金蓮就知其意，行陪著吃酒，就到前面房裏，去了冠兒，挽著杭州攢，重勻粉面，復點朱唇。原來早在房中，先預備下一桌酒，齊整果菜，等西門慶進房，婦人還要自己與遞酒。不一時，西門慶果然來到。見婦人還挽起雲髻來，心中喜甚，摟著他坐在椅子上，兩個說笑。

這是一段異樣新奇而又令人深思的文字。到本回止，《金瓶梅》作者已花了大量的篇幅，寫了潘金蓮的縱淫與爭寵，她的性格的基本面：自私、嫉妒、淫蕩、狠毒，不擇手段地陷害別人等等，已揭露得相當深刻，無論是在作者還是在讀者心目中，她顯然是惡的醜的形象。但是作者並不將它絕對化。前面我們已經談到，作者還寫了潘金蓮的美貌、聰明、能幹，寫了她對婚姻「相配」的強烈追求。本處上引這段文字中，作者突出寫了潘金蓮的天真、活潑，甚至還帶有些稚氣和單純。這些性格特徵顯然帶有善的美的因素。可以說，作者筆下的潘金蓮形象具有善惡相兼，美醜相容的特徵。這是作者將美與醜相互依存的原理應用於小說人物創造的一個重大貢獻。脂硯齋在批評《紅樓夢》時指出：「最恨近之野史中，惡則無往不惡，美則無一不美，何不近情理之如是耶？」（第四十三回批語）這可以說是從《金瓶梅》開始到《紅樓夢》為止的一百多年間的小說人物創造的經驗總結。事實正是如此，某些俗套小說，將正面人物寫得「美則無一不美」，將反面人物寫得「惡則無往不惡」，這種美醜的絕對化的觀念，確實是不符合情理的。美與醜在人類社會中是客觀存在的，兩者既有區別又有聯繫，相比較而存在，往往表現為「你中有我，我中有你」。因此，完完全全美的事物，或者徹徹底底醜的事物都是不存在的。就人而言，「美則無一不美」或者「惡則無往不惡」的人，也是不存在的。這正如高爾基在《文學書簡》一書中所說：「人們是形形色色的，沒有整個是黑的，也沒有整個是白的。好的和壞的在他們身上攪在一起了，——這是必須知道和記住的。」藝術是社會生活的形象反映。小說藝術對美與醜的揭示，當然要符合社會生活中的美與醜及其相互關係這一客觀真實。別林斯基在〈論俄國中篇小說和果戈理君的中篇小說〉文中指出：小說中的人物必須是「真正的人，像他們實際的那樣」，「不管好還是壞，我們不想裝飾它」，「把全部可怕的醜惡和全部莊嚴的美一起揭發出來，好像用解剖刀切開一樣」。別林斯基所說的藝術中的「真正的人」亦即真實的藝術形象，在倫理上的要求就是「不管好還是壞」，必須按照生活的本來面貌揭示出來；在美學上的要求，就是「把全部可怕的醜惡和全部莊嚴的美一起揭發出來」。《金瓶梅》作者在塑造潘金蓮形象時，確實將她全部可怕的醜惡與全部莊嚴的美一起揭發了出來，它完全符合社會生活中的美醜相互依存這一客觀真實，因此這一人物形象既具有很強的真實性和典型性，又具有很高的美學價值。《金瓶梅》作者的這一成功的藝術實踐，對後世小說的創作，包括《紅樓夢》在內，均產生了重大的影響。

《金瓶梅》傳世的第一個信息
——與韓南、魏子雲先生商榷

《金瓶梅》大約成書於明代嘉靖四十年到萬曆十一年這段時間（或稱隆慶朝前後），初刻本問世於萬曆四十五年到四十七年。在初刻本問世前的二十多年，已有抄本流行於世。從現有史料考察，《金瓶梅》出現在人世間的第一個信息，是由明代著名文學家袁中郎致董思白書中透露出來的。現將此信抄錄如次：

> 一月前，石簣見過，劇譚五日。已乃放舟五湖，觀七十二峰絕勝處。遊竟復返衙齋，摩霄極地，無所不談，病魔為之少卻，獨恨坐無思白兄耳。《金瓶梅》從何得來？伏枕略觀，雲霞滿紙，勝於枚生〈七發〉多矣。後段在何處抄竟，當於何處倒換，幸一的示。（袁中郎：《錦帆集・董思白》）

現在要搞清楚的是，這個《金瓶梅》傳世的第一個信息，到底出現在哪一年？美國哈佛大學教授韓南博士在〈《金瓶梅》的版本及其他〉一文中認為，此信寫於萬曆二十四年（1596）十月。此信所言：「一月前，石簣見過，劇譚五日。已乃放舟五湖，觀七十二峰絕勝處。」韓南認為，這是指萬曆二十四年九月，袁中郎陪陶石簣所謂「共遊洞庭山」的事。根據是陶石簣的〈遊洞庭山記〉。這一點，魏子雲先生說得很清楚。魏先生在《金瓶梅的問世與演變》中說：「這一封信，寫在萬曆二十四年十月間。這年，陶望齡（石簣）曾於九月二十四日到蘇州，與袁中郎遊談多日。此事，陶望齡在所寫的〈遊洞庭山記〉的序文中，記有年月，是萬曆二十四年十月。可以對證上袁氏的這封信。」[1]筆者原來亦信從此說。後來通過考證，形成了新的看法：此袁中郎致董思白書，只能寫於萬曆二十三年（1595）秋，而非萬曆二十四年十月。陶石簣的〈遊洞庭山記〉確實記了萬曆二十四年九月見訪袁中郎遊洞庭山事。但魏子雲先生沒有看清楚，陶石簣所記的這次訪遊，與袁中郎致董思白書所談的完全是兩碼事。請看陶石簣的〈遊洞庭山記〉：

1　魏子雲《金瓶梅的問世與演變》，臺北：臺灣時報文化出版事業有限公司 1981 年。

> 歲乙未，予再以告歸，道金閶。友人袁中郎為吳令。飲中，語及後會，時方食橘，曰：予俟此熟當來遊洞庭。明年夏秋中，中郎書再至，申前約，而小園中橙橘亦漸黃綠矣。遂以九月之望發山陰，弟君奭，侄爾質，曹生伯通。武林僧真鑒皆從。丁巳抵蘇，止開元寺。中郎方臥疾新愈，談於榻之右者三日。壬戌始渡胥口，絕湖八十里、登西山宿包山寺。癸亥步遊……甲子取徑……乙丑遊……，丙寅東北風大作，明日雨，又明日大霧……，明日登……，始涉湖而返，距其往七日矣……。（陶石簣：《歇庵集》卷十三）

陶石簣，即陶望齡，字周望，號石簣，會稽人。萬曆十七年會試第一，廷試第三。初授翰林院編修，後官終國子監祭酒。以講學名，入公安之林，與中郎相交甚厚。從陶氏〈遊洞庭山記〉可知，陶與袁會見有兩次（當時袁中郎任吳縣縣令），一次是萬曆二十三年乙未秋，袁中郎到任的那一年，陶氏路經吳縣。他們是否一起遊了洞庭，陶氏沒有說。另一次是萬曆二十四年丙申九月，陶氏明說，中郎臥疾新愈，談於榻之右者三日，壬戌日起遊洞庭西山達七天之久，未及中郎一詞，可見中郎並沒有陪陶氏同遊。這樣矛盾就出現了。中郎致董思白書言明，他和陶氏談了五天後同遊洞庭。而從陶氏〈記〉中看出，他們只談了三日，以後中郎並沒有陪他們同遊洞庭。從這個矛盾中，筆者依稀想見，中郎致董書中提到與陶氏同遊洞庭，是萬曆二十三年秋的事；而陶氏〈記〉所記的是萬曆二十四年九月的事，這一次中郎沒有陪同。筆者查檢了袁氏的詩文，證明了這個推測是有根據的。

袁中郎的〈陶石簣兄弟遠來見訪，詩以別之〉一詩，是萬曆二十四年九月，陶氏見訪，遊畢洞庭告歸時，袁氏所寫的送別詩。是詩寫了陶氏見訪到告別的全過程：

> 一揖徑登床，草草寒暄而。執手不問病，捧腹但言饑。……欲窮人外理，先剖世間疑。五行何因起，天地何高卑？鵲烏何白黑，日月何盈虧？生胡然而至，死胡然而歸？天胡然而喜，鬼胡然而悲？事無微不究，語無響不奇。獨不及臧後，一切細碎事。元旨窮三日，清言暢四肢。愛君深入理，恐我倦傷脾。未作經年別，先為五日辭。入宮尋西子，涉水吊鴟夷。七十二螺髻，三萬六玻璃。……歸來為我言，山水見鬚眉。……一番銅鐵語，萬仞箭鋒機。病得發而減，客以樂忘疲。流連十許日，情短六個時。……（袁中郎：《錦帆集》）

將此詩與陶文〈遊洞庭山記〉對照起來讀，不難看出，兩者同記一事。例如，陶文曰：「中郎方臥疾新愈」，袁詩云：「執手不問病」，「恐我倦傷脾」，「病得發而減」，可見中郎在重病中。萬曆二十四年八月十三日，中郎得瘧疾病，一直病了四五個月。陶文曰：「談於榻之右者三日」，袁詩云：「元旨窮三日」，兩人相見後暢談了三日，記載完全一致。另外，陶文所記，此行「丁巳抵蘇」，「壬戌始渡胥口」，到庚午才「涉湖而返」，前後約十五天。袁詩云：「流連十許日」。如此看來，袁詩與陶文一樣，記的是萬曆二十四年九月陶石簣見訪並遊洞庭一事。而這一次陶氏遊洞庭，中郎有沒有陪同呢？前已講到，對此陶文沒有明說，而袁詩則明說的。例如，袁詩云，陶氏見訪談了三天後，「未作經年別，先為五日辭」。辭者，去遊洞庭也。陶氏遊了七天，袁詩又云：「歸來為我言，山水見鬚眉」。中郎這些話足以證明，他在萬曆二十四年九月確實沒有陪陶氏兄弟共遊洞庭。

這麼一來，韓南、魏子雲認為袁中郎致董思白書寫在萬曆二十四年十月，就沒有根據了。因為此信中說：「劇譚五日」，而陶文、袁詩均講「三日」。袁信、袁文出於一人之手，時間先後僅一月而已，記憶的誤差也不會這麼大。而更為重要的是，袁信明講：「劇譚五日，已乃放舟五湖，觀七十二峰絕勝處」。可見袁氏陪陶氏同遊了洞庭，而且興致極高。而袁詩則明說，他沒有陪陶氏同遊洞庭。顯而易見，袁信與袁詩並非指同一件事。既然前已證明，袁詩所指的為萬曆二十四年九月陶氏見訪並遊洞庭事，那麼，袁信所言陪陶氏同遊洞庭，就絕不可能是萬曆二十四年九月這一次。韓南博士等可能沒有查閱袁中郎《錦帆集》中的這一首詩：〈陶石簣兄弟遠來見訪，詩以別之〉，因此不清楚此年（萬曆二十四年），袁中郎未陪陶氏遊洞庭一事，而只根據陶文來考證袁信，故有此誤。

以上考證只能證明，袁中郎致董思白書並非寫於萬曆二十四年。這也就是說，《金瓶梅》抄本傳世的第一個信息，並非出現在萬曆二十四年。那麼，它到底出現在哪一年呢？我們還得從考證袁中郎致董思白書的作年著手。

袁中郎致董思白書清楚說明，「放舟五湖，觀七十二峰絕勝處」，他確實是陪陶氏同遊過洞庭的。此事還有沒有其他證據呢？有。請看袁中郎的〈西洞庭〉文：

> 西洞庭山，高為縹渺，……山色七十二，湖光三萬六。層巒疊嶂，出沒翠濤，彌天放白，拔地插青，此山水相得之勝也。……余居山凡兩日，藍輿行綠樹中，……天下之觀止此矣。陶周望曰：余登包山而始知西湖之小也，六橋如房中單條畫，飛來峰盆景耳。余亦謂：楚中雖多名勝，然山水不相遇，湘君、洞庭遇矣，而荒跡絕人煙。……（袁中郎：《錦帆集》）

這是一篇西洞庭山的遊記。文中只出現兩個人：袁中郎自己和陶周望（即石簣）。而且他們一起面對諸峰，分別作了洞庭西山與西湖，洞庭西山與湘楚山水的對比研究。他們一起同遊過洞庭山，這是確切無疑的了。那麼這次「同遊」是哪一年的事呢？這直接關係到《金瓶梅》抄本傳世的第一個信息的年代問題，因此必須搞清楚。有人可能會說，這就是萬曆二十四年九月的那一次。這顯然是不對的。我們只要將這篇袁文（〈西洞庭〉）與上述的陶文（〈遊洞庭山記〉），袁詩（〈陶石簣兄弟遠來見訪，詩以別之〉）作些比較，即可看出其不同之處：

一、袁文曰：「余居西山凡兩日」，陶文卻說：「距其往七日矣」（陶文對遊西山的每天的活動記之甚詳）。兩者所記遊山的時間差異甚大，足證所記非同一次遊山事。

二、袁文記載遊山所見是：層巒疊嶂，出沒翠濤，彌天放白，藍輿行綠樹中。可見此遊天氣晴朗，山青水明。袁氏的心情亦極好。而陶文所記遊山所見的是：丙寅東北風大作，明日雨，又明日大霧，欲去不可，霧稍霽輿與行，湖濱去湖咫尺不能辨。可見此遊天氣極壞，陶氏十分狼狽。此情此景，兩文所記天壤之別，怎麼可能是同一次遊覽呢？

三、袁文明確記載與陶氏同遊，而袁詩又說得分明：袁氏未陪陶氏同遊，更可證這完全是兩次不同的遊覽。

萬曆二十二年甲子冬，袁氏三兄弟均赴京。十二月中郎謁選授吳縣令。萬曆二十三年乙未二月，中郎由京赴吳，三月間到任。萬曆二十五年丁酉春辭官去職。是年三月即離吳暫居無錫。因此，中郎在吳只萬曆二十三、二十四年兩年時間。在這兩年時間中，陶石簣來吳見訪中郎共兩次。在陶氏〈遊洞庭山記〉中可知，即前所述，第一次是萬曆二十三年乙未，「時方食橘」可見是秋天。第二次即是萬曆二十四年丙申九月。前已考定，袁陶同遊洞庭，不可能是萬曆二十四年九月的事，那麼二者必居其一，袁、陶同遊洞庭必然是萬曆二十三年秋天的事。袁中郎致董思白書說：「一月前，石簣見過」。這就是說，是書必然寫於萬曆二十三年秋袁、陶同遊洞庭以後的一個月，即萬曆二十三年深秋。這就得出了筆者考證的第一個結論：《金瓶梅》抄本傳世的第一個信息，出現在萬曆二十三年（1595）的深秋季節。

但這裏還需要弄清楚兩個問題：一、袁中郎致董思白書的真偽問題；二、此信所透露的《金瓶梅》傳世的信息是否是第一個。

先談真偽問題。魏子雲先生對此信是否係偽託，有疑慮。他說：「這封寫給董其昌的信究竟是不是中郎所寫？已很難肯定。」又說：「袁中郎有沒有寫過給董其昌的這封信？……只要尋到經袁小修審訂的那部《袁中郎全集》及袁中郎生前的家刻等詩文就可以證明。」[2]魏先生因為沒有看到袁小修審定的本子，而產生疑慮，這種對待學術問題的謹嚴態度，是很可貴的。值得慶幸的是，袁小修編的《袁中郎先生全集》（萬曆四十七年刊於徽州）中也有這一封袁中郎致董思白書。書中「獨恨坐無思白兄耳」句乃為「獨恨不

2　魏子雲《金瓶梅探原》，臺北：臺灣巨流圖書公司1979年。

見李伯時耳」。早於袁小修審定本的還有吳郡袁叔度（無涯）書種堂寫刻本七種中，有《錦帆集》，刻於萬曆三十七年。其中也有此袁中郎致董思白書，全文與袁小修的審定本相同（其中五個字的異文亦為「不見李伯時」）。在袁小修審定本前後的刻本，還有繡水周應麟校刻《袁中郎十集》（萬曆刊），何偉然編《梨雲館類定袁中郎全集》（萬曆四十五年刊）、陸之選編《新刻鍾伯敬增定袁中郎全集》（崇禎二年刊）等，都收有此信。所不同者，周本的五字異文為「不見李伯時」，與小修本同；何本，陸本則改為「坐無思白兄」。看來，袁中郎書原文中的五字為「不見李伯時」，小修審定本及此前之刻本均如此，這是忠實於原文的。到萬曆四十五年何偉然編本出，此五字才易為：「坐無思白兄」。由此可見，由袁小修審定的刻本中有袁中郎致董思白書，足證此信確出於中郎之手，而非偽託。後刻本中雖有五字之異文並不影響此信的內容及其真偽問題。

袁中郎致董思白書所透露的《金瓶梅》傳世的信息到底是不是第一個？從現有史料可知，較早見到《金瓶梅》抄本的，還有王宇泰、文在茲等人。考屠本畯《山林經濟籍》的記載，劉輝先生認為，王宇泰大約在萬曆二十年「請告歸里」之前就購得《金瓶梅》抄本二帙。[3]但這僅僅是推測而未據有鐵證；考薛岡《天爵堂筆餘》記載，美國學者馬泰來先生認為，文在茲在北京見到部分《金瓶梅》抄本的時間，在萬曆二十九年前後[4]，但亦未拿出鐵證。且這個時間比萬曆二十三年還晚了幾年。由此可見，能考知確切年代的最早透露《金瓶梅》抄本傳世信息的，只有袁中郎致董思白書。因此，在新的史料發現以前，我們只能以萬曆二十三年，為《金瓶梅》抄本傳世的最早年代。

當然，我們知道將這個時間作為《金瓶梅》抄本傳世的第一個信息出現的時間，依然是相對的。因為袁中郎在致董思白書中明明寫著，中郎的半部《金瓶梅》抄本是董思白給他的。那麼董思白又是在什麼時間得到《金瓶梅》抄本的呢？或者從根本上講，《金瓶梅》的第一個抄本是哪一年問世的呢？由於史料缺乏，目前我們還無從考知。

3　劉輝〈北圖館藏《山林經濟籍》與《金瓶梅》〉，《文獻》，1985 年第 2 期。

4　馬泰來〈有關《金瓶梅》早期傳播的一條資料〉，《光明日報》，1984 年 8 月 14 日。

袁小修何時見到半部《金瓶梅》？
——與法國學者雷威爾先生商榷

《金瓶梅》的早期流傳，與袁中郎之弟袁小修亦有密切的關係。袁中道（1570-1623），字小修，號泛凫，公安人，萬曆四十四年進士，官南京吏部郎中。文名甚著，與其兄宗道、宏道並稱三袁，同以公安派著稱。他與《金瓶梅》發生關係的史料，現在僅能找到其著《遊居杮錄》中一條而已。現抄如次：

> 往晤董太史思白，共說諸小說之佳者。思白曰：「近有一小說，名《金瓶梅》，極佳。」予私識之。後從中郎真州，見此書之半，大約模寫兒女情態俱備，乃從《水滸傳》潘金蓮演出一支。所云金者，即金蓮也；瓶者，李瓶兒也；梅者，春梅婢也。舊時京師有一西門千戶，延一紹興老儒於家。老儒無事，逐日記其家淫蕩風月之事，以西門慶影其主人，以餘影其諸姬。瑣碎中有無限煙波，亦非慧人不能。追憶思白言及此書曰：「決當焚之。」以今思之，不必焚，不必崇，聽之而已。焚之亦自有存者，非人力所能消除。但《水滸》崇之則誨盜，此書誨淫，有名教之思者，何必務為新奇以驚愚而蠹俗乎？（袁小修《遊居杮錄》卷三，第979條）

如果說，萬曆二十三年，袁中郎致董思白書透露了《金瓶梅》抄本傳世的第一個信息的話，那麼袁小修日記中「從中郎真州見此書之半」的話，為我們透露了《金瓶梅》早期流傳的第二個信息。但是這個信息的出現到底在什麼時間呢？近年來國內外學者的考證都是有問題的。筆者首先對這個問題提出不同的看法。

法國學者雷威爾在〈最近論《金瓶梅》的中文著述〉一文中認為：「從中道 1614 年的日記《遊居杮錄》中說他於 1598 年看到半部小說用的『一半』原稿。」[1]1598 年是萬曆二十六年戊戌。這就是說，按照雷威爾先生的看法，袁小修第一次看到半部《金瓶梅》的時間是萬曆二十六年。我國臺灣學者魏子雲先生亦持此說。他在《金瓶梅的問世

1　轉引自魏子雲《金瓶梅的問世與演變・附錄》，臺北：臺灣時報文化出版事業有限公司 1981 年。

與演變》中指出：「小修從中郎真州的時間是萬曆二十六年（1598）。」[2]筆者認為，袁小修從中郎真州所見《金瓶梅》之半的時間，當為萬曆二十五年丁酉，而非萬曆二十六年戊戌。

首先，我們必須搞清楚袁中郎僑寓真州的時間。

萬曆二十二年十二月，中郎在京謁選，授吳縣令。二十三年二月離京赴吳，三月到任[3]。中郎在任兩年，「公為令，清次骨，才敏捷甚，一縣大治。宰相申公時行聞而歎曰：『二百年來無此令矣。』」[4]「二十五年正月內因病乞恩，改授教職。二十六年四月內授順天府教授」[5]。正是在這段時間內，中郎曾僑寓真州。具體講，萬曆二十五年初，中郎力辭縣令，春即解官去職，暫居無錫。此年三月即與友人江進之等遊歷無錫惠山，杭州西湖，天目諸名勝。回無錫後不久即僑寓真州。

袁氏《解脫集》尺牘中，有一封致華中翰的信。華中翰即華士標，字之臺，無錫人。萬曆二十年進士，授翰林院典籍，後至刑部郎中。華中翰是中郎止無錫之居停主人。是信曰：

> 一別三月，往返二千餘里。家屬居尊宅若家，不肖望梁溪若鄉。賈島云：「無端更渡桑乾水，卻望並州是故鄉。」不免有牢騷意。若僕則樂之矣。……但此地去蘇太近，今回亦不可久，便欲移之瓜步矣。

此書告訴我們，中郎於萬曆二十五年開始，遊覽東南名勝達三個月之久，並言稱「今回亦不可久，便欲移之瓜步矣」。說明他意欲隨即從無錫移居瓜步。瓜步鎮，在江蘇六合東南瓜步山下，距真州不遠。從此信推測，中郎回無錫的時間，當在萬曆二十五年六七月間。《解脫集》尺牘中還有致吳敦之書曰：

> 自春徂夏，遊殆三月，由越返吳，山行殆二千餘里。

此又一確證，證明中郎於萬曆二十五年夏天，已由越返吳，回到了無錫。回無錫後不久，中郎即發舟移居真州。《解脫集》尺牘中有致江進之書曰：「初一日從無錫發舟，僅抵惠山，今日可到常州矣。」這個「初一日」，從中郎前後行跡推測，只可能是六月初一或七月初一。中郎到達真州的確切時間，還有待進一步考證。但從他給江進之的另一封

2　魏子雲《金瓶梅的問世與演變》，臺北：臺灣時報文化出版事業有限公司 1981 年。

3　袁中郎《瓶花齋集・告病疏》。

4　《公安縣誌・袁宏道傳》。

5　同註 3。

信中知道，是年盛夏，中郎已在真州。此信曰：

> 弟暫棲真州城中，房子寬闊可住。弟平生好樓居，今所居房，有樓三間，高爽而淨，東西南北，風皆可至，亦快事也。又得季宣為友，江上柳下，時時納涼賦詩享人間不肯享之福……。

季宣為李柷，字季宣，號青蓮，萬曆元年舉人，曾任知縣，能詩文。中郎與季宣在真州「江上柳下，時時納涼賦詩」，足證萬曆二十五年盛夏，中郎已僑居真州（今江蘇儀徵）。中郎在真州大約住了半年時間，其間還去過揚州、南京棲霞山等地遊覽。中郎《瓶花齋集》中有詩一首，題為：〈戊戌元日，潘景升兄弟偕諸詞客邀余及洪子崖知縣踏青真州東郊，以雲霞梅柳句為韻，餘得度字〉。此詩證明，萬曆二十六年戊戌元日，中郎還繼續寓居真州。袁小修：〈吏部封司郎中中郎先生行狀〉曰：「戊戌，伯修以字趣先生（中郎）入都，始復就選，得京兆校官。」這就是中郎離開真州去京的原因。袁中郎《瓶花齋集》詩〈廣陵別景升小修〉云：「搔頭幾日見新絲，二月河橋上馬時。」此可證中郎於萬曆二十六年二月，在揚州告別小修，啟程赴京。根據以上考證，我認為，中郎僑寓真州的時間是從萬曆二十五年夏到萬曆二十六年二月。袁小修所說的「從中郎真州，見此書之半」的時間，也只可能在這七八個月中間。

但是，這段時間是跨年度的。雷威爾等先生認為小修從中郎真州是萬曆二十六年，而筆者認為是萬曆二十五年。這就必須作進一步考證。下面我們看看小修自己的說法。

袁小修《遊居柹錄》卷三，202 條：

> 戊戌，予居真州，淑正來，因數聚首，時真州有老友侯師之，名維垣，亦好客……。真州城空，其西北多種桃，桃花盛開，與二老日日往遊……，凡半年而別。

同書同卷，213 條：

> 移居潘季友空宅，與張白榆鄰，即張舊宅也。戊戌年，中郎以病改吳令，入補官，寄家此地（指真州），予亦客焉。僦張氏之宅以居，自正月至七月始入都。當時讀書飲燕之處，宛然如故，而計其期已十二年矣。

這兩段文字係袁小修在萬曆三十七年所寫的日記，時隔十二載舊地重遊，記憶猶新。「戊戌，予居真州」，「戊戌年，中郎……寄家此地，予亦客焉」，說得再明確不過了：萬曆二十六年戊戌，袁小修在真州，其時桃花盛開。又言「自正月至七月始入都」，可見袁小修足足住了半年。這可謂是雷威爾、魏子雲說的強有力的佐證。而且，我也認為，袁小修的記憶是正確的。但是只要細細推敲，問題就出現了。據前所考，袁中郎於萬曆二十六年二月已離真州，在揚州別小修而去了北京。這就是說，袁中郎離開真州後，袁小修反去真州住了半年。那麼這是不是袁小修所說的「從中郎真州，見此書之半」的這一次呢？我認為不是的。因為只有小修跟隨中郎一起寓真州，才能稱得上「從中郎真州」。在這段日記中，小修只說「予居真州」，「予亦客焉」，而沒有說同中郎一起在真州。從這兩段日記也能看出，此時中郎已不在真州。213 條曰：「戊戌年，中郎以病改吳令，入補官，寄家此地，予亦客焉」。這句話十分重要，它說明兩個問題：一、小修去真州時，中郎已進京「入補官」，就選，授順天府教授去了。二、中郎雖去北京，家眷卻仍寄真州。小修去真州照料中郎的眷屬，這就是為什麼中郎離開真州，小修卻反去真州的原因。如果說這一層意思，在這段日記中小修還說得不夠明確的話，再請看同書同卷，220 條：

> 戊戌，中郎改官，入補順天教官，時眷屬寓真州，予送眷屬入京，即入國學肄業。

這下可說是真相大白了。聯繫以上所引的 213 條，我們可以得出如下結論：萬曆二十六年二月，袁中郎進京入補官，袁小修去真州照顧其眷屬。七月始送中郎眷屬進京。在此期間，小修與中郎，南北長相望，可以說與「從中郎真州，得此書之半」之時之事，謬不相涉。因此，以上三段小修的日記，雖都講到戊戌年居真州事，但都不能成為雷威爾、魏子雲先生的「袁小修得半部《金瓶梅》是萬曆二十六年」之說的佐證。雷、魏之說亦就不能成立。

那麼，我所提出的萬曆二十五年說有沒有根據？我認為根據是非常充足的。請看《遊居柿錄》卷三，207 條：

> 是日，得方子公訃。子公名文，新安人……。子公困極，……至吳見中郎，中郎留之衙舍。退食之暇與弈，稍分俸給之，得金即以治衣裘，市冶童，招客飲，不數月又貧矣。然中郎終憐其人質直無他腸，自丁酉春解官，凡遊歷皆與俱。……丁酉予又下第，依中郎於真州，與子公聚甚洽，後同入都。

這是一個鐵證。袁小修講得很清楚。丁酉，即萬曆二十五年（1597），「依中郎於真州」，與「從中郎真州」完全是一個意思。袁小修的這段記載，我們還可以與中郎的詩文相印證。小修說，中郎「自丁酉春解官」，中郎在〈告病疏〉中說：「（萬曆）二十五年正月因病乞恩，改授教職。」[6]記載完全一致。小修說：「丁酉，予又下第，依中郎於真州。」根據上面的考證，中郎於萬曆二十五年夏到二十六年二月期間僑寓真州。兩者又相吻合。

6　袁中郎：《瓶花齋集》。

小修「依中郎於真州」，在中郎的詩作中也有記載。中郎詩〈喜小修至〉云：

> 匹馬西風客，青衫遠道人。傾觴三日語，洗面一升塵，發篋探家信，呼兒換葛巾。顏肥兼耳闊，失意幾曾嗔。

其二

> 家事若蠶絲，細聽無了期。某山今曠廢，何僕最頑癡。貌爭肥瘦，譚心校髓皮。因勘對病藥，第一是隨時。袁中郎：《廣陵集》。

又〈與小修夜話憶伯修〉詩云：

> 羇客觀人世，孤雲信此生。長兄官自達，小弟學無成。買酒思燈市，踏花憶貫城。飛沙沒馬首，怕不御街行。

兩詩說明，中郎滿腔熱情地迎接小修來到真州，興趣盎然地聽小修談論家鄉之事，並讚揚小修：「顏肥兼耳闊，失意幾曾嗔」。與小修所言：「丁酉，予又下第」相一致。「長兄官自達，小弟學無成」，又證明〈與小修夜話憶伯修〉詩寫於萬曆二十五年丁酉八月以後（長兄即袁宏道，丁酉八月以翰林院修撰充東宮講官），其時中郎確在真州。

上述考證已充分證明，袁小修「從中郎真州」必然在萬曆二十五年下半年（八月以後），而不可能如雷威爾等先生所言的萬曆二十六年。這就是小修從中郎處見到半部《金梅瓶》的確切時間，也就是在現有資料基礎上我們所考知的《金瓶梅》抄本傳世的第二個信息出現的確切時間。

袁小修日記還是袁中郎致董思白書非偽託的佐證。這就間接地證明了《金瓶梅》抄本傳世最早的確切的年代是萬曆二十三年（1595）。

臺灣學者魏子雲先生對袁中郎致董思白書的真偽問題有懷疑。我在〈《金瓶梅》傳世的第一個信息〉一文中已說明：袁小修編的《袁中郎先生全集》二十卷（萬曆四十七年刊於徽州）中確有袁中郎致董思白書。除此之外，我認為袁小修日記亦確切地證明了中郎致董思白書的可靠性。小修日記講到，萬曆二十五年他從中郎處見到半部《金瓶梅》前，就已聽董思白談到過《金瓶梅》，這就表明袁中郎致董思白書所云，中郎的半部《金瓶梅》來源於董思白是可靠的。此為一。小修日記講到，他從中郎真州，見到的《金瓶梅》只是半部，這就證明袁中郎致董思白書所云：「後段在何處抄竟，當於何處倒換，幸一的示」之語確是事實。此為二。從時間、地點上來考察，袁中郎致董思白書說在吳縣令任期間得到《金瓶梅》，時間是萬曆二十三年，而小修從中郎真州，見到《金瓶梅》是萬曆二十五年。袁中郎從萬曆二十五年春辭吳縣令職後，是年盛夏已僑居真州。我們從小修日記並參以中郎行跡，可以確認中郎在吳縣令任內得到《金瓶梅》之說是可信的。此為三。由此可見，《金瓶梅》抄本的早期流傳情況是：萬曆二十三年，中郎從董思白處得到了抄本，這是目前所確知的《金瓶梅》抄本傳世的最早年代。嗣後，萬曆二十五年袁小修從中郎處見到這個抄本。這個抄本傳世時僅只數卷（或稱半部），而非全帙。這就是袁小修日記所透露給我們的《金瓶梅》最初流傳的重要史實。

《金瓶梅》與《百家公案全傳》
——與美國學者韓南先生商榷

為了揭露西門慶的貪贓枉法，《金瓶梅》第四十七、四十八回寫了一則苗天秀命案。其情節大略如下：揚州員外苗天秀在進京途中，被家人苗青夥同陳三、翁八二艄子所害，銀兩衣物被劫。苗員外的家童安童落水而被一漁翁所救。漁翁幫助安童查訪出賊人下落，陳、翁二賊被捕，並招出同謀者苗青。苗青重禮賄賂西門慶，西門慶夥同掌刑正千戶夏延齡，只將陳、翁問成斬罪而終使苗青逍遙法外。安童聞此便投訴於山東巡按御史曾孝序。曾公查訪得實，即令捉拿苗青，並另寫本參劾提刑院兩員問官（西門慶、夏延齡）受贓賣法。西門慶便重禮賄賂當朝宰相蔡京。蔡太師一面分付兵部余尚書將曾本立案而不上覆，一面玩弄陰謀，將曾孝序鍛煉成獄，竄於嶺表。

美國學者韓南教授考出，這則故事的前半部分，即苗天秀被殺，家童代主人伸冤部分，抄改於《百家公案全傳》，這是有道理的。韓南先生在〈金瓶梅探源〉[1]一文中，對《金瓶梅》創作素材的來源問題，作了大量的詳實的考證，這無疑對《金瓶梅》成書的研究，作出了很大的貢獻。但是由於這一工作的艱巨性、複雜性，韓南先生的考證亦有一些失誤。例如，對《百家公案全傳》的考證，有兩處值得商榷：

一、是〈港口漁翁〉還是〈琴童代主人伸冤〉？

韓南先生在〈金瓶梅探源〉一文的第二部分，列有一小標題，名為「公案小說〈港口漁翁〉」。在這一小標題下面，韓文寫道：「故事最早見於《百家公案全傳》，有 1594 年刊本，以後翻刻本通稱《龍圖公案》或《包公案》。這是一系列刑審故事，北京著名官員包拯一身而任偵破、起訴和審判三項任務。」下面便簡敘〈港口漁翁〉故事的大意，此即苗青夥同強人殺主奪財故事。韓文稱：「這就是《金瓶梅》第四十七、八兩回的故事。」

韓南先生所說的《百家公案全傳》，筆者目前見到了三個版本：第一個版本，全名《新刊京本通俗演義全像百家公案全傳》，十卷一百回公案。即包含有一百則公案故事。

1　此文已譯成中文，載徐朔方編：《金瓶梅西方論文集》，上海：上海古籍出版社 1987 年。

每則故事的篇名前均標有「第××回公案」字樣。如蔣天秀故事在本書中標為：〈第五十回公案：琴童代主人伸冤〉。此版本卷末題「萬曆甲午末朱氏與畊堂梓行」，可見是明代萬曆二十二年（1594）的刻本。第二個版本是《新鐫純像善本龍圖公案》，十卷，一百則故事。這一百則故事內容與第一個版本的一百回公案基本相同，文字略有改動，每則故事篇名前的「第××回公案」等字樣全部刪去，篇名亦有更動。如在第五卷中的《金瓶梅》所抄的蔣天秀故事，篇名前的「第五十回公案」等字已刪去，篇名已更為〈港口漁翁〉。第三個版本是《新評龍圖神斷公案》，十卷，六十多則故事。這個版本形式與內容與第二個版本基本相同，亦為十卷，但只刻了六十多則故事，即刪去了三十多則故事。此版第五卷中亦有〈港口漁翁〉，文字與第二個版本大體相同。據筆者推斷，第二個版本是第一個版本的改寫本，第三個版本則是第二個版本的刪節本。毫無疑問，在這三個版本中以第一個版本最為原始，亦最為完整。筆者曾將第一、第二兩個版本的蔣天秀故事與《金瓶梅》抄錄的文字相比較，發現《金瓶梅》抄錄的文字與第一個版本更為接近。因此，我認為《金瓶梅》在成書過程中，作為創作素材的來源之一，它抄錄了《百家公案全傳》中的〈第五十回公案：琴童代主人伸冤〉，而不是如韓南先生所說的〈港口漁翁〉。韓南先生在〈金瓶梅探源〉一文中曾加注說明，他「未見」到《新刊京本通俗演義全像百家公案全傳》，因此他只知道改寫本中蔣天秀故事的篇目為〈港口漁翁〉，而不知道原本中這一故事的原篇名為〈第五十回公案：琴童代主人伸冤〉，故有此誤。

二、是蔣奇還是蔣奇來？

韓南先生在談「公案小說〈港口漁翁〉」的一節中說：「故事說揚州有一樂善好施的富人蔣奇來，表字天秀。」這個名字錯了。《百家公案全傳》中是這樣寫的：「話說揚州維城五十里地名□□（刻本字跡不清），有一個人姓蔣名奇，表字天秀。」我所見到的三個版本均如此。可能是韓先生將「表字」的「表」字誤作「來」字之故？

《百家公案全傳》中的〈第五十回公案：琴童代主人伸冤〉

由於《百家公案全傳》不少研究者未見，故有必要將與《金瓶梅》有關的文字抄錄公諸於眾，以備諸公研究考稽。有跡象表明，《金瓶梅》作者所抄的本子，比筆者所見的所謂「第一個版本」的付刻年代更早。對此還有待於進一步查證。

〈第五十回公案：琴童代主人伸冤〉

話說揚州維城五十里地名□□，有一人姓蔣名奇，表字天秀。家道富實，平素好善。忽日有老僧人來其家化緣。天秀甚禮待之。僧人齋罷，天秀問云，動問上人雲遊從何寶剎至此？僧人答云，貧僧山西人氏，削髮於東京報恩寺。因為寺東堂少一尊羅漢寶像，雲遊天下，訪得有董善人則化之。近聞長者平昔好佈施，故貧僧不辭千里而來，敬到貴□化此一尊佛，以種後日之緣也。天秀喜道，此則小節，豈敢推託。即令琴童入房對妻李（張）氏說知，取過白金五十銀出來，付與僧人。僧人見那一錠白銀笑道：不消一半完備得此一尊佛像，何用許多。天秀道，師父休嫌少，若完羅漢寶像，以後剩者作齋功，普度眾生。僧人見其歡喜佈施，遂收了花銀，即辭出門，心下忖道，適見施主相貌，目眶下現一道死，當有大災。彼如此好心，我今豈得不說與他知。即回步入見天秀，道：貧僧頗曉麻衣之術，視君之貌今年當有天厄，可防不出庶或可免。天秀唯喏□□。僧人再三叮嚀而別。天秀入後舍見張氏道：化緣僧人沒話說得，故相我今年有大厄是可笑矣。張氏道，雲遊僧行多有見識者。彼既言之，正須謹慎。時值花朝，……天秀正邀妻子向後花園遊賞。天秀有一家人姓董，是個浪子。那日正與使女春香在後園亭子上鬥草。不防天秀前來到□□不便回，天秀遇見將二人痛責一番。董家人切恨在心。才過一月，有表兄黃美在東京為通判，有書來請天秀。天秀接到書，不勝歡喜，入對張氏道：久聞東京乃建都之地，景致所在欲去遊覽無便，今得表兄書來相請，乘此去探望以慰平昔之志。張氏答道，日前僧人道君須防有厄，不可出門，且兒子又年幼，此則莫往為善。天秀不聽，分付董家人收拾行李，次日辭妻，分付照管門戶而別。……正當二月初邊天氣，天秀與董家人並琴童行了數日旱路，到河口是一派水程。天秀討了船隻，靠晚船泊陝灣。那兩個稍子，一姓陳、一姓翁，皆是不善之徒。董家人深恨日前被責之事，要報無由。是夜密與二稍子商量：我官人箱中有白銀一百兩，行囊衣資極廣。汝二人若能謀之，將此貨物均分。陳翁二稍笑道：汝若不言，吾有此意久矣。是夜天秀與琴童在前倉睡。董家人在櫓後睡。將近二更，董家人叫聲有賊，天秀夢中驚覺，便探頭出船外來看，被陳稍拔出利刀一下刺死，推在河裏。琴童正要走時，被翁稍一棍打落水中。三人打開箱子取出銀子均分訖，陳翁二稍依前撐船回去。董家人將其財物走上蘇州去了。常言道，莫信直中直，須防人不仁。可惜天秀平昔好善，今遭惡死。雖則是不納忠言之過，其亦大數難逃也。當下琴童被打昏迷，尚得不死，浮水上得岸來號泣連聲。天色漸明，忽上流頭有一漁舟下來，聽得岸上有人啼哭，撐船過來看時，卻是一十八九歲小童。滿身是水，問其來由，琴童哭告被劫之事。漁人即帶下船撐回家中，取衣服與他換了，乃問汝要回去只同我在此過活？琴童道，主人遭難，不見下落，如何回去得。願便公公在此。漁翁道，從容為你訪此劫賊是誰，又作理會。琴童拜謝。當夜，那天秀屍首流在蘆榆港裏，隔岸便是清河縣城西門有一慈惠寺。正是三月十五會作齋事，和尚都出港口放水燈兒，見一死屍新血滿面，下身衣服尚在。僧人道，此必是遭劫客商拋屍河裏，流停在此。內中一老僧道，我輩當發慈悲心，將此屍埋於岸上，亦一場好事。眾人依其聲，撈起屍首訖，放了水燈回去。是時包公因往濠州賑濟事畢，轉東京經清河縣過，正行之際忽馬前一陣旋風起處，哀號不已。拯疑怪即差張龍隨此風下落。張龍領旨隨旋風而來，至岸中乃息。張龍回復拯，拯遂留止清河縣公廳中。次日委本縣官帶公牌前往跟勘。掘開岸上視之，見一死屍宛然，頸上傷一刀痕。周知縣檢視明白，問前面是那裏？公人稟道，是慈惠寺。知縣令拘僧行問之，皆言日前因放水燈，見一屍首流停在港裏，故收埋之，不知為何而死。知縣道，分明是汝眾人謀殺而埋於此，尚有何說。因令將此一起僧人誤監收於獄中，回復於拯。拯再取出跟勘，各稱冤枉，不肯招。拯自思既是僧人謀殺人，其屍必丟於河裏，豈又自埋於岸上，此有可疑。因令散監眾僧審實，將有二十餘日尚不能決。時四月盡間，荷花盛開。本處士女適其時有遊船之樂。忽日琴童與漁翁正出河口賣魚，恰遇著翁陳二稍在船上賞夏飲酒。琴童認得是謀他主人的，即密與漁翁說知。漁翁道，汝主人之冤雪矣，即今包大人在清河縣斷一獄事未決，留正於此，爾宜即往投告。琴童連忙上岸，逕到清河縣公廳中見包拯，哭告主人被船稍謀死情由，現今賊人在船上飲酒。及聽罷遂差公牌黃、李二人隨琴童來河口，登時入船中將陳翁二稍捉到公廳中見拯。拯令琴童去認死屍，回報哭訴正是主人，被此二賊謀殺屍身。拯分付著嚴刑跟勘。翁陳二稍見琴童在證，疑是鬼使神差一疑招承明白，便用長枷監於獄中，放回眾僧人。次日，拯取出賊人追取原劫銀兩明白，迭成案卷，押赴市心斬首訖。當下只未捉得董家人。拯令琴童給領銀兩，用棺木盛了屍首，帶喪回鄉埋葬。琴童拜謝，自去酬了漁翁，帶喪轉揚州不題。後來天秀之子蔣仕卿，讀書登第，官至中書舍人。董家人因得財本成鉅貫，數年在揚子江遇盜被殺，財本一空。

《金瓶梅》抄改情況分析

《金瓶梅》抄錄《百家公案全傳》而作了較大的改動。將原作的文言體改作白話體，語言文字上的出入就比較大。此外，人名的改易較多。例如，原作中主人翁是蔣天秀，家人稱董家人，童僕為琴童。判案官員是包拯和清河周縣令。《金瓶梅》改蔣天秀為苗天秀，董家人為苗青，琴童為安童，改包拯和清河縣令為山東巡按御史曾孝序和東昌府尹胡師文、陽穀縣丞狄斯彬。這些改動可以不必計較，重要的是故事情節上的改動以及作者的用心。

原作《百家公案全傳》一百回公案，都是講包拯斷案如神的故事。全書樹立了一個神人相結合的為民除害，執法如山，無堅不摧的包青天形象。〈第五十回公案：琴童代主人伸冤〉寫包公道經清河忽遇旋風哀號不已。包拯派人隨旋風而去，便掘得蔣天秀被殺之屍首。初清河知縣疑為近處慈惠寺僧尼所為。包公察其疑點而不枉斷。後琴童告狀、認屍並抓獲真正凶犯，乃斬凶犯於市心。這則故事歌頌了包拯斷案的縝密、細緻，不枉殺一個好人的精神。

《金瓶梅》抄借了這個故事，但只保留了這個故事的軀殼，而丟棄了它的靈魂。分析《金瓶梅》作者對這則故事的改動和增出的文字，不難看出他要告訴讀者的大體有以下三個問題：

第一、他要利用此案揭露地方官員的貪贓枉法。

在原作中夥同殺人謀財的董家人，達到目的後便往蘇州一走了之而別無下文。《金瓶梅》則借此大做文章，增寫了一段很長的文字。小說寫陳三、翁八供出了同謀犯苗青，苗青得悉以五十兩銀子去打點西門慶的通姦對象王六兒，那知西門慶根本沒有把他放在眼裏。後來苗青給西門慶送了一千兩銀子（其中五百兩由西門慶轉送給夏提刑），其餘衙門中的提、孔、節級並緝捕觀察，均打點到了。甚至連西門慶的童僕玳安、平安、書童、琴童等凡知情者均有所好處。西門慶便唆使苗青潛逃。夏提刑得了五百兩賄銀，便與西門慶串通一氣幫苗青掩蓋罪責，只將陳三、翁八問成斬罪而了之。

如前所述，〈第五十回公案：琴童代主人伸冤〉是一則公案故事，其宗旨在於歌頌包公斷案的正公、神明。《金瓶梅》抄引、利用這則故事，而完全改變了原作的主題思想，突出地批判了「火到豬頭爛，錢到公事辦」的社會積弊，將西門慶、夏提刑等地方官員明目張膽地踐踏法律，貪贓枉法的罪行揭露得淋漓盡致。

第二、他要利用此案，描寫清官的不幸，將批判的矛頭指向最高統治者。

《金瓶梅》作者利用原作中包拯的形象，塑造了一個清官形象曾孝序。原作寫琴童認出凶犯陳三、翁八後即到清河縣公廳見包拯，包拯捉拿凶犯審明後即押赴市心斬首。至於參與謀殺而已去了蘇州的董家人，乃不了了之。《金瓶梅》對原情節作了部分改造，寫安童認出凶犯陳三、翁八後即告狀於提刑院。夏提刑捉拿凶犯歸案，凶犯又供出苗青，夏提刑與西門慶貪贓枉法，使苗青逍遙法外。安童便去巡按山東監察御史曾孝序處告狀。曾孝序如原作中的包拯那樣經過一番巡訪，弄清了此案的真相，便一面差人行牌，星夜去揚州捉拿苗青，一面寫本參劾提刑院兩員問官（即西門慶、夏延齡）受贓賣法。劾本上寫到西門慶「本係市井棍徒，夤緣升職，濫冒武功，菽麥不知，一丁不識。縱妻妾嬉遊街巷，而帷薄為之不清；攜樂婦而酣飲市樓，官箴為之有玷。至於包養韓氏之婦，恣其歡淫，而行檢不修；受苗青夜賂之金，曲為掩飾，而贓跡顯著」。這分明是作者借曾孝序之筆，對西門慶所作的全面的揭露。曾孝序奏明皇上：「乞賜罷黜，以正法紀」。《金瓶梅》還增出許多文字，寫曾孝序「極是個清廉正氣的官」。通過開封府黃通判來讚美曾孝序「忠孝大節，風霜貞操，砥礪其心，耿耿在廟廊，歷歷在士論」。此外，尤為重要的是通過對曾孝序審理此案及參劾提刑官的描寫，一個高大的清官形象便聳立在我們的面前了。這充分表達了作者的理想和願望，表達了對清官的渴求，同時反過來又表明了作者對吏治腐敗的憤慨。

有跡象表明，《金瓶梅》作者之所以要塑造這一清官形象，目的並不在於表現清官的英明，而恰恰相反，表現清官的無能為力與無可挽救的失敗。小說寫西門慶、夏提刑得悉曾御史上本後，便備辦重禮派人上京打點宰相蔡京。蔡京只略施小計，欺騙皇上，並利用皇上的權威，將曾孝序罷官除名，竄於嶺表，以報其仇。《金瓶梅》增改的這些文字，可說是對原作的「反其意而用之」。原作是歌頌清官的勝利，《金瓶梅》則是直書清官的失敗。它明白無誤地告訴我們，在封建社會的後期，上自皇帝、宰相等封建統治者，均已走到了窮途末路，個別清官的出現非但無法與強大的腐敗勢力相抗衡，最後被消滅的恰恰是清官而不是奸官：蔡京之流依然發威於朝中，西門慶之流依然橫行於鄉里，苗青之流依然逍遙於法外（後來還有所暴發），而曾孝序反而成了罪人。天理不公到如此程度，封建社會還不無可挽救地走向死滅嗎？

第三、他否定了原作中因果報應的說教。

原作的末尾是這樣寫的：「後來天秀之子蔣仕卿，讀書登第，官至中書舍人。董家人因得財本成鉅賈，數年在揚子江遇盜被殺，財本一空。天理昭彰，分毫不爽。」《金瓶梅》作者在利用原作時，徹底拋棄了這個尾巴。如前所述，他寫了蔡京、西門慶、苗青的勝利，即一切造孽者的勝利；他寫了曾孝序的失敗，苗天秀的屈死，即一切正義者、被害者的失敗。儘管《金瓶梅》中充斥著因果報應的說教，但在這裏作者不僅否定了它，而且完全走到了它的反面。這種矛盾現象該如何解釋？我認為這是作者「如實描寫」「盡其情偽」的結果。社會生活中客觀存在這些醜惡的事實。在作者的頭腦中，對現實生活的「如實描寫」的創作宗旨戰勝了空泛的倫理、宗教觀念——這無疑是現實主義創作思想的勝利。

幾點重要啓示

對《金瓶梅》抄引《百家公案全傳》的情況作全面考察，還有幾個問題值得研究：

一、關於《金瓶梅》的成書問題

有的研究者認為，《金瓶梅》與《水滸傳》一樣是藝人的集體創作，理由之一是《金瓶梅》中抄了不少話本中的文字。誠然，《水滸傳》與《金瓶梅》中都抄有話本中的文字，但二者的成書過程是不同的。在《水滸傳》成書以前，社會上已有不少有關水滸的故事在傳唱。《水滸傳》是由文人將社會上流傳的許多藝人創作的水滸故事加以聯綴、加工整理而成書的。《金瓶梅》的成書似不相同。我們就用《金瓶梅》抄引《百家公案全傳》中的〈琴童代主人伸冤〉來說明這個問題。第一、〈琴童代主人伸冤〉所敘是包公斷案故事，本來與《金瓶梅》毫無聯繫，可說是風馬牛不相及。如果說，《金瓶梅》就是由這一類包公故事及其他故事「加以聯綴、加工整理」而成書的，這豈非是笑話。《金瓶梅》作者在創作時，一方面考慮到情節發展的需要，另一方面受到某些話本、小說的情節和人物塑造的啟示，因此擇其要者改頭換面地抄入自己的作品中。就這樣，〈琴童代主人伸冤〉的故事便移花接木式地出現在《金瓶梅》中。用現代的觀念來看，這完全是一種抄襲。這與《水滸傳》將原水滸故事聯綴成書，具有質的區別；第二、《金瓶梅》在移植〈琴童代主人伸冤〉時，已對原故事作了重大的改造，包含有較多的創作的因素。例如，主題改變了。原故事是歌頌包公的斷案如神，而在《金瓶梅》中則成了揭露西門慶等貪贓枉法的故事；情節改變了。原故事在蔣天秀被殺後，先敘包公發見蔣天秀屍體，後敘琴童告狀，捕獲凶犯。《金瓶梅》則先敘安童告狀，凶犯捕獲，其後增敘苗青賄賂西門慶，安童又狀告於曾孝序，然後再寫曾孝序在審案中發現苗天秀屍體；原故事在包公查明案情、凶犯服法後即告結束，《金瓶梅》則增敘了曾孝序參劾西門慶貪贓枉法的情節等等；人名改變了。這些情況說明，《金瓶梅》作者在創作時，一方面對〈琴童代主人伸冤〉的故事情節有所移植、借鑒，另一方面又不受原故事的局限與束縛，他完全是在根據自己的創作思想和故事情節發展的需要，對可利用的素材作「為我所用」的加工改造，使其成為《金瓶梅》故事中的有機的組成部分。可見《金瓶梅》與《水滸傳》在成書過程中，對運用原始素材的出發點和歸宿都是絕不相同的。

但是，《金瓶梅》在成書過程中畢竟抄了《百家公案全傳》等不少前人創作的話本、小說，這說明《金瓶梅》雖然是文人創作而非藝人創作，但它依然帶有從藝人集體創作中脫胎出來的痕跡，它與《儒林外史》《紅樓夢》那樣的、完全獨立的無所傍依的文人創作，還有不小的區別。因此，筆者認為，《金瓶梅》還帶有過渡性，它是一部從藝人集體創作向獨立的無所傍依的文人創作發展的過渡形態的作品。

二、關於苗天秀被害地點「徐州洪」

原作中敘蔣天秀從揚州出發，「行了數日旱路」，到「河口是一派水程」，於是換乘船，靠晚船泊「陝灣」。蔣天秀即在此被殺「推在河裏」。《金瓶梅》則寫苗天秀從揚州出發時即乘船，「行了數日，到徐州洪」，前過地名才是「陝灣」。苗天秀被害在

「徐州洪」，屍首「推在洪波蕩裏」。小說寫「徐州洪」是一派水光，十分險惡：

> 萬里長洪水似傾，東流海島若雷鳴。
> 滔滔雪浪令人怕，客旅逢之誰不驚。

作者作此改動，主要是從藝術上考慮的，增加了這一事件的驚險性。但我們從中還能看到其他問題。歷史上「徐州洪」實有其地其名。據《嘉靖徐州志》卷七「漕政」載：「徐州洪，……宋元皆名百步洪，在州城（徐州）東南二里許，巨石盤踞，巉崿齟齬，汴泗經流其上，沖激怒號，驚濤奔浪，迅疾而下，舟行艱險，少不戒即破壞覆溺，害與洪水等，故名。」《金瓶梅》作者寫徐州洪的形勢，與《徐州志》記載相符，說明作者到過徐州洪，有其親身經歷，否則不可能寫得如此真實、準確。這又為考證小說作者增加了一個信息。

但這裏又出現了一個新問題。原作寫蔣天秀被害在陝灣，屍體漂到清河縣慈惠寺附近才被僧人發現，而《金瓶梅》改苗天秀被害在徐州洪。須知徐州洪在徐州東南二里許。這就出現了問題，屍體從徐州漂到清河縣慈惠寺才被發現，而兩地相距三百多公里，且是逆流而上，這顯然是不合情理了。這不能不說是作者在改動原作時出現的一個疏忽。

三、關於曾孝序與狄斯彬

《金瓶梅》在改動原作時，用曾孝序代替了包拯，用狄斯彬（陽穀縣縣丞）代替了清河縣周知縣。

曾孝序，史有其人。《宋史》卷四百五十三有傳云：

> 曾孝序字逢原，泉州晉江人。以蔭補將作監主簿，監泰州，海安鹽倉，因家泰州。累官至環慶路經略、安撫使。過闕，與蔡京論講議司事，曰：「天下之財貴於流通，取民膏血以聚京師，恐非太平法。」京銜之。時京方行結糴、俵糴之法，盡括民財充數，孝序上疏曰：「民力殫矣。民為邦本，一有逃移，誰與守邦。」京益怒，遣御史宋聖寵劾其私事，追逮其家人，鍛煉無所得，但言約日出師，幾誤軍朝，削籍竄嶺表。

《金瓶梅》中所寫的曾孝序，與歷史上的曾孝序基本相符，且曾孝序上疏反對蔡京的言詞，《金瓶梅》寫得相當準確，請看《金瓶梅》第四十九回云：

> （曾孝序）見朝復命，上了一道表章，極言天下之財，貴於通流，取民膏以聚京師，恐非太平之治，……「臣聞民力殫矣，誰與守邦？」

《金瓶梅》所寫與史料比較，連具體行文都所差無幾。這說明作者在寫作時是翻檢了有關史料的，而且是將史料直錄入書的。這為《金瓶梅》成書的考證又提供一證。如果說《金瓶梅》作者是說書藝人，其創作的目的是為糊口計而講說故事，那麼他們不需要亦不可能用如此嚴肅的態度去翻檢歷史資料，爾後準確地將歷史人物編入話本之中。此可謂《金瓶梅》是文人創作而非藝人創作的又一個佐證。但作者將曾孝序說成是曾布之子，是錯誤的。曾布是南豐人，曾孝序是晉江人。曾布是「唐宋八大家」之一曾鞏之弟，神宗年間堅持變法，受王安石信任，任翰林學士，兼三司使。哲宗年間，變法派章惇當權，他任同知樞密院事，贊助「紹述」甚力。徽宗時期任右僕射，獨當國政，漸進「紹述」之說，與蔡京不相容，屢被放逐。曾孝序亦因反對蔡京而被斥逐。大概由於這一原因，《金瓶梅》作者才將曾孝序有意說成是曾布之子的吧？

在原作中協助包拯查案的是清河縣周知縣，《金瓶梅》將其改成陽穀縣縣丞狄斯彬。狄斯彬亦史有其人，且是作者的同時代人。《明史》卷二〇九〈馬從謙傳〉中有附傳，清嘉慶《溧陽縣誌》中亦有記載。狄斯彬是江蘇溧陽人，嘉靖二十六年進士。小說寫狄氏「為人剛而且方，不要錢」，這與歷史記載相符。但小說又說他「問事糊突，人都號他做狄混」。他誤斷慈惠寺的僧人為殺人犯，「不由分說，先把長老一箍、兩拶、一夾一百敲，餘者眾僧都是二十板，俱令收入獄中」。從這些描寫可知，作者對狄斯彬其人含有貶斥、諷譏之意。這到底是對狄氏的真實反映，還是作者的主觀看法？由於考證還不深入，故無從知曉。

顧國瑞先生在〈金瓶梅中的三個明代人——探討《金瓶梅》成書年代與作者問題的又一途徑〉[2]一文中指出：《金瓶梅》中出現狄斯彬這個人物，對於判斷小說的成書年代，具有明顯、直接的意義。作者將其寫入小說，當在他成年並為人所知以後。狄斯彬為嘉靖二十六年進士。作者寫狄斯彬為「陽穀縣丞」實為狄氏曾貶謫「宣武典史」有關。據《溧陽縣誌》記載，此事發生在嘉靖三十一年，因此，可以斷定《金瓶梅》成書必在嘉靖三十一年以後。嘉靖三十一年即是該書成書年代的上限。筆者在拙著《金瓶梅新探》中據其他資料推斷，成書年代的上限為嘉靖四十年，可見所見略同。顧國瑞還指出，狄斯彬為嘉靖二十六年進士，王世貞亦為此年進士，乃為同榜。《金瓶梅》中出現的三個明代人（狄斯彬、凌雲翼、韓邦奇），「都是王世貞所熟知的」，王世貞與他們「都有直接或間接的聯繫，這多少是對王世貞作《金瓶梅》說的支持」。筆者在《金瓶梅新探》中提出：《金瓶梅》是王世貞及其門人的聯合創作。顧國瑞的考證無疑又為筆者的推斷提供了佐證。

2　顧國瑞〈金瓶梅中的三個明代人——探討《金瓶梅》成書年代與作者問題的又一途徑〉，《金瓶梅研究集》，濟南：齊魯書社 1988 年。

《金瓶梅》怎樣借用《西廂記》？
——與蔣星煜先生商榷

蔣星煜先生在〈《西廂記》對《金瓶梅》的影響——兼談《金瓶梅》的作者問題〉一文中說：「我發現了《金瓶梅》作者對《西廂記》非常熟悉。在小說中，也一而再，再而三地搬用、借用、改用了《西廂記》的曲詞和說白。」[1]這個問題雖然不是蔣先生首先提出來的，但著以專論者，乃以蔣先生為先，其貢獻應當肯定。但十分遺憾的是，蔣先生在論證這個問題時「提出一些主要的例證」，卻並不準確，失誤及缺漏的情況均存在。筆者試以糾誤及補漏，以就教於讀者及蔣星煜先生。

糾誤部分

一、關於「磬槌打破老僧頭」

《西廂記》第四齣〈齋壇鬧會〉，演普救寺眾僧為崔老相國追薦亡靈而作法事。老夫人和鶯鶯被長老喚去拈香，差不多所有的和尚都被鶯鶯的豔麗所吸引，致使這一場法事亂了套。《金瓶梅》第八回〈潘金蓮永夜盼西門慶燒夫靈和尚聽淫聲〉，寫潘金蓮害死武大郎之後作佛事超度，眾和尚為潘金蓮的色相所傾倒。蔣先生認為，《金瓶梅》「搬用《西廂記》的細節和語言痕跡是十分明顯而無可否認的」。蔣先生為了證明其觀點，摘引了兩書的具體文字，加以比照。

在《西廂記》中，張生所見和尚作為，唱〔喬牌兒〕：

> 大師年紀老，法座上也凝眺。舉名的班首癡呆了，覷著法聰頭做金磬敲。

又唱〔折桂令〕：

1　蔣星煜〈《西廂記》對《金瓶梅》的影響——兼談《金瓶梅》的作者問題〉，《華東師範大學學報》，1986年第1期。

> 擊磬的頭陀懊惱，添香的行者心焦。燭形風搖，香靄雲飄；貪看鶯鶯，燭滅香消。

在《金瓶梅》中，作者直接描寫和尚淫態。

> 班首輕狂，念佛號不知顛倒；維摩昏亂，誦經言豈顧高低。燒香行者，推倒花瓶；秉燭頭陀，錯拿香盒。宣盟表白，大宋國稱作大唐；懺罪闍黎，武大郎念為大父。長老心忙，打鼓錯拿徒弟手；沙彌心蕩，磬槌打破老僧頭。從前苦行一時休，萬個金剛降不住。

這兩段文字從表面上看，確有相似之處。蔣先生認為，《西廂記》稱和尚為「頭陀」「行者」「沙彌」，首座和尚為「班首」，《金瓶梅》照搬了這些稱謂。《西廂記》中的「覷著法聰頭做金磬敲」，被《金瓶梅》「誇張成為『磬槌打破老僧頭』了」。這就是蔣先生所說的《金瓶梅》搬用《西廂記》的「十分明顯而無可否認的」事實。其實事實並不盡然。《金瓶梅》中的這段韻文並非搬用《西廂記》，而是直接抄自《水滸傳》。明萬曆十七年天都外臣序本《忠義水滸傳》第四十五回，敘潘巧雲之父潘公請報恩寺和尚，為潘巧雲前夫王押司做功德，「這一堂和尚，見了楊雄老婆這等模樣，都七顛八倒起來。但見：

> 班首輕狂，念佛號不知顛倒。闍黎沒亂，誦真言豈顧高低。燒香行者，推倒花瓶。秉燭頭陀，錯拿香盒。宣名表白，大宋國稱做大唐。懺罪沙彌，王押司念為押禁。動鐃的望空便撇，打鈸的落地不知。敲銽子的軟做一團，擊響磬的酥做一塊。滿堂喧哄，席縱橫。藏主心忙，擊鼓錯敲了徒弟手。維那眼亂，磬槌打破了老僧頭。十年苦行一時休，萬個金剛降不住。」

這可謂真相大白矣。《金瓶梅》第八回「班首輕狂」這段韻文，完全是從《水滸傳》第四十五回「班首輕狂」那段韻文照搬移植來的。《金瓶梅》抄錄時只是刪去了「動鐃……縱橫」句。實質性的改動只有將《水滸傳》中的「王押司念為押禁」，改為「武大郎念為大父」。這是非改不可的。因為《水滸傳》所寫是為王押司做功德，《金瓶梅》所寫乃為武大郎做水陸道場。餘者《金瓶梅》在移植這段文字時只做了部分文字性的改易。由此可見，《金瓶梅》中的這段文字直接來源於《水滸傳》，而與《西廂記》則並無牽涉。

由於《西廂記》比《水滸傳》成書早，《水滸傳》的這段文字有可能來源於《西廂記》。特別是《西廂記》中的「覷著法聰頭做金磬敲」與《水滸傳》中的「磬錘打破了老僧頭」，其承襲關係似較明顯。但這是《水滸傳》而不是《金瓶梅》。那麼《金瓶梅》

中的「磬槌打破老僧頭」，是不是有可能直接來源於《西廂記》的「覷著法聰頭做金磬敲」，而並非來源於《水滸傳》中的「磬鎚打破了老僧頭」呢？這顯然是不可能的。因為《金瓶梅》第八回中，不僅僅是這句話、這段韻文與《水滸傳》第四十五回中的文字相同，而且相似的文字還有不少。例如，《水滸傳》云：

> 這一堂和尚，見了楊雄老婆這尊模樣，都七顛八倒起來。……一時間愚迷了佛性禪心，拴不定心猿意馬。

《金瓶梅》云：

> 那眾和尚見了武大這個老婆，一個個都昏迷了佛性禪心，一個個多關不住心猿意馬，都七顛八倒，酥成一塊。

《水滸傳》云：

> 蘇東坡學士道：「不禿不毒，不毒不禿。轉禿轉毒，轉毒轉禿。」和尚們還有四句言語，道是：一個字便是僧，兩個字是和尚，三個字鬼樂官，四字色中餓鬼。

《金瓶梅》云：

> 古人有云：一個字便是僧，二個字便是和尚，三個字是個鬼樂官，四個字是色中餓鬼。蘇東坡又云：不禿不毒，不毒不禿；轉毒轉禿，轉禿轉毒。

《水滸傳》云：

> 色中餓鬼獸中狨，弄假成真說祖風。
> 此物只宜林下看，豈堪引入畫堂中。

《金瓶梅》云：

> 色中餓鬼獸中狨，壞教貪淫玷祖風。
> 此物只宜林下看，不堪引入畫堂中。

以上所引兩書的比較文字，充分說明《金瓶梅》第八回中寫報恩寺僧眾為潘金蓮的色相所迷的文字，完全是從《水滸傳》第四十五回中寫報恩寺僧眾為潘巧雲色相所迷的文字移植抄改來的，而與《西廂記》並無聯繫。因此，蔣先生認為：「《金瓶梅》第八回快結束處還有關於和尚們的種種不堪的描寫，……固然並非直接從《西廂記》照搬照抄，但是也是前面那兩支曲牌中的內容的必然的引申，必然的進一步的發展。」看來這也是沒有根據的。

二、關於「半折」「半扠」

舊時北方稱婦女腳小為「半扠」。「扠」為伸直大拇指與食指之間的長度。「半扠」則不足三寸。蔣星煜先生統計，《金瓶梅》用「半扠」一詞達四次：第四回「看見他一對小腳，穿著老鴉緞鞋兒，恰剛半扠」；第七回「裙邊露出一對剛三寸，恰半扠」；第八回「柳條兒比來剛半扠」；第四十四回「半扠繡羅鞋」。《西廂記》第十三齣〈月下佳期〉，張生唱〔元和令〕，狀鶯鶯體態：「繡鞋兒剛半拆，柳腰兒勾一搦」。由此，蔣先生作出判斷說：

> 我們一方面可以知道《金瓶梅》把《西廂記》中僅用了一次的「半拆」，改成「半扠」而用了四次，完全可以證實「半拆」「半扠」為同義語。

《金瓶梅》中四次（其實不止四次）出現的「半扠」，是否係《西廂記》中僅用一次的「半拆」所「改成」？我認為未必如此。據顧學頡、王學奇著《元曲釋詞（一）》「半拆」條釋：「拆、折、札、扎，均為『扠』的借用字」。從宋金以來，話本、戲曲、散曲中用「半拆」「半折」「半札」「半扎」，形容婦人腳小者不為鮮見。例如：《京本通俗小說・碾玉觀音上》：「蓮步半折小弓弓。」《宣和遺事》亨集：「鳳鞋半折小弓弓。」《董西廂》卷一：「穿對兒曲灣灣的半折來大弓鞋。」《金安壽》一〔上馬嬌〕：「儂半札鳳頭弓。」《陽春白雪》前集後四無名氏〔醉中天〕：「底樣兒分明印在沙，半折些娘大。」《樂府群珠》卷一張小山小令〔齊天樂過紅衫兒，湖上書所見〕：「六幅湘裙，半折羅襪。」《詞林摘豔》卷四誠齋散套〔點絳唇・風情〕：「繡鞋兒剛半札。」《雍熙樂府》卷四〔點絳唇・贈麗人〕：「繡鞋兒剛半拆。」《雍熙樂府》卷六散套〔粉蝶兒・題美人小腳〕：「窄弓弓藕牙兒剛半拆。」《雍熙樂府》卷五散套〔點絳唇・思憶〕：「半扎金蓮小。」[2]以上十例中的「半拆」「半折」「半扎」「半札」，與《金瓶梅》中的「半扠」為同義，這是沒有問題的。那麼《金瓶梅》中的「半扠」為什麼只能是《西廂記》中的「半拆」「改成」，而不可能是其他十例中的任何一例所「改成」呢？須知，在這十例中早於《西廂記》的有《京本通俗小說》《宣和遺事》《董西廂》等。《京本通俗小說》中的話本〈志誠張主管〉的情節，《金瓶梅》屢次借抄移植（見第一回、第二回、第一百回）；《西山一窟鬼》的情節，《金瓶梅》也有借抄移植的文字（見第六十二回）。這說明《金瓶梅》的作者是諳熟《京本通俗小說》的。此外，《詞林摘豔》《雍熙樂府》等曲選書，是《金瓶梅》作者最樂意引用的。《金瓶梅》中出現上百支曲子，馮沅君先

---

2 參見顧學頡、王學奇：《元曲釋詞（一）》。

生在《古劇說匯》中指出，其中有六十多支曲子出自《雍熙樂府》、四十多支曲子出自《詞林摘豔》。為什麼《金瓶梅》中的「半扠」只能由《西廂記》中的「半折」改成，而不可能由《京本通俗小說》《詞林摘豔》《雍熙樂府》中的「半折」「半札」「半拆」改成呢？照我看來，「半扠」（「半折」「半折」）純屬民間口語。《金瓶梅》中出現的民間口語、俚語、熟語極多，它們直接來自於民間，而不一定來自於前人的某一部作品。因此，從《西廂記》中查到「半折」一詞，就斷定《金瓶梅》中的「半扠」必然由此而「改成」，恐怕未必盡然。

三、關於陸賈和隋何

《金瓶梅》第二回中有：「開言欺陸賈，出口勝隋何」，「乾娘端的智賽隨何，機強陸賈」等文字。《西廂記》第十齣〈妝臺窺簡〉中，張生有「風流隋何，浪子陸賈」的說白；第十一齣〈乘夜逾牆〉中，有紅娘「禁住隋何、迸住陸賈」的唱詞。由此，蔣先生又作出判斷：「《金瓶梅》那些人物的身分和文化遠遜於張生、鶯鶯，更不可能同時提到這兩個歷史人物，很明顯是從《西廂記》中照搬照抄的。」蔣先生的這一結論又錯了。這裏，《金瓶梅》照搬照抄的不是《西廂記》而仍是《忠義水滸傳》。證據如次：

《金瓶梅》第二回，寫王婆貪賄說風情：

> 端的看不出這婆子的本事來，但見：開言欺陸賈，出口勝隋何。只憑說六國唇槍，全仗話三齊舌劍。只鸞孤鳳，霎時間交仗成雙；寡婦鰥男，一席話搬唆擺對。解使三里門內女，遮麼九皈殿中仙。……

《水滸傳》第二十四回：

> 原來這個開茶坊的王婆，也是不依本分的。端的這婆子：開言欺陸賈，出口勝隋何。只憑說六國唇槍，全仗話三齊舌劍。只鸞孤鳳，霎時間交仗成雙。寡婦鰥男，一席話搬唆捉對。解使三重門內女，遮麼九級殿中仙。……

《水滸傳》中的這段韻文長達一百字，為節約篇幅不必全抄。《金瓶梅》全部照搬照抄了這段韻文，其中只有十幾個字的改動。

《金瓶梅》第二回：

> 西門慶笑將起來，道：「乾娘端的智賽隋何，機強陸賈，不瞞乾娘說，不知怎的，吃他那日叉簾子時見了一面，恰似收了我三魂六魄的一般，……做事沒入腳處。不知你會弄手段麼？」

《水滸傳》第二十四回：

> 西門慶笑起來道：「乾娘，你端的智賽隋何，機強陸賈。不瞞乾娘說，我不知怎地，吃他那日叉簾子時見了這一面，卻似收了我三魂七魄的一般。只是沒做個道理入腳處。不知你會弄手段麼？」

由此可見，《金瓶梅》第二回中關於「陸賈」「隋何」的兩段文字，完全出自《水滸傳》中，與《西廂記》乃風馬牛不相及。

四、關於「綿裏針」

《金瓶梅》第三回，寫王婆定十條挨光計：

> 王婆道：「大官人，你聽我說：但凡挨光的兩個字最難。……要五件事俱全，方才行的：……第四，要青春小少，就要綿裏針一般，軟款忍耐；第五，要閒工夫。此五件喚做『潘驢鄧小閑』。都全了，此事便獲得著。」

蔣先生認為：「這『綿裏針』也來自《西廂記》」。其實它依然來自《水滸傳》。《水滸傳》第二十四回：

> 王婆道：「大官人，你聽我說。但凡挨光的兩個字最難。要五件事俱全，方才行得。……第四件，小，就要綿裏針忍耐；第五件，要閒工夫。此五件，喚做『潘驢鄧小閑』。五件俱全，此事便獲得。」

《金瓶梅》這段文字完全抄自《水滸傳》，事實俱在，這是無須多說的，若說其中偏偏「綿裏針」一詞「來自《西廂記》」，當然就沒有根據了。

補漏部分

上述四條，是我對蔣先生提出的駁論。蔣先生通過考證，用以證明《金瓶梅》照搬照抄《西廂記》的文字，偏偏就與《西廂記》並無多大關係。但這並不等於說《金瓶梅》成書時沒有受到《西廂記》的影響。事實上，正如蔣先生所論，《西廂記》對《金瓶梅》的影響是明顯的。

首先，如蔣先生所說：「《金瓶梅》作者對《西廂記》非常熟悉」，小說中常常提到《西廂記》中的人物，如張生、鶯鶯、紅娘等等。例如，第二回：「越顯出張生般龐兒，潘安的貌兒」；第八回：「你這小油嘴，倒是再來的紅娘，倒會成事兒哩」；第三十五回，應伯爵行酒令道：「張生醉倒在西廂」；第三十七回寫王六兒房中擺設：「掛著四扇各樣顏色綾段剪貼的張生遇鶯鶯蜂花香的屏兒」；第七十八回：「未曾得遇鶯娘面，且把紅娘去解饞」；第八十三回：「無緣得會鶯鶯面，且把紅娘去解饞」。除蔣先生列舉的數例外，我再補充若干例證：

一、第十三回寫西門慶與李瓶兒偷期：「好似君瑞遇鶯娘，尤若宋玉偷玉女」[3]。

二、第三十五回寫西門慶、應伯爵等人行酒令。伯爵行令云：「張生醉倒在西廂。吃了多少酒？一大壺，兩小壺。」韓道國行令道：「夫人將棒打紅娘。打多少？八九十下。」

三、第三十七回寫王六兒容貌，有「若非偷期崔氏女，定然聞瑟卓文君」句；西門慶與王六兒通姦，有「君瑞追陪崔氏女」句。

四、第八十二回寫潘金蓮月夜偷期，私會陳經濟：

> 經濟吃的半酣兒，笑道：「早知摟了你，就錯摟了紅娘，也是沒奈何。」

同一回另一處，還有一段寫潘金蓮等待陳經濟的文字：

> 婦人手拈紈扇，正伏枕而待。春梅把角門虛掩。正是：待月西廂下，迎風戶半開。隔牆花影動，疑是玉人來。原來經濟約定搖木槿花為號，就知他來了。

文中的「待月西廂下，迎風戶半開。隔牆花影動，疑是玉人來」句，抄自《西廂記》第十齣〈妝臺窺簡〉。在此，《金瓶梅》作者根據內容情節行文的需要，將《西廂記》中的文字，信手拈來，插入文中，且絲毫不露斧鑿之痕，足見其對《西廂記》文字之諳熟。

此外還有一例，蔣先生在文中已經指出，但未加以詳析，這就是《金瓶梅》第二十一回中的行酒令。此回敘吳月娘同眾姊妹陪西門慶擲骰猜枚行令。月娘道：「既要我行令，照依牌譜上飲酒：一個牌名兒，兩個骨牌，合《西廂》一句。」於是便取《西廂記》中的曲辭行酒令。月娘說的，遊絲兒「抓住荼架」，乃出自《西廂記》第十一齣〈乘夜逾牆〉〔駐馬聽〕；西門慶說的，只聽見「耳邊（廂）金鼓連天振」，出自《西廂記》第五齣〈白馬解圍〉〔六麼序〕；李嬌兒說的，只做了「落紅滿地胭脂冷」，出自《西廂記》第六齣〈紅娘請宴〉〔耍孩兒〕；潘金蓮說的，問他個「非奸（姦）做賊拿」，出自《西廂記》第十一齣〈乘夜逾牆〉〔得勝令〕；李瓶兒說的，那時節「隔牆兒險化做望夫山」，出自《西廂記》第十齣〈妝臺窺簡〉〔石榴花〕；孫雪娥說的，「好教我兩下裏做人難」，出自《西廂記》第十齣〈妝臺窺簡〉〔滿庭芳〕；孟玉樓說的，多少春風「夜月銷金帳」，出自《西廂記》第六齣〈紅娘請宴〉〔耍孩兒〕。如此看來，《金瓶梅》中的一則酒令中竟引用了《西廂記》多出中的七句曲辭，這正如蔣先生所說：「正

3　此兩段文字在1985年人民文學出版社出版的《金瓶梅詞話》中被刪，故蔣先生未見。

因為太熟悉了，所以俯拾即是，編排出來的酒令都是很出色的。」

《金瓶梅》中還寫了幾十次唱曲的場面，《西廂記》則常常出現在清唱之中。例如，《金瓶梅》第四十回：「王皇親家一起扮戲的小廝每來扮《西廂記》的」；第六十八回：「四個唱《西廂記》妓女，多花枝招颭，繡帶飄飄出來，與西門慶磕頭」，「四個妓女才上來唱了一折『遊藝中原』」（即《西廂記》第一齣〈佛殿奇逢〉），「妓女上來唱了一套『半萬賊兵』」（即《西廂記》第六齣〈紅娘請宴〉）。除蔣先生所舉之外，筆者再補幾例：

一、第四十二回寫李瓶兒做生日：

> 卻說前廳有王皇親家二十名小廝唱戲，挑了箱子來，有兩名師父領著……。那日，王皇親家樂扮的是《西廂記》。

看來這一回，與第四十回一樣，是扮演雜劇而非清唱。

二、第六十一回寫韓道國筵請西門慶，由申二姐唱曲：

> 然後吃了湯飯，添換上來，又唱了一套「半萬賊兵」。

此一套「半萬賊兵」，即《西廂記》第六齣〈紅娘請宴〉中紅娘所唱〔粉蝶兒〕套曲。蔣先生所列《金瓶梅》第六十八回唱的「半萬賊兵」，乃是另一次為妓女所唱。

三、第六十一回，申二姐又唱了個四不應〈山坡羊〉：

> ……你比鶯鶯重生而再有，可惜不在那蒲東寺。……

四、第七十四回寫西門慶宴請宋御史等：

> 酒過數巡，宋御史令生旦上來遞酒，小優兒席前唱這套〈新水令〉「玉驄轎馬出皇都」。

「玉鞭驕馬出皇都」，乃是《西廂記》第二十齣〈衣錦還鄉〉〔新水令〕套曲的首句。

《金瓶梅》中多次提到的與蔣先生及筆者所考出的唱《西廂記》、扮《西廂》，似乎均為《北西廂》而非《南西廂》。蔣先生指出：「我認為小說作者同時接觸了《西廂記》和《南西廂記》，……如果他僅僅接觸王、關《西廂記》雜劇，絕不可能把紅娘看成是如此不堪入目的人物。在雜劇中，這是一個很可愛的形象，只有《南西廂記》才把紅娘弄成為相當低級而庸俗的人物。」這個看法可能是有道理的。但蔣先生並未舉出實證。《金瓶梅》同樣受到《南西廂記》的影響，在此筆者補充一實證。

《金瓶梅》第七十四回，敘西門慶宴客。安郎中喚戲子：「你每唱個〈宜春令〉奉酒。」於是貼旦唱了一組曲子，即為《南西廂記》第十七齣〈東閣邀賓〉中的〔宜春令〕等曲。

現將兩書曲詞作一比較。

《南西廂記》第十七齣：

〔宜春令〕（貼）第一來為壓驚。第二來因謝承。殺羊茶飯，來時早已安排定。斷閒人，不會親鄰，請先生和俺鶯鶯配聘。我只見他歡天喜地，謹依來命。

〔五供玉枝花〕（貼）來回顧影，文魔秀士欠酸丁。下工夫將頭顱來掙，遲和疾擦倒蒼蠅。光油油耀花人眼睛，酸溜溜螫得牙根冷。天生這個後生，天生那個俊英。

〔玉嬌鶯兒〕（貼）今宵歡慶。我鶯鶯何曾慣經，你須索要款款輕輕。燈兒下共交鶯頸，端詳可憎，誰無志誠，你兩人今夜親折證。（生）謝芳卿，謝紅娘姐錯愛，成就了這姻親。

〔解三酲〕（貼）玳筵前香焚寶鼎，繡簾外風掃閑庭。落紅滿地胭脂冷，白玉欄杆花弄影。準備著鴛鴦夜月銷金帳，孔雀春風軟玉屏。合歡令，有鳳簫象板，錦瑟鸞笙。〔前腔〕（生）可憐我書劍飄零無厚聘，感不盡姻親事有成。新婚燕爾安排定，除非是折桂手報答前程。我如今博得個跨鳳乘鸞客，到晚來臥看牽牛織女星。非僥倖，受用的珠圍翠繞，結果了黃卷青燈。……

〔尾聲〕老夫人專意等。（生）常言道恭敬不如從命。（貼）休使紅娘再來請。

《金瓶梅》第七十四回抄錄了以上《南西廂記》中的文字。《金瓶梅》抄錄時的改動之處不多亦不少。具體改動如下：改「承」為「誠」，「閑」為「行」，「鶯鶯配」為「鶯娘匹」，「謹」字前增「道」字，「玉枝花」為「養」，「掙」為「整」，「耀」為「輝」，「那」為「這」，「玉嬌鶯兒」為「玉降鶯」（似錯抄），「鶯鶯」為「鶯娘」，「你」為「憑」，「謝」為「感」，「姐」字刪，「前」為「開」，「白」為「碧」，「著」字刪，「有」為「更有那」，「前腔」二字漏。筆者所依據的《南西廂記》為崔時佩、李景雲著的《南西廂記》。由於《南西廂記》有多種本子，《金瓶梅》作者抄改時依據的是哪一種本子，還要進一步考證。因此，以上列舉的改動之處（有些則屬於抄誤、刻誤，而非有意改動），具有較大的不確定性。

這裏還要順便討論一下蔣先生提出的，《金瓶梅》作者把鶯鶯稱為鶯娘的原因問題。《金瓶梅》第七十八回，寫西門慶有意圖謀何千戶之妻藍氏而未能如願，巧遇來爵兒媳婦而以成其姦。回末有兩句聯語：

未曾得遇鶯娘面，且把紅娘去解饞。

《西廂記》的〈紅娘請宴〉齣，有紅娘一段唱詞：

> 憑著你滅寇功，舉將解，兩般兒功效如紅定。為甚俺鶯娘心下十分順？都則為君瑞胸中百萬兵。

蔣先生指出：「也許有人會認為這是否有可能把『鶯鶯』稱『鶯娘』，以便和『紅娘』對襯。其實，這也是不可能。……（《金瓶梅》）第七十八回中的『鶯娘』二字的來歷肯定直接來自《西廂記》的〈紅娘請宴〉一齣。」我看，這也未必如此。《金瓶梅》中稱「鶯鶯」為「鶯娘」，大約有三次。第一、第二次在第七十四回中，即以上所引的《南西廂記》的曲辭中。《南西廂記》原曲辭是：一、紅娘唱〔宜春令〕「請先生和俺鶯鶯配聘。」二、紅娘唱〔玉嬌鶯兒〕：「今宵歡慶，我鶯鶯何曾慣經」。這兩處出現的「鶯鶯」，《金瓶梅》第七十四回抄錄時均改為「鶯娘」。可見，這完全是《金瓶梅》作者的有意改動，其意圖恐怕是《金瓶梅》作者要突出鶯鶯與紅娘之間的主僕之分、貴賤之分。既然《金瓶梅》作者在第七十四回，兩次改稱「鶯鶯」為「鶯娘」，那麼在相隔三回以後的第七十八回中，再一次稱「鶯鶯」為「鶯娘」，這不是順理成章的事嗎？於此可見，蔣先生認為《金瓶梅》第七十八回的「鶯娘」二字的來歷，「肯定直接來自《西廂記》的〈紅娘請宴〉一齣」的說法，亦未必妥當了。

綜上所述，筆者以為蔣先生提出的，《西廂記》對《金瓶梅》的成書有影響，並就此作了初步的考證，這無疑對《金瓶梅》成書問題的研究是有價值的。但是，蔣先生用以證明自己觀點的論據，卻多有失當之處。筆者撰寫此文的目的，完全是為了使《金瓶梅》成書問題的研究建築在一個比較客觀的、堅實的基礎之上。筆者對蔣先生的考證所提出的「糾誤」和「補漏」，有些是據以實證的，有些則也屬推測之詞，例如對「半扠」問題，「鶯娘」問題的商榷論證，即是如此。此外，筆者對《西廂記》與《金瓶梅》關係問題的研究，亦剛剛才開始，其錯誤和粗疏之處當在預料之中，對此更祈望蔣先生及諸研究者有以教之。

魯迅《金瓶梅》研究的成就與失誤

世情書：對《金瓶梅》的準確定位

現代中國前的三百年間，人們對《金瓶梅》的評價，給我們的印象是：一、人們在開始接觸這部書時，只是從審美欣賞的角度，深感其「奇快」「驚喜」，得出「奇書」的結論。但它何以為「奇」，人們還來不及探討；二、面對《金瓶梅》，有些學者則處於矛盾之中，認為該書「極佳」，「瑣碎中有無限煙波」，又認為「此書誨淫」，「決當焚之」。這兩種批評眼光的深刻矛盾，決定了他們不可能對該書作出科學的評價；三、狄平子已開始用近代小說的眼光來看《金瓶梅》，見識甚深，但他沒有深入作系統研究。由此可見，對《金瓶梅》作全面、系統的研究的任務，已歷史地落到了現代學者身上。現代學者對《金瓶梅》的評價，正是在總結前人的認識成果的基礎上起步的。其突出的特點在於能站在小說發展史的高度，用近代小說的觀念，對《金瓶梅》作出社會的、歷史的評價。魯迅先生就是這種研究的開創者。

魯迅從 1922 年到 1935 年之間，在〈反對「含淚」的批評家〉《中國小說史略》〈中國小說的歷史的變遷〉〈《中國小說史略》日本譯本序〉〈論諷刺〉等論著中都談過《金瓶梅》。他還做了《金瓶梅》研究史料的搜集和整理工作。1926 年出版的《小說舊聞抄》，開始收錄《野獲編》《茶香室叢鈔》《消夏閑記》《勸戒四錄》等書中的《金瓶梅》研究資料。

魯迅反對把小說看作「閒書」，把研究小說與改造社會結合起來。早期他受近代改良主義小說理論的影響，後來他吸取了近代小說理論中的進步的合理的部分，逐步以唯物的科學的文藝論分析小說發展的歷史進程，評價古代小說的思想內容和藝術特徵，把我國小說史研究提高到一個新水準。魯迅對《金瓶梅》的正確評價就產生在這個時期。

魯迅對《金瓶梅》的研究，首先不是像以往的多數研究者那樣就書論書，而是把它放到小說發展的歷史進程中去考察它的地位和存在價值。在《中國小說史略》中，魯迅從中國小說的淵源——神話開始，研究了漢人、六朝志怪小說，唐人傳奇，宋話本到元明清長篇小說的發展進程，揭示其歷史發展的必然規律。《金瓶梅》則是這一歷史發展的必然規律中的一個不可缺少的重要環節。魯迅認為，在長篇小說中，最早出現的《三國志演義》《水滸傳》是講史小說的代表，《西遊記》是神魔小說的代表。《金瓶梅》則是稍後出現的「人情小說」的代表。他說：「當神魔小說盛行時，記人事者亦突起，其取材猶宋市人小說之『銀字兒』……又緣描摹世態，見其炎涼，故或亦謂之『世情書』也」，「諸『世情書』中，《金瓶梅》最有名」。[1]《金瓶梅》的歷史地位就在於它在它的時代——資本主義生產關係的萌芽剛剛才露頭的明代末年，就提出並實踐了一系列小說創作的新觀念，開創了與這個時代相適應的，「以描摹世態人情」為特徵的小說創作的新潮流。對此，魯迅作出了簡明而又深刻的揭示。第一、《金瓶梅》的題材特徵是「記人事」，「描摹世態，見其炎涼」。這就是說，它不同於《三國志演義》以描摹歷史故事為題材，《水滸傳》以描摹英雄傳奇為題材，《西遊記》以描摹神魔故事為題材。《金瓶梅》的突出貢獻，也就是區別於上述幾部古代小說的地方，就在於它取材於當時的社會現實，以反映、表現這個世俗社會為宗旨，「描寫世情，盡其情偽」，揭示這個社會中的形形色色的世態人情；第二、《金瓶梅》在人物塑造上的特徵，不是像《三國志演義》那種專寫歷史上的帝王將相，不是像《水滸傳》那樣專寫歷史上的英雄豪傑，也不是像《西遊記》那樣專寫神仙妖魔，而是寫當時社會中的活生生的各色人物。特別是「市井俗人」。作為「市井俗人」的「潘金蓮、李瓶兒、春梅都是重要人物」。《金瓶梅》著意塑造了西門慶一家的各色人物，及其與這「一家」相聯繫的權貴、士類等社會各類人物，收到了「著此一家，即罵盡諸色」的典型效果。無疑這又是《金瓶梅》的一個突出貢獻。第三、魯迅還認為《金瓶梅》的藝術表現手法亦有顯著的特點。它不像《三國志演義》那樣據於史實而順序鋪排；也不像《水滸傳》那樣以幾個一人一事式的故事大段拼接展開，而是以描寫西門慶一家為中心，以整個社會為背景，結構形式錯綜複雜，情節開展曲折多姿。魯迅指出：「作者之於世情，蓋誠極洞達，凡所形容，或條暢，或曲折，或刻露而盡相，或幽伏而含譏，或一時並寫兩面，使之相形，變幻之情，隨在顯見，同時說部，無以上之」。可見，《金瓶梅》在結構形式、藝術表現手法上也表現出了與古代小說相區別的顯著特徵。

上述諸點說明，魯迅完全是用近代小說的觀念來評價《金瓶梅》的。所謂近代小說觀念是相對於古代小說觀念而言的。小說作為文學的一大樣式，其獨特的功能就是能夠充分運用語言藝術的各種表現手法，廣闊地、深入細緻地反映紛繁複雜的社會生活面，多方面地刻畫人物的思想性格，塑造典型環境中的典型形象。顯然處於萌芽時期的小說

---

1 魯迅《中國小說史略》，周鈞韜《金瓶梅資料續編（1919-1949）》，北京：北京大學出版社 1991 年。

和處於初期發展階段的古代小說，都還不可能完全表現出這種社會功能。而正是在這一點上，《金瓶梅》突破了古代小說的舊觀念，標誌著中國小說藝術的成熟。魯迅也正是在這個重要問題上看到了《金瓶梅》的價值，給予了很高的評價。

《金瓶梅》性描寫研究的是與非

魯迅對《金瓶梅》性描寫的成因的研究，貢獻很大，但對《金瓶梅》性描寫本身的評價，則失之於平庸。

古人大多認為《金瓶梅》是一部「淫書」。金瓶梅中有大量的性描寫，這是客觀事實，毋庸諱言。問題是我們應該如何認識它？這是前人所沒有解決的問題。

1. 魯迅對《金瓶梅》的性描寫的成因的研究，很有見地，並具有開創意義。

一部好的文學作品就是一個社會一個時代的真實寫照。明末社會是一個充滿著黑暗和罪惡的社會，封建統治階級的墮落、腐化，已到了不可救藥的地步。上至帝王、顯貴，下至士流，在兩性關係上的墮落，正是這個沒落社會的重要特徵。魯迅能從晚明社會的「性縱欲風氣」中，找到小說性描寫的成因。他指出，成化時，方士李孜僧繼曉已以獻房中術驟貴，至嘉靖間而陶仲文以進紅鉛得幸於世宗，官至特進光祿大夫柱國少師少傅少保禮部尚書恭誠伯。於是頹風漸及士流，都御史盛端明、布政使參議顧可學皆以進士起家，而俱借「秋石方」致大位。瞬息顯榮，世俗所企羨，僥倖者多竭智力以求奇方，世間乃漸不以縱談閨幃方藥之事為恥。風氣既變，並及文林，故自方士進用以來，方藥盛，妖心興，而小說亦多神魔之談，且每敘床笫之事也。[2]生長在這個社會環境中的《金瓶梅》作者，在全面揭露這個社會的罪惡的同時，當然亦不可能超乎這個社會的世態而不受其影響。在中國《金瓶梅》研究史上，能對小說性描寫的成因作社會的歷史的研究分析的，魯迅是第一人。其貢獻是肯定的。但魯迅的研究並不徹底。

此後，沈雁冰、鄭振鐸、三行又從文學藝術發展的源流中去尋找小說性描寫的成因。沈雁冰認為，前人創作的這一類文學作品也深刻地影響著《金瓶梅》。後世長篇小說中的性描寫大都脫胎於《飛燕外傳》。例如，「《金瓶梅》寫西門慶飲藥逾量，脫陽而死的一節，竟彷佛是《飛燕外傳》寫成帝暴崩的注腳」。[3]鄭振鐸還從《金瓶梅》作者的主觀因素上去找性描寫成因。他在〈談《金瓶梅詞話》〉中指出：「大抵他（指作者）自己

2　同註1。

3　沈雁冰〈中國文學內的性欲描寫〉，周鈞韜《金瓶梅資料續編（1919-1949）》，北京：北京大學出版社1991年。

也當是一位變態的性欲的患者罷，所以是那末著力的在寫那些穢事。」他們的觀點是對魯迅的論述的很重要的補充。由此可見，正是魯迅、沈雁冰、鄭振鐸、三行等先生協力，才全面、準確地完成了《金瓶梅》性描寫成因的研究。

2. 魯迅對《金瓶梅》性描寫本身的評價，則失之於平庸。

近現代學者竭力肯定《金瓶梅》的寫實成就，但依然沒有為其摘掉淫書的帽子。清末狄平子認為《金瓶梅》是一部真正的社會小說，「不得以淫書目之」。但鄭振鐸仍然說它是「穢書」。沈雁冰稱它為「性欲小說」。阿英在〈金瓶辨〉中說：「至於《金瓶梅》，吾固不能謂為非淫書，然其奧妙，絕非在寫淫之筆。」那麼魯迅是怎麼看的呢？

魯迅在《中國小說史略》中指出：

> 至謂此書之作，專以寫市井間淫夫蕩婦，則與本文殊不符。緣西門慶故稱世家，……（《金瓶梅》）是著此一家，即罵盡諸色，蓋非獨描摹下流言行，加以筆伐而已。……就文辭與意象以觀《金瓶梅》，則不外描寫世情，盡其情偽，又緣衰世，萬事不綱，爰發苦言，每報峻急，然亦時涉隱曲，猥黷者多。後或略其他文，專注此點，因予惡諡，謂之「淫書」；而在當時，實亦時尚。……然《金瓶梅》作者能文，故雖間雜猥詞，而其他佳處自在。

這段話的要點是：(1)《金瓶梅》寫的是世態人情，並不是專以寫市井間的淫夫蕩婦與描摹下流言行；(2)由於時尚（全社會的性縱欲風氣），因此小說中難免「間雜猥詞」，致使「猥黷者多」；(3)人們略其他文，專注此點，因予惡諡，謂之「淫書」。魯迅的看法，我認為有三個問題：

(1)將寫世情與寫時尚對立起來。《金瓶梅》是一部「世情書」，寫的就是晚明社會的世態人情。而當時的時尚，用魯迅的話說，世間「不以縱談閨幃方藥之事為恥（即全社會性的性縱欲風氣）」。這種時尚，不就是那個時代的「世態人情」嗎。可以說時尚就是世情，世情涵蓋時尚。因此，作為描寫晚明世態人情的《金瓶梅》，將表現時尚的「市井間的淫夫蕩婦」等等寫入書中，才能使小說更具有真實性，具有更高的認識價值和歷史價值。

(2)將寫世情與寫性、性行為對立起來。《金瓶梅》的突出貢獻，就在於它取材於當時的社會現實，揭示形形色色的世態人情。性、性風氣是世態人情中重要的組成部分。「食、色性也」。「食」「色（性）」，是維持人類生存與發展的兩個最重要、最根本的需求。《金瓶梅》以較大的篇幅寫了性、性行為，寫各色人物的自然情欲，難道不就是寫的世態人情嗎？

(3)將世情書與「淫書」對立起來。魯迅在肯定《金瓶梅》是「世情書」的同時，竭力反對將其稱為「淫書」。甚至說，是人們「略其他文，專注此點，因予惡諡，謂之『淫書』」。「淫書說」，是舊時代的概念，它並不科學，且含有強烈的貶義，帶有濃重的情感色彩。而「性」是個中性字，沒有貶褒，不帶情感色彩，因此，將所謂「淫書」改稱為現代概念的「性書」「性小說」，比較科學。《金瓶梅》寫的世態人情中，性與性行為的描寫占了很大的篇幅。小說寫到了晚明社會各色人物的性心理、性觀念、性器官崇拜、性能力崇拜、性行為、性虐待、性癖好、同性戀、雙性戀、嫖娼、賣淫、性掠奪、性侵犯、性賄賂、婚姻、家庭、生殖、性病、性暴亡，如此等等，不一而足。

在常人眼裏，性小說是腐朽沒落的思想觀念的產物，毫無價值可言。但作為性小說之一的《金瓶梅》，則有非同凡響的價值。

就文學史上的貢獻而論，《金瓶梅》寫性，寫各色人物的自然情欲，勇敢地向人們生活中最隱秘的深處挺進，這無疑是對小說主題、題材的重大開拓。

如果從性學角度來考察，它在中國性文化史上具有很高的認識價值和研究價值。《如意君傳》《浪史》《繡榻野史》等性小說，完全脫離當時的社會現實而專寫性交媾，認識價值、歷史價值都談不上。《金瓶梅》則是在當時的社會歷史背景下寫性，全面系統深刻地揭示了晚明社會的性縱欲風氣（而不是專寫性交媾）。它在中國性文化史上的貢獻有三：一、由於它寫性的全面性，多層次、多角度性，且涉及到全社會的各色人物、各個層面，它幾乎涉及到性學、性文化研究的各個方面。因此，它是中國性文化史上的一部百科全書。二、晚明社會的性文化現象，在中國性文化史上具有鮮明的個性和獨特性。《金瓶梅》全面揭示了這一時代的性文化現象，因此它是一部「斷代性文化史」，在中國性文化史上是不可或缺的，具有很高的地位。三、由於它是小說，它對性現象的描述是細膩的、直觀的、形象的。這是任何一部性學理論著作都無法做到的。因此，它為中國性文化研究提供了一部唯一的、形象直觀的研究資料。當然，《金瓶梅》寫性也有嚴重的缺陷。作者在揭露晚明社會性縱欲風氣，特別是寫性交媾時，所持的基本上是自然主義的純客觀描寫，其態度是崇揚多於批判。作者大寫特寫西門慶的超強性能力，完全失去了現實的真實性和典型意義，表現了作者的庸俗的審美情趣。作者離開情節的發展，多次對男女性器官作獨立的顯微式的掃描，這表明作者就是一個性器官的狂熱崇拜者和性縱欲的實踐者。

魯迅先生將《金瓶梅》中寫世情與寫性完全割裂開來，把寫性的內容完全看成是糟粕，可能是受其時代的束縛，對小說性描寫的批評失之於平庸，殊為可惜。

《紅樓夢》「打破說」乃是「祖冠孫戴」

魯迅在〈中國小說的歷史的變遷〉中指出：

> 至於說到《紅樓夢》的價值，可是在中國底小說中實在是不可多得的。其要點在敢於如實描寫，並無諱飾，和從前的小說敘好人完全是好，壞人完全是壞的，大相不同，所以其中所敘的人物，都是真的人物。總之自有《紅樓夢》出來以後，傳統的思想和寫法都打破了。

此話一出，又成近百年來統治中國古代小說研究界的金科玉律。其實這個論斷不能成立。作為「人情小說」的開山之作，《金瓶梅》早已將「傳統的思想和寫法都打破了」，那能輪到《紅樓夢》。毛澤東說，《金瓶梅》是《紅樓夢》的祖宗。在古代小說藝術創新的歷程中，《金瓶梅》是爺爺，《姑妄言》是兒子，《紅樓夢》則是孫子。魯迅的「打破說」這頂帽子應該戴在爺爺頭上，卻偏偏戴在了孫子頭上，可謂「祖冠孫戴」，個中原因令人費解。

《金瓶梅》在小說觀念和小說藝術上的創新，非同凡響。

在中國小說發展史上，《金瓶梅》具有里程碑的地位。它開啟了人情小說創作的先河，標誌著中國小說藝術漸趨成熟和一個新的階段的開始。作為一部偉大的現實主義小說，它比前代小說《水滸傳》《三國演義》在藝術上有了多方面的開拓和創新。

以前的長篇小說，以寫超乎凡俗的奇人奇事為能事，與現實社會存在一定距離。《金瓶梅》直接面對現實社會，直面人生，真實地再現了明代中國社會的種種人情世態。真實而又形象地，廣闊而又深刻地再現紛繁複雜的社會生活，這是小說藝術的獨特功能。可以說，自《金瓶梅》起，小說藝術的這一獨特功能開始充分發揮並日臻完善。

以前的長篇小說，受平話藝術的束縛，以故事情節取勝，人物塑造則處於從屬地位，人物服從故事。《金瓶梅》則以塑造人物為主，故事情節降之從屬地位，情節服從人物。鮮明地刻畫人物性格，多方面地塑造各色人物形象，這一小說藝術的獨特功能，也自《金瓶梅》起開始充分發揮並日臻完善。

在《金瓶梅》中，刻畫人物性格的藝術，得到了重大發展。

以前的小說人物性格具有單一化的傾向。《金瓶梅》中的人物，具有複雜的個性化的性格特徵，從橫向來看由多種性格因素組成，呈現多元的多側面的狀態；從縱向來看呈現多種層次結構。作者還善於寫出人物性格的深層和表層、次表層之間的錯位和矛盾。

以前的小說人物性格具有善惡、美醜絕對化的傾向。《金瓶梅》作者善於將人物的善惡、美醜一起揭示出來，其人物形象具有善惡相兼、美醜相容的特徵。這是作者將生活中的善與惡、美與醜互相依存、互相滲透、互相轉化的原理，應用於小說人物創造的一個重大貢獻。

以前的小說主要用人物的言行來展示其心理活動，《金瓶梅》開始直接向人物的內心世界挺進，通過描寫揭示人物複雜的心理奧秘。它寫出了人物心態的複雜性，寫出了心態的動態變化；它善於創造特定的生態環境來烘托、映照人物的心境，將抒情與動態情態描寫結合起來，並通過對比、反襯來強化不同人物的特殊的心路歷程。

除此之外，《金瓶梅》在情節美學、結構美學、語言美學、藝術風格等多方面，都有許多開拓和創新。

於此可見，《金瓶梅》在藝術上的創新非常突出。套用魯迅的話說，應該是「自有《金瓶梅》出來以後，傳統的思想和寫法都打破了」。如果舉例說明，可謂舉不勝舉。對此我寫過一部書：《金瓶梅鑒賞》[4]。書中選取了小說中的 43 個精彩篇章，從藝術創新的角度，對這些篇章作了較為詳盡的分析研究。上述那些理論觀點，就是我從微觀到宏觀，從感性到理性探討所得出的結論，可資研究者參考。

《金瓶梅》在藝術上的創新，大多為《紅樓夢》作者所吸收、繼承、借用，並在此基礎上推陳出新、發揚光大，致使《紅樓夢》戴上了中國古代小說藝術創作極峰的桂冠。孫子超越爺爺，這是自然之理，但不能說爺爺的「打破權」，亦必須歸入孫子的囊中。

對《金瓶梅》初刻本問世年代判斷的失誤

魯迅在 1924 年出版的《中國小說史略》（下冊）中指出：

> 諸「世情書」中，《金瓶梅》最有名。初惟鈔本流傳，袁宏道見數卷……萬曆庚戌（1610），吳中始有刻本，計一百回，其五十三至五十七回原闕，刻時所補也。（見《野獲編》二十五）

在這裏，魯迅沒有用「可能」「大約」等推測之詞，而是下了斷語：《金瓶梅》初刻在萬曆庚戌年（三十八年），地點是「吳中」。此說一出，遂成定論。贊同者有鄭振鐸、沈雁冰、趙景深等大家。直到今天，在《金瓶梅》研究界，信奉此說者還大有人在。朱星

4　周鈞韜《金瓶梅鑒賞》，南京：南京出版社 1990 年，又載《周鈞韜金瓶梅研究文集·第 3 卷》，長春：吉林人民出版社 2010 年。

先生說，「魯迅先生治學態度很謹嚴，絕不會草率從事，一定有根據的」[5]，這倒說出了幾十年來，不少學者盲目信從魯迅的庚戌初刻本說，而不加仔細考證的重要原因。

魯迅的根據，是沈德符《野獲編》卷二十五《金瓶梅》條，現抄錄如下：

> 丙午遇中郎京邸，問曾（《金瓶梅》）有全帙否？曰：第睹數卷，甚奇快。……又三年，小修上公車，已攜有其書。因與借抄挈歸。吳友馮猶龍見之驚喜，慫恿書坊以重價購刻。馬仲良時榷吳關，亦勸余應梓人之求，可以療饑。……未幾時而吳中懸之國門矣。

丙午，是萬曆三十四年（1606）；又三年，是萬曆三十七年（1609），或三十八年（1610）。袁小修這次赴京會試，是萬曆三十八年。未幾時而「吳中懸之國門」，這個「未幾時」當然可以推測為一年或更短。魯迅依據這段話作出《金瓶梅》初刻本問世於萬曆庚戌（1610）年的結論，似乎亦差不離。正如趙景深先生所說：「從丙午年算起，過了三年，應該是庚戌年，也就是萬曆三十八年。所以我認為，……魯迅所說的庚戌版本是合情合理的。」[6]但是，魯迅在沈德符這段話中，忽略了「馬仲良時榷吳關」這一句關鍵性的話。我國臺灣學者魏子雲先生根據民國（1933 年）《吳縣誌》考出，馬仲良主榷吳縣滸墅鈔關，是萬曆四十一年（1613）的事。[7]由此可以認定，《金瓶梅》吳中初刻本必然付刻在萬曆四十一年以後，而不可能在萬曆庚戌（三十八年）。這樣，魯迅的庚戌初刻本說就有誤了。但是，魏先生的考證還存在問題：「馬仲良時榷吳關」，如果是從萬曆三十八年就開始了，一直連任到萬曆四十一年，那麼「馬仲良時榷吳關」後的「未幾時」，《金瓶梅》初刻本問世，就可能是萬曆三十八年，魯迅的萬曆庚戌（三十八年）說就可能是正確的，魏先生的考證就有被徹底否定的危險。為此，筆者做了進一步考證，找到了清康熙十二年（1673）的《滸墅關志》。

明景泰三年，戶部奏設鈔關監收船料鈔。十一月，立分司於滸墅鎮，設主事一員，一年更代。這就是說，馬仲良主榷滸墅關主事只此一年（萬曆四十一年），前後均不可能延伸。事實上，《滸墅關志》亦明確記載著，萬曆四十年任是張銓；萬曆四十二年任是李佺臺。馬仲良絕對不可能在萬曆三十八年就已任過主事（他在萬曆三十八年才中進士）。至此可以論定，魯迅先生認定的《金瓶梅》「庚戌初刻本」是根本不存在的。這是魯迅先生的一個不小的失誤，其原因是他只憑主觀的判斷而沒有進行考證。據我的考證，《金

---

5 朱星《金瓶梅考證》，天津：百花文藝出版社 1980 年。

6 趙景深〈評朱星同志金瓶梅三考〉，《上海師範大學學報》，1980 年第 4 期。

7 魏子雲《金瓶梅探原》，臺北：臺灣巨流圖書公司 1979 年。

瓶梅》初刻本問世的時間，當在萬曆四十五年冬到萬曆四十七年之間，這就是我提出的《金瓶梅》初刻本問世年代「萬曆末年說」。

對《金瓶梅》作者「絕非」是「南方人」的判斷，失之於武斷

魯迅在〈《中國小說史略》日本譯本序〉中說：

> 《金瓶梅詞話》被發見於北平，為通行至今的同書的祖本，文章雖比現行本粗率，對話卻全用山東的方言所寫，確切的證明了這絕非江蘇人王世貞所作的書。

魯迅對《金瓶梅》作者「王世貞說」的否定，其言詞十分堅決，但證據僅為「山東方言」一例。

《金瓶梅》傳世的當初，「王世貞說」十分盛行。到了當代，信奉者大有人在，並努力考證，挖掘新的資料來支持「王世貞說」。我在20年前就提出「《金瓶梅》作者王世貞及其門人聯合創作說」。但我並不認為「王世貞說」就一定是正確的。「王世貞說」到底是正確的還是錯誤的？這不是我們與魯迅的分歧所在。魯迅的觀點的核心是：《金瓶梅》「全用山東的方言所寫」，所以作者必然是山東人（或北方人）。王世貞是江蘇人（亦即南方人），所以「絕非」是《金瓶梅》的作者。換句話說，全用山東方言寫的《金瓶梅》的作者，絕不可能是南方人。我認為魯迅的判斷是欠妥的，《金瓶梅》的作者極有可能是南方人。

1. 南方人用北方語言寫反映北人北事的小說，北方人用南方語言寫反映南人南事的小說，這在現當代文學中是常有的事，因為語言是可以學習的。丁玲、周立波都是湖南人，他們都用北方語言寫反映北人北事的小說。如果這樣來否定他們的著作權，豈非成了笑話。

2. 從《金瓶梅》的語言來看，作者很可能是南方人而非山東人。《金瓶梅》中的語言十分龐雜。就其主體而言乃是北方語言，其中多用於敘述語言的是北京官話。西門慶的談吐亦以北京官話為主。另外多用於人物對話，特別是潘金蓮等婦人的對話、口角的語言則是山東土白。除了北京官話、山東土白以外，全書的字裏行間，還夾雜著大量的南方吳語。就連潘金蓮等婦人的對話、口角的山東土白中亦夾雜著大量的吳語辭彙。吳語在全書中隨處可見。例如，稱東西為「物事」（第八回），稱抓一付藥為「贖一貼藥」（第五回），稱拿過一張桌凳為「掇過一張桌凳」（第十三回），稱面前為「根前」（第十五回），稱陰溝為「洋溝」（第十九回），稱青蛙為「田雞」（第二十一回），稱白煮豬肉為

「白煤（音閘）豬肉」（第三十四回），稱很不相模樣為「忒不相模樣」（第六十七回），稱青年人為「小後生」（第七十七回），稱糧行為「米鋪」（第九十回）。還有什麼「不三不四」，「陰山背後」，「捏出水來的小後生」等等，均屬吳語。這樣的例證在全書中可以舉出上千條。褚半農先生在〈《金瓶梅詞話》中的吳音字〉文中指出：從語言角度分析《金瓶梅詞話》，可看到書中有好多組字，因為在吳語中是同音，作者常常將它們混用而致錯。混用的吳音字有「黃、王」，「多、都」，「石、著」，「水、四」，「買、賣」，「人、層」，「何、胡、河、湖」等等。這些都是吳地語音現象，在明朝其他著作中已有記載。如王世貞《菽園雜記》云：「如吳語黃王不分，北人每笑之」。從書中那麼多的吳語同音字混用事實，推測作者，「他應該是個吳地人」，至少是在吳地生活較長時間的人，受吳語影響很深的人。[8]

此外，《金瓶梅》在抄錄《水滸傳》部分所作的改動之處，直率地暴露了作者的用語特徵。例如，《水滸傳》第二十三回寫武松打虎：「原來慌了，正打在枯樹上，把那條梢棒折做兩截」。此句《金瓶梅》改成：「正打在樹枝上，磕磕把那條棒折做兩截」。「磕磕」為吳語「恰恰」「正好」之意。同回又將武松「偷出右手來」改為「騰出右手」；《水滸傳》第二十四回寫潘金蓮勾引武松：「武松吃他看不過，只低了頭，不恁麼理會。當日吃了十數杯酒，武松便起身」。《金瓶梅》改成：「……吃了一歇，酒闌了，便起身」。如果《金瓶梅》作者是北方人，在這些地方是絕不可能改成吳語的。

《金瓶梅》故事發生地在北方，人物多為北人，如果作者是北方人，吳語在書中毫無立足之地，或者說根本就不可能出現。現在書中居然出現了大量的吳語，這只能說明作者是南方人，他在有意識地使用北方語言描述北人北事時，無意識地將自己習慣使用的南方語言夾雜於其間。試想，除了這個原因之外，我們還能尋出什麼理由來解釋這種奇怪的改動？

3. 在《金瓶梅》中還出現了與北人的生活習尚相左的南方人的生活習尚。魏子雲先生在《金瓶梅的問世與演變》[9]中指出，寫在《金瓶梅》中的飲食，十九都是江南人所慣用。如白米飯粳米粥，則餐餐不少，饅頭烙餅則極少食用。菜蔬如鮝魚、豆豉、酸筍、魚酢，各種糟魚、醃蟹，以及鮮的、糟的、紅糟醉過的鰣魚，都是西門家常備之味。在生活用具方面，西門家用「榪子」（榪桶）便溺，而不是上茅廁之類，這是典型的南方習尚。這些南方的生活習尚，顯然是按不到北方山東的，亦按不到西門慶的家中。這也是

---

8 褚半農〈《金瓶梅詞話》中的吳音字〉，《第九屆（五蓮）國際金瓶梅學術研討會論文集》，2013年5月。

9 魏子雲《金瓶梅的問世與演變》，臺北：臺灣時報文化出版事業有限公司 1981 年。

個矛盾。正是在這個矛盾中，我們才斷定，《金瓶梅》的作者必為南方人，因此他在無意間將南方人的生活習尚搬到了山東，搬入了西門慶的家中。

其實魯迅先生只要耐心認真地研究一下全書中的語言現象和人物的生活習尚，就不可能得出那樣的結論。

2013.5.15.

鄭振鐸《金瓶梅》研究的成就與失誤

在現代中國，以魯迅、鄭振鐸、吳晗為代表，開始運用社會的、歷史的觀點和近代小說新觀念，對《金瓶梅》進行科學的評價和考證，將研究大大推進了一步。但是，伴隨著成就一起產生的，還有粗疏、錯誤和不盡人意之處。

一、對《金瓶梅》寫實成就的至高評價

魯迅先生首先用近代小說的觀念來評價《金瓶梅》，把它放到小說發展的歷史進程中去考察它的地位和存在價值。《金瓶梅》的歷史地位就在於在資本主義生產關係的萌芽剛剛才露頭的明代末年，就提出並實踐了一系列小說創作的新觀念，開創了與這個時代相適應的，「以描摹世態人情」為特徵的小說創作的新潮流。鄭振鐸先生繼承了魯迅的這條認識路線繼續向前開拓，把對《金瓶梅》的寫實成就的評價推向了極至，代表了現代中國《金瓶梅》研究的最高水準。

鄭振鐸《金瓶梅》研究的文字有三：1927 年出版的《文學大綱》第二十三章；1932 年出版的《插圖本中國文學史》第六十章；1933 年發表的專論〈談《金瓶梅詞話》〉。

鄭振鐸對《金瓶梅》的總體評價，有以下四點：

(一)中國小說發展的極峰

鄭先生認為：「《金瓶梅》的出現，可謂中國小說的發展的極峰。在文學的成就上來說，《金瓶梅》實較《水滸傳》《西遊記》《封神傳》為尤偉大」，「西遊、封神只是中世紀的遺物，結構事實，全是中世紀的，不過思想及描寫較為新穎些而已。《水滸傳》也不是嚴格的近代的作品，其中的英雄們也多半不是近代式（也簡直可以說是超人式的）。只有《金瓶梅》卻徹頭徹尾是一部近代期的產品」[1]。鄭氏將中國古代的長篇小說，以《金瓶梅》為轉折，劃出了一條明晰的界線。在它以前的作品基本上是中世紀式的、

1　鄭振鐸《插圖本中國文學史》第 4 冊第 60 章，周鈞韜《金瓶梅資料續編（1919-1949）》，北京：北京大學出版社 1991 年。

古典式的小說，《金瓶梅》才是嚴格的近代期的小說。這個觀點較為準確地揭示了《金瓶梅》的最本質的特徵，從而肯定了它在中國小說發展史上的劃時代的貢獻。如果說魯迅對此已有所意識，但還沒有明確指出的話，鄭氏則極其鮮明地揭示了出來。

(二)中國社會病態的深刻揭示

鄭氏指出，《金瓶梅》「不寫神與魔的爭鬥，不寫英雄的歷險，也不寫武士的出身，像《西遊》《水滸》《封神》諸作」，它寫的是「一個真實的中國的社會」[2]。當然，《水滸傳》等小說對當時社會現實的揭露也是有分量的，但就其深刻程度、廣泛程度而言，是不能與《金瓶梅》相比的。因此，鄭氏指出：「表現真實的中國社會的形形色色者，捨《金瓶梅》恐怕找不到更重要的一部小說了」，「要在文學裏看出中國社會的潛伏的黑暗面來。《金瓶梅》是一部最可靠的研究資料」[3]。

(三)赤裸裸的絕對的人情描寫

鄭氏認為，《金瓶梅》的「寫實」成就，是它超出古典型小說，而成為近代期小說的重要標誌。他說，《金瓶梅》所寫的是「真實的民間社會的日常的故事」，「寫中等社會的男與女的日常生活」。而這樣的「寫真實作品，在宋元話本裏曾經略略的曇花一現過」。然而就是這樣的宋元話本，如〈錯斬崔寧〉〈馮玉梅團圓〉等，「尚帶有不少傳奇的成分在內」。這種情況在古典名著《水滸傳》《三國演義》中都存在。這些作品「寫實」的成就也是很高的，但毋庸置疑，傳奇的成分亦不少。就是《紅樓夢》也是這樣。「《紅樓夢》的什麼金呀，玉呀，和尚、道士呀，尚未能脫盡一切舊套。唯《金瓶梅》則是赤裸裸的絕對的人情描寫」，「將這些『傳奇』成分完全驅出於書本之外」[4]。當然，從總的藝術成就上講，《紅樓夢》是超過《金瓶梅》的，但在這個問題上，不能不說《紅樓夢》較之於《金瓶梅》反倒退了一步。因此，鄭氏指出，《金瓶梅》「是一部名不愧實的最合乎現代意義上的小說」，「在我們的小說界中，也許僅有這一部而已」[5]。

(四)非凡的典型意義

鄭氏認為，《金瓶梅》描寫的晚明社會的「世態人情」，具有非凡的典型意義。他

---

2 同註1。

3 鄭振鐸〈談《金瓶梅詞話》〉，周鈞韜《金瓶梅資料續編（1919-1949）》，北京：北京大學出版社 1991 年。

4 同註1。

5 同註1。

說：小說「赤裸裸的毫無忌憚的表現著中國社會的病態，表現著『世紀末』的最荒唐的一個墮落的社會的景象。而這個充滿了罪惡的畸形的社會……至今還是像陳年的肺病患者似的，在懨懨一息的掙扎著生存在那裏」[6]。報紙上不斷記載著拐、騙、奸、淫、擄、殺，鄆哥般的小人物，王婆般的牽頭，西門慶般的惡霸土豪，武大郎、花子虛般的被侮辱者，應伯爵般的幫閒者，可以天天見到？潘金蓮的指桑罵槐，楊姑娘的潑婦口吻，如今日所聽所聞。鄭先生說：「《金瓶梅》的社會是並不曾僵死的；《金瓶梅》的人物們是至今還活躍於人間的；《金瓶梅》的時代是至今還頑強的在生存著」，「作者的描寫，太把這個民族性刻畫得入骨三分，洗滌不去」[7]。

鄭振鐸對《金瓶梅》的評價，在某些提法上可能有拔高之嫌，但就其總體而言，是符合中國小說發展史的事實的。他的評論高屋建瓴，深刻、獨到，超越前人，其影響是深遠的。直到今天很多《金瓶梅》研究者依然遵循先生開創的這條認識路線，向前開拓。

二、如何評價《金瓶梅》中的性描寫

金瓶梅中有大量的性描寫，這是客觀事實，毋庸諱言。問題是我們應該如何認識它？這是前人所沒有解決的問題。魯迅與鄭振鐸在充分肯定《金瓶梅》寫實成就的基礎上，對《金瓶梅》的性描寫作出了絕然相反的評論。

魯迅在《中國小說史略》中指出：《金瓶梅》寫的是世態人情，並不是專以寫市井間的淫夫蕩婦與描摹下流言行；由於時尚（全社會的性縱欲風氣），因此小說中難免「間雜猥詞」，致使「猥黷者多」；人們略其他文，專注此點，因予惡謚，謂之「淫書」。魯迅將寫世情與寫時尚對立起來；將寫世情與寫性、性行為對立起來；將世情書與「淫書」對立起來。他對《金瓶梅》「淫書」說，作了絕對的否定。面對《金瓶梅》中大量的性描寫，他所取的是一種「鴕鳥政策」，殊不可取。

鄭振鐸則認為，《金瓶梅》是偉大的寫實主義作品，但仍然是一部「穢書」。對此，鄭氏有以下幾點看法：

(一)《金瓶梅》仍然是一部「穢書」

鄭振鐸說：「《金瓶梅》是一部不名譽的小說，歷來讀者們都公認它為穢書的代表」，「誠然的，在這部偉大的名著裏，不乾淨的描寫是那末的多，簡直像夏天的蒼蠅似的，驅

6　同註3。

7　同註3。

拂不盡。這些描寫常是那麼有力，足夠使青年們蕩魂動魄的受誘惑。一個健全、清新的社會，實在容不了這種穢書，正如眼瞳中之容不了一根針似的。」[8]「可惜作者也頗囿於當時風氣，以著力形容淫穢的事實，變態的心理為能事，未免有些『佛頭著糞』之感」[9]。

(二)他對《金瓶梅》性描寫的成因作了深入研究

魯迅從明末社會的客觀現實（全社會的性縱欲風氣）中，去尋找《金瓶梅》性描寫的成因，很有見地。鄭振鐸則在魯迅研究的基礎上向前拓展。1.從文學發展的源流中去尋找《金瓶梅》性描寫的成因。他側重於分析當時代淫穢文學作品對《金瓶梅》的影響問題。他說：「《金瓶梅》的作者是生活在不斷的產生出《金主亮荒淫》《如意君傳》《繡榻野史》等等『穢書』的時代」，「連《水滸傳》也被污染上些不乾淨的描寫，連戲曲上也往往都充滿了齷齪的對話」[10]。2.他從小說作者自身來進行分析。他指出：「人是逃不出環境的支配，已腐敗了的放縱的社會裏很難保持得了一個獨善其身的人物。……在這淫蕩的『世紀末』的社會裏，《金瓶梅》的作者如何能自拔呢？隨心而出，隨筆而寫，他又怎會有什麼道德利害的觀念在著呢？大抵他自己也當是一位變態的性欲的患者罷，所以是那末著力的在寫那些『穢事』。」[11]

(三)對《金瓶梅》的性描寫如何處置

鄭振鐸主張出刪節本，將其中的性描寫全部刪除。他說：「除去了那些穢褻的描寫，《金瓶梅》仍是不失為一部最偉大的名著的，也許『瑕』去而『瑜』更顯。我們很希望有那樣的一部刪節本的《金瓶梅》出來。」[12]

綜上所述，鄭先生對《金瓶梅》性描寫的成因研究所提出的兩個重要觀點，是對魯迅的論述的很重要的補充和發展。可以說，正是魯迅、鄭振鐸，還包括沈雁冰、三行等先生的努力，才全面、準確地完成了《金瓶梅》性描寫成因的研究。但是鄭氏對《金瓶梅》性描寫本身的研究，則有失偏頗。

其一、鄭先生對《金瓶梅》在多大規模上寫性，缺乏基本瞭解。他以為，所謂性就是性交媾，刪除了性交媾文字，《金瓶梅》中就沒有性，沒有性描寫了。這個看法是很片面的。作為性學研究對象的性這個概念，外沿很廣，內涵很深。性交媾只是性行為中

8　同註3。

9　同註1。

10　同註3。

11　同註3。

12　同註3。

的一個方面，而性行為又只是性的一個方面。《金瓶梅》寫性的大量文字並不是寫性交媾，而直接寫性交媾（就是眾所周知的兩萬字），只是《金瓶梅》寫性的一個小小的側面。《金瓶梅》寫性的深廣度，遠遠超出我們的想像。小說寫到了晚明社會各色人物的性心理、性觀念、性器官崇拜、性能力崇拜、性行為、性虐待、性癖好、同性戀、雙性戀、嫖娼、賣淫、性掠奪、性侵犯、性賄賂、婚姻、家庭、生殖、性病、性暴亡，如此等等，不一而足。可以說，小說寫的性問題，彌漫在全書的絕大部分章節，文字總量約占全書的百分之六十左右，如此大的篇幅與分量，能刪得掉嗎？（沈雁冰在〈中國文學內的性欲描寫〉[13]中說，《金瓶梅》全書一百回，描寫性交者居十之六七。這個說法不夠準確。應將「描寫性交者」，改為「描寫性者」，才對。）

在《金瓶梅》中，作者花大氣力、不惜用很大篇幅，精心描寫性問題。例如：1.小說開頭，寫西門慶計娶潘金蓮。作者用九回篇幅寫到少女潘金蓮遭遇性侵犯；潘金蓮對武松的調情；一見鍾情（西門慶簾下遇金蓮）；王婆定十件挨光計（屬高水準調情的理論總結）；西門慶實施十件挨光計；西門慶茶房戲金蓮。這是寫的通姦（其中有大段的男性和女性的性器官的顯微式描寫，這是晚明社會性器官崇拜的真實記錄）；淫婦藥鴆武大郎（寫了從性侵犯、性掠奪到奸殺的全過程）；孟玉樓自己作主改嫁西門慶（性觀念的重大嬗變），如此等等，難道說這些都不是性描寫嗎？可以說，作者在這九回中，用了 90% 的篇幅寫性。2.小說用大量篇幅寫了妻與妾、妾與妾之間爆發的大規模的你死我活的爭寵戰爭。爭寵戰爭中最強大的武器，就是玩弄五花八門的性技巧。3.西門慶、花子虛、王三官等大規模的嫖娼活動。4.家庭內外大規模的通姦活動：男主人與女僕、妻妾與男僕、男僕與女僕之間的通姦，西門慶與王六兒、林太太、賁四嫂等的通姦等等。5.小說還花了相當的篇幅寫婚姻、家庭、生殖等性問題。單就這五個方面的性描寫，就占據了全書很大的篇幅。如果把這些統統刪除，那還能是《金瓶梅》嗎？鄭振鐸只把書中的「性交媾」看成是性描寫，實在是太片面了。

其二、鄭振鐸將《金瓶梅》中的性描寫完全看成是糟粕，所謂「佛頭著糞」「夏天的蒼蠅，驅拂不盡」等等，加以全盤否定，這也是不可取的。

1.《如意君傳》《浪史》《繡榻野史》等性小說，完全脫離當時的社會現實而專寫性交媾，認識價值、歷史價值都談不上。《金瓶梅》則是在當時的社會歷史背景下寫性，全面系統深刻地揭示了晚明社會的性縱欲風氣（而不是專寫性交媾）。就文學史上的貢獻而論，《金瓶梅》寫性，寫各色人物的自然情欲，勇敢地向人們生活中最隱秘的深處挺

13 沈雁冰〈中國文學內的性欲描寫〉，周鈞韜《金瓶梅資料續編（1919-1949）》，北京：北京大學出版社 1991 年。

進，這無疑是對小說主題、題材的重大開拓。

2.《金瓶梅》的突出貢獻是真實地、深刻地表現了那個社會的「世態人情」。性、性風氣是世態人情中重要的組成部分。「食、色」，是維持人類生存與發展的兩個最重要、最根本的需求。《金瓶梅》寫人們的性、性行為，寫各色人物的自然情欲，寫全社會的性縱欲風氣，難道不就是寫的世態人情嗎？這不正是鄭先生自己所說的，《金瓶梅》所寫的是「真實的民間社會的日常的故事」，「寫中等社會的男與女的日常生活」嗎？是「赤裸裸的毫無忌憚的表現著中國社會的病態，表現著『世紀末』的最荒唐的一個墮落的社會的景象」嗎？

3.從性文化角度來考察，《金瓶梅》在中國性文化史上，具有很高的認識價值和研究價值。我在拙文〈金瓶梅是一部性小說——兼論金瓶梅對晚明社會性縱欲風氣的全方位揭示〉[14]中指出：由於《金瓶梅》寫性的全面性，多層次性，且涉及到全社會的各色人物、各個層面。它幾乎涉及到性學、性文化研究的各個方面。因此，它是中國性文化史上的一部百科全書；晚明社會的性文化現象，在中國性文化史上具有鮮明的個性和獨特性。《金瓶梅》全面揭示了這一時代的性文化現象，因此它是一部「斷代性文化史」，在中國性文化史上是不可或缺的，具有很高的地位；由於它是小說，它對性現象的描述是細膩的、直觀的、形象的。這是任何一部性學理論著作都無法做到的。因此，它為中國性文化研究提供了一部唯一的、形象直觀的研究資料。當然，《金瓶梅》寫性也有嚴重缺陷。作者在揭露晚明社會性縱欲風氣，特別是寫性交媾時，所持的基本上是自然主義的純客觀描寫，其態度是崇揚多於批判。作者大寫特寫西門慶的超強性能力，完全失去了現實的真實性和典型意義，表現了作者的庸俗的審美情趣。作者離開情節的發展，多次對男女性器官作獨立的顯微式的掃描，表明作者就是一個性器官的狂熱崇拜者和性縱欲的實踐者。

鄭振鐸將寫實主義（現實主義）與性描寫完全對立起來，將現實主義作品與「穢書」（即現代概念的「性小說」）完全對立起來，這也是不妥當的。《金瓶梅》全方位揭示了晚明社會的性縱欲風氣，這不就是現實主義創作方法的勝利嗎？我們可以將《金瓶梅》稱之謂「現實主義的性小說」。至於是否稱它為「偉大的現實主義的性小說」，容後再論。

14 周鈞韜〈金瓶梅是一部性小說——兼論金瓶梅對晚明社會性縱欲風氣的全方位揭示〉，《內江師範學院學報》，2012年第7期。

三、關於《金瓶梅》的成書年代問題

《金瓶梅》成書於什麼年代，歷來就有兩說。一說是「嘉靖說」，認為此書寫成於明代嘉靖年間；一說是「萬曆說」，認為此書寫成於明代萬曆年間。而筆者認為，《金瓶梅》成書於明代隆慶朝前後，其上限不過嘉靖四十年，下限不過萬曆十一年。此為筆者提出的「隆慶說」[15]。最初見過《金瓶梅》抄本的明代文人，大多認同「嘉靖說」。到了現代，鄭振鐸、吳晗提出「萬曆說」。鄭先生說：「此書的著作時代，與其的說在嘉靖間，不如說是在萬曆間為更合理些。」[16]

我並不認為「萬曆說」一定是錯的，但鄭先生論證「萬曆說」的兩條根據，我認為不能成立。

(一)關於《韓湘子升仙記》的流傳時間問題

鄭先生指出：「《金瓶梅詞話》裏引到《韓湘子升仙記》（有富春堂刊本），引到許多南北散曲，在其間更可窺出不是嘉靖作的消息來。」[17]對此，黃霖先生作了進一步肯定。他說：「鄭振鐸提出的某些證據一時還難以否定，如《金瓶梅詞話》中引用《韓湘子升仙記》，目前所見最早的是萬曆富春堂刊本，於此的確可以『窺出不是嘉靖作的消息來』。只要《金瓶梅詞話》中存在著萬曆時期的痕跡，就可以斷定它不是嘉靖年間的作品。」[18]他們的邏輯推理是這樣的：因為《韓湘子升仙記》目前所見最早的是萬曆富春堂刊本，所以這是此劇的初刻本，此劇也必流行於萬曆年間。《金瓶梅》引用了此劇，因此「存在著萬曆時期的痕跡」，從而得出結論：《金瓶梅》不是嘉靖，而是萬曆年間的作品。這樣的邏輯推理能成立嗎？不錯，我們現在所能見到的《韓湘子升仙記》的刊本，以萬曆富春堂本為最早，但這並不等於說，萬曆富春堂本就是《韓》劇的最早的刻本，更不等於說，《韓》劇必流行在萬曆年間，而不可能流行在嘉靖年間或更早。查萬曆富春堂刊《韓湘子升仙記》，在上下卷卷首均標明：「新刻出像音注韓湘子九度文公升仙記」。所謂「新刻」應是「再刻」「重刻」之意，說明它非「初刻」。「出像」，就是比之原刻增加了圖像，「音注」，就是比之原刻增加了注音。例如第一折有「〔沁園春〕（末上）百歲人生，露泡電形」，「傀儡排場」，「汩汩名利忙」，「梨園風月」

15　周鈞韜〈金瓶梅成書於明代隆慶前後考探〉，《金瓶梅新探》，天津：百花文藝出版社 1987 年。

16　同註 3。

17　同註 3。

18　黃霖〈金瓶梅成書問題三考〉，《復旦學報》，1985 年第 4 期。

等文字，在「泡」字右旁加注「音炮」兩字，「傀儡」兩字旁加注「音愧壘」，在「汨」字旁加注「音密」，在「梨園」兩字旁加注「即戲場」三字。這樣的注音釋義在許多折中均有。這些都證明萬曆富春堂本，並非是《韓》劇的初刻本。退一步講，就算富春堂本為初刻本的話，也不能證明《韓》劇在萬曆年間才開始流傳。從事三十多年歷代戲曲書目著錄工作，成就卓著的莊一拂先生，在其著《古典戲曲存目匯考》卷十《升仙傳》條云：「按明初闕名有《韓湘子升仙記》一劇」。可見，《韓》劇在明代初年就已經出現，生活在嘉靖年間的《金瓶梅》作者就能將此劇引入作品之中。這就證明了鄭先生推論之誤。

(二)關於欣欣子的〈金瓶梅詞話序〉的年代問題

現存的《金瓶梅詞話》「簡端」，有一篇署名為欣欣子的〈金瓶梅詞話序〉。鄭先生說：「序中所引《如意傳》，當即《如意君傳》；《于湖記》當即《張于湖誤宿女貞觀記》，蓋都是在萬曆間而始盛傳於世的」，「周禮詩的《三國演義》，萬曆間方才流行，嘉靖本裏尚未收入」。[19]由此鄭先生認為，欣欣子為萬曆時人，《金瓶梅》作於萬曆三十年左右（即萬曆中期）。我認為鄭先生的結論正誤參半。從上述證據證明欣欣子是萬曆時人，這是對的。但由此而推出《金瓶梅》是萬曆中期的作品，這就錯了。因為欣欣子與《金瓶梅》作者生活在兩個不同的時期，欣欣子的序文與《金瓶梅》小說寫在兩個不同的時期。對此，我們必須從四個方面，認真分析一下史料：

1.《金瓶梅》初刻本上有沒有欣欣子的〈金瓶梅詞話序〉？

從現有史料可知，見過初刻本的有兩人：沈德符、薛岡。沈德符《野獲編》卷二十五《金瓶梅》條云：

> 丙午遇中郎京邸，問曾有（《金瓶梅》）全帙否？曰：第睹數卷，甚奇快。……又三年，小修上公車，已攜有其書。因與借抄挈歸。吳友馮猶龍見之驚喜，慫恿書坊以重價購刻。馬仲良時榷吳關，亦勸余應梓人之求，可以療饑。余曰：此等書必遂有人板行，但一刻則家傳戶到，壞人心術。……仲良大以為然，遂固篋之。未幾時而吳中懸之國門矣。

丙午，是萬曆三十四年（1606）；又三年，是萬曆三十七年（1609），或三十八年（1610）。袁小修這次赴京會試，是萬曆三十八年。馬仲良主榷吳縣滸墅鈔關，是萬曆四十一年

---

19 同註3。

（1613）的事[20]。未幾時而「吳中懸之國門」。

沈德符的《野獲編》初編成書於萬曆三十四年，續編成書於萬曆四十七年。原書早已散佚，目前我們所見的《萬曆野獲編》已非原貌。它在清康熙三十九年由桐鄉錢枋根據搜輯的「十之六七」，重新加以「割裂排纘，都為三十卷，分四十八門」而成書的，到道光七年才有刻本問世。因此《野獲編》中的《金瓶梅》條，寫於何時，現在我們已無法確知。但是它不可能寫在萬曆三十四年，因為該條中已寫到了萬曆四十一年馬仲良榷吳關的事；但它也不可能晚於萬曆四十七年，因為萬曆四十七年是續編成書的年代。既然《野獲編》中已寫到《金瓶梅》初刻本在「吳中懸之國門」這件事，這就可以推斷，沈德符所看到的《金瓶梅》在「吳中懸之國門」之事，最晚不能過萬曆四十七年。

再看薛岡的《天爵堂筆餘》卷二：

> 往在都門，友人關西文吉士以抄本不全《金瓶梅》見示。余略覽數回，……後二十年，友人包岩叟以刻本全書寄敝齋，予得盡覽。初頗鄙嫉，及見荒淫之人皆不得其死，而獨吳月娘以善終，頗得勸懲之法。但西門慶當受顯戮，不應使之病死。簡端序語有云：讀《金瓶梅》而生憐憫心者菩薩也，生畏懼心者君子也，生歡喜心者小人也，生效法心者禽獸耳。序隱姓名，不知何人所作，蓋確論也。

這一段記載，對解決《金瓶梅》初刻的時間問題，關係重大。

薛岡，字千仞，浙江鄞縣人。他從包岩叟處得到的《金瓶梅》，有序語：「讀《金瓶梅》而生憐憫心者菩薩也……生效法心者禽獸耳。」這序正是現存的《金瓶梅詞話》上東吳弄珠客的〈金瓶梅序〉。而此序刻在書的「簡端」（第一篇）。此序寫於萬曆丁巳年（四十五年）季冬。由此可知，薛岡見到此刻本《金瓶梅》必然在萬曆四十五年冬以後。

從以上兩段史料可知，《金瓶梅》初刻本刻在萬曆四十五年冬到萬曆四十七年之間。《金瓶梅》初刻本的「簡端」，是東吳弄珠客寫於萬曆丁巳年（四十五年）季冬的〈金瓶梅序〉，而不是欣欣子的〈金瓶梅詞話序〉。

2. 有欣欣子〈金瓶梅詞話序〉的，書名為《新刻金瓶梅詞話》。此書的「簡端」是欣欣子〈金瓶梅詞話序〉，下面是廿公的〈跋〉，再下面才是東吳弄珠客的〈金瓶梅序〉。這是個初刻本的再刻本。它刻在什麼時候？黃霖先生根據現存的《新刻金瓶梅詞話》後半部中將「花子由」改刻為「花子油」，認為是避天啟皇帝朱由校的名諱，而定其刻成於天啟初期，應該是持之有據的一種看法。可見欣欣子的〈金瓶梅詞話序〉是《金瓶梅》再刻時，由書賈所加。這是篇來路不明的冒牌貨。

---

20 周鈞韜〈重論金瓶梅初刻本問世年代「萬曆末年說」〉，《內江師範學院學報》，2012 年第 1 期。

3. 欣欣子的〈金瓶梅詞話序〉稱：《金瓶梅》作者是他的「友人」，「蘭陵笑笑生」。這是個非常敏感，當時人非常關注的大事。萬曆初年，當《金瓶梅》抄本在文人間流傳時，他們懷著極大的好奇心，猜測小說的作者是誰？袁小修說是「紹興老儒」，謝肇淛說是「金吾戚里門客」，沈德符說是「嘉靖間大名士」，廿公說是「世廟一巨公」。如果他們看到了欣欣子的序，知道了作者叫「蘭陵笑笑生」，他們能不群起而猜之，蘭陵笑笑生是誰嗎？而明清間的文人，誰也沒有提到過「蘭陵笑笑生」。於此可見，他們根本就沒有見到過欣欣子的序，當然更不知《金瓶梅》作者有「蘭陵笑笑生」一說。這再次證明，欣欣子的序是《金瓶梅》再刻時，由書賈所加。沈德符《野獲編》的《金瓶梅》條，寫在萬曆四十七年前，而文中未及欣欣子與蘭陵笑笑生一詞，這說明時至萬曆末年，欣欣子的序還沒有出現。這確實是篇來路不明的冒牌貨。

4. 《金瓶梅》到底何時成書？袁中郎致董思白書云：

> 《金瓶梅》從何得來？……後段在何處抄竟，當於何處倒換，幸一的示。

此信寫於何時？我的考證是萬曆二十三年（1595）秋，美國哈佛大學教授韓南博士的考證是萬曆二十四年冬[21]。這表明，最晚萬曆二十三、四年，《金瓶梅》已經成書，在文人中流傳。為什麼說「最晚」？因為董思白得到此書，肯定早於這個時間。此外我的考證認為，《金瓶梅》成書當在嘉靖四十到萬曆十一年之間[22]。

以上四條史料證明，鄭振鐸先生將欣欣子序與小說《金瓶梅》完全看作是同一時間的作品，又從欣欣子為萬曆時人而推出《金瓶梅》亦作於萬曆中期（萬曆三十年），這是不能成立的。

四、關於《金瓶梅》的作者

鄭先生對《金瓶梅》作者研究的結論是：肯定「蘭陵笑笑生」，否定王世貞。

1932 年，在《金瓶梅》研究史上發生了一件大事：在山西發現了一部失傳已久的《金瓶梅詞話》（後藏於北京圖書館）。北平古佚小說刊行會影印了 100 部。鄭先生得到了一部。他讀了卷首欣欣子的〈金瓶梅詞話序〉後，斷然指出：「那是很重要的一個文獻」，「一個更有力的證據出現了。《金瓶梅詞話》欣欣子序說道：『竊謂蘭陵笑笑生作《金瓶梅傳》，寄意於時俗，蓋有謂也。』蘭陵即今嶧縣，正是山東的地方。笑笑生之非王世

---

21 周鈞韜〈袁中郎與金瓶梅傳世的第一個信息〉，《金瓶梅新探》，天津：百花文藝出版社 1987 年。

22 同註 20。

貞，殆不必再加辯論」[23]。因為蘭陵笑笑生（托名）是山東人，所以他斷定是《金瓶梅詞話》的作者。他還仔細翻閱過《嶧縣誌》，「終於找不到一絲一毫的關於笑笑生或欣欣子或《金瓶梅》的消息來」[24]。這就對了。前文已經考明欣欣子的序來路不明，其所推出的作者蘭陵笑笑生就更加來路不明，這是書商為吸引讀者而故作驚人之筆的大騙局。蘭陵笑笑生根本就是個子虛烏有的人物。

否定「王世貞說」的實質，是否定《金瓶梅》作者可能是南方人。

鄭先生指出：「笑笑生之非王世貞，殆不必再加辯論」，《金瓶梅》「必出於山東人之手，那末許多的山東土白，決不是江南人所得措手於其間的」[25]。

《金瓶梅》傳世的當初，「王世貞說」十分盛行。到了當代，信奉者大有人在。我在20年前就提出「《金瓶梅》作者王世貞及其門人聯合創作說」。但我並不認為「王世貞說」就一定是正確的。「王世貞說」到底是正確的還是錯誤的？這不是我們與鄭先生的分歧所在。鄭先生的觀點的核心是：全用山東土白寫的《金瓶梅》的作者，絕不可能是江南人。我認為鄭先生的判斷是欠妥的，《金瓶梅》的作者極有可能是江南（南方）人。

(一)從《金瓶梅》的語言來看，作者很可能是南方人而非山東人

《金瓶梅》中的語言十分龐雜。就其主體而言乃是北方語言，其中多用於敘述語言的是北京官話。西門慶的談吐亦以北京官話為主。另外多用於人物對話，特別是潘金蓮等婦人的對話、口角的語言則是山東土白。除了北京官話、山東土白以外，全書的字裏行間，還夾雜著大量的南方吳語。就連潘金蓮等婦人的對話、口角的山東土白中亦夾雜著大量的吳語辭彙。吳語在全書中隨處可見。例如，稱東西為「物事」（第八回），稱抓一付藥為「贖一貼藥」（第五回），稱拿過一張桌凳為「掇過一張桌凳」（第十三回），稱面前為「根前」（第十五回），稱陰溝為「洋溝」（第十九回），稱青蛙為「田雞」（第二十一回），稱白煮豬肉為「白煠（音閘）豬肉」（第三十四回），稱很不相模樣為「忒不相模樣」（第六十七回），稱青年人為「小後生」（第七十七回），稱糧行為「米鋪」（第九十回）。還有什麼「不三不四」，「陰山背後」，「捏出水來的小後生」等等，均屬吳語。這樣的例證在全書中可以舉出上千條。褚半農先生在〈《金瓶梅詞話》中的吳音字〉文中指出：從語言角度分析《金瓶梅詞話》，可看到書中有好多組字，因為在吳語中是同音，作者常常將它們混用而致錯。混用的吳音字有「黃、王」，「多、都」，「石、著」，

---

23 同註3。

24 同註3。

25 同註3。

「水、四」，「買、賣」，「人、層」，「何、胡、河、湖」等等。這些都是吳地語音現象，在明朝其他著作中已有記載。如王世貞《菽園雜記》云：「如吳語黃王不分，北人每笑之」。從書中那麼多的吳語同音字混用的事實，推測作者，「他應該是個吳地人」，至少是在吳地生活較長時間的人，受吳語影響很深的人[26]。

此外，《金瓶梅》在抄錄《水滸傳》部分所作的改動之處，直率地暴露了作者的用語特徵。例如，《水滸傳》第二十三回寫武松打虎：「原來慌了，正打在枯樹上，把那條梢棒折做兩截」。此句《金瓶梅》改成：「正打在樹枝上，磕磕把那條棒折做兩截」。「磕磕」為吳語「恰恰」「正好」之意。同回又將武松「偷出右手來」改為「騰出右手」；《水滸傳》第二十四回寫潘金蓮勾引武松：「武松吃他看不過，只低了頭，不恁麼理會。當日吃了十數杯酒，武松便起身」。《金瓶梅》改成：「……吃了一歇，酒闌了，便起身」。如果《金瓶梅》作者是山東人，在這些地方是絕不可能改成吳語的。

《金瓶梅》故事發生地在山東，人物多為山東人，如果作者是山東人，吳語在書中毫無立足之地，或者說根本就不可能出現。現在書中居然出現了大量的吳語，這只能說明作者是南方人，他在有意識地使用山東土白描述北人北事時，無意識地將自己習慣使用的南方語言夾雜於其間。試想，除了這個原因，我們還能尋出什麼理由來解釋這種奇怪的改動？

(二)在《金瓶梅》中還出現了與山東人的生活習尚相左的南方人的生活習尚

魏子雲先生在《金瓶梅的問世與演變》[27]中指出，寫在《金瓶梅》中的飲食，十九都是江南人所慣用。如白米飯粳米粥，則餐餐不少，饅頭烙餅則極少食用。菜蔬如鮝魚、豆豉、酸筍、魚酢，各種糟魚、醃蟹，以及鮮的、糟的、紅糟醉過的鰣魚，都是西門家常備之味。在生活用具方面，西門家用「榪子」（榪桶）便溺，而不是上茅廁之類，這是典型的南方習尚。這些南方的生活習尚，顯然是安不到北方山東的，亦安不到西門慶的家中。這也是個矛盾。正是在這個矛盾中，我們才斷定，《金瓶梅》的作者必為南方人，因此他在無意間將南方人的生活習尚搬到了山東，搬入了西門慶的家中。

由此可見，鄭先生說《金瓶梅》「必出於山東人之手，……決不是江南人所得措手於其間的」，此話不僅有失偏頗，而且還有將後來的研究者引入歧途的危險。

---

[26] 褚半農〈《金瓶梅詞話》中的吳音字〉，《第九屆（五蓮）國際《金瓶梅》學術研討會論文集》，2013年。

[27] 魏子雲《金瓶梅的問世與演變》，臺北：臺灣時報文化出版事業有限公司1981年。

吳晗《金瓶梅》研究的成就與失誤

針對現當代權威學者的《金瓶梅》研究，筆者已發表了〈魯迅《金瓶梅》研究的成就與失誤〉〈鄭振鐸《金瓶梅》研究的成就與失誤〉兩篇文章，此為第三篇，以成系列。

吳晗先生的歷史功績

吳晗先生研究《金瓶梅》的文字有三：1931年在《清華週刊》上發表的〈《清明上河圖》與《金瓶梅》的故事及其衍變〉（署名：辰伯）；翌年在該刊又發表〈補記〉；1934年在《文學季刊》創刊號上發表的〈《金瓶梅》的著作時代及其社會背景〉（以下凡引此文者，不另注）。前兩篇文章的要旨就是否定《金瓶梅》作者王世貞說，後一文則是對前兩文的完善化，並加進了對《金瓶梅》著作時代及其社會背景的論述文字。著名的《金瓶梅》成書於「萬曆中期」的論點，就是在這篇文章中提出的。

從《金瓶梅》成書到清代末年的三百多年間，直指《金瓶梅》作者為王世貞或其門人的史料有近十條。在明清兩代信奉者甚多，已成公論。但到了現代，王世貞說突然受到魯迅、鄭振鐸等名重一時的大家的否定。他們的否定，其言詞十分肯定，但證據僅為「山東土白」「方言」一例（且不能完全成立）。吳晗先生則不同，他的否定是建築在嚴密的考證基礎上的，此可謂是對王世貞說的「致命的一擊」。他引據的史料有《寒花庵隨筆》《銷夏閑記》等。《寒花庵隨筆》云：

> 「世傳《金瓶梅》一書為王弇州先生手筆，用以譏嚴世蕃者。……」「或謂此書為一孝子所作，用以復其父仇者。蓋孝子所識一巨公實殺孝子父，圖報累累皆不濟。後忽偵知巨公觀書時必以指染沫，翻其書葉。孝子乃以三年之力，經營此書。書成黏毒藥於紙角。覷巨公出時，使人持書叫賣於市，曰『天下第一奇書』。巨公於車中聞之，即索觀，車行及其第，書已觀訖，嘖嘖歎賞，呼賣者問其值。賣者竟不見。巨公頓悟為所算，急自營救不及，毒發遂死。」今按二說皆是。孝子即鳳州也。巨公為唐荊川。鳳州之父忬，死於嚴氏，實荊川譖之也。姚平仲《綱鑒挈要》載殺巡撫王忬事，注謂：「忬有古畫，嚴嵩索之。忬不與，易以摹本。有

識畫者為辨其贋。嵩怒，誣以失誤軍機殺之。」但未記識畫人姓名。有知其事者謂，識畫人即荊川。古畫者，《清明上河圖》也。

吳晗的考證對這一史料作了徹底否定：

第一、王忬的被殺與《清明上河圖》無關。吳晗查了《明史・王忬傳》，證明王世貞父王忬之論死，與唐荊川確有一定的關係。但主因是灤河失事，而直接彈劾者非唐荊川，而是王漸、方輅。而嚴嵩「雅不悅忬，而忬子世貞復用口語積失歡於嵩子世蕃。嚴氏客又以世貞家瑣事構於嵩父子，楊繼盛之死，世貞又經紀其喪，嵩父子大恨，灤河變聞，遂得行其計」。此可見，王忬、王世貞父子積怨於嚴嵩、嚴世蕃父子甚久，灤河失事乃是嵩構忬論死的一個機會。吳晗又查了王世貞的《弇州山人四部稿》、丁元薦《西山日記》等，都證明王忬之被殺確與《清明上河圖》無關。

第二、《清明上河圖》的沿革亦與王家無關。吳晗查閱多種文集、筆記，說明宋張擇端之作《清明上河圖》，為李東陽家藏，後流傳吳中，歸「蘇州（陳湖）陸氏」，後又歸崑山顧夢圭、顧懋宏父子。其時嚴嵩當國，因顧氏「才高氣豪，以口過被禍下獄，事白而家壁立」，《清明上河圖》「卒為袁州（嚴氏）所鉤致」。特別值得注意的是，吳晗查出了王世貞自己的說詞。王世貞在《弇州山人四部稿》卷一二三〈上太傅李公書〉中說：「嚴氏所以切齒於先人者有三」，其一是關於楊繼盛事；其二是關於沈煉事；其三是關於徐階事。這裏並沒有《清明上河圖》問題。王世貞在《弇州山人四部續稿》卷一六八〈清明上河圖別本跋〉中又說，《清明上河圖》確有真贋本。贋本之一藏其胞弟王世懋之所，但非嚴嵩「出死構」之本。由此，吳晗提出了自己的考證結論：「一切關於王家和《清明上河圖》的記載，都是任意捏造，牽強附會。」

第三、關於唐荊川之死。吳晗查明，唐荊川死在嘉靖三十九年春，比王忬的被殺還早半年。因此《寒花庵隨筆》所說的，王忬被殺後，王世貞派人去行刺唐荊川，著《金瓶梅》黏毒於紙而毒殺唐荊川云云，純屬無稽之談，荒唐之極。

吳晗的上述考證確切地證明了王、嚴兩家因《清明上河圖》而結仇，王世貞為報殺父之仇而著書毒殺唐荊川等傳說的荒唐。他在《金瓶梅》作者研究史上，建立了一大功績。

《清明上河圖》與「偽畫致禍」論

吳晗否定了《清明上河圖》與王世貞家的關係，由此而認為，他已經推倒了沈德符的「偽畫致禍」說，從而得出結論：「《金瓶梅》非王世貞所作」，這是不能成立的。

沈德符《野獲編補遺》卷二〈偽畫致禍〉篇云：

> 嚴分宜勢熾時，以諸珍寶盈溢，遂及書畫骨董雅事。……時傳聞有《清明上河圖》手卷，宋張擇端畫，在故相王文恪胄君家，其家巨萬，難以阿堵動。乃托蘇人湯臣者往圖之。湯以善裝潢知名，客嚴門下，亦與婁江王思質（即王忬）中丞往還，乃說王購之。王時鎮薊門，即命湯善價求市，既不可得，遂囑蘇人黃彪摹真本贗命，黃亦畫家高手也。嚴氏既得此卷，珍為異寶，用以為諸畫壓卷，置酒會諸貴人賞玩之。有妒王中丞者知其事，直發其為贗。嚴世蕃大慚怒，頓恨中丞，謂有意紿之，禍本自此成。或云即湯姓怨弇州伯仲自露始末，不知然否？

沈德符的這一段記載，看來確是後來《寒花庵隨筆》中記載的，王、嚴兩家結仇自《清明上河圖》始（即「偽畫致禍」），以致王忬被殺，王世貞著作《金瓶梅》以報父仇等故事的源頭。現在看來，沈德符所說的《清明上河圖》問題確實是「捕風捉影」，已為吳晗的考證所否定。但這不等於說沈德符的「偽畫致禍」說亦屬無中生有。《明史紀事本末》卷五十四〈嚴嵩用事〉篇載：

> 嚴世蕃嘗求古畫於忬，忬有臨幅類真者以獻。世蕃知之，益怒。會灤河之警，鄢懋卿乃以嵩意為草，授御史方輅，令劾忬。嵩即擬旨逮繫。爰書具，刑部尚書鄭曉擬謫戍，奏上，竟以邊吏陷城律棄市。

這段史料充分說明，王忬的被殺與嚴嵩的陷害有直接關係，而「偽畫」問題正是王、嚴兩家結仇的重要原因。此外，姚平仲《綱鑒絜要》亦載王忬事件，其「注」云：「忬有古畫，嚴嵩索之。忬不與，易以摹本。有識畫者為辨其贗。嵩怒，誣以失誤軍機殺之。」從這兩條史料可以看出，「偽畫」事件與嚴嵩陷害王忬，與王世貞著作《金瓶梅》以報父仇，均有直接的內在聯繫。難怪後期的不少史料中，在談王世貞著作《金瓶梅》的動因時，都有個「偽畫致禍」問題。至於「偽畫」是什麼，《明史紀事本末》沒有說明。沈德符將它坐實為《清明上河圖》，看來是錯了。從沈德符開始，人們以訛傳訛，將王世貞家的「偽畫致禍」事件，與嚴嵩父子「出死構」《清明上河圖》事件，直接聯繫了起來。這就形成了王世貞著作《金瓶梅》與《清明上河圖》事件直接聯繫的一串動人的卻又是荒唐的故事。

吳晗先生否定了《清明上河圖》與王、嚴兩家結仇的聯繫，但他沒有進而否定王、嚴兩家結仇中的「偽畫致禍」問題。「偽畫」不是《清明上河圖》而是別的畫，古人亦有這方面的記載。清人劉廷璣在《在園雜誌》中指出，「明太倉王思質家藏右丞所寫《輞川真跡》，嚴世蕃聞而索之。思質愛惜世寶，予以撫本。世蕃之裱工湯姓者，向在思質門下，曾識此圖，因於世蕃前陳其真贗」，後導致王忬被殺。這段史料關於「偽畫致禍」的記載，除點明《輞川真跡》外，與《明史紀事本末》卷五十四〈嚴嵩用事〉篇的記載相一致，而關於唐荊川參與嚴嵩謀害王忬事件的記載，又與《明史》卷二〇四〈王忬傳〉的記載相一致。此說明，劉廷璣的記載其真實性較高，他所點明的《輞川真跡》事當引起高度重視。另外，無名氏的《筆記》指出：「《金瓶梅》為舊說部中四大奇書之一，相傳出王世貞手，為報復嚴氏之《督亢圖》。或謂係唐荊川事……」。此處又別出一「《督亢圖》」。吳晗花了很大力氣否定《清明上河圖》，但他沒有進而否定《輞川真跡》問題、《督亢圖》問題，即沒有徹底否定「偽畫致禍」說，致使他的考證既有貢獻亦有失誤。

退一步講，即使吳晗徹底推倒了「偽畫致禍」說，是不是就能得出「《金瓶梅》非王世貞作」的結論了呢？我認為還不行。要從根本上否定王世貞說，必須完成三個方面的考證。1.徹底否定王世貞作《金瓶梅》的種種傳說故事問題，吳晗先生是全力以赴而為之的。他的貢獻亦在這裏。但他沒有進而推倒「偽畫致禍」說，致使他的結論並不徹底。2.徹底否定王世貞有作《金瓶梅》的種種可能性。對此，吳晗先生是有認識的。他專門寫了一段文字，小標題即為「《金瓶梅》非王世貞所作」。但他在這段文字中，再次重複唐荊川非被王世貞所作《金瓶梅》毒死；並說《金瓶梅》用的是山東的方言，王世貞是江蘇太倉人，「有什麼根據使他變成《金瓶梅》的作者」。顯然，吳晗的這些似是而非的考證，是不過硬的。3.考出《金瓶梅》的真正作者。對此，吳晗先生有所考慮，在〈《清明上河圖》與《金瓶梅》的故事及其衍變〉中說：「本來是想再寫一點關於《金瓶梅》的真正作者的考證，和這已經寫成的合為上下篇的。但是時間實在不允許我，這個志願只好留待他日了。」可惜的是，吳晗先生終其一生亦未能遂願。綜上所述，吳晗的第一方面的考證，有很大的貢獻亦有缺陷；第二方面的考證收效甚微；第三方面的考證僅有設想而已。而就整體而言，要否定王世貞說，後兩個方面的考證是決定性的，遠比第一方面的考證重要得多。吳晗先生只完成了第一方面的考證中的一部分，就得出了《金瓶梅》非王世貞所作的結論。這樣的結論當然難以成立。

佛道兩教問題

吳先生在〈《金瓶梅》的著作時代及其社會背景〉一文中首次提出：「《金瓶梅》是萬曆中期的作品。」他說：「《金瓶梅》的成書時代大約是在萬曆十年到三十年這二十年（公元 1582-1602 年）中。退一步說，最早也不能過隆慶二年，最晚也不能晚於萬曆三十四年（公元 1568-1606 年）。」由於吳晗在文章中作了詳盡的考證，因此此論一出，幾十年來信奉者甚多。吳晗提出此說的論據是佛道兩教的盛衰、太監的得勢與失勢、太僕寺馬價銀、皇莊、皇木等問題。這些論據都難以成立。

沈德符《野獲編》卷二七〈釋教盛衰〉條云：

> 武宗極喜佛教，自立西番僧，唄唱無異。至托名大慶法王，鑄印賜誥命。世宗留心齋醮，置竺乾氏不談。初年用工部侍郎趙璜言，刮正德所鑄佛鍍金一千三百兩。晚年用真人陶仲文等議，至焚佛骨萬二千斤。逮至今上，與兩宮聖母首建慈壽萬壽諸寺，俱在京師，穹麗冠海內。至度僧為替身出家，大開經廠，頒賜天下名剎殆遍。去焚佛骨時未二十年也。

沈氏的這段話，十分清晰地提示了明代數朝佛道兩教盛衰的嬗變過程：武宗朝是佛教得勢的時代；嘉靖朝是道教得勢的時代，世宗崇道貶佛；萬曆朝佛教重新得勢。《金瓶梅》中有大量的宗教活動描寫。它到底是重道還是重佛，就成了我們得以判定它是寫嘉靖朝事，還是萬曆朝事的重要依據。吳晗正是這樣做的。他說：「《金瓶梅》中關於佛教流行的敘述極多，全書充滿因果報應的氣味。……這不是一件偶然的事實。假如作者所處的時代佛教並不流行，或遭壓迫，在他的著作中絕不能無中生有捏造這一個佛教流行的社會」，「假如這書著成於嘉靖時代，絕不會偏重佛教到這個地步」。由此，他認為《金瓶梅》當成書於佛教得勢的萬曆時期。《金瓶梅》到底重道還是重佛，這乃是問題的關鍵。縱觀全書，我認為不像吳晗所說的「偏重佛教到這個地步」，而恰恰偏重道教到這個地步。《金瓶梅》中的佛教，就其社會生活中的地位，活動的規模和影響論，是遠遜於道教的。

第一，書中寫及道教廟宇皆氣象非凡，一片鼎盛景象，而寫及佛教廟宇卻氣象蕭肅，一片衰敗景象。第三十九回，西門慶到玉皇廟打醮，但見「果然好座廟宇，天宮般蓋造」：「碧瓦雕簷，繡幕高懸寶檻。七間大殿，中懸敕額金書；兩廡長廊，彩畫天神帥將。祥雲影裏，流星門高接青霄」。第八十四回吳月娘到泰山岱嶽廟進香。書中寫道，此廟「乃累朝祀典、歷代封禪為第一廟貌也」，「雕樑畫棟，碧瓦朱簷」。碧霞宮娘娘金像乃是：「頭綰九龍飛鳳髻，身穿金鏤絳綃衣。藍田玉帶曳長裾，白玉圭璋擎彩袖」，何等輝煌飛揚。此廟香火之盛，乃是「御香不斷」，「萬民朝拜碧霞宮，四海皈依神聖帝」。此情此景，難道不是道教全盛時期的寫照嗎？而《金瓶梅》中出現的佛教廟宇，卻是破敗不堪。第四十九回、五十七回寫到一個永福禪寺，「長住裏沒錢糧修理丟得壞了」，「殿上椽兒賣了，沒人要的燒了，磚兒、瓦兒換酒吃了。弄得那雨淋風刮，佛像兒倒了，荒荒涼涼，燒香的也不來了；主顧門徒，做道場的，薦亡的，多是關大王賣豆腐，鬼兒也沒的上門了」。舊時之永福寺，乃是一座何等輝煌鼎盛的「寰中佛國」。是什麼原因使它頹廢到如此地步？《金瓶梅》作者明寫是一莽和尚「縱酒撒潑，首壞清規」，而實質上是「不想那歲月如梭，時移事改」，「那知歲久年深，一瞬地時移事異」，「一片鐘鼓道場，忽變做荒煙衰草，驀地裏三四十年，那一個扶衰起廢」。這幾句話大有深意，包含著作者的難言之隱。顯然，永福寺衰敗的根本原因是「時移事改」「時移事異」，而且由盛轉衰乃出在「一瞬」間。由此我想到了明正德朝與嘉靖朝的更迭。沈德符說，正德朝「武宗極喜佛教」，武宗朝是佛教得勢的時代，而且在正德前的天順、成化朝，都是佛教的地位在道教之上，這就是永福寺長期興盛的原因。正德十六年（1521）武宗死，世宗即位，改下一年為嘉靖元年。世宗與武宗完全背道而馳，不僅專信道教，而且大肆貶佛。沒廟產、熔佛像、逐僧侶、毀佛骨，應有盡有。從《明史紀事本末》卷五十二〈世宗崇道教〉篇可見，毀佛括金，拆毀京師佛教廟宇之事，在世宗剛上臺的嘉靖元年就發生了。這不就是《金瓶梅》作者所說的：「一瞬地時移事異」，「一片鐘鼓道場，忽變作荒煙衰草」的真諦嗎！「驀地裏三四十年，那一個扶衰起廢」，這不也就是嘉靖上臺後，三四十年間一直揚道貶佛的真實反映嗎？這難道是吳晗先生所論的「偏重佛教到這個地步」的境況嗎？

第二，《金瓶梅》在寫及朝廷的宗教活動時，惟道教為重，似無佛教的地位。第六十五回寫到黃真人受「朝廷差他來泰安州進金鈴吊掛御香，建七晝夜羅天大醮」。八十四回寫到泰山岱嶽廟，乃是「御香不斷」。本來岱嶽廟上下二宮錢糧，朝廷批准一概不征，全用作廟中用度。三十七回寫到玉皇廟七間大殿中，懸掛著「敕額金書」。小小的晏公廟也「高懸敕額金書」（第九十三回）。而《金瓶梅》中所寫到的佛寺，均沒有提到皇帝派僧人去建醮、進御香、「敕額金書」等等。第七十回寫道：「今日聖上奉艮嶽，新蓋上清寶籙宮，奉安牌扁，該老爺主祭，直到午後才散。」可見小說中的皇帝崇信的是道教，而非佛教。

第三，《金瓶梅》中寫到的民間宗教活動，亦以道教為主，佛教為輔。西門慶加官生子，給玉皇廟吳道官許下了一百二十分醮願。第三十九回寫西門慶還醮願，為官哥寄法名，在玉皇廟進行了一場盛大的建醮活動。李瓶兒病亡前後，《金瓶梅》用了五六回的篇幅，寫「解禳」「迎殯」「薦亡」等活動，延請的也是道人。其規模之宏大，儀式之隆重，氣氛之莊嚴，除了皇家之外，在民間的道教活動中，恐怕是少見的。《金瓶梅》中出現的佛教活動也有多次，但其規模和面場，根本不能與道教活動相比擬。小說中喪事用僧人的也有兩次。一次是武大郎死，請了報恩寺六個僧人，鋪陳道場、誦經、除靈，只化了數兩碎銀，二斗白米；另一次是西門慶死，亦請報恩寺僧人念經做法事，作者只是草草幾筆了之。作者如此處理，當然另有深意，但客觀上也使我們看到當時佛教的不景氣。《金瓶梅》中多次寫到吳月娘許願、聽經、聽女尼宣卷以及僧尼獻春藥、坐胎符藥等等，與其說是宣揚佛教，還不說是對佛教的貶斥。作者的這種主觀傾向，在書中表現得十分明顯。

第四，《金瓶梅》描寫的道人與僧尼形象，亦包含有揚道抑佛的傾向。小說中對佛門弟子，無論是一寺長老還是小僧、尼姑，幾乎都使用了貶詞。第八十九回，把永福寺長老道堅寫成一個「色鬼」：「那和尚光溜溜一雙賊眼，單睃趁施主嬌娘；這禿廝美甘甘滿口甜言，專說誘喪家少婦。淫情動處，草庵中去覓尼姑」。至於小僧、尼姑，幾乎一個個都是雞鳴狗盜之徒。第八回寫到為武大郎追薦的六個僧人，個個都是「色中餓鬼獸中狨，壞教貪淫玷祖風」的角色。第八十八回寫五臺山下來的行腳僧，也是「賊眉豎眼」「變驢的和尚」。小說中雖然對小道人也有貶詞。如第九十三回，稱晏公廟任道士之大徒弟金宗明為「酒色之徒」，但任道士則被寫成一個憐貧、正直、寬大的人物。第八十四回，寫岱嶽廟祝道士石伯才「極是個貪財好色之輩，趁時攬事之徒」。但小說中寫到的大道士，如黃真人、吳道官、吳神仙，則都是氣宇軒昂的人物。如稱黃真人「儀表非常」「儼然就是個活神仙」。《金瓶梅》揚道抑佛的傾向，可謂明朗矣。這怎麼可能如吳晗先生所說，「《金瓶梅》偏重佛教到這個地步」，也怎麼可能是崇佛貶道的萬曆中期的作品。

太監問題

吳晗指出，太監的得勢用事，和明代相始終。其中只有一朝是例外，這一朝便是嘉靖朝。嘉靖朝是太監最倒霉失意的時期，而萬曆朝是太監最得勢的時代。這是符合歷史的。但是一接觸到《金瓶梅》這個實際，分歧就出現了。吳晗認為，《金瓶梅》所反映的「正是宦官得勢時代的情景，也正是萬曆時代的情景」。與吳晗的判斷恰恰相反，我認為《金瓶梅》所反映的是宦官失勢時代的情景，這正是嘉靖時代的情景。

吳晗用以證明自己觀點的，是《金瓶梅》第三十一回中西門慶宴客的一段文字，大意是：受朝廷派遣在清河管磚廠和皇莊的薛、劉二內相（太監），在西門慶家赴宴，受到西門慶、周守備等地方官員的隆重接待，並在宴席上坐了首座。僅此一點而證明太監的得勢，我認為是不能說明問題的。看太監是否得勢，主要看他們在朝廷中的地位和權力。其實，從《金瓶梅》的許多對太監的描寫來看，他們非常失意：

第一，《金瓶梅》中反映的朝廷，是蔡京專政，而不是宦官專政。蔡京非宦官。這是宦官並不得勢的主要標誌。蔡京位列首輔，獨掌朝政，權勢顯赫，文武百官均仰其鼻息百般趨奉，「正是：除卻萬年天子貴，只有當朝宰相尊」（第五十五回）。蔡京的幫兇、黨徒朱勔亦不是太監，也能依仗太師的寵信，凌駕於百官之上。書中出現的太監中，童貫地位最高。但作者並沒有給他以蔡京、朱勔一般的權勢和地位。而歷史上的童貫長期執掌兵權，與蔡京並列相位。顯然小說中的童貫並不符合歷史的原貌，而是作者按照嘉靖朝太監失勢的現實狀況所創造的一個藝術形象。第六十四回還出現了一段對太監失勢的諷刺描寫：吳大舅在奉承薛內相時說：「見今童老爺加封王爵，子孫皆服蟒腰玉」。而薛內相卻說：「科道官上本極言：童掌事大了，宦官不可封王。如今馬上差官，拿金牌去取童掌事回京」。宦官連王都不可封，何談在朝中專政哉。「內府匠作」太監何沂，「見在延寧第四宮端妃馬娘娘位下近侍」。第七十回寫何太監「轉央朝廷所寵安妃劉娘娘的分上，便也傳旨出來，親對太爺和朱太尉說了，要安他侄兒何永壽在山東理刑」。而蔡京雖然「好不作難」，卻仍將假子西門慶安排作理刑千戶，何永壽只得了個副職。可見，即使內廷太監走了皇帝、娘娘的後門，蔡京、朱勔等人也照樣可以不完全照辦。太監之地位又見一斑。

第二，小說對薛、劉二內相著筆很多，從字裏行間可以見出他們不僅不得志，而且非常失意。如上所引，吳晗在舉出第三十一回薛、劉二內相被地方官敬為上賓後說道：「一個管造磚和一個看皇莊的內使，聲勢便煊赫到如此」。其實這僅是表面文章而已。就在同一回，吳晗所引文字的下面，有一段極具深意的描寫：酒席宴上，劉內相要小優兒唱「歎浮生有如一夢裏」。周守備道：「老太監，此是這歸隱歎世之詞，今日西門大人喜事，又是華誕，唱不的。」劉太監又道：「你會唱『雖不是八位中紫綬臣，管領的六宮中金釵女？』」周守備道：「此是《陳琳抱妝盒》雜記，今日慶賀，唱不的。」薛太監道：「你叫他二人上來，等我吩咐他。你記的〈普天樂〉『想人生最苦是離別』？」夏提刑大笑道：「老太監，此是離別之詞，越發使不得。」後來夏提刑倚仗他是刑名官，分付：「你唱套〈三十腔〉。今日是你西門老爹加官進祿，又是好的日子，又是弄璋之喜，宜該唱這套。」《金瓶梅》的這段白描文字可謂入木三分。西門慶加官進祿，盛開華宴，前來慶賀的太監卻要唱歸隱歎世和離別之詞，足見他們心情之灰黯，處世之不遇。而夏提刑等地方官表面上竭盡趨奉之意，實際上可以當眾違背他們的意志。難道這是太監得勢的描寫嗎？第六十四回，在另一次酒席上，小說又有一段描寫：薛內相對劉內相說：「昨日大金遣使臣進表，要割內地三鎮，依著蔡京老賊就要許他。」又說，科道官上本劾童掌事，「宦官不可封王」。劉內相道：「你我如今出來在外做土官，那朝裏事也不干咱每。俗語道：咱過了一日是一日，便塌了天，還有四個大漢。到明日，大宋江山管情被這些酸子弄壞了」。這又是一段「刻露而盡相」的文字。他們當眾咒罵蔡京為「老賊」，朝中掌權者為「酸子」，說明他們對皇帝寵信蔡京之流的極度不滿；另一方面亦表明他們對朝廷不重用太監，和他們深感自己地位之低微而充滿著牢騷。同一回，薛內相見說李瓶兒的棺木，價為三百七十兩銀子，歎道：「俺內官家到明日死了，還沒有這等發送哩」。這種畫龍點睛之筆，實在耐人尋味。一個老內相所能得到的待遇，還不如西門慶的一個小妾。太監之可悲已到了這等地步。

第三，再看地方官員對太監的態度。《金瓶梅》大量使用曲筆，將他們的關係表現得淋漓盡致。概而言之，大體上是三種場合，三種態度：其一、在請客吃酒的場合，西門慶等人對薛、劉二內相假意奉承，要迎接、要動樂、要請他們坐首座，還要說些獻媚的話。有時即使在酒宴上，也可以頂撞他們幾句。第六十四回寫薛內相不喜歡聽海鹽子弟唱南曲，說道：「那蠻聲哈剌，誰曉的他唱的是甚麼」，並對儒生的作為說了些諷刺的話。溫秀才就很不滿，說道：「老公公說話太不近情了。居之齊則齊聲，居之楚則楚聲」，「老公公砍一枝損百枝，兔死狐悲，物傷其類」。而薛內相聽了這些不敬之言，只說：「你每外官，原來只護著外官」，而別無他言。可見在那個時代，對太監如此不敬，並不犯什麼大罪。在溫秀才眼裏，這內相的地位還不及他的主子西門慶。其二、在一些利害衝突的場合，則是針鋒相對，並不見得客氣。第六十七回，寫李智、黃四欠著徐內相和西門慶的銀子，「徐內相發恨，要親往東平府自家抬銀子去」。應伯爵怕徐內相此舉有損西門慶的利益。西門慶則說：「我不怕他。我不管什麼徐內相、李內相。好不好我把他小廝提留在監裏坐著，不怕他不與我銀子。」第三十回，西門慶對伯爵說：劉太監的兄弟劉百戶，拿皇木蓋房，「近日被我衙門裏辦事官緝聽著，首了。依著夏龍溪，饒受他一百兩銀子，還要動本參送，申行省院。劉太監慌了，親自拿著一百兩銀子到我這裏，再三央及，只要事了」。西門慶考慮到，「劉太監平日與我相交，時常受他的禮」，有礙於情面，故未受他的禮，但還是叫他將房屋連夜拆去。到衙門裏，還「打了他家人劉三二十」。事畢，「劉太監感不過我這些情」，又送了一份厚禮「親自來謝」。於此可見，太監們還受地方官的管束，還要向地方官送禮。太監之體面和地位安在哉。其三、在背地裏，地方官對太監卻是老大的不敬。薛內相斥南曲海鹽腔為「蠻聲哈剌」。應伯爵背地裏對西門慶罵道：「內臣斜局的營生，他只喜《藍關記》，搗喇小子胡歌野調，那裏曉的大關目」（六十四回）。應伯爵還罵徐內相為「老牛箍嘴」（六十七回）。

我認為《金瓶梅》的時代是太監失勢的時代，朝政大權完全在內閣首輔一邊，太監們沒有多大權力；去京在外「做土官」的太監還深受地方官的約束，其權力與財勢亦不可與地方官同日而語。《金瓶梅》對太監的描寫，正是嘉靖朝太監失勢時期的真實寫照，並與萬曆朝太監得勢時期的情況完全相違。

太僕寺馬價銀、皇莊、皇木問題

《金瓶梅》第七回，孟玉樓說：「常言道：世上錢財倘來物，那是長貧久富家？緊著起來，朝廷爺一時沒錢使，還問太僕寺借馬價銀子支來使。」吳晗在〈《金瓶梅》的著作時代及其社會背景〉文中引證《明史》加以考證，認為：「嘉隆時代的借支處只是光祿和太倉，因為那時太僕寺尚未存有大宗馬價銀，所以無借支的可能。到隆慶中葉雖曾借支數次，卻不如萬曆十年以後的頻繁。……由此可知《詞話》中所指『朝廷爺還問太僕寺借馬價銀子來使』必為萬曆十年以後的事。《金瓶梅詞話》的本文包含有萬曆十年以後的史實，則其著作的最早時期必在萬曆十年以後。」其實，朝廷借支太僕寺馬價銀，在嘉靖朝已屢見不鮮，何待於萬曆十年以後。《明實錄·世宗實錄》卷二〇〇載：

> 嘉靖十六年五月，……湖廣道監察御史徐九皋亦應詔陳言三事，……二酌工役各工經費不下二千萬兩，即今工部所貯不過百萬，借太倉則邊儲乏，貸（太）僕寺則馬弛，入貲粟則衣冠濫，加賦稅則生民冤。

同書卷二一九、卷二三六（兩處）均有嘉靖朝借支太僕寺馬價銀的記載。吳晗硬說朝廷借支太僕寺馬價銀「必為萬曆十年以後的事」，這如何能夠成立。

關於皇莊問題。吳晗指出：「嘉靖時代無皇莊之名，只稱官地」，「《詞話》中的管皇莊太監，必然指的是萬曆時代的事情。因為假如把《詞話》的時代放在嘉靖時的話，那就不應稱管皇莊，應該稱為管官地的才對」。吳先生依據的是《明史》卷七七〈食貨志〉(一)所載：「世宗初，命給事中夏言等清核皇莊田，言極言皇莊為厲於民。……帝命核先年頃畝數以聞，改稱官地，不復名皇莊。」但事實上，嘉靖時代皇莊之名仍然存在。《明實錄·世宗實錄》卷二三八載：

> 嘉靖十九年六月，……今帑銀告匱而來者不繼，事例久懸而納者漸稀，各處興工無可支給，先年題借戶部扣省通惠河腳價，兩宮皇莊子粒及兵部團營子粒銀共七十餘萬俱未送到。

同書同卷還有類似的記載。可見，時至嘉靖十九年，皇莊之稱並未廢棄，並未被官地之稱所替代。

關於皇木問題。四十九回寫到安主事「往荊州催攢皇木去了」，五十一回寫到「安主事道：『欽差督運皇木，前往荊州』」。明代內廷大興土木，派官往各處採辦大木，茲稱「皇木」。吳晗指出：「萬曆十一年慈寧宮災，二十四年乾清坤寧二宮災，《詞話》中所記皇木，當即指此而言。」這是難以成立的。事實上，朝廷采運皇木，從明成祖朝就開始了。《明史》卷八二〈食貨志〉(六)載：

> 采木之役，自成祖繕治北京宮殿始。永樂四年遣尚書宋禮如四川，侍郎古樸如江

> 西，師逵、金純如湖廣，副都御史劉觀如浙江，僉都御史史仲成如山西。……十年復命禮采木四川。……正德時，采木湖廣、川、貴，命侍郎劉丙督運。……嘉靖元年革神木千戶所及衛卒。二十年，宗廟災，遣工部侍郎潘鑒、副都御史戴金於湖廣、四川採辦大木。三十六年[1]復遣工部侍郎劉伯躍采於川、湖、貴洲，湖廣一省費至三百三十九萬餘兩。……萬曆中，三殿工興，采楠杉諸木於湖廣、四川、貴州，費銀九百三十餘萬兩，征諸民間，較嘉靖年費更倍。

雖然〈食貨志〉指出，萬曆朝采木費用「較嘉靖年費更倍」，但嘉靖朝采木亦不少。顯然，吳晗認為《金瓶梅》中的採辦皇木事，必指萬曆朝事，而不可能指嘉靖朝事，是說不通的。如果說，吳晗認為因萬曆十一年慈寧宮災，二十四年乾清坤寧二宮災，而《金瓶梅》所記皇木，當即指此而言，那麼嘉靖朝的宮災亦是很多的。據《明書・營建志》載，嘉靖二十年有「宗廟災」，三十六年有「奉天等殿復災，命重建之」，四十五年九月「新宮成復毀」等等。這些宮殿遭災而復建，均需採辦皇木。此外，嘉靖朝新建宮殿亦極多，據同書所載，嘉靖十年「作西苑天逸殿」，十五年「建慈慶宮、慈寧宮」，二十一年「命作佑康雷殿，及泰亨、大高玄等殿」，四十年「營萬壽宮，明年成」，四十三年「營玄熙、惠熙等殿」……。要興建這些大型宮殿，就必須採辦大量的大木，此足見嘉靖朝采木規模之大之頻繁。為什麼《金瓶梅》所記皇木事，就不可能指嘉靖朝呢？

我認為《金瓶梅》成書於隆慶朝前後，其上限不過嘉靖四十年，下限不過萬曆十一年。這乃是筆者提出的《金瓶梅》成書年代「隆慶說」[2]。由於成書年代問題還未定論，因此我並不認為「萬曆說」就一定是錯的。但是吳晗先生用以論證《金瓶梅》成書於「萬曆中期」的主要證據，在筆者看來全部不能成立。不言而喻，吳晗先生的《金瓶梅》成書年代「萬曆中期說」也就失去了依據。

2013.12.29.

---

1 三十六年原誤作二十六年，據《明世宗實錄》嘉靖三十六年五月癸亥條改。參見《明史食貨志校注》。

2 周鈞韜〈金瓶梅成書於明代隆慶前後考探〉，《金瓶梅新探》，天津：百花文藝出版社 1987 年。收入《周鈞韜金瓶梅研究文集・第一卷》時更名為〈金瓶梅成書年代「隆慶說」〉。

魏子雲《金瓶梅》研究的成就與失誤

我國臺灣學者魏子雲（1918-2005）先生，離我們而去已 8 年矣。當年，《金瓶梅》研究界猶如巨星殞落，令我輩悲痛不已。至今，先生的音容笑貌，猶在目前。思念之情，切切殷殷。

先生早期從事散文、小說、戲劇創作。1972 年在臺灣聯合報發表第一篇金學論文〈《金瓶梅》作者是誰？〉，開啟了他的《金瓶梅》研究生涯。從此 30 多年兢兢業業，奮發治學，筆耕不輟。86 歲高齡，還每天清晨五時起床，開始寫作。1979 出版第一部《金瓶梅》研究專著《金瓶梅探原》。嗣後，幾乎年年有新著，計約 20 部。著作等身，名不虛傳。

魏先生少入私塾，讀四書五經，後承桐城派遺風，深研桐城義理，從而奠定了深厚的國學基礎。他的《金瓶梅》研究無一不從存疑開始，進而通過仔細考證，得出他的結論。他的考證是全方位的，幾乎涉及到《金瓶梅》研究的所有層面，諸如小說作者、小說內容、時代背景、成書年代、成書方式、抄本流變、初刻年代、版本系統、人物研究，還有資料匯輯、詞語注釋等等。可以說，魏子雲先生是中國當代《金瓶梅》研究的開創者。

歷時 30 年，著述浩繁，觀點林立。魏先生的《金瓶梅》研究，已構成了自成一體、卓而獨立，與大陸研究者迥然不同的獨特的「魏氏體系」，這乃是一座大廈，而非小屋。要通曉和研究這一體系，絕非一朝一夕的易事，限於「才、膽、識、力」（清人葉燮語），筆者無此奢望。本文只是對魏氏體系中若干問題作粗淺的評述而已。

推倒魯迅權威論點第一人

魯迅在 1924 年出版的《中國小說史略》（下冊）中指出：

> 諸「世情書」中，《金瓶梅》最有名。初惟鈔本流傳，袁宏道見數卷……萬曆庚戌（1610），吳中始有刻本，計一百回，其五十三至五十七回原闕，刻時所補也。（見《野獲編》二十五）

在這裏，魯迅沒有用「可能」「大約」等推測之詞，而是下了斷語。在他看來，《金瓶梅》初刻在萬曆庚戌年（三十八年），地點是「吳中」。此說一出，遂成定論。贊同並持此說者有鄭振鐸、沈雁冰、趙景深先生等大家。此後沿用此說者不乏其人。直到今天，在《金瓶梅》研究界，魯迅的庚戌初刻本說，仍有很大的影響。1978年出版的《中國小說史》仍持此說。朱星先生更對此說加以專門論述和發揮，並認為，「魯迅先生治學態度很謹嚴，絕不會草率從事，一定有根據的」。[1]這倒說出了幾十年來，不少學者盲目信從魯迅的萬曆庚戌初刻本說，而不加仔細考證的重要原因。

魯迅的《金瓶梅》「庚戌初刻本說」依據是沈德符《野獲編》卷二十五《金瓶梅》條：

> 丙午遇中郎京邸，問曾（《金瓶梅》）有全帙否？曰：第睹數卷，甚奇快。今惟麻城劉延伯承禧家有全本，蓋從其妻家徐文貞錄得者。又三年，小修上公車，已攜有其書。因與借抄挈歸。吳友馮猶龍見之驚喜，慫恿書坊以重價購刻。馬仲良時榷吳關，亦勸余應梓人之求，可以療饑。余曰：此等書必遂有人板行，但一刻則家傳戶到，壞人心術。他日閻羅究詰始禍，何辭置對？吾豈以刀錐博泥犁哉！仲良大以為然，遂固篋之。未幾時而吳中懸之國門矣。

丙午，是萬曆三十四年（1606）；又三年，是萬曆三十七年（1609），或三十八年（1610）。袁小修這次赴京會試，是萬曆三十八年。未幾時而「吳中懸之國門」，這個「未幾時」當然可以推測為一年或更短。這樣，《金瓶梅》的初刻本在「吳中懸之國門」則在萬曆三十八年庚戌（1610）。正如趙景深先生所說：「從丙午年算起，過了三年，應該是庚戌年，也就是萬曆三十八年。所以我認為，……魯迅所說的庚戌版本是合情合理的。」[2]但是，魯迅在沈德符這段話中，忽略了「馬仲良時榷吳關」這一句關鍵性的話。馬仲良時榷吳關的「時」是什麼時候？對此魯迅沒有考證，致使他的「庚戌初刻本」說判斷有誤。

魏子雲先生根據民國（1933年）《吳縣誌》考出，馬仲良主榷吳縣滸墅鈔關，是萬曆四十一年（1613）的事。[3]既然「馬仲良時榷吳關」是萬曆四十一年，那麼沈德符所說的「馬仲良時榷吳關」以後的「未幾時」，《金瓶梅》才在「吳中懸之國門」。由此，魏先生認定，《金瓶梅》吳中初刻本必然付刻在萬曆四十一年以後，而不可能在萬曆庚戌（三十八年）。魯迅、鄭振鐸的庚戌初刻本說就遭到魏子雲的強烈否定。

但是，魏子雲的考證亦遭到了質疑。民國（1933年）《吳縣誌》與萬曆四十一年（1613）

---

1 朱星《金瓶梅考證》，天津：百花文藝出版社1980年。

2 趙景深〈評朱星同志金瓶梅三考〉，《上海師範大學學報》，1980年第4期。

3 魏子雲《金瓶梅探原》，臺北：臺灣巨流圖書公司1979年。

相隔320年。法國學者雷威爾在〈最近論《金瓶梅》的中文著述〉一文中提出：「我懷疑1933年修的《吳縣誌》也可能有疏忽和錯誤，還需要重加核對。」[4]此外，「馬仲良時榷吳關」，如果是從萬曆三十七、三十八年就開始了，一直連任到萬曆四十一年，那麼「馬仲良時榷吳關」後的「未幾時」，《金瓶梅》初刻本問世，就可能是萬曆三十八年，魯迅的萬曆庚戌（三十八年）說就可能是正確的。

筆者查了明崇禎十五年（1642）、清乾隆十年（1745）的《吳縣誌》，均無「馬仲良時榷吳關」的記錄。民國《吳縣誌》的記載就更可疑。後來筆者終於在清康熙十二年（1673）的《滸墅關志》中找到了根據。《滸墅關志》卷八「榷部」，「萬曆四十一年癸丑」條全文如下：

> 萬曆四十一年癸丑　馬之駿，字仲良，河南新野縣人，庚戌進士。英才綺歲，盼睞生姿。遊客如雲，履綦盈座。徵歌跋燭，擊缽鬮題，殆無虛夕（原刻為「歹」，似誤——筆者改），世方升平，蓋一時東南之美也。所著有妙遠堂、桐雨齋等集。

明景泰三年，戶部奏設鈔關監收船料鈔。十一月，立分司於滸墅鎮，設主事一員，一年更代。這就是說，馬仲良主榷滸墅關主事只此一年（萬曆四十一年），前後均不可能延伸。《滸墅關志》也明確記載著，萬曆四十年任是張銓；萬曆四十二年任是李佺臺。

這樣一來，魏先生的考證從孤證變成了雙證，解決了「孤證不為定說」的問題；清康熙十二年（1673）的《滸墅關志》，離「馬仲良時榷吳關」的萬曆四十一年，僅相距60年，這就從根本上解決了法國學者雷威爾的疑問；《滸墅關志》表明，主事任期只有一年，前後均不能延伸。萬曆四十一年任是馬仲良。之前萬曆四十年任和之後萬曆四十二年任都另有他人。馬仲良絕對不可能從萬曆三十七、八年就開始連任（他在萬曆三十八年才中進士）。魏先生考證中留下的所謂漏洞，根本就不存在。這就進一步證明並確證，魯迅先生認定的《金瓶梅》「庚戌初刻本」是根本不存在的。

魏先生的考證貢獻是重大的，他是否定魯迅先生的萬曆庚戌（三十八年）即有初刻本的權威論點的第一人。而筆者的考證只是證明了魏先生考證的正確。

金瓶梅是一部政治諷喻小說嗎？

《金瓶梅》寫的是西門慶交通官吏、發跡變泰以及與潘金蓮等妻妾淫蕩生活的故事。這本來是明明白白的事，也是眾多研究者的共識。但是，魏先生對此提出了疑義。他認

4　魏子雲《金瓶梅的問世和演變·附錄》，臺北：臺灣時報文化出版事業有限公司1981年。

為早期的《金瓶梅》是一部諷諫明代萬曆神宗皇帝寵幸鄭貴妃，有廢長立幼故事的政治諷喻小說，後來迫於政治情勢，有人將其改寫為西門慶、潘金蓮故事的人情小說。這是魏先生《金瓶梅》研究的核心觀點，「魏氏體系」這座大廈的基石。它不僅關係到《金瓶梅》這部小說的基本內容，也關係到《金瓶梅》研究中的一系列重大問題，因此不能不為之辨析清楚。

按照傳統的小說創作的慣例，《金瓶梅詞話》開頭，亦即在主體故事展開之前，有一闋引詞和一則入話故事，講的是項羽劉邦的故事。入話之後稍加轉接，便進入了主體故事：景陽崗武松打虎，潘金蓮嫌夫賣風月。正是在引詞入話和主體故事之間，魏先生發現了「矛盾」，便提出了大膽的推測。魏先生在〈《詞話本》頭上的王冠〉一文中指出：

> 從《金瓶梅詞話》第一回看，作者一下筆即以詞話徵諸劉項，且論及漢高之寵戚氏的廢嫡立庶的故事，來楔子後文，豈不顯然是在諷喻神宗之寵鄭氏，因而遲不冊立太子的比況乎？這一點，幾已無所懷疑。若再以明人說部之引詩徵詞，以及引起與楔子等寫入文首的原則看，則又益可證明《金瓶梅詞話》中寫的漢高祖有心廢嫡立庶事，應是後文的棟樑。可是，《金瓶梅詞話》，則僅僅餘下了這根棟樑的樁頭，山棄出的樑柱，已是另一形態。因而第一回的劉項故事，與後面的西門慶故事，兩相扞格，既引不起也楔不入了。更可以說，劉項的故事，特別是劉季寵戚夫人一事，委實冠不到《金瓶梅詞話》的故事上去；這頂戴在帝王頭上的平天冠，如何能戴到西門慶的頭上去呢？基乎此，益發可以蠡及《金瓶梅詞話》之前，極可能還有一部諷喻神宗寵幸鄭貴妃的《金瓶梅》，暗流於民間文士之手。萬曆二十四年（1596）前後，正是神宗遲不冊立東宮等問題的高潮。《金瓶梅》的前半，正好在此時期出現，這總不能說是巧合吧！
>
> 袁中郎時代的《金瓶梅》，極可能就是一部諷諫神宗皇帝寵幸鄭貴妃，有廢長立幼的故事。……後來迫於政治情勢，遂有人把它改寫過了。[5]

在〈賈廉、賈慶、西門慶〉一文中，魏先生更斷言：「早期的《金瓶梅》不是西門慶的故事，以西門慶作為《金瓶梅》故事的主線，可能是《金瓶梅詞話》開始的。」[6]

魏先生的推理邏輯並不難解：現存《金瓶梅詞話》的引詞諷刺的是項羽劉邦寵幸事，

---

5 魏子雲〈《詞話本》頭上的王冠〉，《金瓶梅的問世和演變》，臺北：臺灣時報文化出版事業有限公司 1981 年。

6 魏子雲〈賈廉、賈慶、西門慶〉，臺灣《中華文藝》，第 159 期。

入話故事還講到了劉邦寵幸戚夫人欲廢嫡立庶事，因此，早期的袁中郎所見到的《金瓶梅》的主體故事，必然是寫的與劉邦寵幸戚夫人欲廢嫡立庶故事相一致的明代萬曆神宗皇帝寵幸鄭貴妃廢長立幼的故事，後來迫於政治情勢（神宗皇帝還在位），才有人將它改寫成西門慶的故事。這就是現在我們所見到的《金瓶梅詞話》。

魏先生所說的神宗帝寵幸鄭貴妃欲廢長立幼，確有史料依據。萬曆十年，神宗私幸慈寧宮宮人王氏（後冊封恭妃）生長子常洛；萬曆十四年，最得神宗寵幸的鄭氏（後冊封貴妃）生皇三子常洵。神宗遲遲不冊立東宮，實有立幼廢長之意。於是以宰相申時行為首諸大臣屢屢上疏，請冊立太子以重「國本」。神宗不但不聽，盛怒之下，將不少上疏大臣降職、罷官、杖責。此事一直鬧到萬曆二十九年，才完竣冊立之禮。這就是萬曆朝神宗帝寵幸鄭貴妃，欲廢長立幼動搖「國本」，鬧了十幾年，震動全朝廷的冊立東宮事件。

根據引詞入話推斷，魏先生認為，早期的《金瓶梅》就是寫的這個事件，或者說以這一事件為背景，而非西門慶的故事。既然《金瓶梅》寫的是萬曆朝冊立東宮事件，那麼該書必然成書在萬曆朝或更後，該書亦必然以萬曆朝為其時代背景，該書作者亦必然是萬曆時人。魏先生正是這樣以此為基準，由此及彼，考出了《金瓶梅》考證中的一系列疑難問題，從而創建了《金瓶梅》研究體系中的獨特的魏氏體系。對《金瓶梅》內容的判斷則是魏氏體系的基石。如果這塊基石出了毛病，那麼魏氏體系的命運也就不難想見。

《金瓶梅詞話》前的《金瓶梅》，即袁中郎時代的《金瓶梅》，它確定無疑是存在的。可惜的是由於歷史的變遷，今天活著的人皆無緣得見（或許有一天能從地下出土文物中得見）。因此，無論是魏先生的推斷還是我對魏先生推斷的否定，均拿不出鐵的證據。但是，這部《金瓶梅》（或稱半部）的目擊者，在袁中郎時代（即萬曆年間）是不乏其人的。我們不妨從他們的說詞中揀出一些蛛絲馬跡。先談袁小修。小修是中郎之胞弟，萬曆二十五年，他「從中郎真州」，見到了中郎所藏的半部《金瓶梅》。他在其著《遊居柿錄》卷三中指出：

> （《金瓶梅》）大約模寫兒女情態俱備，乃從《水滸傳》潘金蓮演出一支。所云「金」者，即潘金蓮也；「瓶」者，李瓶兒也；「梅」者，春梅婢也。舊時京師，有一西門千戶，延一紹興老儒於家。老儒無事，逐日記其家淫蕩風月之事，以西門慶影其主人，以餘影其諸姬。

袁小修的話十分明確地說明了以下幾點：一、《金瓶梅》所寫的是「兒女情態」，記的是一個家庭的淫蕩風月之事。「其家」是指的平民之家，或是官宦之家，而絕不可能是指帝王之家。「兒女情態」，指平民則可，指帝王寵幸事件豈不成了笑話。這正符合現存「詞話本」所寫為西門慶「其家」的風月之事，而非帝王寵幸事件；二、《金瓶梅》從《水滸傳》潘金蓮演出一支，直接點明了《金瓶梅》對《水滸傳》的承襲關係。《金瓶梅》以《水滸傳》中的西門慶、潘金蓮的故事為線索，敷衍成章。如果該書所寫為神宗寵幸事件，那麼與《水滸傳》潘金蓮如何能連得起來；三、該書中的人物有西門慶、潘金蓮、李瓶兒、春梅。這些正是現存「詞話本」中的主要人物。袁小修的這些話可謂是對魏先生的推論的最強有力的否定。正因為魏先生無法解釋袁小修的這些話與他立論之間的尖銳矛盾，於是魏先生來了個釜底抽薪的辦法，認為袁小修的《遊居杮錄》，特別是關於《金瓶梅》的記載，「似有後人纂附之嫌」[7]。理由呢？可以說沒有。這如何能解決問題。

退一步講，我們即使承認袁小修的話「有後人纂附之嫌」而不以為據，但是能否定魏先生推論的證據還不為鮮見。謝肇淛見到了袁中郎、丘志充所藏的那個《金瓶梅》不全之抄本。他在〈金瓶梅跋〉中指出：

> 《金瓶梅》一書，不著作者名代。相傳永陵中有金吾戚里，憑怙奢汰，淫縱無度，而其門客病之，采摭日逐行事，匯以成編，而托之西門慶也。書凡數百萬言，為卷二十，始末不過數年事耳。……其不及《水滸傳》者，以其猥瑣淫媟，無關名理。……然溱洧之音，聖人不刪，則亦中郎帳中必不可無之物也。

謝〈跋〉的意義在於：一、他與袁小修一樣，指明《金瓶梅》的主角是西門慶，寫其「淫縱無度」之事；二、現存「詞話本」從宋徽宗政和二年（1112）寫起，到南宋高宗建炎元年（1127），凡一十六年。如果算到西門慶死為止（重和元年 1118），前後僅七年，可謂「始末不過數年事」；三、謝氏將《金瓶梅》與《水滸傳》相比較，可見其內在的聯繫；四、「溱洧」乃《詩經・鄭風》篇名。詩寫鄭國風俗，每年三月上巳（初三）「士與女」在溱、洧那水邊聚會，「招魂續魄，祓除不祥」，互贈香草。謝氏以「溱洧之音，聖人不刪」為《金瓶梅》辯白，說明謝氏所見的《金瓶梅》抄本寫的是民間男女的情色之事，與皇帝寵幸事件並無牽涉。沈德符的《野獲編》中還錄有袁中郎的言論：

> 丙午，遇中郎京丙邸，問：「（《金瓶梅》）曾有全帙否？」曰：「第睹數卷，甚奇快。」……中郎又云：「尚有名《玉嬌李》者，亦出此名士手，與前書（指《金瓶梅》——周注）各設報應因果。武大後世化為淫夫，上烝下報；潘金蓮亦作河間婦，終以極刑；西門慶則一騃憨男子，坐視妻妾外遇，以見輪回不爽。」中郎亦

7　魏子雲《金瓶梅探原》，臺北：臺灣巨流圖書公司 1979 年。

耳剽，未之見也。

袁中郎指出，《玉嬌李（麗）》是《金瓶梅》的續書。前後兩書各設報應因果。在「後書」中武大轉世為淫夫，潘金蓮成了河間婦，西門慶成了一騃憨男子。於此可見，袁中郎讀到的「前書」《金瓶梅》中就有武大、潘金蓮、西門慶等人物。這又確切地證明了，袁中郎時代的《金瓶梅》確實寫的是西門慶的故事。

在魏先生看來，小說的入話講的是帝王的故事，正文亦必然是帝王的故事。顯然魏先生將入話與正文之間的內在聯繫看得過於簡單化、絕對化了。我國的長篇小說創作，是從話本的基礎上發展起來的，無論是形式結構還是內容，前者都深受後者的影響。從形式結構而論，話本有篇首、入話、頭回、正話、篇尾等部分組成。「篇首」通常為一首詩或詞，或一詩一詞並存，以點明主題，概括全篇大意；「入話」是解釋性的，解釋篇首的詩詞，或涉議論，或敘背景以引入正話；「頭回」則基本上是故事性的，正面或背面映襯正話，以甲事引出乙事，作為對照，雖然在情節上和正話沒有必然的邏輯聯繫，但它對正話卻有啟發和映帶作用，突出正話的主題思想。在明人的概念中，「入話」和「頭回」已成為一種東西，「篇首」亦包括在「入話」之中。明代的長篇小說繼承了這一傳統亦有所變化。百二十回本《水滸傳》第一回前有一個「引首」，包括詞、詩各一首及一個故事。金聖歎七十回本《水滸傳》則將「引首」改稱為「楔子」。《醒世姻緣傳》第一回前則有「引子」。「引子」「引首」「楔子」，皆為同義。金聖歎在評述七十回本《水滸傳》的楔子時指出：「楔子者，以物出物之謂也。」俗言之，即以甲事引出乙事。甲事為什麼能夠引出乙事，入話為什麼能夠引出正話，關鍵在於前者與後者之間有一定的聯繫。從話本創作及小說創作的實踐來看，這種聯繫是多種多樣的，概言之，有表象性的或深層次的聯繫；有偶然性的或必然性的聯繫；有正面映帶性的或反面映襯性的聯繫；有事件性的或思想性的聯繫。總之，只要有聯繫，則皆能成立，皆能達到「以物出物」的目的。例如《京本通俗小說》中的〈錯斬崔寧〉，入話（本篇稱「頭回」）與正話之間的聯繫，僅是「只因酒後一時戲笑之言，遂至殺身破家」。這種聯繫可說是極其表面的偶然性的聯繫，但照樣能夠成立，達到「以物出物」的目的。魏先生以為《金瓶梅》的引詞入話，講的是項羽劉邦寵幸廢立故事，故正文只能敘神宗寵幸廢立故事。當然如果有這樣一部小說，引詞入話與正文之間作如此聯繫，亦未嘗不可。但魏先生以此而否定《金瓶梅》的正文寫的是西門慶故事，則未必盡善。顯然，魏先生只看到了「以物出物」的單一性（即人物、事件的雷同），而否定其多樣性。這是不符合小說的創作實際的，同樣是不符合《金瓶梅》的創作實際的。筆者以為現存《金瓶梅詞話》的引詞入話與正文之間的聯繫非但不矛盾，而且合情合理、順理成章，劉項這頂王冠是能夠戴到西門慶頭上的。下面對《金瓶梅》的引詞入話到底如何引楔出西門慶故事問題作具體解剖。《金瓶梅》的引詞為：

> 丈夫只手把吳鈎，欲斬萬人頭。如何鐵石，打成心性，卻為花柔？請看項籍並劉季，一似使人愁。只因撞著，虞姬戚氏，豪傑都休。

這是宋代詞人卓田的詞，其意甚明：項劉這等英雄，只因寵幸婦人，落得個可悲的下場。引詞以後的入話，首先是對引詞的解釋。作者認為，「此一隻詞兒，單說著情色二字，乃一體一用。……言丈夫心腸如鐵石，氣概貫虹蜺，不免屈志於女人」。然後作者講了劉項的故事。

按照「以物出物」的多樣性的原則，這個入話故事所能引楔的正文故事可以是多種多樣的，它可以引楔類似於項羽寵幸虞姬落得個雙雙自刎的故事；它可以引楔類似於劉邦寵幸戚夫人廢嫡立庶的故事；它可以引楔類似於項劉貪戀女色而落得個悲慘下場的故事。如此等等。作者敘述這個入話故事的著眼點，思想傾向是什麼？作者自己已表述得十分明朗：

> 「此一隻詞兒，單說著情色二字」；
>
> 「言丈夫心腸如鐵，氣概貫虹蜺，不免屈志於女人」；

作者借詩人評說劉項二君之言，又說：觀此二君，豈不是「撞著虞姬、戚氏，豪傑都休」。由此可見，作者通過這則入話故事，所能引楔的正文故事，只能是類似於丈夫貪戀女色而落得個悲慘下場的故事，作者主要要告誡人們的是女色害人。

其實最能說明問題的，莫過於作者寫在入話尾末正文開始前的一段過渡性文字。這段文字承上啟下，十分醒目地點明了正文故事的基本情況，其要點是：

1. 「說話的，如今只愛說這情色二字做甚？」說明作者再一次將入話故事的宗旨概括為「情色」，而非「廢立」；

2. 作者指出情色問題「今古皆然，貴賤一般」，說明作者要講的正文故事是「今」的「賤」者的故事，而非帝王的「貴」者的故事；

3. 「如今這一本書，乃虎中美女，後引出一個風情故事」，作者點明正文所講為「風情故事」，而非廢立故事；

4. 「一個好色的婦女，因與了破落戶相通，日日追歡，朝朝迷戀」。作者用「好色的婦女」與「破落戶」來概稱正文故事中的男女主人翁。顯然前者指的是市井間的婦女潘金蓮，而不可能是鄭貴妃；後者指的是西門慶，而不可能是神宗皇帝。用「破落戶」

來稱明神宗豈不是笑話；

5. 好色的婦女，「後不免屍橫刀下」。潘金蓮被武松所殺，確是「屍橫刀下」；而鄭貴妃並沒有遭此下場；

6. 「貪他的斷送了堂堂六尺之軀，愛他的丟了潑天哄產業」。西門慶因淫縱無度而亡身敗家，而神宗寵幸鄭貴妃既沒有斷送六尺之軀，也沒有丟了產業。用「丟了潑天哄產業」來稱敗家，指民間或官吏則可，指皇帝則不可；

7. 「驚了東平府，大鬧了清河縣」，說明故事發生的地點。西門慶的故事正發生在東平府清河縣。如果說神宗寵幸鄭貴妃欲廢長立幼事件發生在清河縣，豈非咄咄怪事；

8. 「端的不知誰家婦女？誰的妻小？後日乞何人占用？死於何人之手？」作者用「誰的妻小」稱女主人翁，再次說明她只能是個民間女子，而絕不可能是貴妃一類人物。

以上八點明明白白地告訴我們，《金瓶梅》的正文故事，是發生在民間的，是以市井細民為主人翁的情色故事，亦即西門慶、潘金蓮的故事，而不是發生在宮廷的以皇帝、貴妃為主人翁的所謂廢立故事。

魏先生總以為，入話講的是帝王故事，正文亦必然講帝王故事，這樣才符合「以物出物」的原則，其實這是個誤解。《金瓶梅》的入話講帝王故事，正文講平民故事，其間的邏輯聯繫就是作者所反復點明的「情色」二字：項劉因情色而「屈志於女人」，「豪傑都休」；西門慶因情色而喪身敗家。在這裏作者所強調的是思想觀點、倫理觀念的相通性，而不是簡單的同類故事之間的類同性。從話本、小說的創作實踐來看，這樣的「以物出物」的格式並非只《金瓶梅》一例。早於《金瓶梅》的有話本〈刎頸鴛鴦會〉，入話詞敘劉項屈志於女人（即「丈夫只手把吳鉤」），正話敘杭州府村姑蔣淑真因通姦而為丈夫所殺，其間連結的紐帶亦為「情色」。晚於《金瓶梅》的有〈喬兌換胡子宣淫　顯報施臥師入定〉（《拍案驚奇》卷三十二），入話詞亦為「丈夫只手把吳鉤」，正文敘市井間的一個風情故事，其間連結的紐帶為一「色」字。〈新橋市韓五賣春情〉（《古今小說》卷三），入話講了周幽王寵褒姒，陳靈公通夏姬，陳後主寵張麗華，隋煬帝寵蕭妃，唐明皇寵楊貴妃，皆為帝王寵幸事，正文則敘民間小民吳山與韓金奴（私娼）的淫蕩事，其連結的紐帶為「貪愛女色」「色欲警戒」。照魏先生的看法，這些話本、小說的入話與正話之間都存在著矛盾，這幾頂「王冠」似乎都戴不到市井小民的頭上了？然而時至今日，誰也沒有像魏先生那樣，提出這些話本、小說的正文均被改寫了的問題。話本與小說的創作實踐也證明了魏先生對《金瓶梅》的推論的不確。

關於「殘紅水上飄」

《金瓶梅》中出現了百多次的唱曲活動。而這些曲辭大多是在嘉靖年間社會上流行的作品。這是《金瓶梅》寫的是嘉靖朝社會情況的重要證據。但是，持「萬曆說」的魏子雲先生不同意這個結論，他以曲子「殘紅水上飄」為證予以反駁。我卻認為，這非但不能證明「萬曆說」的正確，而恰恰相反，證明了「嘉靖說」的正確。

魏先生在《金瓶梅審探》中說：「（金瓶梅）第三十五回，書童裝旦時唱的『殘紅水上飄』等四段曲子，乃李日華的作品。……李日華生於嘉靖四十四年乙丑（1565），卒於崇禎八年乙亥（1635）。」[8]可見他主要活動在萬曆中晚年間。《金瓶梅》中抄有他的作品，成書就必然在萬曆中期以後。這就成了持「萬曆說」者的重要證據。其實，魏先生搞錯了。明代文壇上有兩個李日華，一個是文學家，一個是戲曲家。文學家李日華，字君實，浙江嘉興人，萬曆進士，有《味水軒日記》《紫桃軒雜綴》等著作，但他沒有作「殘紅水上飄」。而作「殘紅水上飄」的是戲曲家李日華。此李日華是江蘇吳縣人，主要活動在嘉靖年間，或更早，著有《南西廂記》（改編），嘉靖年間已行於世。我們可以從他改編《西廂記》的情況，考知他大體的活動年代。《西廂記》雜劇是元王實甫的作品。明浙江海鹽人崔時佩據王氏《西廂記》改成傳奇劇本。李日華又於崔作復加增訂，取名為《南調西廂記》。吳戲曲作家陸采又不滿於李作，乃重寫《南西廂》。陸采自序云：「李日華取實甫語翻為南曲，而措辭命意之妙，幾失之矣。予自退休日時綴此編，固不敢媲美前哲，然較之生吞活剝者，自謂差見一斑。」陸采與李日華同為吳縣人，他生於明弘治十年（1497），卒於嘉靖十六年（1537）。這就是說，陸采不滿李作而重寫《南西廂記》的時間，最晚不能過嘉靖十六年。由此可推見，李日華的《南調西廂記》當流行於嘉靖初年（也許更早）。這也就是李日華的活動時間，也是其所作「殘紅水上飄」曲子的流行時間。退一步講，此曲的開始流行時間不會過嘉靖，那可能到萬曆？因此被嘉靖時代的《金瓶梅》的作者所引用，這是順理成章的事情。如果魏子雲先生一定要說此曲流行於萬曆時代而被《金瓶梅》所引用，這就出現了一個矛盾：此曲李日華創作於嘉靖初年，為什麼在五六十年以後的萬曆時代才流行？如果說李日華寫的是一部長篇小說，其創作成書到流行於社會相隔幾十年，這是可能的，《紅樓夢》等小說即如此。但這裏李日華創作的卻是四段曲子，每段不過二十多字，這樣的小曲，如果在作者創作的當時不流行於世的話，恐怕用不了幾年就會被湮沒無聞，更何待於五六十年。6 年後，魏子雲先生也弄清楚了，作「殘紅水上飄」的是戲曲家李日華而非文學家李日華，也知道了此

8　魏子雲《金瓶梅審探》，臺北：臺灣商務印書館 1982 年。

李日華是嘉靖初年人。但他在 1988 年出版《金瓶梅幽隱探照》中還說，「殘紅水上飄」未入選嘉靖時的《詞林摘豔》《雍熙樂府》卻入選於萬曆間的《南詞韻選》《南宮詞紀》，「足以想知這幾段曲子的流行，當在萬曆，不在嘉靖」，「所以我認為《金瓶梅詞話》之錄入了『殘紅水上飄』四段曲子，應是萬曆間人的手筆，乃情理也」。[9]魏先生為了維護他的「萬曆說」而作此辯解，並不妥當，但亦著實表現了一位德高望重的老學者的執著與可愛之處。

關於《金瓶梅》傳世的第一個信息

《金瓶梅》出現在人世間的第一個信息，是由明代著名文學家袁中郎致董思白書中透露出來的。現將此信抄錄如次：

> 一月前，石簣見過，劇譚五日。已乃放舟五湖，觀七十二峰絕勝處。遊竟復返衙齋，摩霄極地，無所不談，病魔為之少卻，獨恨坐無思白兄耳。《金瓶梅》從何得來？伏枕略觀，雲霞滿紙，勝於枚生〈七發〉多矣。後段在何處抄竟，當於何處倒換，幸一的示。（袁中郎：《錦帆集·董思白》）

這個《金瓶梅》傳世的第一個信息，到底出現在哪一年？魏先生認為是萬曆二十四年（1596）十月。其實應該是萬曆二十三年（1595）秋。魏先生在《金瓶梅的問世與演變》中說：「這一封信，寫在萬曆二十四年十月間。這年，陶望齡（石簣）曾於九月二十四日到蘇州，與袁中郎遊談多日。此事，陶望齡在所寫的〈遊洞庭山記〉的序文中，記有年月，是萬曆二十四年十月。可以對證上袁氏的這封信。」[10]陶石簣的〈遊洞庭山記〉確實記了萬曆二十四年九月見訪袁中郎遊洞庭山事，但魏先生沒有看清楚，陶石簣所記的這次訪遊，與袁中郎致董思白書所談的完全是兩碼事。請看陶石簣的〈遊洞庭山記〉：

> 歲乙未，予再以告歸，道金閶。友人袁中郎為吳令。飲中，語及後會，時方食橘，曰：予俟此熟當來遊洞庭。明年夏秋中，中郎書再至，申前約，而小園中橙橘亦漸黃綠矣。遂以九月之望發山陰，弟君奭，侄爾質，曹生伯通。武林僧真鑒皆從。丁巳抵蘇，止開元寺。中郎方臥疾新愈，談於榻之右者三日。壬戌始渡胥口，絕湖八十里、登西山宿包山寺。癸亥步遊……甲子取徑……乙丑遊……，丙寅東北

9　魏子雲《金瓶梅幽隱探照》，臺北：臺灣學生書局 1988 年。
10　同註 5。

風大作，明日雨，又明日大霧……，明日登……，始涉湖而返，距其往七日矣……。
（陶石簣：《歇庵集》卷十三）

陶石簣，即陶望齡，字周望，號石簣，會稽人。萬曆十七年會試第一，廷試第三。初授翰林院編修，後官終國子監祭酒。以講學名，入公安之林，與中郎相交甚厚。從陶氏〈遊洞庭山記〉可知，陶與袁會見有兩次（當時袁中郎任吳縣縣令），一次是萬曆二十三年乙未秋，袁中郎到任的那一年，陶氏路經吳縣。他們是否一起遊了洞庭，陶氏沒有說。另一次是萬曆二十四年丙申九月，陶氏明說，中郎臥疾新愈，談於榻之右者三日，壬戌日起遊洞庭西山達七天之久，未及中郎一詞，可見中郎並沒有陪陶氏同遊。這樣矛盾就出現了。中郎致董思白書言明，他和陶氏談了五天後同遊洞庭。而從陶氏〈記〉中看出，他們談了三日，以後中郎並沒有陪他們同遊洞庭。從這個矛盾中，筆者推斷，中郎致董書中提到與陶氏同遊洞庭，是萬曆二十三年秋的事；而陶氏〈記〉所記的是萬曆二十四年九月的事，這一次中郎沒有陪同。筆者查檢了袁氏的詩文，證明了這個推測是有根據的。

袁中郎的〈陶石簣兄弟遠來見訪，詩以別之〉一詩，是萬曆二十四年九月，陶氏見訪，遊畢洞庭告歸時，袁氏所寫的送別詩。是詩寫了陶氏見訪到告別的全過程：

一揖徑登床，草草寒暄而。執手不問病，捧腹但言饑。……元旨窮三日，清言暢四肢。愛君深入理，恐我倦傷脾。未作經年別，先為五日辭。入宮尋西子，涉水吊鴟夷。七十二螺髻，三萬六玻璃。……歸來為我言，山水見鬚眉。……一番銅鐵語，萬仞箭鋒機。病得發而減，客以樂忘疲。流連十許日，情短六個時。……
（袁中郎：《錦帆集》）

將此詩與陶文〈遊洞庭山記〉對照起來讀，不難看出，兩者同記一事。例如，陶文曰：「中郎方臥疾新愈」，袁詩云：「執手不問病」，「恐我倦傷脾」，「病得發而減」，可見中郎在重病中。萬曆二十四年八月十三日，中郎得瘧疾病，一直病了四五個月。陶文曰：「談於榻之右者三日」，袁詩云：「元旨窮三日」，兩人相見後暢談了三日，記載完全一致。另外，陶文所記，此行「丁巳抵蘇」，「壬戌始渡胥口」，到庚午才「涉湖而返」，前後約十五天。袁詩云：「流連十許日」。如此看來，袁詩與陶文一樣，記的是萬曆二十四年九月陶石簣見訪並遊洞庭一事。而這一次陶氏遊洞庭，中郎有沒有陪同呢？前已講到，對此陶文沒有明說，而袁詩則明說的。例如，袁詩云，陶氏見訪談了三天後，「未作經年別，先為五日辭」。辭者，去遊洞庭也。陶氏遊了七天，袁詩又云：「歸來為我言，山水見鬚眉」。中郎這些話足以證明，他在萬曆二十四年九月確實沒有陪陶氏兄弟共遊洞庭。

這麼一來，魏先生認為袁中郎致董思白書寫在萬曆二十四年十月，就沒有根據了。因為此信中說：「劇譚五日，已乃放舟五湖，觀七十二峰絕勝處」。可見袁氏陪陶氏同遊了洞庭，而且興致極高。而袁詩則明說，他沒有陪陶氏同遊洞庭。顯而易見，袁信與袁詩並非指同一件事。既然前已證明，袁詩所指的為萬曆二十四年九月陶氏見訪並遊洞庭事，那麼，袁信所言陪陶氏同遊洞庭，就絕不可能是萬曆二十四年九月這一次。魏先生可能沒有查閱袁中郎《錦帆集》中的這一首詩：〈陶石簣兄弟遠來見訪，詩以別之〉，因此不清楚此年（萬曆二十四年），袁中郎未陪陶氏遊洞庭一事，而只根據陶文來考證袁信，故有此誤。

以上考證只能證明，袁中郎致董思白書並非寫於萬曆二十四年。這也就是說，《金瓶梅》抄本傳世的第一個信息，並非出現在萬曆二十四年。那麼，它到底出現在哪一年呢？袁中郎致董思白書清楚說明，「放舟五湖，觀七十二峰絕勝處」，他確實是陪陶氏同遊過洞庭的。請看袁中郎的〈西洞庭〉文：

> 西洞庭山，高為縹渺……，山色七十二，湖光三萬六。層巒疊嶂，出沒翠濤，彌天放白，拔地插青，此山水相得之勝也。……余居山凡兩日，藍輿行綠樹中，……天下之觀止此矣。陶周望曰：余登包山而始知西湖之小也，六橋如房中單條畫，飛來峰盆景耳。余亦謂：楚中雖多名勝，然山水不相遇，湘君、洞庭遇矣，而荒跡絕人煙……（袁中郎：《錦帆集》）

這是一篇西洞庭山的遊記。文中只出現兩個人：袁中郎自己和陶周望（即石簣）。而且他們一起面對諸峰，分別作了洞庭西山與西湖，洞庭西山與湘楚山水的對比研究。他們一起同遊過洞庭山，這是確切無疑的了。那麼這次「同遊」是哪一年的事呢？我們只要將這篇袁文（〈西洞庭〉）與上述的陶文（〈遊洞庭山記〉），袁詩（〈陶石簣兄弟遠來見訪，詩以別之〉）作些比較，即可看出其不同之處：1.袁文曰：「余居西山凡兩日」，陶文卻說：「距其往七日矣」（陶文對遊西山的每天的活動記之甚詳）。兩者所記遊山的時間差異甚大，足證所記非同一次遊山事。2.袁文記載遊山所見是：層巒疊嶂，出沒翠濤，彌天放白，藍輿行綠樹中。可見此遊天氣晴朗，山青水明。袁氏的心情亦極好。而陶文所記遊山所見的是：丙寅東北風大作，明日雨，又明日大霧，欲去不可，霧稍霽輿與行，湖濱去湖咫尺不能辨。可見此遊天氣極壞，陶氏十分狼狽。此情此景，兩文所記天壤之別，怎麼可能是同一次遊覽呢？3.袁文明確記載與陶氏同遊，而袁詩又說得分明：袁氏未陪陶氏同遊，更可證這完全是兩次不同的遊覽。

萬曆二十二年甲子冬，袁氏三兄弟均赴京。十二月中郎謁選授吳縣令。萬曆二十三年乙未二月，中郎由京赴吳，三月間到任。萬曆二十五年丁酉春辭官去職。是年三月即離吳暫居無錫。因此，中郎在吳只萬曆二十三、二十四年兩年時間。在這兩年時間中，陶石簣來吳見訪中郎共兩次。在陶氏〈遊洞庭山記〉中可知，第一次是萬曆二十三年乙未，「時方食橘」可見是秋天。第二次即是萬曆二十四年丙申九月。前已考定，袁陶同遊洞庭，不可能是萬曆二十四年九月的事，那麼二者必居其一，袁、陶同遊洞庭必然是萬曆二十三年秋天的事。袁中郎致董思白書說：「一月前，石簣見過」。這就是說，是書必然寫於萬曆二十三年秋袁、陶同遊洞庭以後的一個月，即萬曆二十三年深秋。由此可見，《金瓶梅》抄本傳世的第一個信息，出現在萬曆二十三年（1595）的深秋季節。

2013.8.8.

附　錄

一、周鈞韜小傳

男，1940年12月生，江蘇無錫人，研究員。專事《金瓶梅》研究。1959年於無錫縣錫北中學（現江蘇省懷仁中學）高中畢業後，就讀於南京大學中文系新聞專業。1962年畢業後分配到《江蘇青年報》社任記者、編輯。1979年調入江蘇省社會科學院哲學研究所、文學研究所，從事美學和中國古代小說研究。歷任文學研究所副所長、所長。兼任中國金瓶梅學會副會長。1993年評為研究員。同年調入深圳市文聯任研究員、文藝理論研究處處長。

出版著作10部：1.《美與生活》，黑龍江人民出版社1983年4月出版；2.《金瓶梅新探》，百花文藝出版社1987年4月出版；3.《金瓶梅探謎與藝術賞析》，吉林文史出版社1990年8月出版；4.《金瓶梅鑒賞》，南京出版社1990年9月出版；5.《金瓶梅素材來源》，中州古籍出版社1991年2月出版；6.《金瓶梅資料續編（1919-1949）》（主編），北京大學出版社1991年1月出版；7.《我與金瓶梅——海峽兩岸學人自述》（主編），成都出版社1991年7月出版；8.《中國通俗小說鑒賞辭典》（主編），南京大學出版社1993年5月出版；9.《中國通俗小說家評傳》（主編），中州古籍出版社1993年9月出版；10.《周鈞韜金瓶梅研究文集》（三卷本），吉林人民出版社2010年8月出版。《人民日報（海外版）》1990年8月23日以〈思辨考證　雙向匯流——周鈞韜的《金瓶梅》研究特色〉為題發文，向海外作了介紹。論文〈也談《金瓶梅》頭上的王冠——與魏子雲先生商榷〉，為美國劍橋科學文摘收錄。

二、周鈞韜《金瓶梅》研究專著、編著、論文目錄

(一)專著

1. 《金瓶梅新探》，天津：百花文藝出版社 1987 年。
2. 《金瓶梅探謎與藝術賞析》，長春：吉林文史出版社 1990 年。
3. 《金瓶梅鑒賞》，南京：南京出版社 1990 年。
4. 《金瓶梅素材來源》，鄭州：中州古籍出版社 1991 年。
5. 《周鈞韜金瓶梅研究文集》（三卷本），長春：吉林人民出版社 2010 年。

(二)編著

1. 《金瓶梅資料續編（1919-1949）》（主編），北京：北京大學出版社 1991 年。
2. 《我與金瓶梅——海峽兩岸學人自述》（為主編之一），成都：成都出版社 1991 年。

(三)論文

1. 《金瓶梅》傳世的第一個信息——袁中郎致董思白書考辨
   蘇州大學學報，1985 年第 3 期。
2. 關於《金瓶梅》初刻本的考證
   社會科學評論，1985 年第 7 期。
3. 袁中郎與《金瓶梅》
   徐州師範學院學報，1986 年第 1 期。
4. 袁小修何時見到半部《金瓶梅》
   學術月刊，1986 年第 2 期。
5. 《金瓶梅》成書年代「萬曆說」商說
   江海學刊，1986 年第 6 期。
6. 關於《金瓶梅》作者的二十三說
   江漢論壇，1986 年第 12 期。
7. 現代中國的《金瓶梅》研究
   明清小說研究，第 4 輯，中國文聯出版公司 1986 年。
8. 袁小修與《金瓶梅》
   徽州師範專科學校學報，1987 年第 1 期。
9. 也談《金瓶梅》與《西廂記》——與蔣星煜先生商榷
   華東師範大學學報，1987 年第 2 期。

10. 關於《金瓶梅》的時代背景的再思考
明清小說研究，第 5 輯，中國文聯出版公司 1987 年。
11. 《金瓶梅詞話》（提要）
明清小說研究，第 6 輯，中國文聯出版公司 1987 年。
12. 《金瓶梅》抄引話本小說考探
蘇州大學學報，1988 年第 1 期。
13. 《金瓶梅》是王世貞及其門人的聯合創作
明清小說研究，1988 年第 1 期。
14. 《金瓶梅》溯源與考證
明清小說研究，1988 年第 2 期。
15. 「非大名士」參與《金瓶梅》創作之內證
徐州師範學院學報，1988 年第 2 期。
16. 《金瓶梅》與《水滸傳》重迭部分的比較研究
漢中師院學報，1988 年第 3 期。
17. 《金瓶梅》溯源與考證（續）
明清小說研究，1989 年 1 期。
18. 也談《金瓶梅》頭上的王冠——與魏子雲先生商権
南京師大學報，1989 年第 1 期。
19. 《金瓶梅》與《百家公案全傳》
明清小說研究，1989 年第 2 期。
20. 《金瓶梅》清唱曲辭考探
藝術百家，1989 年第 3 期。
21. 從《金瓶梅》第十七回看小說的時代背景
江蘇教育學院學報，1989 年第 3 期。
22. 《金瓶梅》清唱曲辭考
明清小說研究，1990 年第 2 期。
23. 金瓶梅資料續編（1919-1949）·前言
金瓶梅資料續編（1919-1949），北京：北京大學出版社 1991 年。
24. 吳晗對《金瓶梅》作者「王世貞說」的否定不能成立
江蘇社會科學，1991 年第 1 期。
25. 《金瓶梅》清唱曲辭考（續）
明清小說研究，1991 年第 1 期。

26. 吳晗先生關於《金瓶梅》成書年代的論斷不能成立
淮海論壇，1991 年第 3 期。
27. 為伊消得人憔悴——周鈞韜自述
我與金瓶梅——海峽兩岸學人自述，成都：成都出版社 1991 年 7 月。
28. 《金瓶梅》——我國第一部擬話本長篇小說
社會科學輯刊，1991 年第 6 期。
29. 《金瓶梅》研究的新開拓——評周中明著《金瓶梅藝術論》
社科信息，1992 年第 1 期。
30. 丁耀亢與《續金瓶梅》（周鈞韜、于潤琦）
明清小說研究，1992 年第 1 期。
31. 續金瓶梅
中國通俗小說鑒賞辭典，南京：南京大學出版社 1993 年。
32. 丁耀亢
中國通俗小說家評傳，鄭州：中州古籍出版社 1993 年。
33. 重論《金瓶梅》初刻本問世年代「萬曆末年說」
內江師範學院學報，2012 年第 1 期
34. 《金瓶梅》是一部性小說——兼論《金瓶梅》對晚明社會性縱欲風氣的全方位揭示
內江師範學院學報，2012 年第 7 期。
35. 重論《金瓶梅》成書方式「過渡說」
內江師範學院學報，2012 年第 9 期。
36. 魯迅《金瓶梅》研究的成就與失誤
河南理工大學學報，2013 年第 2 期。
37. 鄭振鐸《金瓶梅》研究的成就與失誤
內江師範學院學報，2013 年第 9 期。
38. 吳晗《金瓶梅》研究的成就與失誤
商丘師範學院學報，2014 年第 7 期。
39. 《金瓶梅》研究 30 年
內江師範學院學報，2014 年第 7 期。

後記：我的《金瓶梅》研究三十年

從 1984 年開始，我的《金瓶梅》研究已歷經三十個年頭。2003 年，魏子雲先生的《金瓶梅》研究在跨越三十年的時候，出版了書稿《深耕金瓶梅逾卅年》。我想我也應該出這樣一部書了。很巧，承蒙臺灣學生書局邀約出版《周鈞韜金瓶梅研究精選集》。我想，這就是我的《深耕金瓶梅逾卅年》了。三十載辛苦不尋常，是該總結一下了。

一、三十年的學術成果

三十年來我的學術研究，可以概括為兩個「十」：出版了十部著作；取得了十個研究成果。

(一)出版了十部著作：

1.《美與生活》，黑龍江人民出版社 1983 年 4 月出版；2.《金瓶梅新探》，百花文藝出版社 1987 年 4 月出版；3.《金瓶梅探謎與藝術賞析》，吉林文史出版社 1990 年 8 月出版；4.《金瓶梅鑒賞》，南京出版社 1990 年 9 月出版；5.《金瓶梅素材來源》，中州古籍出版社 1991 年 2 月出版；6.《金瓶梅資料續編（1919-1949）》（主編），北京大學出版社 1991 年 1 月出版；7.《我與金瓶梅——海峽兩岸學人自述》（主編），成都出版社 1991 年 7 月出版；8.《中國通俗小說鑒賞辭典》（主編），南京大學出版社 1993 年 5 月出版；9.《中國通俗小說家評傳》（主編），中州古籍出版社 1993 年 9 月出版；10.《周鈞韜金瓶梅研究文集》（三卷本），吉林人民出版社 2010 年 8 月出版。

(二)在十個方面提出了自己的理論觀點，取得了十個研究成果。

1. 提出《金瓶梅》傳世的第一個信息，出現在萬曆二十三年。

袁中郎致董思白書談到了《金瓶梅》，這是目前可考的《金瓶梅》傳世的第一個信息。美國學者韓南先生，中國臺灣學者魏子雲先生提出，此信寫於明萬曆二十四年，即《金瓶梅》傳世的第一個信息，出現在萬曆二十四年。不少研究者信從此說。我將陶石簣的〈遊洞庭山記〉與袁中郎的〈陶石簣兄弟遠來見訪，詩以別之〉詩、〈西洞庭〉文，作了比較研究，論定袁中郎致董思白書寫於萬曆二十三年秋，亦即《金瓶梅》傳世的第一個信息出現在萬曆二十三年，而非萬曆二十四年。這個觀點已被王汝梅先生的《新刻繡像批評金瓶梅·前言》所引用。

袁小修見到半部《金瓶梅》的時間，是目前可考的《金瓶梅》傳世的第二個信息。法國學者雷威爾先生認為是萬曆二十六年。我根據袁中郎致華中翰書、致吳敦中書、致江進之書及袁小修《遊居杮錄》考定，這個《金瓶梅》傳世的信息，出現在萬曆二十五年，而非二十六年。

2. 提出《金瓶梅》初刻本問世年代「萬曆末年說」。

《金瓶梅》初刻本問世年代，魯迅認為是明萬曆庚戌（三十八年），此論影響甚大。魏子雲先生根據1933年修的《吳縣誌》考定，萬曆四十一年「馬仲良時榷吳關」，《金瓶梅》還未付刻，從而否定了魯說。但魏先生的考證遭到質疑。法國學者雷威爾提出：「我懷疑1933年修的《吳縣誌》也可能有疏忽和錯誤，還需要重加核對。」為此我作了進一步考證，查到清康熙十二年（1673）的《滸墅關志》，確證魏說為是。我的考證還查明，滸墅關主事一年更代。萬曆四十年任是張銓；四十一年任是馬仲良，四十二年任是李佺臺。馬仲良絕對不可能在萬曆三十八年就已任過主事（他在萬曆三十八年才中進士）。如此，魯迅的《金瓶梅》「萬曆庚戌初刻本說」，才被徹底否定。我又根據袁小修的《遊居杮錄》、沈德符的《野獲編》等，考出《金瓶梅》初刻本問世在萬曆四十五年冬到萬曆四十七年之間，提出了《金瓶梅》初刻本問世年代「萬曆末年說」。

3. 提出《金瓶梅》作者「王世貞及其門人聯合創作說」。

吳晗先生否定《金瓶梅》作者王世貞說，影響很大。我對吳晗的考證提出了駁論。並根據發現的新史料：清無名氏《玉嬌梨·緣起》、清宋起鳳《稗說·王弇洲著作》，確證《金瓶梅》是王世貞的「中年筆」；從《金瓶梅》「指斥時事」，《金瓶梅》的早期流傳情況，小說的語言特徵，王世貞的學識和交遊等方面加以考察，提出王世貞極有可能是《金瓶梅》的作者。進而我又研究了《金瓶梅》中大名士與非大名士共同參與創作的內證，並以傳奇《鳴鳳記》為王世貞與門人聯合創作為旁證，提出了《金瓶梅》作者「王世貞及其門人聯合創作說」。此說已為學術界所關注，孫遜在〈金瓶梅評述〉（載《漫話金瓶梅》）、〈關於金瓶梅作者之謎〉（載《金瓶梅鑒賞辭典》），卜鍵在〈金瓶梅作者之謎〉（載《金瓶梅之謎》），魯歌、馬征在《金瓶梅及其作者探秘》書中，均將此說作為一家之說而加以羅列。

4. 重申並論證了《金瓶梅》時代背景「嘉靖說」。

吳晗先生著文，否定《金瓶梅》時代背景「嘉靖說」，並提出著名的「萬曆說」。此說信奉者甚多。我通過考證，否定了吳晗提出的「萬曆說」的全部證據。我又以《金瓶梅》為內證，探討了蔡京專政與嚴嵩專政，太監的失勢與得勢，內憂與外患，佛道兩教的盛衰等問題，提出了《金瓶梅》明寫蔡京專政而實寫嚴嵩專政，明寫蔡京誤國而實刺嚴嵩誤國，《金瓶梅》寫的是明代嘉靖朝嚴嵩專政時期的社會狀況的觀點。《金瓶梅》時代背景「嘉靖說」，古人早已提出，但他們沒有論證，而僅據推測或傳聞。我所做的工作是對前人觀點的申述和對此說的系統論證。自此，「嘉靖說」不再僅僅是古人的傳說與推測，而成為具有比較堅實的考證基礎和系統論證的，且能與鄭振鐸、吳晗、趙景深、魏子雲等力主的「萬曆說」相抗衡的一說。

5. 提出《金瓶梅》成書年代「隆慶說」。

鄭振鐸、吳晗都認為，《金瓶梅》成書於明代萬曆中期，此為影響甚大的「萬曆中期說」。我對鄭振鐸、吳晗等先生提出「萬曆說」的十多條論據一一提出駁論。進而從宋起鳳的王世貞「中年筆說」，《金瓶梅》創作目的是譏刺嚴嵩父子，徐階的卒年等方面加以考證，提出了《金瓶梅》成書年代「隆慶說」，其上限不過嘉靖四十年，下限不過萬曆十一年。

6. 提出《金瓶梅》成書方式「過渡說」。

我認為《金瓶梅》既不是藝人集體創作，也不是文人獨立創作，而是從藝人集體創作向文人獨立創作發展的過渡形態的作品。它帶有擬話本的特徵，是文人沿用藝人創作話本的傳統手法創作出來的擬話本長篇小說。2012 年發表〈重論金瓶梅成書方式「過渡說」〉，用黑格爾的「揚棄」這一哲學概念作進一步研究，提出《金瓶梅》是一部從藝人集體創作（如《水滸傳》）向「無所依傍的獨立的文人創作」（如《紅樓夢》）發展的「有所依傍的非獨立的文人創作」的新觀點。這是對「過渡說」的新發展，並為其奠定了理論基礎。

7. 提出《金瓶梅》是一部「性小說」。

2012 年發表論文〈《金瓶梅》是一部性小說〉，認為《金瓶梅》不是寫社會黑暗、官場腐敗的反封建反腐敗的政治小說，也不是寫新興商人悲劇的經濟小說。《金瓶梅》作者的創作命意是寫性，全書用了 60% 的篇幅寫性，是全方位揭示晚明社會性縱欲風氣的性小說。它在中國性文化史上，古代小說藝術發展史上，中國社會發展史上，具有非同凡響的四大價值。「性小說說」是在中國《金瓶梅》研究史上的創新之說。《金瓶梅》「淫書說」統治了我們幾百年，金學界用幾十年花了大力氣，將其掃進了歷史的垃圾堆。但我進行了 20 年的反思，重新提出「性小說說」，並指出其非同凡響的四大價值。有評論認為，「這種獨具慧眼的辯證思維與不尋常的理論勇氣，令人嘆服」。

8. 關於《金瓶梅》的內容。

魏子雲先生提出，早期的《金瓶梅》並不是寫西門慶、潘金蓮故事的人情小說，而是一部諷刺明代萬曆神宗皇帝寵幸鄭貴妃，有廢長立幼故事的政治諷喻小說，後迫於政治情勢而經人改寫成西門慶、潘金蓮的故事，這就是現存的《金瓶梅詞話》。魏先生的立論根據是，現存「詞話本」的引詞諷刺的是項羽劉邦寵幸事，入話故事還講到劉邦寵幸戚夫人欲廢嫡立庶事，而正文寫的是市民西門慶故事，因此兩者存在內在的矛盾。我在《金瓶梅探謎與藝術賞析》中分析了早期《金瓶梅》抄本目擊者的說詞，話本的引詞入話與正話之間聯繫的種種方式，並研究了《金瓶梅詞話》的入話與正文之間的一段過渡性文字，提出了八條根據確證早期的《金瓶梅》就是一部寫西門慶、潘金蓮故事的人情小說，而不是魏先生所推斷的寫帝王寵幸故事的政治諷喻小說，從而從根本上弄清是非，以正視聽。

9. 關於《金瓶梅》的創作素材來源的考證。

《金瓶梅》的創作素材來源，是個很複雜的問題。我在專著《金瓶梅素材來源》中，用 35 萬字的篇幅加以專門研究。該書考證了 250 多個問題。其中，考證小說寫及的宋明兩代史事問題 40 多個，民俗問題 10 多個，抄改話本小說問題近 20 個，抄改戲曲劇本問題近 20 個，抄引散曲、時調小曲問題 60 多個，抄改《水滸傳》問題 60 多個，抄用前人詩詞問題近 10 個，其他問題 20 個。在這 250 個問題的考證中，有一半或屬繼承前輩和當代學者的研究成果而加以確證，或糾正前人、今人考證中的失誤和偏頗，而另一半問題則是我研究的成果。該書已得到學界的諸多肯定，認為該書或糾正前人的偏頗之見，或闡發新的學術觀點，所論大多切中肯綮，發見深義，又不失公允之度，成為《金瓶梅》創作素材研究的集大成之作。此書問世，嘉惠學林非一代也，諸多金學研究者在涉及《金瓶梅》素材來源時，無不汲取營養於其書。

10.關於《金瓶梅》在藝術美學上的創新。

拙著《金瓶梅鑒賞》集中探討了這個問題，提出了如下一些理論觀點：(1)《金瓶梅》開啟了人情小說創作的先河，標誌著中國小說藝術漸趨成熟和一個新的階段的開始。(2)《金瓶梅》直接面對現實社會，真實而又形象地，廣闊而又深刻地再現紛繁複雜的社會生活。這一小說藝術的獨特功能，只有到了《金瓶梅》才得以充分發揮並日臻完善。(3)《金瓶梅》以塑造人物為主，故事情節則降之從屬地位，情節服從人物。鮮明地刻畫人物性格，多方面地塑造各色人物形象，這一小說藝術的獨特功能，也只有到了《金瓶梅》才得以充分發揮並日臻完善。(4)《金瓶梅》中的人物，具有複雜的個性化的性格特徵，從橫向看由多種性格因素組成，呈現多元的多側面的狀態；從縱向看呈現多種層次結構。作者還善於寫出人物性格的深層和表層、次表層之間的錯位和矛盾。(5)《金瓶梅》作者善於將人物的善惡、美醜一起揭示出來，其人物形象具有善惡相兼、美醜相容的特徵。這是作者將生活中的善與惡、美與醜互相依存、互相滲透、互相轉化的原理，應用於小說人物創造的一個重大貢獻。(6)《金瓶梅》開始直接向人物的內心世界挺進，通過描寫揭示人物複雜的心理奧秘。它寫出了人物心態的複雜性，寫出了心態的動態變化；它善於創造特定的生態環境來烘托、映照人物的心境，將抒情與動態情態描寫結合起來，並通過對比、反襯來強化不同人物的特殊的心路歷程。(7)《金瓶梅》在情節美學、結構美學、語言美學、藝術風格等多方面，都有許多開拓和創新。(8)《金瓶梅》的誕生標誌著整理加工式的創作（如《水滸傳》）的終結，和文人直接面對社會生活的創作的開始。作為現實主義的文學巨著，還帶有不少自然主義的成分。這些自然主義成分在很大程度上表現為對客觀事物作不加選擇的客觀主義的描述。《金瓶梅》產生的時代，現實主義的文藝思潮還處於發展的過程中，還滲和著種種非現實主義的成分，這是不足為怪的。

以上十條，大多數是我個人研究的成果，屬於所謂「一家之言」，為學術界所關注，部分則已得到學術界的肯定性評價。有的觀點則仍然屬於推測之辭，其真理性的程度就很難說，它將經受歷史的嚴峻考驗。

二、在與權威的論爭中創新

「敢於創新，在與權威的論爭中創新」，這是我三十年來在《金瓶梅》研究中形成的重要特點。王立、王莉莉在〈敢於創新，在與權威的論爭中創新——周鈞韜金瓶梅研究述評〉[1]一文中，對我的這一特點把握得很準確，我就借鑒該文來表述我的這一特點。

「在與權威的論爭中創新」，此說在學術界很有歧見。某些人專以「打倒權威」來沽名釣譽；某些人專意在名家的觀點中挑刺，來抬高自己的學術地位。對此類人與事當嗤之以鼻。但是很多有重大創新的學術成果，往往是在與權威的論爭中產生的。我認為：1.權威之所以成為權威，是因為他解決或基本解決了本學科中的某些重大理論問題，取得了真理性的認識。但是，人類對真理的探索是永無止境的。權威的權威理論，只具有相對性，是相對真理，而不是絕對真理。他在探索真理的階梯上登上了一個新臺階，其貢獻是為後來者登上更高的臺階創造了條件。2.與權威學者論爭，在客觀上有其必然性。因為權威學者研究的是本學科的最重要的課題，他代表著本學科的研究方向和最高成就。所以作為後來的研究者，就必然要沿著他們開闢的道路，接過其接力棒，將其探索的課題和提出的理論觀點（相對真理），再推上一個新臺階，由此而創立新的成就，推動學科的發展。3.如果後來者一惟迷信權威，將其理論視為金科玉律，頂禮膜拜而不敢越雷池一步，那只能避開權威所涉足的本學科的重大研究課題，而去研究權威未涉足的次要課題，那麼本學科就只能駐足不前而無以發展。

1　王立、王莉莉〈敢於創新，在與權威的論爭中創新——周鈞韜金瓶梅研究述評〉，《遼東學院學報》，2014年第1期。

基於這些認識，在與權威的論爭中創新，便成為我較為自覺追求的信條，從而構成其一大特色。首先，我在十分尊重權威的前題下，將本學科中的所有權威的全部理論，拿來認真學習，把握其精髓。在這裏真是來不得半點輕狂。然後，將權威們得出理論觀點所使用的全部論據，找出來逐條進行仔細核查，辨其正誤與優劣。在此基礎上，再將權威們如何根據這些證據得出其結論的思維過程、思維模式，進行重新演繹。最後，還要考察他們所使用的思想觀念、邏輯推理、思維方法是否正確。通過這樣反復的推敲琢磨掂量，我即得出了自己的研究結論，我的主要研究成果，大多是由此而得。這裏大致可分為以下幾種情況：

(一)有些權威的理論觀點所使用的論據充足，思想方法正確，其論點是正確的，必須充分肯定。例如，魯迅站在中國小說發展史的高度，用近代小說觀念，將《金瓶梅》準確定位為「世情書」，具有開創性意義。鄭振鐸指出：《金瓶梅》是「中國小說發展的極峰」，「中國社會病態的深刻揭示」，「赤裸裸的絕對的人情描寫」，具有「非凡的典型意義」，這四個方面的總體評價高屋建瓴，深刻、獨到，可謂超越前人，影響深遠。直到今天很多研究者依然遵循先生開創的這條認識路線，向前開拓。

(二)有些權威的理論觀點基本正確，但需要補正，進一步完善。如魏子雲對魯迅認定的「《金瓶梅》萬曆庚戌始有刻本說」的否定即如此。(前已論及，此不贅述)

(三)有些權威的理論正誤參半，正確與錯誤並存。如吳晗先生對《金瓶梅》作者「王世貞說」的否定。吳晗想否定「王世貞說」，必須完成三個方面的考證：否定王世貞作《金瓶梅》的種種虛假荒唐的傳說故事；否定王世貞有作《金瓶梅》的種種可能性；考出《金瓶梅》的真正作者。對於第一個方面的考證，吳晗通過詳實、嚴謹的考證，以無可辯駁的事實推倒了王世貞作《金瓶梅》的種種離奇虛假的傳說故事，如王世貞其父因《清明上河圖》得罪嚴嵩父子而被殺；王世貞作《金瓶梅》毒殺唐順之或嚴世蕃等等。但吳先生僅僅完成了第一個方面的考證，就得出「《金瓶梅》非王世貞所作」的結論。應該說，吳先生的考證有很大貢獻，但其結論卻是片面的。推倒了那些離奇虛假的故事，不等於說「《金瓶梅》非王世貞所作」。

(四)有些權威的理論觀點是錯誤的，其錯誤由多種原因、多種情況造成。我在論著中一一索其原因而加以糾正，並提出新見。

1. 憑錯誤的推理代替考證。如魯迅先生的權威論點：「《金瓶梅》萬曆庚戌始有刻本說」，是錯誤的，原因是只憑推理而未加考證。(前已論及，此不贅述)

2. 用想當然代替考證。趙景深先生說，《金瓶梅》中出現了流行於萬曆中期的曲子〈掛枝兒〉，因此斷言「《金瓶梅》是萬曆年間的作品」。但是，小說中有〈掛真兒〉，卻偏偏沒有出現〈掛枝兒〉。於是他又說：「〈掛真兒〉似為〈掛枝兒〉的別名，這是可信的，同調而曲名用音近的字不乏其例。」我通過考證確認，〈掛枝兒〉是民間小曲名目，而〈掛真兒〉是散曲曲牌名目，屬南曲。〈掛枝兒〉在萬曆中晚期才開始流行，而〈掛真兒〉早在元末明初就已出現。南戲《琵琶記》第二十六齣中就有〈掛真兒〉，此可為鐵證。

3. 錯誤的證據導致錯誤的結論。《金瓶梅》中有曲子「殘紅水上飄」，魏子雲先生認定是萬曆人李日華的作品，由此推定《金瓶梅》成書於萬曆。魏先生搞錯了，明代文壇上有兩個李日華。文學家李日華是萬曆人，但他沒有作「殘紅水上飄」。而作「殘紅水上飄」的是戲曲家李日華。此李日華是江蘇吳縣人，嘉靖初年人，著有《南西廂記》（改編），嘉靖年間已行於世。

4. 考證不徹底，造成結論錯誤。鄭振鐸先生指出：「《金瓶梅詞話》裏引到《韓湘子升仙記》（有富春堂刊本），引到許多南北散曲，在其間更可窺出不是嘉靖作的消息來。」這是鄭先生的「萬曆說」的重要證據。我查了萬曆富春堂刊《韓湘子升仙記》，證明並非是《韓》劇的初刻本。從事三十多年歷代戲曲書目著錄工作，成就卓著的莊一拂先生，在其著《古典戲曲存目匯考》卷十《升仙傳》條云：「按明初闕名有《韓湘子升仙記》一劇」。可見，《韓》劇在明代初年就已經出現，生活在嘉靖年間的《金瓶梅》作者就能將此劇引入作品之中。

5. 歷史的局限性，使其無法得出正確的結論。在吳晗著文企圖推倒《金瓶梅》作者「王世貞說」的當初，其客觀的歷史條件是不具備的。因為在當時一些重要的史料還沒有被發掘出來，如清無名氏《玉嬌梨·緣起》、清宋起鳳《稗說·王弇州著作》。這兩條史料確指《金瓶梅》為王世貞作。而吳晗所見到的《寒花庵隨筆》等史料，或出於傳聞，且已摻雜了王世貞著《金瓶梅》的種種虛假離奇的故事。因此，他只根據這些史料來作研究考證，非但不能得出科學的結論，還有被引入歧途的危險。

6. 以「對我有利、為我所用」來取捨論據，導致結論的錯誤。吳晗先生提出著名的「《金瓶梅》成書年代萬曆說」時，有部分證據不是客觀地，而是以「對我有利、為我所用」來取捨。例如「朝廷借支太僕寺馬價銀」問題，「皇莊名稱」問題、「採辦皇木」問題等等，他只舉萬曆朝的史實，認為只有萬曆朝才有。我通過考證舉證，《明實錄·明世宗實錄》所載，嘉靖十六年五月，嘉靖十七年十二月，嘉靖十九年四月，嘉靖十九年六月，都有朝廷借支太僕寺馬價銀的記載。同書又載，嘉靖十九年，皇莊之名並未更改、廢棄。《明史》卷八十二〈食貨志〉六，嘉靖三十六年五月也有朝廷採辦皇木（大木）的記載。吳先生只取萬曆朝的史料而捨棄嘉靖朝的史料，來為他的「萬曆說」作證，不妥之處，顯而易見。

7. 以偏概全，誤導後人。魯迅說：《金瓶梅》「對話卻全用山東的方言所寫，確切的證明了這絕非江蘇人王世貞所作的書」。鄭振鐸也說：「必出於山東人之手，那麼許多的『山東土白』，絕不是江南人所得措手於其間的」。其實小說中有大量的吳語，還有大量的吳語同音字，如「黃、王」，「多、都」，「石、著」，「買、賣」，在書中混用而不加區分，這是吳語特有的語音現象。此外，如魏子雲先生所說，寫在《金瓶梅》中的飲食，十九都是江南人所慣用。如白米飯粳米粥，則餐餐不少，饅頭烙餅則極少食用。菜蔬如豆豉、糟魚、鰣魚，都是西門家常備之味。這些南方的生活習尚，顯然是安不到山東西門慶的家中的。此說明《金瓶梅》的作者必為南方人，因此他在無意間將自己的習慣用語吳語寫入書中，將自己（南方人）的生活習尚搬到了山東，搬入了西門慶的家中。

綜上所述，可以說，「在與權威的論爭中創新」，是我極為重要的「治學之道」，是我能取得不少重要成果的根本所在。

三、我的「治學之道」

三十年的研究生涯，形成了我的所謂「治學之道」，大體有以下幾條：

(一)知己知彼，選準研究目標。我原來是研究美學的，1983 年出版美學著作《美與生活》。在該書獲得國家級獎項的同時，我果斷決定研究重點轉向。我深知不懂外語，先前的理論之路深化下去很難，甚至不可能取得較大成就。我最熟悉的是《紅樓夢》，在大學時就讀了七遍。但當我接觸《金瓶梅》後，用了一年時間權衡得失利弊，最後決定「棄紅從金」。紅學已相當成熟，權威林立，天上有天，層層迭迭。作為新進者要頂破這層層迭迭的天，談何容易，連發文、出書都絕非易事。而《金瓶梅》學術研究價值不亞於《紅樓夢》，且是一片初開墾的處女地，權威，研究者、成果皆鳳毛麟角。當時《金瓶梅》剛解禁，這是時代給我們造成的一個極好、極難得的機遇。三十年的實踐經驗證明了我當初「棄紅從金」決策的正確性。

(二)高層次加入。作為一個起步者，如何加入到一門學科的研究中去？一是低層次加入，即寫一些普及性的小文章，做敲邊鼓的角色；二是中層次加入，即跟在名家後面，做些闡釋性的工作，雖能出一些成果，但成不了氣候；三是高層次加入，即一開始就以獨立的姿態出現，在一些基本問題、有重大爭議的問題上發表獨立見解。我決定一起步就是高層次加入。我的第一篇論文：〈金瓶梅傳世的第一個信息〉，就是高層次加入的一次成功實踐。美國學者韓南、我國臺灣學者魏子雲提出，《金瓶梅》傳世的第一個信息出現在萬曆二十四年（1596）。我對其證據詳加復查中發現問題，並據以新的證據提出了「《金瓶梅》傳世的第一個信息出現在萬曆二十三年」的新觀點，很快得到學術界認可。王汝梅、魯歌、孫遜等先生在著作中均採此說。第二篇論文：〈關於金瓶梅初刻本的考證〉，我從發現的《滸墅關志》為證據，對魏子雲的發現進行補正，從而徹底推倒了魯迅提出的「《金瓶梅》萬曆庚戌始有刻本」的權威論點。這正是高層次加入所產生的振動效應。

(三)攻其一點，心無旁鶩。在研究的鼎盛期，我幾乎將全部精力、時間集中在《金瓶梅》研究上，可以說是達到了目不斜視、心無旁鶩的程度。原本可以寫的其他領域的文章，如美學的、《紅樓夢》的，我都堅決不寫。如此集中力量打殲滅戰，在 5 年內就出版了 4 部專著，兩部編著（主編）。

(四)敢於論爭，在與權威的論爭中創新。

(五)思辨與考證，雙向匯流。我的不少論文，是哲學思辨與學術考證緊密結合的產物。

例如，我提出的「《金瓶梅》成書方式過渡說」，就是運用黑格爾的「揚棄」這一哲學概念研究《金瓶梅》的產物。我具體研究了《金瓶梅》對前人作品（如《水滸傳》）在成書方式上的「揚」（繼承、發揚、肯定）和「棄」（發展、拋棄、否定），後人作品（如《紅樓夢》）對《金瓶梅》在成書方式上的「揚」和「棄」，從而提出《金瓶梅》是一部從「藝人集體創作」（如《水滸傳》）向「無所依傍的獨立的文人創作」（如《紅樓夢》）發展的「有所依傍的非獨立的文人創作」，是一部「過渡形態」的作品的新觀點。魯吟先生對我的「思辨與考證，雙向匯流」作了充分肯定，在拙著《金瓶梅鑒賞·跋》中指出，「樸學源流與哲學思辨都是不可或缺的，兩者的功力及結合的程度，決定研究成果的輝煌程度」。

(六)學好哲學。我深切體會到，做任何研究工作，都必須以哲學為指導。唯物主義的認識論和辯證法，是研究古典文學的強大武器，其成功的法寶就是哲學基礎、專業基礎、文字表達能力的有機結合。反之，如果只有專業基礎、文字表達能力而缺乏哲學修養，那就不可能取得較高的成就。可以說，我的「治學之道」的核心，就是 4 個字：學好哲學。

四、自我評價與社會評價

如何評價我自己的學術成果？我在《金瓶梅新探·後記》中說：「筆者的這些新看法到底有多少真理性的成分，是很難估計的，或許很快就被他人的新說所否定，也許很快就被自己的新說所否定。否定之否定，是完全符合認識的辯證法則的。我們不應該反對別人對自己的否定，也不應該害怕自己對自己的否定。唯有否定才有前進。筆者將銘記這一真理，舉起雙手歡迎別人對自己的否定，同時不斷進取，努力實現自己對自己的否定。」

至於社會評價，亦不妨羅列一二：

1986 年 2 月，當我的第一部專著《金瓶梅新探》剛剛脫稿時，著名文藝理論家吳調公教授用了一個星期的時間審讀全稿，寫了一篇〈序〉，提出：「尊重史料，科學地分析史料，扎硬寨、打硬仗，這是《新探》中所見的樸學源流。與此同時，他又能奮發開拓：敢於存疑，敢於對權威的舊說存疑，疑而不落輕妄，亦破亦立，相當鄭重」；「作者在尊重史料的基礎上，考證問題不涉煩瑣，遠近綜合觀覽，將務實與務虛、宏觀的考察和微觀的剖析結合起來，將求實的精神與開拓的功夫結合起來，從而使本書的理論分析和觀點的提出，既有一定史料依據，又具有哲學思辨力量」。

1988 年 4 月 20 日，著名文學史家馮其庸研究員讀了拙著後，給我寫了一封熱情洋溢的信：「您在金瓶梅研究上卓有成效，殊為難能。大著行文條暢，引據充分，辯析入微，尤為難得。」有的學者認為，拙著對《金瓶梅》研究「言之成理，自樹一幟」，「它將促使《金瓶梅》的研究向縱深發展」，「將對《金瓶梅》的研究全面、深入發展有很大的推動」。

在拙著《金瓶梅鑒賞》進行二校時，年近八十高齡的吳調公先生眼睛有疾，他用放大鏡審讀全稿，再度為拙著作序。吳先生在〈序〉中運用劉勰《文心雕龍·知音》篇中「識照」的見解對拙著批評。吳先生指出：「『識照』，在我看來，『識』意味著批評鑒賞者的價值判斷能力之高，『照』意味著對作品形象整體的審美體驗之深與感發之切，而這兩方面恰恰都是《鑒賞》一書中最顯著的優勢」；「他的哲學、美學的素養和多維的思想方法導致他的鑒賞得高屋建瓴和鞭辟入裏之勢，這就是他的深刻的理性判斷的『識』了」，「這樣的一位導讀者，恰恰可以說是劉勰所說的一位有『識照』的人了。他不但能以識見的光輝照亮《金瓶梅》探秘的足跡，設身處地地作為讀者的知心人，用電筒為讀者照明，讓他們有可能真正認識《金瓶梅》的精華何在、糟粕何在、局限何在，以及對這個藝苑的景物究竟應該是如何觀賞、如何領略。」

王立、王莉莉先生撰寫的〈敢於創新，在與權威的論爭中創新——周鈞韜《金瓶梅》研究述評〉一文，可謂是對我幾十年來《金瓶梅》研究的全面、系統的總結。他們不僅評價了我《金瓶梅》研究的主要成果，還研究了我的學術研究的風格、特點，總結了我的「治學之道」等等。付善明先生撰寫的〈讓《金瓶梅》研究閃耀哲學思辨的光輝——讀《周鈞韜金瓶梅研究文集》〉一文指出：「在《金瓶梅》研究界，乃至在古代小說研究領域，能夠在文獻學、史學、美學和哲學四個層面之一作出突出貢獻者，即足以成名成家。而周鈞韜不僅在文獻考證層面成果卓著，新著迭出，而且在文本研究方面也貢獻顯著。

既注重考證，又注重文本，這是他區別於眾多只著眼於其中一端的金學研究者的重要方面」。[2]

這些著名學者和研究者的評論語重心長，勉勵有加，令我汗顏，寄託著對一個研究工作者的殷殷期待之心。除了鼓勵之外，他們還指出了我的局限與不足，這對我保持清醒的頭腦，努力進取，具有非同尋常的意義。

任何科研成果，都是集體智慧的結晶。我在《金瓶梅》研究中取得的一些成績，從表面上看是個人研究的產物，實際上並不盡然。我在撰寫專著《金瓶梅素材來源》時深有所感，在〈後記〉中寫下了這樣一段話：深深感謝師友們的鼎力相助。就宏觀而論，助我成就此作者，涉及整個《金瓶梅》研究界，明清小說、明清史、明清文化研究界；就學者而論，有國外的、國內的，在世的、已故的，相識的、不相識的，學術觀點相同的、相異的；就學術著作而論，魯迅、鄭振鐸、沈雁冰、吳晗、阿英、趙景深、馮沅君、朱星、韓南、魏子雲、徐朔方、劉輝、黃霖、吳敢、甯宗一、王汝梅、張遠芬、戴鴻森、蔡國梁、侯忠義、孫遜、陳詔、鄭慶山、王麗娜等等專家的論文和收輯的研究資料，都給筆者以極大的啟示和幫助。即使是前輩學者和當代研究者的失誤，亦給我以借鑒，使我在他們的失誤的教訓中獲得新的開拓。讓我借此機會，對所有幫助過我的師友們致以最誠摯的敬意和謝忱。

關於介紹我和我研究《金瓶梅》情況的資料，已收入《中國學術論著總目提要》《當代中國社會科學學者大辭典》《中國古典小說大辭典》《金瓶梅大辭典》等大型類書之中。《人民日報（海外版）》1990 年 8 月 23 日以〈思辨考證　雙向匯流——周鈞韜的《金瓶梅》研究特色〉為題，向海外作了介紹。

1990 年 11 月，我寫了篇文章〈為伊消得人憔悴——周鈞韜自述〉，發表在由我與魯歌主編的《我與金瓶梅——海峽兩岸學人自述》一書中。此文開頭用了柳永的〈蝶戀花〉：「衣帶漸寬終不悔，為伊消得人憔悴」，以明心志。就是說，立志為研究《金瓶梅》而「消得人憔悴」。亦正是如此，日復一日，年復一年，寒往暑來，幾十度春秋，甜酸苦辣，盡在不言之中。自己想幹一件事，吃苦、拚命。成了，蠻高興的。這是自我實現的喜悅。它為下一個目標的實現，提供了良好的心理條件。當然還是吃苦、拚命。如此往復循環，日積月累，研究領域不斷開拓，研究成果不斷增加。這就是我的路，一條充滿艱辛和歡欣的路，一條「為伊消得人憔悴」的路。如今，我已古稀之年，好在思維還算順當，精力還算可以，還能在電腦上寫作，為研究《金瓶梅》而竭盡綿力。不敢

2　付善明〈讓《金瓶梅》研究閃耀哲學思辨的光輝——讀《周鈞韜金瓶梅研究文集》〉，《江西教育學院學報》，2013 年第 6 期。

用曹操的「老驥伏櫪，志在千里」來激勵自己，還是改成「老驥伏櫪，志在百里」來自勉吧。

周鈞韜

2014 年 3 月 9 日，時年 70 又 4

國家圖書館出版品預行編目資料

周鈞韜《金瓶梅》研究精選集

周鈞韜著. – 初版. – 臺北市：臺灣學生，2015.06
面；公分（金學叢書第 2 輯；第 8 冊）

ISBN 978-957-15-1657-8 (精裝)

1. 金瓶梅 2. 研究考訂

857.48 104008047

周鈞韜《金瓶梅》研究精選集

著作者：周鈞韜
主編：吳敢、胡衍南、霍現俊
出版者：臺灣學生書局有限公司
發行人：楊雲龍
發行所：臺灣學生書局有限公司
臺北市和平東路一段七十五巷十一號
郵政劃撥帳號：00024668
電話：(02)23928185
傳真：(02)23928105
E-mail：student.book@msa.hinet.net
http://www.studentbook.com.tw

定價：精裝 30 冊不分售
新臺幣 45000 元

二〇一五年六月初版

ISBN 978-957-15-1657-8 (本冊)
ISBN 978-957-15-1680-6 (全套)

金學叢書 第二輯

❶ 徐朔方 孫秋克《金瓶梅》研究精選集
❷ 甯宗一《金瓶梅》研究精選集
❸ 傅憎享 楊國玉《金瓶梅》研究精選集
❹ 周中明《金瓶梅》研究精選集
❺ 王汝梅《金瓶梅》研究精選集
❻ 劉輝《金瓶梅》研究精選集
❼ 張遠芬《金瓶梅》研究精選集
❽ 周鈞韜《金瓶梅》研究精選集
❾ 魯歌《金瓶梅》研究精選集
❿ 馮子禮《金瓶梅》研究精選集
⓫ 黃霖《金瓶梅》研究精選集
⓬ 吳敢《金瓶梅》研究精選集
⓭ 葉桂桐《金瓶梅》研究精選集
⓮ 張鴻魁《金瓶梅》研究精選集
⓯ 陳昌恆《金瓶梅》研究精選集
⓰ 石鐘揚《金瓶梅》研究精選集
⓱ 王　平 趙興勤《金瓶梅》研究精選集
⓲ 李時人《金瓶梅》研究精選集
⓳ 孟昭連《金瓶梅》研究精選集
⓴ 陳東有《金瓶梅》研究精選集
㉑ 卜鍵《金瓶梅》研究精選集
㉒ 何香久《金瓶梅》研究精選集
㉓ 許建平《金瓶梅》研究精選集
㉔ 張進德《金瓶梅》研究精選集
㉕ 霍現俊《金瓶梅》研究精選集
㉖ 曾慶雨《金瓶梅》研究精選集
㉗ 潘承玉《金瓶梅》研究精選集
㉘ 洪濤《金瓶梅》研究精選集
㉙ 金學索引（上編）——吳敢編著
㉚ 金學索引（下編）——吳敢編著